Samantha Towle
Wie ein gewaltiger Sturm

amazon crossing

Das Buch

Tru Bennett war erst vierzehn Jahre alt, als ihr bester Freund und ihre große Liebe Jake Wethers von England nach Amerika zog und sie mit gebrochenen Herzen zurückließ. Jetzt, zwölf Jahre später, ist Jake einer der größten Rockstars der Welt, Frontsänger von The Mighty Storm und der Bad Boy, von dem jede Frau träumt. Jede Frau außer Tru.

Als erfolgreiche Musikjournalistin weiß Tru natürlich, dass es besser ist, Arbeit und Vergnügen strikt zu trennen. Aber dann erhält sie den Auftrag ihres Lebens: ein Interview mit Jake, bevor seine Band ihre lang erwartete Welttournee beginnt. Tru nimmt sich fest vor, ganz professionell zu bleiben. Doch dann begegnen sich ihre Blicke, und die alten Gefühle flammen wieder auf.

Jetzt will Jake, dass Tru mit der Band auf Tour geht und bietet ihr dafür eine exklusive Back-Stage-Story. Es gibt nur ein Problem: Trus Freund Will. Kann ihre Beziehung es unbeschadet überstehen, dass Tru mit dem berüchtigtsten Casanova des Rock'n'Roll auf Tour geht? Oder wird sie alles für eine zweite Chance mit Jake aufs Spiel setzen?

Die Autorin

Samantha Towle begann mit ihrem ersten Roman im Jahr 2008 während ihres Mutterschaftsurlaubs. Fünf Monate später war das Manuskript fertig, und seither hat sie nicht mehr mit dem Schreiben aufgehört. Sie ist Autorin von »The Mighty Storm« und dem Wall-Street-Journal-Bestseller »Wethering the Storm«. Außerdem hat sie einige paranormale Liebesromane verfasst, »The Bringer« und die »Alexandra Jones«-Serie, wobei sie bevorzugt Musik von The Killers, Kings of Leon, Adele, The Doors, Oasis, Fleetwood Mac und anderen Lieblingsmusikern hört.

Sie ist in Hull geboren, Absolventin der Salford University und lebt mit ihrem Ehemann Craig, einem Sohn und einer Tochter in East Yorkshire.

SAMANTHA TOWLE

WIE EIN GEWALTIGER STURM

ROMAN

Aus dem Englischen von Christina Rodriguez für Agentur Libelli

Die Originalausgabe erschien 2013 unter dem Titel
»A Mighty Storm«.

Deutsche Erstveröffentlichung bei
Amazon Crossing, Amazon E.U. Sàrl
5 Rue Plaetis, L-2338, Luxembourg
2014
Copyright © der Originalausgabe 2013
by Samantha Towle
All rights reserved.
Copyright © der deutschsprachigen Ausgabe 2014
by Christina Rodriguez

Umschlaggestaltung: bürosüd⁰ München, www.buerosued.de
Lektorat: Agentur Libelli
Satz: Satzbüro Peters
Printed in Germany
by Amazon Distribution GmbH
Amazonstraße 1
04347 Leipzig, Germany

ISBN: 978-1-477-82229-6

www.amazon.com/crossing

KAPITEL 1

Ich hebe den Hörer des klingelnden Telefons genau in dem Moment ab, in dem ich mich an meinen Schreibtisch setze und einen raschen Schluck aus der ersten Tasse Kaffee des Tages nehme.

»Trudy Bennett.«

»Tru, hier ist Vicky ... Schaff sofort deinen süßen kleinen Hintern in mein Büro, ich muss mit dir reden.«

»Okay, gib mir fünf Minuten.« Ich lege auf.

Vicky ist meine Chefin und Eigentümerin des Magazins, für das ich arbeite: *Etiquette*.

Ich bin Musikjournalistin. *Etiquette* ist ... Nun, es ist ein Fashion-Magazin.

Im Prinzip bin ich also eine Musikjournalistin, die für ein Fashion-Magazin arbeitet.

Es war der erste und einzige Job als Journalistin, den ich nach Abschluss meines Studiums ergattern konnte. Ich habe einen Master in Popmusikjournalismus. Die zwei großen Lieben meines Lebens waren – und sind es immer noch – die Musik und das Schreiben, in dieser Reihenfolge. Also war es für mich keine Frage, was ich machen wollte, als ich mich nach der Schule nach Studiengängen umsah.

Dieser Job war als Übergangslösung gedacht, bis ich eine Stelle beim *New Musical Express* oder *Rolling Stone* kriegen würde, aber sechs Jahre später bin ich immer noch hier.

Mein Job bei *Etiquette* besteht darin, Kritiken zu neu erschienenen Alben zu verfassen, über beliebte Bands und Sänger zu schreiben und auch ab und zu mal Interviews zu führen. Solche Sachen eben.

Ich bin eine gute Journalistin, und beim Thema Musik bin ich sogar noch besser. Mit ihr bin ich aufgewachsen, da mein Dad Musiker ist. Vom Tag meiner Geburt an hat er mich damit gefüttert.

Für ein Fashion-Magazin zu arbeiten ist nicht mein Traumjob, aber ich mag Vicky sehr. Wir sind wirklich gute Freundinnen geworden. Als ich hier anfing, hatte ich bloß eine Kolumne, aber Vicky wollte, dass ich bleibe. Deshalb und aufgrund meines ständigen Gemeckers erlaubte sie mir, aus meiner Kolumne eine komplette Seite zu machen.

Das war ein glücklicher Tag für mich.

Die Seite gibt es jetzt seit einem Jahr, und sie wird von den Lesern gut angenommen.

Der einzige Nachteil an meinem Job ist, dass ich mich ausschließlich mit Mainstream-Musik befassen muss, da es das ist, worauf die Leserinnen von *Etiquette* stehen.

Ich bin eher weniger für Mädchen-Musik zu haben – gut, bis auf Adele, die ich liebe –, aber im Prinzip stehe ich eher auf Rock oder Indie. Und alles, worüber ich in meinen Artikeln schreiben will, sind Rockbands, Metal-, Indie- und brandneue Bands – solche, die noch niemand kennt und auf die ich in Clubs gestoßen bin. Bands, die die Chance verdient haben, groß rauszukommen.

Das Gute ist, dass sich in letzter Zeit viele große Rockbands im Vergleich zu früher mehr auf den Mainstream verlegt haben, um in die Top 40 zu kommen, weshalb die Mädels, die *Etiquette* lesen, jetzt deren Musik hören. Das gibt mir die Gelegenheit, über diese Bands zu schreiben. Trotzdem ist es immer noch Mainstream, und ich würde lieber abseits der ausgetretenen Pfade wandeln.

Bis auf Weiteres habe ich mich also damit abgefunden, über Easy Listening zu schreiben.

Aber wer weiß, vielleicht ändert sich das eines Tages.

Ich schalte meinen Mac ein, nehme noch einen Schluck Kaffee und verbrenne mir dabei die Zunge, bevor ich mich auf den kurzen Weg durch das Großraumbüro in Richtung Vickys Zimmer mache.

Ihre Tür steht schon offen, als ich ankomme, und sie ist gerade am Telefon.

Mit einem strahlenden Lächeln, bei dem ihre weißen Zähne blitzen, winkt sie mich herein. Ich lasse mich auf dem Stuhl vor ihrem Schreibtisch nieder.

Vicky ist atemberaubend. Ich würde sagen, sie ist Mitte vierzig, obwohl ich sie nie dazu bringen konnte, mir ihr wahres Alter zu verraten – und glaubt mir, ich habe es versucht. Aber wie alt sie auch immer sein mag, sie wirkt, als sei sie Mitte dreißig, und ich kann nur hoffen, dass ich so gut aussehe wie sie, wenn ich einmal in ihr Alter komme.

Ihr blondes, schulterlanges Haar trägt sie zu einem ordentlichen Bob geschnitten. Ihre Figur ist fantastisch, und ich bin mir nicht ganz sicher, ob alles an ihr echt ist. Aber ich liebe sie. Sie lässt sich nichts bieten, ist unglaublich witzig und obendrein eine ausgezeichnete Geschäftsfrau und Journalistin.

Ihre Karriere begann sie als Journalistin für eine Zeitschrift, dann lernte sie ihren Mann kennen. Er war ein wohlhabender älterer Geschäftsmann. Sehr altmodisch, und er hielt nichts davon, dass Frauen arbeiten. Seiner Meinung nach sollten sie mit den Kindern zu Hause bleiben. Vicky liebte ihn, also gab sie für ihn ihre Karriere auf.

Sie heirateten, dann fand Vicky heraus, dass sie keine Kinder bekommen konnte. Anschließend führten sie nicht gerade die glücklichste aller Ehen.

Sie war die Vorzeigeehefrau. Er ging ständig fremd.

Vor zehn Jahren starb er an einem Herzinfarkt und machte Vicky damit zu einer sehr reichen Witwe. Sein Geschäft läuft noch immer. Ich weiß nicht viel darüber, es hat irgendwas mit Firmenübernahmen zu tun, glaube ich. Sicher bin ich mir da aber nicht, und ich glaube auch nicht, dass Vicky viel darüber weiß. Die Firma hat einen Vorstand und einen Geschäftsführer, also beschloss sie nach dem Tod ihres Mannes, sich aus allem herauszuhalten. Stattdessen nahm sie einen Großteil des Geldes, das er ihr hinterlassen hatte, und widmete sich wieder ihrer ersten Liebe: Zeitschriften. Zu diesem Zeitpunkt hat sie *Etiquette* gegründet.

Es ist ein kleines, niedrigpreisiges Magazin, das monatlich erscheint, mit einer Auflage um die fünfhunderttausend Stück.

Das Magazin deckt gerade so seine Kosten. Viel verdient Vicky nicht. Sie macht es aus Liebhaberei und um sich zu beschäftigen.

Trotzdem ist sie fest entschlossen, es zu einem Erfolg zu machen, und da sie das Risiko eingegangen ist, mir einen Job zu geben, als es kein anderer tun wollte – und da ich sie außerdem wirklich sehr, sehr gernhabe –, bin ich fest entschlossen, ihr bei der Erfüllung ihres Traums zur Seite zu stehen.

Sie ist eine brillante, energiegeladene Frau, die es nicht leicht hatte im Leben, und sie hat es verdient, glücklich zu sein. Wenn dieses Magazin Erfolg hätte, würde sie das glücklich machen.

Und wer weiß, eines Tages, wenn das Magazin größer wird, lässt sie mich vielleicht eine eigene Musikbeilage machen.

Okay, na schön, ich darf doch wohl ein bisschen träumen, oder?

Sie beendet das Telefongespräch, legt auf und lächelt mir zu. In ihren großen grünbraunen Augen liegt ein Leuchten, und ich weiß sofort, dass sie etwas im Schilde führt.

»Was ist?«, frage ich misstrauisch.

»Jake Wethers«, trällert sie.

Mir wird das Herz schwer. Ich stoße einen leisen Seufzer aus.

Jake Wethers, einer der größten Rockstars der Welt, Leadsänger von *The Mighty Storm*, einer enorm erfolgreichen Rockband.

Der außerdem früher, vor langer Zeit, mein bester Freund war.

Wir sind Tür an Tür aufgewachsen. Sind gemeinsam zur Schule gegangen, haben alles zusammen gemacht – bis er im Alter von vierzehn mit seiner Familie nach Amerika gezogen ist.

Außerdem war er die große Liebe meines Lebens, was er natürlich nie wusste, und ich war am Boden zerstört, als er fortgegangen ist.

Ich habe keine einzige Kindheitserinnerung, in der Jake nicht vorkommt.

Als er mit seiner Familie Tausende Kilometer weggezogen ist, haben wir uns geschworen, in Kontakt zu bleiben. Aber das war vor zwölf Jahren, als es für Kinder weder Internet noch Handys gab. Diese Dinge waren allein den Erwachsenen vorbehalten, und zudem normalerweise denen, die mehr Geld hatten als meine oder Jakes Familie.

Wir schrieben uns und telefonierten ab und zu. Dann hörten seine Anrufe auf, und die Briefe wurden weniger, bis schließlich gar keine mehr kamen.

Eine Weile habe ich ihm noch geschrieben, aber er hat nie geantwortet, also habe ich es irgendwann aufgegeben.

Wegen Jake Wethers war mein Herz lange Zeit gebrochen. Wenn ich ehrlich bin, glaube ich nicht, dass es jemals richtig geheilt ist.

Und seither habe ich von Jake nichts mehr gesehen oder gehört. Das heißt, bis vor sechs Jahren …

Ich war schon zwei Jahre an der Uni und wohnte in einer WG mit meiner bis zum heutigen Tag besten Freundin Simone, und eines Samstags sah sie sich eine der Musiksendungen an, die damals liefen. Ich kurierte einen Kater aus, wie so oft, und kam gerade mit einem Kaffee aus der Küche ins Wohnzimmer zurück. Und da war er, Jake, im Fernsehen, und starrte mich an.

Er war älter geworden, klar, sah ein wenig anders aus und dennoch genauso wie immer.

Ich ließ meinen Becher fallen und schlug beide Hände vor den Mund. Der Kaffee spritzte überallhin, aber das war mir egal. Wie gelähmt stand ich da und sah zu, wie er mit seiner Band sang.

Ich hatte von dieser neuen, aufstrebenden Band gehört: The Mighty Storm. Aus dem Radio kannte ich sogar ihre Songs, aber bis zu diesem Zeitpunkt hatte ich noch keine Bilder der Bandmitglieder gesehen.

Simone wollte verständlicherweise wissen, warum ich gerade unser Wohnzimmer mit Kaffee getränkt hatte, also setzte ich mich und erzählte ihr von meiner Vergangenheit mit Jake. Danach gingen wir beide sofort in mein Zimmer, um ihn an meinem Computer zu googeln.

Es passte, dass Jake Musiker geworden war. Er liebte die Musik genauso sehr wie ich.

Dass er einen Ton halten konnte, wusste ich, doch mir war nie klar gewesen, welch ein großartiger Sänger er tatsächlich war.

Über die Jahre habe ich Jakes Karriere verfolgt. Habe gesehen, wie er in die Stratosphäre des Musikhimmels aufgestiegen ist.

Und ich habe seine Tiefpunkte gesehen.

Natürlich bedeutet er mir immer noch viel. Er war für eine lange Zeit in meinem Leben mein bester Freund. Wir haben alles miteinander geteilt.

Aber ich bin nicht mehr in ihn verliebt. Das ist seit Jahren vorbei. Und, mal ehrlich, was versteht man schon von Liebe, wenn man ein Teenager ist?

Trotzdem vermeide ich es, den Leuten davon zu erzählen, dass ich mit Jake zusammen aufgewachsen bin.

Ich gebe generell nicht viel über mich preis, und ich bin mir ziemlich sicher, es würde sich nur wie Prahlerei anhören, wenn ich herumerzählen würde, dass ich ihn früher gut gekannt habe. Und wenn meine Freunde und Kollegen wüssten, dass ich ihm mal so nahe gestanden habe, dann würden sie alle Details wissen wollen. Aber es gibt Dinge in Jakes Vergangenheit, von denen ich weiß, dass er sie lieber für sich behalten würde. Damit ich mich gar nicht erst verplappern kann, tue ich so, als hätte ich ihn nie gekannt und wäre nur ein ganz gewöhnlicher TMS-Fan.

Davon abgesehen, und ich weiß, dass es sich lächerlich anhört, wenn ich das sage … Aber über Jake zu reden würde sich anfühlen, als müsste ich ihn mit anderen teilen.

Heute gehört er der ganzen Welt, und den Jake, den ich damals hatte, will ich mit niemandem teilen. Denn jetzt, na ja … Nach dem zu urteilen, was ich sehe und lese, hat er nicht mehr viel mit dem Jake gemeinsam, den ich damals kannte.

Jetzt ist er der Inbegriff des Rockstars, zu dem er immer bestimmt war.

Der einzige Mensch, dem ich je von Jake erzählt habe, ist Simone, und meine Eltern kannten ihn natürlich auch. Oh, und … Nun, ich habe auch Vicky von ihm erzählt, aber das war ein Ausrutscher, als ich sturzbetrunken war.

Letztes Jahr auf unserer Weihnachtsfeier war ich völlig blau, und aus irgendeinem mir unbekannten, höchstwahrscheinlich dem Alkohol geschuldeten Grund beging ich den fatalen Fehler, Vicky zu erzählen, dass ich Jake einmal gekannt habe.

Und wenn ich fatal sage, dann nicht, weil sie irgendjemandem von meiner Verbindung zu Jake erzählt hätte. O nein, sondern weil sie mir, seit sie davon weiß, damit in den Ohren liegt, dass ich mit ihm Kontakt aufnehmen und ein exklusives Interview für das Magazin führen soll.

Was Vicky nicht begreift, ist die Tatsache, dass ich nicht mehr mit Jake befreundet bin, und das schon seit zwölf Jahren. Ich kann ihn nicht einfach anrufen und um ein Interview bitten.

Sie denkt, ich könnte das. Sie denkt, dass Jake sich freuen würde, von mir zu hören. Ich weiß, dass sie das nur sagt, um mich dazu zu bringen, ihn zu kontaktieren.

Aber das werde ich niemals tun. Ich denke, wenn er mich wirklich wiedersehen wollte, hätte er sich inzwischen von sich aus bei mir gemeldet.

Wenn ich ehrlich bin, dann glaube ich, dass er mich völlig vergessen hat. Er befasst sich jetzt mit größeren und besseren Dingen, und wenn ich wieder in seinem Leben auftauchen und ihn um ein Interview bitten würde, wäre das einfach nur total peinlich und ziemlich seltsam, sowohl für ihn als auch für mich.

Ich habe mir alle Mühe gegeben, Vicky das alles zu erklären, aber sie will es nicht begreifen, also bin ich mittlerweile so weit, dass ich ihr ausweiche, sobald sein Name erwähnt wird.

»Erde an Tru: Hast du auch nur ein Wort von dem mitbekommen, was ich gerade gesagt habe?« Vicky schnippt mit den Fingern, und meine Aufmerksamkeit gehört sofort wieder ihr. Mir wird klar, dass ich kurz weggetreten war.

Ich spüre, wie meine Wangen sich röten. »Äh ... Nein, entschuldige.« Ich beiße mir auf die Unterlippe. »Es ist nur wegen der ganzen Jake-Sache ... Ich weiß, du willst, dass ich Kontakt mit ihm aufnehme, aber ich kann einfach nicht ...«

Sie hebt einen ihrer perfekt manikürten Finger und bringt mich zum Schweigen.

»Tja, wenn du mir zugehört hättest, Darling, dann hättest du vernommen, dass ich deine Hilfe überhaupt nicht brauche, um ein Interview mit Jake Wethers zu bekommen.«

Sie strahlt bis über beide Ohren – wie ein Kind, das glaubt, es hätte gerade bei Harrods den echten Weihnachtsmann gesehen.

Ich und meine verdammte Tagträumerei.

Alarmiert richte ich mich auf meinem Stuhl etwas auf. »D-du hast ein Interview mit Jake gekriegt?«

Sie nickt stolz.

»Wie?«, keuche ich fassungslos.

Jake ist dafür bekannt, dass er keine Interviews gibt. Das ist einer der Gründe, weshalb Vicky so versessen darauf war, dass ich versuche, an eins heranzukommen. Ein Exklusivinterview.

Jake ist sehr auf die Wahrung seiner Privatsphäre bedacht. Natürlich redet er über seine Musik, wenn er das aus PR-Gründen tun muss. Aber davon abgesehen spricht er niemals über sich.

Was komisch ist, wenn man bedenkt, wie er sein Leben lebt, nämlich in vielerlei Hinsicht ziemlich öffentlich: das Trinken, die Drogen … und die Frauen.

Vicky rutscht unbehaglich auf ihrem Stuhl herum und verzieht leicht das Gesicht. »Nun, das Wie ist unwichtig. Was zählt, ist, dass ich es gekriegt habe, und du wirst es führen.«

»Was!« Beinahe wäre ich rückwärts vom Stuhl gefallen.

»Tu nicht so überrascht. Du bist meine beste Journalistin, Tru, und, na ja … meine einzige Musikjournalistin. Und du hast diese besondere Verbindung mit Jake. Ihr seid zusammen aufgewachsen, verdammt noch mal! Dir wird er sich so öffnen, wie er sich sonst niemandem gegenüber öffnen würde. Du könntest uns hier ein Exklusivinterview an Land ziehen.«

»O nein.« Hastig schüttle ich den Kopf. »Das halte ich für keine gute Idee.«

Ich mag Journalistin sein, aber ich besitze durchaus so etwas wie Anstand. Ich werde nicht ein paar Schlagzeilen zuliebe Jakes Innerstes im Magazin ausbreiten.

»Es ist eine ausgezeichnete Idee, und wir brauchen das, Tru.« Ihre sonst so glatte Stirn legt sich in Falten. »Unsere Verkaufszahlen sind momentan mies, und dieses Exklusivinterview mit Jake wird uns genau den Schub verschaffen, auf den wir gewartet haben.«

Uff. Sie hat recht. Es wird dem Magazin guttun. Ach was, es wird fantastisch sein.

Alles, was ich zu tun habe, ist, von Jake ein tolles Interview zu bekommen und zugleich den Anstand zu wahren.

Ach du Scheiße! Passiert das gerade wirklich? Werde ich Jake nach so langer Zeit wirklich wiedersehen?

Mich durchrieselt ein nervöser Schauer.

Wahrscheinlich wird er sich nicht einmal an mich erinnern. Es ist zwölf Jahre her.

»Okay. Ich bin dabei.«

»Sehr gut.« Lächelnd klatscht Vicky in die Hände.

»Wann und wo?«

»Morgen früh, zehn Uhr, im Dorchester.«

»Morgen?« Ein erneuter, sehr viel stärkerer Schauer durchläuft mich.

»Er ist nur ein paar Tage hier in England. Das ist die einzige Chance, die wir haben.«

»Okay … Soll ich Jim buchen?« Jim ist unser Fotograf.

Sie schüttelt den Kopf. »Keine Fotos. Wir sollen alte Pressebilder verwenden. Du gehst allein hin, Darling.«

Mist. Ich hatte auf Verstärkung gehofft.

Mühsam schlucke ich die Nervosität hinunter, die mir die Kehle hochkriecht, und nicke. »In Ordnung.«

»Mach nicht so ein verschrecktes Gesicht. Du wirst das toll machen, Tru. Oh, und hier ist ein Rezensionsexemplar des neuen Albums.« Sie greift nach einer CD-Hülle auf ihrem Schreibtisch, betrachtet sie angestrengt und liest vor: »›Creed‹.« Sie macht eine Pause. »Ahh«, murmelt sie wissend. »Wie auch immer, hör vor dem Interview mal rein, und es ist noch nicht veröffentlicht worden, also denk dran …«

»Ich werde es hüten wie meinen Augapfel.« Ich nehme die CD und mache mich auf den Weg zurück zu meinem Schreibtisch.

»Ich wette, er wird entzückt sein, dich zu sehen«, flötet sie mir hinterher.

Ich werfe ihr über die Schulter einen Blick zu, ziehe eine Grimasse und strecke ihr die Zunge raus.

Sie lacht. »Nun, wenn du so ein Gesicht machst, vielleicht auch nicht.«

Ich grinse sie an und schlendere mit meiner neuen Mighty-Storm-CD und der schweren Bürde des Interviews auf meinen Schultern aus ihrem Büro.

An meinem Schreibtisch angekommen lasse ich mich auf den Stuhl fallen und betrachte die CD in meiner Hand.

Okay, morgen früh um zehn werde ich also zum ersten Mal seit zwölf Jahren Jake wiedersehen.

Jake Wethers, den Mann, der einmal der Junge war, den ich geliebt habe.

Jake Wethers, der größte Rockstar und begehrteste Mann der Welt, wird morgen vor mir sitzen und mir ein Interview geben, und ich habe nicht die geringste Ahnung, was ich ihn fragen soll.

Ich lege das Album in das CD-Laufwerk meines Macs, stecke meine Ohrstöpsel ein und lasse die Musik auf mich wirken.

Neugierig hole ich das beiliegende Booklet heraus und lese mir die Songtitel durch. Anschließend blättere ich zur letzten Seite, um die Widmung zu lesen.

Ich weiß, dass es einen Menschen gibt, dem dieses Album auf jeden Fall gewidmet ist.

Der Mensch, der mit an den Songs dieses Albums geschrieben hat und nach dem es benannt wurde: Jonny Creed.

Jonny war Jakes bester Freund, Leadgitarrist von TMS und Jakes Geschäftspartner, der vor etwas mehr als einem Jahr bei einem Autounfall ums Leben gekommen ist.

Jonnys Wagen durchbrach eine Leitplanke und stürzte in eine steile Schlucht, nicht weit von seinem Haus in L.A. entfernt.

Ich habe die Bilder in den Nachrichten gesehen, einen Tag nachdem es passiert war. Sein Wagen hatte einen Totalschaden.

Jonny hatte keine Chance.

Kein anderes Auto war in den Unfall verwickelt, und bei der Autopsie kam heraus, dass Jonny die zulässige Promillegrenze weit überschritten und genug Drogen intus hatte, um ein kleines Pferd zu betäuben, so wurde jedenfalls berichtet.

Der Unfall passierte spätnachts, und die Polizei sagte, Jonny sei vielleicht einem Tier auf der Straße ausgewichen oder aufgrund von Alkohol und Drogen hinterm Steuer eingeschlafen. Allerdings gibt es keine Beweise, weder für die eine noch für die andere Theorie.

Die Presse spekulierte, es sei Selbstmord gewesen. Aber dem widersprachen die Pressesprecher der Band vehement, und es gab keine Anhaltspunkte dafür, dass Jonny in irgendeiner Hinsicht depressiv gewesen wäre.

Sein Leben war großartig. Er war auf dem Höhepunkt seiner Karriere. Er hatte alles, wofür es sich zu leben lohnte.

Die Band hat seinen Tod nur schwer verkraftet. Jake ganz besonders. Und sein Kummer wurde vor den Augen der ganzen Welt in der Presse breitgetreten.

Von da an verschlimmerten sich Jakes Trinkerei und sein Drogenkonsum, und acht Monate nach Jonnys Tod stürzte er bei einem Konzert in Japan katastrophal ab.

Es war der erste Auftritt der Band nach dem Unglück. Jake war ein Wrack. Er konnte kaum sprechen und erst recht nicht singen. Als die Menge aufgrund der schwachen Vorstellung unruhig wurde, beschimpfte er sie. Als Zwischenrufe kamen, öffnete er seine Jeans und urinierte auf die Bühne.

Er wurde wegen Erregung öffentlichen Ärgernisses festgenommen.

Nach dem Vorfall sah ich Ausschnitte des Konzerts. Es brach mir das Herz.

Er war so weit entfernt von dem Jake, den ich all die Jahre über in der Presse gesehen hatte – und noch weiter von dem, an den ich mich erinnerte und den ich einst geliebt habe.

Er war der Trauer völlig ausgeliefert und versuchte, sie mit Drogen und Alkohol zu betäuben. Und in diesem einen Moment verlor er die Kontrolle.

Es hätte seine Karriere ruinieren können.

Zu seinem Glück tat es das jedoch nicht. Wenn überhaupt, katapultierte es ihn weiter nach oben und fachte die Faszination der Weltöffentlichkeit nur noch an.

Er ist der ultimative Bad Boy des Rock.

Für sein Verhalten in Japan wurde Jake eine Geldstrafe auferlegt, und man verwies ihn des Landes. Kurz darauf machte er einen Entzug.

Er hat vier Monate in einer Entzugsklinik verbracht und ist seit vier Wochen draußen, und bisher hält er sich bedeckt.

Aber ich weiß, dass sich das bald ändern wird. Daher das Interview, denn die Band muss das Album, das Jake und Jonny gemeinsam geschrieben haben, veröffentlichen und promoten.

Eine Zeit lang sorgten sich die Fans, dass die Band nach Jonnys Tod nicht weitermachen würde. Doch in der Presseerklärung, die TMS vor einem Monat, kurz nach Jakes Entlassung aus der Entzugsklinik, herausgegeben hat, heißt es, dass die Band Jonnys Leben und seine größte Liebe war und dass dieses Album, sein letztes und somit sein Vermächtnis, sein bisher bestes ist. Außerdem würde Jonny wahrscheinlich aus dem Jenseits zurückkehren und sie windelweich prügeln, wenn sie sich jetzt trennen und das Album nicht herausbringen würden.

Und ich will nicht zynisch sein, ich verstehe einfach nur, wie das Musikgeschäft funktioniert, und na ja … Im Grunde ist es diese Band, die das Plattenlabel am Laufen hält, und das Label, bei dem TMS unter Vertrag steht, gehört Jake – sofern es möglich ist, eine Band unter Vertrag zu nehmen, bei der man selbst Mitglied ist.

Wenn das Label zugrunde geht, weil die Band sich trennt, dann bedeutet das, dass eine Menge Leute ihren Job verlieren.

Als TMS damals anfing, wurden sie von einem kleinen Label namens Rally Records unter Vertrag genommen. Doch mit dem schnellen Erfolg, als sie zu einer der erfolgreichsten Bands aller Zeiten wurden und weltweite Verkaufsrekorde brachen, förmlich zu einem Phänomen wurden, wuchs auch Jake.

Und er und die Jungs wurden für das kleine Label, bei dem sie unter Vertrag standen, schnell zu groß.

Es ist hinreichend belegt, dass Jake für sein Alter ein gewiefter Geschäftsmann und ein echter Profi ist, abgesehen von seiner Alkohol- und Drogensucht und dem Pinkel-Eklat auf der Bühne. Außerdem ist weithin bekannt, dass man mit ihm nur äußerst schwer zusammenarbeiten kann.

Offenbar wurde er in der Presse einmal mit folgenden Worten zitiert: »Wenn man wie ich der Beste ist und nur das Beste gibt, was ist daran falsch, wenn man im Gegenzug das Gleiche erwartet?«

Dass er das gesagt hat, kann ich mir gut vorstellen. Denn es erinnert mich sehr an den Jake, den ich einst kannte. Er war nie der Typ, der ein Blatt vor den Mund nimmt oder mit seiner Meinung hinterm Berg hält.

Als die Band also fand, dass sie für Rally zu groß geworden waren, haben sie sich von dem Label getrennt und sich aus ihrem Vertrag herausgekauft.

Die Summe ist nie bekannt geworden. Aber ich zweifle nicht daran, dass sie es sich leisten konnten.

Gerüchten zufolge soll Jake um die dreihundert Millionen Dollar wert sein, Tendenz steigend. Man sagt, dass er allein im letzten Jahr neunzig Millionen verdient hat.

Nachdem sie sich also von Rally getrennt hatten, gründeten Jake und Jonny zusammen TMS Records als neues Label für die Band und haben seitdem auch andere aufstrebende Bands und Musiker unter Vertrag genommen.

Nun, jedenfalls bis Jonny starb.

Nach seinem Tod ging die Hälfte des Labels natürlich an seine Eltern. Es heißt, dass Jake sie auf ihren ausdrücklichen Wunsch hin ausbezahlt hat, weil es nach Jonnys Verlust für sie zu schmerzlich war, noch irgendwie mit dem Label in Verbindung zu stehen.

Daher ist Jake nun alleiniger Eigentümer von TMS. Und nach allem, was ich in den Wirtschaftsnachrichten gehört habe, hat er sogar während des Entzugs die Geschäfte weitergeführt.

Doch trotz seiner Kombination aus musikalischem und unternehmerischem Talent ist das traurigerweise nicht das, worüber am häufigsten in den Medien berichtet wird.

Schon vor dem Pinkel-Eklat in Japan war Jake aufgrund seiner Trinkgelage, der Partys und der Frauengeschichten ein gefundenes Fressen für die Klatschpresse. Er arbeitet hart und feiert noch härter. Die Frauen an seiner Seite wechselt er schneller als andere Leute ihre Hemden. Er war schon mit einigen der schönsten Frauen der Welt zusammen. Schauspielerinnen, Models, Sängerinnen ... Die Liste nimmt kein Ende.

In letzter Zeit war es in der Hinsicht ruhig um ihn, er war schließlich auch in der Entzugsklinik. Aber jetzt ist er zurück, clean und bereit, seinen Platz in den Nachrichten und in den Charts wieder einzunehmen.

Vielleicht hat Vicky so das Interview bekommen.

Jake wird scharf darauf sein, zu zeigen, dass er wieder da ist und es ernst meint. Wenn überhaupt, dann hat seine Popularität – und die seiner Band – seit dem Zwischenfall in Japan noch zugenommen.

Die Fans lieben sein exzentrisches Verhalten. Männer wollen sein wie er, Frauen wollen ihn vögeln ... Wobei die meisten von ihnen wahrscheinlich bloß diejenige sein wollen, die den unbezähmbaren Jake Wethers zähmt.

Alles, was Jake an jenem Abend in Japan getan hat, war, sich als der Gott des Rock unsterblich zu machen, für den die Leute ihn schon immer gehalten haben. Im zarten Alter von sechsundzwanzig steht er bereits in der Riege der unvergesslichen Titanen.

Es ist irre – mit vierzehn hat er England verlassen, und nur vier Jahre später wurde die Band unter Vertrag genommen. Als er zwanzig war, gehörten sie bereits zu den ganz Großen.

Was für ein rasanter Aufstieg. Und ich bin fasziniert: Wenn er das alles in nur acht Jahren in der Musikindustrie erreicht hat, stellt euch vor, was er in zwanzig Jahren erreichen könnte.

Aber von alldem abgesehen und wenn man das ganze Geld und den Ruhmesglanz ignoriert, dann ist alles, was ich sehe, wenn ich mir seine Bilder anschaue, mein alter bester Freund Jake Wethers. Der Typ, mit dem ich Film-und-Pizza-Abende veranstaltet habe. Der Typ, der mir geholfen hat, mein Kaninchen Fudge zu begraben, nachdem es gestorben war. Und der den ganzen Tag bei mir saß und meine Hand hielt, während ich mir über den Verlust die Augen ausweinte.

Es ist bloß so lange her, und heute trennen uns Welten, unsere Leben haben so unterschiedliche Wege genommen ... Was werden wir uns überhaupt zu sagen haben? Vielleicht gar nichts? Wird er sich überhaupt an mich erinnern?

Mein Telefon klingelt und reißt mich aus meinen Tagträumen. Ich ziehe die Ohrstöpsel raus und gehe ran.

»Trudy Bennett.«

»Hey, Babe.«

Ich schmelze ein wenig dahin. Es ist mein äußerst liebenswerter, umwerfender, blonder, blauäugiger und intelligenter Freund Will.

Ich bin seit zwei Jahren mit ihm zusammen. Kennengelernt habe ich ihn schon an der Uni, aber damals hat sich nie etwas zwischen uns entwickelt. Dann, nach meinem Abschluss, habe ich ihn bis vor zwei Jahren nicht wiedergesehen und bin ihm schließlich zufällig beim Ausgehen mit Simone begegnet. Seitdem sind wir zusammen.

»Hey, du.«

»Bleibt es beim Abendessen nachher?«

»Na klar.« Ich lächle.

»Wunderbar, dann hole ich dich also um sieben bei dir ab.«

»Bis später.«

Ich beende das Telefongespräch mit Will und starre auf meinen Bildschirm. Dann rufe ich Google auf und suche nach Bildern von Jake.

Eines klicke ich an, um es zu vergrößern. Darauf ist sein Oberkörper nackt, und er sieht so unglaublich gut aus.

Jake ist schlank, aber muskulös, und er hat herrlich schmale Hüften. Sein Haar ist schwarz, an den Seiten kurz rasiert und oben länger, er trägt es voluminös und zerzaust. An irgendjemand anderem würde seine Frisur wahrscheinlich albern aussehen, aber nicht an ihm. An ihm sieht sie perfekt aus. Und im Kontrast zu seinem schwarzen Haar sind seine Augen überraschend blau, eine Farbe genau wie die des Ozeans.

Schon seit ich denken kann, hat er ein paar süße kleine Sommersprossen auf der Nase, aber nun bringen sie seine umwerfende Bad-Boy-Ausstrahlung irgendwie sogar noch mehr zur Geltung.

Außerdem ist Jake mit Tattoos übersät. Dafür ist er beinahe ebenso berühmt wie für seine Musik und seine Eskapaden.

Sein rechter Arm ist komplett tätowiert. Weitere Tattoos finden sich auf seinem linken Unterarm, sowie der Schriftzug »TMS« auf dessen Innenseite. Doch sein markantestes, jedenfalls meiner Meinung nach, ist das auf seiner Brust. Es verläuft quer über seinen Brustkorb, genau unter seinem Schlüsselbein, und lautet:

I wear my scars, they don't wear me. Ich trage meine Narben, nicht sie mich.

Manchmal frage ich mich, wie viel Wahrheit in dieser Aussage steckt.

Wenn ich zurückblicke, dann weiß ich nicht mehr, wann genau mir klar geworden ist, dass ich in Jake verliebt war. Ich vermute, dass ich es einfach schon immer gewesen bin.

Meine Mum hat früher immer gesagt, dass ich ihm wie ein Hündchen nachgelaufen bin, als wir noch kleine Kinder waren.

Jake und ich waren die besten Freunde. Wir waren uns so nah, wie man einander nur sein kann. Und ich weiß, dass das alles war, was er jemals in mir gesehen hat und sehen wird. Er war schon immer ein paar Nummern zu groß für mich.

Ich schätze, das Traurige – oder im Rückblick vielleicht das Beste – war, dass ich die Tiefe meiner Gefühle für Jake erst realisiert habe, nachdem er weg war.

Allerdings amüsiert es mich, wie Jake heutzutage mit Frauen umgeht. Im Grunde ist er eine männliche Schlampe. Als er jünger war, hat er sich nie etwas aus Mädchen gemacht.

Damals ging es uns nur um Musik. Ich vermute, das hat uns zusammengeschweißt. Nun, das und das andere. Das Schlechte in Jakes Leben.

Jake war immer total in Musik vernarrt, genau wie ich, was ich meinem Dad zu verdanken habe.

Dad war früher Gitarrist in einer kleinen Rockband namens The Rifts, damals in den Achtzigern.

Ich habe die Musik quasi mit der Muttermilch aufgesogen. Und Dad hat auch Jake damit angesteckt. Ich glaube, Jake war für ihn der Sohn, den er niemals hatte.

Mein Leben unterschied sich etwas von dem der anderen Kinder. Während deren Eltern ihnen beibrachten, »Funkel, funkel, kleiner Stern« zu singen, lehrte Dad mich den Text von »(I Can't Get No) Satisfaction«.

Ich wuchs auf mit der Musik von den Rolling Stones, Dire Straits, The Doors, Johnny Cash, Fleetwood Mac und The Eagles, um nur ein paar zu nennen.

Mum versuchte, das auszugleichen, aber Dad lebt und atmet Musik, und er ist so wichtig für mich, dass sie nie eine Chance hatte. Natürlich liebe ich meine Mum, aber Dad bete ich geradezu an.

Weil ich so anders war – und das in vielerlei Hinsicht, glaubt mir –, habe ich nie richtig zu den anderen Kindern in der Schule gepasst. Und Jake genauso wenig.

Wir lebten in unserer eigenen Welt, und als er fortging, verlor ich für lange Zeit den Halt.

Dad brachte mir Klavierspielen bei. Mit der Gitarre hat er es auch versucht, aber ich habe den Dreh nie rausbekommen. Jake hingegen war ein absolutes Naturtalent an der Gitarre. Dad hat ihm seine erste geschenkt, als er sieben war. Er hat immer gesagt, Jake sei der geborene Musiker, daher denke ich, dass Jakes Erfolg ihn nicht weiter überrascht.

Dad ist wirklich stolz auf Jakes Karriere.

Er hat immer gesagt, ich solle versuchen, mit ihm Kontakt aufzunehmen, aber ich habe mich geweigert. Deshalb werde ich Dad keinesfalls anrufen, um ihm zu sagen, dass ich morgen Jake treffe. Wahrscheinlich würde er versuchen mitzukommen.

Es wird surreal sein, Jake nach so langer Zeit wiederzusehen.

Ich klicke das Bild weg und öffne ein weiteres, eine Nahaufnahme seines Gesichts. Gebannt starre ich sie an, mein Blick folgt der Narbe an seinem Kinn – die, die an seinem ganzen Unterkiefer entlang verläuft. Sie ist nicht mehr so auffällig wie früher, vielleicht deckt er sie inzwischen mit Make-up ab.

Ich weiß mehr über Jake als irgendjemand sonst. Ich weiß von einem Teil seiner Vergangenheit, den er bisher vor dem Rest der Welt verborgen hat.

Dann kommt mir ein Gedanke. Vielleicht will er mich gar nicht sehen. Vielleicht glaubt er, dass er sein Leben hier hinter sich gelassen hat, und hat deshalb den Kontakt zu mir abgebrochen.

Vielleicht erinnere ich oder seine Heimat ihn an eine Zeit, die er lieber vergessen würde.

Jake hatte eine ziemlich schwere Kindheit. Sein Dad, Paul, musste ins Gefängnis, als Jake erst neun war. Ein paar Jahre später hat seine Mum, Susie, einen wirklich netten Mann namens Dale geheiratet. Er war ein Architekt, der von seiner Firma in New York für ein Langzeitprojekt nach Manchester versetzt worden war, wo wir wohnten. Als Jake vierzehn war, wurde Dale in New York eine Beförderung angeboten, die er annahm.

Sechs Wochen später war Jake fort. Und mein Herz war gebrochen.

Mit einem resignierten Seufzen klicke ich Google weg, und Jake verschwindet von meinem Bildschirm.

Ich zwinge mich dazu, meine Word-Datei zu öffnen, um die Fragen für morgen zusammenzustellen, bevor ich heute Abend mit Will essen gehe.

Ich erscheine nie unvorbereitet bei Interviews. Erst recht nicht, wenn es sich um ein Interview mit meinem ehemals besten Freund und der einstigen Liebe meines Lebens handelt.

KAPITEL 2

Als ich von der Arbeit nach Hause komme, habe ich es irgendwie geschafft, für das Interview mit Jake morgen eine Liste angemessener Fragen zusammenzustellen. Ich lasse meine Handtasche auf den Couchtisch fallen, werfe meine Jacke über die Sofalehne und schlüpfe aus den Schuhen.

Simone ist in der Küche. Wir bewohnen gemeinsam eine bescheidene Zwei-Zimmer-Erdgeschosswohnung in Camden, die wir von Simones Cousin Marc gemietet haben, der als Projektentwickler in der Immobilienbranche arbeitet. Unsere Miete ist wirklich vernünftig, da sich Marc und Simone gut verstehen. Anderenfalls hätten wir uns das nie leisten können.

Als ich die Küche betrete, beginnt gerade der Kessel zu pfeifen.

»Willst du auch einen?«, fragt Simone und hält die Kaffeedose hoch.

»Gerne, danke.«

Simone reicht mir meinen Kaffee, ich hole die Kekse aus dem Schrank und folge ihr mit der Schachtel unter dem Arm zurück in unser kleines Wohnzimmer.

Ich setze mich neben sie aufs Sofa und lege die Kekse zwischen uns.

Ich schnappe mir einen und frage: »Also, wie war dein Tag?«

Das ist meine Überleitung, um ihr von Jake zu erzählen.

Wie war dein Tag, Simone? Und meiner, fragst du? Also, morgen früh habe ich ein Interview mit Jake Wethers. – Das Stichwort für jede Menge Geschrei von Simone und vielleicht auch ein wenig von mir.

»Gut.« Mit einem strahlenden Lächeln streicht sie sich das blonde Haar hinters Ohr. »Eigentlich sogar großartig.« Sie wendet sich mir zu und zieht die Füße unter sich. »Wir haben Penners an Land gezogen.«

»Wirklich?«

»Wirklich! Und anschließend hat Daniel mich in sein Büro gerufen, um mir zu sagen, dass sie mich befördern!«

»Argghhh!«, schreie ich.

»Ich weiß!«, schreit sie zurück.

»Das ist großartig, Simone! Ich freu mich so für dich! Und ich bin megastolz.« Ich umarme sie und versuche, dabei nicht meinen Kaffee über sie zu schütten.

Simone arbeitet für eine Werbeagentur. Sie hat ewig daran gesessen, Penners an Land zu ziehen, daher weiß ich, wie viel ihr das bedeutet. Sie liebt ihren Job und ist, wie man sieht, ziemlich gut darin.

Mit ihrem herrlichen langen blonden Haar, den kristallklaren blauen Augen und ihrer hellen Haut ist sie atemberaubend hübsch – und hat dabei keine Ahnung, wie sie auf Männer wirkt.

Sie ist lieb, wundervoll und hat ein gutes Herz, und ich liebe sie abgöttisch.

»Wir sollten heute Abend feiern«, schlage ich begeistert vor und finde immer mehr Gefallen an der Idee, je länger ich darüber nachdenke. »Eigentlich war ich mit Will zum Abendessen verabredet, aber das sage ich ab. Wir können uns chic machen, im Mandarin's Cocktails trinken …«

»Nein.« Abwehrend hebt sie die Hände. »Du kannst doch Will nicht einfach absagen.«

»Ich kann, und ich will.« Ich fange an, über meinen eigenen Witz zu lachen.

»Du bist bescheuert.« Lächelnd versetzt sie mir im Spaß einen kleinen Tritt.

»Und du würdest mich gar nicht anders wollen.«

»Da hast du recht.«

»Wirklich, er wird es schon verstehen. Will ist ein sehr verständnisvoller Mann.« Ich beiße ein weiteres Stück von meinem Keks ab und verteile dabei Krümel über mein ganzes T-Shirt. Ich wische sie fort. »Heute Abend ist nicht so wichtig, wir wollten nur zusammen essen. Ernsthaft, du und ich, wir werden ausgehen und feiern. Ich rufe Will sofort an.«

Um ehrlich zu sein, könnte ich heute Abend gut ein wenig Ablenkung durch Alkohol gebrauchen, denn meine Nerven sind wegen der ganzen Sache mit dem Jake-Interview extrem angespannt, und Simone ist meine allerbeste Zechkumpanin.

»Bist du dir sicher?«

»Ich bin mir definitiv sicher.« Ich lächle.

»Dann ist es definitiv abgemacht.«

Ich stelle meine Kaffeetasse ab, beuge mich zur Seite und hole mein Handy aus der Handtasche.

Vicky hat mir eine SMS geschickt:

> *Viel Glück morgen, Darling. Komm gleich in mein Büro, wenn du mit Jake fertig bist. Ich will ALLE Einzelheiten wissen. ;)*

Ein zwinkerndes Smiley. Himmel, bei ihr klingt es so, als wäre es ein verdammtes Date.

Beim bloßen Gedanken daran wird mir heiß.

Herr im Himmel, Tru, reiß dich zusammen.

A: Jake ist ein paar Nummern zu groß für dich und war es schon immer.

B: Es ist wirklich nur ein Interview.

Und C: Du hast einen wunderbaren Freund namens Will. Der, dem du gleich absagen wirst.

Ich lehne mich auf dem Sofa zurück und drücke die Kurzwahltaste für Wills Nummer.

»Hallo, Babe«, sagt er leise ins Telefon. »Alles klar bei dir?«

»Mir geht's gut … Ich hab mich nur gefragt: Wärst du sehr böse, wenn ich dir für heute Abend absagen würde? Es ist nur, weil Simone vorhin erfahren hat, dass sie diesen großen Kunden an Land gezogen hat, an dem sie seit Monaten dran war, und außerdem wird sie befördert. Also dachte ich, ich sollte mit ihr feiern gehen.«

»Natürlich macht mir das nichts aus. Geh aus, amüsier dich. Und richte Simone meine Glückwünsche aus. Verschieben wir es auf morgen Abend, Babe?«

»Abgemacht.«

»Lieb dich.«

»Ich dich auch.«

Ich beende das Gespräch und lege mein Handy auf den Tisch.

»Wirf dich in Schale«, sage ich mit einem Lächeln zu Simone. »Denn heute Abend feiern wir zwei.«

Ich dusche mich rasch und wasche mir die Haare. Anschließend föhne ich sie trocken und gehe mit dem Glätteisen drüber.

Mein Haar ist dunkel und dicht, von Natur aus lockig – eigentlich nicht zu bändigen. Ich trage es lang, damit sich die Locken aushängen. Die wilde Mähne habe ich von meiner Mum geerbt. Sie ist Puerto Ricanerin. Mein Dad ist Engländer.

Und nein, bevor ihr fragt: Ich sehe kein bisschen aus wie J.Lo. Schön wär's. Nun, vielleicht abgesehen von meinem Hintern, der ist ungefähr so groß wie ihrer.

Meine Eltern haben sich kennengelernt, als er mit den Rifts durch Amerika getourt ist. Mum war gerade im ersten Jahr an der Uni. Sie war von Puerto Rico nach San Francisco gezogen, um dort zu studieren. Für sie und ihre Familie war das eine große Sache. Sie war die Erste überhaupt, die zur Universität gegangen ist.

Dad hatte einen Auftritt an ihrer Uni, und es war Liebe auf den ersten Blick. Die kompletten vier Tage, die er in San Francisco war, haben die beiden miteinander verbracht.

Als Dad die Tournee fortsetzte, sind sie in Kontakt geblieben. Sechs Wochen später fand Mum raus, dass sie mit mir schwanger war.

Damals war sie erst achtzehn, Dad dreiundzwanzig. Ihr ganzes Leben lag noch vor ihnen.

Dad kehrte nach San Francisco zurück, und sie mussten eine Entscheidung treffen.

Sie sagen, dass es für sie nie infrage gekommen wäre, mich abzutreiben, also musste einer von ihnen etwas aufgeben.

Entweder Dad die Musik oder Mum ihren Uniabschluss.

Also brach meine Mum ihr Studium ab.

Zu Dad hat sie gesagt, dass Mutter zu sein jetzt für sie das einzig Wichtige sei, da sie ihre eigene Mama ziemlich früh verloren hatte.

Als sie ihrem Dad die Neuigkeit mitgeteilt hat, ist er komplett ausgerastet. Er stellte ihr ein Ultimatum. Entweder ich und mein Dad, oder ihre Familie daheim.

Sie hat sich für uns entschieden.

Und er hat sie verstoßen. Ihre gesamte Familie brach den Kontakt mit ihr ab.

Also verließ sie San Francisco, kehrte ihrem Traum den Rücken und ging mit Dad und der Band auf Tournee, um seinem Traum nachzujagen.

Sie versuchten, unterwegs ein Familienleben auf die Reihe zu kriegen, aber mit einem Baby auf Tour zu sein ist schlicht unmöglich, also traf Dad schließlich die Entscheidung, die Band zu verlassen. Sie zogen zurück nach England, nach Manchester, wo Dad herstammt, und heirateten.

In den ersten zwei Jahren meines Lebens wohnten wir alle im Haus meiner Großeltern, solange Mum und Dad sich kein eigenes leisten konnten.

Und dann bin ich neben Jake eingezogen.

Manchmal glaube ich, dass ich Dad die Chance geraubt habe, groß rauszukommen, und Mum die Möglichkeit, Karriere zu machen. Aber keiner von beiden hat mir je dieses Gefühl vermittelt, nicht ein einziges Mal, und ich weiß, dass sie sicher böse wären, wenn sie wüssten, dass ich auch nur darüber nachdenke. Aber ich sehe das vor allem in Hinblick auf Dad so. Ich weiß einfach, wie sehr er die Musik liebt und wie schwer es für ihn gewesen sein muss, sie aufzugeben.

Ich trage goldfarbenen Lidschatten auf – der passt am besten zu meinen braunen Augen –, tusche mir die Wimpern und tupfe mir etwas blassrosa Gloss auf die Lippen. Dann entscheide ich mich für mein schwarzes Maxikleid. Ich schlüpfe in silberne High Heels, schnappe mir meine Handtasche in Kettenhemd-Optik und verstaue Geld und Lipgloss darin.

Ein letztes Mal betrachte ich mich im Spiegel. *Nicht schlecht, Tru. Nicht perfekt, aber auch nicht schlecht.*

Draußen im Flur treffe ich Simone.

»Du siehst umwerfend aus«, sage ich. Sie trägt ein kurzes, hellblaues Kleid mit Ballonrock.

Sie wackelt mit den Hüften. »Du aber auch, Süße.«

»Und du nennst mich bescheuert.« Ich schüttle den Kopf und lache über sie. »Hast du deine Schlüssel?«

Sie hält sie hoch.

»Gut, dann lass uns gehen.«

Simone schließt ab, und wir treten in die Abendluft und machen uns auf den Weg zu unserem Stammlokal, der großartigsten Cocktailbar von allen: Mandarin's.

Für einen Donnerstagabend ist es erstaunlich voll. Wir holen uns einen Krug Margaritas und schnappen uns einen freien Tisch.

Ich gieße uns beiden ein.

Dann hebe ich mein Glas hoch und bringe den Toast aus: »Auf meine bezaubernde und äußerst intelligente Freundin. Auf dass du eines Tages die Firma leitest.«

Kichernd stößt sie mit mir an.

Ich nehme einen Schluck von der Margarita. Der Alkohol fließt mir kühl die Kehle hinab, genau das, was ich zur Beruhigung gebraucht habe.

»Also, was gibt's Neues beim Magazin?«, fragt Simone.

Ich lache laut auf.

Na schön, dann wollen wir mal.

»Ich, äh … führe morgen ein Interview mit Jake Wethers.«

Überrascht öffnet sie den Mund, und ihre Lippen formen ein O.

»Ja. Genau.« Ich nicke.

Dann stößt sie einen Schrei aus und zieht damit einige Blicke auf uns.

»Entschuldigung«, schiebt sie verlegen hinterher.

Ich lache sie bereits aus.

»Okay.« Sie fächelt sich Luft zu und beruhigt sich wieder. »Gibt es einen bestimmten Grund dafür, dass du mir das erst jetzt erzählst?«

»Deine Beförderung. Die feiern wir schließlich heute Abend. Ich wollte nicht, dass wir nur über Jake reden und ich dich damit überfahre.«

»Äh …« Ihr Blick gibt mir zu verstehen, dass sie mich für bescheuert hält. »Ich würde mich jederzeit lieber von Jake Wethers überfahren lassen als von einer Beförderung.« Sie funkelt mich empört an.

Ich verdrehe die Augen.

»Also, wie hat sich dieses Interview ergeben? Ich vermute mal, dass du es nicht angeleiert hast.«

»Das war Vicky.«

»Wie zum Teufel hat sie es geschafft, ein Interview mit Jake zu bekommen? Hat sie deinen Namen fallen lassen?«

Ich schüttle den Kopf. »Sie wollte mir nicht sagen, wie sie es hinbekommen hat, aber nein, das glaube ich nicht. Mein Name hätte ihr ohnehin kein Interview mit Jake verschafft.«

Simone macht das Gesicht, das sie immer macht, wenn das Thema Jake aufkommt und ich zum Ausdruck bringe, dass ich ihm heute sicher nichts mehr bedeute.

Was nicht heißen soll, dass ich regelmäßig über ihn rede oder so.

»Ich wette, er freut sich riesig, dich wiederzusehen. Weiß er denn, dass du das Interview führen wirst?«

Weiß er es?

»Ich bin mir nicht sicher.« Ich zucke die Achseln. »Seine Leute werden wohl meinen Namen haben, aber ich bezweifle sehr, dass es ihn groß interessiert, wer ihn interviewt ... Und er wird sich nicht freuen, Simone. Wir haben uns seit zwölf Jahren nicht gesehen. Er wird mich völlig vergessen haben.«

»Ja, ganz bestimmt«, erwidert sie und nimmt noch einen Schluck von ihrem Cocktail. »Weil man seine erste Liebe ja immer vergisst.«

»Ich war nicht seine erste Liebe!«, protestiere ich.

»Du warst das hübsche Mädchen von nebenan.« Sie hebt die Schultern. »Natürlich warst du seine erste Liebe.«

Verzweifelt schüttle ich den Kopf.

»Komm schon«, sagt sie lächelnd und schenkt erst mir, dann sich selbst nach. »Sieht aus, als hätten wir heute Abend also doch zwei Sachen zu feiern.«

KAPITEL 3

O Gott. Was habe ich mir nur dabei gedacht, mich letzte Nacht zu betrinken? Das war nicht mein klügster Plan. Was nicht heißen soll, dass ich normalerweise einen habe.

Ich war einfach so nervös beim Gedanken daran, heute Jake zu sehen. Und je mehr ich mit Simone darüber geredet habe, desto mehr Alkohol habe ich gebraucht.

Als sie mich darauf aufmerksam gemacht hat, dass Jake wahrscheinlich nicht mit mir rechnet, weil Rockstars normalerweise nicht darüber informiert werden, wer sie interviewt, und als mir klar wurde, dass das echt unangenehm und peinlich werden kann, wenn ich da reingehe … Na ja, da habe ich mehr und mehr getrunken, um meine aufkommende Panik zu betäuben.

Wir haben die Bar des Mandarin's quasi komplett geleert. Haben zu Journey (»Don't Stop Believin'«) Karaoke gesungen, als wollten wir uns um eine Rolle in *Glee* bewerben, und sind dann gegen zwei Uhr nachts nach Hause gewankt.

Ich hatte sechs Stunden Schlaf, habe einen grauenhaften Kater, bin gerade mit der U-Bahn auf dem Weg in die Innenstadt und fühle mich, als müsste ich mich jeden Moment übergeben.

Ein Drittel Kater, zwei Drittel Nervosität.

Als ich endlich in Hyde Park Corner aus der U-Bahn steige, hole ich mir bei Starbucks einen Latte, kippe ihn runter, bete darum, dass er meinen benebelten Kopf klärt, und mache mich zu Fuß auf den Weg zum Dorchester, wo Jake übernachtet.

Je näher ich dem Hotel komme, desto schlimmer wird meine Nervosität. Mein Magen verkrampft sich in Panik.

Nein, hör auf damit, Tru. Du bist eine ernst zu nehmende Journalistin, und es ist nur ein Interview. Du hast schon jede Menge Interviews geführt. Es spielt keine Rolle, wer er ist oder dass du ihn einmal geliebt hast.

Und ihn immer noch liebe.

Nein, tue ich nicht.

Toll, jetzt streite ich mich schon mit mir selbst.

Mein Handy piept in meiner Tasche, als ich eine SMS bekomme. Sie ist von Simone. Heute Morgen war sie schon zur Arbeit aufgebrochen, bevor ich auch nur aus dem Bett gekrochen bin. Ich habe keine Ahnung, wie sie das geschafft hat.

Ich lese die SMS:

> GANZ RUHIG. ES WIRD ALLES GUT. EHE DU DICHS VERSIEHST, UNTERHALTET IHR EUCH ÜBER GESCHICHTEN AUS EURER KINDHEIT. :) RUF MICH AN, WENN DU FERTIG BIST. HAB DICH LIEB. X

Ich lasse das Handy zurück in die Tasche fallen. Als ich aufblicke, sehe ich, dass ich am Dorchester angelangt bin. Rasch werfe ich den leeren Becher in den nächsten Mülleimer, ziehe meine dünne Jacke aus und stopfe sie in meine Oversize-Tasche.

Ich trage einen schwarzen Skaterrock, ein lose fallendes graues T-Shirt mit Gürtel und meine hochhackigen Lieblingsstiefeletten aus grauem Wildleder. Nicht zu auffällig, nicht zu lässig, und ich fühle mich wohl darin. Sie passen zu mir. Und gerade habe ich das dringende Bedürfnis, mich wohlzufühlen.

Ich starre an dem Hotel empor.

Okay, ich schaffe das.

Ich hole tief Luft und gehe zum Eingang.

Der Portier öffnet mir die Tür, und ich finde mich im vornehmen Foyer wieder.

Sofort fühle ich mich fehl am Platz. Vielleicht hätte ich mich etwas konservativer anziehen sollen.

Aber so etwas trage ich immer zur Arbeit, auch wenn ich Prominente interviewe. Andererseits habe ich noch nie jemanden interviewt, der so berühmt ist wie Jake. Und auch niemanden, mit dem ich Küsschenfangen gespielt habe, als ich fünf war.

O Gott. Ich mache mir so dermaßen in die Hose. Und ich bin so was von überfordert.

Nervös streiche ich meinen Rock glatt.

Nein, ich schaffe das.

Mit hoch erhobenem Haupt begebe ich mich zur Rezeption.

Die Frau dort ist äußerst attraktiv, auf eine sehr gepflegte Weise, wie ich es nie sein könnte.

Sie blickt zu mir auf.

»Hi«, sage ich und versuche, ein Selbstvertrauen auszustrahlen, das ich nicht empfinde. »Mein Name ist Trudy Bennett. Ich bin hier, um Jake Wethers zu treffen.«

Sie lächelt. Es wirkt unaufrichtig. »Natürlich sind Sie das. Und vermutlich erwartet er Sie auch schon, hm?«

Ah. Okay, alles klar. Sie lässt die Zicke raushängen. Sie hält mich für ein Groupie.

Ich greife in meine Tasche, hole meinen Presseausweis heraus und knalle ihn auf den Tresen.

»Ich bin Journalistin. Ich arbeite für die Zeitschrift *Etiquette* und bin hier, um ein Interview mit Jake Wethers zu führen.«

Sie mustert mich aus schmalen Augen, hebt den Hörer ab und wählt eine Nummer.

»Guten Morgen. Eine Trudy Bennett ist an der Rezeption, um sich mit Mr Wethers zu treffen ... Richtig ... Ja, natürlich.«

Sie legt auf.

»Bitte nehmen Sie den Aufzug zu den Suiten im obersten Stockwerk. Dort wird Sie jemand von Mr Wethers' Leuten empfangen.«

Ich nehme meinen Presseausweis und stolziere davon, ohne mich bei ihr zu bedanken. Das zu tun geht strikt gegen meine angeborenen Manieren, aber sie war gemein zu mir.

Solche pampigen Zicken verstehe ich einfach nicht. Sehe ich etwa aus wie ein Groupie?

O Gott, ich hoffe nicht. Ich bleibe auf dem Weg zu den Aufzügen stehen und betrachte mein Spiegelbild.

In der feuchten Morgenluft hat sich mein Haar ein wenig gekräuselt. Ich versuche, es glatt zu streichen, während ich mich im Spiegel von Kopf bis Fuß begutachte.

Nun, ich finde nicht, dass ich wie ein Groupie aussehe. Ich wirke wie eine superprofessionelle Journalistin in meinem … äh … Skaterrock, der tatsächlich ziemlich kurz ist. War der schon immer so kurz, oder ist mein Hintern dicker geworden?

Ach du Scheiße. Ich sehe total wie ein Groupie aus.

Ich kann mich nicht erinnern, dass ich heute Morgen im Spiegel so ausgesehen hätte. Offenbar hatte ich da immer noch meine »Tru sieht in allem toll aus«-Margarita-Brille auf.

Fantastisch. Ich habe Jake seit zwölf Jahren nicht mehr gesehen, und jetzt treffe ich ihn wieder und stecke in einem viel zu kurzen Rock, mit dem ich wie irgendeine verzweifelte Groupie-Tussi aussehe.

Wirklich schlau, Tru. Sich am Abend vor dem Treffen mit Jake volllaufen zu lassen und sich dann anzuziehen, als ob du zu einer Party gehen wolltest.

Ich ergebe mich in mein Groupieschicksal, bleibe vor den Aufzügen stehen und drücke den Rufknopf.

In ein paar Minuten werde ich ihm von Angesicht zu Angesicht gegenüberstehen. Ich schaffe es nicht, das leichte Zittern meiner Hände zu unterdrücken.

Mit einem leisen Ping öffnen sich die Aufzugtüren.

Die Kabine ist leer, also betrete ich sie und drücke mit immer noch zitternden Händen den Knopf für die oberste Etage, um zu den Suiten hinaufzufahren.

Ich bin angespannt, mein Fuß wippt auf der Stelle, meine Finger sind ineinander verknotet, und ich zähle die Stockwerke nach oben. Je höher die Zahl auf der Anzeige wird, desto deutlicher protestiert mein Magen.

Der Aufzug erreicht das oberste Stockwerk, kommt sanft zum Stillstand, und die Türen gleiten auf.

Auf der anderen Seite steht ein Furcht einflößend großer Typ. Sein Haar ist kurz rasiert, er ist mindestens zwei Meter groß und etwa genauso breit.

»Ms Bennett?«, sagt er mit der tiefsten Stimme, die ich je gehört habe.

»Ja.« Meine eigene ist dagegen kaum mehr als ein Fiepen.

Er lächelt mir zu, und ich entspanne mich etwas.

»Ich bin Dave, der Leiter von Jakes Sicherheitsteam. Bitte folgen Sie mir.«

Jake hat ein Sicherheitsteam?

Sag bloß! Natürlich hat er eins.

Ich halte mich dicht bei Dave. Ansonsten ist anscheinend niemand hier. Die Zimmer müssen riesig sein, denn bisher sind wir nur an einer einzigen Tür in diesem Korridor vorbeigekommen, und wir laufen schon eine Weile. Ich frage mich, ob Jake die komplette Etage für seine Leute reserviert hat.

Wir erreichen die Tür am Ende des Korridors. Dave klopft einmal laut und tritt zur Seite. Neben der Tür bleibt er stehen, lehnt sich an die Wand und lässt mich ganz allein direkt davor warten.

Sofort fühle ich mich befangen. Und mein Gesicht brennt vor Sorge und Nervosität.

Was, wenn Jake sich wirklich nicht mehr an mich erinnert? Dann wird es einfach nur peinlich und schrecklich.

Hier und jetzt beschließe ich, unsere gemeinsame Kindheit nicht zu erwähnen oder mir auch nur anmerken zu lassen, dass ich mich an ihn erinnere. Ich werde einfach darauf warten, dass er zuerst etwas sagt, und dann werde ich ganz cool und lässig reagieren. Und wenn er nichts sagt, weil er sich nicht mehr an mich erinnert, dann ist das auch in Ordnung, weil ich dann nicht wie eine Idiotin wirke, wenn ich erkläre, wer ich bin.

Oder auch nicht.

Egal.

Ich werde jedenfalls nicht als Erste etwas sagen.

Die Tür öffnet sich, und vor mir steht ein hervorragend gekleideter Mann in Designeranzug und Schuhen, die so glänzen, wie ich es noch nie gesehen habe. Und heilige Scheiße, sieht der gut aus.

»Ms Bennett, hallo, ich bin Stuart, Jakes persönlicher Assistent. Wie nett, Sie kennenzulernen.« Er schenkt mir ein freundliches Lächeln und streckt mir die Hand entgegen.

Ich spüre meine Wangen erröten. Umwerfend *und* freundlich. Persönliche Assistenten sind normalerweise nicht so nett zu Journalisten – und sind auch nicht so attraktiv.

In meiner professionellsten »Ich bin eine ernst zu nehmende Journalistin«-Manier ergreife ich seine Hand. Ich hoffe bloß, dass er nicht merkt, wie schlimm meine zittert.

Er lächelt erneut, und um seine Augen bilden sich kleine Fältchen.

Doch, er hat es gemerkt und weiß, wie nervös ich bin.

»Jake ist im Wohnzimmer und erwartet Sie. Bitte kommen Sie mit«, sagt er und macht mit der Hand ein Zeichen.

Ich folge Stuart durch den Flur, während sich hinter mir wie auf magische Weise die Tür schließt. Dave, vermute ich.

Stuart geht um die Ecke, und als ich ihm folge, finde ich mich in einem riesigen Wohnzimmer wieder, und auf der anderen Seite des Raums steht mir Jake gegenüber.

Das Herz springt mir aus der Brust, stürmt quer durch den Raum und stürzt sich direkt in ihn hinein.

Ich fühle mich verloren.

Mein Blick begegnet seinem, und ich sehe es … das sofortige Wiedererkennen.

Er erinnert sich an mich.

Erleichterung mischt sich in meine zittrige Nervosität. Als würden sich kleine Äffchen durch die Verästelungen meiner Nervenenden hangeln.

Er trägt eine enge schwarze Jeans und ein schwarzes T-Shirt mit V-Ausschnitt, und sein Haar ist in dem für ihn typischen Stil frisiert.

Und er sieht einfach so unglaublich gut aus.

Stuart tritt beiseite, und ich mache auf wackligen Beinen ein paar Schritte in den Raum hinein. Jetzt wünschte ich, ich hätte Schuhe mit flachen Absätzen angezogen.

Jakes Augen bleiben auf mich gerichtet. Er wirkt überrascht, und im Moment bin ich mir nicht ganz sicher, ob das gut oder schlecht ist.

»Tru?« Seine Stimme. Sie klingt noch genauso, nur tiefer, männlicher, und natürlich eher amerikanisch als britisch, aber es ist immer noch dieselbe. Natürlich kenne ich sie aus dem Fernsehen, aber sie hier und jetzt zu hören, während er mit mir spricht … Es ist einfach Jake – der Jake, den ich gekannt habe.

»Trudy Bennett?«, wiederholt er. »Meine Trudy Bennett?«

Seine Trudy Bennett?

Nachdem es sicher in meine Brust zurückgekehrt ist, spielt mein Herz verrückt. Gott sei Dank kann er es nicht hören.

Er macht einen Schritt nach vorn. »Scheiße, du bist es wirklich.«

Ich nicke. »Ja. Ich bin es wirklich.« Ich klinge wie sein Echo, aber ich weiß nicht, was ich sonst sagen soll.

Vorhin war ich mir nicht ganz sicher, warum ich so panisch und nervös war, ihn zu treffen. Ich dachte einfach, es liegt daran, dass er jetzt ein Star ist, an seinem Status. Aber jetzt, da ich ihn hier persönlich vor mir sehe, weiß ich, warum ich wirklich solche Angst hatte.

Ich habe befürchtet, dass es meine alten Gefühle für ihn wecken würde, wenn ich ihn nach all der Zeit wiedersehe.

Und nun, da ich Jake gegenüberstehe und er so umwerfend aussieht, weiß ich, dass ich tief in der Patsche sitze.

Denn jetzt bin ich wieder ganz und gar die vierzehnjährige Trudy.

KAPITEL 4

»Ach du Scheiße«, ruft Jake, und seine Lippen verziehen sich zu einem unwiderstehlichen Lächeln, als er einen weiteren Schritt in meine Richtung macht. »Als Stuart gesagt hat, der Name der Journalistin sei Trudy Bennett, da habe ich bloß gedacht – so viele Trudy Bennetts kann es hier in England nicht geben, oder? Ich meine, wahrscheinlich schon, aber …« Er lacht. Zu meiner Überraschung klingt er ein wenig nervös. »Aber dann habe ich mir gedacht, dass es ein viel zu großer Zufall wäre, wenn du es wärst … und Scheiße … da bist du.«

»Da bin ich.« Noch immer bin ich sein Echo und höre mich dabei an wie ein verdammter Papagei.

Er kommt zu mir. Bei jedem seiner Schritte hämmert mir das Herz gegen die Rippen.

Direkt vor mir bleibt er stehen, nur Zentimeter von mir entfernt.

Ach du Scheiße, von Nahem sieht er sogar noch besser aus. Und er ist so viel größer, als ich ihn in Erinnerung hatte, aber andererseits war er auch erst vierzehn, als ich ihn zuletzt persönlich gesehen habe. Er ist sogar noch umwerfender als im Fernsehen.

Wow, er ist wirklich erwachsen geworden.

Er duftet nach einer Mischung aus Zigaretten, Aftershave und Minze. Es ist ein überraschend verführerischer Duft, und er stellt eine Menge komischer Sachen mit mir an.

»Das ist jetzt, wie lange, elf Jahre her?«, fragt er, und seine Stimme klingt nun ruhiger.

Ich schlucke. »Zwölf.«

»Zwölf. Mein Gott, ja, richtig.« Er fährt sich mit einer Hand durchs Haar. »Du siehst anders aus ... aber immer noch genau wie damals ... Du weißt schon.« Er zuckt die Achseln.

»Ich weiß.« Ich lächle. »Du siehst auch anders aus.« Ich deute auf die Tattoos an seinen Armen.

Er blickt kurz darauf hinunter, grinst und wendet sich dann wieder mir zu.

»Aber immer noch genauso.« Ich zeige auf die Sommersprossen auf seiner Nase.

Es überrascht mich, wie sehr es mich in den Fingern juckt, ihn zu berühren, daher lasse ich meine Hand wieder sinken.

Er reibt sich die Nase. »Ja, die werde ich einfach nicht los.«

»Ich hab sie immer gemocht.«

»Ja, aber du hast auch die Glücksbärchis gemocht, Tru.«

Ich laufe rot an. Ich kann nicht glauben, dass er das noch weiß.

Es ist völlig verrückt, dass er, Jake Wethers, Rock-Gott der Extraklasse, sich daran erinnert, dass ich als kleines Mädchen die Glücksbärchis mochte.

»Das weißt du noch, was?«, murmle ich, und meine Wangen brennen.

»Ich weiß noch vieles.« Er grinst teuflisch. »Komm schon, setzen wir uns.«

Er nimmt meine Hand. Ein Stromschlag fährt mir durch den Arm und brennt sich in meinen Körper. Seine Hand ist so rau, seine Finger schwielig. Das muss von all den Jahren herrühren, die er schon Gitarre spielt.

Jake führt mich zu einem eleganten Sofa und setzt sich. Dabei lässt er meine Hand los, und sofort fühlt sie sich kalt an.

Ich drücke meine Handtasche an mich und lasse mich neben ihm nieder.

Als er sich mir zuwendet, legt er einen Knöchel auf seinen Oberschenkel. Erst da wird mir bewusst, dass seine Füße nackt sind.

Im Ernst, was ist bloß an barfüßigen Männern in Jeans dran, dass sie so dermaßen heiß wirken?

Ich nehme die Handtasche von meiner Schulter und stelle sie auf den Boden.

»Möchtest du was trinken?«, fragt er.

Ich wende meine Knie in seine Richtung und drehe meinen Oberkörper leicht, um ihn anzusehen. Sein Blick ruht bereits auf meinem Gesicht.

Ich erröte. »Wasser wäre großartig, danke.«

Tatsächlich könnte ich gerade einen netten Wodka vertragen, um meine Nerven zu beruhigen, da mein Kater plötzlich verschwunden ist. Aber es ist zehn Uhr vormittags, und Jake ist trockener Alkoholiker.

»Wasser? Bist du sicher, dass du keinen Orangensaft willst oder so?«

Ich schüttle den Kopf. »Wasser ist okay.«

»Stuart!«, ruft Jake und erschreckt mich damit ein wenig.

Ein paar Sekunden später taucht Stuart in einer Tür rechts von uns auf.

Hat er neben der Tür gestanden und gewartet oder so? Eigentlich wird mir erst jetzt klar, dass ich ihn vorhin gar nicht habe weggehen sehen. Der Typ ist ziemlich diskret.

»Kannst du Tru ein Glas Wasser bringen? Für mich bitte Orangensaft«, sagt Jake.

Tru.

Ich liebe den Klang seiner Stimme, wenn er meinen Namen sagt. Da wird mir ganz warm ums Herz.

Stuart nickt, lächelt mir zu und verschwindet wieder.

Im Augenwinkel kann ich Jakes Bein wippen sehen. Ich verspüre den Drang, hinüberzugreifen und meine Hand daraufzulegen, um ihn zu beruhigen, aber natürlich tue ich es nicht.

»Also, ein bisschen verrückt ist das schon, was?«, murmelt er.

»Hmm. Ein bisschen.« Ich presse die Lippen zusammen und lächle dünn.

Eigentlich hatte ich eher an ... unwirklich gedacht. Außergewöhnlich.

Zwischen uns breitet sich Schweigen aus.

Wow, zwölf Jahre getrennt, und ich habe jede Menge zu erzählen, was?

Es ist seltsam, aber mir fällt einfach nichts ein, was ich zu ihm sagen könnte, dabei hatte ich den ganzen gestrigen Tag, um mich vorzubereiten. Dagegen habe ich ihn völlig ahnungslos erwischt, und er kriegt das mit dem Unterhalten ziemlich gut hin.

Andererseits konnte er schon immer besser mit Menschen umgehen als ich. Daher rührt auch sein Erfolg, schätze ich. Nun, einerseits daher und andererseits von seinem Gesangstalent und natürlich seinem Aussehen. Sein umwerfendes, bezauberndes Gesicht, und sein durchtrainierter Körper ...

»Also, wie geht es dir?«, will er wissen.

»Gut. Großartig. Ich bin jetzt Musikjournalistin, wie man sieht ...« Ich verstumme.

»Du konntest schon immer gut schreiben«, bemerkt er.

»Wirklich?«

Ich wusste nicht, dass er das denkt.

»Ja, diese Geschichten, die du dir immer ausgedacht hast, als wir klein waren, und dann musste ich mich hinsetzen und zuhören, während du sie mir vorgelesen hast.« Bei der Erinnerung schmunzelt er, und seine Augen strahlen.

Ich spüre, wie mein Gesicht leuchtend rot wird. »O Gott«, stöhne ich verlegen. »Ich war so peinlich.«

Er lacht erneut, dieses Mal lauter. »Du warst fünf, Tru. Ich denke, diese Peinlichkeit kann man verzeihen.« Wieder fährt er sich mit den Fingern durchs Haar. »Und natürlich hast du

Musik schon immer geliebt, also ergibt es Sinn, dass du diese beiden Dinge kombiniert hast«, ergänzt er.

Mein Herz fühlt sich plötzlich ganz warm und weich an. Er erinnert sich an so viel mehr, als ich vermutet hätte.

»Spielst du immer noch Klavier?«, fragt er.

»Nein. Ich habe aufgehört …«

Ich habe aufgehört, nachdem du gegangen bist.

»Ich hab einfach, äh, schon lange nicht mehr gespielt. Ich bin aus der Übung, du weißt schon. Obwohl, natürlich weißt du es nicht.« Ich deute auf die Gitarre, die an die Wand gelehnt hinter uns steht.

Er lächelt. In diesem Moment taucht Stuart wieder auf und bringt uns die Getränke.

»Danke«, murmle ich, als Stuart mir das Glas Wasser reicht.

»Noch einen Wunsch?«, fragt Stuart Jake.

Jake sieht mich an. Ich schüttle den Kopf.

»Nein, wir möchten nichts, danke.«

Stuart schließt die Tür hinter sich, als er geht. Wieder lässt er Jake und mich allein.

Verstohlen sehe ich Jake an, während er einen Schluck von seinem Saft nimmt. Es ist so seltsam – einerseits ist er Jake, andererseits auch nicht.

Und ich weiß nicht, warum, aber in seiner Gegenwart fühle ich mich zugleich absolut unwohl und absolut zu Hause. Das ist eines der verwirrendsten Gefühle, das ich jemals erlebt habe.

Ich nehme einen Schluck Wasser. Es ist eiskalt und angenehm erfrischend.

»Also, ich würde ja gerne fragen, wie es dir geht, aber …« Ich mache eine Geste, die das gesamte edle Hotelzimmer mit einschließt, während ich mein Glas auf dem Tisch vor uns abstelle.

»Tja«, erwidert er lachend. Es klingt ein wenig gezwungen. Ich merke, wie er sich die Narbe an seinem Kinn reibt. »Mir geht es fantastisch.« Lächelnd zuckt er die Achseln, lehnt sich vor und stellt sein Glas ebenfalls ab. Ich beobachte, wie sich die Muskeln in seinem Arm bei der Bewegung strecken und anspannen.

Er lehnt sich nicht zurück, sondern bleibt so sitzen, stützt die Unterarme auf den Oberschenkeln ab und blickt nach vorn.

Nun wirkt er, als fühle er sich ein wenig unwohl, und sofort bereue ich meine Worte.

Wie konnte ich nur so dumm sein?

Der Entzug liegt noch nicht lange hinter ihm. Vor etwas mehr als einem Jahr ist sein bester Freund gestorben. Natürlich geht es ihm nicht gut. Ich glaube nicht, dass alles Geld und alle schicken Hotelzimmer der Welt das je wiedergutmachen könnten.

Ich hätte kaum taktloser sein können, selbst wenn ich es gewollt hätte. Garantiert hält er mich jetzt für eine komplette Idiotin.

»Ich habe deine Musikkarriere verfolgt«, wechsle ich mit heller, zu lauter Stimme rasch das Thema.

»Wirklich?« Er dreht den Kopf, um mich überrascht anzusehen.

»Natürlich.« Ich lächle. »Musik ist mein Beruf.« Schon verfinstert sich seine Miene, und ich weiß sofort, dass ich es wieder getan habe. »Aber das ist nicht der einzige Grund«, ergänze ich hastig. »Ich wollte sehen, wie es dir geht. Und du hast einfach so viel erreicht. Ich war wirklich stolz, als ich dich im Fernsehen gesehen und die Artikel über deine Musik gelesen habe, und als du dein eigenes Label gegründet hast, dachte ich nur: ›Wow!‹ ... Und ich hab natürlich alle deine Alben, und sie sind wirklich brillant.« Ich plappere. Kann mich bitte mal jemand unterbrechen?

Wieder starrt er mich an, aber dieses Mal liegt etwas anderes in seinen Augen.

»Warum hast du dich nicht bei mir gemeldet, Tru?«

Seine Frage bringt mich aus dem Konzept. Verwirrt starre ich ihn an.

Warum ich mich nicht bei ihm gemeldet habe? Er war doch derjenige, der mich nicht mehr angerufen hat. Der nicht mehr geschrieben hat. Meine Briefe ignoriert hat.

Und dann wusste ich nicht, wo er war, bis er berühmt geworden ist, und da hätte ich nicht mal in seine Nähe kommen können, selbst wenn ich es gewollt hätte.

Ich meine, natürlich wollte ich es, aber es ging einfach nicht.

»Äh …« Mein Mund ist ganz trocken. »Es ist nicht gerade leicht, mit dir in Kontakt zu treten, Mister Berühmter Rockstar.« Ich versuche, fröhlich zu wirken, aber selbst ich kann die Schärfe in meiner Stimme hören.

»Ja, so bin ich. Einer der zugänglichsten unzugänglichen Menschen der Welt.« Er starrt mich unerbittlich an.

Habe ich ihn verärgert oder so?

Und jetzt fühle ich mich nur noch unwohl, denn wenn hier jemand verärgert sein sollte, dann ich. *Er* hat den Kontakt zu *mir* abgebrochen.

Mich packt ein plötzlicher Anflug von unerklärlicher Wut auf ihn, und ich habe den Drang, ihn anzuschreien. Ich will fragen, warum er sich nie bei mir gemeldet hat. Er hätte mich so leicht finden können.

Er war derjenige, der den Kontakt abgebrochen hat, nicht ich, also hätte er sich melden müssen.

Ich will wissen, warum er einfach vom Angesicht der Erde verschwunden und erst wieder aufgetaucht ist, als er auf meinem Fernsehbildschirm zu sehen war.

Aber ich stelle keine dieser Fragen. Angst verschlägt mir die Sprache. Ich habe allerhöchstens eine halbe Stunde mit ihm, und das Letzte, was ich will, ist, diese Zeit mit Streit über Dinge zu verschwenden, die vor zwölf Jahren passiert sind. Oder dieses Interview zu versauen – es ist viel zu wichtig für Vicky und das Magazin.

Er zieht eine Schachtel Zigaretten aus der Jeanstasche und holt eine heraus. Er steckt sie sich zwischen die Lippen, hebt ein Feuerzeug und zögert.

»Rauchst du?«, fragt er, die Zigarette noch immer zwischen die Lippen geklemmt.

»Nein.«

»Gut«, erwidert er.

Heuchler, denke ich.

»Stört es dich, wenn ich rauche?«

»Nein.«

Er zündet sich die Zigarette an, wirft die Schachtel und das Feuerzeug auf den Tisch und nimmt einen tiefen Zug.

Ich beobachte, wie ihm der Rauch aus dem Mund quillt und sich in der Luft kräuselt.

Er hat wirklich schöne Lippen.

In meiner Tasche klingelt das Handy. Scheiße, ich habe vergessen, es auszuschalten. Wie unprofessionell von mir, es während eines Interviews eingeschaltet zu lassen.

Jakes Blick folgt dem meinen hinunter zu meiner Tasche.

»Entschuldige«, murmle ich. Ich schnappe mir mein Handy und bringe es zum Schweigen. »Ist vielleicht meine Chefin.«

Ist sie nicht. Es ist Will, der wissen möchte, wie mein Tag läuft, und mir schreibt, dass er mich vermisst und sich darauf freut, mich heute Abend zu sehen. Er ist wirklich lieb.

»Adele?« Jake lächelt und meint damit die Melodie, die mein Handy gerade gespielt hat.

»Ich mag sie«, erwidere ich defensiv.

»Oh, ich auch.« Er nickt. »Sie ist ein nettes Mädchen. Ich dachte nur, nach allem, was ich von dir in Erinnerung habe, hätte ich eher damit gerechnet, die Stones auf deinem Handy zu hören.«

»Tja, ich hab mich ziemlich verändert, seit du mich gekannt hast.« Das klang wesentlich schärfer, als es beabsichtigt war.

Ich weiche seinem Blick aus, schalte mein Handy ab, stecke es in die Tasche und hole mein Notizbuch und einen Stift heraus, bereit dazu, mit dem Interview zu beginnen.

Zwar habe ich mein Diktiergerät dabei, aber im Moment brauche ich etwas, worauf ich mich konzentrieren kann, etwas, das meinen Händen etwas zu tun gibt, und Schreiben scheint mir da die beste Möglichkeit. Meine Fragen stehen sowieso alle hier drin.

Als ich aufsehe, ist Jakes Blick auf meinen Notizblock gerichtet. Er wandert aufwärts und begegnet meinem. Für einen Moment glaube ich, Enttäuschung darin zu erkennen.

»Also, ich sollte wohl mit dem Interview beginnen. Ich bin sicher, du bist sehr beschäftigt, deshalb will ich dich nicht länger als nötig aufhalten.«

»Du hältst mich nicht auf.« Sein Tonfall ist nüchtern. Er nimmt einen langen Zug von seiner Zigarette. »Und ich habe heute nichts anderes vor. Mein Terminplan ist leer.«

»Oh. Du hast keine anderen Interviews nach meinem?«

Ein Lächeln huscht über sein Gesicht. »Nun, ich hatte welche … aber ich werde sie absagen.«

»Nein! Tu das nicht meinetwegen«, entfährt es mir.

Ich weiß, wie schwer es für diese Journalisten gewesen sein muss, ein Interview mit ihm zu kriegen. Vicky ist es anscheinend teuer zu stehen gekommen, wenn ich nach der Reaktion gehe, die ich gestern auf meine Nachfrage von ihr bekommen habe. Aber mir gefällt die Tatsache, dass er das für mich tun würde.

Es gefällt mir sogar sehr.

Seine Miene verfinstert sich aufs Neue, worauf ich ergänze: »Das soll nicht heißen, dass ich mich nicht freue, dich zu sehen. Natürlich freue ich mich, und ich würde liebend gern mit dir über alte Zeiten plaudern, aber ich will nicht, dass andere meinetwegen eine so großartige Gelegenheit verpassen.«

»Eine großartige Gelegenheit?« Er lächelt.

Ich zucke die Achseln. »Ach, du weißt schon, was ich meine.«

»Hör mal, Tru.« Er wendet mir seinen Oberkörper zu. »Ich habe dich seit zwölf Jahren nicht gesehen. Das Letzte, worauf ich jetzt Lust habe, ist, mit dir oder irgendjemand anderem über Geschäftliches zu reden. Ich will alles über dich wissen. Was du gemacht hast …« Er sieht mich interessiert an, der Blick seiner blauen Augen bohrt sich eindringlich in meinen.

Ein Schauer durchläuft mich.

»Nicht viel.« Ich zucke die Achseln und blicke zu Boden.

»Ich bin mir sicher, dass du sehr viel mehr als ›nicht viel‹ gemacht hast.« Sein Tonfall ist erstaunlich bestimmt.

Anscheinend ist er deutlich energischer als früher. Andererseits war er damals natürlich ein Teenager. Jetzt ist er ein Mann.

Ein sehr reicher und überaus berühmter Mann.

Sofort fühle ich mich auf völlig andere Weise eingeschüchtert.

»Was ich gemacht habe, nachdem du Manchester verlassen hast?« Wieder hebe ich die Schultern und blicke zu ihm auf. »Ich hab mein Leben gelebt, die Schule abgeschlossen.« Meine Stimme klingt plötzlich ein wenig verbittert, was sogar mich überrascht.

»Wie war es?« Seine Miene bleibt ungerührt, sein Blick ist weiterhin auf mich gerichtet.

»Die Schule? Einfach nur Schule. Ein bisschen einsam, nachdem du weg warst, aber ich hab's überstanden.«

Das war eine Stichelei, die ihn verletzen sollte. Aber wenn es gelungen ist, dann ist es zumindest nicht an seiner Miene zu erkennen.

Stattdessen starrt er mich einfach weiterhin regungslos an, und ich winde mich unter seinem intensiven Blick.

»Triffst du dich noch mit Leuten aus der Schule?«

Ich streiche mir eine Haarsträhne hinters Ohr. »Nein, mit ein paar bin ich auf Facebook befreundet, aber das war es auch schon. Was ist mit dir?«, schieße ich zurück.

Ich habe mich immer gefragt, ob er mit irgendjemandem sonst Kontakt gehalten hat – nicht dass er außer mir noch viele Freunde gehabt hätte –, das heißt, nachdem er mich abserviert hat.

Er lacht. »Nein. Was hast du nach der Schule gemacht?«

»Bin hergezogen, um zur Uni zu gehen. Ich hab meinen Abschluss in Journalismus gemacht. Anschließend hab ich bei *Etiquette* angefangen, dem Magazin, für das ich arbeite, und seitdem bin ich dort.«

»Cool.« Er nimmt einen weiteren Zug von seiner Zigarette. »Du bist nicht verheiratet?« Die Worte kommen zusammen mit dem Rauch aus seinem Mund, und ich sehe, wie sein Blick zu meiner linken Hand wandert.

»Nein.«

»Fester Freund?« Er nimmt noch einen Zug und beugt sich vor, um die Zigarette im bereitgestellten Aschenbecher auszudrücken.

Mir bleibt das Herz stehen. Ich weiß nicht, warum, aber ich verspüre den plötzlichen Drang, ihm nichts von Will zu sagen.

»Ja«, sage ich gedehnt.

»Wohnt ihr zusammen?«

»Nein.« Das wird mir gerade ein wenig zu persönlich und fühlt sich an wie ein Kreuzverhör. Warum interessiert ihn das? »Ich lebe mit meiner Mitbewohnerin Simone in Camden.«

Seine Miene bleibt weiterhin teilnahmslos. »Wie lange bist du schon mit diesem Freund zusammen?«

»Sein Name ist Will, und wir sind seit zwei Jahren ein Paar.«

»Und was macht er beruflich?«

Warum interessiert er sich so für Will?

»Er ist Investmentbanker.«

»Intelligenter Typ.« Ich kann wirklich nicht beurteilen, ob er das sarkastisch meint oder nicht.

»Das ist er.« Ich nicke. »Er ist sehr intelligent – der Jahrgangsbeste an der Uni, und er steigt ziemlich schnell auf der Karriereleiter nach oben.«

Ich weiß nicht, wieso, aber auf einmal verspüre ich den Impuls, ihn mit Will zu ärgern. Damit, wie toll er ist.

Da Jake ein reicher Megastar ist, will ich mich wohl nicht so unterlegen fühlen, auch wenn alles, was ich ihm entgegenzusetzen habe, Will ist.

Jake holt eine neue Zigarette aus der Schachtel und zündet sie an.

Wow, er raucht ganz schön viel.

Ich umklammere die Kanten meines Notizblocks.

Die Atmosphäre hat sich verändert, und ich bin mir nicht ganz sicher, inwiefern. Und plötzlich will ich einfach nur noch hier weg. Ich will dieses Interview hinter mich bringen, damit ich verschwinden kann.

Das ist nicht der Jake, an den ich mich erinnere. Oder der Jake aus der Zeitung. Im Grunde bin ich mir nicht sicher, wer dieser Jake ist, der da gerade vor mir sitzt.

Ich ziehe den Kugelschreiber von meinem Notizblock ab und blättere zu der Seite, auf der meine Fragen stehen.

»Es war echt nett, mit dir zu plaudern, Jake, aber ich sollte jetzt wirklich zum Interview kommen – erst recht, wenn ich meinen Job behalten will.« Ich versuche, einen professionellen Ton anzuschlagen, und füge sicherheitshalber ein Lächeln hinzu.

Nicht dass Vicky mich jemals feuern würde – nun, ich hoffe jedenfalls, dass sie es nicht tun würde –, aber das muss er nicht wissen.

»Du wirst nicht gefeuert.«

»Du klingst ja ziemlich überzeugt.« Ich zwinge mich zu einem kurzen Lachen.

»Das bin ich.«

Er nimmt einen weiteren tiefen Zug von seiner Zigarette, seine Augen fixieren mich.

Ich sehe weg und rutsche nervös hin und her.

»Alles in Ordnung?«, fragt er. »Du wirkst, als ob du dich ein bisschen unwohl fühlst.«

Immer noch so direkt wie immer. Das hat sich nicht geändert.

»Natürlich fühle ich mich nicht unwohl.«

Doch, tue ich. Ich bin ein wenig eingeschüchtert, verwirrt wegen deiner Fragen, nervös und würde, um ehrlich zu sein, am liebsten verschwinden.

»Ich muss einfach nur …«

»Deine Arbeit machen«, beendet er den Satz für mich. »Okay, mach weiter, frag mich irgendwas. Ich gehöre ganz allein dir, Tru, für die nächsten dreißig Minuten.« Er blickt auf seine teure Uhr, lehnt sich auf dem Sofa zurück, legt einen Arm auf die Rücklehne und lächelt mir zu. Es ist ein Lächeln, hinter dem sich etwas verbirgt. Ein Lächeln mit Hintergedanken.

Und es beruhigt mich überhaupt nicht. Kein bisschen. Wenn überhaupt, macht es mich sogar noch nervöser.

Ich stecke das Ende meines Stifts in den Mund und blicke auf meine erste Frage hinunter, die mir jetzt aber total langweilig vorkommt, und das ist mir peinlich. In meinem Job habe ich schon so viele Interviews geführt, aber ich kann ehrlich sagen, dass dieses das bisher schwierigste ist. Vielleicht, weil ich ihn so gut kenne … kannte.

Ich weiß, dass sein Blick noch immer auf mir ruht, ich spüre es, und Hitze steigt rasch meinen Hals empor.

Ich greife nach dem Wasser auf dem Tisch, nehme einen Schluck, stelle das Glas wieder ab und lege, ohne ihn anzusehen, los: »Man sagt, dass du ein Perfektionist bist, was deine Arbeit angeht – deine Musik –, und dass die Zusammenarbeit mit dir deswegen … manchmal … schwierig ist. Stimmst du dem zu? Hältst du dich für einen Perfektionisten?«

Diese Frage war eigentlich die vierte auf meiner Liste, aber ich habe beschlossen, direkt mit der anzufangen, die ihn womöglich als Erste verärgern könnte. Ich bin gerade genau in der richtigen Stimmung dazu.

Als ich zu ihm hinüberspähe, entdecke ich die winzige Andeutung eines Lächelns auf seinen Lippen. Er wirkt tatsächlich beeindruckt. Und einen Moment lang frage ich mich, welche Frage er wohl von mir erwartet hat.

»Die Leute arbeiten nicht mit mir *zusammen*, Tru, sie arbeiten *für* mich. Und die Jungs in meiner Band, die, auf die es ankommt, haben anscheinend kein Problem damit, wie ich die Dinge regle.«

Wow, ist er immer so arrogant? Aber irgendwie sexy.

Mist.

»Aber um deine Frage zu beantworten«, fährt er fort, »ich will, dass meine Musik und mein Label so gut sind wie nur irgend möglich. Momentan sind sie das, und ich habe vor, sie auf diesem Niveau zu halten. Wenn ich also ein paar Leuten auf den Schlips treten und mich als ein totales Arschloch bezeichnen lassen muss, oder als einen ›Perfektionisten‹«, er deutet mit den Fingern Anführungszeichen an, »um mich, meine Band und mein Label in Bestform zu halten, dann ja, nenn mich ruhig so. Mir ist schon Schlimmeres an den Kopf geworfen worden.« Er lächelt.

Und es geht mir durch Mark und Bein. Ich muss meine Knie aneinanderpressen, damit meine Beine nicht zittern.

Rasch kritzle ich den Rest seiner Antwort hin und räuspere mich. »Nach dem zu urteilen, was die meisten Leute denken und sagen, ist ›Creed‹ euer bisher chartfreundlichstes Album. Teilst du diese Meinung?«

»Und du?«

Hä?

»Ich?«

»Ja. Ich nehme an, dass du dir das Album angehört hast.« Er stellt mich auf die Probe.

»Natürlich ... und ... ja, ich stimme der allgemeinen Meinung zu. Ich denke, dass viele der Songs eingängiger klingen als die auf euren vorherigen Alben. Ganz besonders ›Damned‹ und ›Sooner‹.«

Ha, nimm das!

»Gut. Dann ist die Botschaft des Albums angekommen.« Er lächelt, und ich gerate ein wenig ins Schwimmen.

Was?

Okay, reiß dich zusammen, Tru.

»Okay, dann erzähl doch mal, was würdest du jetzt normalerweise machen, wenn du dich nicht mit mir unterhalten würdest?«

»Ich würde mich mit einer alten Freundin treffen.«

Oh.

»Äh …« Ich stottere. Darauf war ich wieder einmal nicht gefasst. »Okay … Es ist eine Weile her, dass ihr auf Tour wart. Freust du dich darauf, wieder unterwegs zu sein und live zu spielen?«

Er lehnt sich nach vorn, näher zu mir. Ich verspüre den Impuls, mich zurückzulehnen, doch ich tue es nicht. Stattdessen verschränke ich die Beine, als könnten sie mich irgendwie vor jedweder Antwort oder vielleicht auch Frage beschützen, die er mir an den Kopf werfen wird.

Er war schon damals intelligent, als wir noch Kinder waren, und sehr schlagfertig, aber der erwachsene Jake ist zwar ein sexy Hengst, aber in Wahrheit schlau wie eine Schlange.

Keineswegs kommt er rüber wie der Frauenheld, der trinkende, drogensüchtige Jake, als den die Presse ihn hinstellt. Nicht einmal wie ein Mann, der gerade vor wenig mehr als vier Wochen aus der Entzugsklinik entlassen wurde.

Er wirkt sehr beherrscht. Oder vielleicht ist das einfach seine Art, wenn er nüchtern ist.

Sein Blick geht hinunter zu meinen nackten Beinen, gleitet rasch an ihnen empor und zurück zu meinem Gesicht.

Und da ist der Frauenheld in ihm.

»Live zu spielen ist das, was ich liebe, das, wofür ich lebe … und ich habe das Gefühl, dass diese Tournee sehr interessant wird – vielleicht meine bisher interessanteste.«

»Ach ja, und warum?«

Jetzt bin ich neugierig. Wenn überhaupt, dann dachte ich, dass diese Tournee ohne Jonny schwer für ihn sein würde. Ganz besonders, wenn man bedenkt, was in Japan passiert ist.

Er fährt sich mit der Hand durchs Haar. »Ich hatte gerade einen Neuzugang in mein Team, und ich weiß mit Sicherheit, dass durch sie alles anders wird, interessanter … besser.«

Sie?

Vielleicht hat er inzwischen eine Freundin. Andererseits hat er von seinem Team gesprochen – ich bin mir sicher, dass er nicht seine Mitarbeiter vögelt. Wobei … wahrscheinlich tut er das sehr wohl.

»Dieser Neuzugang ist kein neues Bandmitglied, nehme ich an?«

Er schüttelt den Kopf und presst die Lippen aufeinander.

»Also ist sie Teil des Teams, das die Tournee organisiert?«

»Ich organisiere die Tournee.«

»Richtig. Also ist sie …?«

»Sagen wir mal, sie macht die … PR.«

Okay … Ich beschließe, das Thema zu wechseln, da ich merke, dass er nicht gewillt ist, Details über diese geheimnisvolle Frau preiszugeben, die seine Tournee zur bisher erfolgreichsten machen wird.

»Erzähl mir von deinen persönlichen Lieblingssongs auf dem Album und woher die Inspiration dazu gekommen ist.«

Ich sehe den Funken in seinen Augen, und ich weiß, dass ich ihn mit seiner Musik gepackt habe, dem Einzigen, was er wirklich liebt, und ich muss wieder an den Jungen denken, den ich vor all den Jahren geliebt habe.

Es tut mir ein wenig im Herzen weh.

Ich zwinge mich dazu, mich zu konzentrieren, will keines seiner Worte verpassen, schreibe schnell und versuche, mit ihm mitzuhalten, während die Begeisterung aus ihm heraussprudelt.

Und so läuft es für die nächsten dreißig Minuten. Bei einer Frage nach der anderen höre ich zu, wie er mehr und mehr zum Leben erwacht, während er über seine Musik spricht – genau wie der alte Jake, den ich so gut gekannt habe.

Bei dieser Erkenntnis beginne ich, ihn auf eine sehr seltsame Art und Weise zu vermissen, obwohl er gerade genau vor mir sitzt.

Ich stelle ihm ausschließlich musikalische Fragen. Keine meiner vorbereiteten Fragen zu Jonny Creeds Tod und wie ihn das beeinflusst hat, über seine Zeit in der Entzugsklinik oder sein Privatleben. Es würde einfach nicht zur ganzen Atmosphäre des Interviews passen, und ich will ihm nicht die jetzt bessere Stimmung verderben. Ich habe das Gefühl, er würde ohnehin nicht darauf antworten.

Um ehrlich zu sein, bin ich überrascht, dass ich bei meiner Ankunft nicht eingehend von Stuart geimpft worden bin, was ich Jake fragen darf und was nicht. So läuft das normalerweise bei Prominenten. Besonders bei solchen Stars wie Jake.

Andererseits habe ich stark den Eindruck, dass Jake sich in keinerlei Hinsicht an irgendwelche Regeln hält und dass er jedwede Zensur selbst vornimmt.

Ich kritzle noch seine letzte Antwort in Kurzschrift nieder, klappe meinen Notizblock zu und stecke ihn zurück in meine Tasche.

»Danke«, sage ich.

»Es war wirklich schön, dich zu sehen, Tru.«

»Dich auch.«

Plötzlich spüre ich einen Kloß im Hals, und mir wird klar, dass ich ihn jetzt nicht verlassen will, obwohl ich noch vor einer halben Stunde am liebsten weggerannt wäre. Beim Gedanken daran, ihn nicht wiederzusehen, schnürt sich mir auf eigenartige Weise das Herz zusammen.

Verrückt, ich weiß.

Ich strecke die Hand aus, greife nach meiner Tasche und stehe auf. Jake tut es mir gleich und steht neben mir.

Ich bin mir nicht ganz sicher, was ich jetzt tun soll.

Schüttle ich seine Hand, umarme ich ihn, oder was?

»Hast du eine Jacke dabei?«, fragt er.

»Ist in meiner Tasche.« Ich wende mich ihm zu. Er blickt mit seinen kristallblauen Augen auf mich herab. »Danke nochmals für das Interview. Es war toll.«

»Du brauchst mir nicht zu danken. Ich stehe dir jederzeit wieder für ein Interview zur Verfügung.«

Ich lache. »Vielleicht nehme ich dich beim Wort.«

»Gerne«, erwidert er. In seiner Stimme liegt nicht eine Spur von Humor.

Auf einmal fühle ich mich unsicher. Ich streife mir den Träger meiner Tasche über die Schulter und halte mich daran fest. »Vielen Dank noch mal, dass du dir die Zeit genommen hast.« Ich mache mich mit einem Lächeln auf den Weg zur Wohnzimmertür, meine Beine sind so schwer wie Blei.

»Und du gehst jetzt zurück zur Arbeit?«, fragt Jake und folgt mir.

»Ja.«

»Wie kommst du da hin? Ich kann Stuart bitten, dich zu fahren.«

Ich spüre einen Stich der Enttäuschung. Tatsächlich habe ich einen Moment lang geglaubt, er würde mir anbieten, mich persönlich zu bringen. Aber ich schätze, es wäre ein riesiges Theater, wenn Jake mit dem Auto fahren würde, nur um mich irgendwo abzusetzen. Wahrscheinlich bräuchte er sein komplettes Sicherheitsteam an seiner Seite.

Nicht dass ich hier viele von denen gesehen hätte. Nur Dave.

»Ist schon gut, danke, ich laufe. Es ist nicht weit.«

»Bist du sicher?«

»Bin ich.«

Er umfasst die Klinke, um mir die Tür zu öffnen, und zögert. »Hast du heute Abend schon was vor? Ich hab mich nämlich gefragt, ob du mit mir zu Abend essen würdest.«

Mir bleibt das Herz stehen, im wahrsten Sinne des Wortes. Dann, rums, setzt es wieder ein.

Ich bin heute Abend eigentlich mit Will verabredet. Will, mein wunderbarer Freund, dem ich nicht schon wieder absagen kann.

Oder?

Wenn ich zu Jake Nein sage, kriege ich vielleicht nie mehr die Chance, ihn wiederzusehen.

Ja. Nein. Nein. Ja.

Die Worte kommen aus meinem Mund, bevor ich mir dessen überhaupt bewusst bin.

»Nein, ich hab nichts vor, ich hab Zeit. Jede Menge Zeit.«

Er lächelt breit. »Großartig. Cool. Dann können wir uns richtig unterhalten, ohne dass ein Interview drohend über unseren Köpfen hängt.« Er schenkt mir ein kleines Lächeln, seine Augen funkeln.

Ach du Scheiße. Abendessen mit Jake.

Mein Herz vollführt Freudensprünge in meiner Brust.

Es ist kein Date. Es ist kein Date. Es ist kein Date.

»Ja.« Meine Stimme klingt ein bisschen piepsig. Ich räuspere mich. »Klingt gut.«

Erneut strahlt sein Lächeln bis hinauf zu seinen schönen Augen. »Ist acht Uhr okay?«

Jetzt gleich wäre auch in Ordnung. Gestern, heute, wann auch immer, ich bin flexibel.

»Acht Uhr ist super.«

»Gib mir deine Adresse, und ich komme vorbei, um dich abzuholen.«

Ich hole den Notizblock wieder aus meiner Tasche, kritzle rasch meine Adresse hin, reiße die Seite heraus und gebe sie ihm.

Dabei berühren sich unsere Finger, und meine Haut kribbelt. Ich spüre, wie mein Gesicht wieder heiß wird.

Jake betrachtet das Papier in seiner Hand, faltet es zusammen und steckt es sich in die hintere Hosentasche.

Dann öffnet er mir die Tür und tritt zur Seite, um mich durchzulassen.

Schweigend laufen wir zur Eingangstür. Stuart und Dave sind nirgends zu sehen.

Als wir ankommen, bleiben wir einen Augenblick stehen und sehen einander an.

Ich habe keine Ahnung, warum, aber ich bin einfach wieder traurig, dass ich mich von ihm verabschieden muss. So, als würde ich ihn nie wiedersehen. Was bescheuert ist, weil ich doch heute Abend mit ihm essen werde.

Ich treffe mich heute Abend mit Jake. Ein Schauer durchläuft mich.

Er hebt die Hand und streicht mir das Haar hinters Ohr. Ich falle beinahe in Ohnmacht, mir zittern die Knie, und ich spüre Schmetterlinge im Bauch.

Dann beugt er sich zu mir herab und küsst mich auf die Wange.

Das Gefühl seiner Lippen auf meiner Haut, sein heißer Atem bringen augenblicklich jedes sich bewegende Molekül in mir zum Stillstand, paralysieren mich auf der Stelle, und ich bekomme fast einen Schlaganfall.

Als er sich von mir löst, lächelt er mich an. »Dann sehe ich dich also heute Abend.« Er hält mir die Tür auf.

»Ja, heute Abend. Um acht.« O Gott, ich klinge wie ein Vollidiot.

Endlich stolpere ich durch die Tür, meine Beine lassen mich fast im Stich. Ich klammere mich an meiner Tasche fest, als ginge es um mein Leben.

»Mach's gut, Jake«, sage ich zögerlich.

»Mach's gut, Trudy Bennett.«

Ich zwinge mich dazu, mich abzuwenden und den Korridor entlangzugehen.

Als ich das Ende des Flurs erreiche, drehe ich mich um und sehe zurück, doch die Tür ist bereits geschlossen.

Ich erreiche den Aufzug, und sofort gleiten die Türen auf.

Auf unsicheren Beinen trete ich hinein, suche verzweifelt nach Halt und falle rücklings gegen die Spiegelwand.

Heute Abend gehe ich mit Jake essen.

Ach du Scheiße.

KAPITEL 5

Alles wird gut.

Nein, wird es ganz und gar nicht.

Wie zum Teufel soll ich Will erklären, dass ich ihn zum zweiten Mal in Folge versetze? Dieses Mal, um mit Jake Wethers essen zu gehen, den ich – wie ich zu erwähnen vergaß – früher ziemlich gut gekannt und gerade heute interviewt habe, wovon Will übrigens auch nichts weiß, da ich es auch hier versäumt habe, ihm davon zu erzählen.

Okay, tief und ruhig durchatmen, Tru. Es ist keine große Sache. Will ist ruhig und verständnisvoll. Und es gibt wirklich nichts, worüber man sich aufregen müsste. Es geht nur um zwei alte Freunde, die gemeinsam zu Abend essen. Einer davon ist eben zufälligerweise der größte Rockstar der Welt.

O Scheiße.

Der Portier öffnet die Tür und entlässt mich aus dem Dorchester, und ich trete hinaus auf die geschäftige Straße.

Die warme Luft auf meinem Gesicht macht es nicht besser. Gerade jetzt bräuchte ich einen kühlen Windstoß.

Mit einem Blick auf die Uhr stelle ich fest, dass es Viertel nach elf ist. Ich krame mein Handy aus der Tasche und beschließe, Will bei der Arbeit anzurufen, um zu hören, ob er Zeit für ein gemeinsames Mittagessen hat, damit ich mit ihm über heute Abend reden kann.

»Will Chambers.«

Oh, ich liebe seinen geschäftsmäßigen Tonfall. So tief und professionell. So süß.

»Hey, ich bin's.«

»Hey, Babe.« Er klingt, als ob er sich freut, von mir zu hören. Mit der Freude wird es vorbei sein, sobald ich ihm gestehe, dass ich ihm für heute Abend absage.

»Ich rufe an, weil ich hören wollte, ob du Lust hast, dich mit mir zum Mittagessen zu treffen?«

»Natürlich. Welche Uhrzeit?«

»Sobald du Zeit hast. Ich bin schon aus dem Büro raus. Bin gerade mit einem Interview fertig geworden.« *Mit Jake Wethers, dessen Album du dir neulich erst angehört hast.*

»Wie wär's in einer halben Stunde? Treffen wir uns bei Callo's?«

»Super. Bis gleich.«

Ich gehe auf direktem Weg zu Callo's, einem exklusiven kleinen Café. Dort angekommen setze ich mich ans Fenster und bestelle einen Latte.

Anschließend rufe ich Vicky an.

»Trudy, mein Superstar! Wie ist es gelaufen mit dem umwerfenden Rocker?«

»Gut. Großartig.« Mir schießt die Erinnerung an seine Lippen auf meiner Wange durch den Kopf, und mir wird heiß. »Ich habe jede Menge Material für den Artikel. Gerade mache ich eine Pause für ein frühes Mittagessen mit Will, und anschließend komme ich ins Büro, um alles ins Reine zu schreiben.«

»Also erinnert er sich an dich?« Ihre Stimme hat einen neckenden Unterton.

»Ja.« Ich kann das Lächeln auf meinen Lippen nicht unterdrücken. »Er ... äh ... nun, er hat mich sogar heute zum Abendessen eingeladen, um mit mir über alte Zeiten zu reden.«

Sie quietscht förmlich ins Telefon. Manchmal benimmt sie sich weder wie meine Chefin noch wie die Eigentümerin einer Zeitschrift.

»Du gehst hin, oder? Bitte sag mir, dass du Ja gesagt hast.«
»Ich habe Ja gesagt.«
Ein erneutes Quietschen.
Meine Güte, hat sie was getrunken oder so?
Ich blicke auf und sehe Will durch die Tür treten.
»Hör mal, ich muss Schluss machen. Will ist gerade gekommen.«
»Komm in mein Büro, sobald du wieder da bist. Ich will *sämtliche* schmutzigen Details wissen.«
»Es gibt keine schmutzigen Details.« Ich lache, aber meine Stimme habe ich gesenkt, damit Will nicht mithören kann, wenn er näher kommt.
»Natürlich nicht. Bis nachher«, flötet sie.
Ich lege auf, und Will beugt sich herunter und küsst mich auf die Wange. Genau da, wo Jake mich geküsst hat. Ich will die Stelle beschützen und bin wütend auf Will. Ich ärgere mich, dass er Jakes Kuss einfach ausradiert hat. Was total verrückt ist, sogar für meine Begriffe.
Er setzt sich mir gegenüber, und der Kellner kommt zu uns. Will bestellt sich einen Milchkaffee und einen weiteren Latte für mich.
»Was möchtest du essen?«, fragt er mich.
»Ich hätte gerne ein Panini mit Schinken und Käse«, erkläre ich an den Kellner gerichtet.
»Ein Sandwich mit Schinken, Salat und Tomate auf Vollkornbrot für mich«, sagt Will und gibt ihm die Karte zurück.
Dann greift er nach meiner Hand. Mir fällt auf, wie weich seine Finger im Vergleich zu Jakes rauen Schwielen sind.
»Du hast mir gestern Abend gefehlt«, murmelt er.
»Du mir auch.« Ich lächle.
»Und, wie war's? Hast du dich mit Simone amüsiert?«
»Hab ich. Aber wir haben uns ziemlich betrunken.«
»Macht ihr das nicht immer?« Er lächelt. »Das ist eine tolle Nachricht mit ihrer Beförderung.«

»Stimmt.« Nervös fummle ich mit meiner freien Hand auf dem Tisch herum. Ich hole tief Luft, jetzt oder nie, und verkünde: »Also, ich hab auch ein paar Neuigkeiten.«

Interessiert schaut er mich an.

Um ehrlich zu sein, bin ich mir nicht sicher, wie ich anfangen soll. Vielleicht einfach von vorn.

»Also, ich hab dir nie davon erzählt – nicht, weil es was Besonderes wäre oder so, sondern einfach, weil es im Grunde nie relevant war. Und ich erzähle das eigentlich nie jemandem, aber als Kind habe ich Tür an Tür mit Jake Wethers gewohnt.«

In seinen Augen zeichnet sich Verwirrung ab, die plötzlich Begreifen Platz macht.

»Jake Wethers … wie … Jake Wethers von The Mighty Storm?«

»Genau der.« Ich schenke ihm ein angespanntes Lächeln.

»Wow!«, sagt er sichtlich beeindruckt. »Wow. Okay. Also, hast du ihn nur flüchtig gekannt oder ganz gut?«

»Er war mein bester Freund.«

»Oh.«

»Wir haben uns aus den Augen verloren, als seine Familie nach Amerika gezogen ist. Damals waren wir vierzehn, und na ja, vor Kurzem sind wir uns wieder begegnet.«

Er runzelt die Stirn. »Wann?«

»Na ja, heute. Heute Morgen.«

»Oh«, murmelt er wieder. Plötzlich klingt seine Stimme angespannt.

»Das war das Interview, das ich gerade gemacht hab. Vicky hat es geschafft, eins mit ihm an Land zu ziehen, und sie hat mich hingeschickt, weil sie wusste, dass ich ihn mal gekannt habe.«

»Vicky weiß also, dass du ihn gekannt hast?«

Mist.

Warum ist er so scharfsinnig? Und es verletzt ihn, das kann ich deutlich sehen.

»Ja … ich … äh …« Ich streiche mir eine Haarsträhne hinters Ohr. »Ich hab ihr letzte Weihnachten davon erzählt, als ich betrunken war, ein bloßer Ausrutscher und keine große Sache.«

Der Kellner bringt die Getränke und das Essen, was Will dazu zwingt, meine Hand loszulassen. Das verschafft mir eine kurze, aber höchst willkommene Gnadenfrist.

»Du hast ihn also heute Morgen interviewt … Wie war es, ihn nach all der Zeit wiederzusehen?« Langsam wirkt er etwas entspannter.

Gut.

»Äh … Ein bisschen unwirklich, schätze ich.« Ich zucke die Achseln. »Als ich ihn gekannt habe, war er viel jünger. Er hat sich inzwischen sehr verändert.«

»Ganz bestimmt.« Wills Tonfall klingt scharf. Das überrascht mich.

Wie kann er so etwas sagen, wenn er Jake nicht einmal kennt? Plötzlich habe ich das Gefühl, Jake in Schutz nehmen zu müssen.

»Also, wie auch immer«, fahre ich ruhig fort und verberge meinen Ärger. »Da ich ihn interviewt habe, sind wir nicht dazu gekommen, viel zu plaudern – du weißt schon, über alte Zeiten zu reden –, und na ja, er hat mich gefragt, ob ich heute mit ihm zu Abend esse.«

Er legt das Sandwich zurück, das er gerade in die Hand genommen hat.

»Jake Wethers hat meine Freundin zum Abendessen eingeladen.« Plötzlich klingt er total besitzergreifend. Das sieht ihm gar nicht ähnlich.

»Es ist kein Date, du Witzbold. Wir sind nur zwei alte Freunde, die sich treffen.«

»Ja, und die eine der beiden ist zufällig meine wunderhübsche Freundin, und der andere schläft mit allem, was bei drei nicht auf den Bäumen ist.«

»Will!«, rufe ich schockiert. »Das ist jetzt ein bisschen unfair. Du kennst ihn nicht mal.«

»Du offensichtlich schon.«

Moment mal. Wann hat sich das hier in einen Streit verwandelt?

Es muss mein Gesichtsausdruck sein, der ihn veranlasst, einzulenken: »Hör mal, es tut mir leid. Ich hatte gerade einen beschissenen Vormittag im Büro und hab mich darauf gefreut, dich zu sehen, und jetzt bin ich wohl ein bisschen eifersüchtig. Daraus kannst du mir keinen Vorwurf machen – ich meine, sieh dich doch an.« Er streckt seine Hand aus, legt sie an meine Wange und vergräbt seine Finger in meinem Haar.

»Du hast keinen Grund zur Eifersucht.«

»Er ist ein reicher, gut aussehender Rockstar. Ich müsste schon ein bisschen dämlich sein, um nicht eifersüchtig zu sein.«

»Das mag ja alles sein.« Ich nehme seine Hand und küsse die Innenseite. »Aber er ist nicht du. Und ich liebe dich.«

Das versöhnt ihn anscheinend, denn sein Gesichtsausdruck entspannt sich ein wenig.

Ich lasse seine Hand los, sodass er sein Sandwich wieder aufnehmen und weiteressen kann.

»Wie lange ist er in der Stadt?«

»Ein paar Tage.«

Das gefällt ihm offenbar noch besser.

»Wird sicher schön sein, mit ihm über alte Zeiten zu plaudern, wo ihr doch als Kinder befreundet wart.«

Und ich ihn geliebt habe.

Ich kaschiere meine Gedanken mit einem Lächeln und erkläre stattdessen: »Also, da ich dich jetzt Freunden zuliebe zwei Abende in Folge versetzt habe, erwartet dich morgen Abend eine ganz besondere Überraschung, um es wiedergutzumachen.«

Er hebt die Augenbrauen. »Ich bin fasziniert. Erzähl weiter.«

»Den Rest überlasse ich deiner Fantasie, dann kannst du mir morgen Abend sagen, ob ich ihr gerecht geworden bin.« Ich grinse frech.

»Du machst mich immer wieder glücklich, Tru, und ich wüsste nicht, wie sich das in nächster Zeit ändern sollte, daher bin ich sicher, dass dein Vorhaben, was auch immer es sein mag, meiner ohnehin hohen Meinung von dir gerecht werden wird.«

Das ist so süß. Und jetzt fühle ich mich irgendwie mies, weil ich noch keine Ahnung habe, was ich morgen Abend tun soll, um es wiedergutzumachen. Da werde ich mir etwas wirklich Tolles ausdenken müssen.

Ich greife nach meinem Panini und nehme einen Bissen davon.

Will begleitet mich zurück zur Redaktion und gibt mir einen langen, ausgiebigen Kuss, bevor er geht.

Ich durchquere die Lobby und nehme die Treppe nach oben. Unser Büro ist schon im zweiten Stock, und die Bewegung tut mir gut.

Als meine Kollegen mich mit lauten Pfiffen empfangen, laufe ich puterrot an. Offenbar hat Vicky ihnen bereits von meinem Interview mit Jake erzählt. Schnell werfe ich meine Tasche auf meinen Schreibtisch und marschiere direkt in ihr Büro.

Sie ist hoch konzentriert dabei, etwas am Bildschirm zu lesen, als ich an ihrer offenen Tür klopfe.

Bei meinem Anblick erhellt sich ihre Miene, und sie lächelt. »Setz dich und erzähl mir alles über den Bad Boy des Rock.«

Ich runzle die Stirn. Mir ist bewusst, dass Jake einen gewissen Ruf hat, aber ich mag es nicht, dass sie ihn so bezeichnet.

»Er ist wohl kaum ein Junge, Vicky.«

Sie hebt eine perfekt gezupfte Braue. »Und was soll das heißen, bitte schön?«

Es fühlt sich an, als würde ich gleich mit einer Freundin bei ein paar Cocktails über einen Typen plaudern, mit dem ich gerade ausgegangen bin. Nicht, als sollte ich von einem Interview erzählen, das ich soeben mit einem Star geführt habe.

Ich finde es toll, dass ich so ein gutes Verhältnis zu Vicky habe.

Aufgekratzt lasse ich mich auf den Stuhl vor ihrem Schreibtisch fallen. »Das heißt, dass die Leute ihn ernsthaft unterschätzen, Vicky. Ja, er ist Sänger in einer Band und schläft mit vielen Frauen ...«

»Hat er das gesagt?« Hoffnungsvoll sieht sie mich an. Schon hat sie das nächste Exklusivinterview vor Augen.

»Nein.« Ich lache. »Genau das ist es ... Er ist sehr vorsichtig und zurückhaltend bei allem, was er sagt. Er scheint mehr Fragen zu stellen, als er beantwortet – keine Sorge, ich hab viel aus ihm herausbekommen«, ergänze ich, als ich ihren besorgten Gesichtsausdruck sehe. »Es ist nur ...« Ich zögere und suche nach den richtigen Worten. Nach denen, die ich schon seit dem Treffen mit ihm nicht finden kann. »Ich vermute, dass er vielleicht ... den verdorbenen Rockstar da draußen nur spielt.« Hilflos gestikuliere ich. »Aber ich habe das Gefühl, hinter den Kulissen ist er der entscheidende Mann – derjenige, der den Ton angibt –, so, wie es schon von den wenigen Leuten berichtet worden ist, die ihn bisher interviewt haben.«

»Du glaubst also, die Frauen und die Partys sind nur Staffage?«

Ich schüttle den Kopf. »Nein. Ich glaube einfach, dass Jake zwei Seiten hat. Einerseits ist er der junge Kerl, der einem ziemlich privilegierten Lebensstil frönt, andererseits der Geschäftsmann, der sein Label und seine Band genau so führt, wie er will, und darin sehr gut ist.«

»Der Zwischenfall in Japan ...«

»War zu erwarten, würde ich sagen. Damals war gerade sein bester Freund und Geschäftspartner gestorben. Das und sein schneller Aufstieg, all das Geld, das er hat – ich vermute, ihm ist das alles ein bisschen zu viel geworden, und leider ist sein Absturz eben vor Tausenden von Menschen passiert.«

Wow, ich höre mich gerade tatsächlich intelligent an. Das ist ja mal ganz was Neues.

»Hmm.« Vicky lehnt sich in ihrem Stuhl zurück. »Und ist er im wahren Leben genauso scharf, wie er im Fernsehen aussieht?« Sie lächelt, und ich weiß, dass der seriöse, journalistische Aspekt vorerst aus unserer Unterhaltung verbannt ist.

»Irgendwie ... gut aussehend ist er schon, klar«, untertreibe ich.

»Irgendwie gut aussehend«, spöttelt sie. »Natürlich, ich bin mir sicher, das ist alles.« Sie schürzt die Lippen, als sei ihr gerade etwas eingefallen. »Und er hat dich für heute Abend zum Essen eingeladen?«

Ich hatte mich schon gefragt, wann sie das erwähnen würde. Nichts entgeht ihr. Ganz die Journalistin.

»Das hat er. Nur ein Treffen unter Freunden, um über alte Zeiten zu plaudern.« Ich rutsche auf meinem Stuhl nach vorn, bereit, mich zu verdrücken.

»Ich wette, er ist richtig scharf drauf, ausgiebig mit dir zu *plaudern*.«

»Vicky!«, rufe ich aus und schlage mir die Hand vor den Mund, als mir klar wird, wie laut das war. »Ich kann nicht glauben, dass du das gerade gesagt hast«, füge ich leiser hinzu und nehme die Hand runter.

»Was denn?«, entgegnet sie lachend. »Sieh dich an – du hast ein Gesicht und einen Hintern, für die es sich zu sterben lohnt. Und er? Grundgütiger. Er ist so heiß, dass ich ihn auf Toast servieren und auffressen könnte ... und er ist berüchtigt für seine *Eskapaden*.«

»Mag sein, aber ich nicht, und außerdem habe ich einen Freund, erinnerst du dich?« Jetzt klinge ich ein bisschen schnippisch, aber das scheint sie nicht zu stören.

»Nun ja, wir sind alle blitzsauber, Darling, bis Männer wie er auftauchen und dafür sorgen, dass wir dreckig werden.«

Mit einem Lächeln zwinkert sie mir zu, und die Anspannung weicht von mir.

»Du bist unverbesserlich.« Amüsiert schüttle ich den Kopf und verdrehe die Augen. »Und so denke ich nicht über ihn.«

Sie verengt die gekonnt mit Eyeliner umrandeten Augen, während sie mich kritisch beäugt. »Nein, natürlich nicht. Und wie hat der liebe William die Nachricht von deinem Abendessen mit Jake aufgenommen? Du hast es ihm doch gesagt, oder?«

Manchmal habe ich den Eindruck, Vicky kann Will nicht leiden.

»Natürlich.« Ich klinge defensiv und habe keine Ahnung, warum.

»Und?«

»Nichts. Er war damit einverstanden.« *Nach einer Weile.*

Sie stößt ein leises Lachen aus. »Er war damit einverstanden, dass du mit dem schönsten, erfolgreichsten Schürzenjäger und Rockstar der Welt ausgehst?«

Ich presse die Lippen zusammen und atme durch die Nase aus. »Er war damit einverstanden, weil nichts dahintersteckt. Wir sind nur zwei alte Freunde, die gemeinsam zu Abend essen, weiter nichts.«

»Wenn du das sagst, Darling.« Sie fährt sich mit der Hand durchs Haar.

»Das sage ich«, bringe ich mit dünner Stimme hervor. »Also, wenn du jetzt damit fertig bist, mich auszuquetschen, dann mache ich mich an die Arbeit, für die du mich bezahlst. Ich schreibe einen Entwurf des Interviews und gebe ihn dir bis heute Abend zum Gegenlesen.«

»Das wäre fantastisch, vielen Dank.« Sie lehnt sich in ihrem Stuhl zurück und streicht sich das Haar aus der Stirn.

Ich schenke ihr ein leichtes Lächeln, wende mich ab und marschiere aus dem Büro, fort von ihrem fragenden Blick, denn sie ist der Wahrheit etwas näher gekommen, als ich zugeben will. In Bezug auf Jake und meine Reaktion darauf, ihn nach all den Jahren wiederzusehen, und in Bezug auf Wills Reaktion auf die Nachricht, dass ich mich heute Abend mit Jake treffe. Hauptsächlich jedoch in Hinblick darauf, wie ich mich dabei fühle, ihn heute Abend wiederzusehen. Und das einzige Wort, das mir einfällt, um es zu beschreiben, ist … berauscht.

KAPITEL 6

Okay. Ich werde mich mit Jake zum Abendessen treffen.
Jake Wethers.
Aber er ist immer noch Jake. Derselbe Jake, den ich mal gekannt habe.
Nein, ist er nicht – heute ist er Jake, der Rock-Gott.
O Scheiße.
Ich bin seit einer halben Stunde fertig und tigere seitdem durch die Wohnung. Ein großes Glas Wein habe ich schon intus und fange gerade in einem verzweifelten Versuch, meine Nerven zu beruhigen, das zweite an.

Und Simone ist auch nicht hier, um mir zu helfen. Sie war so enttäuscht, als ich ihr erzählt habe, dass Jake zu uns kommt, um mich abzuholen. Leider schiebt sie gerade Überstunden für ein Projekt ihres neuen Kunden und konnte unmöglich früher gehen.

Vielleicht ist es besser, dass sie nicht hier ist. Ich bin sowieso schon am Ausflippen. Simone ist ein riesiger Mighty-Storm-Fan, also würde sie auch ausflippen und es für mich nur noch schlimmer machen.

Worüber um alles in der Welt soll ich heute Abend mit ihm reden?

Ich weiß, ich habe Jake lange Zeit gekannt, aber das war damals. Nicht heute.

Heute ist er ein megareicher Rockstar. Und ich bin nur eine bescheidene Journalistin, die für ein kleines, aufstrebendes

Magazin arbeitet, mit gerade genug Geld, um die Rechnungen zu zahlen und den Vorratsschrank mit ausreichend Essen und Wein zu bestücken, um die Woche zu überstehen.

Wahrscheinlich verdient er in einer Stunde, was ich in einem Jahr verdiene.

Ich bin immer noch dieselbe, und Jake ist in die Riege der Superstars aufgestiegen.

Wir leben in zwei sehr verschiedenen Welten. Über sein jetziges Leben weiß ich nichts, bis auf das, was ich in den Zeitungen gelesen habe.

Ich frage mich, ob er noch immer dieselben Dinge mag wie damals, als ich ihn kannte.

Natürlich nicht. Mag ich denn noch immer dieselben Sachen, die ich mit vierzehn mochte? Nein. Gut, bis auf Frühstücksflocken für Kinder. Coco Pops sind toll.

Ich frage mich einfach, worüber wir reden sollen, wenn wir mit der Vergangenheit durch sind. Zwischen uns liegen Welten. Abgesehen von unserer gemeinsamen Kindheit, was bleibt da noch?

Ich hoffe bloß, dass wir mit den Kindheitsgeschichten irgendwie den Abend füllen können.

Hastig nehme ich noch einen Schluck Wein.

Es klingelt an der Tür. Eine Minute nach acht. Immerhin ist er pünktlich. Und ich hatte schon damit gerechnet, dass er sich wie ein typischer Rockstar verspätet.

Ich stelle das Glas ab, nehme meine Handtasche und die Schlüssel und gehe mit zitternden Knien zur Tür.

Als ich sie öffne, steht er dort und sieht absolut umwerfend aus. Er trägt dunkelblaue, enge Jeans, Converse-Sneakers und ein hellblaues Hemd mit hochgekrempelten Ärmeln, die obersten Knöpfe offen, sodass seine Tattoos zu sehen sind.

Und wieder einmal fühle ich mich plötzlich total überfordert.

»Hi«, sage ich.

»Wow. Du siehst toll aus.«

Ich erröte. »Danke, du auch.«

Innerlich vollführe ich einen kleinen Freudentanz.

Dieses Kleid war seinen Preis absolut wert. Ja, okay, ich bin nach der Arbeit in meinen Lieblingsklamottenladen Dixie's gegangen und habe das Kleid gekauft, das ich im Schaufenster schon seit Wochen beäugt hatte. Das Kleid, das ich mir im Moment eigentlich nicht leisten kann. Also vielen Dank, Visa.

Es ist nicht, um Jake zu beeindrucken oder so. Ich meine, schließlich haben wir kein Date. Aber er ist reich, und ich wollte gut aussehen. Und das Kleid ist so verdammt süß.

Es ist ein schwarzes Etuikleid mit silbernen Verzierungen, und es passt einfach perfekt zu mir. Ich habe es mit meinen schwarzen High Heels und einer silbernen Clutch kombiniert. Mein Haar trage ich offen und lockig, und beim Make-up habe ich mich zurückgehalten, so wie immer.

Ich trete nach draußen und beschließe, ihn nicht auf einen Drink hereinzubitten. Wahrscheinlich lebt er in einer Villa. Ich will nicht, dass er sich in meiner winzigen Wohnung umsieht.

Ich schließe ab und folge ihm den Weg entlang.

»Schönes Haus.« Er nickt in Richtung meiner Wohnung.

»Danke ... Wow, ist das deiner?«, frage ich, als er auf einen silbernen Aston Martin DBS zusteuert.

Er lächelt und entriegelt die Türen. »Das ist ein Mietwagen, aber zu Hause habe ich auch so einen.«

Ein Mietwagen? Ich würde mich schon glücklich schätzen, wenn ich es mir leisten könnte, einen Motorroller zu mieten.

Wieder einmal werde ich daran erinnert, wie sehr sich unsere Leben unterscheiden.

»Ist das nicht das Auto von James Bond?«, frage ich, während ich in den Sitz aus butterweichem Leder gleite und den Gurt anlege.

»Also, nicht genau dieses Modell, nein. Aber mit seinem bin ich auch schon gefahren.«

Ich werfe ihm einen Blick von der Seite zu. »Angeber«, murmle ich lächelnd.

»Oh, du ahnst ja nicht, wie recht du hast.« Er zwinkert mir zu, und mein Magen stürzt im freien Fall in die nächste Galaxie.

Wir fahren mit aufheulendem Motor meine kleine Straße hinunter, in seinem überaus protzigen Auto.

»Also, wo geht's hin?«, frage ich und versuche noch immer, mich von seinem Kommentar vorhin zu erholen.

»Das ist eine Überraschung.«

»Eine Überraschung?« Ich drehe den Kopf, um ihn anzusehen.

Er wirft mir einen schnellen Blick zu, ein Lächeln umspielt seine Lippen. »Ja, eine Überraschung. Kennst du das noch? Die gibt es normalerweise an Geburtstagen und so.«

»Aber heute ist nicht mein Geburtstag.«

»Nun ja, ich habe zwölf davon verpasst, also habe ich einige Überraschungen nachzuholen.«

Ausnahmsweise halte ich den Mund, weil ich wirklich nicht weiß, was ich dazu sagen soll.

Als ich aus dem Fenster schaue, bemerke ich einen schwarzen Land Rover, der ziemlich dicht hinter uns fährt.

Ich drehe den Kopf und blicke über die Schulter zu dem anderen Wagen. Die Fenster sind getönt, sodass ich nicht hindurchsehen kann. Hoffentlich sind das keine Paparazzi, die ihn verfolgen. Fahren die nicht normalerweise solche CO_2-Schleudern?

»Dieser Wagen fährt ziemlich dicht auf.« Ich mache eine Kopfbewegung nach hinten, um Jake darauf aufmerksam zu machen.

Jakes Blick geht zum Rückspiegel und dann zu mir.

»Das ist Dave, mein Bodyguard.«

»Oh. Begleitet er dich überallhin?«

»Schon … Na ja, außer ins Badezimmer.« Amüsiert sieht er zu mir herüber.

»Warum fährt er hinter uns und sitzt nicht mit uns im Auto?«

»Weil ich mit dir allein sein wollte.«

»Oh.«

Oh.

Meine Nerven spielen augenblicklich verrückt. Ich könnte wirklich noch ein Glas Wein gebrauchen.

Tatsächlich verspüre ich jedes Mal, wenn er mich ansieht, das Bedürfnis nach Alkohol. Ich habe so eine Ahnung, dass ich mich heute Abend ziemlich betrinken werde.

Wieder blicke ich aus dem Fenster, betrachte die Gebäude von London und denke darüber nach, wie unwirklich das alles ist. Gestern Abend war ich aus, um mich im Mandarin's mit Simone zu betrinken, meine Nerven waren wegen des Interviews mit Jake total angespannt, und ich habe mich gefragt, ob er sich an mich erinnern würde. Und jetzt sitze ich hier in seinem schicken James-Bond-Auto, und er fährt mich irgendwohin, um mich zu überraschen.

Jake Wethers, mein alter bester Freund, einstige Liebe meines Lebens, größter Rockstar und begehrtester Mann der Welt, und er sitzt nur Zentimeter von mir entfernt. Ich könnte die Hand ausstrecken und ihn berühren.

Allerdings werde ich es nicht tun, weil das ziemlich seltsam wäre.

Aber im Grunde könnten die Dinge kaum seltsamer werden, als sie ohnehin schon sind.

Wir sind in Covent Garden, als Jake den Wagen auf der Hauptstraße parkt, genau vor einem Pizza Hut. Sein Bodyguard hält hinter uns.

»Ich glaube nicht, dass du hier parken darfst«, bemerke ich und betrachte die Parkverbotsschilder rundherum.

»Keine Sorge. Komm schon.« Er steigt aus. Ich schätze, wenn man er ist, kann man machen, was man will.

Als ich den Wagen verlasse, fällt mir ein Mann auf, der vor dem Eingang des Pizza Hut steht und uns anstarrt. Mein erster Gedanke ist, dass er Jake erkannt haben muss, aber dann wird mir klar, dass es Stuart ist, Jakes PA.

»Hey«, begrüßt ihn Jake. »Alles bereit?«

Stuart nickt. »Ja.«

Jake wirft ihm die Autoschlüssel zu. »Ich ruf dich an, sobald wir fertig sind.«

»Keine Sorge, viel Spaß heute Abend. Schön, dich wiederzusehen, Trudy«, sagt Stuart, während er an uns vorbeigeht.

»Ebenfalls«, erwidere ich und lächle ihm zu.

Stuart steigt in das James-Bond-Auto und fährt weg.

»Komm«, sagt Jake und nimmt meine Hand.

Wieder kribbelt meine Haut bei seiner Berührung. Er sucht viel häufiger Körperkontakt als früher, fällt mir auf.

Er begleitet mich zum Eingang des Pizza Hut.

Ich bleibe vor der Tür stehen und blicke zum Schild hinauf, dann wieder zu Jake.

Ich lächle. »Wir gehen zu Pizza Hut?«

Er weiß es noch.

Das hat er also im Auto gemeint, als er von meinen Geburtstagen gesprochen hat.

An jedem Geburtstag sind wir zu Pizza Hut gegangen. Es war eine Art Tradition bei uns – wer steht nicht auf Pizza Hut?

Ich kann es nicht fassen, dass er sich daran erinnert. Mir wird ganz warm und rührselig zumute, und gleichzeitig habe ich das Gefühl, dass ich etwas übertrieben schick gekleidet bin.

Er erwidert mein Lächeln, und es reicht bis hinauf zu seinen schönen blauen Augen. »Wie ich schon sagte, ich habe zwölf verpasste Geburtstage wiedergutzumachen. Ich weiß, das ist nicht der Pizza Hut, in dem wir in Manchester immer waren, aber ich dachte mir, dass du sicher nicht den ganzen Weg bis dahin fahren möchtest, also war das die zweitbeste Lösung. Nach dir ...« Er bedeutet mir, vor ihm einzutreten.

Mein Herz schlägt Purzelbäume, dass er so aufmerksam ist. Ich gehe an ihm vorbei und nehme die Treppe nach unten.

Jake ist der einzige Mann, den ich kenne, der mich in einem Aston Martin DBS abholen und zu Pizza Hut kutschieren würde. Und deshalb liebe ich ihn.

Ich meine, natürlich liebe ich ihn nicht im Sinne von wirklich lieben. Ich habe ihn nur geliebt, als ich noch jünger war.

Wie auch immer, der Pizza Hut in Covent Garden ist ein wenig eleganter als üblich. Erst recht als der, zu dem wir in Manchester immer gegangen sind, jedenfalls von außen. Erst einmal liegt er im Souterrain, und man muss eine Treppe nehmen, um hineinzugelangen. Aber sobald man drin ist, ist es ein normaler Pizza Hut, und ich liebe es hier.

Am Fuß der Treppe werde ich von einem Kellner begrüßt. In dem Moment, als er Jake erblickt, flackern Nervosität und Verehrung in seinen Augen auf.

Er tut mir leid, denn es muss ein Schock sein, wenn der größte Rockstar der Welt unangekündigt an deinem Arbeitsplatz auftaucht. Ich meine, Pizza Hut ist nicht unbedingt ein Ort, an dem man Jake Wethers normalerweise vermuten würde.

Es muss ziemlich schwierig sein, nicht restlos überwältigt zu sein, aber ich finde, der Kellner schlägt sich insgesamt ganz gut. Er fragt Jake nicht nach einem Autogramm, was schon mal ein guter Anfang ist, denn ich hätte das an seiner Stelle sofort getan.

Als ich mich umschaue, bemerke ich, dass das Restaurant leer ist.

Das überrascht mich, aber es ist auch unser Glück, denn ich bin mir ziemlich sicher, dass Jake hier drin ununterbrochen wegen Autogrammen belästigt worden wäre. Hoffentlich bleibt es so ruhig, solange wir hier sind.

Der Kellner führt uns zu einem Tisch. Ich rutsche auf meinen Platz, Jake setzt sich mir gegenüber.

Seine langen Beine passen kaum unter den Tisch. Versehentlich stoße ich ihn mit dem Fuß an.

»Entschuldige.«

Er lächelt mir zu.

Dieses Lächeln fühle ich bis in die Zehenspitzen. Ich komme mir vor, als sei ich wieder ein Teenager.

»Kann ich Ihnen etwas zu trinken bringen?«, fragt der Kellner und reicht uns die Karte.

Jake sieht mich an.

»Bier«, sage ich.

»Zwei Budweiser«, bestellt Jake.

Der Kellner verschwindet, um die Getränke zu holen, und ich starre Jake überrascht an.

»Was ist?«, fragt er, als er mein Starren bemerkt.

»Äh ... nichts.« Mein Gesicht wird heiß.

»Nein, sag schon«, drängt er mich und lehnt sich nach vorn. Er legt die Unterarme auf den Tisch.

»Na ja, ich hab bloß gedacht, du trinkst nicht mehr ... Du weißt schon ... Entzug.« Ich murmle das Wort, als sei es etwas wirklich Anstößiges.

Er stößt ein Lachen aus. »Trinken war nie das Problem, Tru.«

»Oh.«

Er lehnt sich zurück. »Das hat nur die Presse behauptet. Aber trotzdem, heutzutage genieße ich alles in Maßen. Bis auf Drogen – auf die verzichte ich komplett. Dafür ist mein Zigarettenkonsum gestiegen.«

»Wann hast du mit dem Rauchen angefangen?«, frage ich und überlege, ob es war, nachdem er clean geworden ist, quasi als Ersatzbefriedigung. Denn als wir Teenager waren, hat er sich nie für Zigaretten interessiert.

Nachdenklich runzelt er die Stirn. »Als ich die Band gegründet habe.«

Also schon vor einer ganzen Weile.

»Schlechte Angewohnheit.«

»So ist es«, pflichtet er mir bei. »Aber bei Weitem nicht so schlimm, wie ein Junkie zu sein.«

Ich verkrampfe mich augenblicklich.

Er lächelt. »Entspann dich, Tru. Das ist längst nicht das Schlimmste, was ich je gesagt habe, und mein Suchtberater rät mir, offen mit diesen Dingen umzugehen.«

Okay ...

»War es schlimm?«

»Was? Der Aufenthalt in der Entzugsklinik?«

»Nein. Wobei ich mir nicht vorstellen kann, dass es toll war, dort zu sein. Ich meinte eher, süchtig zu sein.«

Wie kann er so klar im Kopf und so erfolgreich und gleichzeitig ein Drogensüchtiger gewesen sein? Vom Gefühl her passt das nicht zusammen. Aber irgendwie hat in ihm beides nebeneinander existiert. Ich schätze, jeder hat seine Schwächen.

Er trommelt mit den Fingern auf dem Tisch. »Als es gut war, war es großartig, und als es schlimm war ... war es wirklich verdammt beschissen. Ich war an einem Punkt angelangt, wo die Rauschzustände, die ich mehr oder weniger täglich durchlebt habe, allesamt schrecklich waren. Da wurde es Zeit, clean zu werden.«

»Ich bin froh, dass du clean bist«, sage ich.

»Ich auch.« Er lächelt.

Der Kellner kommt mit unseren Bieren.

»Wissen Sie schon, was Sie bestellen möchten, oder brauchen Sie noch Zeit?«

»Oh, tut mir leid, ich hab noch nicht mal in die Karte geschaut«, erwidere ich und schlage sie auf.

»Geben Sie uns noch fünf Minuten.«

»Also, was nimmst du?«, frage ich und blicke in die Karte.

»Pizza.«

Ich hebe den Kopf und blicke in sein lächelndes Gesicht.

»Haha! Lustig. Es gibt durchaus auch Pasta und Salat, falls du's noch nicht wusstest.« Ich strecke ihm die Zunge raus.

»Ich erinnere mich.«

Mich beschleicht der Eindruck, dass er sich an so viel mehr erinnert, als ich mir je erhofft hätte.

»Wollen wir uns was teilen?«, schlage ich vor.

»Bist du immer noch so gierig?«

»Ich war nie gierig!«, entgegne ich mit gespielter Entrüstung.

»Du hast gegessen wie ein Kerl.« Er lacht.

»Willst du damit sagen, ich wäre fett gewesen, Jake Wethers?« Ich hebe eine Augenbraue.

»Nein. Du warst immer ein mageres kleines Ding. Ich habe nie verstanden, wo du das alles hingepackt hast.«

»Auf meinen Hintern. Da landet es immer noch.«

»Dein Hintern war immer ansehnlich, soweit ich mich erinnern kann. Ich muss wohl später noch mal einen Blick drauf werfen – dann lasse ich dich wissen, was ich denke.«

»Also hast du ihn nicht abgecheckt, als wir die Treppe runtergelaufen sind?«

Ich kann nicht glauben, dass ich das gerade gesagt habe!

Es liegt an ihm. Offenbar bringt er eine völlig neue, kokette, freche Seite in mir zum Vorschein.

Er grinst mich an, und es ist ein unglaublich sexy Lächeln. Meine Wangen werden heiß, genau wie andere Stellen meines Körpers.

»Also teilen wir uns jetzt was oder nicht?«, kehre ich zum Thema zurück und blicke wieder in die Karte.

»Wir teilen uns was.«

Warum habe ich ständig das Gefühl, dass alles, was er zu mir sagt, eigentlich etwas anderes heißen soll?

Aber er ist ein berüchtigter Frauenheld, wahrscheinlich ist ihm das Flirten inzwischen einfach in Fleisch und Blut übergegangen.

»Okay, wir haben also die ausgefallene Wahl zwischen – Posh Pizzas, den Pizza-Hut-Classics oder einer eigenen Zusammenstellung«, lese ich vor, während ich über der Karte brüte.

»Ich dachte, wir könnten unser altes Lieblingsgericht bestellen ...«

»O mein Gott.« Lachend blicke ich zu ihm auf. »Das Flammende ...«

»Inferno«, ergänzt er.

»Diese Pizza hab ich seit Jahren nicht mehr gegessen!« Ich lache immer noch.

»Ich auch nicht.« Er grinst. »Also bestellen wir die?«

»Unbedingt«, stimme ich strahlend zu.

Ich klappe die Karte zu, und in dem Moment fällt mir auf, dass er seine gar nicht erst aufgeschlagen hat.

Er hat sich an die Pizza erinnert, ohne sie auf der Karte gesehen zu haben.

Ich nehme einen kräftigen Schluck von meinem Bier.

Jake gibt dem Kellner, der die letzten paar Minuten am Eingang herumgelungert hat, ein Zeichen und bestellt unsere Pizza.

Dann greift auch er nach seinem Bier und nimmt einen Schluck.

Hier drinnen ist es noch immer wie ausgestorben. Nicht ein einziger Gast ist aufgetaucht, um eine Pizza zu bestellen.

»Gut, dass es hier heute Abend so ruhig ist«, spreche ich meine Überlegung von vorhin aus. »Keine Fans, die dich belagern.«

Er lächelt. »Ich habe dafür bezahlt, dass es so ruhig ist.«

»Hä?«

»Ich habe den Laden für den Abend gekauft.«

»Du hast Pizza Hut gekauft?«

»Nicht Pizza Hut als Ganzes, Tru.« Er lächelt. »Nur diesen hier. Ich habe ihn für den Abend gemietet.«

»Warum?«

»Damit wir nicht gestört werden.«

»Oh.«

Ich kann nicht glauben, dass er den kompletten Pizza Hut gemietet hat, damit wir hier gemeinsam zu Abend essen können, nur weil es vor langer Zeit mal unser Stammlokal war.

Ich weiß, dass er es sich problemlos leisten kann, aber trotzdem ist es irrsinnig süß.

»Wo hat Stuart den Wagen hingefahren?«, frage ich, weil es mir gerade einfällt und ich mich wundere, warum er überhaupt draußen gewartet hat, um ihn zu übernehmen.

»Er hat ihn bloß zum Hotel zurückgebracht. Sobald wir ihn brauchen, bringt er ihn wieder her.«

»Und dein Bodyguard?«

»Steht oben an der Treppe.«

»Oh.«

»Hey, erinnerst du dich an die Freundschaftsarmbänder, die du uns mit diesem Set gebastelt hast, das deine Mom dir mal zu Weihnachten geschenkt hat?«, will er wissen und stellt sein Bier ab.

Ich frage mich, wie er darauf kommt.

»O Gott, ich war echt peinlich.« Ich bedecke mein Gesicht mit den Händen, und meine Wangen brennen.

»Ich fand sie süß.«

Überrascht starre ich ihn an.

»Hast du deins noch?«, fragt er.

Ich habe es noch. Aber wenn ich ihm sage, dass ich es immer behalten habe, weil es einfach eins der vielen Dinge ist, die mich an ihn erinnern, und ich mich nie davon trennen konnte, dann klingt das höchstwahrscheinlich genauso peinlich, wie es tatsächlich ist.

»Ich habe meins noch«, gesteht er, als würde er meine Gedanken lesen.

»Wirklich?« Jetzt bin ich ehrlich überrascht.

»Ja.«

»Wo ist es?« Ich betrachte sein Handgelenk.

»In meinem Haus in L.A. Also, hast du deins noch?«

»Ja.« Meine Stimme wird leiser.

»Wo ist es?«

»Hier in England, in meiner Wohnung.«

Er lacht. »Das musst du mir nachher zeigen.« Auf einmal wird sein Gesichtsausdruck ernst.

Er will in meine Wohnung mitkommen? Plötzlich schlägt mein Magen Purzelbäume.

»Okay.« Ich huste nervös, mein Gesicht steht förmlich in Flammen.

»Wie geht es deinen Eltern?«, fragt er.

»Gut«, antworte ich und lächle. »Sie leben immer noch in Manchester, im selben Haus.«

Er grinst mich ungläubig an. »Machst du Witze?«

Ich schüttle den Kopf. »Und mein Dad erteilt jetzt sozial benachteiligten Kindern Musikunterricht.«

»Er war schon immer ein toller Mann. Ist das eine Wohltätigkeitsorganisation, für die er arbeitet?«

»Ja.«

»Wie heißt sie?«

»Warum?«

»Weil ich ihnen Geld spenden will. Wäre dein Dad nicht gewesen, hätte ich nie eine Gitarre in die Hand genommen und erst recht nicht gelernt, sie zu spielen, und ich wäre nicht da, wo ich jetzt bin. Ich habe ihm viel zu verdanken.«

Mich erfüllt ein tiefer Stolz auf meinen Dad. Er ist der Beste.

»Sie heißt ›Tuners for Youths‹.«

»Cool«, erwidert er. »Morgen leite ich alles in die Wege.«

»Mein Dad wird begeistert sein, wenn ich es ihm erzähle.«

»Du brauchst ihm nicht zu erzählen, dass die Spende von mir stammt.«

Ich runzle verwirrt die Stirn.

»Ich will nicht, dass er mich für einen großkotzigen Angeber hält.«

»Das würde er niemals tun. Er ist total stolz auf dich.«

Überrascht blickt er auf. »Wirklich?«

Ich nicke. »Er verfolgt deine Karriere, genau wie ich. Wahrscheinlich sogar noch aufmerksamer. Du weißt, wie er ist, wenn es um Musik geht.«

»Ich wette, auf die Drogen war er nicht so stolz ... oder auf die Frauen.« Seine Mundwinkel verziehen sich nach unten.

Ich verspüre den Impuls, die Hand auszustrecken und mit den Fingerspitzen über seine Lippen zu streichen, aber ich halte mich zurück. Stattdessen lege ich meine Hand auf seinen Arm.

Ich sehe, wie sein Blick sich darauf richtet, bevor er mir wieder in die Augen schaut.

»Er hat sich Sorgen um dich gemacht, genau wie ich. Aber er ist wirklich stolz auf alles, was du erreicht hast. Und um ehrlich zu sein, glaube ich, dass er ziemlich beeindruckt war von all den Models und Schauspielerinnen, mit denen du fotografiert worden bist.« Ich lache und versuche, fröhlich zu wirken, aber wenn überhaupt, dann versetzen mir meine eigenen Worte einen Stich.

Ich ziehe die Hand zurück und greife nach meiner Flasche. »Ich wette, deine Mum ist wirklich stolz auf dich.« Ich nehme einen Schluck von meinem Bier.

Achselzuckend blickt er auf seine Flasche hinab und pult am Etikett herum. »Stolz ist sie schon … Klar. Aber sie macht sich einfach viele Sorgen, du weißt schon.«

»Ich weiß, aber sie ist deine Mum, da ist das zu erwarten«, entgegne ich.

Ich weiß, dass Susie glaubt, sie hätte Jake über Jahre im Stich gelassen. Dass sie seinen Dad aus ihrem gemeinsamen Leben hätte verbannen sollen. Dann wäre Jake das alles nie zugestoßen.

Einmal habe ich zufällig mitgehört, wie Susie sich mit meiner Mum unterhalten hat. Jake habe ich davon allerdings nie erzählt.

Wieder zuckt er die Achseln, und ich habe das Gefühl, dass noch mehr dahintersteckt, aber ich hake nicht nach, und dann taucht der Kellner mit unserer Pizza auf.

Danach unterhalten wir uns, als wären wir nie voneinander getrennt gewesen. Wir reden über die Schule und über Kindheitserinnerungen. Er erzählt mir von der Band und seinem Label, von den Musikern, die er unter Vertrag hat. Ich erzähle ihm von meiner Zeit an der Uni, über mein Zusammenleben mit Simone und meinen Job als Musikjournalistin.

Aber hauptsächlich reden wir einfach über Musik, so wie früher. Aktuelles und altes Zeug. Und Jakes Musik.

Ich habe noch mit niemandem so über Musik gesprochen, wie ich es jetzt mit Jake tue. Nicht in meiner Zeit an der Uni, als ich es studiert habe, nicht mal in der ganzen Zeit, die ich schon beim Magazin arbeite.

So haben wir immer darüber geredet, mit echter Leidenschaft. Für mich hat Jake schon immer die Musik verkörpert. Es ist das, was uns zusammengeschweißt hat. Und jetzt ist es, als würde ein Damm brechen, und alles, was mit Jake zu tun hat, strömt aus mir heraus.

Worüber ich jedoch nicht rede, ist Will. Und er fragt auch nicht nach.

Mir fällt auf, dass er Jonny nicht erwähnt. Es muss noch immer schmerzhaft für ihn sein, über ihn zu sprechen.

Ich bemerke auch, dass er den ganzen Abend über nur das eine Bier getrunken hat. Darüber bin ich froh, weil er fährt. Mir gefällt es, dass er so verantwortungsbewusst ist. Denn der Jake, den ich normalerweise in den Nachrichten sehe, wirkt nie verantwortungsbewusst, ungeachtet seines überwältigenden Erfolgs.

Aber je mehr Zeit ich mit ihm verbringe, desto mehr beschleicht mich das Gefühl, dass es zwei Jakes gibt.

Einen, den die Welt sieht, und einen, den ich hier gerade erlebe. Den, den ich einst gekannt habe.

Ich habe mich beim Trinken ebenfalls zurückgehalten. Komisch, obwohl ich vorhin noch geglaubt habe, ich bräuchte Alkohol, um den Abend durchzustehen. Aber keineswegs.

Das ist der schönste Abend, den ich seit Langem erlebt habe.

Stundenlang unterhalten wir uns, und als wir fertig sind, ruft Jake bei Stuart an, um ihm zu sagen, dass er den Wagen herbringen soll, und zahlt die Rechnung.

»Lass mich meine Hälfte übernehmen«, beharre ich, als wir zum Ausgang laufen.

Er lacht. »Nein, Tru. Nenn es einfach Geburtstagsgeschenk Nummer eins von zwölf.«

»Ich schulde dir ebenfalls zwölf Geburtstagsgeschenke, erinnerst du dich?«

»Oh, das habe ich nicht vergessen. Die werde ich bald einfordern.«

Und da ist er wieder, dieser flirtende Unterton.

Kein Wunder, dass sich ihm die Frauen ständig an den Hals werfen. Im Moment fällt es mir ziemlich schwer, das nicht selbst zu tun.

Jake bedeutet mir, vor ihm die Treppe hochzulaufen.

»Du isst immer noch wie ein Kerl«, kommentiert er hinter mir. »Aber dein Hintern ist definitiv ganz Frau.«

Ich schnappe nach Luft.

Zögernd drehe ich mich um und starre ihn mit offenem Mund an.

»Was ist?« Er tut unschuldig und bleibt hinter mir stehen, aber ich sehe den Ausdruck in seinen Augen, und er ist mir nah, so überaus nah. »Ich hab dir doch gesagt, ich würde dich wissen lassen, was ich von deinem Hintern halte, und ich sage dir, er ist perfekt. Sogar noch besser, als ich ihn in Erinnerung hatte.«

Eilig richte ich meinen Blick wieder nach vorn und haste schnellen Schrittes die Stufen hinauf. Innerlich vergehe ich vor Verlegenheit und Verlangen.

Okay, jetzt habe ich es also gesagt. Ich will Jake.

Er ist attraktiv, sexy und verführerisch. Und er ist ein Rockstar. Und er war mein Junge von nebenan. Aber natürlich wird nie irgendwas passieren.

Weil er Jake Wethers ist … und ich bloß Trudy Bennett.

Außerdem habe ich einen Freund, was eigentlich der Hauptgrund ist.

Stuart ist da und wartet neben dem James-Bond-Auto, genau wie Jake gesagt hat. Dahinter steht Dave mit seinem Wagen, bereit, uns zu folgen.

Auf der Fahrt zurück zu meiner Wohnung sind wir deutlich stiller als im Restaurant.

Ich bin mir nicht sicher, woran es bei ihm liegt. Bei mir ist es, weil ich traurig bin, dass der Abend vorbei ist und ich ihn höchstwahrscheinlich niemals wiedersehen werde. Nun, außer im Fernsehen natürlich.

Für meinen Geschmack viel zu früh hält er vor meinem Haus.

»Danke für das Essen«, sage ich, löse meinen Gurt und drehe mich um. »Das hat Spaß gemacht.«

»Mir auch.« Im Dunkeln klingt seine Stimme tiefer und rauchiger.

Sie hat eine eigenartige Wirkung auf mich.

Ich will nicht aussteigen. Wieder ereilt mich das Gefühl eines Verlusts, wie heute Morgen, als ich mich im Hotel von ihm verabschiedet habe, aber da wusste ich immerhin, dass ich ihn heute Abend wiedersehen würde. Doch nun ist der Abend vorbei, und es gibt keinen Grund mehr, ihn noch einmal zu treffen.

»Also, ich geh dann mal rein. Danke noch mal für die Pizza und das Bier.«

Ich taste nach dem Griff und öffne gerade die Tür, als er sagt: »Ich begleite dich zur Haustür. Hier in London sind zu viele zwielichtige Typen unterwegs. Ich will sichergehen, dass du unbeschadet reinkommst.«

Ich drücke die Tür auf und lächle in mich hinein, während ich aussteige. Jake steigt ebenfalls aus. Die Haustür ist nur zehn Meter entfernt. Ich glaube kaum, dass mir auf dieser kurzen Strecke irgendwas passieren wird.

Er begleitet mich den Weg hinauf, und ich komme mir vor, als sei ich wieder ein Teenager. Schmetterlinge im Bauch und Schwindelgefühle. So, wie ich mich gefühlt habe, als ich damals so verrückt nach ihm war. Immer, wenn er mich angeschaut hat, bin ich innerlich durchgedreht.

An der Tür angekommen fische ich die Schlüssel aus meiner Tasche.

Soll ich ihn hereinbitten? Ich vermute, es wäre unhöflich, es nicht zu tun. Auch wenn Simone an Herzversagen sterben wird, sobald sie ihn sieht.

»Willst du auf einen Kaffee mit reinkommen?« Ich mache eine einladende Geste.

Er betrachtet erst die Tür, dann mein Gesicht. »Ich muss morgen früh raus. Ich sollte wirklich ins Hotel zurück.«

Ein Nein also.

»Oh, okay, klar.« Ich versuche, nicht so enttäuscht zu klingen, wie ich es bin.

Klingt nicht gerade nach Rockstar, dass er seinen Schlaf braucht ... O Gott ... Ich habe gerade einen Korb bekommen, oder?

Ich bin so was von schwer von Begriff.

Aber ist schon in Ordnung, weil ich ihn ohnehin auf nichts weiter als einen Kaffee einladen wollte.

Offensichtlich findet er mich nicht attraktiv. Schon als wir jünger waren, hat er nicht auf mich gestanden, also warum sollte das jetzt anders sein?

Weil ich keine vierzehn mehr bin. Und ich bin ein bisschen hübscher als damals!

Plötzlich habe ich Lust, wie ein Teenager mit dem Fuß aufzustampfen und ihn zu fragen, was denn mit mir nicht stimmt, dass ich immer noch nicht gut genug für ihn bin, und warum ich es damals nicht war.

Aber natürlich werde ich das nicht tun, denn das wäre äußerst seltsam und total peinlich.

»Also, es war wirklich toll, dich wiederzusehen. Unwirklich, aber toll.«

Habe ich gerade »unwirklich« gesagt? O Gott.

Er lächelt mir zu, seine Augen funkeln amüsiert. »Kann ich deine Telefonnummer haben? Ich will nicht wieder den Kontakt verlieren.«

»Ja, natürlich!« Meine Stimme klingt viel zu schrill und entlarvt mich total. Verräterische Stimme. Und mein Herz schlägt mir so heftig gegen die Rippen, dass ich Angst habe, sie könnten gleich brechen.

Jake zieht sein Handy aus der Tasche. Ich diktiere ihm meine Nummer und beobachte, wie er sie eintippt.

In meiner Tasche beginnt Adele zu singen. Als ich hinabblicke, hält er demonstrativ sein Handy hoch. »Und jetzt hast du meine.«

Ich habe Jakes Nummer!

In meinem Kopf führe ich gerade einen Freudentanz auf.

Plötzlich beugt er sich zu mir, hebt die Hand, streicht mir das Haar hinters Ohr. Seine Finger streifen mein Kinn, und er küsst meine Wange.

Ich schließe die Augen und nehme seine Berührung und seinen Duft in mich auf. Zigaretten, Bier und Aftershave.

»Dich wiederzusehen war schöner, als ich mir je erträumt hätte«, murmelt er.

Was?

Als meine Augen sich wieder öffnen, ist er bereits unterwegs zu seinem Auto.

Am Heck bleibt er stehen und dreht sich um, als sei ihm noch etwas eingefallen. »Ach, Tru, als ich vorhin gesagt habe, dass du toll aussiehst, hätte ich eigentlich sagen sollen, dass du wunderschön bist.« Er lächelt. »Ich ruf dich bald an.«

Dann steigt er ins Auto und fährt davon.

Ich schließe die Wohnung auf und lasse mich von innen gegen die Tür fallen, mein Herz pocht noch immer stürmisch.

Als Nächstes hole ich sofort mein Handy raus und speichere Jakes Nummer in meiner Kontaktliste.

KAPITEL 7

»Was hast du gestern Abend mit diesem Mann gemacht?«

Vicky kommt im Büro auf mich zugeeilt, bevor ich mich überhaupt hingesetzt habe.

»Denn was auch immer es war, mach weiter. Bitte.« Sie grinst.

»Hä?«

Ich versuche noch immer, mich vom gestrigen Abend zu erholen. Nach dem Treffen mit Jake habe ich Stunden gebraucht, um zur Ruhe zu kommen, also habe ich verschlafen. Der Morgen war entsprechend hektisch, und Simones neugierige Fragen haben mich davon abgehalten, mir auch nur einen Kaffee zu machen. Außerdem komme ich gerade von meiner Jake-Wolke runter und setze mich mit der Möglichkeit auseinander, ihn nie wiederzusehen.

Ich ruf dich bald an.

Er wird nicht anrufen. Warum sollte er? Und obwohl ich seine Nummer habe, werde ich ihn ebenso wenig anrufen. Gut, jedenfalls noch nicht.

»Ich habe gerade mit ihm telefoniert.«

»Mit wem?«

»Jake Wethers!«, schreit sie wie ein Teenager, nicht wie die Eigentümerin eines erfolgreichen Magazin.

»Jake?« Ich bin verwirrt. »Warum ruft er dich an? Nichts für ungut«, füge ich hinzu, als ich ihren enttäuschten Gesichtsausdruck bemerke.

»Weil du, Darling, voller Magie steckst und obendrein zum Anbeißen bist!«

Ich kann es nicht ausstehen, wenn sie in Rätseln spricht.

»Vicky, ich bin gerade etwas ratlos. Hilf mir bitte auf die Sprünge, ja?« Ich lache ein wenig, um sie nicht zu verärgern.

»Hat er gestern Abend gar nicht mit dir darüber geredet? Nein? Okay, also, Jake Wethers hat mich gerade angerufen und das Magazin gebeten, seine offizielle Biografie zu präsentieren! Aaaaaah!«, kreischt sie.

Es ist viel zu früh für Vickys hysterisches Geschrei. Aber hey, das ist so was von cool.

»Er hat dich persönlich angerufen? Machen so was nicht normalerweise die PAs?«

»Ja!«, schreit sie schon wieder. »Ich weiß, ich konnte es selbst kaum glauben!«

»Wow. Das ist großartig, Vicky! Wirklich toll! Ich freu mich so für dich – für uns – für das Magazin!«

Und es könnte sich vielleicht eine Chance für mich ergeben, Jake wiederzusehen.

Bei diesem Gedanken durchrieselt mich ein kleiner freudiger Schauer.

»Also, wer ist sein Biograf?«, frage ich, ziehe meine Jacke aus und hänge sie über die Stuhllehne. Ich frage mich, ob es jemand ist, den ich kenne. Bestimmt werde ich mit demjenigen bei den Auszügen fürs Magazin zusammenarbeiten müssen ... Das heißt, wenn Vicky mich darauf ansetzt. Gott, ich hoffe doch, dass sie das tut.

Verwirrt runzelt sie die Stirn. »Jake hat wirklich nicht mit dir über diese Sache gesprochen? Hat er denn beim Abendessen gar nichts davon erwähnt?«

»Nein. Was soll er erwähnt haben?«

»Tja, Darling, dann freue ich mich, dir mitteilen zu können, dass Jakes offizieller Biograf ... nun ... du bist!«

Was? Was?!

Alles, was ich tun kann, ist, sie entgeistert anzustarren. Auf meinem Schreibtisch klingelt mein Handy.

Aber ich kann mich nicht rühren. Ich bin wie gelähmt.

Er hat mich engagiert? Jake hat mich beauftragt, seine Biografie zu schreiben, ohne mich auch nur gefragt zu haben? Ist das überhaupt legal?

Vicky geht zu meinem Schreibtisch und wirft einen prüfenden Blick auf mein Handy. Sie nimmt es und hält es mir hin.

»Diesen Anruf möchtest du vielleicht annehmen. Es ist Jake.«

Ich kann das Handy bloß fassungslos anstarren, als wäre es eine Bombe, die jeden Moment zu explodieren droht.

Warum sollte er das tun?

Ich meine, natürlich ist es toll und überaus schmeichelhaft, dass er glaubt, ich wäre zu so was in der Lage, aber ich habe noch nie ein Buch geschrieben. Ich schreibe Artikel. Kurze Artikel, die auf eine Magazinseite passen.

Ich glaube nicht, dass ich ein Buch schreiben kann.

O Gott.

Ich verstehe einfach nicht, warum er das getan hat – und warum er nicht mit mir darüber gesprochen hat. Gestern Abend hatte er dazu wirklich ausreichend Gelegenheit.

Sämtliche Luft scheint aus dem Raum gewichen zu sein. Ich glaube, ich habe eine Panikattacke oder so was. Gleich falle ich in Ohnmacht.

»Geh ran«, drängt Vicky und hält mir das Handy dichter unter die Nase. »Diese Gelegenheit kannst du dir nicht entgehen lassen. Das Magazin kann sie sich nicht entgehen lassen, Tru.« Flehentlich sieht sie mich an.

Aber ich kann einfach meine Hand nicht bewegen, um nach dem Telefon zu greifen.

»Eine Gelegenheit, die Jake mir nicht mal persönlich angeboten hat.« Meine Stimme klingt heiser.

Das Handy hört auf zu klingeln.

Wir betrachten es beide.

Vicky lässt die Hand sinken und mit ihr mein Handy, die Bombe.

»Vielleicht wollte Jake einfach zuerst mit mir reden. Du weißt schon, weil ich deine Chefin bin. Wahrscheinlich wollte er zuerst abklären, dass es keine Probleme mit deinem festen Job hier gibt, bevor er dir den Auftrag anbietet.«

»Hat er dir das gesagt?« Misstrauisch sehe ich sie an.

»Ja, natürlich«, erwidert sie strahlend.

Sie lügt, hundertpro. Nie im Leben hat er sie gefragt. Ich kann mir nicht vorstellen, dass Jake jemals irgendjemanden um irgendetwas bittet.

Mit seinem Anruf bei Vicky hat er mich bloß in eine Lage versetzt, in der ich nicht Nein sagen kann.

Hat er gewusst, dass das der Fall sein würde? Und wenn ja, warum tut er so was?

»Ruf ihn zurück«, drängt Vicky.

Ich schüttle den Kopf und schlucke. »Ich glaube nicht, dass ich das kann. Ich schaff das nicht. Ich kann kein Buch schreiben, Vicky. Ich bin Journalistin. Musikjournalistin, keine Buchautorin.«

»Du kannst das. Du schreibst wunderbar, Darling.«

Mit leichter Panik im Blick schaue ich zu ihr auf. Ich weiß, worüber sie sich Sorgen macht. Sie hat Angst, dass Jake das Angebot zur Zusammenarbeit zurückzieht, wenn ich sie nicht schreibe.

Aber das würde er nicht tun.

»Jake wird dem Magazin erlauben, die Auszüge zu drucken, selbst wenn ich den Job nicht annehme, Vicky. Er würde das Angebot nicht zurückziehen. Ich kenne ihn.«

Sie zuckt die Achseln. »Ich weiß nicht, Darling, irgendwie hatte ich den deutlichen Eindruck, dass du Teil der Abmachung bist.«

»Hat er das gesagt?«

»Nicht direkt.«

Doch, hat er.

Mist.

»Warum tut er das?«, spreche ich meine Gedanken laut aus.

Sie lächelt. »Vielleicht will er dich dieses Mal nicht entwischen lassen.«

»Also zwingt er mich, seine Biografie zu schreiben? Nein, das ergibt keinen Sinn. Ich bin mit ihm befreundet. Man zwingt Leute nicht dazu, mit einem befreundet zu sein. Das wäre ich doch auch so.«

Ich bin so verwirrt, dass ich mich setzen muss. Kraftlos sacke ich auf dem Stuhl zusammen.

Vicky kommt um den Schreibtisch herum und lehnt sich gegen die Kante. »Vielleicht will er nicht bloß dein Freund sein«, bemerkt sie leise. »Und wenn das der Fall ist, dann stellt er auf diese Weise sicher, dass er dich noch sehr viel öfter sieht, und das für eine ganze Weile.«

Hastig blicke ich zu ihr auf. »Nein.« Ich schüttle den Kopf. »Das ist es nicht.«

Gestern Abend hatte er seine Chance, einen Annäherungsversuch zu machen, und wenn ich ehrlich bin, dann hätte ich wahrscheinlich den Kuss erwidert, wenn er mich geküsst hätte, aber das hat er nicht getan. Und daher weiß ich, dass das nicht der Grund sein kann.

Mir ist einfach völlig schleierhaft, was sein Motiv ist.

Vielleicht ist sein Interesse aufrichtig. Womöglich hält er mich für eine wirklich gute Autorin.

Schon über den bloßen Gedanken muss ich lachen.

»Also, aus welchem Grund auch immer er das tut«, verkündet Vicky, »so oder so ist das eine Riesenchance, sowohl für dich als auch für das Magazin. Es kann nur gut sein, Tru. Und vielleicht ist Jake das bewusst. Er wird sich schon im Klaren darüber sein, wie sich das auf deine Karriere auswirken wird. Vielleicht will er dir einfach nur helfen. Er hat mir erzählt, dass er schon seit einer ganzen Weile darüber nachdenkt, seine Biografie schreiben zu lassen, und mit der anstehenden Tournee ist jetzt der richtige Zeitpunkt gekommen. Ganz sicher war es ein reiner Glücksfall, dass du ihm wieder begegnet bist. Genauso gut hätte auch jemand anders die Chance kriegen können, an deiner Stelle in den Tourbus zu steigen.«

Scheiße. Ich werde mit der Band auf Tournee gehen müssen. Natürlich.

Ich bin so was von erledigt.

Heute Morgen habe ich mir noch Sorgen gemacht, ich würde ihn womöglich nie wiedersehen, und jetzt werde ich jede Menge Zeit mit ihm verbringen, ihm überallhin folgen, ihn beobachten und alles über ihn erfahren, während wir durch ein paar ziemlich coole Teile der Welt touren.

Ich bin vollkommen und absolut am Arsch.

»Ruf ihn an«, drängt Vicky ein letztes Mal, legt mein Handy auf den Schreibtisch und tippt mit dem Fingernagel aufs Display, bevor sie mich damit allein lässt.

Einen Moment starre ich mein Handy einfach nur an, bevor ich mit zitternden Fingern danach greife und seine Nummer wähle.

Er geht beim ersten Klingeln ran.

»Tru«, erklingt seine Stimme, tief und sexy.

»Hi, Jake.«

Stille.

»Also ...«, setze ich an, ohne eigentlich zu wissen, was ich sagen soll.

»Ich schätze, deine Chefin ist mir zuvorgekommen?« Es ist weniger eine Frage, mehr eine Feststellung.

»Richtig.«

»Und?«

»Und was?«

»Wirst du sie schreiben, die Biografie?«

»Habe ich denn eine Wahl?«

Es entsteht eine wirklich lange Pause. Ich kann seine Anspannung spüren.

»Es gibt immer eine Wahl, Tru.« Er klingt ein wenig verärgert.

»Entschuldige«, rudere ich zurück, während ich die Fassung zurückgewinne. »Das klang ganz schön mies. Es sind bloß ziemlich viele Informationen, die ich so früh am Morgen verarbeiten muss. Ganz besonders, wenn ich noch nicht mal die Chance hatte, einen Kaffee zu trinken.«

»Hattest du nicht?«

»Nein, und ohne Kaffee funktioniere ich nicht«, erkläre ich mit spanischem Akzent. Tatsächlich spreche ich fließend Spanisch, weil meine Mum darauf bestanden hat, und manchmal ist es wirklich praktisch – hauptsächlich bei Urlauben in spanischsprachigen Ländern. Aber mein alberner spanischer Akzent hat Jake immer zum Lachen gebracht, als wir noch jünger waren, also ziele ich genau darauf ab.

Er lacht leise in sich hinein. Durch das Telefon klingt es tief und rau und hat eine unglaubliche Wirkung auf mich. »Ich merke, du bist noch immer eine Idiotin.«

»Richtig, und es braucht immer noch einen Idioten, um einen anderen zu erkennen.«

»Wohl wahr … Also du machst es?«

Mich beschleicht das Gefühl, dass das keine Frage ist. Und mal ehrlich, in welchem Universum würde ich jemals Nein sagen?

Ich lächle. »Ja, ich mache es.«

Ich kann sein Lächeln förmlich spüren.

»Okay, als dein neuer Chef – gut, jedenfalls einer deiner Chefs – weise ich dich an, dir einen Kaffee zu holen, denn ich will nicht, dass du den ganzen Tag mit diesem süßen spanischen Akzent sprichst. Das macht mich verrückt.«

Ich mache ihn verrückt? Im positiven oder im negativen Sinn …

»Sehen wir uns heute?«

»Natürlich. Geh, und hol dir deinen Kaffee, ich rufe gleich zurück.«

Er legt auf, und ich sitze da, starre auf das Telefon in meiner Hand und fühle mich ein wenig überrumpelt.

Und irgendwie komme ich mir auch ein bisschen manipuliert vor. Ich habe nur noch nicht herausgefunden, wie.

Außerdem bin ich etwas aufgeregt – okay, ich bin *ziemlich* aufgeregt. Ich gehe auf Tournee mit The Mighty Storm … mit Jake.

Scheiße. Und Scheiße hoch drei. Das werde ich Will beichten müssen.

Tja, bei diesem Gedanken verpufft meine gute Laune ziemlich schnell.

Ich gehe nicht direkt einen Kaffee holen, zuerst schaue ich in Vickys Büro vorbei.

»Hast du ihn angerufen?« Sie blickt hoffnungsvoll zu mir auf.

»Habe ich.«

»Und?«

»Und ich mache es natürlich.«

»Oh, Gott sei Dank! Für einen Augenblick habe ich mir schon Sorgen gemacht. Trudy, du bist mein Superstar!« Sie erhebt sich von ihrem Schreibtisch und umarmt mich in einer Wolke aus Parfum und Perfektion. »Schon vom ersten Moment an, als du hier zum Vorstellungsgespräch erschienen bist, wusste ich, dass dich einzustellen das Beste sein würde, was ich jemals tun werde.«

Sie fasst mich an den Schultern und schenkt mir ihr umwerfendes Lächeln. »Du, mein Mädchen, wirst dieses Magazin aus der untersten Regalreihe an seinen rechtmäßigen Platz befördern, zu den Hochglanzmagazinen in der mittleren Reihe.«

»Meinst du wirklich, dieses Exklusivgeschäft mit Jake kann so was bewirken?« Dass es die Verkäufe ankurbeln wird, ist mir klar, aber ich will nicht, dass sie all ihre Hoffnungen darauf setzt.

»Davon bin ich überzeugt«, erklärt sie mit einem bekräftigenden Nicken. »Dieser Junge ist unerreichbar. Es ist schon schwer genug, eine präzise, direkte Antwort aus ihm rauszukriegen, aber einen kompletten Einblick in sein Leben? Meine Güte, all die Frauen da draußen, die seine Alben hören, ihn im Fernsehen sehen und von Jake Wethers in ihren Betten träumen, werden bei dieser Nachricht feuchte Höschen kriegen.«

Ich kann nicht anders, ich muss lachen.

»Und sie werden begeistert sein, dass ihr gemeinsam aufgewachsen und euch gerade erst wieder begegnet seid, um diese Story zu machen. Frauen werden dich beneiden und zugleich dafür lieben, dass du ihnen diesen Mann ins Haus bringst.«

»Äh.« Ich streiche mir das Haar hinters Ohr. »Ich denke, darüber sollten wir uns vielleicht bedeckt halten.«

Ich habe darüber schon oft nachgedacht, und die ganze Aufmerksamkeit, die es mir bescheren würde, wenn die Leute herausfänden, dass Jake und ich zusammen aufgewachsen sind, will ich nicht. Und wenn die Presse in unserer gemeinsamen Vergangenheit wühlt, besteht die Gefahr, dass jemand, der uns von früher kennt, ausplaudert, was sein Dad ihm und seiner Mum angetan hat.

Beim bloßen Gedanken daran erschaudere ich. Irgendwie ist es Jake gelungen, diesen Teil seines Lebens vor der Presse geheim zu halten. Ich will nicht der Grund dafür sein, dass es ans Licht kommt.

Natürlich werde ich nichts davon Vicky erzählen. Ich weiß auch schon, was ich ihr stattdessen sage.

»Ich glaube einfach, es wird noch besser aussehen, wenn sie nichts über meine Vergangenheit mit Jake wissen. Es könnte die Aufmerksamkeit von der Biografie ablenken, wenn ihnen klar wird, dass Jake und ich uns kennen, und ich will nicht, dass das dauernd im Vordergrund steht. Ich will, dass es um Jake geht – und um *Etiquette*.«

Sie lächelt mir zu. »Gut mitgedacht. Ganz die Journalistin. Hab ich dir eigentlich in letzter Zeit mal gesagt, wie sehr ich dich mag?«

»Nein.« Ich grinse.

»Na dann: Ich mag dich. Und zwar unheimlich gern.«

»Also, die Tournee ... Jake hat gesagt, wir sehen uns heute noch. Ich nehme an, um über die Tour zu reden. Aber könntest du mich ein bisschen vorbereiten?«

»Du siehst ihn heute schon wieder?« Sie lächelt und setzt sich. Manchmal ist sie wie ein Teenager.

»Ja, aus geschäftlichen Gründen. Kannst du mich bitte über die Tournee ins Bild setzen, Chefin?«

Sie lehnt sich in ihrem Stuhl zurück. »Sieben Wochen. In den ersten drei durch Europa, in den vier danach durch Amerika und Kanada.«

»Und kann ich zwischen den Konzerten nach Hause kommen?«

»Bei dieser Tour gibt es jede Menge Auftritte. Das ist ziemlich heftig – zehn in Europa und dreizehn in den USA und in Kanada. Zwischen Europa und den USA liegt eine zweiwöchige Pause, und ich kann mir nicht vorstellen, dass du die ganze Zeit über gebraucht wirst. Aber klär das mit Jake ab.«

»Was ist mit meiner Kolumne?«

»Ich wollte Jane darauf ansetzen, über das zu berichten, was du nicht schaffst.«

»Klingt nach einer guten Idee.«

Ich stehe auf. »Was hältst du von dem Teil des Interviews mit Jake, den ich dir gestern geschickt habe?«

»Wirklich gut. Ich hab dir ein paar Änderungsvorschläge gemailt. Wirf mal einen Blick drauf, und lass mich wissen, was du meinst. Aber es eilt nicht, denn ich denke, wir werden es als Vorgeschmack auf die Biografie verwenden.«

Ich mache mich auf den Weg aus ihrem Büro, doch an der Tür bleibe ich noch einmal stehen. »Was glaubst du, warum Jake mir gegenüber gestern Abend nichts von der Biografie erwähnt hat?«

Sie zuckt mit den Schultern. »Du hast gesagt, ihr habt gestern Abend über alte Zeiten gesprochen. Vielleicht wollte er da nicht mit dir über Geschäftliches reden.«

»Hmm, vielleicht ... Trotzdem hätte er mich gleich heute früh anrufen können. Aber ich schätze, es spielt keine Rolle.«

Sie beugt sich vor und stützt die Ellbogen auf den Schreibtisch. »Willst du meine ehrliche Meinung hören? Ich denke, er hat dich zum Abendessen eingeladen, weil er dich wiedersehen wollte. Für die Biografie hat er dich engagiert, weil du in deinem Job großartig bist – und außerdem, weil er mit dir ins Bett will.«

»Vicky!«, kreische ich mit weit aufgerissenen Augen. Ich kann nicht glauben, dass sie das gerade gesagt hat.

»Was denn?«, erwidert sie unschuldig. »Ich weise nur auf offensichtliche Tatsachen hin.«

»Was für offensichtliche Tatsachen?«

»Dass Jake mit dir ins Bett will.«

»Wirst du wohl damit aufhören!« Mein Gesicht läuft spürbar rot an. »Und Jake könnte mit jeder ins Bett, mit der er will, und glaub mir, mit mir will er es nicht.«

Ich denke an die beiläufige Abfuhr an meiner Tür gestern Abend. Davon erzähle ich ihr natürlich nichts.

Stirnrunzelnd schüttelt sie den Kopf. »Manchmal glaube ich, dir ist überhaupt nicht bewusst, wie umwerfend du bist, Tru.«

Bei diesem Kompliment verziehe ich das Gesicht.

»Und ja, du hast recht. Jake könnte jede Frau ins Bett kriegen, die er will ... aber momentan will er, glaube ich, dich.«

Ich runzle ebenfalls die Stirn. »Das wäre aber ein ziemlich großer Aufwand, den er da betreibt, nur um sich flachlegen zu lassen, wo er das doch anderswo viel einfacher haben könnte.«

»Einfach kann schnell langweilig werden, Darling. Und du hast recht: Es wäre in der Tat ein ziemlicher Aufwand.« Sie hebt eine Augenbraue. »Aber ich schätze, der Aufwand, den er betreibt, zeigt, wie wichtig ihm die Person ist.«

»Oder es ist bloß eine neue Herausforderung.«

»Das auch.« Sie lehnt sich in ihrem Stuhl zurück. »Sei einfach vorsichtig, wenn du Geschäftliches und Privates vermischst. Das kann manchmal böse enden.«

»Ich habe nicht vor, irgendwas zu vermischen. Ich bin mit Will zusammen, erinnerst du dich?«

»Richtig.«

»Und ich glaube nicht, dass Jake so ist. Entgegen der landläufigen Meinung denke ich, in geschäftlichen Dingen verhält er sich professionell. Ich gehe nicht davon aus, dass er es mit seinen Mitarbeitern treibt – nur mit allen anderen.«

»Natürlich. Ich bin mir sicher, Jake Wethers ist total professionell.«

Jetzt wird sie bissig.

»Tatsächlich war er gestern beim Abendessen ein echter Gentleman.«

»Wirklich?« Sie lächelt, und es sieht echt aus. »Gut. Da bin ich froh.«

Ich ignoriere den kleinen Stich der Enttäuschung, weil Jake Wethers, der bestens dafür bekannt ist, mit jeder Frau ins Bett zu hüpfen, gestern Abend keinerlei Interesse an mir gezeigt hat.

Natürlich trifft mich das. Mit ihm geschlafen hätte ich auf keinen Fall, wegen Will. Aber vielleicht hätte ich ihn geküsst.

Andererseits ist Küssen auch Fremdgehen.

Uff, mein Kopf ist gerade ganz matschig. Ich brauche einen Kaffee.

Ich benehme mich unvernünftig und albern, weil mein Stolz verletzt ist, das weiß ich, aber ich bin nun mal ein Mädchen, und es ist mein gutes Recht, mich so zu verhalten.

»Willst du einen Kaffee?«, frage ich Vicky im Hinausgehen. »Ich mache welchen.«

»Für mich nicht, Darling, vielen Dank.«

Gerade als ich an meinem Schreibtisch vorbei in Richtung Küche laufe, um den Kessel aufzusetzen, klingelt mein Handy.

Ich beuge mich über den Schreibtisch und nehme es hoch. Es ist Jake. In meinem Bauch flattern winzige Schmetterlinge.

Das muss ich unbedingt abschalten, wenn ich in Zukunft mit ihm arbeite.

Die Leute arbeiten nicht mit mir zusammen, Tru. Sie arbeiten für mich.

Okay, also wenn ich *für* ihn arbeite – wie auch immer. Ich hoffe nur, er ist kein so unerträglicher Chef, wie immer behauptet wird.

»Hast du schon deinen Kaffee getrunken?«, will er wissen, bevor ich Gelegenheit habe, etwas zu sagen.

»*No, debido a las interrupciones constantes.*«

»Tru, ich habe nicht die geringste Ahnung, was du gerade gesagt hast, aber das ›no‹, das ich herausgehört habe, interpretiere ich mal als Nein.«

»Nein, ich hatte noch keinen Kaffee«, erwidere ich lachend.

»Okay, alles klar. Noch mal rufe ich nicht an, also hör gut zu. Ich hole dich zum Mittagessen ab, um mit dir zu besprechen, was auf der Tournee passiert.«

Habe ich eine Wahl?

»Sollte es nicht Aufgabe deines Assistenten sein, diese Sachen mit mir zu klären?«, frage ich.

»Wenn ich wollte, dass mein Assistent mit dir zu Mittag isst, ja, dann wäre es seine Aufgabe. Aber das will ich nicht, also musst du mit mir vorliebnehmen. Okay?«

»Und wenn ich schon was vorhabe?«

»Hast du das denn?«

»Ja.«

Stille.

»Mit?«

Entdecke ich da etwa eine Spur von Eifersucht, Jake?

»Starbucks. Wir treffen uns jeden Tag um eins auf einen Kaffee und einen Blaubeermuffin.«

Am anderen Ende der Leitung höre ich ihn ausatmen.

»Würdest du es in Betracht ziehen, ihn meinetwegen zu versetzen?« Jetzt klingt seine Stimme wieder verführerisch und sexy.

»Ich weiß nicht … Die Sache zwischen Starbucks und mir ist ziemlich ernst.«

»Ich sorge dafür, dass es sich für dich lohnt.«

»Sprich weiter.«

»Ich rede von Kuchen, Tru, jeder Menge Kuchen.«

»Starbucks? Ich kenne keinen Starbucks«, knicke ich kichernd ein.

»Cool, sei um eins vor dem Gebäude.«

»*Sí, señor.*«

Bevor ich auflege, höre ich ihn lachen.

Ich bin total aus dem Häuschen. Jake ist reizend und in Flirtstimmung, und in ein paar Stunden sehe ich ihn wieder.

Aber nein, ich muss mich beruhigen. Ich werde für Jake arbeiten, also muss ich professionell bleiben.

Er mag ein alter Freund sein – ein unglaublich flirtwilliger alter Freund. Aber so ist Jake. Das ist seine Art.

Daran muss ich denken und darf das hier nicht für etwas halten, was es nicht ist.

Der schwarze Land Rover, in dem Dave uns gestern Abend gefolgt ist, wartet schon vor dem Gebäude, als ich gegen eins runtergehe.

Dave steigt aus, läuft um den Wagen herum und hält mir die hintere Tür auf.

»Schön, dich wiederzusehen«, begrüßt er mich.

»Hi«, murmle ich schüchtern.

Ich steige ein, und da ist Jake und erwartet mich. Ganz der umwerfende Rockstar in hellblauen zerrissenen Jeans, einem verwaschenen schwarzen »I Wanna Be Adored«-T-Shirt von den Stone Roses und denselben Chucks wie am Abend zuvor.

»Hey«, empfängt er mich. Seine Stimme klingt ganz rau und zugleich weich wie Samt. Dave schließt hinter mir die Tür.

»Selber hey.« Ich lächle.

Selbst von der anderen Seite des Wagens aus rieche ich Jakes Duft. Zigaretten und Aftershave. Mein Bauch wird ganz kribbelig davon.

Dave setzt sich wieder hinters Steuer und fädelt sich in den dichten mittäglichen Verkehr ein.

»Wie war dein Vormittag?«, fragt mich Jake.

»Ach, du weißt schon, lang.«

»War viel los?«

Ich werfe ihm einen Blick zu. »Abgesehen von einem berühmten Rockstar, der früher mein Nachbar war und der mich angerufen hat, um mir einen Job als Autorin seiner Biografie anzubieten, zu schreiben während der kommenden Tournee? Nein, kaum.« Ich schüttle den Kopf und lächle.

»Ist das alles, was ich war – dein Nachbar? Ich dachte, damals hätte ich mir den Titel bester Freund verdient.«

Bei seinen Worten breitet sich ein komisches Gefühl in meinem Bauch aus. Plötzlich fühlt er sich so leer an.

»Das hast du ... und wir waren beste Freunde.«

»Waren?«

»Es ist lange her, Jake. Diesen Status bekommst du nicht nach nur einem gemeinsamen Abendessen zurück.« Ich lächle erneut und versuche, zu entschärfen, was auch immer hier gerade vor sich geht.

»Ich schätze, dann muss ich ein wenig härter dafür arbeiten, meinen Titel zurückzugewinnen.« Seine Stimme klingt tief und bedeutungsschwer. Er lächelt mir zu, und mir springt das Herz aus der Brust und stürzt sich direkt in ihn hinein.

»Also, darf ich wissen, wohin wir heute zum Mittagessen gehen, oder ist das wieder eine Überraschung?« Fröhlich sehe ich ihn an und versuche, mein sprunghaftes Herz und meine schwankenden Gefühle ins Lot zu bringen.

»Nur zurück ins Hotel. Ich hoffe, das ist okay?«

»Natürlich.«

Ich würde Fish and Chips auf dem Rücksitz eines Autos essen, wenn ich dabei nur mit dir zusammen sein könnte.

»Es ist einfach weniger Ärger, so werden wir nicht belästigt«, ergänzt er, als müsste er erklären, warum er mich wieder in seine Suite mitnimmt.

»Jake, ist schon okay, ich versteh das.« Ich berühre ihn sanft am Arm.

Er blickt auf meine Hand, die auf seiner tätowierten Haut ruht, dann in mein Gesicht.

Zwischen uns knistert es.

Hastig ziehe ich die Hand zurück, schlucke und rutsche auf dem Sitz hin und her.

»Du hättest mir sagen sollen, dass wir im Hotel bleiben. Dann wäre ich vorbeigekommen. Es ist nicht weit zu laufen.«

Er wirft mir einen Blick zu, der deutlich macht, was er von dieser Aussage hält. »Ich wollte dich abholen, Tru.«

»Okay, Herr Diktator ... Ich hoffe, auf der Tournee bist du nicht so drauf.«

»Wie? Herrisch?«

»Ja.«

»Wenn ich weiß, was ich will, dann sage ich es ... oder ich nehme es mir.« Er neigt den Kopf und sieht mich lange an.

Mir zittern die Knie.

Ich presse die Oberschenkel aneinander.

Nervös sehe ich zu Dave hinüber, aber seine Augen sind auf die Straße vor uns gerichtet.

Auch ich schaue nach vorn.

Wir schweigen während der restlichen kurzen Fahrt zum Hotel. Nach dieser kleinen Unterhaltung fehlen mir absolut die Worte.

Dave fährt den Wagen auf den Parkplatz des Hotels, und ich folge ihm und Jake ins Gebäude und zu den Aufzügen.

Immer noch schweigend fahre ich mit ihnen hinauf, und während Dave draußen auf dem Korridor bleibt, gehe ich hinter Jake in die Suite.

Kaum zu glauben, dass ich erst gestern hier war, um ihn zu interviewen, und jetzt soll ich auf einmal für ihn arbeiten. Es ist verrückt.

Als wir das Wohnzimmer betreten, entdecke ich auf der anderen Seite Stuart. Er sitzt auf dem Sofa und liest eine Zeitschrift. Bei unserem Eintreffen klappt er sie zu, legt sie auf den Couchtisch und steht auf.

»Hi«, bringe ich heraus.

Ich frage mich, ob er weiß, dass ich für Jake arbeiten werde. Sicher weiß er Bescheid, er ist Jakes PA. Vermutlich weiß er alles über ihn.

Vielleicht auch ein paar Dinge, die ich gar nicht wissen will.

»Schön, dich wiederzusehen.« Er lächelt mir zu.

»Ist alles bereit?«, fragt Jake.

»Ja.«

»Danke«, sagt er zu Stuart.

Stuart nickt ihm kurz zu, geht aus dem Zimmer und lässt uns allein.

»Komm schon«, wendet sich Jake an mich und nimmt meine Hand, und wieder entbrennt ein Feuer in meinem Unterleib. Er führt mich durchs Wohnzimmer hinaus auf die Dachterrasse.

Die Luft fühlt sich erfrischend auf meiner Haut an, überhaupt nicht kühl, und als ich hinter Jake durch die Tür trete, sehe ich zwei Stühle und einen gedeckten Tisch, auf dem Etageren voller Minikuchen angerichtet sind. So viele verschiedene Sorten – Cupcakes, Windbeutel, Eclairs, Käsekuchen und, o mein Gott, cremegefüllte Muffins, und ein paar andere, die ich nicht mal einordnen kann.

Ich weiß, er hat gesagt, es würde Kuchen geben, aber so etwas hätte ich nie erwartet. Und daneben steht frisch gebrühter Kaffee.

In diesem Augenblick liebe ich ihn einfach. Nicht ernsthaft, natürlich – aber ich liebe ihn. Ach, ihr wisst schon, was ich meine.

Jake dreht sich um, bemerkt meinen verblüfften Gesichtsausdruck und erklärt: »Du hast immerhin auf ein Date mit Starbucks verzichtet. Das war das Mindeste, was ich tun konnte.«

»Das ist allerdings etwas besser als Starbucks«, bestätige ich, und meine Stimme klingt leicht heiser. »Ist das mein Geburtstagsgeschenk Nummer zwei?«

Fast unmerklich drückt er meine Hand und lächelt geheimnisvoll, bevor er mich zum Tisch führt.

In den letzten beiden Tagen hat Jake mehr aufmerksame Dinge für mich getan als irgendjemand sonst in meinem ganzen Leben.

Er rückt mir den Stuhl zurecht.

»Oh, vielen Dank, werter Herr«, sage ich kichernd.

Wortlos setzt er sich mir gegenüber.

Hier auf dieser Dachterrasse fühle ich mich ganz benebelt, wie auf Wolken.

Und außerdem fühle ich mich, als wäre ich auf einem Date. Was ich natürlich nicht bin – das hier ist ein Geschäftsessen, bloß mit jeder Menge superleckerer Kuchen.

Ich lasse meinen Blick über das Gebäck wandern. Alles sieht taufrisch und köstlich aus, und ich weiß wirklich nicht, was ich zuerst probieren soll. Am liebsten würde ich von jedem Stück einen Bissen nehmen.

Jake lacht über mein Starren. »Du siehst aus wie ein Kind im Bonbonladen. Du warst schon immer eine Naschkatze.«

»Es ist einfach so eine riesige Auswahl, und die sehen alle so verdammt niedlich aus. Wo hast du die her?«, frage ich.

»Einfach ein kleiner Laden, den ich kenne.«

Unfähig, noch länger zu widerstehen, stibitze ich etwas Creme von dem gefüllten Muffin vor mir und lecke sie mir vom Finger.

»O mein Gott«, stöhne ich. »Das ist fantastisch. Ich glaube, ich bin gestorben und im Cremehimmel gelandet.«

»Und? Erlange ich damit meinen Status als bester Freund zurück?«

»Ich glaube, ich mache dir bald einen Heiratsantrag, wenn du so weitermachst.«

Es ist mir so rausgerutscht. Und ich kann es nicht zurücknehmen.

Mir ist bewusst, dass mein Gesicht leuchtend rot anläuft.

Jake lächelt mir zu und genießt mein Unbehagen sichtlich.

»Darf ich einschenken?«, frage ich und deute auf den Kaffee. Mir ist alles recht, solange ich nur das Thema wechseln kann.

»Ich mach das schon«, erwidert er und greift nach der Kanne.

Jake schenkt mir Kaffee ein. Er sieht so komisch aus, wie er da in seinen Rockstar-Klamotten sitzt, von oben bis unten mit Tattoos bedeckt, und mir Kaffee einschenkt, während wir gemeinsam einen Nachmittagstee halten.

»Weißt du, Jake, Nachmittagstee ist nicht gerade Rock-'n'-Roll-typisch. Du zerstörst irgendwie dein Rockstar-Image.«

»Pssst.« Verschwörerisch legt er den Finger an die Lippen und blickt sich um. »Das muss dann wohl unser kleines Geheimnis bleiben.« Er reicht mir meinen Kaffee. »Und sollte es nicht eher Nachmittagskaffee heißen?«, ergänzt er.

Nachdenklich runzle ich die Stirn. »Gibt es das überhaupt?«

Er zuckt die Achseln und lächelt. »Wenn nicht, dann jedenfalls jetzt.«

»Jakes und Trus Nachmittagskaffee auf Rockstar-Art.«

»Absolut!«, stimmt er lachend zu.

Kichernd greife ich nach der Milch, gieße etwas davon in meinen Kaffee und schnappe mir den cremegefüllten Muffin, von dem ich schon probiert habe.

Ich nehme einen Bissen.

»Heiliger cremiger Jesus«, nuschle ich mit vollem Mund. »Das ist fantastisch.«

Wenn ich dachte, die kleine Kostprobe sei schon himmlisch gewesen, dann habe ich mich gründlich getäuscht: Das ganze Teil – Biskuit, Schokostückchen und Füllung – ist die pure Wonne. Sollte ich heute sterben, dann in der Tat als überglückliche Frau.

»Ernsthaft, Jake, du musst mir verraten, wie dieser Laden heißt. Ich muss da ein Kundenkonto eröffnen.«

Er lächelt mir zu, aber ich bemerke Anzeichen von Nervosität. Sofort werde ich neugierig.

»Die Lieferung könnte etwas schwierig werden.«

»Warum?«, frage ich und nehme einen weiteren Bissen.

»Weil die Konditorei in Paris ist.«

Ich höre mit dem Kauen auf und starre ihn an.

»Ich habe sie heute Morgen einfliegen lassen«, ergänzt er.

»Oh.« Ich lege den Muffin auf den Teller.

»Es ist einer meiner Lieblingsläden. Da gehe ich immer hin, wenn ich in Paris bin, und ich wusste, dass du diese Kuchen lieben würdest, also ...«

»Wow, Jake ... äh ... wow, das ist so großzügig von dir und so unglaublich aufmerksam, aber du hättest dir meinetwegen nicht so viele Umstände machen müssen.«

»Habe ich nicht. Ich bezahle andere Leute dafür, sich an meiner Stelle die Umstände zu machen, Tru.«

»Oh.«

Mist, das alles ist ein paar Nummern zu groß für mich.

Er holt seine Zigaretten raus. »Stört es dich, wenn ich rauche?«

Stumm schüttle ich den Kopf und beobachte, wie er sich eine anzündet.

Ich kann mich wohl kaum darüber beschweren, dass er beim Essen raucht, wo er es doch gerade hat einfliegen lassen. Aus Paris.

Grundgütiger. Gerade bekomme ich einen kleinen Einblick, was Jake Wethers alles möglich machen kann.

Aber er ist einfach so unberechenbar.

Erst führt er mich zu einem schlichten Abendessen bei Pizza Hut aus. Gut, vielleicht nicht ganz so schlicht, immerhin hat er den ganzen Laden gemietet – aber trotzdem, es war Pizza Hut. Und heute lässt er kleine Küchlein aus Paris einfliegen.

Mir schwirrt schon der Kopf, bloß weil ich in seiner Nähe bin. Ich kann mich nicht daran erinnern, dass er in unserer Jugend so verwirrend gewesen wäre.

Ehrlich und direkt, ja. Verwirrend, nein.

»Und, was hält dein Freund davon, dass du mit auf Tour gehst?«, fragt er aus heiterem Himmel und nimmt einen Schluck Kaffee.

Und da ist seine Direktheit.

»Äh ... ich ... äh ... Er hat noch keine Meinung dazu, weil ich noch keine Zeit hatte, es ihm zu erzählen.«

Das ist gelogen. Ich hätte den ganzen Morgen über Zeit gehabt, Will anzurufen und es ihm zu erzählen, aber ich bin mir nicht sicher, wie er reagieren wird, also habe ich es auf heute Abend verschoben, nachdem ich ihn verköstigt und verführt habe. Dann werde ich es ihm sagen.

In Jakes Gegenwart erscheint mir der Gedanke, Will zu verführen, plötzlich kein bisschen verlockend. Tatsächlich fühle ich mich dabei sogar ziemlich unwohl.

»Ich erzähle es ihm heute Abend, wenn ich ihn sehe«, ergänze ich.

Jake stellt seine Kaffeetasse ab und zieht an seiner Zigarette. Dann greift er nach dem Aschenbecher, der auf dem Boden neben seinem Stuhl steht, platziert ihn auf seinem Oberschenkel und schnippt die Asche hinein.

»Macht ihr irgendwas Schönes?«

»Wann?«

»Heute Abend.«

»Oh, äh, nein. Will kommt einfach bei mir vorbei, um mit mir zu Abend zu essen.«

Er blickt mir starr ins Gesicht, seines bleibt ausdruckslos.

»Wie hast du ihn kennengelernt?«

»Ich kannte ihn von der Uni, und vor ein paar Jahren sind wir uns zufällig auf einer Party wieder begegnet. Er hat mich gefragt, ob ich mit ihm ausgehen würde, und seitdem sind wir zusammen.«

»Aber ihr wohnt nicht zusammen.«

»Nein.«

»Glaubst du, dass du ihn heiraten wirst?«

Was? Jetzt wird es aber sehr persönlich.

Unruhig rutsche ich hin und her. Ich kann es nicht ausstehen, wenn er anfängt, so direkt zu werden.

Mir kommt es vor, als sei ich bei einem Vorstellungsgespräch, nur dass ich mir nicht sicher bin, für welchen Job. Es sei denn, dass er einen weiteren für mich in petto hat, von dem er mir ebenfalls nichts gesagt hat.

Um meine unruhigen Hände irgendwie zu beschäftigen, tauche ich erneut die Fingerspitze in die Creme meines halb aufgegessenen Muffins und lecke sie ab.

Mir wird bewusst, dass Jake meine Lippen anstarrt.

Rasch nehme ich den Finger aus dem Mund und wische ihn an einer Serviette ab. »Na ja, vor ein paar Minuten hab ich noch dir einen Heiratsantrag gemacht.« Ich lache. Er nicht.

»Keine Ahnung.« Ich zucke die Achseln und werde wieder ernst. »Darüber hab ich noch nicht nachgedacht. Ich schätze, ich kann mir nicht wirklich vorstellen, jemals zu heiraten.«

Er nimmt einen weiteren Zug von seiner Zigarette, lässt langsam den Rauch zwischen seinen Lippen entweichen und streift die Asche in den Aschenbecher.

»Warum?«

Wieder zucke ich mit den Schultern und blicke zu Boden.

Keinesfalls werde ich ihm sagen, dass ich nicht glaube, mir würde je irgendein Mann einen Antrag machen.

»Ich hab immer gedacht, du würdest an einen Musiker geraten«, bemerkt er leise.

Überrascht blicke ich zu ihm auf.

Überrascht, dass er über so etwas überhaupt nachgedacht hat.

»Also, wie lange bist du noch in England?«, wechsle ich das Thema.

»Gleich morgen früh fliege ich zurück nach L.A.«

»Oh«, murmle ich, enttäuscht darüber, dass er so bald aufbricht. »Hast du einen Privatjet?«, frage ich neugierig.

»Ja. Er gehört dem Label.«

»Du meinst, dem Label, das dir gehört.«

»Mhm.«

Ach du Scheiße, er hat seinen eigenen Privatjet.

»Das nächste Mal treffe ich dich also auf der Tournee.«

»Ja.«

Bei dem Gedanken, dass ich ihn zwei Wochen lang nicht sehen werde, spüre ich eine gewisse Traurigkeit.

»Ein schöner bester Freund bist du«, schmolle ich scherzhaft. »Du erinnerst dich doch daran, dass der Vertrag für meinen besten Freund eine Verfügbarkeitsklausel enthält, oder? Ich meine, was, wenn ich ... keine Ahnung ... Schokolade aus Belgien brauche? Wer soll mir die besorgen, solange du in L.A. bist? Ich weiß nicht, Jake, vielleicht muss ich ernsthaft darüber nachdenken, dich umzutauschen«, sinniere ich lächelnd.

Er schmunzelt amüsiert. »Keine Angst, ich sorge schon dafür, dass du mich nicht vermisst.«

»Ich hab nie behauptet, ich würde dich vermissen.«

»Du hast auch nie das Gegenteil behauptet.«

Gott, er ist so verdammt schlagfertig. Mir schwirrt schon allein davon der Kopf, dass ich hier bei ihm sitze.

»Ich will dich nur wegen der Cupcakes«, scherze ich. »Und da wir gerade davon reden, hilfst du mir bitte, ein paar davon zu essen, bevor ich sie alle verschlinge und ernsthaft fett werde?

Und während du dabei bist, erzählst du mir auch was über die Tournee?«

»Ich kann mir beim besten Willen nicht vorstellen, dass du fett wirst, Tru. Aber dein Wunsch ist mir Befehl.«

Er lächelt auf diese ganz eigene sexy Art – die, bei der ich definitiv weiß, dass etwas dahintersteckt, ich bin nur nicht ganz sicher, was es ist –, während er sich vorbeugt und eines der Küchlein nimmt.

KAPITEL 8

Will ist an der Tür mit einer Flasche Wein, und er sieht so gut aus wie immer.

»Hey«, begrüßt er mich und zieht mich in seine Arme. Er küsst mich fest auf den Mund.

»Selber hey.« Ich lächle zu ihm hoch.

Als er mich loslässt, gehe ich durch den Flur voran in unser Wohnzimmer. Simone ist heute Abend mit ihren Arbeitskollegen ausgegangen, also sind Will und ich allein, und ich habe große Pläne, ihn zu verführen und ihm anschließend zu erzählen, dass ich für Jake arbeite und mit auf Tournee gehe.

»Das Essen ist fertig. Wir können gleich anfangen.«

»Klasse, ich bin am Verhungern. Was gibt's?«

»Lasagne«, antworte ich und gehe in die Küche.

Will folgt mir und macht sich daran, den Wein zu öffnen, während ich anrichte.

Ich trage unsere Teller ins Wohnzimmer und stelle sie auf den Couchtisch. Will bringt den Wein.

Ich setze mich auf den Boden, und Will lässt sich mir gegenüber nieder.

Während ich zusehe, wie er sich auf die Lasagne stürzt, nehme ich einen Schluck Wein.

»Das ist gut«, lobt er. »Du machst die beste Lasagne aller Zeiten.«

»Danke, Schatz.«

Da er so zufrieden mit meinen kulinarischen Fähigkeiten ist, beschließe ich, ihm schon jetzt von der Tournee zu erzählen.

Ich habe heute Nachmittag mit Will telefoniert. Er hat angerufen, während ich in der Mittagspause war, also habe ich ihn zurückgerufen. Aus irgendeinem Grund habe ich nicht erwähnt, dass ich mit Jake essen war. Wahrscheinlich deshalb, weil ich ihm dann auch von der Tournee hätte erzählen müssen, was ich aber heute Abend tun wollte. Natürlich hat er mich über meinen Abend mit Jake ausgefragt, den ich ziemlich heruntergespielt habe.

Als ich ihm erzählt habe, dass wir bei Pizza Hut waren, hat er bloß verächtlich gelacht. Das hat mich wirklich verärgert, um ehrlich zu sein – manchmal kann er so ein Snob sein. Daher habe ich mir gar nicht erst die Mühe gemacht, ihm zu erklären, was es für Jake und mich bedeutet.

»Also, mir ist … äh … heute in der Redaktion eine großartige Chance eröffnet worden.«

»Ach ja?«, sagt er und schaufelt sich den nächsten Bissen Lasagne in den Mund.

»Nun … Jake … Wethers hat das Magazin gebeten, seine offizielle Biografie zu präsentieren … Und, na ja … Er hat mich gebeten, sie zu schreiben.«

»Wirklich? Das sind ja wundervolle Neuigkeiten«, erwidert er.

»Ja, stimmt. Aber … äh … dazu muss ich mit der Band auf Tour gehen. Du weißt schon, um Jake überallhin zu begleiten und über die Tournee und die Band zu schreiben. Erst recht, da es ihre erste ohne Jonny ist.«

Will runzelt die Stirn. »Also gehst du mit Jake Wethers auf Tournee?«

»Ja, und mit dem Rest der Band.«

»Meine Freundin – meine wunderhübsche Freundin – geht also auf Tournee mit einem Haufen von Musikern, von denen einer Jake Wethers ist, der berüchtigte Frauenheld.«

»Ja«, erwidere ich verhalten. »Aber was Jake ist oder auch nicht ist, hat für mich keine Bedeutung.«

»Obwohl ihr in eurer Jugend mal beste Freunde wart.«

»Was zwölf Jahre her ist.«

Obwohl es sich keineswegs so anfühlt, als wären Jake und ich je getrennt gewesen, denn wir sind so mühelos wieder auf der gleichen Wellenlänge gelandet. Das erwähne ich allerdings nicht.

»Und wenn ich sagen würde, ich will nicht, dass du gehst …«

»Na ja, ich hatte schon irgendwie gehofft, dass du dafür bist, aber …«

»Du würdest trotzdem gehen.«

»Ja. Das ist eine großartige Chance für mich, Will.«

»Hmm.« Er nickt. »Wie lange wärst du weg?«

»Für die Tournee sind insgesamt sieben Wochen anberaumt, mit einer zweiwöchigen Pause nach den ersten drei Wochen in Europa. Dann kommen noch vier Wochen in den USA und in Kanada, und danach ist sie zu Ende.«

»Also wirst du erst mal drei Wochen lang weg sein.« Er klingt nicht glücklich.

Ich nicke. »Aber ich werde mich bemühen, zwischendurch nach Hause zu kommen, sofern ich kann.«

»Und du hast schon fest zugesagt?«

»Ja. Das Magazin braucht das wirklich. Und ich rede von einer Buchveröffentlichung. Ein Buch über eine Band wie The Mighty Storm zu schreiben wird ein großer Schritt für meine Karriere sein. Das könnte mir alle möglichen Türen öffnen.«

»Aber warum fragt er dich? Du hast noch nie ein Buch geschrieben.«

Wow, danke für die Unterstützung.

»Nein, aber ich schreibe schon seit Langem, und es gibt für alles ein erstes Mal, Will. Vielleicht findet Jake wirklich, dass meine Schreibe gut ist, und da er ein guter Freund ist, hat er gedacht, er könnte mir helfen, indem er mir diese Chance gibt. Du weißt schon … Um mich in meiner Karriere zu unterstützen. Was ich mir eigentlich auch von dir erhofft hätte.« Ich lasse meine Gabel klirrend auf den Teller fallen.

»Entschuldige«, rudert er zurück. »Natürlich will ich dich unterstützen, und ich freue mich für dich. Es kommt nur so aus heiterem Himmel, und ich bin traurig, dass wir so lange getrennt sein werden.«

Seufzend stehe ich auf, gehe zu ihm rüber und setze mich ihm auf den Schoß. Er legt die Gabel auf den Teller und schlingt die Arme um mich.

»Die Zeit wird nur so verfliegen, Schatz«, verspreche ich und küsse ihn auf die Wange. »Und dann bin ich wieder da, und alles wird so sein wie immer. Außer dass ich dann ein Buch schreiben werde.« Ich kann mich nicht gegen das Lächeln wehren, das sich auf meinem Gesicht ausbreitet.

Will berührt meine Wange und streicht mir das Haar zurück. »Ich freu mich wirklich für dich, Babe. Bloß werde ich dich so sehr vermissen.«

»Ich dich auch.«

Er beugt sich vor und drückt seine Lippen auf meine. Mmh, Rotwein und Lasagne.

Ich schlinge ihm die Arme um den Hals und erwidere den Kuss. Einladend öffne ich die Lippen, und seine Zunge gleitet in meinen Mund.

Ohne den Kuss zu unterbrechen, setze ich mich rittlings auf ihn. Er stöhnt.

Normalerweise macht es mich ziemlich an, wenn Will diesen Laut von sich gibt, aber aus irgendeinem Grund funktioniert es gerade nicht.

Ich schmiege mich fester an ihn und versuche, ein Feuer in meinem Unterleib zu entfachen.

Unter mir spüre ich Will hart werden. Er legt mir die Hände auf den Po und drückt mich fest an sich.

Aber noch immer empfinde ich nichts.

Wahrscheinlich bin ich einfach nur müde und überwältigt von allem, was in den letzten Tagen passiert ist. Ich werde jeden Moment heiß, da bin ich mir sicher.

Aber es ändert sich rein gar nichts, als er mich in mein Schlafzimmer führt, mich auszieht und mit mir schläft. Und ich kann beim besten Willen nicht begreifen, warum.

Es ist halb zehn, als Adele zu singen beginnt und mir verrät, dass ich eine SMS bekommen habe. Ich muss meinen Klingelton ändern.

Will schläft bereits. Nach dem Sex ist er recht schnell weggenickt, aber ich liege schon seit einer Ewigkeit hier, komme nicht zur Ruhe und sehe leise fern.

Rasch schnappe ich mir das Handy vom Nachttisch und bringe es zum Schweigen. Dann sehe ich, dass die SMS von Jake stammt. Mein Herz macht einen Satz in meiner Brust.

Mit nervösen Fingern rufe ich sie auf:

> *Ich sitze hier gerade, langweile mich zu Tode und hab an das eine Mal gedacht, als wir die Schule geschwänzt haben, als es in dem einen Sommer diese irre Hitzewelle gab, und wir den Zug nach Hebden Bridge genommen haben, um in den Lumb Falls schwimmen zu gehen ... Weisst du noch?*

Bei der Erinnerung lächle ich, krabble aus dem Bett, ziehe meinen Morgenmantel über und gehe in die Küche. Das Handy nehme ich mit. Ich setze den Kessel auf, um Tee zu machen. Während das Wasser zu kochen beginnt, schreibe ich eine SMS zurück:

> *Na klar! Das war so ein schöner Tag! Na ja, bis du mich herausgefordert hast, oben von*

> *DEN FELSEN ZU SPRINGEN, WAS ICH AUCH GETAN HABE – UND ALS ICH WIEDER AUFGETAUCHT BIN, HATTE ICH MEIN BIKINI-OBERTEIL VERLOREN, UND DU MUSSTEST DANACH TAUCHEN!*

Ich lache in mich hinein und drücke auf Senden. Ich stelle das Handy auf Vibrationsalarm, um Will nicht zu stören, bevor ich eine Tasse aus dem Schrank hole und einen Teebeutel hineinhänge. In meiner Hand vibriert es.

> *DAS WAR ES, WAS ICH MEINTE. ;)*

Mein Gesicht wird warm. Flirtet er gerade mit mir? Ich schreibe sofort zurück:

> *PERVERSLING! ICH WAR ERST DREIZEHN!*

Sofort vibriert mein Handy:

> *ICH AUCH. X*

Er hat einen Kuss an den Schluss gesetzt. Ich hole die Milch aus dem Kühlschrank und tippe eine Antwort.

> *DU BIST TROTZDEM EIN PERVERSLING. ;) ABER IM ERNST, ICH WOLLTE MICH WIRKLICH NOCH MAL FÜR DAS MITTAGESSEN BEDANKEN. SO EIN ESSEN HAB ICH NOCH NIE ERLEBT.*

Mein Finger schwebt über dem Senden-Knopf. Ich gehe zurück und füge ein paar Küsse hinzu, dann drücke ich auf Senden.

> *ICH AUCH NICHT. ICH WERD DICH VERMISSEN, WENN ICH WEG BIN. SEI BRAV. X*

Er wird mich vermissen? Und er sagt mir, ich soll brav sein. Wann bin ich denn nicht brav? Ich halte mir das Handy an die Brust und überlege, ob ich ihm zurückschreibe.

Da ich mich nicht zurückhalten kann, tippe ich rasch:

> *Ich werd dich auch vermissen. Und zu deiner Info: Ich bin immer brav. Du bist es, der die Bedeutung dieses Wortes erst noch lernen muss. X*

Es dauert eine Minute, bevor er antwortet:

> *Ich fange gerade damit an. X*

Eine Zeit lang starre ich verwirrt mein Handy an, bevor der Kessel zu pfeifen beginnt und mich in die Gegenwart zurückholt.

Ich gieße mir meinen Tee auf und nehme die Tasse mit ins Bett. Vorsichtig krieche ich zu Will unter die Decke. Stöhnend wälzt er sich im Schlaf herum, sodass er mir zugewandt liegt.

Ich betrachte ihn und nippe an meinem Tee, und schlagartig wird mir klar, warum ich vorhin bei Will nicht heiß geworden bin.

Wegen Jake. Weil ich nicht aufhören kann, an ihn zu denken.

KAPITEL 9

Ich sitze in einem Taxi auf dem Weg zum Flughafen Heathrow, um für den ersten Tourabschnitt nach Schweden zu fliegen.

Auf diese Tournee freue ich mich tierisch, und außerdem bin ich wirklich froh, Jake wiederzusehen.

Es ist zwei Wochen her seit unserer letzten Begegnung, aber wir haben regelmäßig Kontakt gehalten. Jeden Tag habe ich mit ihm gesprochen. Gut, eigentlich nicht gesprochen, aber wir haben uns täglich E-Mails und SMS geschickt, seit er mich an jenem ersten Abend angetextet hat.

Es ist, als wären wir nie voneinander getrennt gewesen, als hätte es die letzten zwölf Jahre nie gegeben.

Manche der E-Mails und SMS klangen fast ein wenig wie Flirtversuche, hauptsächlich von seiner Seite, aber ich habe genau darauf geachtet, den Anstand zu wahren. Ich will nicht, dass die Grenzen verschwimmen und Jake einen falschen Eindruck bekommt.

Mir ist nicht danach, die nächste Trophäe in seiner beeindruckenden Sammlung zu werden, auch wenn er umwerfend und toll und total wunderbar zu mir ist. Dafür Will zu verlieren ist es mir nicht wert.

Und Will ... In den letzten paar Wochen war es großartig zwischen uns. Genau wie damals, als wir frisch zusammen waren. Heißer Sex rund um die Uhr.

Anscheinend ist dieser Aussetzer, den ich hatte – und den ich absolut auf Jakes urplötzliche Rückkehr in mein Leben schiebe –, mit seiner Rückkehr nach L.A. verschwunden.

Gestern Abend, als wir zusammen im Bett waren, hat Will etwas unglaublich Süßes getan …

»Übrigens habe ich dir etwas gekauft«, hat er gesagt und ist aus dem Bett gestiegen. Ohne ihn war mir kalt.

»Wirklich?« Ich setzte mich auf und verspürte einen kleinen freudigen Schauer.

Will macht mir immer die tollsten Geschenke. Er weiß, was ich mag. Er kennt mich so gut.

Mit dem Rücken zu mir fischte er etwas aus der Tasche seiner Hose, die über der Stuhllehne vor meinem Schminktisch hing, während ich seinen sexy Körper und seinen knackigen Po bewunderte.

Er ist so umwerfend und lieb. Ich finde es toll, dass er mir gehört.

Er kam zu mir und setzte sich neben mich auf die Bettkante. »Das hier habe ich dir gekauft, weil ich will, dass du etwas hast, was dich an mich erinnert, während du weg bist.« Er hielt mir eine samtbezogene schwarze Schmuckschachtel hin.

»Schmuck.« Ich lächelte. Mit unruhigen Fingern strich ich über den weichen schwarzen Samt.

Will wirkte ein wenig nervös, als ich das Kästchen öffnete.

»O mein Gott! Will, das ist wunderschön!« Ehrfürchtig berührte ich das Platinarmband und war völlig überwältigt von seiner Aufmerksamkeit.

»Gefällt es dir?« Er sah mich hoffnungsvoll an.

»Ich liebe es!« Ich beugte mich vor und küsste ihn fest auf die Lippen.

Zärtlich nahm er mein Gesicht zwischen die Hände und zog den Kuss in die Länge. Als er mich schließlich losließ, nahm er das Armband aus der Schachtel. Ich streckte ihm das Handgelenk hin, damit er es mir anlegen konnte.

»Es sieht perfekt aus«, stellte er fest und betrachtete es. Auch mein Blick hing fasziniert daran. »Ich will, dass du es die ganze Zeit trägst, solange du weg bist, damit du ständig an mich und unser gemeinsames Leben erinnert wirst.«

Seine Stimme war tief und leise.

Beim Gedanken daran, wie lange ich von ihm fort sein würde, tat mir das Herz weh. Erst jetzt wurde mir die tatsächliche Dauer dieser Zeitspanne klar.

Hinter meinen Augenlidern spürte ich die Tränen brennen.

»Als ob ich dich je vergessen würde«, entgegnete ich sanft. Ich berührte sein Gesicht und spürte unter meinen Fingerspitzen die Bartstoppeln.

Will nahm meine Hand und küsste die Innenseite. Langsam küsste er sich an meinem Arm entlang, sodass sich ein Kribbeln in meinem Unterleib ausbreitete, dann glitten seine Lippen über meine Schulter und meinen Hals hinauf bis zu meinem Mund.

Er umfasste mein Gesicht, die Finger tief in meinem Haar vergraben. »Ich liebe dich so sehr«, sagte er.

»Zeig mir, wie sehr.« Lächelnd biss ich mir auf die Unterlippe.

In seinen Augen leuchtete neue Lust, und er machte sich daran, mir die ganze restliche Nacht über zu beweisen, wie sehr er mich wirklich liebt.

Will heute Morgen zu verlassen war wirklich schwer. Ich habe viel geweint. Am liebsten hätte er mich zum Flughafen gefahren, aber er hatte früh einen Termin, den er nicht absagen konnte, also haben wir uns in meiner Wohnung verabschiedet. Ich habe ihm versprochen, ihn anzurufen, sobald ich in Stockholm gelandet bin.

Simone Auf Wiedersehen zu sagen war auch traurig. Als ich ins Taxi gestiegen bin, hatten wir beide feuchte Augen. Gott sei Dank, dass es Optrex-Augentropfen und Touche Éclat gibt, ansonsten würde ich jetzt total verquollen aussehen.

Simone und ich waren seit der Uni nicht voneinander getrennt. Sämtliche Urlaube, die wir machen, machen wir zusammen, daher wird es komisch sein, allein zu verreisen und die ganzen tollen Sachen, die mich vermutlich erwarten, ohne sie zu unternehmen.

Sie hat versprochen, mich während der Tournee zu besuchen, und ich habe keinen Zweifel, dass sie das auch tun wird, denn sie will unbedingt Jake und die anderen Jungs von der Band treffen.

Auch ich freue mich wirklich darauf, sie kennenzulernen. Natürlich habe ich schon Bilder von Tom und Denny gesehen und Interviews mit ihnen gelesen, aber es wird echt toll sein, die Männer zu treffen, die hinter diesen Bildern und Worten stecken.

Einen Tag nachdem ich es erfahren hatte, habe ich meine Eltern angerufen, um ihnen die Neuigkeiten über die Tournee zu erzählen. Mein Dad war begeistert, um es vorsichtig auszudrücken. Eigentlich ist er ausgeflippt. Manchmal ist er wie ein großes Kind.

Außerdem war er wirklich froh, zu hören, dass ich wieder Kontakt zu Jake habe. Meine Mum schien der ganzen Sache etwas zurückhaltender gegenüberzustehen. Ich weiß, das liegt nur daran, dass sie sich um mich sorgt.

Bei diesem Anruf hat Dad mir auch von der großzügigen Spende erzählt, die »Tuners for Youths« von einem anonymen Wohltäter erhalten hat. Sie waren völlig außer sich, weil die Spende beachtlich war – riesig, um genau zu sein. Eine Million Pfund.

Eine verdammte Million Pfund!

Mir ist fast die Luft weggeblieben, als er mir das erzählt hat. Die Wohltätigkeitsorganisation ist recht klein, daher wird das Geld bei ihnen enorm viel bewirken.

Jakes Großzügigkeit kennt offenbar keine Grenzen. Ich wusste, dass er etwas spenden würde, aber eine Million Pfund … Er ist einfach großartig.

In diesem Moment war ich so stolz auf Jake. Was nicht heißen soll, dass ich es nicht auch während der letzten Jahre gewesen bin, aber das war etwas anderes.

Meine Augen füllten sich mit Tränen, während ich meinem Dad zuhörte und er mir erzählte, was er mit dem Geld machen würde. Und als ich ihm sagte, dass diese Spende von Jake kam, war er überwältigt. Am anderen Ende der Leitung blieb es lange still.

Ich habe meinem Dad Jakes Handynummer gegeben, damit er ihn anrufen und sich bei ihm bedanken kann.

Vermutlich hat er es gemacht, aber weder Jake noch mein Dad haben mir gegenüber irgendetwas erwähnt, und ich will nicht neugierig sein.

Ich wünsche mir wirklich, dass sie wieder regelmäßig Kontakt haben, und bald kriegen sie hoffentlich die Gelegenheit, sich wiederzusehen. Darüber werde ich mit Stuart sprechen und fragen, ob ich für meine Familie Tickets bekommen kann, damit sie eines der Tourkonzerte besuchen können. Ich weiß, dass es Stuart ist, der all diese Dinge regelt.

Mein Dad wird begeistert sein, das weiß ich.

Die Anreise und die Hotelunterkunft werde ich ihnen schenken. Ganz besonders hoffe ich auf den Auftritt in Spanien, da er an einem Wochenende stattfindet – einem Samstagabend. Das wäre perfekt, weil meine Eltern dann freihätten und ich das Wochenende mit ihnen verbringen könnte. In den letzten Monaten habe ich ihnen einfach nicht genug Zeit gewidmet.

Noch habe ich ihnen nichts davon erzählt. Ich dachte mir, ich warte lieber ab, um sicherzugehen, dass ich die Tickets für das Konzert auch bekomme.

Um ehrlich zu sein, habe ich vor der ganzen Tournee einen Heidenrespekt. Ich meine, das ist eine riesige Sache, und je näher ich dem Flughafen komme, desto mehr verkrampft sich mein Magen.

Der einzige Mensch, den ich auf dieser Tour kennen werde, ist Jake, und der wird natürlich ziemlich beschäftigt sein. Wenn ich ihn also nicht gerade begleite, um meine Arbeit zu machen, werde ich nicht wirklich etwas zu tun haben, und das könnte etwas einsam für mich werden. Ich habe vor, jede Menge Sehenswürdigkeiten zu besichtigen in all den großartigen Städten, die ich bereisen werde. Und als Erstes in Stockholm.

Da war ich noch nie, und ich freue mich schon tierisch, diese Stadt zu erleben. Und natürlich habe ich mir für alle Orte, die ich bereisen werde, schon Reiseführer besorgt – säuberlich runtergeladen und allzeit bereit auf meinem Kindle.

Streberhaft, ja. Und ziemlich praktisch.

Das Taxi hält am Flughafen Heathrow, und netterweise hievt der Fahrer meinen riesigen Koffer für mich auf den Bürgersteig.

Das Handgepäck hänge ich mir über die Schulter, dann rolle ich meinen Koffer in den belebten Flughafen.

Allein zu fliegen macht mich ein wenig nervös. Das habe ich noch nie gemacht, aber zum Glück ist es ein kurzer Flug, und mein Kindle und mein iPod leisten mir Gesellschaft.

Ich erreiche den Check-in-Schalter. Den Koffer stelle ich ab und hole den Reisepass und meine Unterlagen aus der Tasche.

Das Flugticket hat Stuart für mich gebucht, und da er das online gemacht hat, kam der Papierkram, den ich vorzeigen muss, per Mail von ihm. Er hat auch gesagt, dass einer von Jakes Fahrern da sein würde, um mich abzuholen. Ich hoffe, es ist Dave – ein bekanntes Gesicht wäre gar nicht schlecht, wo ich doch in einer fremden Stadt lande. Außerdem habe ich den Eindruck, dass Jakes Fahrer auch seine Sicherheitsleute sind – ergibt meiner Meinung nach Sinn –, aber die anderen habe ich noch nicht kennengelernt. Und da Dave der Leiter von Jakes Sicherheitsteam ist, muss es noch andere geben. Allerdings glaube ich, dass Jake sich immer von Dave begleiten lässt. Anscheinend vertraut er ihm bedingungslos.

Ich reiche der Frau am Schalter Reisepass und Unterlagen.
»Würden Sie bitte Ihren Koffer auf die Waage stellen?«

Ich wuchte ihn auf die Plattform und bete zu Gott, dass ich nicht über dem zulässigen Gewicht bin. Ich reise nie mit leichtem Gepäck, das habe ich von meiner Mum.

Puh, ich liege gerade noch unterhalb der Grenze.

»Okay, Sie fliegen also erster Klasse«, erläutert sie, »das verschafft Ihnen Zutritt zur Erste-Klasse-Lounge …«

»Entschuldigung, wie bitte?«

Sie sieht mich an, als sei ich etwas schwer von Begriff.

»Sie reisen erster Klasse, das berechtigt Sie, die Lounge zu nutzen. Zeigen Sie einfach Ihre Bordkarte und Ihren Reisepass am Empfang, dann erhalten Sie Zutritt.«

Jake.

Ich kann nicht glauben, dass er das getan hat. Obwohl, eigentlich doch.

»Okay. Danke«, murmle ich und fühle mich etwas außer Atem, als ich Reisepass und Bordkarte von ihr entgegennehme.

Zwar hat Stuart mir die Reiseunterlagen zugeschickt, aber beim Überfliegen habe ich nirgends gesehen, dass ich erster Klasse reisen würde.

In meinem ganzen Leben hatte ich noch nie irgendwas Erstklassiges. Ich bin nicht wirklich ein Mädchen erster Klasse. Eher findet man mich in der normalen Flughafen-Bar, wo ich mich vor dem Start betrinke, bevor ich durch die Duty-free-Shops torkle und noch mehr Alk für den Urlaub besorge.

Und ich will einfach nicht, dass Jake für mich so mit seinem Geld um sich wirft. Auch wenn es total großzügig ist und ich nicht undankbar erscheinen will … ist es einfach … Na ja, ich wette, dass er nicht alle seine Mitarbeiter erster Klasse reisen lässt. Ich will nichts Besonderes sein. Ich will nicht, dass er wegen unserer gemeinsamen Vergangenheit Ausnahmen macht. Im Augenblick gehöre ich zu seinen Mitarbeitern und sollte auch so behandelt werden.

Ich muss dafür sorgen, dass er das nicht wieder tut. Allerdings werde ich darauf achten, es ihm auf möglichst nette Weise beizubringen.

Ich mache mich auf den Weg hinauf zur Erste-Klasse-Lounge und bestelle mir etwas zu trinken. Etwas Alkoholisches, natürlich. Weißwein. Ich weiß, es ist noch früh, aber in gewisser Weise bin ich im Urlaub, und na ja, diese ganze Sache mit der ersten Klasse hat mich etwas schockiert, und der Wein ist einfach zu verdammt lecker, um ihn sich entgehen zu lassen.

Und die Lounge ist fantastisch, luxuriös – besser als meine Wohnung.

Da ich schon hier bin, kann ich es mir genauso gut gemütlich machen, also erkunde ich die Lounge und wähle einen Fensterplatz mit einem der bequemsten Sitze, auf die ich je mein Gesäß gebettet habe, und von da kann ich beobachten, wie die Flugzeuge starten.

Ich hole den Kindle aus der Tasche, um während des Wartens auf den Abflug ein Buch zu lesen.

Auch wenn ich ernsthaft versuche zu lesen, kann ich mich einfach nicht konzentrieren. Immer wieder schweifen meine Gedanken zu Jake und der ganzen Angelegenheit mit der ersten Klasse.

Trotz meiner Bedenken sollte ich mich wirklich bei ihm bedanken. Ich hole mein Handy aus der Tasche und tippe eine SMS:

> *ICH SITZE GERADE IN DER ERSTE-KLASSE-LOUNGE, AUF DEM BEQUEMSTEN SITZ, DEN MEIN HINTERN JE BEEHRT HAT, NIPPE AM BESTEN WEIN, DEN ICH JE GETRUNKEN HABE, UND DAS VERDANKE ICH DIESEM UNGLAUBLICH GROSSZÜGIGEN TYPEN, DER MIR DAS TICKET BEZAHLT HAT. DU WEISST NICHT ZUFÄLLIG, WER DAS IST, ODER? X*

Eine Minute später kommt die Antwort:

> *Nein, keine Ahnung. PS: Ich wünschte, ich wäre der Stuhl. ;) x*

Ich erwidere:

> *Danke. Das wär nicht nötig gewesen … aber es ist total super! … Und benimm dich! :) x*

Sofort kommt eine SMS zurück:

> *Ich benehme mich doch. ;) Und ich konnte wirklich nicht zulassen, dass meine beste Freundin Economy fliegt, oder? :) Bin schon in Stockholm, sehen uns also in ein paar Stunden. x*

Mich durchläuft ein freudiger Schauer beim Gedanken an die Tournee und daran, Jake zu sehen.

Mag sein, dass ich nervös bin wegen der ganzen Tournee und der Biografie, aber ich freue mich auch total. The Mighty Storm zu begleiten ist eine einmalige Chance.

Ich lächle in mich hinein und antworte:

> *Cool. Hab ich schon erwähnt, dass ich mich auf die Tournee freue? Das wird der absolute Hammer! x*

Zwei Minuten später kommt seine Antwort:

> *Ein paarmal. ;) Und natürlich wird es das, es ist schliesslich eine TMS-Tournee …*

MIT DIR ALS ZUGABE. X

Manchmal kann er so süß sein. Wieder wird mir warm ums Herz, und je näher der Zeitpunkt rückt, desto mehr freue ich mich darauf, ihn wiederzusehen.

Aus den Lautsprechern kommt die Ansage, dass das Boarding für meinen Flug nun beginnt. Rasch tippe ich noch eine Antwort:

GEHE JETZT AN BORD. WIR SEHEN UNS IN STOCKHOLM. X

Ich stecke das Handy ein und mache mich auf den Weg zum Gate. Während ich in der Schlange stehe, hole ich es wieder raus, um nachzusehen, ob er zurückgeschrieben hat. Tatsächlich:

KANN'S KAUM ERWARTEN. X

In meinem Bauch flattern Schmetterlinge.

ICH AUCH NICHT. UND JETZT MUSS ICH WIRKLICH LOS. X

Wo ich das Handy schon in der Hand habe, tippe ich rasch eine SMS an Will und lasse ihn wissen, dass ich gerade an Bord gehe und ihn anrufen werde, sobald ich gelandet bin. Anschließend noch schnell eine an Simone mit so ziemlich dem gleichen Inhalt.

Ich schalte das Handy ab, stecke es in die Tasche, reiche dem Mann vom Bodenpersonal meine Bordkarte und mache mich auf den Weg ins Flugzeug zu meinem Erste-Klasse-Sitzplatz.

Okay, ab sofort fliege ich nur noch erster Klasse. Es ist der Hammer, und der Service ist einfach genial. Ich hatte zwei Gläser Champagner auf dem Flug – und zwar umsonst!

Ich bin beschwipst vor Glück.

Als ich aus dem Flugzeug steige und den Zoll passiere, bin ich froh, dass ich mir für die Reise einen meiner weiten Skaterröcke angezogen habe. Hier in Stockholm ist es brütend heiß.

Der Rock, den ich trage, ist blau und mit einem goldenen Kettenmuster bedruckt, und er ist länger als der schwarze, den ich bei Jakes Interview getragen habe. Er hat eine respektable Länge – einer seriösen Journalistin angemessen –, endet ein paar Zentimeter über dem Knie, wirkt aber immer noch sehr elegant. Dazu habe ich mein Sweatshirt mit den Dreiviertelärmeln an, aber der Stoff ist dünn, sodass er auch in dieser Hitze angenehm auf der Haut ist. Außerdem trage ich meine goldfarbenen Ballerinas.

Flache Absätze – oft kommen die bei mir nicht zum Einsatz, aber für Reisen sind sie ideal.

Ich wollte gut aussehen. Schließlich ist es das erste Mal seit zwei Wochen, dass ich Jake sehe, und höchstwahrscheinlich werde ich heute auch die anderen Bandmitglieder kennenlernen.

Beim bloßen Gedanken daran rauscht mir ein freudiger Schauer durch die Adern.

Beim Zoll bin ich ziemlich schnell durch, und dann mache ich mich auf, meinen Koffer zu holen.

Während ich auf mein Gepäck warte, hole ich mein Handy raus und schalte auf Roaming, dann rufe ich Will an.

»Hey, Babe.« Seine Stimme klingt tief und wundervoll. »Bist du gut angekommen?«

»Jap. Ich warte gerade auf meinen Koffer.«

»Wie ist Schweden bisher?«

»Heiß.«

Er lacht. »Du fehlst mir jetzt schon.«

»Du mir auch.«

»Trägst du immer noch dein Armband?«

Unwillkürlich berühre ich mein Handgelenk. »Natürlich.«

»Gut.«

Ich entdecke meinen Koffer auf dem Laufband. »Mein Koffer kommt, ich muss Schluss machen. Ich ruf dich später noch mal an. Lieb dich.«

»Okay, Babe. Ich dich auch.«

Ich beende das Gespräch und schnappe mir den Koffer gerade rechtzeitig, bevor er eine weitere Runde dreht.

Anschließend mache ich mich auf den Weg zum Ausgang. Sofort entdecke ich Dave und bin sehr erleichtert, dass er es ist, der mich erwartet.

»Hi«, begrüße ich ihn.

»Guten Flug gehabt?«, fragt er mit seiner extrem tiefen Stimme und nimmt mir den Koffer ab.

»Es war der Hammer«, antworte ich strahlend.

Er sieht mich ein bisschen verwirrt an, und ich spüre meine Wangen rot werden. Wahrscheinlich ist er an die erste Klasse gewöhnt, wo er doch Jakes Security-Chef ist.

»Der Wagen steht gleich draußen.«

Ich folge Dave quer durch den Flughafen bis zu einem brandneuen Mercedes SLK, vermutlich ein Mietwagen, der auf einem der Kurzzeitparkplätze steht.

Die Fenster des Wagens sind stark getönt. Ich schätze, das müssen sie sein, für den Fall, dass Jake darin sitzt.

Dave stellt den Koffer neben dem Wagen ab und hält mir die Tür auf.

»Danke«, sage ich und steige ein, und dann springt mir fast das Herz aus der Brust.

Auf dem Rücksitz sitzt Jake und erwartet mich bereits – mit einem breiten Lächeln im Gesicht.

»Hey!« Ich strahle. Hinter mir fällt die Tür zu, und ohne nachzudenken, schlinge ich ihm die Arme um den Hals und drücke ihn ganz fest.

Er erwidert die Umarmung. Genauso fest, wie ich bemerke.

Während dieses kurzen Moments bin ich zu nichts anderem in der Lage, als seinen Duft einzuatmen. Er beruhigt mich, und es fühlt sich an, als käme ich nach Hause.

Bis zu diesem Augenblick war mir nicht klar, wie sehr ich ihn vermisst habe. Oder vielleicht habe ich es mir auch nur nicht eingestehen wollen, aus Angst davor, wie ich mich fühlen würde, so wie jetzt, hier in seinen Armen.

Einfach total überwältigt vom Ausmaß meiner Emotionen für diesen Mann.

»Ich kann nicht glauben, dass du gekommen bist, um mich abzuholen«, sage ich noch immer staunend und löse mich von ihm.

Jake lässt mich los, hält mich jedoch bei sich und nimmt meine Hand.

Wieder einmal wird meine Haut ganz heiß unter seiner Berührung. Ich frage mich, ob ich je aufhören werde, so zu empfinden.

Ein großer Teil von mir hofft, dass dem nicht so ist.

»Nun, jetzt bin ich froh, dass ich es gemacht habe – wenn das heißt, dass ich so begrüßt werde.« Er lächelt. Jetzt flirtet er wieder.

»Im Hotel hab ich sowieso nur rumgesessen, also dachte ich mir, ich komme mit … Tut mir leid, dass ich dich nicht im Flughafen abholen konnte … Du weißt schon.« Er zuckt die Achseln.

»Ja.« Wahrscheinlich wäre er innerhalb von zehn Sekunden erkannt und von Menschen umringt worden.

Es muss ziemlich schwer sein, ein Gefangener seines eigenen Erfolgs zu sein. Niemals irgendwo allein hingehen zu können.

Eine so simple Sache, wie ohne Begleitschutz durch einen Flughafen zu laufen, würde ihm wohl alles bedeuten, wenn er es nur tun könnte.

Dave setzt sich auf den Fahrersitz, lässt den Motor an, und das Radio erwacht zum Leben.

Einhändig lege ich mir den Gurt an, da Jake meine andere Hand anscheinend nicht loslassen will.

»Wie war dein Flug?«, fragt er, als wir den Flughafen hinter uns lassen.

»Dank dir, super. Hast du gewusst, dass man in der ersten Klasse umsonst Champagner kriegt? Natürlich weißt du das …« Bei seinem amüsierten Gesichtsausdruck verstumme ich.

»Du bringst mich zum Lachen.« Er drückt meine Hand, streicht mit dem Daumen über meine Haut und hinterlässt überall ein köstliches Kribbeln.

»Im positiven Sinn, hoffe ich doch?«

»Immer im positiven Sinn.« Er wendet den Kopf und blickt mich an. Ich erschauere, und sehe schnell weg.

Einen Moment lang sind wir still, bevor Jake weiterspricht.

»Letzte Woche hab ich mit deinem Dad gesprochen.«

»Wirklich!« Mein Strahlen muss von einem Ohr zum anderen reichen.

Um seine Mundwinkel zuckt es. »Ja, er hat mich angerufen, um mir für die Spende zu danken …« Er hebt eine Braue.

»Was ist?«, frage ich unschuldig. »Du hast nie gesagt, es sei ein Geheimnis. Du hast bloß gesagt, du willst nicht, dass er dich für einen protzigen Bastard hält – und das tut er nicht.« Ich ziehe einen Schmollmund.

Er schüttelt den Kopf und lacht über meinen Gesichtsausdruck.

»Also habt ihr euch unterhalten?«, hake ich nach.

»Ja. Es war schön, nach all den Jahren mit ihm zu reden. Er ist wirklich immer noch derselbe.«

»Habt ihr über Musik gesprochen?«

»Natürlich.« Er wirft mir einen amüsierten Blick zu. »Übrigens hab ich dir was mitgebracht«, wechselt er das Thema.

Er greift in seine Jeanstasche und zieht etwas heraus. Sofort erkenne ich es wieder. Es ist das Freundschaftsband, das ich ihm vor all den Jahren gebastelt habe. Ein bisschen ausgefranst ist es, das weiße, schwarze und blaue Garn ist leicht verblichen.

»Unglaublich, dass du das tatsächlich behalten hast«, hauche ich.

»Hast du etwa gedacht, ich lüge?« Er verzieht das Gesicht.

»Nein! Ich bin nur überrascht … Warte mal.« Ich lasse seine Hand los, greife nach vorn in meine Tasche, die im Fußraum liegt, und öffne die Innentasche, um an das heranzukommen, wonach ich suche.

Mein Freundschaftsband.

Ich habe meins auch mitgebracht. Vorsichtshalber habe ich es in mein Handgepäck getan, weil ich es nicht in meinem Koffer haben wollte, falls der verloren geht. Dieses Armband ist unersetzlich, daher wollte ich es in Sicherheit wissen.

Ich bin mir nicht sicher, warum ich es mitgenommen habe. Ausgemacht hatten wir das nicht. Ich vermute, ich habe einfach gehofft, dass er seins auch dabeihaben würde.

Und das hat er … Ich kann es nicht fassen.

»Ich hab meins auch mitgebracht«, erkläre ich, strecke meine Hand aus und zeige es ihm.

Meins gleicht seinem aufs Haar – in meiner streberhaften Art habe ich uns die gleichen Bänder gebastelt.

Einen Moment starrt er es an, dann sieht er mir in die Augen, lächelt und sagt: »Zwei Dumme …«

Mein Herz schlägt Purzelbäume.

»Wie alt waren wir, als du die gebastelt hast?«

»Zehn.«

»Dann sind sie quasi … sechzehn Jahre alt.«

»Praktisch antik«, entgegne ich lächelnd.

Jake nimmt meine Hand und schiebt das Platinarmband, das Will mir gekauft hat, weiter nach oben.

Er nimmt mir das Freundschaftsband aus den Fingern und legt es auf seinen Oberschenkel. Unter meinem gespannten Blick nimmt er sein eigenes Band, zieht es mir über die Hand und bindet es fest, sodass es genau um mein Handgelenk passt.

Dann nimmt er meins, knotet es auf und legt es sich selbst an.

Ich atme die Luft aus, die ich angehalten habe, ohne es zu merken.

»Nimm das nie wieder ab«, verlangt er mit bedeutungsschwerer Stimme.

»Nicht mal zum Duschen?« Ich schlucke.

»Nicht mal zum Duschen.«

»Und du behältst deins auch an?«

»Immer.« Wieder nimmt er meine Hand.

Für einen Moment springt mir das Herz aus der Brust, dann kehrt es pochend an seinen Platz zurück.

Ich lasse mich gegen die Rückbank sinken. Auf dieser Tour werde ich verdammt vorsichtig sein müssen. Jake sucht von Natur aus häufig Körperkontakt, ist unglaublich charmant und offenbar froh, dass er mich wieder als Freundin in seinem Leben hat.

Ich werde sehr aufpassen müssen, das nicht damit zu verwechseln, dass er womöglich irgendwelche Gefühle für mich hat – jedenfalls nicht solche. Und ich muss aufpassen, dass ich meinen eigenen Gefühlen keine Verwirrung gestatte.

Während des ganzen Wegs zum Hotel unterhalten wir uns, und Jake zeigt mir alles Mögliche, wichtige Gebäude und Sehenswürdigkeiten, während wir durch diese tolle Stadt fahren.

Dave hält auf dem Hotelparkplatz. Wir wohnen im Grand Hôtel Stockholm. Und großartig wirkt es von außen auf jeden Fall.

Als wir ankommen, erwartet uns schon ein Mann auf dem Parkplatz, der offensichtlich von unserer Ankunft wusste.

Jake stellt ihn mir als Ben vor, ein weiterer von seinen Security-Leuten. Ben arbeitet unter Daves Leitung.

Anscheinend wird hier etwas strenger auf Jakes Sicherheit geachtet. Vielleicht liegt das am Wirbel um die Tournee, der mit Sicherheit Verrückte anzieht.

Ben schätze ich auf Anfang dreißig, er ist attraktiv und ähnelt vom Typ her Jason Statham.

Ich schließe mich den drei Männern an, während Ben für mich den Koffer zieht.

Schweigend fahren wir alle vier mit dem Aufzug hoch und steigen im obersten Stockwerk aus.

Ich folge Jake durch den Flur, Dave und Ben sind hinter uns.

Vor einer Tür bleibt Jake stehen und holt eine Schlüsselkarte aus seiner hinteren Hosentasche.

»Das ist dein Zimmer für die kommenden Tage.«

Er öffnet die Tür, und ich trete ein. Und im nächsten Moment schnappe ich nach Luft.

Das ist kein Zimmer. Es ist eine verdammte Suite. Und eine riesige noch dazu.

»Danke«, wendet sich Jake an Ben und Dave. »Ab hier übernehme ich.«

Ben stellt meinen Koffer im Zimmer ab und schließt die Tür hinter sich.

Langsam drehe ich mich zu Jake um.

»Jake, das ist fantastisch … aber es ist zu viel.«

»Alle Suiten auf diesem Stockwerk sind gleich groß.« Er zuckt die Achseln.

»Aber ich bin allein, ich brauche nicht so viel Platz.« Ich wedle mit den Armen.

»Ich auch, und ich wohne in einer, die genauso groß ist wie diese.« Er wirkt ein bisschen verärgert über meine Aussage.

»Ich finde einfach …« Mir fehlen die richtigen Worte. Ich fahre mir mit den Fingern durchs Haar. »Wohnen alle deine Mitarbeiter in solchen Suiten?«

»Ein paar.«

»Wer?«

Sein Blick begegnet meinem. »Tom, Denny, Stuart, Smith und Dave.«

»Und der Rest?«

»In den unteren Stockwerken.«

»In normalen Zimmern ... Zimmern, die genau das sind: ein Zimmer und ein Bad.«

Er nickt bedächtig, ohne seinen Blick von mir zu nehmen.

»In so einem Zimmer sollte ich wohnen, Jake.«

Jetzt wirkt er ein bisschen sauer – und verletzt.

»Ich will nicht undankbar erscheinen, Jake, aber die erste Klasse im Flugzeug und jetzt das ... Ich will nicht, dass du für mich so viel Geld ausgibst.«

Er verschränkt die Arme. »Es ist mein Geld, ich kann damit machen, was ich will.«

»Ich weiß, aber ...« Ich bin unfähig, ein plausibles und überzeugendes Gegenargument zu finden. »Ich will nur nicht deine anderen Mitarbeiter gegen mich aufbringen, wenn sie mitkriegen, dass ich in so einer tollen Suite wohne.«

Seine Miene hellt sich auf. »Tru, du wirst niemanden gegen dich aufbringen, dazu bist du gar nicht fähig, und davon abgesehen gehörst du zu den wichtigen Leuten. Du verfasst meine Biografie, also muss ich dich bei Laune halten, damit du nette Dinge über mich schreibst.«

»Ah, also das steckt hinter dieser ganzen Nettigkeit.« Ich hebe eine Augenbraue.

Er lächelt. »Keineswegs, aber wenn es dich dazu bringt, ohne Widerrede in dieses Zimmer zu ziehen, dann bleibe ich dabei.«

»Suite ... kein Zimmer«, korrigiere ich ihn.

»Egal.« Er winkt ab. »Also, willst du erst auspacken, oder willst du gleich die Jungs kennenlernen?«

Mein Blick huscht zu meinem Koffer.

Hmm, lass mich nachdenken ... auspacken oder Rockstars kennenlernen ...

»Die Jungs kennenlernen«, antworte ich strahlend.

»Freu dich nicht zu sehr.« Er runzelt die Stirn. »Im wahren Leben sind sie hässlicher als auf den Fotos.«

»Bist du etwa eifersüchtig, Jake Wethers?«, ziehe ich ihn auf.

»Ich? Eifersüchtig? Niemals. Komm schon.« Er öffnet die Tür. »Ich hab diese Idioten in meinem Zimmer gelassen, als ich mich auf den Weg zum Flughafen gemacht habe, und da waren sie gerade dabei, die Minibar zu plündern. Wie ich diese unersättlichen Mistkerle kenne, sind sie immer noch da und heben sich ihre eigenen für später auf.«

Schon als wir uns Jakes Zimmertür nähern, kann ich männliche Stimmen lachen und Witze reißen hören. Je näher wir kommen, desto stärker ballt sich eine gewisse Nervosität in meinem Bauch zusammen.

In ein paar Sekunden werde ich mit den besten Musikern, die es zurzeit auf Erden gibt, im selben Raum stehen.

Ich werde im gleichen Raum sein wie The Mighty Storm!

Ich müsste schon verrückt sein, wenn ich mich darüber nicht ein bisschen freuen würde.

Jake öffnet die Tür und lässt mich zuerst eintreten. Wie in meiner Suite stehe ich direkt im Wohnzimmer und sehe die Jungs am Esstisch sitzen, wo sie Karten spielen und Bier trinken.

»Tru, das ist Denny.« Jake steht hinter mir. Er legt mir eine Hand auf den unteren Rücken und deutet über meine Schulter auf einen dunkelhaarigen Typen, der ziemlich schnuckelig aussieht und den ich sofort erkenne.

Obwohl ich von Denny abgelenkt bin, verkrampfe ich mich bei Jakes Berührung ein wenig.

»Denny – das ist Tru, meine alte Freundin aus Manchester und die Biografin, die uns auf der Tour begleitet.«

»Hey, Tru, toll, dich endlich kennenzulernen.« Denny lächelt mir zu und fährt sich mit der Hand durchs kurze Haar.

Mich endlich kennenzulernen? Also hat Jake ihm schon von mir erzählt?

Natürlich hat er das, Dummerchen, du schreibst ihre Biografie.

»Hi.« Nervös lächle ich ihm zu.

»Und das ist Smith, unser Studiogitarrist, der während der Tournee für uns die Leadgitarre übernimmt.« Jake deutet auf den Einzigen im Raum, den ich nicht vom Sehen kenne.

Und heilige Muttergottes, er ist umwerfend. Langes, zerzaustes blondes Haar und dunkelgrüne Augen. Er wirkt wie ein Surfer.

»Hey«, begrüßt mich Smith mit Südstaatenakzent und nickt mir zu.

»Er ist verheiratet«, flüstert mir Jake ins Ohr. Ich spüre, wie seine Finger sich an meinem Rücken versteifen.

Was?

Ich sehe zu Jake auf und will ihn mit einem Blick fragen, was zum Teufel er damit gemeint hat, aber er sieht mich nicht an.

»Und nicht zuletzt Tom«, fährt Jake fort und lenkt meine Augen von ihm weg und wieder in den Raum.

Tom sitzt mit dem Rücken zu mir, aber natürlich erkenne ich ihn sofort wieder, als er sich zu uns umdreht.

Sein hellbraunes Haar trägt er kurz rasiert, und genau wie Jake ist er von oben bis unten mit Tattoos bedeckt. Er sieht wirklich gut aus, obwohl er nicht mein Typ ist. Für meinen Geschmack ist sein Gesicht etwas zu rund. Mir gefallen eher Männer mit fein geschnittenen Zügen, aber ich kann auf jeden Fall verstehen, was Frauen an ihm finden.

»Hallo, meine Schöne.« Tom steht auf.

»Nein«, bescheidet ihm Jake streng, deutet mit dem Finger auf ihn und bringt ihn dazu, auf der Stelle stehen zu bleiben.

»Was denn?«, erwidert Tom unschuldig und hebt kapitulierend die Hände. »Ich wollte nur rüberkommen, um der umwerfenden Trudy Hallo zu sagen und um sie auf meine spezielle Tom-Art zu begrüßen ... Und außerdem, um herauszufinden, wo er dich die ganze Zeit über versteckt hat«, wendet er sich direkt an mich und zwinkert verschwörerisch.

Ich spüre, wie ich allen Ernstes erröte.

Wie alt bin ich denn? Sechzehn?

»Ja, und deine Art beinhaltet normalerweise Zungenspiele und Gefummel. Tru hat einen langen Flug hinter sich und kann gut darauf verzichten, dass du sie begrapschst. Außerdem hat sie einen Freund, also Finger weg.« Jake klingt so beschützerisch, als wäre er mein großer Bruder oder etwas in der Art. Vielleicht nimmt er mich so wahr – wie eine Schwester.

Der Gedanke bedrückt mich ein wenig. Na ja, ehrlich gesagt sogar sehr.

»Meine Güte, ganz ruhig. Ich hab's kapiert.« Tom sieht zu Jake und verdreht die Augen. Lachend setzt er sich wieder auf seinen Stuhl und nimmt einen Schluck Bier.

»Willst du was trinken?«, fragt Jake mich und löst sich von meiner Seite.

Plötzlich fehlt mir seine Berührung. Und noch immer bin ich etwas enttäuscht über die rein brüderliche Fürsorge.

»Nein danke ... Weißt du, ich glaube, ich gehe meinen Koffer auspacken und lasse euch allein.« Ich deute auf das Kartenspiel, das am Tisch weitergeht.

Jake bleibt stehen, wendet sich um und sieht mich an. »Bist du sicher?«, hakt er nach.

»Ja, ich bin sicher.« Ich lächle. »Wir sehen uns später, Leute.« Ich winke in Richtung der Jungs. »War schön, euch kennenzulernen.«

Ich drehe mich um und verlasse den Raum, wobei ich mir der Tatsache überaus bewusst bin, dass Jakes Blick mir auf dem gesamten Weg folgt.

KAPITEL 10

Es ist mein zweiter Tag in Stockholm, und heute Abend findet das erste TMS-Konzert statt.

Ich bin mit der Band im Stadion. Das Eröffnungskonzert findet im Ericsson Globe statt – dem seltsamsten und zugleich coolsten Gebäude, das ich je zu Gesicht bekommen habe. Im Grunde sieht es aus wie eine riesige weiße Kugel. Ansonsten ist es ein recht kleiner Spielort für die Jungs, es fasst nur ungefähr sechzehntausend Menschen. Natürlich gibt es auch das Olympiastadion, das Platz für doppelt so viele Zuschauer bietet, doch ich glaube, die Jungs wollen die Tournee in einem kleinen Spielort beginnen.

Von den Zuschauerrängen aus beobachte ich sie bei den Proben für heute Abend, während die Roadies alles für die Show aufbauen.

Es ist das erste Mal überhaupt, dass ich Jake live auf der Bühne sehe und nicht im Fernsehen.

Dort oben wirkt er gelassen, aber ich spüre, dass er ein wenig nervös ist. Ich sehe es an seinen Augen. Diesen leicht verlorenen Blick. Allen anderen gegenüber strahlt er ruhige Beherrschtheit aus, doch ich merke es. So war er schon, als wir noch Kinder waren.

Anderen Leuten entgeht es wahrscheinlich, aber ich sehe es. Ich habe es ihm schon immer angesehen.

Vermutlich ist er angespannt, weil es sein erster Auftritt nach der Japan-Sache ist. Ich glaube, ohne Jonny an seiner

Seite tut er sich auf der Bühne schwer. Es muss für alle schwer sein, auch für Smith, der die Lücke füllen muss, wo einst eine so große Präsenz auf der Bühne war.

Den gestrigen Tag habe ich mit Jake und den Jungs im Hotel verbracht. Nachdem ich fertig ausgepackt und meinen Dad, Will und Simone angerufen hatte, hat Jake an meine Tür geklopft, um nachzufragen, ob ich etwas essen wollte. Die Jungs waren gerade dabei, etwas beim Zimmerservice zu bestellen. Überraschenderweise wollten sie nicht ausgehen und Party machen.

Vielleicht waren sie brav, weil am nächsten Tag das erste Konzert stattfinden sollte.

Also bin ich zu ihnen gegangen und habe mit ihnen abgehangen, gegessen, Bier getrunken und Karten gespielt.

Im Grunde habe ich gestern nicht gearbeitet, aber schon die Tatsache, dass ich mit ihnen Zeit verbracht habe, hat mir einen guten ersten Eindruck von der Dynamik zwischen ihnen verschafft. Besonders im Hinblick auf Smith, den Neuzugang bei dieser Tournee.

Es ist komisch, denn obwohl Jake der »Boss« ist, wirkt es bei ihnen nicht so. Anscheinend ist das Verhältnis der Jungs untereinander großartig. Sie zusammen zu erleben war genau so, wie einen Haufen Jungs im College zu sehen. Selbst Smith gegenüber verhalten sie sich kein bisschen komisch. Es wirkt, als sei er schon immer dabei gewesen.

Trotzdem habe ich mich gleichzeitig gefragt, wie es wohl war, als Jonny noch hier war.

Es ist klar, dass Denny der Vernünftige ist, daher habe ich den Eindruck, dass er derjenige ist, auf den Jake sich bei der Arbeit verlassen kann. Tom ist auch nicht unzuverlässig, aber er ist definitiv der Aufreißertyp, würde ich sagen. Der, der immer Witze macht, auf Partys geht und eindeutig ein Frauenheld ist.

Toms Blick hat ziemlich lange auf meinem Busen geruht, während ich bei den Jungs war. Das hat mich nicht weiter gestört, aber ich hatte den Eindruck, dass es Jake nicht gepasst hat. Hauptsächlich, weil er mich immer wieder gefragt hat, ob mir kalt sei und ob ich einen Pulli über mein ärmelloses Top ziehen möchte.

Aber sicher, Jake, es sind vierzig Grad hier drin, natürlich will ich einen Pulli tragen!

Wenn überhaupt, hat sein Verhalten die Großer-Bruder-Richtung noch unterstrichen, die mir schon vorher aufgefallen ist, als er erwähnt hat, dass Smith verheiratet ist.

Tom ist, genau wie Jake, dafür bekannt, dass er die weiblichen »Vorzüge« seines Berufs auskostet.

Ich kann mir gut vorstellen, dass Tom die Art von Aufreißer ist, die sich durch den ganzen Raum arbeitet und wild durch die Gegend flirtet. Jake ist vermutlich eher die Art von Mann, die wartet, bis die Frauen von allein zu ihm kommen. Er unternimmt keinerlei Anstrengungen. Andererseits hat er das auch nicht nötig.

Was nicht heißen soll, dass ich irgendetwas davon schon in Aktion beobachtet hätte, aber ich bin sicher, dass das sehr bald passieren wird. Und wenn ich ehrlich bin, freue ich mich nicht gerade darauf, Jake mit anderen Frauen zu sehen. Schon beim Gedanken daran dreht sich mir der Magen um.

Ich habe keine der Sehenswürdigkeiten besucht, die ich mir für meinen ersten Tag in Stockholm vorgenommen hatte, und wahrscheinlich werde ich das auch heute nicht tun, da ich mit Jake und den Jungs hier im Stadion bin. Heute Abend findet dann das Konzert statt, und gleich morgen früh brechen wir nach Deutschland auf.

Langsam bekomme ich den Eindruck, dass es wahrscheinlich während der gesamten Tournee so laufen wird.

Zeit zum Mittagessen. Jake hat eine Pause von den Proben anberaumt, und ich bin mit ihm, den Jungs und ein paar anderen Leuten von der Tournee in einem der großen Umkleideräume, wo ein Buffet aufgebaut ist, und esse etwas.

Ich sitze auf dem Sofa, den Notizblock auf der Armlehne, und schreibe ein paar Dinge aus meinen Notizen zusammen.

»Hast du aus den Proben heute Morgen irgendwas Gutes für das Buch rausziehen können?«, fragt Jake, lässt sich auf den freien Platz neben mir fallen und deutet auf meinen Block.

Er sitzt so dicht neben mir, dass sich plötzlich eine nervöse Energie unter meiner Haut ausbreitet.

»Ein paar Sachen.« Ich drehe den Kopf und lächle ihm zu. »Es war großartig, dich da oben auf der Bühne zu sehen.«

»Das Konzert heute Abend wird sogar noch besser.« Er erwidert mein Lächeln selbstbewusst.

Manchmal kann er so ein arrogantes Arschloch sein, aber es ist so verdammt anziehend.

»Da bin ich mir sicher.« Mir kommt ein Gedanke, eine Erinnerung an etwas, das er mir damals während des Interviews über eine Frau gesagt hat, die er für die Tournee engagiert hat. Eine Frau, die sie großartig machen würde. Seitdem hat er sie nicht mehr erwähnt, und bis hierher sind mir noch nicht viele Frauen vorgestellt worden. Anscheinend hat Jake eher männliche Mitarbeiter, ich fühle mich ziemlich in der Unterzahl.

Gut, dass ich mit Männern besser klarkomme. Mit Männern, besonders mit solchen, die sich für Musik interessieren, verstehe ich mich problemlos. Mit zickigen Groupies, die darauf aus sind, mit Jake ins Bett zu steigen, eher weniger.

Ich frage mich, ob er das bewusst macht, dass er auf Tour auf ein größtenteils männliches Umfeld achtet und damit die Versuchung meidet, irgendwelche Mitarbeiter zu vögeln. Sich durch die Belegschaft zu schlafen sorgt wohl kaum für ein gutes Arbeitsklima, nehme ich an.

»Wann treffe ich denn die geheimnisvolle Frau auf dieser Tournee?«, frage ich und schlage die Beine übereinander.

Verwirrt sieht Jake mich an. »Was meinst du damit?«

Ich wende mich ihm leicht zu. »Als ich dich interviewt habe, hast du gesagt, du hättest eine Frau engagiert, die diese Tour zu deiner bisher erfolgreichsten machen würde.«

Er lacht. »Du steckst in ihren Schuhen, Tru.« Er blickt hinunter auf meinen wippenden Fuß.

Ich folge seinem Blick und halte meine hochhackige Nietenstiefelette etwas höher.

»Hä?«

Er lehnt sich zu mir, und sein heißer Atem kitzelt mich am Hals, während er erklärt: »Ich habe von dir gesprochen, Tru.«

Was?

Stocksteif starre ich ihn an, während er sich wieder zurücklehnt und mein Gesicht betrachtet.

»Aber du hast mir diesen Job erst einen Tag später angeboten«, entgegne ich, nachdem ich meine Stimme wiedergefunden habe.

Er lächelt. »Ich weiß.«

»Woher hast du denn gewusst, dass ich den Job annehmen würde?«

»Weil Frauen niemals Nein zu mir sagen.« Zwinkernd steht er auf und geht rüber zum Tisch mit dem Essen.

Gott, manchmal ist er so ein dreister, selbstgefälliger Mistkerl. Und ich bin total scharf auf ihn.

Nein, bin ich nicht.

Doch, bin ich.

Nein. Bin … Ich … Nicht.

Ach, verdammt.

Ich befinde mich seitlich der Bühne und stehe mit Stuart rechts in den Kulissen. Die Vorgruppe ist schon vor einer ganzen Weile fertig geworden, jetzt wird jeden Moment TMS die Bühne stürmen.

Von links schlendert Jake auf die Bühne, mit einem Selbstbewusstsein, wie nur er es kann, die Gitarre auf dem Rücken.

Er sieht rüber zu mir, sein Blick gleitet über meine Kleidung, meinen Körper, dann sieht er mir in die Augen und lächelt.

Ich spüre meine Wangen erröten. Zum Glück ist es hier, wo wir stehen, etwas dunkler, sodass Stuart nicht sehen kann, wie mädchenmäßig ich mich aufführe.

Als Jake das Mikrofon erreicht, beugt er sich vor, hält dann jedoch inne und lehnt sich zurück, um den Blick über die Menge schweifen zu lassen.

Jake hat diese Art an sich, jeden im Raum anzusehen und dir dabei trotzdem das Gefühl zu geben, dass er in Wahrheit einzig und allein dich sieht. Dass du das Objekt seiner Begierde bist. Du bist diejenige, die er heute Abend mit nach Hause nimmt.

Mit nur einem einzigen Blick kann er eine Frau ausziehen. Und als sein Blick meinem begegnet und mich fixiert, spüre ich es plötzlich, und mehr noch, er zieht mich aus bis auf mein Innerstes. Mir zittern die Knie.

Dann driftet sein Blick von mir weg.

»Ich sehe, wir haben heute Abend das Beste aus Stockholm hier. Ladys, ihr seid wunderschön ... und Männer, haltet eure Frauen fest, ich sag's nur.«

Er lässt ein leises, dunkles Lachen hören. Während er einen kleinen Schritt zurück macht, sieht er mich an, zwinkert mir zu und schenkt mir ein geheimnisvolles Lächeln, bevor er mit einem ihrer frühen Hits loslegt: »Undress You«.

Und heilige Muttergottes, ich fühle mich ausgezogen.

Hier stehe ich und schwelge im Erlebnis Jake Wethers, in voller 3-D- und HD-Pracht, fühle mich dabei entblößt und nackt, und meine Herren, ist das großartig.

Ich bin high.

Seinetwegen.

Seine Stimme fühlt sich an wie Hände, die meine Haut streicheln. Mich berühren. Seine Hände. Berühren mich.

Genau das will ich jetzt.

Nein, will ich nicht.

Ich meine, das ist bloß die reflexhafte Reaktion der Rockstar-Verehrerin in mir. Der Traum, diejenige zu sein, die ihn zähmt.

Natürlich nicht in Wirklichkeit.

Nach der Hälfte des Konzerts nimmt Jake das Tempo raus, bis alles zum Stillstand kommt.

Er schwingt sich die Gitarre auf den Rücken, hebt die Hand und fährt sich mit den Fingern durchs Haar. »Ich wollte nur mal kurz Pause machen, um über Jonny zu reden …«

Ein paar Fans in der Menge schreien: »Jonny, wir lieben dich, verdammt noch mal!«

Auf meinen Armen prickelt eine Gänsehaut. Ich kann sehen, wie schwer das für Jake ist. Plötzlich verspüre ich den Impuls, ihn festzuhalten, ihm durchs Haar zu streichen, ihn zu küssen und ihm zu sagen, dass alles gut wird.

Jake neigt den Kopf und lehnt ihn ans Mikrofon.

Mir schnürt sich die Kehle zu, und meine Augen brennen, während ich mir Sorgen mache, dass er wieder die Beherrschung verliert, hier auf der Bühne.

Mit einer raschen Bewegung springt Denny über sein Schlagzeug und ist sofort an Jakes Seite. Er legt Jake eine Hand auf die Schulter und lehnt die Stirn an seine Schläfe, während er ihm ins Ohr flüstert. Jetzt ist auch Tom da. Ich bemerke, wie Smith seitlich die Bühne verlässt.

Das gesamte Stadion steht still.

Ein Kloß von der Größe Afrikas sitzt mir in der Kehle. Tränen steigen mir in die Augen, während ich sehe, wie diese drei Männer, die ich kenne und von denen mir einer sehr viel bedeutet, noch immer den Verlust ihres besten Freundes betrauern.

Ich werfe einen Blick auf Stuart neben mir. Seine Augen wirken glasig. Auch für ihn muss es schwer gewesen sein, Jonny zu verlieren. Ich weiß, er arbeitet für Jake, aber Jonny muss er ebenfalls gut gekannt haben.

Überwältigt von meinen Gefühlen presse ich die Lippen aufeinander und schlinge mir die Arme um den Oberkörper, dann blicke ich wieder auf die Bühne. Wieder zu Jake.

Jake hebt den Kopf und räuspert sich. »Ich habe Jonny an der Highschool kennengelernt. Damals war ich gerade aus

England in die Vereinigten Staaten gezogen. Ich war der neue, unbeholfene britische Junge – etwas verloren und ziemlich einsam, und da war er. Er hat mich unter seine Fittiche genommen und mir beigebracht, so cool zu sein wie er.«

Er holt tief Luft. »Wir haben TMS gegründet, nur wir zwei. Auf dem College haben wir über eine von Jonnys vielen Freundinnen Denny kennengelernt, und Denny hat uns Tom vorgestellt, und das war die wahre Geburtsstunde von TMS.«

Ein weiterer tiefer Atemzug. Jake betrachtet erst Denny, dann Tom. »Jonny war nicht bloß ein Bandmitglied«, fährt er fort und blickt nach vorn. »Und er war nicht bloß unser bester Freund ... oder der, der uns gut aussehen ließ. Er war das Mächtige in unserem Sturm. Der Mann war ein verdammtes musikalisches Genie, und er wurde zu früh aus unserer Mitte gerissen. Und wir vermissen ihn jeden einzelnen verfluchten Tag.«

Jake nimmt das Mikrofon aus dem Ständer und geht zur Bühnenfront. Tom und Denny folgen ihm, während ihm ein Bühnenhelfer drei Flaschen Jack Daniel's nach oben reicht.

Je eine davon reicht er an Tom und Denny weiter.

»Ich will, dass ihr alle das Glas auf Jonny Creed erhebt – den besten Mann, den diese Welt jemals gekannt hat.« Jake hebt seine Flasche und blickt hinauf in den Himmel. »Jonny, Mann, wir lieben dich, und wir vermissen dich jeden Tag, und ich bin mir sicher, dass du gerade mit einer Flasche in der einen und einer Zigarette in der anderen Hand herunterschaust und sagst: ›Hört auf, euch wie ein Haufen Weicheier aufzuführen, und liefert diesen Leuten die Show, für die sie verdammt noch mal bezahlt haben!‹«

Bei Jakes Worten sehe ich Tom und Denny lächeln und zustimmend nicken.

Jake stößt mit beiden an, und alle drei nehmen gleichzeitig einen tiefen Schluck Whiskey.

Die Menge brüllt Jonnys Namen.

Männer und Frauen im Publikum weinen ungeniert. Und auch ich kann die Träne nicht zurückhalten, die mir über die Wange rollt.

Rasch wische ich sie fort.

Mit einer sehr viel leichteren Whiskeyflasche kehrt Jake zum Mikrofonständer zurück. Er steckt das Mikro fest. Denny setzt sich wieder ans Schlagzeug, während Tom an seinen Platz rechts neben Jake zurückkehrt.

Und in diesem Moment wirken sie alle drei ein wenig verloren.

Mir tut das Herz weh vor lauter Mitgefühl für Jake.

Jake beugt sich hinunter und stellt die Whiskeyflasche neben dem Mikrofonständer ab.

Von links sehe ich Smith leise wieder die Bühne betreten.

»Dieser Song, den wir als Nächstes spielen, ist einer, den Jonny und ich in den Anfangstagen geschrieben haben. Es war der, auf den Jonny am stolzesten war … sein Lieblingssong, und ich weiß, wie viel es ihm bedeutet hat, als wir ihn veröffentlicht haben. Und auch ihr habt ihn geliebt, denn ihr habt uns eine Chance verschafft. Es ist einer, von dem ich mir sicher bin, dass ihr ihn alle kennt, also will ich, dass ihr alle tief Luft holt und ihn mit mir singt – für Jonny.«

Jake schwingt seine Gitarre vom Rücken nach vorn, senkt den Kopf und blickt auf die Saiten hinab, während er ein paar Akkorde anschlägt. Dann setzt Denny mit dem Beat ein, und Jake hebt den Kopf und singt einen ihrer ersten großen Hits: »Hush, Baby«.

Ich kriege am ganzen Körper eine Gänsehaut, als ich höre, wie das Publikum ausflippt. Und hier stehe ich wie hypnotisiert, singe den Text mit und beobachte Jake. Ich kann sehen, wie schwer es für ihn ist, dieses Lied durchzustehen, und ich weiß, dass er die ganze Zeit an Jonny denkt.

Ich wünschte, ich wäre für ihn da gewesen, als Jonny gestorben ist. Damals war ich es nicht, aber von jetzt an will ich es jeden Tag sein.

Jake und ich werden immer Freunde sein. Egal, was passiert. Ich will ihn nie wieder verlieren.

Ich bin auf der After-Show-Party, die in einem exklusiven Club namens Spy Bar stattfindet. Es ist rappelvoll, überall sind schwedische Showbiz-Leute und sämtliche Tourmitarbeiter.

Ich bin froh, dass ich mich heute Abend chic angezogen habe, denn die meisten Frauen hier wirken glamourös und elegant. Allerdings habe ich mich für einen etwas anderen Stil entschieden. Gut, ich ziehe mich immer etwas anders an, aber heute habe ich ein marineblaues Kostüm an, bestehend aus einer auf Figur geschnittenen Weste mit Nadelstreifen und V-Ausschnitt und einer dazu passenden Drei-Viertel-Anzughose mit geradem Bein. Gekauft habe ich es, kurz bevor ich zur Tournee aufgebrochen bin. Es war Liebe auf den ersten Blick, und ich musste das Kostüm einfach haben. Dazu trage ich meine schwarzen Skyscraper-High-Heels aus Lackleder. Ich weiß, die meisten Frauen hier tragen Kleider, aber ich bin gerne ein bisschen anders, und genau genommen arbeite ich, also ist es, als würde ich Arbeitskleidung tragen.

Ich bin an der Bar mit zwei der Roadies, Pete und Gary, mit denen ich mich schon vorhin unterhalten habe, und trinke eine Margarita.

Jake habe ich seit dem Konzert nicht mehr gesehen. Er musste im Anschluss ein paar Interviews geben, daher hat ihn Stuart direkt abgefangen, nachdem er die Bühne verlassen hatte.

Ich wollte dort auf ihn warten, aber Pete ist zu mir gekommen und hat gesagt, dass sie sich schon auf den Weg zur Party machen, und gefragt, ob ich mitfahren möchte. Normalerweise müssen Roadies nach einem Konzert dableiben und alles abbauen, aber Jake – als guter Chef, der er ist – lässt sie das am nächsten Morgen erledigen, damit sie mit allen anderen zusammen die Party genießen können. Also habe ich natürlich

Ja gesagt – besser, als wie bestellt und nicht abgeholt im Stadion rumzuhängen.

»Wie lange arbeitest du schon für Jake?«, frage ich Pete. Gary unterhält sich angeregt mit einem der anderen Roadies. Ich glaube, sein Name ist Jared.

Pete ist ein schnuckeliger Typ: kurzes dunkles Haar, ungefähr eins achtzig groß, ziemlich muskulös. Das kommt sicher von der harten körperlichen Arbeit auf den Tourneen.

»Fünf Jahre mit Unterbrechungen«, erwidert er mit seinem breiten amerikanischen Akzent, lehnt sich zurück an die Bar und stützt sich mit den Ellbogen darauf ab.

Viele Bands haben ortsansässige Crews für die Tourneen im Ausland, aber Jake hat eine feste Gruppe von Mitarbeitern, denen er vertraut und die ihn überallhin begleiten.

»Du musst schon viel von der Welt gesehen haben.«

»Dies und das.« Er lächelt. »Es ist echt ein super Job, für diese Jungs zu arbeiten. Wie bist du denn eigentlich hier gelandet?«, fragt er.

»Oh, ich, äh …« Gerade als ich antworten will, sehe ich Pete aufblicken, und sofort spüre ich Jakes Präsenz hinter mir.

Als ich mich umdrehe, bin ich beinahe Auge in Auge mit ihm, so nah ist er.

»Hey«, begrüße ich ihn strahlend.

»Hey, meine Schöne.« Er küsst mich auf die Wange, legt mir die Hand auf die Hüfte und starrt zu Pete rüber.

Unter seiner Berührung fühle ich mich etwas berauscht.

»Willst du was trinken, Jake?«, fragt Pete.

»Bier«, erwidert er ausdruckslos.

Pete dreht sich zur Bar, um Jake seinen Drink zu bestellen.

Unauffällig löse ich mich aus Jakes Umarmung, nehme meine Margarita von der Bar und bin über sein Großer-Bruder-Getue erneut ein wenig verärgert.

»Du solltest dein Glas nicht so unbeaufsichtigt lassen«, bemerkt er. »Jemand könnte da was reinkippen.«

Ich blicke hinab auf meinen Cocktail und wieder zu ihm. »Willst du damit sagen, deine Mitarbeiter sind nicht vertrauenswürdig?« Ich lächle ihm über das Glas hinweg zu und nehme einen Schluck.

Langsam schüttelt er den Kopf über mich und hält unerbittlich meinen Blick fest.

»Hast du heute Abend deine Bluse vergessen?« Er deutet auf meine nackten Arme und die Weste.

»Sehr witzig.« Ich verdrehe die Augen. Schmollend erwidere ich: »Gefällt dir mein Outfit nicht?«

Er befeuchtet sich die Lippen. »Doch, durchaus, es ist wirklich hübsch.« Sein Blick flackert zu meinen Brüsten und wieder zurück in mein Gesicht. Das entgeht mir nicht. »Ich weiß nur zufällig, dass alle anderen Typen hier das Gleiche denken werden, und dafür werde ich den Großteil des Abends damit verbringen, sie zu verprügeln.«

Seufzend schüttle ich den Kopf. »Du kannst mit dem Großer-Bruder-Getue aufhören, Jake. Wir sind keine Kinder mehr. Ich kann selbst auf mich aufpassen.«

Er presst die Lippen aufeinander und lächelt. »Großer-Bruder-Getue?«

»Ja, dieses ganze ›Hände weg von Tru, sie hat einen Freund‹-Ding, das du ständig abziehst. Ich bin so ziemlich die einzige Frau auf der Tournee, und wenn du alle Typen vertreibst, die mit mir reden, dann bleibst nur noch du übrig.«

»Ist mir recht.«

»Jake!«, rufe ich und bin kurz vorm Verzweifeln. »Ich bin doch kein Flittchen. Ich werde nicht mit all diesen Typen schlafen, bloß weil ich mich mit ihnen unterhalte. Ich betrüge Will nicht. Es wäre einfach nur schön, ein paar Leute zu haben, mit denen ich reden kann, wenn du mal nicht da bist.«

Und irgendwie ist es nervig und verletzend, dass er so von mir denkt, um ehrlich zu sein.

Er runzelt die Stirn. »Ich weiß, dass du kein Flittchen bist, Tru. Ich passe nur auf meine beste Freundin auf. So steht es in den Regeln, wenn ich mich recht erinnere.«

»In deiner Version oder in meiner?«, entgegne ich lächelnd. Ich kann nie lange böse auf ihn sein.

Wieder presst er die Lippen zusammen und unterdrückt sein eigenes Lächeln. »Meiner.«

Pete reicht Jake das Bier.

»Danke«, sagt er und nimmt es entgegen, ohne mich aus den Augen zu lassen.

»Komm, und setz dich zu mir«, fordert Jake mich auf und streckt mir die Hand entgegen.

Lange halte ich seinen Blick fest. »Okay.« Ich nehme seine Hand. »Bis später, Jungs«, verabschiede ich mich von Pete und Gary.

Jake führt mich zu einer Nische, in der schon Tom, Denny, Smith und Stuart sitzen. In der Nähe mache ich eine Gruppe Mädchen aus und spüre ihr erbittertes Starren, weil Jake meine Hand hält.

So ganz wohl fühle ich mich dabei nicht.

Jake schiebt mich in die Nische neben Denny, und setzt sich neben mich, sodass ich nicht einfach aufstehen kann. Ich stelle mein Glas auf dem Tisch ab und meine Tasche auf dem Boden neben meinen Füßen.

»Hat dir die Show gefallen?«, fragt mich Denny.

»Ja.« Ich lächle. »Es war fantastisch.«

»Du siehst wunderschön aus heute Abend, Tru.« Tom lächelt mir über den Tisch hinweg zu.

»Danke.« Ich erröte leicht und werde etwas schüchtern.

Ich weiß nicht, wie Tom das macht, aber er hat dieses Talent, mir das Gefühl zu geben, als sei ich eine Sechzehnjährige. Diese Wirkung hat er, glaube ich, auf die meisten Frauen. Und ich stehe nicht mal auf ihn. Es ist echt verdammt merkwürdig. Vielleicht liegt es an seinen Sprüchen. Es kommt einem vor, als würde hinter allem, was er sagt, eine verborgene Absicht stecken.

In der Hinsicht ähnelt er Jake sehr. Aber ich habe den Eindruck, dass Toms versteckte Botschaften, die er an mich richtet, sehr viel schmutziger sind als die von Jake.

Jake rutscht auf seinem Platz hin und her, drückt sein Bein an meines und legt hinter mir seinen Arm auf die Rückenlehne.

Im nächsten Moment sehe ich Toms Blick zu ihm hinüberhuschen, dann grinst der Frauenheld.

Da ist er wieder, der große Bruder Jake, und mich beschleicht das Gefühl, dass Tom es genießt, ihn mit mir aufzuziehen.

»So, ihr Arschlöcher langweilt mich zu Tode – natürlich abgesehen von dir, Tru.« Erneut schenkt mir Tom ein breites Lächeln, während er über Smith steigt, um aus der Nische hinauszuklettern, und von der Bank springt. »Ich geh mir 'ne Braut für die Nacht aufreißen.«

»Bist du eigentlich irgendwann mal nicht spitz?«, fragt Stuart ihn.

Tom sieht ihn an, als sei das die lächerlichste Frage, die ihm je gestellt worden ist.

»Nein.« Er grinst. »Ich bin wie ein geiler Kater, immer auf der Jagd nach einer neuen Muschi.«

Jake lacht lauthals auf. Ich muss mich zusammenreißen, um es ihm nicht gleichzutun.

»Hast du dich gerade wirklich selbst als Kater bezeichnet?«, fragt Jake immer noch lachend.

»Aber hallo! Und werd jetzt bloß nicht prüde, Arschgesicht, ich weiß nämlich aus erster Hand, dass du deinen Schwanz schon oft genug als Schlange tituliert hast.«

Mit einem Prusten schießt Stuart sein Drink aus der Nase, und hustend versucht er, sich zu beruhigen.

Neben mir spüre ich, wie Jake sich verspannt. Ich kann ihn nicht einmal ansehen.

»Ein Python, wenn ich mich recht erinnere.« Tom grinst und genießt es sichtlich, ihn zu ärgern.

»Eher wie eine verdammte Kobra, nach allem, was ich gehört habe!«, mischt Denny sich ein.

Smith fängt ebenfalls an zu lachen und weiß offenbar über diesen ganzen Jake-die-Schlange-Witz Bescheid.

»Hey, ich kann nichts dafür, dass ich mit einem großen Schwanz gesegnet bin, anders als ihr Volltrottel«, entgegnet Jake schlagfertig und nimmt sein Bier.

»Leck mich am Arsch!«, gibt Tom zurück und greift sich in den Schritt. »Ich bin hervorragend bestückt, allzeit bereit, loszulegen.«

Bei diesem Haufen trifft es sich gut, dass ich kein bisschen prüde bin. Obwohl mir bei dem Gerede über Jake und seine *Schlange* ein wenig schwindlig wird. Ich frage mich, wie groß sie wirklich ist. Ich bin versucht, ihm in den Schritt zu glotzen, unterdrücke diesen Impuls aber entschieden und richte meinen Blick strikt nach vorn.

»Hey, wo wir gerade dabei sind«, legt Tom nach und lehnt sich mit der Hüfte gegen den Tisch. »Ich hab das Gefühl, hier gibt es ein Muster. Da wäre natürlich ich – der verdammt stattliche Kater –, dazu Jake, die Schlange … Jetzt müssen wir uns nur noch für euch drei Penner was ausdenken.« Er deutet auf Denny, Stuart und Smith.

Denny hebt den Kopf. »Auf keinen Fall, Mann, halt mich aus deinen seltsamen Tierfantasien raus.«

»Ach, halt die Klappe, du blöder Arsch! Denny … Was passt zu Denny?«, grübelt er.

Denny klettert über Stuart und Smith und springt geschmeidig herunter. »Warum bin ich noch gleich mit dir befreundet?«, fragt er Tom und klopft ihm auf die Schulter.

»Weil ich total toll bin und Weiber dazu bringen kann, mit deinem Schwanz zu spielen.«

Ich kann nicht anders, bei diesem Spruch pruste ich vor Lachen.

Jake wirft mir einen amüsierten Blick zu. Aber dabei verkrampft sich nur mein Magen, und plötzlich verspüre ich das dringende Bedürfnis, Jake zu berühren.

»Ich geh pissen.« Denny lacht und schüttelt bei Toms Anblick den Kopf. Er verschwindet in Richtung Männertoilette.

»Kommst du mit, ein paar Weiber aufreißen?«, fragt Tom Jake und klingt dabei, als stünde es bereits fest, dass er sich ihm anschließt.

Sofort verspanne ich mich. Ich will nicht, dass Jake Frauen aufreißen geht. Schon bei der Vorstellung erstarre ich innerlich.

Jake schüttelt den Kopf und nimmt einen Schluck Bier. »Nein, mir gefällt's hier.«

Tom sieht ihn an, als hätte er vollkommen den Verstand verloren. Selbst Stuart starrt ihn überrascht an.

Unmerklich entspanne ich mich auf meinem Platz.

»Haben sie dir im Entzug den Schwanz amputiert? Oder hat Stuart es endlich geschafft, dich umzukrempeln?«, fragt Tom lachend.

Ihn umzukrempeln? Ist Stuart schwul?

Es ist wohl mein Gesichtsausdruck, der Stuart dazu bewegt, sich zu mir zu lehnen und zu bestätigen: »Ich bin schwul, Süße.«

»Ah, verstehe.« Ich nicke.

Ergibt Sinn. Er ist unglaublich attraktiv und hat einen umwerfenden Geschmack, was Kleidung betrifft.

Jake lacht. Er streckt den Arm aus und stellt sein Bier ab. »Nein und nein«, beantwortet er Toms Fragen. »Ich sag doch, ich treib's nicht mit Mitarbeitern.«

Ich bin eine Mitarbeiterin. Demnach wird er es nicht mit mir treiben.

Gott sei Dank natürlich, dass er es bei mir nicht versuchen wird. Ich weiß ohnehin, dass er es nicht tun würde, weil er nicht so für mich empfindet, aber es ist einfach beruhigend, zu wissen, dass Jake keinen Sex mit den wenigen Frauen hat, die für ihn arbeiten. Bloß mit allen anderen natürlich.

Stuart schnaubt vernehmlich.

Interessiert beugt Jake sich nach vorn und schaut ihn an.

»Chloe?« Stuart hebt eine Augenbraue.

Nachdenklich verzieht Jake das Gesicht, im nächsten Moment fällt es ihm ein. »Ah ja, okay ... dann treibe ich es eben *nicht mehr* mit Mitarbeitern.«

Okay, also hat er tatsächlich schon mit Angestellten geschlafen.

Plötzlich fühle ich mich unwohl, und mir wird ein wenig übel bei dieser Unterhaltung.

Das ist der Jake, von dem ich in den Zeitungen gelesen habe. Über diesen Jake will ich nichts hören.

»Kannst du mich rauslassen?«, bitte ich ihn.

»Klar. Wo willst du hin?«, fragt er, rutscht aus der Nische und lässt mich auf meinen wackligen Beinen aufstehen.

»Toilette«, antworte ich in beherrschtem Ton.

Ich mache mich auf den Weg zur Damentoilette und versuche, die Blicke der wartenden Groupies und von Jake zu ignorieren.

KAPITEL 11

Wir sind in Barcelona. Das Konzert ist morgen Abend im Estadi Olímpic Lluís Companys.

Meine Familie kommt morgen früh hier an. Ich freue mich unglaublich darauf, sie zu sehen.

Jake war ganz begeistert, als ich erwähnt habe, dass ich ihnen Tickets besorgen will, damit sie das Konzert sehen können. Ich glaube, er freut sich vor allem, meinen Dad wiederzusehen.

Seit fast zwei Wochen bin ich jetzt mit TMS auf Tournee, und die Tage sind nur so verflogen. Ich hatte kaum Zeit zum Nachdenken oder um irgendjemanden zu vermissen. Ich bin so gut wie immer mit Jake zusammen, aber es wird toll sein, morgen meine Familie zu sehen.

Und ich freue mich darauf, in einer Woche wieder bei Will zu sein. Natürlich habe ich schon früher Zeit ohne ihn verbracht, aber ich glaube, durch den bevorstehenden Besuch meiner Eltern habe ich ein bisschen Heimweh gekriegt. Sehnsucht nach ihm.

Ich halte mein Armband hoch, betrachte es und lasse es im Licht baumeln.

Kurz entschlossen nehme ich mein Handy, um ihn anzurufen.

»Hey, Babe«, begrüßt er mich.

»Was machst du gerade?«, frage ich.

»Arbeiten.«

»Um diese Zeit? Es ist ... Viertel vor neun bei euch, Schatz.«

»Ich weiß. Es ist dieser große Abschluss, von dem ich dir erzählt habe. Jetzt ist uns irgendein Scheiß dazwischengekommen, und gleich morgen früh findet ein wichtiges Meeting statt, für das ich jede Menge vorbereiten muss. Gut, dass ich damit beschäftigt bin, das lenkt mich davon ab, darüber nachzudenken, wie sehr ich dich vermisse.«

»Ich dich auch«, murmle ich.

»Wirklich?«

»Natürlich, Doofi. Du bist also bei der Arbeit ...«, sage ich und schlage einen sexy Tonfall an.

»Mhm.«

»Und du trägst deinen Anzug?« Ich liebe es, wenn Will einen seiner Anzüge trägt. Er sieht wirklich heiß darin aus.

»Ja.«

»Bist du allein im Büro?«

»Nein, Mark macht auch Überstunden.«

»Oh«, erwidere ich ein wenig ernüchtert. Ich hätte Lust auf ein bisschen Dirty Talk am Telefon gehabt. Ganz untypisch für mich, aber im Moment bin ich ziemlich heiß.

»Wo bist du?«, fragt er.

»Liege gerade im Bett.«

»Wirklich?«

»Jap. Schade, dass du nicht allein bist, ich wollte ... vielleicht ... äh ... Telefonsex.«

»Ich ruf dich an, sobald ich zu Hause bin.« Er klingt auf einmal kurzatmig.

»Wie lange noch?«

»Zwei Stunden.«

»Ich werde da sein ... und zwar nackt«, ergänze ich, lächle in mich hinein und fühle mich unglaublich selbstbewusst.

»Zwei Stunden«, bestätigt er mit heiserer Stimme.

»Nicht eine Minute länger. Ich liebe dich«, füge ich hinzu.

»Ich dich auch.«

Ich lege auf, fühle mich rastlos und muss nun zwei Stunden totschlagen, bevor ich mit meinem Freund am Telefon Spaß haben kann.

Sex ist es nicht gerade, aber zumindest das, was dem Sex mit ihm bis nächste Woche am nächsten kommt.

Mir fällt auf, dass ich Hunger habe, und ich beschließe, nach Jake zu sehen und ihn zu fragen, ob er sich mir anschließen möchte. Ich hoffe, er hat noch nichts gegessen. Ich hasse es, allein zu essen.

Ich klopfe an die Tür seiner Suite, und ein paar Sekunden später macht Stuart auf.

Er hat sich ganz groß in Schale geworfen. Elegant sieht Stuart immer aus, aber heute Abend ist er regelrecht sexy. Als hätte er sich für ein Date herausgeputzt.

»Na sieh mal an«, bemerke ich anzüglich. »Hat da vielleicht jemand ein Date?«

»Dinner mit einem alten Freund, Chica.« Er zwinkert. »Jake ist im Wohnzimmer.« Und schon ist er an mir vorbei und zur Tür hinaus.

»Hab einen schönen Abend«, wünsche ich ihm lächelnd.

»Oh, das werde ich«, erwidert er rückwärtsgehend und lächelt ebenfalls. Dann dreht er sich um und schreitet durch den Flur davon.

Sieht aus, als würde heute Abend jemand flachgelegt.

Ich seufze.

Ich schließe hinter mir die Tür, betrete die Stille der Suite und höre, wie Jake leicht die Saiten seiner Gitarre anschlägt.

Bei diesem Klang richten sich die Härchen auf meinen Armen auf. Einen Moment bleibe ich stehen und lausche, während Jake beginnt, Chris Isaaks »Wicked Game« zu singen.

Er klingt atemberaubend.

Mit lautlosen Schritten durchquere ich den Flur. Als ich die Ecke erreiche, bleibe ich stehen, lehne mich an und beobachte ihn.

Seine Augen sind geschlossen. Er ist ganz in das Lied versunken. Und er sieht wunderschön aus.

Plötzlich verlangt es meine Hände danach, ihn zu berühren. Ich will mit den Fingern über seine Lippen streichen, über sein Gesicht, hinauf in seine Haare.

In diesem Augenblick sehne ich mich so sehr danach, ihn zu küssen.

Ich sehe das Bild des jungen Jake vor mir, der im Wohnzimmer meiner Eltern sitzt und für mich Gitarre spielt. Ich erinnere mich an das seltsame Gefühl im Bauch, als ich ihm beim Spielen zugehört habe, sogar damals schon. Damals, als ich keine Vorstellung von diesen Gefühlen hatte oder davon, was sie bedeuteten.

Liebe. Es war Liebe zu ihm.

Und genau dieses Gefühl habe ich jetzt wieder im Bauch. Aber diesmal viel intensiver.

Jake öffnet die Augen, und sein Blick begegnet meinem. Flammend bohrt er sich in meine Seele, und ich fühle mich nackt. Als könnte er in diesem Augenblick meine Gedanken lesen.

Er unterbricht seinen Gesang nicht für eine einzige Note.

Den Blick ununterbrochen auf ihn gerichtet, gehe ich zu ihm, und mein Körper erschauert, erbebt innerlich, während Jake für mich singt.

Ich setze mich auf die Kante des Wohnzimmertischs, ihm gegenüber, und bin verzaubert.

Und in diesem Moment will ich ihn.

Ich weiß, es liegt nur daran, dass ich seit einer Weile keinen Sex mehr hatte und das Telefonat mit Will mich ganz scharf gemacht hat.

Und ich weiß, dass genau das Jakes Art ist. Er hat dieses unglaubliche Talent, einen in seinen Bann zu ziehen, sobald er den Mund aufmacht und singt. Seine Stimme ist so wahnsinnig schön. Das alles ist für ihn ganz natürlich.

Darum wird er so verehrt und von der Welt geliebt. Und deshalb wollen die Frauen ihn.

Das Lied ist fantastisch und wirklich anspruchsvoll zu singen, aber Jake tut es mühelos.

In diesem Augenblick wird mir klar, welches Glück mir zuteilwird, dass ich hier bei ihm sitzen und ihm beim Singen zuhören kann. Die meisten Menschen würden ihre Seele verkaufen, um da zu sein, wo ich gerade bin.

Mit der letzten Note lächelt Jake mir zu und lässt den Song ausklingen.

Ich fühle mich, als stünde mein gesamter Körper in Flammen – und mein Hirn ebenso.

»Das war fantastisch«, bringe ich ein wenig atemlos hervor.

Er zuckt leicht die Achseln und stellt die Gitarre ab. Ich hasse es, wenn er seine Gabe so abtut.

»Deine Eltern kommen morgen früh hier an?«, fragt er.

»Ja«, bestätige ich strahlend.

»Wann landet das Flugzeug?«

»Um acht.«

»Willst du, dass ich Dave schicke, um sie abzuholen?«

»Nein.« Ich schüttle den Kopf. »Ich will selbst zum Flughafen.«

»Soll ich dich fahren?«

»Kannst du das?«

»Auto fahren? Überraschenderweise ja«, entgegnet er mit einem kleinen Lachen.

»Halt die Klappe, Blödmann.« Ich kichere. »Du weißt, was ich meine.«

»Ja, und natürlich kann ich.« Er wirft mir einen ernsten Blick zu. »Wenn du reingehst, muss ich allerdings im Auto bleiben.«

»Natürlich.« Ich streiche mit der Fingerspitze über den Tisch. »Und ja, es wäre toll, wenn du mich zum Flughafen fahren würdest. Danke.«

Als ich aufsehe, begegne ich seinem Blick. Lange starren wir einander an. Mir wird der Mund trocken.

Ich versuche mir die Lippen mit der Zunge zu befeuchten und stammle: »Also, äh, ich bin hergekommen, um zu fragen, ob du schon zu Abend gegessen hast und ob du mir Gesellschaft leisten möchtest.«

»Ich hab noch nichts gegessen.«

»Cool. Also, worauf hast du Lust – ausgehen oder hier?«

Wieder fixiert er mich. Tief im Inneren durchläuft mich ein Schauer.

»Hier«, antwortet er schließlich. In meinen Ohren klingt seine Stimme etwas rau. »Wir können Zimmerservice bestellen und fernsehen.«

»Klingt perfekt.« Lächelnd nehme ich die Fernbedienung, als Jake danach greift und sie mir reicht. Er nimmt sich die Karte des Zimmerservice, und ich setze mich zu ihm aufs Sofa.

Es ist sieben Uhr früh, und ich sitze neben Jake im Auto, auf dem Weg zum Flughafen, um meine Eltern abzuholen. Ich kann vor Freude kaum still halten. Es ist fast zwei Monate her, dass ich sie gesehen habe.

»Man könnte meinen, du hättest Hummeln im Hintern«, bemerkt Jake grinsend.

»Entschuldige! Ich freue mich einfach wahnsinnig darauf, sie zu sehen.« Ich lächle breit. »Und mein Dad wird total begeistert sein, dass du mitgekommen bist, um sie mit mir zusammen abzuholen.«

»Wird er nicht.« Er wirft mir einen amüsierten Blick zu.

»Doch. Für ihn warst du immer der Sohn, den er niemals hatte, und ich weiß, dass er sich darauf freut, dich wiederzusehen.«

Jake hält an der Ampel und schaut zu mir rüber. Sein Blick ist ernst und bedeutungsschwer. »Billy hat keinen Sohn gebraucht, Tru. Mit dir hatte er alles, was er brauchte.«

Ich schlucke.

»Aber für mich war er eine Art Ersatzvater«, ergänzt er.

Ohne nachzudenken, strecke ich die Hand aus und streichle ihm liebevoll über die Wange.

Überrascht sieht er mich an und verkrampft sich sofort unter meiner Berührung.

Im nächsten Moment komme ich zu mir, ziehe die Hand zurück und spüre meine Wangen heiß werden. Ich richte den Blick nach vorn. Mein Herz schlägt wild.

Ich kann nicht glauben, dass ich das gerade getan habe.

Einen Moment lang schweigen wir. Und ich sitze hier und winde mich in meinem Sitz beim Gedanken an die vertrauliche Geste, die mir gerade einfach so passiert ist.

»Tru …«, setzt er mit leiser Stimme an.

Hinter uns ertönt eine Hupe. Ich zucke zusammen, und als ich aufblicke, sehe ich, dass die Ampel grün ist. Jake schaltet auf Drive und beendet seinen Satz nicht.

Er parkt den Wagen in einer Wartebucht vor dem Flughafen, und ich steige aus, um meine Eltern in Empfang zu nehmen.

Als ich den Flughafen betrete, schaue ich auf die Anzeigetafel. Ich sehe, dass der Flieger bereits gelandet ist, und gehe direkt zum Gate.

Ich muss nur fünf Minuten warten, bis ich die vertrauten Gesichter meiner Eltern entdecke.

»Daddy!«, rufe ich, renne zu ihm und werfe mich ihm in die Arme.

»Hey, Kleines.« Er drückt mich fest.

Plötzlich habe ich einen Kloß im Hals und Tränen in den Augen.

»Mama.« Lächelnd umarme ich sie.

»Mein hübsches Mädchen.« Sie legt mir die Hände an die Wangen und küsst sie. »Du siehst gut aus. Glücklich.«

»Ich bin glücklich, weil ihr hier seid.« Ich hake mich bei ihr ein und lege meinen Kopf an ihre Schulter, und gemeinsam folgen wir Dad, der den Koffer zieht.

»Das Auto ist gleich hier drüben, Dad.« Ich deute nach rechts, auf Jakes gemieteten Mercedes.

Dad dreht sich um und hebt die Augenbrauen. »Du fährst einen Mercedes?«

»Ich doch nicht, du Witzbold.« Ich lache. »Jemand hat mich hergebracht.«

Erst wollte ich ihnen sagen, dass Jake im Auto sitzt, aber ich glaube, es wird eine tolle Überraschung für Dad, wenn er ihn sieht.

Wir nähern uns dem Auto, und ich öffne den Kofferraum. Dad hebt den Koffer hinein.

Als er hinten einsteigen will, halte ich ihn zurück: »Setz dich nach vorn. Ich gehe mit Mum nach hinten.«

Er wirft mir einen komischen Blick zu, öffnet die Vordertür und steigt ein, und ich rutsche mit meiner Mutter auf die Rückbank.

»Hey, Billy«, empfängt ihn Jake.

»Jake, mein Junge!«, ruft Dad und zieht ihn in eine kräftige Umarmung.

Jake wirkt etwas verdutzt, aber eigentlich sollte er nicht überrascht sein, denn Dad hat schon immer zu herzlichen Begrüßungen geneigt.

Jake blickt zu uns nach hinten. »Hi, Eva«, sagt er zu Mum. Er klingt nervös.

»Hi, Jake.« Sie nickt ihm mit einem leichten Lächeln zu.

Ich spüre, dass er bei meiner Mum vorsichtig ist.

Sie ist nüchtern, jemand, der sagt, was er denkt, und ich weiß, dass er sich Sorgen darüber macht, was sie von seinen Eskapaden der letzten Jahre hält.

Komisch – er ist ein reicher, berühmter Mann, aber meine Mum gibt ihm wieder das Gefühl, ein unartiger Teenager zu sein.

Während der Fahrt unterhält Dad sich vorne mit Jake, natürlich über das Konzert heute Abend, und ich rede mit

Mum über alles, was ich so gemacht habe, seit ich mit auf Tour bin.

Als wir am Hotel ankommen, fährt Jake gleich wieder los, da er ins Stadion muss, um sich für das Konzert heute Abend vorzubereiten. Also bringe ich meine Eltern allein in ihr Zimmer.

Sie sind in Stuarts Suite einquartiert, der für die beiden Tage, die sie hierbleiben, in die von Jake gezogen ist.

Das Hotel hatte keine freien Suiten mehr, aber Jake wollte meine Eltern nicht in irgendeinem x-beliebigen Zimmer schlafen lassen, was lieb von ihm ist. Natürlich habe ich angeboten, ihnen meine Suite zu überlassen, aber das wollte er auch nicht. Also hat Stuart gesagt, er zieht zu Jake, da es bei ihm ohnehin zwei Schlafzimmer gibt, und lässt meine Eltern in seiner schlafen. Damit war Jake einverstanden.

Nachdem die beiden ausgepackt haben, gehen wir nach unten, um gemeinsam im Hotel zu frühstücken. Während wir beim Essen sind, ruft Jake mich auf dem Handy an und fragt, ob Dad gern ins Stadion kommen würde, um bei den Proben zuzusehen.

Dads Strahlen, als ich es ihm ausrichte, reicht von einem Ohr zum anderen.

Schnell blickt er zu meiner Mum, und als sie zustimmend nickt, willigt Dad freudig ein. Bei den Jungs wird er absolut in seinem Element sein.

Jake erklärt, dass er Dave losschickt, um Dad in einer halben Stunde abzuholen, also beenden wir unser Frühstück. Wie erwartet taucht Dave pünktlich auf.

Dad küsst sowohl mich als auch Mum und fährt los in Richtung Stadion.

»Also, was willst du heute machen, Mum?«, frage ich. »An den Strand gehen oder shoppen?«

Sie lächelt. »Shoppen.«

Wir holen unsere Taschen und machen uns auf den Weg in die Innenstadt von Barcelona, um dort den Tag zu verbringen.

Ich liebe es, mit Mum zu shoppen. Was Kleidung betrifft, hat sie einen wirklich ausgefallenen Geschmack – daher habe ich auch meinen Sinn für Mode.

Wir stoßen auf eine kleine Boutique, die fantastische Klamotten und Schuhe führt. Und sofort entdecke ich ein Paar schwarze Sandalen mit hohem Blockabsatz und weißen und orangefarbenen Riemen über den Zehen.

Ich kaufe sie zusammen mit einem taillierten Ballkleid in Schwarz-Orange mit asymmetrischen Trägern, das sich zum Cocktaildress umfunktionieren lässt.

Ich beschließe, die Sachen heute nicht zu tragen, denn es ist gerade wirklich heiß in Barcelona, und im Stadion wird es noch heißer sein. Daher nehme ich noch einen hübschen kurzen Overall in Schwarz-Weiß mit Federmuster und Spaghettiträgern mit. Er hat einen umwerfenden Gürtel aus pinkfarbenem Stoff, der perfekt zu den pinken High Heels passen wird, die ich im Hotel habe.

Mum kauft auch ein paar Sachen und besteht darauf, meine mitzubezahlen. Natürlich protestiere ich, aber nicht allzu lang, da ich meine gute alte Visa gerade ziemlich zum Glühen bringe.

Wir verbringen fast den ganzen Tag mit Shoppen und kehren mit Einkaufstaschen beladen zurück. Nachdem ich meine Mum zu ihrer Suite begleitet habe, gehe ich in meine, um Will anzurufen, da ich den ganzen Tag über noch nicht mit ihm gesprochen habe.

Gerade beende ich das Gespräch mit ihm, als es an meiner Tür klopft.

Ich öffne, und vor mir steht ein glücklich aussehender Jake.

»Hallo, meine Schöne«, begrüßt er mich und küsst mich auf die Wange. Er betritt das Zimmer.

»Selber hallo«, erwidere ich, schließe die Tür und muss mich erst von seinem Kuss erholen. »Hast du einen schönen Tag gehabt?«

Er nickt und lässt sich lächelnd auf der Sofalehne nieder. »Und wie. Dein Dad hatte ein paar Ideen für das Konzert heute Abend, ein paar Riffs … Die funktionieren perfekt, Tru. Ich hatte vergessen, wie verdammt genial dieser Mann ist, wenn er eine Gitarre in den Händen hält.«

»Eigentlich ist er immer genial«, erwidere ich, lächle über seine Begeisterung und lasse mich ihm gegenüber in den Sessel sinken. Ich ziehe die Füße unter mich.

»Und wie war dein Tag?«, fragt er und deutet auf die zahlreichen Einkaufstüten.

»Mum hat mich zum Shoppen mitgenommen«, verrate ich verschmitzt.

Er weist mit dem Kinn in Richtung meiner Tüten. »Ist da sexy Unterwäsche drin?«

Ich schüttle den Kopf und verdrehe die Augen. »Im einen Moment großer Bruder, im nächsten Perversling«, sage ich lachend.

Er lacht ebenfalls und steht auf. »Okay, eigentlich bin ich nur vorbeigekommen, um dir zu sagen, dass wir gleich deine Eltern zu einem frühen Abendessen treffen. Du hast also noch eine halbe Stunde, um dich fertig zu machen.«

»Wirklich?«, sage ich, stehe auf und folge ihm zur Tür. »Und wessen Idee war das?«

»Meine natürlich.« Er gibt mir wieder einen raschen Kuss auf die Wange und ist verschwunden.

Ich dusche kurz, ohne mir die Haare zu waschen. Wegen der Hitze beschließe ich, sie hochzustecken, also drehe ich sie in einen lockeren Dutt und lasse seitlich um mein Gesicht ein paar Strähnen hängen. Ich ziehe meinen neuen kurzen Overall an und kombiniere ihn mit den High Heels und einem Hauch Chanel, bevor ich mich auf den Weg zur Suite meiner Eltern mache.

Als ich ankomme, ist Jake schon da, also brechen wir alle gemeinsam zum Abendessen auf. Dave fährt uns.

Jake hat einen Tisch in einem schicken Restaurant namens Arola reserviert, das sich im zweiten Stock des gleichermaßen schicken Hotel Arts befindet.

Der Kellner führt uns an einen Tisch draußen auf der Terrasse. Das Restaurant ist schön, alles wirkt sehr modern und teuer. Über jeden Tisch sind Sonnensegel gespannt, die die Gäste vor der untergehenden spanischen Sonne schützen.

Das Abendessen ist fantastisch. Dad ist in Topform, plaudert über die Proben heute und darüber, welch ein großartiger Musiker Jake ist. Natürlich ist Jake verlegen und tut die Komplimente ab.

Aber Dad will nichts davon hören. Wenn er über Musik redet, ist er total in seinem Element. Ich liebe es, ihn so zu erleben.

Nach dem Essen streiten Jake und Dad sich darüber, wer die Rechnung zahlt. Jake gewinnt natürlich, da er darauf besteht, dass sie als seine Gäste hier sind. Im Anschluss fährt Dave uns direkt ins Stadion zum Konzert.

Hinter der Bühne verabschieden wir uns von Jake und machen uns auf den Weg zu unseren Plätzen ganz vorne.

Das Konzert ist, wie erwartet, großartig, und ich habe einen Riesenspaß mit meinen Eltern. Es ist so toll, mit ihnen hier zu sein und Jake zu sehen. Dabei erfasst mich ein Gefühl der Nostalgie.

Als das Konzert vorüber ist, gehen wir zu dritt hinter die Bühne, um uns wieder mit Jake zu treffen. Heute Abend gibt es keine große After-Show-Party, die Jungs haben nur den gesamten VIP-Bereich im Elephant, Barcelonas exklusivstem Club, reserviert. Nur die Band, ein paar Roadies sowie meine Eltern und ich sind dabei. Stuart fehlt heute Abend. Er hat gesagt, er hätte nach dem Konzert noch Arbeit zu erledigen, also ist er direkt ins Hotel zurückgefahren.

Seit unserer Ankunft ist Jake kaum von meiner Seite gewichen. Ich weiß, dass es komisch klingt, aber heute Abend fühlt es sich fast so an, als seien wir ein Paar, so aufmerksam, wie er mir gegenüber ist – obwohl wir definitiv nicht zusammen sind und es auch nie sein werden. Ich weiß, dass Jake nicht so für mich empfindet. Unter anderem hat mir das seine Reaktion, als ich sein Gesicht berührt habe, bewiesen. Und außerdem bin ich natürlich mit Will zusammen.

Jake erhebt sich vom Tisch, um zur Toilette zu gehen, und lässt meine Mum und mich allein zurück. Dad ist drüben an der Bar und unterhält sich mit Smith und Denny.

»Dieser Junge hat Gefühle für dich«, sagt Mum und nickt in Jakes Richtung.

»*No, él no tiene. No seas tonto, mamá*«, entgegne ich auf Spanisch. *Nein, hat er nicht. Sei nicht albern, Mama.*

Ich bin ins Spanische gewechselt, weil ich nicht will, dass jemand diese Unterhaltung mithört.

Ebenfalls auf Spanisch erwidert sie: »Doch. Ich habe ihn genau wie dich den ganzen Abend lang beobachtet. Er hat dich kaum aus den Augen gelassen. Er hat ganz klar Gefühle für dich, aber die hatte er auch schon, als er noch jünger war.«

»Nein, hatte er nicht«, weise ich ihre Behauptung beharrlich von mir. »Und er hat auch jetzt keine.«

Ich verschweige die Tatsache, dass Jake mir in London eine Abfuhr erteilt hat, als ich ihn das eine Mal auf einen Kaffee in meine Wohnung eingeladen habe.

»Wie du meinst, Liebes. Aber ich weiß, was ich sehe, und ich sehe, dass dieser Junge dich will. Zu Männern wie Jake kann man nur schwer Nein sagen. Deinen Vater habe ich geheiratet, denk dran.« Sie zwinkert mir lächelnd zu. »Du liebst Will doch, nicht wahr?«

»Sehr.«

»Dann versprich mir, dass du vorsichtig bist. Du hast ein sanftes Herz, mein Liebling, und ich will nicht, dass du verletzt wirst.«

»Okay, Mama, versprochen.« Ich greife seufzend nach meinem Glas und nehme einen Schluck.

Ein paar Minuten später kehrt Jake an unseren Tisch zurück, aber nach dem, was Mum gerade gesagt hat, fühle ich mich in seiner Gegenwart nervös.

Ich glaube nicht, dass sie richtigliegt, wenn sie behauptet, Jake würde mich wollen, aber sie hat es geschafft, mich an meine wachsenden Gefühle für ihn zu erinnern. Oder, wie ich eher sagen sollte: an meine wieder entflammten Gefühle.

Wir bleiben nicht allzu lange im Club und gehen um Mitternacht, da meine Eltern nach der Flugreise und dem langen Tag müde sind.

Dave bringt uns zurück ins Hotel, und Jake beschließt, mitzukommen, während der Rest im Club bleibt.

An ihrer Zimmertür gebe ich Mum und Dad einen Gutenachtkuss, und wir verabreden uns für neun zum Frühstück.

Jake begleitet mich zu meiner Suite.

»Willst du noch mit reinkommen und was trinken?«, frage ich ihn und hole meine Schlüsselkarte aus der Tasche.

»Klar«, erwidert er. »Wobei, komm doch mit zu mir. Da können wir draußen auf der Terrasse sitzen. Stuart ist bestimmt schon im Bett.« Jakes Suite ist die einzige mit Dachterrasse.

Ich stimme zu und folge ihm.

Vor der Tür bleibt er stehen. Er wendet sich mir zu und streicht mir eine Haarsträhne hinters Ohr.

»Ich hatte heute einen tollen Tag, aber einen noch schöneren Abend mit dir. Diese ganze Tournee bisher war großartig ... Dich hier zu haben, Tru. Das ist ... genau wie in alten Zeiten.«

Mein Herz schlägt heftig, und unter seinem unnachgiebigen Blick wird mein Gesicht heiß.

Ich zwinge mich zu einem linkischen Lächeln und erwidere: »Das war sie. Ich genieße sie wirklich.«

Einen Moment lang starrt er mich noch an. Und einen hirnverbrannten Augenblick lang frage ich mich tatsächlich, ob er mich küssen wird.

»Lass uns was trinken.« Er unterbricht den Blickkontakt, steckt seine Schlüsselkarte in den Schlitz und öffnet die Tür.

Drinnen sind noch alle Lichter an, und wir treffen Stuart beim Fernsehen im Wohnzimmer.

»Du bist noch wach«, stellt Jake fest. Sein Tonfall ist überraschend frostig.

Stuarts Blick geht von Jake zu mir, und ich kann deutlich erkennen, was er glaubt, weshalb ich hier bin.

»Ich hab erst später mit dir gerechnet.« Stuart schaltet den Fernseher ab und steht auf. »Ich wollte sowieso gerade ins Bett gehen.«

»Ich bin bloß auf einen Drink mitgekommen«, melde ich mich zu Wort. O Gott, das klingt sogar noch schlimmer, jetzt, wo ich es ausgesprochen habe. Als wollte ich etwas verbergen, was sowieso nicht passieren wird. »Bleib doch, und trink was mit uns.«

Stuart blickt zu Jake, dann wieder zu mir. »Nein, danke. Ich hau mich lieber hin.« Er macht ein paar Schritte zurück.

»Komm schon …«, lasse ich nicht locker.

Er sieht noch einmal Jake an, dann gibt er sich geschlagen: »Okay. Aber nur ein Glas.«

Ich ignoriere Jakes vernehmliches Seufzen neben mir.

Was ist denn auf einmal sein Problem? Er versteht sich wirklich gut mit Stuart, warum will er ihn also nicht auf einen Schluck dabeihaben?

Weil Mum recht hatte, behauptet eine leise Stimme in meinem Kopf.

Nein, das hatte sie natürlich nicht. Ich verdränge den Gedanken.

Jake benimmt sich einfach bloß wie ein arroganter Mistkerl, warum auch immer.

Stuart greift eine Handvoll kleiner Spirituosenfläschchen aus der Minibar. Ich liebe diese winzigen Flaschen. Ich helfe mit und hole ein paar Dosen alkoholfreie Getränke zum Mixen und drei Gläser.

Jake steht bereits auf der Terrasse und raucht, als wir nach draußen kommen.

Vorsichtig stellen Stuart und ich unsere kleine Sammlung auf dem Tisch ab.

Ich entscheide mich für Wodka mit Soda. Stuart trinkt das Gleiche, und Jake schenke ich einen ordentlichen Whisky ein.

Jake setzt sich links neben mich. Unter dem Tisch stößt sein Knie an meines, aber er sagt nichts.

Um ehrlich zu sein, wirkt er etwas verärgert, und ich verstehe nicht, was ihn dazu veranlasst hat, sich vom liebenswürdigen Jake draußen vor der Tür in den plötzlich mürrischen Jake zu verwandeln.

Er greift nach seinem Whisky, nimmt einen Schluck, stellt ihn wieder ab und trommelt mit den Fingern auf den Metalltisch.

Die Atmosphäre ist etwas unangenehm.

Verzweifelt zermartere ich mir das Hirn und versuche, etwas zu finden, worüber wir reden können, jedoch erfolglos, daher seufze ich beinah vor Erleichterung, als Stuart mich fragt: »Woher stammt denn deine wunderhübsche Mutter ursprünglich, Tru?«

»Aus Puerto Rico«, antworte ich.

»Dann sprichst du also Spanisch?«, will er wissen.

Ich nicke. »Ja.«

»Dann kennst du bestimmt auch spanische Schimpfwörter.« Ein spitzbübisches Grinsen breitet sich auf Stuarts hübschem Gesicht aus.

»O ja.« Ich lächle.

»Uuh, bring mir welche bei.« Er beugt sich erwartungsvoll zu mir.

»Wie alt bist du?«, zischt Jake.

»Alt genug, um dich zu verprügeln, du elender Mistkerl.« Stuart zwinkert mir zu. »Na los, Tru, sag ›Arschloch‹ auf Spanisch.«

»*Gilipollas*«, gehorche ich lächelnd.

»*Gilipollas*«, versucht Stuart nachzusprechen.

Jake kippt sein Getränk hinunter und schenkt sich nach.

»Okay, wie sagt man ›ficken‹?«

Jake rutscht auf seinem Stuhl umher, greift nach den Zigaretten und zündet sich eine an.

»*Joder.*« Ich nehme einen Schluck, um meinen trockenen Mund anzufeuchten.

»*Joder*«, ahmt Stuart mich nach. Für einen Anfänger kann er die Aussprache ziemlich gut.

»Und wie würdest du sagen: ›Fick dich, Arschloch‹?«

»*Vete a la mierda, gilipollas.*«

Jake nimmt einen tiefen Zug von seiner Zigarette, und der Rauch hüllt mich ein.

Ich muss leicht husten.

»Scheiße, das ist schwer!«, beschwert sich Stuart lachend. »Sag's noch mal.«

»*Vete … a la … mierda … gilipollas*«, wiederhole ich langsamer.

Abrupt drückt Jake seine halb gerauchte Zigarette im Aschenbecher aus und springt auf. »Ich geh ins Bett. Bis morgen.« Ohne ein weiteres Wort stiefelt er davon, hinein in die Suite.

Verwirrt blicke ich zu Stuart. Er hebt die Augenbrauen und zuckt mit den Achseln.

Ich bleibe noch zehn Minuten mit ihm sitzen, trinke aus und bringe ihm bei, auf Spanisch zu fluchen, dann entschuldige ich mich damit, dass ich müde bin, und mache mich auf den Weg zu meiner eigenen Suite.

Ich bin überhaupt nicht müde, nur verwirrt wegen Jakes schlechter Laune, und werde das Gefühl nicht los, dass aus irgendeinem Grund ich es bin, auf die er böse ist.

KAPITEL 12

Ich sitze gemeinsam mit einem kleinen Publikum in einem Fernsehstudio in Kopenhagen.

TMS spielt eine Unplugged-Show für einen MTV-Spartensender, die in ein paar Tagen weltweit ausgestrahlt wird.

Jeder hier im Publikum hat bei einem Preisausschreiben gewonnen, das der Sender vor ein paar Wochen veranstaltet hat. Daher ist es etwas ganz Besonderes, ein Ticket ergattert zu haben, um die Band bei diesem Auftritt zu sehen.

Ich darf hier sein, weil ich die Band kenne. Weil ich Jake kenne. Außerdem bin ich hier, um zu arbeiten. Aber davon abgesehen weiß ich sehr zu schätzen, was für ein Glück ich habe.

Insgesamt dauert das Set eine Stunde, und die Jungs spielen seit dreißig Minuten, größtenteils akustisch. Heute Abend ist Denny nicht am Schlagzeug, sondern am Keyboard. Bis jetzt wusste ich nicht einmal, dass er das kann.

Jake sitzt auf einem Hocker, vor ihm ein Mikrofon, und spielt Akustikgitarre, Tom die Rhythmusgitarre. Smith ist bei diesem Auftritt nicht dabei.

Gerade beendet Jake »Microscopic«, einen weiteren Song vom »Creed«-Album. Das Publikum klatscht.

Jake hält kurz inne und schlägt mit den Fingern leicht die Saiten an. Er atmet ins Mikrofon.

»Okay, jetzt komme ich auf einen Song aus unserem allerersten Album zurück. Eine gute Freundin von mir hat mir erzählt, dass es von allen, die ich je geschrieben habe, ihr Lieblingssong ist, deshalb widme ich ihn heute Abend ihr.« Er sieht mich direkt an. »Trudy Bennett, das hier ist für dich.«

Ich schlucke.

Für mich? Er singt ein Lied für mich.

Scheiße.

Plötzlich fühle ich mich ein wenig atemlos. Er fängt an, »Through It All« zu singen, diesen betörend schönen Text, den er geschrieben hat, und schlägt die Gitarre an. Pure Emotionen schnüren mir die Brust ein.

Ich spüre, wie eine berauschende Mischung von Empfindungen mich durchströmt.

Es ist so still, dass man eine Stecknadel fallen hören könnte, und ich stehe völlig unter seinem Bann.

Da bin ich nicht die Einzige. Jeder im Raum hat die Augen auf Jake gerichtet, und in diesem Moment erkenne ich wahrhaftig die Macht, die er über Menschen hat.

Über mich.

Ich bin total fasziniert von ihm.

Und total scharf auf ihn.

Und total erledigt.

Ich habe das Notizbuch in der Hand, bereit zum Schreiben, aber ich kann mich nicht bewegen. Ich kann gar nichts tun, außer zu atmen.

Selbst als er den Song beendet, bin ich noch immer wie gelähmt.

Während der nächsten halben Stunde der Show kann ich nichts tun, als Jake anzusehen.

Ich beobachte, wie er jede einzelne Frau in diesem Raum dazu bringt, sich zu fühlen, als würde er allein für sie singen. Dass heute Nacht sie es ist, die er mit nach Hause nimmt. Sie ist diejenige, mit der er heute Nacht sein Bett teilen wird.

Und im Moment wünsche ich mir mehr als alles andere, diejenige zu sein, die er auswählt.

Nach dem Auftritt bleiben wir im Backstage-Bereich und trinken noch etwas mit den Studiomitarbeitern. Die Gespräche drehen sich ums Geschäftliche, hauptsächlich darum, wann die Aufzeichnung der Show ausgestrahlt wird und wie sie es fanden. Insgesamt sind sämtliche Beteiligten wirklich zufrieden, aber wenn ich ehrlich bin, höre ich kaum zu.

Jake ist heute Abend hypnotisierend, mehr noch als sonst. Und ich habe meine liebe Mühe damit, ihn nicht ständig anzustarren. Seit diesem Auftritt hat sich etwas verändert. Da ist eine fast körperlich spürbare Spannung, die aus mir fließt und zu ihm drängt wie eine Rakete mit Wärmesensor.

So offensichtlich und greifbar, dass ich sicher bin, die Leute können es sehen. Ich habe die leise Befürchtung, dass er es auf jeden Fall kann.

Keine Ahnung, vielleicht war diese Spannung schon immer da, aber jetzt ist sie aus irgendeinem Grund stärker geworden. Daher bleibe ich ihm gegenüber auf Distanz, halte mich, solange ich kann, auf sicherem Boden, bis diese Sache, was auch immer es ist, verschwindet oder zumindest abebbt.

Denn in diesem Moment will ich Jake.

Ich muss einfach weiterhin mein Will-Mantra wiederholen.

Ich liebe Will. Ich liebe Will. Ich liebe Will.

Jake ist noch immer vom Auftritt berauscht, so wie auch die anderen Jungs. Mag sein, dass ihre Begeisterung von der kleineren, intimeren Show und der Liveaufzeichnung fürs Fernsehen herrührt, jedenfalls sind sie glücklich und beschwingt, und jeder spürt es, ich eingeschlossen.

Aber mir ist aufgefallen, dass Jake etwas aufgekratzter wirkt als der Rest, und er ist noch nicht bereit, ins Hotel zurückzukehren.

Mit meinen heiß laufenden Jake-Hormonen bin ich ebenfalls aufgedreht, aber hauptsächlich wegen dieses Ständchens, das Jake mir gesungen hat. Ich frage mich, ob das der Auslöser war. Oh, und vielleicht auch die zwei Gläser Wein, die ich getrunken habe – das alles trägt zu einer äußerst spitzen Tru bei.

Die spitze Tru, die Jake an die Wäsche will.

Alles in allem: nicht toll.

Na ja, ich kann mir durchaus vorstellen, dass es toll wäre, aber dazu wird es nicht kommen.

So sieht Jake mich nicht. Ich weiß, er vögelt jede Frau, die er für sexy genug hält – aber in seinen Augen bin ich bloß Trudy Bennett, neben der er vor langer Zeit mal gewohnt hat. Seine aufs Neue vertraute, beste Freundin.

Beste Freunde, das ist es, was Jake und ich sind.

Ich weiß, dass wir unser unschuldiges Flirt-Geplänkel miteinander treiben, aber das ist auch alles, was es ist: unschuldig.

Und natürlich bin ich mit Will zusammen.

Will, meinem Freund. Den ich sehr liebe.

Und obwohl mich meine Füße umbringen – nicht vergessen: teure, hübsche Schuhe einlaufen, bevor man damit ausgeht –, höre ich mich zustimmen, mit den Jungs zusammen in einen Club weiterzuziehen.

Mit Jake.

Tief im Inneren weiß ich, dass ich einfach noch nicht bereit bin, von ihm getrennt zu sein. Gefährlich, aber leider wahr.

Jetzt sind wir also im Auto, auf dem Weg zu einem exklusiven Club hier in Kopenhagen.

Ben sitzt im Wagen hinter uns und fährt Denny und Smith. Und Dave fährt Tom, Jake und mich.

Tom ist auf dem Beifahrersitz, und ich bin hinten bei Jake. Ich bin mir seiner Nähe nur allzu sehr bewusst. Wie auch jeder seiner Bewegungen. Und obwohl dieser Wagen eine geräumige Rückbank hat, sitzt Jake dicht neben mir.

Dicht genug, dass ich trotz der laufenden Klimaanlage des Wagens seine Körperwärme spüre. Ich weiß, dass es ihm nicht bewusst ist und er es nicht absichtlich tut, aber er trägt nicht gerade dazu bei, dass ich mich weniger zu ihm hingezogen fühle.

Wenn ich es nicht besser wüsste, würde ich glauben, er macht das absichtlich.

Dave hält vor dem Club. Das Gebäude wirkt chic und teuer, und draußen steht eine Schlange.

Auf Daves Geheiß warten wir im Wagen, und ich beobachte, wie er zu den drei bulligen Türstehern geht und mit dem spricht, der aussieht, als hätte er das Sagen. Diese Typen sind groß, aber nicht größer als Dave, und anscheinend strahlt er ihnen gegenüber eine ziemliche Autorität aus, während er mit ihnen spricht.

Der Chef der Türsteher blickt über Daves Schulter in Richtung unseres Wagens und nickt.

Dave reicht einem der Männer die Autoschlüssel und begleitet ihn zum Wagen. Zuerst öffnet er Jakes Tür, dann Toms, und der Türsteher steigt auf der Fahrerseite ein.

Jake steigt aus, wartet auf mich, nimmt meine Hand und hilft mir hinaus. Auch als ich ausgestiegen bin, lässt er mich nicht los, obwohl ich nicht länger seine Hilfe brauche, und mein Körper entflammt unter seiner Berührung.

Dröhnende Musik dringt aus dem Club, und das Gerede der Leute in der Schlange wird um ein Vielfaches lauter, als die TMS-Jungs eintreffen.

In diesem Augenblick bin ich stolz, mit ihnen hier zu sein.

Denny und Smith schließen sich uns an, während Ben den Wagen parkt, und wir laufen zusammen zum Eingang des Clubs. Dave bleibt dicht bei Jake, der mich nah an seiner Seite hält, und die Türsteher halten uns den Weg zum Eingang frei.

Drinnen stellt sich ein Mann als der Geschäftsführer des Clubs vor und führt uns direkt in den VIP-Bereich.

Ich weiß, dass Jake die VIP-Bereiche in Clubs hasst. Er bucht sie nie für die After-Show-Partys. Als ich ihn gefragt habe, warum, hat er geantwortet: »Was bringt es denn, eine Party zu geben und dann bloß draußen zu sitzen und dabei zuzusehen, wie alle anderen den ganzen verdammten Spaß haben?«

Seine Worte, nicht meine.

Er weiß aber auch, dass es ihm nicht immer möglich ist, im Club sozusagen die Billigvariante zu wählen – das heißt, falls er nicht auf jede Menge Gefummel und einen ganzen Abend Autogramme-Schreiben und Für-Fotos-Posieren aus ist. Obwohl, wie ich Jake kenne, würde ihm das Gefummel wohl nicht allzu viel ausmachen.

Aber ich vermute, dass es Daves und Bens Arbeit sehr erleichtert, wenn Jake und die Jungs sich oben im VIP-Bereich aufhalten.

Ich persönlich habe in letzter Zeit herausgefunden, dass ich auch kein großer Fan von VIP-Bereichen bin. Bis auf die am Flughafen vielleicht – in die habe ich mich verliebt.

VIP-Bereiche in Clubs finde ich allerdings etwas protzig, und damit meine ich die Leute darin. Allerdings nicht Jake und die Jungs. In der Hinsicht sind wir alle aus demselben Holz geschnitzt.

Ganz besonders Jake und ich.

Der Spaß findet unten im Hauptteil des Clubs statt, nicht in diesem langweiligen Bereich, aber ich kann nicht einfach abhauen, runtergehen und mich unters Volk mischen. Das wäre unhöflich.

Also bleibe ich hier im VIP-Bereich und versuche, nicht allzu viel mit Jake zu reden.

Gerade sitze ich in einer Nische und unterhalte mich mit Denny.

Ich mag Denny, und umso mehr, je mehr Zeit ich mit ihm verbringe. Wenn man das Glück hätte, sich einen Bruder aussuchen zu können, dann würde die Wahl sofort auf ihn fallen.

Er ist witzig, schlagfertig und gelassen. Es macht Spaß, mit ihm zu reden. Mir ist unbegreiflich, warum er Single ist. Vielleicht hat er sich bewusst dafür entschieden, weil es das ist, was er momentan im Leben will. Es ist bekannt, dass er lange Zeit in einer festen Beziehung gelebt hat, doch die ist in die Brüche gegangen, kurz nachdem Jonny starb.

Seit einer Stunde sitze ich also bei Denny und trinke Bier aus der Flasche, während er mich mit Geschichten über die gemeinsame Zeit mit den Jungs am College unterhält, bevor sie dort weggegangen sind, um sich auf die Band zu konzentrieren. Und darüber, wie sie ihre ersten Auftritte hatten, was sie alles angestellt haben und solche Sachen.

Die Anekdoten sind relativ harmlos – vermutlich mir zuliebe. Und noch eines ist mir aufgefallen: Mit Geschichten über Jake hält er sich zurück. Ich kann mir vorstellen, dass es eine Menge Sachen über Jake am College zu erzählen gibt, und noch mehr über ihn auf Tournee mit der Band, daher frage ich mich, warum Denny sie verschweigt.

Über Tom und seine Frauengeschichten haben wir auch herzlich gelacht. Der Mann ist nicht aufzuhalten. Ein paar dieser Mädchen haben einfach keine Chance. Andererseits glaube ich auch nicht, dass sie ihm widerstehen wollen – ich denke, sie sind mehr als willig, Toms Mädchen für eine Nacht zu sein.

Und es scheint, als hätte er auch für diese Nacht seine Wahl getroffen. Wie es aussieht, hat er sich auf eine hübsche Blondine festgelegt.

Hin und wieder habe ich einen kurzen Blick in Jakes Richtung geworfen, nur um zu sehen, was er treibt. Gerade lehnt er an der Bar, die Ellbogen auf den Tresen gestützt, trinkt Bier und unterhält sich mit Smith.

Er strahlt Unnahbarkeit aus. Und er zeigt absolut kein Interesse an den Frauen, die versuchen, ihn mit ihren Blicken zu verschlingen.

Um ehrlich zu sein, jetzt, wo ich darüber nachdenke ... Seit ich auf dieser Tournee bin, ist Jake nicht ansatzweise dem Schürzenjäger-Image gerecht geworden, für das er so berühmt ist. Im Moment redet er mit Smith, dem einzigen verheirateten Mann hier. Er ist nicht bei Tom, der immer nach einer Frau oder einer Muschi Ausschau hält, wie er es ausdrückt.

Ich frage mich, ob es daran liegt, dass ich hier bin. Was nicht heißen soll, dass ich eitel genug bin, zu glauben, er würde mich wollen. Ich meine bloß, ich frage mich, ob er meinetwegen versucht, anständig zu bleiben.

Das hoffe ich nicht. Es wäre furchtbar, wenn er sich meinetwegen unwohl fühlt und nicht er selbst sein kann. Aber gleichzeitig bin ich froh, dass ich ihm nicht dabei zusehen muss, wie er Frauen aufreißt.

Vielleicht sollte ich mit ihm darüber reden. Hmm … Allerdings bin ich mir nicht sicher, wie ich das Thema anschneiden würde. Ich denke, das hebe ich mir für später auf.

Jake schaut rüber und begegnet meinem Blick. Ich lächle ihm zu und konzentriere mich wieder auf das, was Denny erzählt.

Im nächsten Moment steht Jake neben mir. »Tru, komm, und tanz mit mir.«

Ich hebe meine Bierflasche, blicke zu ihm auf und schüttle den Kopf. »Nein, ich hab keine Lust, und meine Füße bringen mich um.«

Diese gottverdammten Schuhe. Ich hätte sie wirklich erst einlaufen sollen.

»Aber ich will tanzen«, sagt er. In seinem Tonfall schwingt echte Beharrlichkeit mit. Es überrascht mich.

»Dann geh tanzen«, erwidere ich und werfe ihm einen genervten Blick zu. »Ich unterhalte mich gerade mit Denny.«

»Aber ich will nicht alleine tanzen.« Er schmollt, und ich weiß, dass er jetzt eine andere Taktik probiert. Gerade erinnert er mich an den jungen Jake.

Ich stoße ein Lachen aus. »Jake, es gibt genug willige Opfer, mit denen du tanzen kannst.« Ich deute auf all die Frauen, von denen einige nicht einmal so tun, als würden sie ihn nicht anstarren.

»Aber ich will nicht mit denen tanzen, sondern mit dir.« Er presst stur die Lippen zusammen.

Mich beschleicht der Eindruck, er macht das eher, weil er aus irgendeinem Grund nicht will, dass ich länger mit Denny rede, und nicht, weil er wirklich mit mir tanzen will.

»Tanz einfach mit ihm, und bring es hinter dich, Tru.« Denny schmunzelt. »Er wird nicht aufgeben, bis er seinen Willen bekommt.«

Denny wirft Jake einen amüsierten Blick zu und nimmt einen Schluck von seinem Bier, und ich habe das Gefühl, dass ich gerade etwas nicht mitbekomme, was sich zwischen den beiden abspielt.

»Na schön«, murre ich laut und stelle mein Bier auf den Tisch. »Aber wenn ich nachher nicht laufen kann, weil diese High Heels meine Füße geschreddert haben, dann trägst du mich ins Hotel zurück.«

»Abgemacht.« Er lächelt gewinnend. Es ärgert mich ein bisschen. Eigentlich sogar sehr.

Denny rutscht aus der Nische, in der wir sitzen, und lässt mich raus. Sobald ich aufstehe, schmerzen meine Füße in diesen gottverdammten Schuhen.

Jake nimmt mich bei der Hand und führt mich weg, aber das Laufen tut weh.

»Warte mal«, bremse ich ihn und bleibe stehen. Mit einer Hand halte ich mich an seiner fest, mit der anderen ziehe ich mir die Schuhe aus.

Ich werfe sie neben Denny auf die Bank. »Pass gut darauf auf.«

Als ich mich wieder umdrehe, sieht Jake mich an, als wüsste er wirklich nicht, was er mit mir anfangen soll. Als hätte er noch nie gesehen, wie eine Frau in einem Club ihre Schuhe auszieht.

Ich wette, für ihn haben Frauen schon mehr als nur ihre Schuhe in einem Club ausgezogen. Wahrscheinlich waren die Schuhe eher das Einzige, was sie anbehalten haben. Möglicherweise ist es das, was ihn irritiert.

Und mit diesem Gedanken im Sinn laufe ich an ihm vorbei, barfuß, mit einem Grinsen im Gesicht. »Kommst du jetzt, oder was?«

»Dieser Boden ist widerlich, ist dir das klar?«, gibt er zurück und holt mich ein. »Bier, Kaugummis, Kotze ...«
»Du willst mit mir tanzen? Dann nur so.«
»Mit Kotze an den Füßen?«
»Mhm.« Mit einem schalkhaften Blitzen in den Augen blicke ich zu ihm auf.
»Wie auch immer ich dich kriegen kann, mir soll's recht sein, Tru«, murmelt er.
Ich sehe ihn nicht an ... kann ihn nicht ansehen.
Mir ist nicht ganz klar, ob er wollte, dass ich diesen Kommentar inmitten der lauten Musik höre oder nicht, darum tue ich erst mal so, als hätte ich nichts mitbekommen.
Wieder nimmt er meine Hand, dann wechselt er die Richtung und führt mich von der winzigen VIP-Tanzfläche die Treppe hinunter, direkt zur großen Tanzfläche.
Schon besser.
Bei einem Blick über die Schulter sehe ich Dave den Kopf schütteln. Er wirkt genervt und folgt uns rasch. Wahrscheinlich macht Jake so was regelmäßig. Für Dave muss es frustrierend sein, dass Jake seiner persönlichen Sicherheit so wenig Bedeutung beimisst. Das macht ihm die Arbeit sehr viel schwerer.
Und in diesem Augenblick erinnert Jake mich an den rebellischen Teenager, der er einmal war. Die rebellischen Teenager, die wir beide mal waren.
Bevor er mich verlassen hat.
Vorsichtig steige ich hinter Jake die Stufen hinunter und bereue es schon jetzt, meine Schuhe ausgezogen zu haben, falls hier Glasscherben liegen oder mir jemand auf die Zehen tritt. Aber auf dem Weg nach unten, auf die Menge zu, braucht Jake sich keinen Pfad durch die Leute zu bahnen, die die Treppe bevölkern. Sie machen ihm automatisch Platz, als würde er ihnen allein durch seine schiere Anwesenheit den Befehl dazu erteilen.
Es ist ziemlich seltsam, und irgendwie auch toll.

Und zumindest besteht so nicht die Gefahr, dass uns irgendjemand nah genug kommt, um mir auf die Füße zu treten.

»Du bist klein ohne deine High Heels«, sagt Jake und wendet sich mir zu, als er die unterste Stufe erreicht, wodurch wir fast auf Augenhöhe sind.

»Ja, und du bist ein selbstsüchtiger Mistkerl.«

Hey! Was zum Teufel sollte das denn, Tru?

»Was?« Er wirkt verblüfft und beleidigt.

Daraus kann ich ihm kaum einen Vorwurf machen.

Und wenn ich ehrlich bin, dann weiß ich, was das sollte. Ich bin ein bisschen sauer auf ihn. Schon den ganzen Abend lang habe ich gespürt, wie es unter der Oberfläche gebrodelt hat. Es hat schon während der Show bei dem Ständchen begonnen.

In dem Moment, als er angefangen hat, für mich zu singen, habe ich eine gewaltige, berauschende Mischung aus Lust und Wut verspürt, die mich ganz und gar durchdrungen hat, und sie galt ihm.

Okay, wenn ich also schon absolut ehrlich bin … Ich bin sauer auf ihn, weil er mich heute Abend dazu gebracht hat, scharf auf ihn zu sein.

Und damit meine ich nicht, dass ich ihm bloß an die Wäsche will. Ich meine, dass ich ihn wirklich *will*. Ich will, dass er mir gehört.

Dass es dumm und unvernünftig ist, weiß ich, und ich bin doch mit Will zusammen, aber für das, was ich fühle, kann ich nichts.

Er ist Jake.

Ich habe ihn lange Zeit geliebt. Aber das hier, was ich in diesem Moment für ihn empfinde … Das ist, als würde in mir ein Feuer brennen, und ich sehe keine Möglichkeit, es in absehbarer Zeit zu löschen.

Außerdem wäre ich dazu auch gar nicht in der Lage.

Dazu befinde ich mich gerade in einer Situation, in der ich richtig viel Zeit mit ihm verbringen muss. Eine Situation, in die er mich gebracht hat.

Das ist die schlimmste Art von Folter.

Ja, ich bin also etwas sauer auf ihn, und aus irgendeinem Grund kam das jetzt hoch, hier auf den Stufen dieses Clubs, umgeben von Hunderten von Leuten.

Es ist bloß ... Er hat mir ein Liebeslied gesungen, Herrgott noch mal! Wie zum Teufel soll ich mich denn davon erholen?

»Du hast richtig gehört«, erwidere ich und straffe die Schultern. »Du hast ein Liebeslied für mich gesungen und mich vor zweihundert Leuten ins Scheinwerferlicht gezerrt.«

»Ins Scheinwerferlicht gezerrt?« Er wirft mir einen amüsierten Blick zu, aber ich merke, dass er hinter der Fassade immer noch ein wenig verärgert ist.

Natürlich macht mich das nur noch wütender.

»Du hast der ganzen Welt meinen Namen verraten, und ich mag meine Anonymität, Jake. Ich hab keine Lust, zur Zielscheibe für die Hasstiraden deiner Groupies zu werden.«

»Okay ...«

»Und du hast einen Song wie ›Through It All‹ für mich gesungen.«

Verwirrt sieht er mich an. »Aber ich dachte, du magst den Song. Du hast gesagt, es ist von allen, die ich je geschrieben habe, dein Lieblingssong.«

»Das ist er, und ich liebe ihn. Aber darum geht es nicht. Es ist schlicht unangemessen, ein solches Lied für mich zu singen. Ich habe einen Freund.«

Er weicht ein wenig zurück und runzelt leicht die Stirn. »Ich hab auf der Bühne kein Petting mit dir veranstaltet, Tru.«

»Ich weiß, aber ...«

»Das ließe sich natürlich arrangieren, wenn du willst. Ich würde nur zu gerne mit dir Petting auf der Bühne machen, oder wenn wir allein sind. Was immer dir lieber ist, lass es mich einfach nur wissen.«

Und da ist er wieder. Es ist wie ein verdammter Zwang bei ihm.

»Aaahh! Hör auf, ständig mit mir zu flirten!« Frustriert fasse ich mir an den Kopf.

Jetzt runzelt er ernsthaft die Stirn. »Das Flirten stört dich?«

»Ja!«

»Ich dachte, du magst das.«

»Nein. Tue ich nicht.«

»Okay.« Er zieht die Brauen zusammen. »Also abgesehen von dem Song und dem Flirten …«, er kommt näher, und es fällt mir schwer, einen klaren Gedanken zu fassen, »hab ich sonst noch was getan, das dich verärgert hat, Tru?«

Ja, du hast es mir beinahe unmöglich gemacht, dich nicht zu begehren. Und jetzt bin ich durcheinander und will dich, und ich mache mir Sorgen, dass ich vielleicht etwas Dummes tue, wenn ich mit dir tanze, zum Beispiel einen Annäherungsversuch mache und damit unsere Freundschaft ruiniere, wenn du mich abweist, und außerdem würde ich es mir höchstwahrscheinlich mit Will versauen.

»Nein.«

»Warum also das Theater?«

Jetzt bin ich an der Reihe, die Stirn zu runzeln. »Ich mache kein Theater! Ich wollte bloß nicht mit dir tanzen, weil mir von den Schuhen die Füße wehtun, und du wolltest nicht auf mich hören und hast mich dazu gezwungen!«

Jetzt wirkt er verwirrt. Um ehrlich zu sein, weiß ich selbst nicht so genau, worauf ich damit eigentlich hinauswill. Es ist, als würde ich ihn verzweifelt mit Dreck bewerfen und darauf warten, dass etwas an ihm haften bleibt. Ich will, dass er sich mit mir streitet. Aber er tut es einfach nicht.

»Okay, entschuldige. Dann tanzen wir also nicht.« Resigniert und mit verletzter Miene hebt er die Hände und macht Anstalten, an mir vorbei die Treppe hochzulaufen.

O Gott! Jetzt fühle ich mich ganz schlecht, weil ich meine Gefühle auf ihn projiziert und ihm einen Vorwurf daraus gemacht habe, dass er einfach er selbst war.

Ich bin so eine Zicke.

Als er an mir vorbeiläuft, nehme ich seine Hand und bringe ihn neben mir zum Stehen. »Entschuldige«, bitte ich.

Ohne ein Wort starrt er mich an, und ich fühle mich gezwungen, weiterzureden und mein Verhalten zu erklären.

»Ich bin einfach nur müde und kratzbürstig und hätte das nicht sagen sollen. So hab ich das nicht gemeint. Das war echt zickig. Verzeihst du mir?«

Sein Blick wird sanft. »Ich verzeihe dir. Als ob ich dir je böse sein könnte.« Mit der anderen Hand umfasst er mein Kinn und küsst mich auf die Wange. »Wenn du müde bist, können wir wieder ins Hotel fahren und ins Bett gehen …«, raunt er mir direkt ins Ohr, und sein heißer Atem kitzelt die Haut an meinem Hals und andere, unerreichbare Stellen.

Ins Bett gehen? Okay, so einladend das auch klingt, ist es wahrscheinlich doch nicht die beste Idee, denn mir ist von der Art, wie er sich auf meiner Haut anfühlt, schon ganz heiß.

»Nein, wir tanzen. Jetzt sind meine Füße ohnehin schon voller Nachtclub-Schei… Kotze.« Ich lächle. »Komm schon.«

Er erwidert mein Lächeln, und es ist wunderschön. *Er* ist so wunderschön. Und in jeder Hinsicht ein Fehler.

Mein Herz schlüpft mir aus der Brust und schleicht sich in seine, wo es sich für diese Nacht gemütlich einrichtet.

Aus den Lautsprechern dröhnt Beyoncés »Sweet Dreams«, und ich weiß, dass ich in Schwierigkeiten stecke, aber trotzdem hält mich das nicht davon ab, ihn auf die Tanzfläche zu führen.

Alle Augen sind auf Jake und mich gerichtet. So ist es immer in seiner Gegenwart. Und um ehrlich zu sein, gefällt es mir.

Es gefällt mir, dass sich gerade jede Frau in diesem Club wünscht, sie wäre ich.

Jake fasst mich an den Hüften und zieht mich dicht an sich heran. Er blickt mir in die Augen, wiegt mich im Gleichklang mit seinem Körper, zum Rhythmus der Musik, und die Leute um uns herum lösen sich in Luft auf.

Ich bin zu nichts in der Lage, als zu ihm emporzustarren, völlig in seinem Bann und absolut hilflos, während er meinen Körper zusammen mit seinem bewegt.

Jake kann tanzen. Und ich meine, wirklich tanzen. Sexy, sinnlich … Jede Bewegung, die er mit mir – für mich – macht, ist, als würde er mich liebkosen und meine Sinne für ihn schärfen.

Wenn er sich auf der Tanzfläche so bewegen kann, dann kann ich nur erahnen, wie gut der Sex mit ihm ist.

Durch meinen Kopf flackert ein Bild von Jake und mir im Bett. So lebhaft, dass ich mich darin verliere. Mich in ihm verliere. Ihm ausgeliefert. Überwältigt und vollkommen berauscht.

Ich fühle mich sorglos. Leichtsinnig. Als könnte ich alles tun … Als wollte ich alles tun, mit ihm, genau hier und jetzt.

»Wo hast du so tanzen gelernt?«, frage ich und zwinge meine Stimme zu funktionieren. Gleichzeitig versuche ich, mich auf irgendetwas anderes zu konzentrieren als auf seinen an mich gepressten Körper, während Beyoncés Gesang mein emotionales und körperliches Verlangen nach ihm noch verstärkt.

»Im Schlafzimmer.«

Schlafzimmer. Bett. Jake in meinem Bett. Nackt.

Konzentrier dich, Tru, konzentrier dich.

»Ist das eine Tanzschule?«

Ich kann mir Jake wirklich nicht in einem Tanzkurs vorstellen. Das passt überhaupt nicht zu ihm.

»Nein, Tru.« Mit seinen blauen Augen sieht er durchdringend auf mich herab. *»Im Schlafzimmer.«*

»Oh.«

Oh, Mist.

Ich schlucke.

»Zwischen Sex und Tanzen gibt es keinen wirklichen Unterschied.« Er streicht mir über den Arm, langsam, bewusst, bis er meine Schulter erreicht. Mit dem Daumen fährt er über meine Haut. Unter seinen Berührungen prickelt sie.

»N-nein?«, stammle ich.

Ich meine, was soll ich denn sonst sagen? Gerade fällt es mir ziemlich schwer, mich zu konzentrieren.

»Nein.« Er presst seine köstlichen Lippen aufeinander und schüttelt langsam den Kopf. Noch immer nimmt er seinen Blick nicht von mir. Und plötzlich fühle ich mich nackt, vollkommen nackt.

»Es ist bloß ungünstig, dass man bei einem von beiden die Kleidung anbehalten muss.«

»Äh ... Na ja, hier nackt zu tanzen würde wohl einige Blicke auf sich ziehen, Jake«, bringe ich heraus.

Ich versuche, ruhig zu bleiben, aber mein Herz hat den Geist aufgegeben, meine Beine zittern, und jeder meiner Sinne ist südwärts gerichtet.

Jake beugt sich dicht zu mir, umfasst meinen Nacken mit der Hand, und seine Lippen streifen mein Ohr, als er flüstert: »Und darum bevorzuge ich es, im Schlafzimmer zu tanzen.«

Ach du Scheiße.

Er lehnt sich zurück und starrt auf mich herab, und da sehe ich es plötzlich in seinen Augen, unverhohlen.

Die Lust. Das Verlangen. Er will mich. Er versucht, mich zu verführen.

Ich bin so vollkommen erledigt.

Und jetzt frage ich mich, warum ich es vorher nicht bemerkt habe.

Offensichtlich ist es mir die ganze Zeit über entgangen. Das Flirten – so unschuldig war es wohl doch nicht. Die elektrische Ladung, die ich vorhin in seiner Gegenwart verspürt habe – vielleicht war sie doch nicht so einseitig. Das Lied. Dass er im Auto so dicht neben mir gesessen hat. Der Mangel oder eigentlich das Nichtvorhandensein anderer Frauen in Jakes Leben, seit ich wieder ein Teil davon bin.

Es ist, als wären mir mit einem Schlag sämtliche Lichter aufgegangen. Mein Magen zieht sich schmerzhaft, aber auch irgendwie wunderbar zusammen.

Und hier stehe ich und erwidere sein Starren wie ein Kaninchen, das von einer Kobra hypnotisiert wird. Jeden Moment wird sie zuschnappen, und ich bin erledigt.

Jake lässt seine Finger hinab auf meine Hüften gleiten, nimmt meine Hand und wirbelt mich herum, sodass mein Rücken an seine Brust gepresst ist.

Er umfasst mit seinen großen Händen meine Taille und drückt mich fest an ihn.

Und ich versuche, so zu tun, als würde ich nicht spüren, wie er an meinem Hintern hart wird.

Es läuft nicht besonders gut. Langsam kommt mir jegliche Vernunft abhanden, die ich vielleicht noch besessen haben mag.

Ich will ihn. Ich will ihn so sehr. Noch nie habe ich jemanden so begehrt wie ihn in diesem Augenblick.

Es ist so überwältigend, dass ich tatsächlich gerade versuche, eine Ausrede zu finden, um mit Jake Sex zu haben, ohne dass es Will gegenüber als Fremdgehen gilt.

Im Moment habe ich die Theorie der verschiedenen Zeitzonen entwickelt.

Okay, ich habe nie behauptet, es wäre eine gute Theorie.

Dann, bevor mir klar wird, was ich da eigentlich tue, bewege ich mich langsam an Jakes Körper hinab, gehe in die Knie, bleibe mit dem Rücken dicht an ihm, während meine Hände seitlich an ihm hinabgleiten. Äußerst langsam bewege ich mich wieder an ihm hinauf.

Ich schiebe es auf den Alkohol, dass ich mich plötzlich für sexy halte und wirklich glaube, ich könnte eine solche Aktion durchziehen.

Als ich wieder aufrecht stehe, lehne ich meinen Kopf an seine Brust, schlinge die Arme um ihn, halte ihn dicht bei mir und drücke meinen Po an ihn.

Ich kann sein Herz in seiner Brust hämmern spüren. Das verleiht mir ein Gefühl von Verwegenheit, als hätte ich alles unter Kontrolle. Es kommt mir vor, als hätte ich die Kontrolle über Jake. Das ist ein wahnsinnig gutes Gefühl. Vielleicht weiß die sexy Tru doch, was sie tut.

Plötzlich umfasst Jake meine Schultern und wirbelt mich zu sich herum.

Seine Augen glühen. Sein Blick ist dunkel und einladend.

Ich will, dass er mich küsst.

Nein, will ich nicht. Doch, will ich.

Eine seiner Hände fasst mich am Rücken, die andere im Nacken, während sein Daumen sanft auf meinem Hals ruht. Wir sind uns nah. Gefährlich nah. Unsere Gesichter sind nur wenige Zentimeter voneinander entfernt, als er uns beide wieder zur Musik bewegt.

Mein Atem geht stoßweise, genau wie seiner.

Jake – ein süßer Traum? Oder ein berauschender Albtraum?

Was darf's sein, Tru?

Ein berauschender Albtraum. Das ist Jake. Das ist es, was er mit Frauen macht. Es ist seine Art.

Versau es dir nicht mit Will wegen einer Nacht mit Jake.

Endlich siegt die Vernunft. Ich weiche von ihm zurück und befreie mich aus seinem Bann.

Er starrt mich an, verlangend, verwirrt, enttäuscht.

»Toilette«, bringe ich atemlos hervor. »Ich muss zur Toilette.« Ich drehe mich abrupt um und eile rasch durch die sich teilende Menge, geradewegs in Richtung Damentoilette.

Dort schließe ich mich in einer Kabine ein und setze mich auf den Toilettendeckel.

Was zum Teufel mache ich da? Eben war ich kurz davor, Jake zu küssen. Zu küssen und mehr.

Scheiße.

Ich weiß nicht, was ich tue. Ich glaube, ich habe heute Abend einfach viel zu viel getrunken, und ich habe mich in etwas fallen lassen, das sich viel zu gut angefühlt hat, aber absolut falsch ist.

Jake ist ... Jake. Er ist ein Rockstar und heiß. Verdammt heiß.

Aber er ist auch ein Frauenheld. Das ist sein Ding.

Ich darf in seiner Gegenwart nicht noch mal die Beherrschung verlieren. Ich darf nicht zulassen, dass ich nur ein weiterer Name in der langen Liste seiner Eroberungen werde.

Dafür habe ich zu viel zu verlieren.

Ich benutze die Toilette, wasche mir die Hände und kühle mein Gesicht mit Wasser. Mit klarem, wachem Verstand kehre ich an unseren Tisch in der VIP-Lounge zurück.

Jake ist schon da, sitzt bei den Jungs und dem Mädchen, das Tom für die Nacht aufgegabelt hat.

Als ich komme, blickt er auf, und in dem Moment, als sich unsere Blicke begegnen, packt das bisschen Vernunft, das ich mir gerade eingeredet hatte, seine Koffer, geht stiften und überlässt mich der Gnade meiner Hormone.

Die Nische ist voll. Jake rutscht beiseite, macht mir ein wenig Platz und zwingt mich so, neben ihm zu sitzen.

Er legt seinen Arm hinter mir auf die Lehne. Mein Oberschenkel presst sich fest an seinen.

»Alles in Ordnung?«, fragt er mich leise.

Ich nicke und sehe ihm kurz in die Augen.

Er reicht mir ein neues Bier. Als meine Finger seine berühren, zuckt ein elektrischer Schlag durch meine Hand den Arm hinauf.

»Ich dachte, wir könnten noch was trinken und anschließend ins Hotel zurückfahren«, schlägt Jake mir leise vor.

»Mhm.« Ich nicke und nehme einen Schluck Bier.

Seine Hand gleitet tiefer, und ich spüre, wie sein Daumen sanft über die nackte Haut an meinem Rücken streichelt.

Es fühlt sich intim an. So unfassbar intim – weil es das auch ist.

Ich nehme einen großen Schluck Bier und wünsche mir ironischerweise, ich wäre nüchtern, damit ich in dieser Situation klarer denken und herausfinden könnte, wie ich mich ihr entziehen kann.

Nein, ich muss es anders ausdrücken – damit ich herausfinden könnte, wie ich den Willen aufbringe, mich ihr zu entziehen.

Mein Kopf und mein Herz widersprechen sich momentan, und meine Hormone führen ihren ganz eigenen Krieg.

Ich nippe weiter an meinem Bier und lausche den Gesprächen der Jungs, kann mich aber wirklich nicht konzentrieren. Alles, was ich kann, ist, auf Jakes Daumen zu achten, der sanft diesen kleinen Teil meines Körpers streichelt.

Es ist, als würde sich meine gesamte Aufmerksamkeit auf diesen winzigen Bereich richten. Ich bin erhitzt. Unter seiner Berührung vibriert und prickelt meine Haut.

Ich stelle mein Bier auf dem Tisch ab und falte die Hände im Schoß.

Konzentrieren. Ich muss mich einfach konzentrieren.

Jake lässt seine Hand unter den Tisch gleiten. Er schiebt seine Finger zwischen meine Handflächen, zwingt sie auseinander und nimmt meine Hand.

Jake hält oft meine Hand, das ist nichts Neues, aber dieses Mal ist es anders. Es bedeutet etwas anderes. Oder war es die anderen Male auch schon so?

Ich weiß es nicht, aber so viel weiß ich: Es fühlt sich an, als würde er Anspruch auf mich erheben.

Und ich mag das Gefühl. Ich will ihm gehören.

Er verschränkt unsere Hände miteinander, wie Liebende es tun würden, und legt unsere verschlungenen Hände auf seinen harten Oberschenkel.

Solange er meinen Rücken berührt hat, konnte ich tun, als sei nichts. Aber jetzt nicht mehr.

Ich sehe ihn an.

Für einen langen Augenblick schaut er mich an, bevor er den Blick abwendet, aber ich habe es deutlich in seinen Augen gesehen.

Er will mich heute Nacht.

Und nach dem zu urteilen, was mein Blick ihm geantwortet hat, glaube ich, ich habe gerade Ja gesagt.

KAPITEL 13

Wir trinken unsere Gläser aus, verlassen den Club und machen uns direkt auf den Weg zu den wartenden Autos.

Auf dem Weg nach draußen habe ich es geschafft, meine Hand aus der von Jake zu befreien, also bin ich mit einigen schnellen Schritten bei Bens Wagen, in den gerade Denny und Smith einsteigen. Denny wirkt etwas überrascht, mich in ihrem Wagen zu sehen, enthält sich jedoch jeden Kommentars.

Ich konnte Jakes Blick auf mir spüren, als ich in das Auto gestiegen bin und ihn mit Tom und seinem Mädchen für diese Nacht allein gelassen habe, aber es ist mir egal. Ich muss einfach gerade ein wenig Distanz zwischen uns bringen.

Wenn ich nur zuerst am Hotel ankomme und allein auf mein Zimmer gehen kann, dann wird es heute Abend keinen Zwischenfall geben.

Wenn nicht ... dann weiß ich wirklich nicht, was passieren wird.

Doch schon während ich das denke, weiß ich, dass das nicht stimmt. Ich weiß ganz genau, was passieren wird.

Wenn Jake mich heute Nacht will, dann wird es nicht den geringsten Unterschied machen, ob ich in einem anderen Wagen zurückfahre. Denn ich will ihn auch, und ich glaube nicht, dass ich die nötige Willenskraft aufbringen kann, Nein zu sagen.

Als wir beim Hotel eintreffen, hält Ben als Erster, und ich klettere aus dem Wagen. Meine Füße sind noch immer nackt, und die Schuhe halte ich in den Händen, zusammen mit der Handtasche.

Ich bin mir vage des anderen Wagens bewusst, der ebenfalls hält, aber die Kälte des Bodens vor dem Hotel lenkt mich zu sehr ab.

»Heilige Scheiße! Dieser verdammte Boden ist eiskalt!«, rufe ich und hüpfe auf dem Pflaster von einem Fuß auf den anderen. Die Nachtluft ist nicht kalt, aber es fühlt sich an, als würde eine Klimaanlage über die Steinplatten blasen und sie schockgefrieren.

Smith muss sich ein Lächeln über mich verkneifen, als ich auf Zehenspitzen vorsichtig über die eisigen Steinplatten auf dem Bürgersteig vor dem Hotel laufe. »Alles in Ordnung, Kleine? Brauchst du Hilfe?« Er streckt mir seine Hand entgegen, aber ich habe keine Chance, sie zu ergreifen, denn da hebt Jake mich auf seine Arme.

»Aaaah! Lass mich runter, du Idiot!«

Jake antwortet nicht, schreitet einfach durch die Tür und betritt zielstrebig die Hotellobby – mit mir auf den Armen.

Alle starren uns an, und Smith, Denny, Tom und sein Mädchen – deren Namen ich immer noch nicht rausgekriegt habe – finden das alles höchst amüsant.

»Du kannst mich jetzt runterlassen«, sage ich etwas deutlicher und bestimmter, als wir den Teppichboden vor den Aufzügen erreichen.

Er starrt mir direkt in die Augen. »Ich weiß, aber das werde ich nicht tun. Wenn ich etwas anfange, bringe ich es auch zu Ende.«

Mein Herz implodiert in meiner Brust, und ich schlucke.

Die Aufzugtüren öffnen sich, und Jake tritt ein, noch immer mit mir in den Armen.

Ohne auf die anderen zu warten, drückt er den Knopf zu unserem Stockwerk.

»Wir sehen albern aus«, protestiere ich leise.

»Und seit wann ist es dir wichtig, wie wir aussehen?«

Was soll ich darauf antworten?

Um ehrlich zu sein, will ich gar nicht, dass er mich runterlässt. Mir gefällt es, in seinen Armen zu liegen.

Jake gibt mir das Gefühl, ein Mädchen zu sein. Eine Frau. Das ist etwas, das Will im Grunde nie wirklich geschafft hat. Was nicht heißen soll, dass Will nicht männlich ist, natürlich ist er das, aber Jake spielt in einer ganz anderen Liga. Er ist das Extrem eines Alpha-Männchens.

Und ja, ich bin unabhängig und stark, aber manchmal … manchmal ist es einfach schön, umsorgt zu werden. Es ist schön, behandelt zu werden, als sei man etwas Besonderes. Kostbar.

Rasch erreicht der Aufzug unsere Etage, die oberste natürlich, und Jake verlässt ihn und wendet sich nach links, in Richtung meiner Suite.

Meine ist direkt neben seiner, also bete ich, dass er mich einfach nur an meiner Tür runterlässt und geht. Wo ich gerade darüber nachdenke, fällt mir auf, dass meine Suite immer direkt neben seiner ist, egal, in welchem Hotel wir wohnen. Hmm …

Okay, der vernünftige Teil von mir – das Bruchstück davon, das mir noch geblieben ist – betet, dass Jake mich einfach vor meiner Tür runterlässt. Aber ich weiß, dass er das nicht tun wird.

»Schlüssel«, fordert er, als wir da sind.

Ich durchwühle meine Handtasche und hole die Schlüsselkarte hervor. Dann strecke ich die Hand aus, ziehe die Karte durch den Schlitz und drücke die Klinke hinunter, während Jake die Tür mit dem Fuß aufstößt.

Er trägt mich durch das dunkle Wohnzimmer und lässt die Tür hinter uns zufallen. Ich werfe meine Schuhe auf den Boden und lasse die Handtasche aufs Sofa fallen, als er daran vorbeiläuft.

»Scheiße!«, flucht er, als er gegen den Couchtisch stößt.

Ich unterdrücke ein Kichern. »Alles in Ordnung?«

»Nein«, grummelt er. »Das tut sauweh.«

»Ich kann es ein bisschen streicheln, damit es besser wird.«

»Ist das ein Versprechen?« Sein Tonfall ist ernst. Er starrt auf mich herab. In der Dunkelheit der Suite wirkt sein Blick undurchdringlich.

Ich sehe weg und erwidere nichts.

Wir erreichen das Schlafzimmer, und Jake legt mich sanft auf dem Bett ab.

»Oh, vielen Dank, werter Herr«, sage ich in einem wirklich üblen Südstaaten-Akzent wie dem von Smith – bis auf die Tatsache, dass es bei ihm eigentlich cool klingt. »Alles erledigt hier.«

»Nein, noch nicht.« Er zieht sich die Stiefel aus, steigt aufs Bett und legt sich neben mich.

»Bleibst du etwa?«, frage ich nervös.

»Natürlich. Ich lass mein Mädchen nicht betrunken und allein zurück. Womöglich musst du dich übergeben und erstickst an deinem eigenen Erbrochenen.«

Sein Mädchen? Davon abgesehen ist das die schlechteste Ausrede aller Zeiten, um in mein Bett zu kommen, Jake, ernsthaft.

Aber andererseits schubse ich ihn auch nicht gerade von der Bettkante.

»Ich bin nicht betrunken!«, protestiere ich lachend. »Und glaub mir, ich hab schon in schlimmerem Zustand als diesem selbst auf mich aufgepasst.«

»Wirklich? Das hätte nicht sein dürfen.«

Was soll das heißen? War das ein Seitenhieb gegen Will?

Er dreht sich auf die Seite und wendet sich mir im Dunkeln zu. »Willst du, dass ich gehe?«, murmelt er, und plötzlich klingt seine Stimme ganz tief und eindringlich.

Mich durchrieselt ein Schauer. Mein Herzschlag beschleunigt sich, und mein Atem geht stoßweise.

»Nein, ist schon gut, bleib. Aber ich muss pinkeln«, gestehe ich mit piepsiger Stimme, als ich aus dem Bett steige und auf ernsthaft wackligen Beinen das Schlafzimmer durchquere, was nichts mit meinem Alkoholpegel, jedoch viel mit Jake in meinem Bett da drüben zu tun hat. Ich schnappe mir meinen Pyjama – ein Top und eine kurze Hose –, stolpere ins Badezimmer und schließe hinter mir die Tür.

Ich gehe aufs Klo, putze mir die Zähne, schminke mich ab und stelle mich unter die Dusche.

Nachdem ich geduscht habe, ziehe ich mir den Pyjama an, trockne mein Haar mit einem Handtuch und binde es feucht zu einem lockeren Knoten.

Ich hoffe, ich war lange genug weg, dass Jake eingeschlafen ist, denn ich habe das Gefühl, wenn er noch wach ist, werde ich bald genau den Fehler machen, den ich heute Nacht wirklich mit ihm begehen will.

Bevor ich die Badezimmertür öffne, mache ich das Licht aus, dann betrete ich leise das Schafzimmer.

Als ich mich dem Bett nähere, sagt Jake: »Das war die längste Pinkelpause der Geschichte. Was zum Teufel hast du da drin gemacht?«

Also ist er immer noch wach. Mist.

»Ich habe geduscht, was du auch tun solltest.«

Er lacht leise. »Willst du damit sagen, dass ich stinke?«

Ich ziehe die Decke zurück und krieche ins Bett.

»Genau das will ich damit sagen, aber wenn du schon zu faul bist zu duschen, kannst du dann wenigstens deine stinkenden Klamotten ausziehen und dir deine eigene Decke aus dem Schrank holen?«

Ich lege mich auf den Rücken und wickle mich sicher in die Bettdecke ein.

Als ob das Jake davon abhalten wird, mir nah zu kommen, wenn er es wirklich will. Der Mann könnte eine Frau mit einem einzigen Blick ausziehen.

»Yes, Ma'am.«

Er steigt aus dem Bett, und im Dunkeln beobachte ich, wie er sich Jeans und T-Shirt auszieht. Nun trägt er nur noch seine Retroshorts. Seine sexy, engen, schwarzen Retroshorts.

»Verdammt, ich stinke wirklich«, bemerkt er und riecht erst an seinem T-Shirt, dann an seiner Achselhöhle. Er wirft sein Shirt neben die Jeans auf den Boden. »Ich geh schnell duschen.«

Er verschwindet im Badezimmer. Die Tür lässt er angelehnt, und das Licht strömt ins Schlafzimmer.

Ich liege still da, und das Herz schlägt mir stürmisch in der Brust. Mein gesamter Körper steht in Flammen, während ich dem laufenden Wasser lausche und unbedingt zurück unter die Dusche will, zusammen mit Jake, und Dinge mit ihm anstellen möchte, die ich mir eigentlich nicht wünschen sollte.

Ich höre, wie das Rauschen des Wassers verstummt. Ein paar Minuten später taucht er wieder auf, nur ein Handtuch um die Hüften und sein Haar ganz feucht und zerzaust.

Ich bin so was von geliefert.

Auch als er das Bad verlässt, bleibt die Tür angelehnt, sodass ein Lichtstrahl auf seinen fast nackten, kunstvoll tätowierten Körper fällt. Er sieht wunderschön aus, und ich frage mich, ob er das mit Absicht gemacht hat – ob er das Licht angelassen hat, damit ich ihm zuschauen kann.

Vielleicht hat er auch absichtlich die Tür offen gelassen, während er geduscht hat.

Vielleicht war das eine Einladung.

Er schlendert herüber und lässt sich rücklings aufs Bett fallen, nur mit dem Handtuch bekleidet.

Das ist nicht gut. Nun, es ist gut, sogar großartig ... aber aus diversen Gründen auch nicht gut.

Er rollt sich auf die Seite und wendet sich mir zu. »Weißt du noch, wie wir als Kinder so zusammen geschlafen haben?«

»Ja.« Ich lächle bei der Erinnerung.

Anfangs – während der schlimmen Zeit, als sein Dad noch da war – hat Jake regelmäßig bei uns übernachtet, um von ihm wegzukommen, und selbst nachdem sein Dad fort war, ist er immer wieder rübergekommen. Zu dem Zeitpunkt war das einfach unser Ding geworden.

»Mein Dad hat dem aber einen Riegel vorgeschoben, als wir etwa elf waren, wenn ich mich recht erinnere«, ergänze ich.

»Er war schon immer ein intelligenter Mann. Ich hätte mich auch nicht mit dir in einem Bett schlafen lassen, wärst du meine Tochter gewesen.«

»Sogar, als du erst elf warst?« Ich lache.

»Sogar, als ich erst elf war.« Seine Stimme ist plötzlich belegt.

Tief in meinem Bauch bildet sich Hitze, die rasch weiter nach unten wandert und sich zwischen meinen Beinen sammelt.

Ich drehe mich auf die Seite, sodass wir einander zugewandt sind. »Wie alt warst du, als du deine Jungfräulichkeit verloren hast?«

Ich weiß, dass das eine ziemlich aufdringliche Frage ist, aber ich bin ein bisschen betrunken, und es ist mir egal, denn ich will wissen, ob er jemals zu Hause mit irgendjemandem geschlafen hat, bevor er nach Amerika verschwunden ist. Damals habe ich immer geglaubt, alles über Jake zu wissen. Aber nachdem er fort war und den Kontakt zu mir abgebrochen hat, habe ich mich gefragt, ob ich vielleicht doch nicht alles wusste, denn der Jake, den ich zu kennen glaubte, hätte mich nie auf diese Art und Weise im Stich gelassen.

Für einen langen Moment starrt er mich an. Ich wünschte, ich wüsste, was ihm durch den Kopf geht.

»Sechzehn«, antwortet er schließlich.

Obwohl ich die Antwort bekommen habe, die ich haben wollte, verspüre ich einen scharfen Stich der Eifersucht.

»Wer war sie?«

»Niemand ... Eine, die du hättest sein sollen.«

Whoa!

Er hebt die Hand und streicht mit den Fingerspitzen an meinem Kinn entlang. Meine Haut prickelt unter seiner Berührung.

»Ich war so in dich verknallt, als wir klein waren«, murmelt er.

Wirklich? Ach du Scheiße.

»Du bist ein bisschen spät dran damit, mir das jetzt zu sagen.« Ich lächle schwach.

Ich bin nervös. So nervös.

»Wirklich?«

Ich wusste, dass dieser Augenblick kommen würde, sobald ich im Club mit ihm getanzt habe. Sobald er in mein Bett gekrochen kam.

Vielleicht habe ich sogar schon damals vor dem Interview geahnt, dass es passieren würde. In dem Augenblick, als ich ihn in dieser Hotelsuite habe stehen sehen.

Ich versuche, ruhig zu bleiben, aber innerlich drehe ich durch. Mir hämmert das Herz in der Brust.

»Nein«, flüstere ich. »Du bist nicht zu spät.«

Mit dem Daumen streicht er über meine Unterlippe. Das fühlt sich so gut an, dass ich nach Luft schnappe.

»Ich fordere eines meiner Geburtstagsgeschenke ein, Tru«, flüstert er. Sein Blick wirkt undurchdringlich, schwer vor Verlangen.

»Was willst du?«, bringe ich mit leiser, zittriger Stimme hervor.

Er stützt sich auf den Ellbogen. Ich neige den Kopf zurück, während er auf mich herabblickt.

Vorsichtig löst er mein Haar aus dem Knoten und fährt mit den Fingern hindurch.

»Dich.« Sein Gesicht nähert sich meinem, bleibt einen Hauch davon entfernt. Er wartet auf seine Einladung.

»Happy Birthday«, flüstere ich.

Er atmet ein, beugt sich sehr langsam vor, ohne meinen Blick loszulassen, und küsst mich.

Mein Körper und mein Geist kapitulieren vor der Sinnlichkeit und den ganzen Gefühlen. Nie zuvor habe ich etwas Ähnliches gespürt.

Ich bin ihm verfallen.

All diese Jahre des Verlangens und Hinterfragens, und er ist so viel mehr, als ich mir jemals hätte vorstellen können.

Ich schiebe meine Finger in sein feuchtes Haar und halte ihn fest.

»O Gott, Tru«, stöhnt er an meinem Mund. »Ich begehre dich schon so lange.« In seiner Stimme liegt ein so raues Verlangen, dass ich darunter erschauere.

»Ich dich auch«, erwidere ich atemlos.

Seufzend setzt er die sanfte Eroberung meines Mundes fort.

Er schmeckt und fühlt sich sogar noch besser an, als ich es mir je hätte vorstellen können. Es ist, als würde man jahrelang auf das Geschenk warten, das man schon immer haben wollte, nach dem man sich schon immer gesehnt hat, es dann auspackt und herausfindet, dass es so viel mehr ist, als man sich je erträumt hätte.

Will ist meinen Gedanken völlig fern, und ich könnte nicht aufhören, selbst wenn ich wollte. Und ich will es nicht.

Wir sind ineinander verschlungen, küssen uns tief und leidenschaftlich, und in diesem Moment, in der Dunkelheit, gibt es auf der ganzen Welt nur ihn und mich.

Jake zieht mir die Decke weg, rollt mich auf den Rücken, legt sich auf mich und stützt sich auf einen Arm, um mich nicht zu erdrücken.

Zärtlich streichle ich über seine tätowierten Arme und seine nackte Brust, fahre mit den Fingern über seine Haut.

Er unterbricht unseren Kuss und blickt für einen langen Moment auf mich herab. Dann legt er seine Hand auf mein Brustbein, auf mein Herz, und bewegt sie äußerst langsam hinab, während seine Finger über meine Brüste streicheln.

Mein Herz hämmert.

Seine Fingerspitzen berühren flüchtig meinen Bauch und gleiten am Saum meines Oberteils entlang.

Nervös, doch voller Verlangen, greife ich nach unten und ziehe mein Top hoch. Ich hebe leicht die Schultern, ziehe es mir über den Kopf, werfe es zu Boden und lege mich wieder hin. Ich trage keinen BH, und dank des Alkoholpegels in meinem Blut bin ich offenbar recht mutig.

Jakes Blick wandert über mich, verschlingt mich.

»Du bist so schön«, sagt er mit leiser Stimme.

Schön? Er findet mich schön.

Erneut beugt er sich herunter und küsst mich, hart und tief, beinah, als hinge sein Leben davon ab. Er legt die Hand auf meine Brust und streicht sanft mit dem Daumen über meine Brustspitze. Unter seinen geübten Liebkosungen wird sie sofort hart.

Er weiß definitiv, wie er eine Frau zu berühren hat. Andererseits hatte er auch viel Übung.

Ich verdränge den Gedanken.

Sanft schiebt Jake mein Bein zur Seite. Ich öffne die Schenkel weiter und gestatte ihm, näher zu kommen.

Ich spüre, wie seine Erektion sich gegen meinen Schenkel drückt. Mein ganzer Körper zittert, so heftig will ich ihn.

Ich bin nervös. Noch nie war ich so nervös bei einem Mann, was nicht heißen soll, dass ich schon mit vielen geschlafen habe. Mit drei, um genau zu sein.

Aber Jake ist anders. Er war schon immer anders.

Und er hat mit so vielen Frauen geschlafen. Was, wenn ich da nicht mithalten kann? Was, wenn ich für ihn eine Enttäuschung bin?

Ich versuche auch, nicht darüber nachzudenken, dass ich, obwohl ich mir vorhin selbst geschworen habe, keine weitere Nummer auf Jakes ziemlich langer Liste zu werden, auf dem besten Weg bin, genau das zuzulassen – und nicht die geringste Lust verspüre, damit aufzuhören.

Seine Hand gleitet von meinen Brüsten an meinem Körper hinab. Er setzt sich auf, kniet sich zwischen meine Beine, und in dem Moment sehe ich, dass er sein Handtuch abgelegt hat.

Ach du Scheiße, er ist riesig. Und ich meine wirklich riesig. Ich schlucke und frage mich, wie zum Teufel er in mich reinpassen soll.

Jake sieht, dass ich ihn anstarre, und lächelt.

Ich beiße mir auf die Unterlippe, um mich davon abzuhalten, einen Kommentar abzugeben, da ich weiß, dass ich wahrscheinlich etwas Blödes sagen und den Augenblick ruinieren würde.

Er schiebt die Finger unter den Bund meiner Pyjama-Shorts und zieht sie runter. Ich hebe den Po und winkle ein Bein an, damit er sie mir ganz ausziehen kann.

Ich kann die Augen nicht von ihm wenden. Ich bin wie verzaubert, und ich gehöre ihm ganz und gar.

Als ich mein Bein wieder um ihn lege, ergreift und küsst er es, fährt unfassbar sacht mit der Zunge über meine Haut – aufwärts. Er bewegt sich weiter hinauf, reizt mich mit seiner Zunge und sanften Küssen, bis er die Stelle erreicht, wo meine Schenkel sich treffen.

In mir brennt heißes Verlangen. Alles, was ich will, ist er. Jetzt.

Er hebt den Kopf und blickt zu mir auf. Allein von diesem Blick wird mir der Mund trocken. Mit der Zunge feuchte ich mir die Lippen an.

In seinen Augen lodert es. Ohne den Blick von mir zu nehmen, gleitet er mit der Hand in meinen Slip und dringt sehr sanft mit einem Finger in mich ein. Beinahe komme ich auf der Stelle.

Er reibt mit seinem Daumen über meinen Kitzler und zieht gleichzeitig eine Spur aus Küssen über meinen Bauch, hinauf zu meinem Hals, zu meinem Kinn und bis zu meinem Mund, während seine Finger ihren Zauber wirken.

»Ahh«, stöhne ich und schließe die Augen.

»Ist das gut?«, fragt er mit rauer Stimme.

»So gut«, hauche ich.

Ich sehne mich danach, ihn zu spüren, fasse nach unten und schließe meine Finger um ihn. Mit festem Griff bewege ich meine Hand auf und ab.

Ein tiefer, gutturaler Laut kommt tief aus seiner Kehle, und er zieht seinen Finger so rasch aus mir heraus, dass ich nach Luft schnappe.

Dann reißt er mir den Slip weg. Und wenn ich reißen sage, dann meine ich damit, dass er ihn mir wortwörtlich vom Leib reißt und zerfetzt. Nie zuvor hat das jemand bei mir gemacht, und es turnt mich wahnsinnig an.

Während ich voller Verlangen bin, lässt er von mir ab, greift zum Boden und hebt seine Jeans auf. Ich höre ein Rascheln, und er kehrt mit einem Kondom in der Hand und einer Frage in den Augen zurück.

Er bittet mich um Erlaubnis. Er will, dass ich Ja sage.

Ich möchte Ja sagen. Mehr, als ich je zuvor irgendetwas gewollt habe.

Mit zitternden Fingern nehme ich ihm das Kondom aus der Hand und reiße die Folie mit den Zähnen auf.

Seine Augen funkeln. Sein Atem geht schwer.

Er kniet sich vor mir hin.

Ich strecke die Hände aus und streife ihm mit zittrigen Fingern das Kondom über und spüre, wie er unter meiner Berührung erbebt.

Es hat eine unglaubliche Wirkung auf mich, ich keuche buchstäblich vor Verlangen.

Langsam schiebt er sich zwischen meine Beine, stützt sich auf die Arme und hält über mir inne. Erneut küsst er mich hart auf den Mund.

Ich umklammere seinen Po und ziehe ihn näher zu mir, will ihn einfach in mir haben. Ich will ihn so sehr, ich sehne mich danach, ihn zu spüren. Mich durchströmt das Verlangen von all den vielen Jahren.

Schwer atmend zögert er erneut und drückt sich mit den Armen hoch, fort von mir, trennt unsere Körper voneinander.

»Du hast getrunken, Tru. Vielleicht sollten wir das jetzt nicht tun, vielleicht sollten wir warten.«

Was? Macht er Witze?

Ich blicke zu ihm auf. Nein, er meint es ernst.

Da wartet er ernsthaft ab, bis wir so kurz davor sind, um zu zögern. Um Skrupel zu bekommen.

Ich will nicht warten. Ich will nicht nachdenken. Dabei bin ich diejenige von uns, die gerade wirklich nachdenken sollte.

Mein Körper schreit förmlich nach ihm. Ich brauche ihn, er muss meine Sehnsucht stillen. Die Sehnsucht, die ein gutes Jahrzehnt lang in mir eingesperrt war.

Ich hebe die Hüften, begegne ihm wieder, presse mich an ihn. »Ich hab lange genug gewartet«, hauche ich.

Jegliche Beherrschung, die er noch zu wahren versucht hat, verschwindet augenblicklich.

Er ist wieder auf mir, drückt mich aufs Bett, küsst mich tief.

Ich erwidere den Kuss ebenso leidenschaftlich, lege meine Hände auf seinen Rücken und presse ihn an mich.

Ich will ihn so sehnlichst, aber nun bin ich auch etwas nervös wegen seiner Größe.

Scheinbar spürt Jake das, denn er flüstert: »Keine Sorge, ich lasse mir Zeit.«

Seine Hand gleitet unter meinen Po und hebt ihn an. Sehr sanft und äußerst langsam dringt er in mich ein.

Ich keuche und komme fast. Mehr und mehr füllt er mich aus.

»Geht es dir gut?«, fragt er mit leiser Stimme und hebt den Kopf, um mich anzusehen.

»Besser als gut.« Ich greife nach ihm und ziehe seinen Mund wieder auf meinen.

Er nimmt die Hand unter mir weg, aber ich halte die Hüften weiterhin oben und strecke mich ihm entgegen, als er sich langsam zurückzieht und wieder in mich dringt, etwas weiter, ein wenig tiefer.

Ich stöhne im Einklang mit diesem Gefühl.

»Mein Gott, Tru«, ächzt er und beißt mir sanft auf die Lippe. »Du fühlst dich fantastisch an.«

Ich versuche, nicht daran zu denken, zu wie vielen Frauen er genau das schon gesagt hat.

Als hätte er meine Gedanken gelesen, hört er auf, sich in mir zu bewegen.

Er umfasst mein Gesicht mit den Händen, die Finger tief in meinem Haar vergraben, und starrt mich in der Dunkelheit an.

»Du warst immer die Einzige, Tru. Immer.«

Und auf einmal fühlt es sich nicht mehr bloß an, als würden wir Sex haben. Es fühlt sich intensiv an, bedeutungsvoll.

Als würde er mich lieben.

Ich weiß, dass es dumm ist, weil Jake nicht auf Liebe steht.

Aber ich will es glauben. Ich will seinen Worten glauben. Ich will glauben, dass ich schon immer die Einzige gewesen bin.

Denn wenn ich für diesen einen Augenblick alles wegwerfe, was ich mit Will habe, dann muss ich daran glauben können, dass es das wert ist.

Jake nimmt meine Hand und verschränkt sie mit seiner. Er drückt sie neben meinem Kopf aufs Kissen, während seine andere Hand an meiner Wange verweilt. Er küsst mich, wird dabei schneller, dringt tiefer in mich ein, und nun, da ich an seine Größe gewöhnt bin, gestatte ich es ihm, weil ich es brauche. Das und mehr.

»Verdammt«, stöhnt er. »Es ist ... Tru ... Du fühlst dich ... *Verdammt.*«

Ich nehme meinen Mund von seinem, küsse sein Kinn, knabbere sanft an seiner Haut. Bei dem Wissen, dass ich das mit ihm mache, solche Gefühle in ihm auslöse, fühle ich mich scharf, sexy, ungehemmt.

So völlig untypisch für mich.

Und ich überrasche mich selbst, als ich höre, wie meinem Mund diese heiser klingenden Worte entweichen: »Setz dich hin, Jake.«

Es entsteht eine kurze Pause, als er meinem Blick begegnet.

Dann begreift Jake, was ich will, schiebt den Arm unter meinen Rücken, hebt mich mit ihm hoch, bleibt dabei in mir und lehnt sich zurück auf seine Fersen, während ich rittlings auf ihm sitze.

Feucht und kühl fließt mir das Haar über den Rücken, und ich lege meine Hände auf seine Schultern. Ich beginne mich sehr langsam an seiner Länge auf und ab zu bewegen. In dieser Stellung kann ich so viel oder so wenig von Jake haben, wie ich will, und ich will alles.

Seine Hände sind auf meinen Hüften und bewegen sich mit mir. Dann sind sie auf meinen Brüsten, schließlich in meinem Haar. Er zieht mein Gesicht zu seinem und küsst mich wieder.

Es ist, als wüsste er nicht, welchen Teil von mir er am meisten berühren will.

Und es gefällt mir, dass er meinetwegen so die Kontrolle verliert.

Ich bewege mich schneller und schneller und spüre, wie sich die Erregung in mir aufstaut, so früh und so intensiv, dass ich es nicht hinauszögern könnte, selbst wenn ich wollte.

»O Jake«, stöhne ich, als ich mit Macht komme, wie ich noch nie zuvor gekommen bin.

Noch während meines Höhepunkts rollt Jake mich unter sich und beginnt, sich hart in mich zu stoßen, dann spannt sich sein Körper plötzlich, und er ruft meinen Namen.

Wir liegen völlig erschöpft da, ringen nach Atem und erholen uns langsam von unserem Orgasmus.

Jake rollt sich von mir runter und legt sich neben mich. Er streift das Kondom ab, macht einen Knoten hinein, lässt es zu Boden fallen und zieht mich in seine Arme.

»Das war fantastisch«, murmelt er und küsst mich aufs Haar. »Ich wünschte, wir hätten das schon vor Jahren getan.«

Mir fehlen die Worte.

Denn er hat recht, wir hätten das schon vor Jahren tun sollen, bevor er weggegangen ist. Vor Will.

Schuldgefühle brechen wie eine Flutwelle über mich herein und reißen alles mit sich.

Andererseits hätte er mich für alle anderen verdorben, wenn wir vor all den Jahren Sex gehabt hätten, denn danach hätte ich mich nie mehr fangen können. Ich hätte mich nie von ihm erholt.

Weil ich jetzt zweifelsfrei weiß, dass ich mich nie von dem erholen werde, was wir gerade getan haben.

KAPITEL 14

Woher zum Teufel kommt diese Musik?

Adele. Scheiße, mein Handy klingelt, und es ist in meiner Tasche im Wohnzimmer.

Ich löse mich von einem ziemlich nackten Jake und stürme zu meiner Tasche.

Hastig schnappe ich sie mir vom Sofa, reiße sie auf, fische mein Handy raus und gehe ran, ohne aufs Display zu schauen.

»Hallo«, sage ich atemlos.

»Warum bist du außer Atem?«

Vicky.

»Weil ich im Bett gelegen habe, und mein Handy war im Wohnzimmer.«

»Und, warst du mit Jake im Bett?«

Was?

»Was?«

»Jake. Ist es wahr?«, fragt sie mit verschwörerischem Unterton.

Misstrauisch blicke ich mich im Zimmer um. Halb rechne ich damit, dass sie jeden Moment irgendwo hervorspringt.

»Was soll wahr sein über Jake?« Meine Stimme zittert leicht, und ich verfluche mich dafür.

»Tru, hör auf, auszuweichen. Ist es wahr oder nicht, dass du und Jake miteinander schlaft?«

Mir bleibt das Herz stehen. Kein Herzschlag mehr, nichts. Gut möglich, dass ich in diesem Moment wahrhaftig tot bin. Und es würde mir recht geschehen.

»Nein!«, rufe ich aus und erwache wieder zum Leben. »Warum fragst du so was?« Ich versuche, meine Stimme ruhig zu halten, aber sie hat wieder etwas gezittert, und ich hoffe nur, dass Vicky es nicht bemerkt hat.

»O doch!«

»Nein. Tue ich nicht.« Ich schlage meinen besten »Ich mache keine verdammten Witze«-Ton an.

Da höre ich, wie Jake sich im Bett regt. Auf der Stelle wirble ich herum und betrachte ihn durch die offene Tür.

Glühend heiß erfassen mich Schuldgefühle, während ich auf den leibhaftigen Beweis meines Betrugs an Will starre, hier direkt vor mir.

Also gehe ich nicht nur fremd, sondern lüge deshalb auch noch.

Ich hasse es, Vicky anzulügen, aber die Wahrheit kann ich ihr auf keinen Fall sagen. Will muss derjenige sein, der es als Erster erfährt. Und ganz ehrlich, ich hatte noch nicht mal Gelegenheit, darüber nachzudenken, wie ich das anstellen soll.

Ich blicke an mir runter, und mir wird bewusst, dass ich völlig nackt bin.

»Tru? Bist du noch dran?« Vicky klingt etwas besorgt.

»Äh ... ja. Gib mir nur eine Sekunde«, murmle ich.

Ich nehme das Handy vom Ohr, halte es in der Hand und husche auf Zehenspitzen zurück ins Schlafzimmer. Blindlings hebe ich das erste Kleidungsstück auf, das ich finde, was zufällig Jakes stinkendes T-Shirt von gestern Abend ist, und ziehe es an.

Aber so streng riecht es gar nicht mehr. Es riecht einfach nach Jake. Das schmerzt und freut mich zugleich.

Lautlos kehre ich ins Wohnzimmer zurück und schließe leise die Tür hinter mir. Ich setze mich auf den Rand des Couchtischs, gegenüber der geschlossenen Schlafzimmertür.

»Okay, ich bin wieder da«, sage ich.

»Alles in Ordnung?«, fragt Vicky. Sie klingt noch immer besorgt. Und mir ist schlecht.

»Ja, ich hab nur einen Schluck Wasser gebraucht, mein Mund war etwas trocken … Also, warum um alles in der Welt glaubst du, ich würde mit Jake schlafen?«

»Weil es sich wie ein Lauffeuer im gesamten Internet verbreitet hat, Darling«, antwortet sie leise. »Bilder von dir, wie du eng umschlungen in einem Club mit Jake tanzt, und es gibt Aufnahmen, die zeigen, wie er dich in ein Hotel trägt.«

Oh, verdammt. Die Paparazzi haben uns bis hierher verfolgt.

Dröhnend wirbeln ihre Worte durch meinen Kopf und scheuchen viele, viele weitere Fragen und Ängste auf, die ich ohnehin schon hatte.

Wie konnte ich es nicht einmal bemerken, dass wir im Club oder vor dem Hotel fotografiert worden sind?

Weil ich zu sehr mit Jake beschäftigt war.

Warum sollten sie sich so sehr für Jake und mich interessieren? Es ist doch nichts Ungewöhnliches für ihn, mit einer Frau gesehen zu werden.

»Sie wissen, wer du bist, Darling«, fährt sie fort, als würde sie meine Gedanken lesen. »Und dass du seine Biografie schreibst. Dein Name steht in dem Artikel.«

Okay, vielleicht ist das die Antwort darauf, weshalb sie so interessiert sind. Jake schläft mit seiner Biografin. Das muss ja die Neugier der Klatschpresse wecken.

»Was steht da noch drin?«, frage ich mit leiser Stimme.

»Dass Jake dir während der Aufzeichnung gestern Abend ein Liebeslied gesungen hat.«

»Oh«, seufze ich.

»Es ist also wahr?«

»Mhm.«

»Welcher Song?«

»›Through It All‹.«

»Oh«, sagt sie.

Ja, oh, in der Tat.

»Okay, hier steht auch, er soll gesagt haben, du seist die Liebe seines Lebens, direkt bevor er dir das Ständchen gesungen hat.«

»Das hat er nie behauptet!«, rufe ich.

Ich schlage mir die Hand vor den Mund, als mir klar wird, wie laut ich war. Ich will Jake nicht aufwecken.

»Er hat nie gesagt, ich sei die Liebe seines Lebens«, wiederhole ich leiser.

Gottverdammte Boulevardjournalisten.

»Du weißt doch, dass die gern Sachen erfinden, Darling.«

»Was steht da noch?«, frage ich und winde mich innerlich.

»Wissen die, dass Jake und ich zusammen aufgewachsen sind?«

»Hmm …« Gerade kann ich mir gut vorstellen, wie ihre Augen den Text in der für sie typischen Art und Weise überfliegen. Plötzlich spüre ich, wie mir Tränen in den Augen brennen, und ich will ihr einfach alles erzählen. Sie ist eine meiner engsten Freundinnen, und gerade jetzt brauche ich wirklich eine Freundin.

Aber tief im Inneren weiß ich, dass ich es ihr nicht sagen kann. Wie es aussieht, habe ich Will schon genug hintergangen.

»Nein«, beruhigt sie mich schließlich. »Es geht nur darum, dass du seine Biografin bist … Oh, und das Magazin wird erwähnt!«, rutscht es ihr erfreut heraus. »Äh … gut, da steht einfach nur, dass du hier arbeitest«, fügt sie rasch hinzu und beruhigt sich wieder. »Okay, sie erwähnen das gemeinsame Tanzen im Club … Dass Jake Beobachtern zufolge den ganzen Abend über nur Augen für dich und niemanden sonst hatte …« *Wirklich?* »Dass er gewirkt hat, als würde er total auf dich stehen …« *Hat er das?* »Er hätte absolut kein Interesse an irgendjemandem sonst gezeigt, und ihr hättet gemeinsam den Club verlassen und wärt zurück ins Hotel gefahren, und der Artikel schließt damit, dass womöglich du die Eine bist, die Jake endlich zähmt.«

Die Eine? Die denken, ich bin die Frau, die Jake zähmt?

Ganz gewiss nicht. Ich glaube nicht, dass Jake zähmbar ist.

In diesem Moment hallen seine Worte von letzter Nacht in meinen Ohren nach: »*Du bist immer die Einzige gewesen, Tru. Immer.*«

»Tru, bist du noch dran?«

»Äh ... ja, entschuldige, ich bin hier.«

»Hör mal, das ist gut«, schärft Vicky mir ein. »Keine Publicity ist schlechte Publicity, denk dran, Darling. Das Interesse der Medien an dir wird schnell nachlassen, und danach kannst du dich wieder auf die Biografie konzentrieren. Wenn überhaupt, dann tut es der Geschichte gut.«

»Was? Dass die Leute denken, Jake würde seine Biografin vögeln?« Mein Tonfall ist ziemlich kurz angebunden. Weil ich angefressen bin.

Und weil es die Wahrheit ist. Jake hat seine Biografin gevögelt. Seine Biografin, die in einer Beziehung mit Will lebt.

»Ich versuche nur, es von der positiven Seite zu sehen, Tru.«

»Ich weiß. Entschuldige.« Mit einer Hand fahre ich mir durch mein wirres Haar. Das Haar, das Jake durchwühlt hat. Als er mit mir im Bett war.

In mir.

Scheiße. Ich habe alles so vollkommen und gewaltig versaut.

Und obwohl die Kacke so was von am Dampfen ist, erschauere ich noch immer bei der Erinnerung an seine Hände auf mir ... daran, dass er in mir war.

»Tut mir leid, das ist einfach eine Menge zu verkraften mit einem Kater und nur ein paar Stunden Schlaf.« Geräuschvoll atme ich aus. »Ich muss Will anrufen, oder?«

»Wahrscheinlich hat er die Neuigkeit noch nicht mitbekommen. Er liest wohl eher die *Times* als die *Sun*, nicht wahr? Und es ist ja nicht so, als hättest du irgendetwas falsch gemacht, Darling, also lass dir von diesem Jungen nicht das Leben schwer machen.«

Mir ist schlecht. Ich wünschte, ich wäre im Badezimmer, denn ich bin mir ziemlich sicher, dass ich mich jeden Moment übergeben werde.

»Keine Sorge«, erwidere ich. »Und danke, dass du mich angerufen hast, um mich vorzuwarnen. Das ist wirklich lieb von dir.«

»Na klar tue ich das. Ich würde immer anrufen. Hab dich lieb. Meldest du dich nachher noch mal?«

»Natürlich.«

Ich beende das Gespräch mit Vicky und starre auf das Telefon in meiner zitternden Hand.

Rasch gehe ich mit dem Handy ins Internet, direkt zu Google, und suche nach Jakes Namen in den neuesten Meldungen.

Und da sind sie, die Bilder.

Mist.

Die sehen überhaupt nicht gut aus. Sie wirken belastend.

Was sie auch sind, oder waren ... in gewisser Weise.

Scheiße.

Mit zitternden Fingern schließe ich den Browser und wähle Wills Nummer.

»Hey, meine Schöne«, sagt er zur Begrüßung. »Ich hab gerade an dich gedacht.«

Beim Klang seiner wundervollen Stimme breche ich fast zusammen. Seinem Tonfall nach zu urteilen, hat er von den Neuigkeiten noch nichts gehört. Ich weiß nicht, ob das gut oder schlecht ist.

»Nur Gutes, hoffe ich?«

»Das sind meine Gedanken an dich immer. Du fehlst mir«, flüstert er ins Telefon.

Ich bin niederträchtig und böse, und ich komme in die Hölle.

»Du mir auch ... Ähm, Will ... Ich wollte dich nur vorwarnen ... Weil, na ja, in den Boulevardblättern kursieren

Artikel über Jake ... und mich. Und sie behaupten, wir würden ... äh ... miteinander schlafen. Was wir natürlich nicht tun.«

Warum habe ich das gesagt?

Weil du ein Feigling bist.

Nein, ich kann ihm das einfach nicht am Telefon beibringen.

Will antwortet nicht, und das Schweigen zieht sich in die Länge.

»Bist du noch dran?«, frage ich.

»Ja.« Eine kleine Pause. »Warum genau glauben die Boulevardzeitungen, dass du mit ihm schläfst?«

»Du kennst doch die Paparazzi.« Ich winde mich, als ich diese Worte ausspreche. »Jake hat während einer Sendung diesen Song für mich gesungen, und dummerweise interpretieren die es so, als hätte er mich damit umwerben wollen. Und sie haben behauptet, Jake hätte gewisse Dinge gesagt, was er definitiv nicht getan hat. Dann habe ich im Club mit ihm getanzt, wie auch mit ein paar anderen Jungs aus der Band.« *Eine absolute Lüge.* »Und dann waren meine Füße voller Blasen von den neuen Schuhen und taten weh, also hat Jake mich ins Hotel getragen ... und das ist alles«, ergänze ich lahm.

Wieder Schweigen. Ich kann ihn am anderen Ende atmen hören.

Nervös fummle ich am Saum des T-Shirts herum.

Jakes T-Shirt.

Ich bin ein furchtbarer Mensch.

»Und es gibt definitiv nichts, worüber ich mir Sorgen machen muss?«, fragt er schließlich und klingt dabei skeptisch.

»Nein, natürlich nicht, Schatz.«

Ich bin böse, abgrundtief böse.

Schließlich höre ich ihn ausatmen. »Dann ist es okay. Mach dir deshalb keine Sorgen, Babe.«

»Na ja, ich mach mir einfach Gedanken um dich ... dass es dir Probleme bereiten könnte. Du weißt schon, dass dir die Jungs auf der Arbeit deswegen keine Ruhe lassen.«

»Es ist nicht deine Schuld, Tru.« Seine Stimme klingt sanft. »Du hast nichts Falsches getan, wen kümmert es also, was die Zeitungen sagen, oder die Arschlöcher, mit denen ich arbeite. Bald wird es ihnen langweilig werden, und sie suchen sich was anderes, wenn ihnen klar wird, dass nichts dahintersteckt.«

Die Schlafzimmertür öffnet sich, und ich blicke auf, um Jake in all seiner Pracht dort vor mir stehen zu sehen.

Mist.

»*Will*«, erkläre ich lautlos und deute aufs Handy, das nun fest an mein Ohr gepresst ist.

Abrupt erlischt der fröhliche Ausdruck in seiner Miene, und er dreht sich um, geht zurück ins Schlafzimmer und schließt die Tür hinter sich.

Und von diesem einen Ausdruck in seinem Gesicht ist mir schlechter geworden als von irgendetwas anderem, was ich gehört oder gesagt habe, seit ich wach bin.

»Dann ist zwischen uns also alles in Ordnung?«, murmle ich an Will gerichtet.

»Mehr als in Ordnung. Tut mir leid, Babe, aber ich muss los. Ich hab eine Besprechung und werde gerade reingerufen.«

»Natürlich. Geh. Ich ruf dich später noch mal an.«

»Lieb dich«, sagt er.

»Ich dich auch.«

Ich lege auf und lasse den Kopf in die Hände sinken.

Nachdem ich einmal tief durchgeatmet habe, stehe ich auf und gehe, um nach Jake zu sehen. Ohne die geringste Ahnung, was ich zu ihm sagen soll.

Er sitzt im Schneidersitz auf dem Bett – seine Boxershorts hat er an –, und der Fernseher läuft. Ein kurzer Blick auf den Bildschirm verrät mir, dass es der Entertainment Channel ist.

»So, wir haben es also in die Nachrichten geschafft«, bemerkt er und deutet mit der Fernbedienung auf den Bildschirm. Er hebt eine Braue, aber ich sehe die Skepsis in seinen Augen. »Ging es darum bei dem Anruf?«

Er sagt das, als sei es etwas ganz Normales. Andererseits ist es das für ihn vermutlich auch.

»Ja«, antworte ich und setze mich neben ihn auf die Bettkante. »Vicky hat angerufen, um mir von dem Artikel zu erzählen, und ich dachte, ich sollte Will anrufen – du weißt schon.«

»Dann ... mh ... hast du ihm von uns erzählt?«, erklingt seine Stimme leise neben mir.

»Nein! Natürlich nicht!« Entsetzt fahre ich zu ihm herum und starre ihn an.

Sein Gesichtsausdruck verhärtet sich, und sofort wird mir bewusst, wie schlimm sich das angehört hat.

»Mir war nicht klar, dass der Gedanke an uns beide zusammen so schrecklich ist«, schießt er zurück.

Scheiße, er ist verletzt.

»Nein, so hab ich das nicht gemeint. Ich wollte nur ... Es ist kompliziert«, seufze ich.

Er streicht mir das Haar über die Schulter, dabei streifen seine Fingerspitzen die Haut an meinem Hals. »Wirst du ihm jemals sagen, was zwischen uns passiert ist?«

Ich blicke zu ihm auf. »Ja ... Nein ... Ich weiß es nicht.« Niedergeschlagen schüttle ich den Kopf. Ich starre auf meine Zehen hinab und grabe sie in den Teppich.

Für einen langen Moment sitzen wir schweigend nebeneinander.

Ich drehe mich, um Jake anzusehen, aber er blickt mich nicht an. Ausdruckslos starrt er auf den Bildschirm.

»Ich weiß einfach ... Ich weiß nicht mal, was da zwischen uns passiert, Jake. Ich weiß nicht, was das ist.« Ich deute erst auf ihn, dann auf mich.

Er wendet seinen Blick vom Fernseher ab, sieht mir in die Augen und wirkt kein bisschen glücklich. »Du weißt nicht, was das ist? Entschuldige, aber war ich letzte Nacht allein in diesem Bett?« Sein Blick huscht genau zu der Stelle, wo wir erst vor wenigen Stunden Sex hatten.

»Nein, natürlich nicht. Aber das ist es, wofür du bekannt bist, Jake. Das ist einfach das, was du machst.« Ich deute auf dieselbe Stelle.

Er steht vom Bett auf und lässt mich beinahe verloren zurück.

»Ja, ich schlafe immer mit meinen besten Freunden, einfach so zum Spaß. Denny und Tom vögel ich die ganze Zeit.«

Okay, also jetzt bin *ich* wütend.

»Woher zum Teufel soll ich denn wissen, was du tust und was nicht, Jake? Was deine Sex-Richtlinien sind? Du vögelst doch normalerweise alles, was nicht bei drei auf den Bäumen ist!« Meine Stimme ist laut, und plötzlich bin ich auf den Beinen und biete ihm die Stirn, das Bett zwischen uns.

Er durchbohrt mich mit einem langen, gnadenlosen Blick. »Nett, Tru. Wirklich nett.«

»Es stimmt doch!«

»Ja, das mag sein, aber du bist nicht einfach irgendein Mädchen. Du bist *mein* Mädchen.«

»Was meinst du damit: Ich bin dein Mädchen?«

»Du weißt ganz genau, was ich meine.« Unnachgiebig fixiert er mich.

Ich kriege keine Luft mehr, und in meinem Unterleib zieht sich alles zusammen.

»Und zumindest war ich immer ehrlich zu den Groupies. Die wussten, was Sache ist. Ich hab sie flachgelegt und ihnen die beste Nacht ihres Lebens bereitet. Dann sind sie nach Hause gegangen, und ich hab sie nie wieder gesehen. Das war's.«

»O Gott, du bist so ein arrogantes Arschloch!«, rufe ich. »Und warte ... Moment mal ... Was? Willst du damit sagen, ich war nicht ehrlich zu dir?«

»Genau das sage ich.«

Ich fahre mir mit den Fingern durchs Haar. »Ich habe nie behauptet, ich würde Will verlassen, und du hast mich nie darum gebeten.«

»Verdammt noch mal, du bist echt unglaublich!« Er schnappt sich seine Jeans vom Boden und zieht sie an.

Mir droht das Herz in der Brust zu zerspringen.

»Großer Gott, Jake, was willst du denn von mir? Du verlangst von mir, dass ich Will verlasse, damit ich deine Fickfreundin werde – *dein Mädchen*«, mit den Fingern deute ich Anführungszeichen an, »während ich deine Biografie schreibe, und du lebst weiterhin deinen Rockstar-Lifestyle und vögelst alles, was sich bewegt!«

Er unterbricht das Zuknöpfen seiner Jeans und starrt zu mir rüber. Bei dem wilden Ausdruck in seinen Augen kommt alles in mir zu einem abrupten Stillstand.

»Ich bin nicht mal in die Nähe einer anderen Frau gekommen, seit du zurück in meinem Leben bist, Tru.« Er fährt sich mit der Hand durchs Haar und streicht es sich in den Nacken. Geräuschvoll atmet er aus.

Alles, was ich tun kann, ist, ihn anzustarren, während mein Blut sich erhitzt und eine Gänsehaut über meinen Körper rast.

»Du fragst mich, was ich von dir will?« Sein Blick richtet sich erst auf meine Lippen, dann auf meine Augen. »Ich will dich, Tru. Ich will einfach nur dich. Den ganzen Tag, jeden Tag.«

Seine Worte sind so simpel, so schlicht.

Mein Herz gerät ins Stottern.

Ich bin überwältigt. Mir fehlen buchstäblich die Worte.

Er will mich? Also war ich für ihn nicht bloß eine weitere Kerbe in seinem Bettpfosten.

Über ein Jahrzehnt habe ich darauf gewartet, Jake sagen zu hören, dass er mich will, und jetzt, hier, zum womöglich schlechtesten Zeitpunkt meines Lebens, zu dem er es sagen könnte ... sagt er es, und ich habe keine Ahnung, wie ich reagieren soll.

»Was?«, ist das Beste, was mir einfällt.

»Ich versteh schon, Tru, für dich war es eine einmalige Sache, ist schon in Ordnung. Du möchtest bei Will bleiben.

Warum solltest du mich auch wollen?«, murmelt er, weicht zurück und wendet sich der Tür zu.

Es ist so was von offensichtlich nicht in Ordnung. Und offenbar versteht er es nicht. Ich bin mir nicht mal ganz sicher, ob ich es verstehe.

Was ich jedoch weiß, ist, dass gerade alles noch viel komplizierter geworden ist, als ich es mir je hätte vorstellen können. Aber einem ziemlich großen Teil von mir ist das egal. Weil Jake nicht nur eine Nacht will. Er will mehr. Er will mich.

»Nein. Warte.« Ich eile ihm hinterher, greife nach seinem Arm und bringe ihn dazu, stehen zu bleiben. »Du hast das falsch verstanden. Ich dachte, das wäre für dich bloß ein One-Night-Stand. Ich wusste nicht, dass das … dass wir … dass du ein … ›wir‹ willst.«

Eindringlich blickt er mit seinen tiefblauen Augen auf mich herab. »Das ist alles, was ich will.«

Mein Herz seufzt und zerspringt in tausend Splitter.

Ich sehe auf, begegne seinem Blick. »Ich will dich seit mehr als zehn Jahren, Jake. Ich will mit dir zusammen sein.«

Er sieht mich an, in seinen Augen glimmt Hoffnung auf. »Und Will?«

Will.

»Ich rede mit ihm.« Ich schlucke. »Wenn ich in der Tourneepause nach Hause fliege. Dann rede ich mit ihm.«

Er runzelt die Stirn.

»Ich kann das nicht am Telefon machen, Jake. Er hat etwas Besseres verdient, und es sind nur noch fünf Tage.«

Er nickt, aber ich sehe das Widerstreben in seiner Zustimmung.

Sanft legt er mir die Hände an die Wangen, senkt seinen Mund auf meinen und küsst mich. Ein langer, langsamer, köstlicher Kuss.

Mein gesamter Körper erwacht für ihn zum Leben.

»Dann gehörst du also mir?«, murmelt er.

»Ja«, hauche ich und kann kaum glauben, dass ich diese Worte ausspreche, dass es wirklich geschieht.

»Du trägst mein T-Shirt.« Er streicht mit dem Finger über den Stoff auf meiner Brust, und auf der Stelle wird meine Brustwarze hart. »Du gefällst mir in meinen Klamotten … aber du gefällst mir auch, wenn du sie ausziehst.« Er greift nach dem Saum des T-Shirts, und seine Finger streifen über meine Haut, während er es mir über den Kopf zieht und zu Boden fallen lässt. »Aber noch mehr gefällt es mir, in dir zu sein«, flüstert er und zieht mich fest an seinen straffen Körper.

Er küsst meinen Hals und schiebt mich rückwärts in Richtung Bett. »Du hattest doch heute nichts vor, oder?«, murmelt er an meiner Haut.

»Äh … nein.« Selbst wenn, hätte ich es sicher abgesagt.

»Gut. Weil du diesen Raum heute nicht mehr verlassen wirst, und ich auch nicht.«

Er hebt mich auf seine Arme und legt mich aufs Bett. Mit einer Bewegung zieht er sich Jeans und Boxershorts aus und legt sich auf mich, bereit für Runde zwei.

Und wieder einmal lösen sich Will und mein Leben in England in Luft auf.

KAPITEL 15

Einen Tag sind wir noch in Dänemark geblieben, zum Konzert im Parken Stadion, und nun sind wir in Paris, für den letzten Auftritt der Europa-Tournee im Stade de France morgen Abend.

Und die ganze Zeit über haben Jake und ich miteinander geschlafen, und wenn ich schlafen sage, heißt das nicht, dass wir dabei viel Schlaf bekommen hätten.

Hinter verschlossenen Türen verhalten wir uns wie ein Paar, und vor anderen tun wir so, als hätte sich zwischen uns nichts geändert.

Seit Tagen spiele ich allen was vor und verhalte mich Will gegenüber am Telefon, als wäre alles in Ordnung, während es das ganz und gar nicht ist.

Ich weiß, ich bin ein furchtbarer Mensch, aber momentan kann ich einfach an nichts anderes als Jake denken.

Alles, was ich sehe, ist er.

Ich bin so absolut verliebt in ihn – und in den Sex mit ihm.

Glücklicherweise ist das Medieninteresse an Jake und mir schnell abgeflacht, nachdem Stuart in einer Presseerklärung klargestellt hat, dass es nichts zu berichten gibt.

In der Erklärung stand klipp und klar, dass Jake und ich eine rein geschäftliche Beziehung führen.

Dieses Statement hat Stuart auf Jakes Geheiß hin veröffentlicht, und er hat es nur meinetwegen getan. Wenn es nach Jake ginge, dann wüsste die ganze Welt von uns.

Aus naheliegenden Gründen darf das nicht passieren.

Aber in ein paar Tagen, nach dem Konzert, fliege ich nach Hause, und dann werde ich es Will sagen.

Glaube ich.

Zumindest ist es das, was ich Jake versprochen habe. Und ich weiß, dass ich Will die Wahrheit sagen muss. Mir wird bloß immer schlecht, wenn ich daran denke. Also versuche ich das zu verhindern.

Stattdessen widme ich mich einfach nur noch Jake, so viel und so oft ich kann.

Seit diesem Abend in Kopenhagen haben wir keine Nacht mehr getrennt voneinander verbracht, und wenn ich ehrlich bin, kann ich mir nicht vorstellen, jemals wieder eine Nacht ohne ihn zu sein.

Dennoch fechte ich jeden Abend den gleichen inneren Kampf aus.

Vor dem Zubettgehen rufe ich Will an, wie geplant.

Nach dem Anruf ist mir schlecht vor lauter Schuldgefühlen.

Jake ist eifersüchtig und nervös, wenn ich so zu ihm zurückkehre.

Ein Teil von mir will Jake verlassen, wegen der Schuldgefühle, die ich Will gegenüber empfinde. Der andere Teil, der weitaus größere, will bleiben, wegen der Gefühle, die ich für Jake habe.

Wir streiten uns ein bisschen, manchmal auch heftig.

Den Rest der Nacht verbringen wir damit, uns zu versöhnen.

Heute Abend sind wir in meiner Suite. Die Jungs sind alle ausgegangen.

Jake und ich haben uns eine lahme Ausrede ausgedacht, um nicht mitgehen zu müssen, damit wir den Abend miteinander verbringen können.

Wir haben uns was beim Zimmerservice bestellt, haben gegessen und kuscheln nun auf dem Sofa miteinander. Ich habe es mir zwischen seinen Beinen gemütlich gemacht, mein Kopf ruht an seiner Brust, und wir schauen »Armageddon«.

Die Filmauswahl des Hotels war nicht besonders groß, aber ich mag »Armageddon«, es ist ein cooler Film.

Seit zehn Minuten streichelt Jake mir übers Haar, und langsam fühle ich mich schläfrig und zufrieden.

Ich muss auf seiner Brust eingeschlafen sein, denn plötzlich hebt er mich vom Sofa auf seine Arme, und das Zimmer ist dunkel.

»Was machst du?«, murmle ich müde.

»Ich bringe dich ins Bett.«

»Und wo schläfst du?«

»Bei dir natürlich.«

Heute Abend diskutiere ich nicht. Ich bin zu müde. Und ich würde mich ohnehin nicht mit ihm streiten. Ich habe keine Schuldgefühle, weil ich Will nicht angerufen habe.

Mist.

Na ja, jetzt rufe ich ihn auch nicht mehr an. Ich mache es einfach morgen früh und sage, dass ich eingeschlafen bin.

Wenigstens ist das die Wahrheit.

Und Tatsache ist, dass ich es liebe, neben Jake zu schlafen. Ich weiß, dass es falsch ist. Alles an dieser Sache ist falsch.

Aber es fühlt sich auch so absolut richtig an. Und mir fehlt die nötige Energie, um in diesem Augenblick über Richtig und Falsch nachzudenken.

Jake legt mich ins Bett und deckt mich zu.

Ich höre, wie er sich im Zimmer bewegt, sich auszieht, und dann senkt sich die Matratze, als er sich neben mich legt.

Ich spüre, wie seine Finger im Dunkeln tasten, bis er die meine findet. Er zieht meine Hand zu sich und legt sie auf seine warme, harte Brust. Unter meiner Handfläche kann ich seinen Herzschlag spüren.

»Ich liebe es, mit dir im Bett zu liegen«, flüstert er.

»Und ich liebe es, dich in meinem Bett zu haben.«

»Bist du immer noch müde?«, fragt er.

»Jetzt nicht mehr so sehr.« Ich unterdrücke ein Gähnen. »Warum, was hattest du im Sinn?«

»Dies und das.«

»Sprich weiter«, fordere ich ihn mit einem Lächeln auf.

Er rückt näher zu mir und streicht über mein Bein. Als seine Hand sich weiter hinaufbewegt, öffne ich die Schenkel.

»Sag etwas auf Spanisch zu mir«, murmelt er.

»Warum?«

»Weil du so sexy klingst, wenn du das machst.« Seine Zungenspitze streift über meinen Nacken, und ich erbebe innerlich.

»Wirklich? Ich dachte immer, ich klinge bescheuert.«

Abrupt hebt er den Kopf und starrt mich im Dunkeln an. »Bescheuert – machst du Witze?«

»Na ja, früher hast du jedes Mal gelacht, wenn ich mit Akzent gesprochen habe.«

»Ich hab gelacht, um meine Latte wegzukriegen.«

»Und ich hab das gemacht, um dich zum Lachen zu bringen.« Ich kichere.

»Lolita.«

»Perversling.« Ich lächle. »Also magst du es wirklich.« Ich schiebe meine Finger in sein dichtes Haar.

»Ich mag es sogar sehr.« Seine Stimme klingt tief und sexy. »Deinetwegen hatte ich fast meine gesamte Pubertät über eine Latte – und jetzt immer noch. Ich kann keinen Film mit Penélope Cruz schauen, ohne dabei einen Ständer zu kriegen – das verheißt nichts Gutes bei Filmpremieren. Alles, was mit Puerto Rico und Spanien zu tun hat, assoziiere ich mit Ständern, und das ist ganz und gar deine Schuld.«

Ich kichere erneut.

»Als du Stuart neulich spanische Schimpfwörter beigebracht hast, verdammt, Tru …«

»*Joder*«, flüstere ich.

»O Gott«, stöhnt er. Er greift mir ins Haar und küsst mich hart auf den Mund.

Mir gefällt dieses Gefühl von Macht über ihn.

»Scheiße, Tru, was machst du nur mit mir? Neulich Abend musste ich meine ganze Beherrschung aufbringen, um dich nicht auf den Tisch zu werfen und dich auf der Stelle vor Stuarts Augen zu nehmen.«

»Warst du deswegen so schlecht gelaunt?«

»Ich war frustriert«, knurrt er.

In der Dunkelheit lächle ich in mich hinein, während mich ein Schauer durchläuft.

»Du hättest es einfach tun sollen.«

»Glaub nicht, dass du damit noch mal durchkommst«, erwidert er in ernstem und hörbar angeheiztem Ton. »Wenn du das nächste Mal auf Spanisch mit mir sprichst, werde ich ein paar richtig schmutzige Sachen mit dir anstellen, und es ist mir egal, wo wir dann gerade sind.«

Ich presse meine Beine zusammen und befeuchte meine trockenen Lippen. »*Hazme el amor*«, raune ich und versuche, verführerisch zu klingen.

Er stöhnt, beißt mir auf die Unterlippe und saugt sie in seinen Mund. »Was hast du gesagt?«

»Mach Liebe mit mir.«

»Das krieg ich hin.« Er zerrt mir die Shorts und den Slip runter und dringt mit dem Finger tief in mich ein.

Keuchend kralle ich die Hände ins Bettlaken.

»Ich werde nie müde, das mit dir zu machen«, flüstert er.

»Eines Tages bestimmt, da bin ich sicher.«

Bevor ich auch nur blinzeln kann, hat er mich flach auf den Rücken gedreht, liegt auf mir und hält mir die Arme über dem Kopf fest.

»Niemals«, beteuert er. Er küsst meinen Hals, arbeitet sich nach unten vor. Mit beiden Händen umfasst er meine Brüste und berührt mich auf genau die richtige Art und Weise, als hätte er das schon immer mit mir gemacht.

Wieder einmal verliere ich mich in ihm, schwelge in ihm und den Gefühlen, die nur er in mir wecken kann.

Jake und ich liegen im Dunkeln nebeneinander. Durch das riesige Hotelfenster fällt das Mondlicht herein, und wir schauen einander an.

»Tunkst du deine Pommes immer noch in deinen Milchshake?«, fragt er.

Wir unterhalten uns übers Essen. Die letzte Stunde über haben wir nur Schwachsinn geredet, durch den Sex ist meine Müdigkeit schon lange verflogen, und ich liebe es. Ich liebe ihn.

»Klar.« Ich lächle.

»Dir ist immer noch klar, dass das eklig ist, oder?«

»Ja, aber das ist mir egal, weil ich es mag.«

»Du warst schon immer komisch.«

»Dito.« Ich strecke ihm die Zunge heraus.

»Mag sein, aber ich hab meine komischen Seiten immer sehr viel besser verkauft als du. Ich hab sie anderen gegenüber cool wirken lassen.«

»Ah, dann sollte ich mir vermutlich ein paar Tipps von dir geben lassen, wie man cool wird.«

»Auf jeden Fall. Ich hab jede Menge Ideen für dich, wie du deinen Coolness-Faktor in kürzester Zeit steigern kannst.« Spielerisch fährt er mir mit der Fingerspitze über die Nase. Ein Finger, der vor nicht mal einer Stunde alle möglichen unanständigen Sachen mit mir gemacht hat.

Innerlich erbebe ich beim Gedanken daran.

»Hmm, ich wette, dass du die hast.«

Mir schwirrt eine Frage im Kopf herum. Die, die ich ihm stellen wollte, seit ich ihn das erste Mal in diesem Hotelzimmer in London zum Interview getroffen habe.

Ich atme tief ein. »Warum hast du nicht mehr angerufen oder geschrieben?«

Er starrt mich lange an.

»Ich war jung, selbstsüchtig und dumm, und ich hab's nicht ertragen, wie sehr du mir tatsächlich gefehlt hast, nachdem ich weg war. Ich hab nicht gewusst, dass es überhaupt möglich ist, jemanden so sehr zu vermissen wie ich dich damals.

Und jedes Mal, wenn ich mit dir telefoniert oder einen Brief von dir bekommen habe, hat es noch mehr wehgetan. Dann hab ich Jonny kennengelernt, und wir haben die Band gegründet, und mein altes Leben – du – das alles schien so weit weg zu sein. Du hast mir weiterhin gefehlt, aber der Schmerz flaute langsam ab, und ich wusste, dass es die Wunden nur wieder aufreißen würde, wenn ich mit dir in Kontakt bleibe. Also habe ich beschlossen, mich nicht mehr zu melden.«

Nachdenklich streiche ich ihm mit den Fingerspitzen übers Kinn. Er ergreift meine Hand und küsst meine Finger.

»Warum hast du dich nicht bei mir gemeldet, nachdem die Band bekannt geworden war?«, will er wissen.

Ich seufze. »Genau aus diesem Grund. Du hast mich nicht mehr angerufen und nicht mehr geschrieben, und es war alles so lange her. Ich wollte nicht, dass du denkst, ich suche nur Kontakt zu dir, weil du berühmt geworden bist.«

»Dabei hätte ich es mir gewünscht. Ich hab so oft an dich gedacht. Mich gefragt, was du machst.«

»Warum hast du dann nicht nach mir gesucht? Es ist ja nicht so, als hättest du es nicht gekonnt. Du hast doch die nötigen Mittel.« In mir wallt Wut auf. Hätte er sich vor ein paar Jahren bei mir gemeldet, wären wir schon damals ein Paar geworden, und ich hätte Will nie kennengelernt. Und dann würde ich jetzt nicht in diesem Schlamassel stecken.

Er presst seine Lippen aufeinander. »Ich hatte Angst davor.«

Bei diesen vier Worten durchrieselt mich ein Schauer.

»Warum?«

Er seufzt. »Am Anfang war ich zu sehr mit der Band beschäftigt, um mich um irgendjemanden oder irgendetwas sonst zu kümmern. Und die meiste Zeit über war ich high – manchmal war ich nicht gerade der beste Umgang.« Er atmet tief ein. »Als unser Durchbruch kam, wurde es ziemlich turbulent. Dann ist Jonny gestorben, und ...« Er unterbricht sich, muss offenbar um Fassung ringen. Ich merke, wie sehr es ihn noch immer schmerzt, selbst jetzt.

»Es ist einfach alles in Stücke gegangen. Denny und Tom waren am Ende, und in ihrem Schmerz haben sie von mir erwartet, dass ich irgendwie alles in Ordnung bringe. Aber ich wusste einfach nicht, wie. Eine Zeit lang dachte ich damals, die Band würde es nicht überleben. Ganz besonders, als ich in Japan diesen verdammten Totalausfall hatte.«

Bei der Erinnerung verzieht er das Gesicht.

»Richtig. Der Pinkel-Eklat. Nicht gerade deine Sternstunde, aber vollkommen nachvollziehbar«, versichere ich ihm.

»Das war einer meiner Tiefpunkte, Tru. Und dann ist mir klar geworden, dass es Jonny war, der mich stabilisiert hat, und schlagartig habe ich begriffen, wie sehr er mich an dich erinnert hat ... Du und er, ihr wart euch in vielerlei Hinsicht ähnlich. Und ich hatte mich auf ihn verlassen – so wie auf dich während all der Jahre – und darauf, dass er die Dinge für mich regelt.

Als ich in die Staaten gezogen bin, habe ich, ohne mir dessen bewusst zu sein, als Allererstes nach einer anderen Version von dir gesucht. Zufälligerweise war das Jonny.«

Er zuckt die Achseln. »Und inmitten all der Trauer um ihn warst du alles, woran ich denken konnte. Aber wir hatten uns seit elf Jahren nicht mehr gesehen, und ich wusste nicht, wie ich Kontakt zu dir aufnehmen sollte. Ich wollte es so sehr, aber immer wieder hab ich mir eingeredet, dass ich dir nichts mehr bedeute, und mich gefragt, was wäre, wenn du mich nicht sehen wolltest ... Ich konnte einfach den Gedanken nicht ertragen, dich noch einmal zu verlieren, also habe ich es verdrängt. Und als du in dieses Hotelzimmer gekommen bist, konnte ich einfach ...«

Er fährt mir mit den Fingern durchs lange Haar und streicht es mir über die Schulter.

»Ich konnte mein Glück einfach nicht fassen, dass du es warst. Stuart hatte mir die Liste mit den Namen der Interviewpartner an diesem Morgen gegeben, und da stand deiner, ganz oben. Die folgende Stunde hab ich damit verbracht, auf und ab zu tigern und zu hoffen, dass du es sein würdest – und da warst du, hast vor mir gestanden und warst schöner als je zuvor. In jenem Moment habe ich mit absoluter Sicherheit gewusst, dass ich dich nie wieder gehen lassen würde.«

Ich presse meine Lippen zusammen und runzle die Stirn. »Deswegen verfasse ich also die Biografie?«

»Zum Teil.« Er lächelt schief. »Aber hauptsächlich, weil du verdammt gut schreiben kannst.«

»Gut gerettet.« Ich lächle, schmiege mich an ihn und küsse ihn zärtlich auf die Lippen.

Er legt mir die Hände an die Wangen und hält mich fest. »Verlass mich niemals, Tru. Ich kann dich nicht noch mal verlieren.« Stille Verzweiflung schwingt in seinem Tonfall mit. Innerlich erzittere ich.

»Du wirst mich nie verlieren. Versprochen.«

Ich werde immer ein Teil von Jakes Leben sein, auf die eine oder andere Weise. Das weiß ich mit Sicherheit.

Sein Kuss vertieft sich, seine Zunge erobert meinen Mund, drängt gegen meine und zieht mich fordernd in seinen Bann. Wir sind völlig vertieft in die Berührung unserer Lippen, schwelgen in heißen Gefühlen und Sinnlichkeit.

In der Art, wie er mich festhält und küsst, liegt ein solch verzweifeltes Verlangen, eine solche Innigkeit, wie ich sie nie zuvor verspürt habe. Es trifft mich völlig unvorbereitet. Und ich habe das Gefühl, als bekäme ich gerade einen flüchtigen Eindruck davon, was ich ihm möglicherweise bedeute.

Nach einer Weile verlangsamt Jake seinen Kuss, nimmt seine Lippen von meinen und lässt Küsse auf meinen Hals regnen. Er zieht mich an seine Brust und hält mich fest.

»Jonny hätte dich gemocht«, murmelt er und streicht mir mit den Fingerspitzen über den Rücken.

»Glaubst du?« Ich hebe den Kopf, um ihn anzusehen.

»Definitiv.« Er küsst meine Nasenspitze. »Am Anfang hab ich ihm ziemlich oft von dir erzählt, also hat er dich in gewisser Weise ziemlich gut gekannt.« Fast schüchtern sieht er mich an.

Ich mag diesen Blick.

Beim Gedanken daran, dass Jake seinem Freund von mir erzählt hat, lächle ich. Ich wünschte, ich hätte die Chance gehabt, Jonny kennenzulernen. In den Interviews hat er wie ein großartiger Mensch gewirkt, und er hat Jake unglaublich viel bedeutet.

»Ich hätte mich allerdings deinetwegen mit ihm in die Haare gekriegt. Du wärst genau sein Typ gewesen.«

»Wirklich?«

»O ja, exotisch, intelligent ... wunderschön.«

Exotisch?

»Charmeur.«

»Auf jeden Fall.«

»Jonny war umwerfend ...« Ich lächle.

»Hey!«, schimpft er und gibt mir durch die Bettdecke einen Klaps auf den Hintern.

»Aber nicht so umwerfend wie du, natürlich!«, quietsche ich.

»Schon besser.«

Es freut mich, dass er mit mir über Jonny redet, so ungezwungen und ohne Trauer.

Er lehnt seine Stirn an meine und schließt die Augen. Während ich seinen Duft einatme, schwelge ich in seiner Zufriedenheit, spüre sie, als wäre es meine eigene.

»Wer war deine erste Freundin?«, frage ich und streiche mit der Fingerspitze über das Tattoo auf seiner Brust.

Ich weiß, dass er damals in England keine hatte. Also war sie definitiv Amerikanerin.

Ich hasse es, dass ich diese Dinge über ihn nicht weiß.

»Abgesehen von dir?«

»Ich war nie deine Freundin.«

»Du hättest es sein sollen.« Er öffnet die Augen und sieht mich an. Die Ernsthaftigkeit in seinem Blick überrascht mich. »Aber um deine Frage zu beantworten, kleine Miss Journalistin ...« Lächelnd lehnt er sich zurück. »Ich hatte nie eine.«

»Du hast nie eine Freundin gehabt?«

»Nein. Niemals.«

»Du verarschst mich doch.«

»Ich verarsche dich nicht. Das ist mein voller Ernst.« Unbeirrt erwidert er meinen Blick.

»Entschuldige, das zu glauben fällt mir etwas schwer. Jake Wethers hat nie eine Freundin gehabt? Was ist mit all den Models und Schauspielerinnen?«

»Und hast du je mehr als eine Woche lang Fotos von mir mit denen gesehen?«

Rasch gehe ich meine Erinnerungen durch und winde mich innerlich bei den Bildern von Jake mit anderen Frauen, die mir in den Sinn kommen.

Ich schüttle den Kopf.

Weil ich das Thema wechseln will, sage ich: »Okay, da ich ohnehin schon im Interview-Modus bin, würde ich dich gern fragen – wenn du, Jake Wethers, einen Song als das Titellied auswählen müsstest, das dich beschreibt, welcher wäre das? Und es darf keiner deiner eigenen sein«, ergänze ich rasch.

»›Hurt‹«, erwidert er, ohne zu zögern.

Es bereitet mir innerlichen Schmerz, dass er dieses Lied ausgewählt hat.

»Warum?«

Er seufzt leise. »Manche Leute behaupten, Reznor hätte damit einen lyrischen Abschiedsbrief verfasst. Andere hingegen meinen, er hat darüber geschrieben, einen Sinn im Leben zu finden. Ich denke, es ist beides ... Kommt einfach darauf an, von welcher Seite man es betrachtet.«

»Und von welcher Seite betrachtest du es?«

Für einen langen Augenblick starrt er mich an. Mir hämmert das Herz in der Brust.

»Momentan? Ein Sinn im Leben.«

In meinem Inneren erbebe ich.

»Reznors Version oder die von Johnny Cash?«, frage ich leise und versuche, den Schmerz in meiner Stimme zu verbergen.

»Johnny Cash.«

»Warum?«

Er schließt kurz die Augen. Und in diesem Augenblick will ich alle Macht der Welt beschwören, um seinen Schmerz zu lindern.

»Weil ich ein paar Dinge mit ihm gemeinsam habe«, antwortet er und öffnet die Augen.

»Zum Beispiel?«

»Die Drogen ... die Frauen ... dass ich auf das Mädchen meiner Träume gewartet habe.«

Ich atme scharf ein. Sofort brennen mir Tränen in den Augen.

Sanft berührt er mein Gesicht, sein Daumen streift über meine Lippen. »Du bist meine June, Tru.«

Ach du Scheiße.

»Nur, dass ich nicht singen kann«, entgegne ich und versuche, den Moment etwas aufzulockern.

»Na ja, das ist richtig, aber auf dem Klavier kannst du den einen oder anderen klasse Song spielen.«

Ich neige den Kopf und zwinge mich zu einem Lächeln, das nicht wirklich echt ist.

»Und was ist deiner?«, fragt er.

»Oh, ohne jeden Zweifel ›I Can't Get No Satisfaction‹.« Ich verbreitere das Lächeln zu einem Grinsen und versuche, zu der gelösten Stimmung zurückzukehren, die noch vor wenigen Momenten geherrscht hat.

»Entdecke ich da eine Spur von Sarkasmus, Bennett?«

»Mhm.« Ich presse meine Lippen aufeinander.

»Dann werde ich wohl mal sehen müssen, wie wir das ändern können.« Er dreht mich auf den Rücken und küsst meinen Hals.

»Jake?«, sage ich einen Moment später.

»Hmm«, murmelt er und fährt mit der Zungenspitze über meine Haut.

»Warum hast du dich nie länger als eine Woche an jemanden gebunden?«

Er hebt den Kopf und starrt mich mit einer solchen Eindringlichkeit an, dass es mich innerlich schmerzt.

»Weil ich auf dich gewartet habe.« Er streicht mir das Haar hinters Ohr und küsst mich sanft auf die Lippen.

»Ich hab mich nur gefragt, ob es an deiner Vergangenheit gelegen hat … Du weißt schon – an deinem Dad?«, frage ich vorsichtig. »Ob du dich deshalb davor fürchtest, eine Beziehung einzugehen.«

Ich spüre, wie er sich unter meiner Berührung versteift, und weiß, dass ich das Falsche gesagt habe.

»Ich fürchte mich nicht davor, eine Beziehung einzugehen.« Abrupt setzt er sich auf und lässt mich allein zurück. »Ich versuche gerade, mit dir eine Beziehung zu führen, aber dir fällt es anscheinend verdammt schwer, deine aktuelle aufzugeben. Vorhin hast du mich gefragt, ob ich schon jemals eine Freundin gehabt habe – nein. Aber du fragst nicht, ob ich eine will. Denn ich will eine – dich. Ich will, dass du ein ständiger Teil meines Lebens bist. Ich will in der Lage sein, mit dir in die Öffentlichkeit zu treten und allen zu sagen, dass du mein Mädchen bist, ohne mich hier in diesen verdammten Hotelzimmern zu verstecken, während du überlegst, ob du mich willst oder ihn.«

Whoa! Was zum Teufel? Wo kommt das plötzlich her?

»Ich habe dir schon gesagt, dass ich mit dir zusammen sein will.«

»Aber du hast es Will nicht gesagt, und darin liegt das Problem, Tru. Denn ich glaube eigentlich nicht, dass du weißt, was du willst.«

»Natürlich tue ich das.«

Ich setze mich auf, lege meine Hände an sein Gesicht und zwinge ihn, mich anzusehen. »Ich will dich. Ich will mit dir zusammen sein.«

Und ich meine es so. Ich will Jake wirklich. Aber ich weiß, dass ich auch Will liebe, und ganz ehrlich habe ich keine Ahnung, wie ich mich fühlen werde, wenn ich ihn wiedersehe.

Die Wahrheit ist: Es ist leicht, hier auf diese Weise mit Jake zusammen zu sein, weil ich mich einfach so weit entfernt von Will fühle. Weit entfernt von meinem Leben mit ihm.

Als wären er und ich in einem Paralleluniversum zusammen gewesen.

Aber wenn er wieder in mein Leben zurückkehrt … Ich schätze, ich weiß es einfach nicht.

Trotzdem, unabhängig von meinen Gefühlen werde ich das Richtige tun. Ich werde Will von mir und Jake erzählen. Dazu muss ich nur den geeigneten Moment abpassen.

Ich bringe meinen Mund dicht an Jakes Lippen, doch anstatt sie zu küssen, senke ich den Kopf und küsse die Narbe an seinem Kinn, drücke meinen Mund sanft darauf.

Er atmet scharf ein.

Mit der Zunge streiche ich über seine rauen Bartstoppeln, gleite langsam aufwärts, bis mein Mund seinen findet.

Er greift mir ins Haar und hält mich fest.

»Du gehörst mir, Tru. Ich werde dich nicht mehr mit ihm teilen.«

»Ich gehöre dir«, murmle ich an seinem Mund.

Ich bin einfach so völlig berauscht von ihm, und in diesem Moment gehöre ich ihm, voll und ganz.

Jake stößt mich zurück aufs Bett, nimmt ein Kondom vom Nachttisch und streift es sich in Sekundenschnelle über.

Ohne Zögern dringt er in mich ein. Stöhnend spüre ich, wie er mich ausfüllt, so, wie nur er es kann.

Er küsst mich hart auf den Mund, rollt sich auf den Rücken und zieht mich mit sich, sodass ich oben bin.

Langsam bewege ich mich auf und ab, meine Hände liegen auf seinem straffen Bauch.

»Fuck, Tru«, stöhnt er, und seine Finger graben sich in meine Hüften, während er das Becken hebt und sich tiefer in mich versenkt.

»Das versuche ich«, hauche ich, begegne seinem Blick und beiße mir auf die Lippe.

Mit einer raschen Bewegung dreht Jake mich wieder auf den Rücken und raubt mir dabei den Atem.

Zwischen uns wird es drängend, hitzig und hart.

Ich begegne seinen Bewegungen, meine Hände liegen gespreizt auf seinem Rücken, meine Finger krallen sich in seine Muskeln, packen ihn, während Jake mich genau so nimmt, wie ich es will.

»O Gott, Jake«, stöhne ich. »Härter. Ich will es härter.«

»Du wirst ihm morgen von uns erzählen.« Mit zusammengebissenen Zähnen stößt er in mich hinein. Das war keine Frage.

»Ich sag's ihm.« Im Moment würde ich alles versprechen, nur damit er weitermacht.

»Ich teile dich nicht länger«, wiederholt er, während er immer wieder in mich stößt. »Du gehörst mir.«

»Ja«, schreie ich.

Als wir gemeinsam zum Höhepunkt kommen, drückt Jake mich fest an sich und birgt sein Gesicht an meinem Hals. Beinah, als sei es das letzte Mal, dass er mich festhält.

Und hier liege ich, verwirrt und innerlich zitternd. Das hier ist ziemlich heftig. Seine Gefühle für mich sind heftig.

Mir war nicht klar, dass sie so tief sind. Oder dass Jake so besitzergreifend ist.

KAPITEL 16

Mich weckt ein Klopfen an meiner Zimmertür. Ein Blick auf die Uhr verrät mir, dass es Viertel nach neun am Morgen ist.

Ich frage mich, wer zum Teufel das ist.

Jake hält mich umschlungen wie eine Bettdecke. Ich winde mich aus seinen Armen, und er stöhnt und rollt sich im Schlaf zur Seite.

Ich ziehe meinen Morgenmantel über und tappe zur Tür. Als ich durch den Türspion spähe, bleibt mir fast das Herz stehen.

Es ist Will.

Will steht vor meiner Tür, und Simone ist bei ihm, und Jake liegt in meinem Bett. – Ach du Scheiße!

Ach du verdammte, verfickte Scheiße!

Einen Moment lang weiß ich buchstäblich nicht, was ich tun soll.

Will klopft wieder an die Tür. Dieses Mal ein wenig energischer.

Ich trete lautlos ein paar Schritte zurück, drehe mich um und renne ins Schlafzimmer.

»Jake«, flüstere ich und schüttle ihn. »Wach auf.«

Er blinzelt unter schweren Lidern hervor.

»Will ist hier, vor der Tür! Jetzt gerade!«, zische ich.

Er blinzelt erneut, während er meine Worte verarbeitet. Äußerst langsam setzt er sich auf.

Er wirkt nicht im Geringsten panisch. Ich mache mir total in die Hose, aber Jake sieht das alles anscheinend ziemlich gelassen.

»Du musst dich verstecken.« Ich ziehe an seinem Arm und sehe mich im Zimmer um. Mein Blick fällt auf die Badezimmertür.

»Was?«

»Verstecken. Du musst dich im Bad verstecken. Will ist hier, draußen vor der Tür.«

Ich renne umher und sammle seine Kleidungsstücke auf. Hastig drücke ich sie ihm in die Hände und versuche, ihn vom Bett zu ziehen. Sein Widerstreben ist offensichtlich.

»Du willst, dass ich mich im Badezimmer verstecke?« Sein Tonfall klingt nicht gerade begeistert.

»Pssst, sei leise, sonst hört er dich.«

»Ist mir scheißegal«, sagt er laut.

O nein.

»Bitte, Jake. Ich kann nicht zulassen, dass er es auf diese Weise herausfindet. Nicht, wenn er den ganzen Weg gekommen ist, um mich zu sehen. Ich sage es ihm ganz bald. Aber nicht so. Bitte.« Erneut versuche ich, ihn in Richtung Badezimmer zu drängen.

Ein weiteres Klopfen. Dieses Mal noch lauter und nachdrücklicher.

Jake blickt in die Richtung, aus der das Klopfen gekommen ist, und wieder zu mir. Er starrt mich hart und gnadenlos an.

Ich starre zurück, mit einem flehenden Ausdruck in den Augen.

Endlich steht er auf, stürmt ins Badezimmer und schließt mit einem Ruck die Tür hinter sich.

In meinem Kopf herrscht totales Durcheinander.

Eilig mache ich mich auf den Weg. Ich streiche mir das Haar zurück, hole tief Luft und öffne schwungvoll die Tür.

»Überraschung!«, rufen Will und Simone einstimmig.

»Aaahh!«, kreische ich mit oscarverdächtig gespielter Überraschung.

Will legt die Arme um mich. Sein Duft umfängt mich, Moschus und Minze, und ich breche beinah auf der Stelle weinend zusammen.

»Gott, hast du mir gefehlt«, flüstert er und drückt mich an sich.

»Du mir auch«, murmle ich. Ich kann die Tränen nicht zurückhalten, die mir in die Augen steigen.

Tränen der Schuld.

»Du hast dir ja ganz schön Zeit gelassen, zur Tür zu kommen.« Er hält mich ein Stück von sich weg, als wollte er meinen Anblick in sich aufnehmen.

Er wirkt so glücklich.

O Gott.

»Entschuldige, ich hab geschlafen.« Irgendwie schaffe ich es trotz Kloß im Hals, die Worte auszusprechen.

»War spät gestern, was?«

»Mhm.«

Simone drängelt sich vor und umarmt mich. Halt suchend klammere ich mich an sie.

Ich bin so froh, dass sie hier ist.

Will läuft an uns vorbei und zieht die kleinen Koffer der beiden in meine Suite.

»Hallo, Süße«, begrüßt sie mich. »Die Wohnung ist so ruhig und sauber ohne dich.«

Ich umarme sie noch fester.

»Hey, alles okay?« Prüfend betrachtet sie mich.

»Ich bin einfach froh, dich zu sehen.« Erneut ziehe ich sie an mich.

Schließlich löse ich mich von ihr und folge Will ins Wohnzimmer, Simone im Schlepptau.

Okay, Jake sitzt also im Badezimmer fest, und irgendwie muss ich die beiden für eine Weile hier wegkriegen, damit er rauskommen und in seine eigene Suite zurückkehren kann.

»Ach du Scheiße!«, ruft Simone hinter mir. »Diese Suite ist ja riesig!«

Ich zucke die Achseln und lächle angespannt.

Immer wieder geht mein Blick in Richtung Badezimmertür.

Jake ist da drin. Im Badezimmer. In nichts als Boxershorts. Ich hoffe, er hat seine Sachen angezogen.

Nicht, dass es den geringsten Unterschied machen würde, wenn Will ihn in meinem Bad erwischt. Es wäre ziemlich klar, was er da drin zu suchen hat.

Scheiße. Scheiße. Verfluchte Scheiße.

Was soll ich bloß tun?

Nachdem er die Koffer abgestellt hat, kommt Will wieder zu mir, legt mir die Arme um die Taille und drückt mir einen festen Kuss auf die Lippen.

Ich winde mich etwas.

Ob er Jake an mir riechen kann? Ich befreie mich aus seinem Kuss und lehne mich leicht zurück.

Er starrt mir ins Gesicht. »Geht's dir gut, Schatz?«

»Natürlich.« Meine Stimme klingt etwas erstickt, und ich winde mich unter seinem Blick. So, wie ich mich fühle, verliere ich jeden Moment die Beherrschung.

»Das ist doch in Ordnung, oder? Dass Simone und ich hier auftauchen, um dich zu überraschen?«

»Natürlich ist es das!«

Simone läuft umher und begutachtet die Suite.

»Dieses Schlafzimmer ist unglaublich!«, ruft sie und steckt den Kopf durch die Tür.

Geh da nicht rein. Bitte geh da nicht rein.

Sie ist reingegangen.

Mist.

Über Wills Schulter hinweg sehe ich sie herumspazieren, alles betrachten und aus dem Fenster blicken, das sich direkt neben der Badezimmertür befindet.

Geh nicht ins Bad. Geh nicht ins Bad.

Ich sehe, wie ihre Hand nach der Türklinke greift.
Scheiße.
Was soll ich tun? Ich versuche, mir rasch etwas auszudenken, aber ich bin wie gelähmt. Nichts geht mehr. Völliger Funktionsausfall, genau dann, wenn ich meinen klaren Kopf am meisten brauche.

Dann bewegt sich alles in Zeitlupe, und ich erstarre, während ich entsetzt mit ansehe, wie Simone die Badezimmertür öffnet.

»AAAHH!«, schreit sie.
Verdammt.
Mist.
Scheiße.
»Simone, geht's dir gut?«, fragt Will besorgt und dreht sich in meinen Armen um.

Ich halte ihn fest.
Das war's. Genau in diesem Moment ist alles aus.
Wenn ich gewusst hätte, dass dies das letzte Mal sein würde, dass ich Will in den Armen halte, hätte ich es mit sehr viel größerer Überzeugung getan. Ich hätte mir alles an ihm ganz genau eingeprägt. Denn wenn er herausfindet, dass Jake da drin ist, wird er mir das niemals verzeihen. Er wird mich nie mehr auf dieselbe Weise ansehen.

Simone ist so lange still, dass es mir wie eine Ewigkeit vorkommt. Verzweifelt halte ich den Atem an, warte auf ihre Reaktion und fühle mich, als würde mir jeden Moment der Kopf explodieren.

»Mir geht's gut!«, ruft sie, aber ihre Stimme klingt etwas erstickt.

Dann höre ich, wie sich die Badezimmertür schließt.
Ich atme aus.
»Es war nur eine Spinne. Eine riesige Spinne im Bad. Hat mich zu Tode erschreckt«, erklärt sie, als sie ins Wohnzimmer zurückkehrt.

»Willst du, dass ich sie wegmache?«, fragt Will und dreht sich in meinen Armen um.

»Nein!«, rufen Simone und ich gleichzeitig.

Verwirrt blickt Will zwischen uns hin und her.

»Ich mag Spinnen«, behaupte ich rasch.

»Wirklich?« Will sieht mich durchdringend an.

Sofort wird mir unter seinem Blick heiß.

»Sie ist weg. Als ich geschrien hab, ist sie abgehauen«, sagt Simone und rettet mich vor seinem zweifelnden Blick.

Ich sehe ihr kurz in die Augen. Blinzle einmal langsam, um ihr zu danken.

Sie nickt leicht und setzt sich auf die Sofalehne.

»Woher habt ihr gewusst, in welchem Zimmer ich bin?«, frage ich und befreie mich aus Wills Griff, doch er lässt seinen Arm um meine Taille und bleibt dicht bei mir.

Will antwortet: »Wir wollten, dass es eine Überraschung wird, und wir dachten uns, ihr wohnt bestimmt im obersten Stockwerk, also haben wir den Sicherheitsmann gefragt, der vorne die Haupttür bewacht hat. Vermutlich einer von Jakes Sicherheitsleuten – der nicht sehr glücklich wirkte, uns hier oben zu sehen, wie ich vielleicht dazu sagen sollte. Aber dann haben wir ihm gesagt, dass wir dich suchen, dass wir gekommen sind, um dich zu überraschen, und er hat uns zu deinem Zimmer geführt.«

Es hat funktioniert. Ich bin geplättet. Und geliefert.

»Gut mitgedacht.« Ich zwinge mich zu einem Lächeln. »Wann habt ihr euch das überlegt?« Meine Stimme zittert total.

Ich muss die beiden hier rauskriegen, nur lange genug, damit ich Jake aus dem Badezimmer holen kann. Das ist gerade der einzige Gedanke, der mir durch den Kopf geht.

»Vor ein paar Tagen.« Will löst sich von mir und setzt sich aufs Sofa.

Mist, er macht es sich bequem.

Ich bleibe, wo ich bin. Aber ich kann kaum still stehen und hüpfe praktisch von einem Bein aufs andere und schlinge mir die Arme um die Brust.

Immer wieder wirft Simone mir Blicke zu, aber ich kann mich nicht dazu überwinden, sie anzusehen. Die Scham brennt mir im Gesicht.

»Ich wusste, dass du wegen des Artikels über die ganze Jake-Affäre gestresst bist«, fährt Will fort.

Ich ersticke beinah an meiner eigenen Spucke, tue aber rasch so, als müsste ich husten. Mit der Hand halte ich mir den Mund zu.

Will scheint nichts zu bemerken und fährt unbekümmert fort: »Und ich weiß, dass heute der letzte Tag der Tournee ist, daher dachte ich mir, ich komme her und sehe mir das Konzert an – natürlich nur, wenn das Jake und den Jungs recht ist.«

»Ich – ich bin sicher, das ist kein Problem.« Meine Stimme klingt total quietschig.

Es wird immer schlimmer.

»Also hab ich Simone angerufen, um zu hören, ob sie auch Lust hat, herzukommen, und da sind wir.«

Er hat sich solche Mühe für mich gemacht. Und ich habe mit Jake geschlafen.

Ich komme in die Hölle. Geradewegs in die Hölle.

»Ich hab uns für morgen Abend Tickets für denselben Rückflug wie deinen gebucht, damit wir alle zusammen nach Hause fliegen können«, ergänzt er lächelnd.

»Klingt wundervoll.« Ich ringe mir ein weiteres Lächeln ab. »Also, ich wette, ihr zwei seid am Verhungern.« Meine Stimme wird immer höher. »Warum geht ihr nicht runter und frühstückt, das Essen hier ist großartig. Ich zieh mich inzwischen an und bin dann in zehn Minuten bei euch.«

»Ja, ich könnte durchaus was vertragen«, erwidert Will und legt sich die Hand auf den Bauch. »Aber wir können auch auf dich warten, Schatz ... Geh dich ruhig anziehen.« Er weist mit dem Kopf in Richtung Schlafzimmertür.

»Ich muss duschen.«

»Ist in Ordnung, wir warten.«

Hilfe suchend werfe ich Simone einen Blick zu.

»Da können wir ewig warten, Will, du weißt doch, wie sie ist, und ich verhungere. Lass uns gleich runtergehen und uns schon mal einen Tisch sichern, und Tru kann sich uns anschließen, sobald sie fertig ist.«

»Na gut«, gibt Will zögerlich nach.

Er erhebt sich und kommt zu mir. Mit Daumen und Zeigefinger hebt er mein Kinn und drückt mir fest einen Kuss auf die Lippen.

»Wir sehen uns unten, und mach schnell. Ich war schon viel zu lange von dir getrennt.«

»Ich brauche höchstens zehn Minuten.«

Simone drückt meine Hand, als sie an mir vorbeigeht. Ich breche beinah auf der Stelle zusammen.

Ich warte, bis ich die Tür hinter ihnen ins Schloss fallen höre, bevor ich mich bewege.

Langsam gehe ich ins Schlafzimmer und öffne die Badezimmertür.

Jake sitzt auf dem Rand der Badewanne, trägt seine Sachen und wirkt nicht gerade glücklich. Aber das habe ich auch nicht erwartet.

»Tut mir so leid …«, fange ich an, doch er unterbricht mich.

»Hast du gewusst, dass er kommt?«

Ich sehe ihn überrascht an. »Nein.«

Er wirft mir einen ungläubigen Blick zu.

»Mal ehrlich, als ob ich dich hier in meinem Bett hätte schlafen lassen, wenn ich gewusst hätte, dass er hier auftaucht.«

Für einen langen Augenblick starrt er mich an. Mein Magen verkrampft sich, und mein gesamter Körper steht unter Strom. Ich kann nicht aufhören, herumzuzappeln.

Mit ein paar Schritten bin ich bei ihm und knie mich zwischen seine Beine. »Es tut mir so wahnsinnig leid.«

»Warum hast du mich gezwungen, mich hier drin zu verstecken?«

Verwirrt schaue ich zu ihm auf. »Weil ich nicht wollte, dass er reinkommt und dich in meinem Bett findet.«

Er mustert mich aus schmalen Augen. Unter seinem Blick wird mir heiß und unbehaglich.

»Also wirst du ihm nichts von uns sagen?«

»Was? Doch, natürlich werde ich das.«

Glaube ich. Vielleicht. Ich weiß nicht.

»Dann geh, und sag es ihm.« Er deutet zur Tür. »Du weißt, wo er ist. Sag es ihm gleich. Ich warte solange hier auf dich.«

»Jake …« Ich stehe auf und setze mich auf den Toilettendeckel. »Er ist den ganzen Weg hergeflogen, um mich zu sehen. Ich kann ihm nicht einfach gerade mal zehn Minuten, nachdem er angekommen ist, von dir und mir erzählen.«

»Letzte Nacht hast du mir versprochen, dass du es ihm sagen würdest. Er ist jetzt hier, welche bessere Gelegenheit gibt es also? Du wolltest es ihm nicht am Telefon sagen. Nun, jetzt musst du das nicht mehr.«

Ich fahre mir mit den Händen durchs Haar und atme tief durch. »Sei vernünftig, Jake.«

»Ich glaube, im Großen und Ganzen war ich ziemlich vernünftig und geduldig. Echt verdammt geduldig, aber so langsam nähert sich diese Geduld dem Ende.«

Ich blicke auf meine Zehen hinab.

Er steht mit einem lauten Seufzen auf und stürmt aus dem Bad.

Hastig springe ich auf und folge ihm.

»Jake, warte«, rufe ich.

Gleich hinter der Badezimmertür bleibt er stehen und dreht sich zu mir um. »Wirst du es ihm heute sagen oder nicht?«

Ich seufze leise und schlinge die Arme um mich. »Ich werde es ihm sagen, aber ich kann das nicht heute tun.« Ich schüttle den Kopf. »Nicht heute. Bitte, versuch, das zu verstehen.«

Ich trete zu ihm, strecke die Hand nach ihm aus, doch er schüttelt den Kopf.

Seine Zurückweisung schmerzt mehr, als ich mir je hätte vorstellen können.

Er geht aus dem Schlafzimmer in Richtung Ausgang.

»Geh nicht so, bitte«, flehe ich mit Verzweiflung in der Stimme, während ich von hinten nach seiner Hand greife.

Stumm starrt er auf meine Hand hinab, die seine hält. Sein Gesichtsausdruck bringt mich dazu, loszulassen.

»Ich bin nicht der Nebenbuhler, Tru.«

»Ich weiß, und ich werde es ihm sagen, das verspreche ich dir.«

Er blickt zu Boden. »Nimmst du ihn mit zum Konzert?«

Ich presse die Lippen aufeinander. »Ich kann nicht hingehen und ihn und Simone hierlassen.«

»Nein. Schätze, das kannst du nicht.« Sein Tonfall ist bitter.

»Willst du, dass ich nicht zum Konzert gehe? Ich kann mir irgendeine Ausrede einfallen lassen, weshalb …«

»Nein. Bring ihn mit zum verdammten Konzert. Es ist mir egal.«

Plötzlich fühlt es sich an, als hätte sich zwischen uns ein unsichtbares Kraftfeld materialisiert.

»Ich mache alles. Was immer für dich am einfachsten ist, Jake.«

»Nein, machst du nicht. Ihm die Wahrheit zu sagen ist das, was für mich das Einfachste wäre.« Entschlossen hält er meinen Blick.

Ich sehe weg und schäme mich, weil er recht hat. Damit, dass ich es Will nicht sage.

»Mach doch, was du willst, Tru. Mittlerweile ist es mir scheißegal.«

Dann ist er weg, und die Tür schlägt hinter ihm zu, und ich bin allein mit dem Wissen, dass ich mich zusammenreißen und nach unten gehen muss, um Will gegenüberzutreten. Um so zu tun, als wäre alles in Ordnung, obwohl es nicht weiter davon entfernt sein könnte.

Ich blicke hinunter auf die Armbänder an meinem Handgelenk von den beiden Männern, die ich liebe.

Jetzt muss ich nur noch herausfinden, welches ich abnehmen werde.

KAPITEL 17

Das Konzert ist unfassbar gut.

Jake, Denny und Tom sind in Topform – vor allem Jake. Es ist das letzte Konzert der Europa-Tournee, und er stellt sicher, dass sie mit einem Knall endet.

Seit heute Morgen habe ich ihn nicht mehr gesehen. Aus naheliegenden Gründen weicht er mir aus.

Ich weiß, dass Wills Anwesenheit ihn verletzt, und es macht mich fertig. Mit dem Gedanken, dass Jake leidet, habe ich ohnehin schon Probleme, aber wenn ich der Grund dafür bin, ist es noch tausendmal schlimmer.

Ich wünschte, ich könnte ihm das ersparen. Im Moment sitze ich zwischen zwei Stühlen – Jake auf der einen Seite, Will auf der anderen.

Zur Abwechslung bin ich vorne im Publikum und sehe mir mit Will und Simone das Konzert an. Aus naheliegenden Gründen dachte ich, das wäre besser, als im Backstage-Bereich zu sein, und Stuart hat netterweise ein paar fantastische Plätze für uns drei organisiert.

Wir sitzen dicht vor der Bühne, mit ungestörter Sicht auf die Jungs. Aber vielleicht ist »sitzen« der falsche Ausdruck, denn Simone und ich haben uns schon seit Beginn des Konzerts nicht mehr hingesetzt.

Es ist schwer, sich nicht von der Show mitreißen zu lassen, denn Jake und die Jungs stehen förmlich unter Strom.

Ich bin nur froh, dass ich mein ärmelloses Blümchen-Top und meinen blauen Jeansrock angezogen habe, es ist irre heiß heute Abend.

Ich glaube nicht, dass die Hitze dazu beiträgt, meine überreizten Nerven zu beruhigen, aber andererseits fühle ich mich schon den ganzen Tag über so.

Ich versuche, die Gedanken an das, was heute Morgen passiert ist, aus meinem Kopf zu verbannen und mich auf Will zu konzentrieren, aber es ist schwierig. Insbesondere, wo ich gerade hier bin und Jake ansehe, der dort oben auf der Bühne so gut aussieht.

Jake beendet einen der neuen Hits namens »Pure Thing«. Die letzten Töne verklingen. Die Bühne verdunkelt sich. Die Lichter gehen aus.

Aus dem Publikum ertönen einige Pfiffe, aber es ist so leise, dass man den Herzschlag einer Maus hören könnte.

Ich merke, wie ich zusammen mit allen anderen den Atem anhalte.

Dann richtet sich ein Scheinwerfer auf Jake.

Er sieht aus wie ein Gott dort oben. Berückend schön, ein gefeierter Star.

Achtzigtausend Leute, und kein Geräusch ist zu hören. Gespannt wartet das Stadion, was aus Jakes Mund erklingen wird.

Ein Mann, dem die Welt zu Füßen liegt, und ich kann nicht begreifen, warum er mich will.

Jake weicht vom Mikrofon zurück, holt seine Zigaretten aus der hinteren Hosentasche, steckt sich eine zwischen die Lippen und zündet sie an.

Während er den Rauch ausstößt, bückt er sich, greift nach dem Bier neben seinem Mikrofonständer und nimmt einen kräftigen Zug aus der Flasche.

Die Menge jubelt und ermuntert ihn, die Flasche zu leeren – sogar Tom stachelt ihn an –, und Jake, weil er so ist, wie er ist, trinkt sie in einem Zug aus und wirft sie vor der Bühne auf den Boden, während das Publikum Beifall klatscht.

Ich sehe, dass er schon einiges intus hat, das ist unverkennbar.

Er nimmt einen weiteren Zug von seiner Zigarette und tritt ans Mikrofon.

Wieder einmal ist das gesamte Stadion still vor Erwartung, was Jake als Nächstes sagen wird.

Er atmet den Rauch aus, als er sich zum Mikrofon beugt, und beginnt zu sprechen. »Okay.« Er fährt sich mit der Hand durchs Haar und wirkt nachdenklich. »Ich weiß, dass die Jungs mich dafür umbringen werden … aber ich spiele mit dem Gedanken, die Dinge vielleicht ein wenig aufzumischen, mal ein bisschen was anderes zu machen.« Jake lehnt sich zurück, sieht Tom fragend an und bedeckt das Mikro mit der Hand, in der er die Zigarette hält.

Tom geht mit der Bassgitarre im Anschlag zu ihm rüber. Unhörbar flüstert Jake ihm etwas ins Ohr. Überrascht blickt Tom auf und nickt Jake einmal zu.

Dann macht Tom sich auf den Weg nach hinten zu Denny, klettert zu ihm hoch, beugt sich über das Schlagzeug und sagt etwas zu ihm. Ich sehe, wie Denny mit einem verwirrten Gesichtsausdruck zu Jake hinüberschaut. Grinsend zuckt Jake die Achseln.

Im Stadion breitet sich Aufregung aus, die Menge fragt sich, was da gerade vor sich geht.

Tom springt vom Schlagzeugpodest runter, geht rüber und redet mit Smith.

Der wirft einen Blick zu Jake und nickt ihm kurz zu.

Schließlich läuft Tom zurück, vorbei an Jake, legt ihm die Hand auf die Schulter und flüstert ihm rasch etwas ins Ohr. Als Tom weggeht, sehe ich Jake lachen.

Jake blickt wieder in die Menge. »Okay, Leute, entschuldigt bitte«, hallt seine betörende Stimme durchs Stadion. »Wir haben uns für einen anderen Song entschieden, aber für einen, von dem ich überzeugt bin, dass ihr ihn mögen werdet. Wir machen ein bisschen was anderes. Das ist keiner von unseren. Dieser Song war gerade in, als wir unseren Durchbruch in der Musikszene hatten, und das waren die Typen, die wir bewundert haben – und immer noch bewundern. Es ist einer meiner persönlichen Lieblingssongs.«

Er nimmt einen weiteren Zug von seiner Zigarette.

»Also, Frage an alle Damen da draußen … nein, eigentlich auch an die Männer: Wie vielen von euch ist schon mal das Herz gebrochen worden?«

Jede einzelne Hand im Stadion hebt sich.

»Mir ist auch das Herz gebrochen worden, ob ihr's glaubt oder nicht, sogar erst kürzlich«, erklärt er.

O Gott.

»Ich tröste dich, Jake!«, schreit eine weibliche Stimme aus dem Publikum.

Jake lacht leise ins Mikro. »Kann sein, dass ich dich beim Wort nehme, Süße.«

»Sag, wann und wo, und ich bin da, Baby!«, ruft die Frau.

Nun erhebt sich eine ganze Reihe weiblicher Stimmen und buhlt um Jakes Aufmerksamkeit.

Mir schnürt sich die Kehle zu. Nervös und ungeduldig will ich wissen, worauf er mit alldem hinauswill. Ich weiß, dass er manchmal unberechenbar sein kann, ganz besonders, wenn er etwas getrunken hat.

»Okay.« Er hebt die Hand und bringt die Menge zum Schweigen. »Also verratet mir: All die gebrochenen Herzen, wie viele davon stammen daher, dass euer Typ oder euer Mädchen euch betrogen hat?«

Ach du Scheiße.

Ein paar Hände sinken.

»Ziemliche Scheiße, was?«, sagt er ins Mikro.

»Okay …« Noch einmal zieht er an seiner Zigarette, bevor er sie zu Boden fallen lässt und sie mit dem Stiefel austritt.

»Wie viele von denen, die die Hände hochhalten, sind jemals … selbst fremdgegangen?«

Mir rutscht das Herz in die Hose. Ich kann nicht glauben, dass er das vor achtzigtausend Menschen macht.

Die große Mehrheit der Hände sinkt. Ich ringe meine innerlich aufgewühlt vor meinem Bauch.

Verstohlen sehe ich zu Will hinüber, aber der verfolgt die Show.

Simone kann ich nicht mal ansehen. Bisher hatte ich noch keine Chance, mit ihr über Jake zu sprechen. Während Will einmal auf Toilette war, habe ich ihr kurz alles geschildert, aber Jake in meinem Bad direkt neben dem Schlafzimmer zu ertappen hat ihr schon alles verraten, was sie wissen musste.

Sie verurteilt mich nicht, und dafür liebe ich sie, aber auch sie hat gesagt, dass ich eine Entscheidung treffen muss. Und sie hat recht, das muss ich.

Ich bin mir nur nicht ganz sicher, wie ich mich entscheiden soll.

»Okay, also dieser Song ist für alle, die schon mal betrogen worden sind«, fährt Jake fort. »Und auch für diejenigen, mit denen andere fremdgegangen sind. Diejenigen von euch, die benutzt und geschmäht worden sind, denen man einen Arschvoll Versprechungen gemacht hat und die dann sitzen gelassen wurden. Dieser Song ist für euch …«

Denny schlägt zweimal das Becken, Smith setzt mit der Gitarre ein, und Jake beugt sich zum Mikro und fängt an zu singen.

Mein gesamter Körper gefriert zu Eis, während er den Text zu »Mr Brightside« von den Killers zum Besten gibt.

Ach du Scheiße.

Also hat er nicht nur gerade vor achtzigtausend Leuten übers Fremdgehen geredet, jetzt singt er auch noch darüber.

Er singt über einen Mann, der glaubt, dass seine Freundin eine Affäre hat.

Er versucht, es Will zu sagen. Er versucht, Will zum Nachdenken zu bringen.

Und in diesem Moment erfüllt mich eine allumfassende Wut auf Jake.

Als würde er meine Gedanken lesen, neigt er den Kopf und starrt direkt in meine Richtung. Mir war nicht klar, dass er überhaupt weiß, wo ich sitze.

Ich dachte, ich hätte zumindest ein wenig Anonymität.

Offensichtlich nicht.

Nun stehe ich hier, wehrlos gegen alles, was er beschließt, mir an den Kopf zu werfen. Und ich kann mich nicht bewegen, bin wie gelähmt, während er unverhohlen in meine Richtung singt.

In mir brennt der Zorn, verwandelt sich in Rage und Angst.

Er hat kein Recht, das zu tun. Es ist an mir, es Will zu sagen, wenn ich es für richtig halte. So beschissene Spielchen zu treiben ist einfach nur grausam.

All meine Hoffnungen ruhen auf der schlichten Tatsache, dass Will Musik nicht so begreift wie wir. Er liest keine Botschaften aus Songtexten.

Ich möchte Will ansehen, muss wissen, ob er es begreift oder ob ich richtigliege – wie ich inständig hoffe – und er weiter keine Ahnung hat.

Aber ich kann mich nicht rühren, bin gefangen von Jakes Blick. Wie ein Kaninchen vor einer wunderschönen Schlange, die gleich zustoßen wird.

Ich habe unfassbare Angst vor dem Spiel, das er gerade spielt, und mich beschleicht das Gefühl, dass dies heute Abend erst der Anfang ist.

Und als Jake mich endlich aus den Augen lässt und für den Rest seiner begeisterten Fans singt, werfe ich Will einen unauffälligen Blick zu und sehe, dass er einfach die Bühne betrachtet, völlig blind gegenüber dem, was sich dort oben gerade abgespielt hat.

Ich spüre Simones Hand nach meiner greifen.

Stumm drehe ich den Kopf, um sie anzusehen. Traurig lächelt sie mir zu und lehnt den Kopf an meine Schulter, während der Song schließlich endet und Jake die erste Foltermaßnahme des Abends beendet.

Während des gesamten restlichen Konzerts halte ich mich an ihrer Hand fest.

Nach der Show gehe ich mit Will und Simone direkt zur After-Show-Party. Ben hat freundlicherweise angeboten, uns mitzunehmen, und fährt uns sicher durch die Straßen von Paris. Vor dem Club lässt er uns raus und bietet an, uns später abzuholen, aber ich lehne ab und sage ihm, dass er ins Hotel zurückkehren und sich heute Abend ausruhen soll.

Als ich dem Türsteher mein VIP-Ticket zeige, werden wir durchgewunken.

Wir schnappen uns rasch einen freien Tisch, wobei ich darauf achte, dass es einer ist, der mir einen guten Blick auf den Eingang bietet. Damit ich sehen kann, wann Jake eintrifft.

Will geht zur Bar, um uns Drinks zu holen. Die Party ist bereits in vollem Gange, aber alles, woran ich denken kann, ist Jake. Wann wird er kommen? Und welche Laune hat er, wenn er dann da ist?

»Das Konzert war super«, schwärmt Simone. »Wenn auch teilweise etwas verrückt.« Sie hebt eine Augenbraue, und ich weiß genau, worauf sie anspielt.

»Wem sagst du das«, murmle ich.

»Ist Jake immer so ... krass?«

»Generell nicht, aber wenn es um mich geht, in letzter Zeit ... ja.«

»Gott, als er angefangen hat, übers Fremdgehen zu reden, und dann noch ›Mr Brightside‹ gesungen hat, da bin ich deinetwegen fast gestorben.«

»Ich glaube, ich bin tatsächlich gestorben.« Ich schenke ihr ein schwaches Lächeln.

»Er ist eindeutig schwer in dich verliebt, Süße.«

»Das weiß ich nicht.« Ich zucke die Achseln. »Ich glaube, vielleicht liegt es nur daran, dass ich im Moment die einzige Sache bin, die er nicht haben kann.«

Sie schüttelt den Kopf. »Nein, es ist mehr als das. Er würde sich da draußen nicht so in die Schusslinie begeben, wenn es ihm nur um eine Eroberung ginge. Ich bin mir ziemlich sicher, es gibt genug andere Dinge, die Jake erobern könnte, wenn er wollte.«

Allerdings, und das bereitet mir die größten Sorgen.

Am Eingang entsteht Bewegung und lenkt mich ab.

Denny kommt herein, zusammen mit Stuart. Aber keine Spur von Jake oder Tom.

Wo ist er? Sollten sie nicht gemeinsam hier eintreffen? Normalerweise ja, allerdings war ich bei solchen Anlässen immer dabei.

Seltsam ist es aber schon, weil Stuart sonst immer bei Jake ist. Ich frage mich, warum er ihn mit Denny vorgeschickt hat.

Ein paar Leute halten Denny auf und beglückwünschen ihn zum gelungenen Konzert. Als Stuart mich entdeckt, kommt er an unseren Tisch.

»Hallo, meine umwerfende Chica.« Er küsst mich auf die Wange. »Oh, und noch eine Schönheit.« Auch Simone bekommt einen Wangenkuss. Sie läuft puterrot an.

»Seid ihr britischen Mädchen alle so umwerfend, oder nur die, die Tru kennt?«

»Alle britischen Mädchen sind heiß – ganz besonders die Halb-Puerto-Ricanerinnen und die scharfen Blondinen.« Ich lächle ihm verschmitzt zu.

»Na, wenn die Männer nur annähernd so gut aussehen wie dein heißer Freund, dann fliege ich direkt hin«, erwidert er lächelnd und bringt sowohl Simone als auch mich zum Lachen.

Doch obwohl ich lache, drängt es mich mit jeder Faser danach, Stuart zu fragen, wo Jake ist. Aber ich kann nicht. Es wäre zu offensichtlich.

Schließlich schafft auch Denny es an unseren Tisch und lässt sich auf den Stuhl neben Simone fallen. Augenblicklich sehe ich, wie sie sich verkrampft.

»Hey, Tru.« Er lächelt.

»Denny, das ist meine beste Freundin und Mitbewohnerin Simone«, stelle ich sie vor.

»Schön, dich kennenzulernen.« Denny wendet sich ihr zu, sieht Simone zum ersten Mal an, und seine Augen werden groß.

Das überrascht mich nicht, denn sie ist absolut umwerfend.

Und bei Dennys Anblick leuchten ihre Augen auf wie ein Weihnachtsbaum. Man müsste blind sein, um nicht die offensichtliche, sofortige Anziehung zwischen den beiden zu bemerken.

Oh, bei der Sache habe ich ein gutes Gefühl.

Ich lächle in mich hinein, während Denny ein Gespräch mit Simone beginnt – und bin froh, dass im Moment zumindest eine von uns beiden glücklich ist.

Will kommt mit unseren Getränken zurück. Für mich eine Margarita. Er kennt mich so gut.

Ich nehme einen Schluck, der frische Alkoholkick ist perfekt. Die Drinks vom Konzert hatten schon begonnen, ihre Wirkung zu verlieren.

»Entschuldigt, Jungs, ich wusste nicht, dass ihr hier seid, sonst hätte ich euch auch ein paar Drinks mitgebracht«, sagt Will zu Stuart und Denny.

»Hey, kein Problem, Mann«, erwidert Denny und winkt ab.

»Oh, Denny, das ist mein Freund Will.«

Ich weiß nicht, warum, aber plötzlich fühlt es sich komisch an, Denny gegenüber von Will als meinem Freund zu sprechen.

»Nett, dich kennenzulernen, Mann.« Denny schüttelt Will die Hand.

»Ebenso«, antwortet Will höflich. »Großartige Show.«

»Danke.«

»Ich gehe mal an die Bar.« Stuart will aufstehen, aber da springt Denny auf. »Setz dich, Mann, ich mach das schon.« Er wendet sich an Stuart: »Bier?«

»Bier ist gut«, antwortet der und sinkt wieder zurück.

Denny macht sich auf den Weg zur Bar, und Stuart unterhält sich mit Will über das Konzert.

Ich beuge mich über den Tisch zu Simone. »Also, Denny …« Ich hebe die Augenbrauen.

Prompt läuft sie rot an. Es sieht so niedlich aus. Ich habe sie schon seit langer Zeit nicht mehr wegen eines Mannes so erlebt.

»In echt sieht er sogar noch besser aus«, flüstert sie schüchtern.

»Das stimmt«, pflichte ich ihr bei. »Und er ist ein echt toller Typ. Er hat lange in einer Beziehung gelebt, aber ungefähr vor einem Jahr haben sie sich getrennt, und seitdem ist er Single.«

»Also ist er im Prinzip nicht so ein Aufreißertyp wie die anderen beiden?«

Jetzt ist es an mir zu erröten. »Ähm … ja.«

Sie verzieht das Gesicht. »Entschuldige, das klang jetzt …«

Mit einem Blick in Wills Richtung schneide ich ihr das Wort ab.

Sofort presst sie die Lippen aufeinander und schaut mich entschuldigend an.

Ich lehne mich auf meinem Platz zurück und schenke ihr ein mildes Lächeln. Doch es fällt mir schwer, und lange kann ich es nicht aufrechterhalten.

Denny kommt mit seinem und Stuarts Drink zurück und nimmt erneut Simones Aufmerksamkeit in Anspruch. Und ich bin froh darüber, da ich offenbar nicht in der Lage bin, mich mit irgendjemandem zu unterhalten. Mein Verstand ist zu beschäftigt. Zum Beispiel damit, sich zu fragen, wo Jake ist, was er im Schilde führt und mit wem.

Wäre er mit Denny zusammen, würde ich mir keine Gedanken machen. Aber er ist bei Tom, und Tom ist … Na ja, er ist genauso wie Jake, wenn es um Frauen geht. Eine richtige Schlampe.

Und die Tatsache, dass Denny ohne die beiden hier ist, bedeutet, er hat sie ihr Ding machen lassen, was auch immer das sein mag, damit er zur Party gehen konnte. Da er nichts dafür übrig hat, Tausende von Frauen zu vögeln, lässt das nichts Gutes ahnen.

Was, wenn Jake mit irgendeinem Groupie zusammen ist, dem es gelungen ist, sich Zutritt zum Backstage-Bereich zu verschaffen? Oder sogar noch schlimmer … mit irgendeinem wunderschönen französischen Model oder einer Schauspielerin, die als VIP beim Konzert war?

Jake ist ohne Zweifel wütend auf mich, weil Will hier ist, deshalb hat er vielleicht beschlossen, mich mithilfe einer anderen Frau zu vergessen.

Mir wird plötzlich übel, also greife ich nach meiner Margarita, kippe sie runter und versuche, alle Gedanken an Jake abzustellen.

Wir sind seit einer Stunde hier, der Alkohol beruhigt mich kein bisschen, und langsam werde ich zappelig, weil Jake und Tom noch immer nicht aufgetaucht sind.

Simone und Denny verstehen sich blendend, was großartig ist. In der Zwischenzeit habe ich mit Will und Stuart ein wenig mein Konversationstalent geübt, aber nicht besonders intensiv. Eher tue ich so, als würde ich zuhören, statt wirklich zuzuhören.

Heimlich sind meine Augen ständig auf den Eingang gerichtet, und je mehr Menschen durch die Tür treten, desto enttäuschter bin ich, dass es nicht Jake ist.

Ich weiß nicht einmal, ob er mit mir reden wird, wenn er wirklich kommt. Oder vielleicht kommt er auch gar nicht, weil ich mit Will hier bin.

Nein, es ist die After-Show-Party des letzten Abschnitts der Europa-Tournee, eine große Sache, und es sind jede Menge wichtiger Leute hier. Jake ist genauso sehr Geschäftsmann wie Musiker, er wird auftauchen.

Ich verspüre den Drang, ihn anzurufen. Wieder und wieder überlege ich, ob ich zur Toilette gehen und seine Nummer wählen soll oder nicht.

Ich bin bei meiner zweiten Margarita und versuche, meine Kräfte für diesen Abend einzuteilen, da ich das Gefühl habe, dass er höchstwahrscheinlich lang wird. Und wenn ich die Drinks während des Konzerts mitzähle, dann habe ich bereits drei Gläser Wein und zwei Margaritas intus.

Denny ist an die Bar gegangen. Simone begleitet ihn unter dem Vorwand, dass sie ihm helfen will, die Drinks zum Tisch zu bringen. Sie will ihn nur für sich haben, und ich kann nicht behaupten, dass ich ihr deshalb einen Vorwurf mache.

Stuart und Will unterhalten sich jetzt über Autos, also öffne ich meine Handtasche auf dem Tisch und schaue zum zehnten Mal aufs Handy, ob Jake mich angerufen oder mir geschrieben hat, aber nichts als ein leeres Display starrt mir entgegen.

Seinetwegen verwandle ich mich in eine Irre. Tut er mir das absichtlich an? So, wie ich ihn kenne: ja, sehr wahrscheinlich.

Aber ich muss wissen, ob er heute Abend kommt oder nicht.

Ich beschließe, zur Toilette zu gehen, um ihn anzurufen, und will gerade aufstehen, als ich den Trubel höre, der Jake stets begleitet. Gemeinsam mit Tom trifft er auf der Party ein. Natürlich sind Dave und Ben bei ihnen, und auch eine Gruppe von Leuten, die ich nicht kenne.

Stürmischer Beifall bricht aus, die Menge drängt sich um Jake. Und in diesem Augenblick, in dem alle Augen im Raum allein auf ihn gerichtet sind, bin ich unglaublich stolz auf ihn.

Ich bin so erleichtert, ihn zu sehen, dass ich breit grinse.

Doch meine Erleichterung hält nicht lange an, denn als die Menge sich teilt, sehe ich eine wunderschöne Frau neben Jake stehen, mit langem, dickem rotem Haar, einem riesigen

Ausschnitt und endlos wirkenden Beinen, die in ihrem Kleid fast vollständig entblößt sind. Sie sieht aus wie ein Model.

Und Jake hält ihre Hand.

Mir schnürt sich der Magen zusammen, und rasch schwindet das Lächeln aus meinem Gesicht, das zu prickeln beginnt.

Dieser Anblick liefert mir die Antwort auf die Frage, wo und mit wem er die letzte Stunde verbracht hat.

Tausende Gedanken und Gefühle strömen auf mich ein. Keine davon gut.

Mir ist schlecht und schwindlig, ich komme mir blöd vor und spüre körperlich, wie mir das Herz in der Brust wehtut.

Es juckt mich in den Füßen, mich von diesem Stuhl zu erheben, in Richtung Tür und nach draußen zu laufen, weit, weit weg.

Doch ich rühre mich nicht. Vor Schmerz wie gelähmt sitze ich einfach da und beobachte Jake mit seinem Mädchen.

Ich sehe, wie er den Raum mit Blicken absucht. Dann begegnet er meinem. Für einen langen Moment erstarre ich, während seine Augen mich versengen.

Ich schaue weg. Es ist zu schwer, ihn noch eine einzige Sekunde länger anzusehen, während mir Gedanken an das, was er mit ihr gemacht hat, durch den Kopf schießen.

Ich frage mich, ob es für ihn genauso ist, wenn ich mit Will zusammen bin.

Vielleicht ist er deshalb mit ihr hier: um mich zu verletzen. Nun, wenn das der Fall ist, dann funktioniert es, und zwar ziemlich gut.

Ich bin rasend vor Eifersucht. Mir war nicht klar, dass ich in diesem Maße dazu fähig bin.

Mit zitternder Hand taste ich nach dem Stiel meines Glases. Ich hebe es, neige den Kopf nach hinten und lasse mir die Margarita durch die Kehle rinnen.

Als ich den Blick senke und mein Glas wieder abstelle, entdecke ich Jake. Er steht an unserem Tisch, direkt vor mir, mit seinem Rotschopf im Schlepptau.

Er hält nicht mehr ihre Hand, fällt mir auf. Trotzdem, das macht es auch nicht besser.

Ich bin einfach wütend auf ihn – und eifersüchtig. Extrem eifersüchtig.

Und für den Bruchteil einer Sekunde wünsche ich mir, ich säße neben Will statt neben Stuart, damit ich Jake so verletzen kann, wie er mich verletzt. Allerdings wäre es etwas seltsam, wenn ich mich über Stuart beugen würde, um an Will heranzukommen.

Wohl eher auffällig und kindisch, würde ich sagen.

Mit letzter Kraft beherrsche ich mich.

»Wo ist Denny?«, fragt Jake an Stuart gewandt.

Er ignoriert mich. Das tut weh.

»An der Bar.« Stuart deutet in Dennys Richtung.

Als er Denny und Simone erblickt, grinst Jake und nickt anerkennend.

»Hi, ich bin Will«, sagt Will zu Jake und erhebt sich. »Trus Freund. Wir hatten noch nicht die Gelegenheit, uns kennenzulernen.« Will hält Jake die Hand hin.

Jake blickt auf seine Hand hinab, als sei er sich nicht sicher, was er damit anfangen soll.

Und für diesen langen Augenblick scheint alles auf der Kippe zu stehen.

Schließlich ergreift Jake die Hand und schüttelt sie. »Schön, dich endlich zu treffen. Tru hat mir viel von dir erzählt.«

Jake wirft einen Blick in meine Richtung. Er geht mir durch Mark und Bein.

»Nur Gutes, hoffe ich?«

»Natürlich.« Jake zuckt leicht die Achseln und entzieht ihm seine Hand.

Ich atme die Luft aus, die ich unbewusst angehalten habe.

»Das Konzert war großartig«, fährt Will fort und setzt sich wieder. »Und ich fand eure Version von ›Mr Brightside‹ verdammt genial. Besser als das Original.«

Gleich zerspringe ich in tausend Stücke.

Wieder geht Jakes Blick in meine Richtung, und er grinst. »Danke.«

»Jake, holen wir uns was zu trinken?« Der Rotschopf zieht an seinem Arm. Ihre Stimme klingt süß, garniert mit einem schweren französischen Akzent, und sie spricht Jake wie *Schhake* aus und wickelt sich seinen Namen förmlich um die Zunge.

Es klingt genauso sexy, wie sie aussieht. Ich hasse sie.

Warum klingen Franzosen unvermeidlich sexy? Das ist so viel aufregender als der spanische Akzent, mit dem ich Jake immer antörne.

Gut, er will Spielchen spielen, das kann ich auch.

»Ja, gleich«, antwortet Jake und klingt genervt.

»Willst du uns nicht deiner neuen Freundin vorstellen, Jake?«, fragt Stuart.

Jake fixiert ihn. Stuart wirkt jedoch unbeeindruckt von den unsichtbaren Giftpfeilen, die Jake auf ihn abfeuert.

Ich glaube nicht, dass ich ihren Namen wissen will. Irgendwie macht es sie nur noch realer, wenn sie einen Namen hat.

Jake blickt die Rothaarige an. »Ähm ... ja, das ist ... ähm.«

Sie verdreht die Augen. »Ich bin Juliette.« Sie legt sich eine zierliche Hand auf die üppige Brust.

Schhüliett.

Also ist sie nicht nur hübsch, sie hat auch einen hübschen Namen. An den Jake sich entweder nicht erinnern konnte oder den herauszufinden er sich nicht die Mühe gemacht hat.

Ich weiß nicht einmal, ob ich mich deswegen besser fühlen sollte oder nicht.

»*Schhüliett*«, höre ich mich mit wirklich schlechtem französischem Akzent sagen.

Jakes Blick zuckt zu mir. Auch Schhüliett starrt mich an.

O Gott.

»Das ist ein wirklich schöner Name.« Irgendwie komme ich wieder zu mir. Und ich weiß nicht, ob es am Alkohol liegt oder an einer leichten Hysterie, die bei mir einsetzt, aber wieder sage ich in schlechtem Französisch: »*Schhake* und *Schhüliett*. Klingt ziemlich gut. Findest du nicht auch?« Ich starre Jake an.

Er verlagert sein Gewicht von einem Bein aufs andere und sieht mich an, als hätte ich völlig den Verstand verloren.

Mir ist bewusst, dass auch Will mich anstarrt, aber in diesem Moment ist es mir egal.

Jake lacht und gewinnt seine Fassung zurück. »Was hast du denn getrunken, Tru?«

»Ach, nur ein paar Margaritas.« Unnachgiebig starre ich ihn an, zucke mit den Schultern und erzwinge das beste Lächeln, das ich zustande kriege. »Ich bin einfach glücklich. Betrachte alles von der Sonnenseite. Der *Brightside*, sozusagen. Will und Simone sind hier, alles ist gut, ich bin glücklich, glücklich, glücklich!«

Sein Blick verhärtet sich und brennt sich mir in die Augen. »Und, wie fandest *du* das Konzert, Tru?«

Fragt er nach meiner professionellen Meinung oder nur, weil ich gerade wütend auf ihn bin? Ganz ehrlich, ich weiß nicht, warum er überhaupt fragt. Und als er meinen Namen ausspricht, ist es, als würde ich ihn zum allerersten Mal hören.

Wie kann das derselbe Mann sein, der mich die ganze Nacht lang geliebt hat? Der mir gesagt hat, wie sehr er mich in all den Jahren vermisst hat, in denen wir getrennt waren? Der Mann, der mich angefleht hat, ihn nie zu verlassen?

»Trüh?« Mit verwirrter Miene sieht Schhüliett mich an, und in ihrem Blick glitzert Bosheit. »Dein Name ist Trüh?«

Noch nie wollte ich jemanden so sehr ohrfeigen wie sie jetzt gerade.

Klau mir den Typen – meinetwegen. Aber zieh nicht über meinen Namen her. Auch wenn ich erst vor ein paar Sekunden über deinen hergezogen bin – jedenfalls ein bisschen.

»Trudy«, erkläre ich. »Meine Freunde nennen mich einfach Tru.« Ich betone das »u«.

»Ahh, isch verstehe.« Sie fährt sich mit den perfekt manikürten Fingern durchs Haar und wirkt nun gelangweilt.

Offenbar besitzt sie die Aufmerksamkeitsspanne einer Stechmücke.

Uff, jetzt verwandle ich mich schon in eine totale Zicke. Gut.

Ich greife nach meiner Margarita und trinke mir noch einen Schluck Mut an.

»Und um deine Frage zu beantworten, Jake«, erkläre ich in meinem spanischen Akzent, weil ich weiß, welche Wirkung das auf ihn hat, und weil ich gemein sein will.

Seine Augen werden groß und feurig, und ich weiß, dass ich ein gefährliches Spiel spiele. Will wage ich nicht einmal anzusehen.

»Meiner professionellen Meinung nach war das Konzert brillant, eines deiner besten bisher.« Liebenswürdig lächle ich ihm zu und versuche gleichzeitig verzweifelt, mich zusammenzureißen.

Sein lodernder Blick wird ein wenig sanfter. Ich merke, wie er unbehaglich sein Gewicht verlagert.

Er windet sich.

Gut.

Vielleicht habe ich ihn aber auch bloß scharfgemacht und mit seinem rothaarigen Groupie auf ein Schäferstündchen geschickt.

Schlau, Tru, wirklich schlau.

»Freut mich, dass du so denkst. Viel Material für die Biografie?«, fragt er.

Arbeit. Er will ernsthaft mit mir über die Arbeit sprechen. Meinetwegen.

»Ja, jede Menge Material.«

Abgesehen vom »Ich habe eine Affäre mit dir«-Teil, über den du inzwischen klar hinweg bist, da du jetzt ein brandneues französisches Spielzeug hast, mit dem du dich amüsieren kannst.

Ich beiße mir auf die Unterlippe, bis es wehtut.

Mit ein paar weiteren Mädchen im Schlepptau kommt Tom anstolziert.

»Wo zum Teufel ist Denny? Bringen wir diese Party in Schwung, oder was?«, fordert er laut, offensichtlich bereits betrunken, und schlägt Jake auf den Rücken.

»Ja, ich komme sofort«, antwortet der, ohne mich aus den Augen zu lassen.

Kurz lässt er den Blick durch die Runde schweifen, fixiert zum Schluss erneut mich und sagt: »Einen schönen Abend.«

Dann geht er weg, rüber zur Bar, mit seiner langbeinigen, rothaarigen, französischen Schönheit namens Schhüliett.

Und die kleine, gewöhnliche, englische Trudy darf vom Spielfeldrand aus zusehen, so wie alle anderen in diesem Raum.

KAPITEL 18

Seit seinem Abgang vor einer halben Stunde beobachte ich Jake heimlich.

Ich bin mir jeder seiner Bewegungen bewusst, folge ihm mit Blicken durch den Raum und sehe zu, wie er Leute begrüßt, die eindeutig nur seinetwegen hier sind, während ich mich dazu zwinge, Interesse für das zu heucheln, was Will zu sagen hat.

Ich weiß, dass ich mich Will gegenüber unfair verhalte. Aber offenbar kann ich einfach nicht mehr klar denken.

Eifersucht und Wut haben die Kontrolle übernommen.

Während all der Zeit hat Jake nicht ein einziges Mal in meine Richtung geschaut. Und jetzt sitzt er an seinem Tisch im Raucherbereich des Clubs, zusammen mit Tom und Smith, belagert von Horden von Groupies, und natürlich ist die langbeinige Schhüliett bei ihnen.

Zu einem bestimmten Zeitpunkt, während er sich durch den Raum gearbeitet hat, dachte ich, er hätte sie abgeschossen, da sie nirgends zu sehen war. Doch sobald er sich hingesetzt hat, war sie wieder da. Und meine kurzzeitige Erleichterung war verschwunden.

Während Will sich mit Stuart unterhält, riskiere ich einen weiteren Blick zur anderen Seite des Raums, gerade rechtzeitig, um zu sehen, wie Schhüliett sich über den Tisch beugt – ihr Ausschnitt ist für alle deutlich sichtbar, besonders für Jake –, mit einer noch nicht angezündeten Zigarette zwischen den glänzenden pinkfarbenen Lippen.

Jake holt sein Feuerzeug aus der Hosentasche. Er macht es an und hält es an ihre Zigarette.

Vertraulich legt sie ihm die Hand aufs Handgelenk und berührt dabei sein Freundschaftsband – mein Armband –, hält seine Hand fest und zwinkert ihm verführerisch zu, während sie an der Zigarette zieht.

Ich bin wütend, weil er zugelassen hat, dass sie mein Armband berührt. Ich weiß, dass das blöd klingt, aber momentan fühle ich mich nicht gerade rational.

Eingehüllt in eine Rauchwolke lehnt sie sich auf ihrem Stuhl zurück, streckt die Brust heraus und schlägt aufreizend die Beine übereinander.

Sie verkörpert die Art von Sinnlichkeit, von der ich höchstens träumen kann.

Sie ist wunderschön, und entsprechend unzulänglich fühle ich mich. Mit Sicherheit ist sie Jakes Typ. Seine Kragenweite.

Ich weiß wirklich nicht, was er in mir sieht. Oder vielleicht bin ich für ihn doch nur eine Eroberung, wie ich schon zu Simone gesagt habe, aufgrund unserer Vergangenheit. Und die Unerreichbare, wegen Will.

Vielleicht begehrt er mich deshalb so sehr.

Vielleicht aber auch nicht mehr, so, wie es den Anschein hat.

Während ich zu ihm rüberstarre, sehe ich, wie Jakes Blick an Schhüliett vorbei und genau in meine Richtung geht. Rasch sehe ich weg und widme mich meinem Drink.

Das ist zu viel für mich. Ich brauche eine Verschnaufpause.

Im Aufstehen sage ich zu Will: »Ich geh mal kurz zur Toilette.«

Ich schnappe mir meine Handtasche, doch als ich an ihm vorbeilaufe, greift Will nach meiner Hand.

»Alles in Ordnung, Babe?«, fragt er leise und blickt zu mir auf.

»Alles super.« Ich lächle.

»Du wirkst nur etwas still, ganz untypisch für dich.«

Es ist ihm aufgefallen. Was ich hier mache, ist so was von unfair ihm gegenüber. Er ist den ganzen Weg hierhergeflogen, um mich zu sehen, und ich verfolge nur Jake mit Blicken durch den gesamten Raum.

Ich gehe jetzt auf die Toilette, um mich wieder einzukriegen, und wenn ich wiederkomme, widme ich Will meine ganze Aufmerksamkeit, wie er es verdient hat.

»Mir geht's gut, Schatz, ehrlich.« Ich berühre sein Gesicht. »Ich glaube bloß, bei mir macht sich gerade das viele Reisen während der Tournee bemerkbar. Daran bin ich nicht gewöhnt.«

»Na ja, morgen Abend bist du wieder zu Hause und hast zwei Wochen Pause, dann kannst du dich erholen. Und dann bin ich ja da, um mich um dich zu kümmern.«

Bei seinen verständnisvollen Worten wird mir schlecht. Ich bin der niederträchtigste Mensch der Welt. Wie konnte ich diesen wundervollen Mann betrügen?

Weil du Jake liebst.

Ich verdränge den Gedanken.

»Klingt wunderbar«, erwidere ich.

Er küsst meine Hand, lässt sie wieder los und wendet sich Stuart zu, um sich weiter mit ihm zu unterhalten.

Auf unsicheren Beinen durchquere ich den riesigen Raum. Es kommt mir vor, als würden jeden Moment meine Knie unter mir nachgeben. Ich täusche eine Ruhe vor, die ich nicht empfinde, halte den Kopf hoch erhoben und laufe weiter.

An der Bar entdecke ich Simone, die noch immer mit Denny zusammensitzt, tief ins Gespräch vertieft. Als sich unsere Blicke begegnen, recke ich unauffällig den Daumen. Sie schenkt mir ein glückliches Lächeln.

Gerade öffne ich die Tür, als mich jemand von hinten packt und in die leere Damentoilette stößt.

Überrascht drehe ich mich um und sehe Jake vor mir.

Er schließt die Tür hinter sich ab und lehnt sich dagegen. Sein Blick brennt sich in meinen.

In mir überschlägt sich etwas und fällt ins Bodenlose. Mir zittern die Knie.

Ich bin erregt, dass er mir hierher gefolgt ist, und gleichzeitig wütend.

Jetzt tut es mein gesamter Körper meinen Knien nach, das Zittern durchläuft mich vom Kopf bis zu den Zehen, fährt bis in die intimsten Stellen – jene Stellen, die allein Jake auf magische Art und Weise mit einem einzigen Blick entflammen kann.

»Was hast du hier zu suchen?«, fahre ich ihn an und lasse meiner Wut freien Lauf. »Nachher hat noch jemand gesehen, wie du reingekommen bist.«

»Niemand hat mich gesehen.« Er klingt selbstsicher und überzeugt. Wie immer.

Ich weiß nicht, wie viel Wahrheit in dieser Aussage steckt. Auf Jake sind stets Blicke gerichtet, egal, wohin er geht.

»Großartige Vorstellung heute Abend. ›Mr Brightside‹ – ernsthaft, Jake? Warum schreist du es nicht gleich der ganzen Welt ins Gesicht?«, lege ich bissig nach.

Lächelnd zuckt er die Achseln.

»Was willst du?«, frage ich, verunsichert durch sein gelassenes Auftreten.

Er hebt eine Augenbraue. »Dich.« Langsam kommt er auf mich zu, wie ein Tiger, der sich an seine Beute anschleicht.

»Jake, nein … Nicht hier, nicht jetzt. Es könnte jemand reinkommen.«

»Dave steht vor der Tür, und die ist abgeschlossen. Niemand wird uns stören.«

Dave weiß also, dass ich mit Jake schlafe? Super.

»Nein, Jake. *Bitte*«, flehe ich ihn an, während er unaufhaltsam näher kommt.

Ich flehe ihn an, weil ich nicht weiß, ob ich fähig bin, Nein zu ihm zu sagen. Bisher habe ich es noch nicht geschafft.

Als mir klar wird, dass er nicht vorhat, auf meine Bitte zu hören, weiche ich zurück, stoße gegen den Rand eines Waschbeckens und erkenne, dass ich ihm nicht entkommen kann.

Mein gesamter Körper wird mit Adrenalin überschwemmt, Verlangen und Furcht. Eine berauschende Mischung.

Als er bei mir angelangt ist, strecke ich zitternd eine Hand aus, drücke sie flach auf seine harte Brust und bringe ihn eine Armeslänge vor mir zum Stehen.

»Du siehst heute Abend wunderschön aus«, flüstert er leidenschaftlich, während er mich mit seinem Blick fixiert.

Das Hochgefühl, zu wissen, dass ich mit ihm hier bin und er die Kontrolle übernimmt, treibt mich in den Wahnsinn.

Kraftvoll drückt er sich gegen meine Hand, und ich bin zu schwach, um ihn aufzuhalten, außerdem will ich es in Wahrheit gar nicht.

Sobald ich ihn mit dieser Schlampe gesehen habe, hat es in mir gebrodelt, und ich wollte ihn für mich zurückerobern.

Als er mir ins Haar greift, die Hand hineinkrallt und seinen Mund auf meinen presst, halte ich ihn nicht davon ab.

Was hat er bloß an sich, dass ich so völlig meine Vernunft und meinen Verstand verliere? Was ist es an Jake, das mich in einen Menschen verwandelt, der ich nicht sein will, den ich oft nicht einmal leiden kann, und das mir zugleich das Gefühl gibt, so ganz und gar lebendig zu sein?

Er dringt mit seiner Zunge in meinen Mund, erhebt Anspruch auf mich. Ich schiebe ihm die Finger ins Haar.

Er schmeckt nach Schweiß, Whisky und Zigaretten … nach allem, was für Jake typisch ist.

Mit seinen Händen umfasst er meinen Po, er hebt mich hoch und setzt mich auf den Rand des Waschbeckens. Erregt schlinge ich die Beine um ihn und halte ihn an mich gedrückt.

»Ich will dich so sehr«, stöhnt er in meinen Mund.

Meine Hände gleiten unter sein T-Shirt. Er hört auf, mich zu küssen, und zieht es sich über den Kopf.

Begierig nehme ich seinen Anblick in mich auf. Alles, was ich will, ist er. Im Moment spielt für mich nichts eine Rolle, außer ihn zu besitzen.

Wieder greift er mir ins Haar, zieht meinen Kopf nach hinten und blickt mir in die Augen. »Sag mir, dass du mich willst.« Sein Ton ist befehlend, besitzergreifend.

»Ich will dich«, hauche ich mit bebender Stimme.

Mit einem Lächeln bedeckt er meinen Mund mit seinem und presst sich fest mit dem Unterleib an mich.

Schon jetzt ist er hart. Ihn zu spüren sendet eine Welle leidenschaftlicher Empfindungen durch meinen Körper.

Er nimmt die Hand aus meinem Haar und führt sie zu meiner Brust. Kurz unterbricht er den Kuss, um mir das Top über den Kopf zu ziehen, sodass ich nur noch den BH trage. Ein paar Sekunden später ist auch der verschwunden.

Er beugt sich vor, umschließt meine Brustspitze mit den Lippen und saugt hart daran.

Bei dem Gefühl seufze ich auf. Ich öffne seine Jeans und befreie seinen Schwanz. Gierig umfasse ich ihn und reize ihn noch mehr.

Mit den Lippen an meiner Haut stöhnt er auf, sein Mund bewegt sich zu meiner anderen Brust und küsst jeden Zentimeter davon.

Er nimmt meinen Schenkel und hebt ihn seitlich an, während seine Hand unter meinen Rock gleitet. Unaufhaltsam schiebt er den Stoff hoch, seine Finger wandern immer höher, sein Mund ist auf meinen gepresst, der Kuss wird härter und härter.

Noch immer zittern mir vor Lust und der Gefahr der Entdeckung die Knie. Hier drin könnte uns jeder erwischen.

Seine Hand schlüpft unter meinen Slip. Erst dringt er mit einem Finger in mich ein, dann, ohne zu zögern, mit einem zweiten.

Ich drücke den Rücken durch, presse mich gegen seine Hand, während mir der Kopf in den Nacken fällt.

»Ahh«, stöhne ich, während seine Finger sich in mir bewegen.

In diesem Augenblick gehöre ich ihm, voll und ganz. Was auch immer er von mir verlangt, ich werde es tun.

»Ich will dich, jetzt«, knurrt er.

»Ja, jetzt.«

Bevor ich weiß, wie mir geschieht, reißt er meinen Slip in der Mitte durch, streift sich ein Kondom über und stößt in mich hinein.

Ich bin so an seine Größe gewöhnt, dass ich mich willig mitbewege, als seine Hand unter meinen Schenkel gleitet, mich zu ihm zieht, mein Bein hebt und es um seine Hüfte legt, sodass er ungehinderten Zugang hat.

»O Gott, Jake«, hauche ich.

»Genau, Kleines«, flüstert er und schließt kurz die Augen. »Spür mich in dir. Nur deinetwegen bin ich so hart.«

Ich kralle mich an den Rand des Waschbeckens und halte mich fest, während Jake mich hier und jetzt nimmt.

»Ich brauche dich«, stöhnt er mir ins Ohr. »Ich brauch dich verdammt noch mal so sehr.«

Ich schlinge die Beine fester um ihn, lasse ihn noch tiefer eindringen.

Und genau in diesem Moment wird mir klar, wie sehr ich diesen Mann liebe. Ganz und gar.

Ich bin süchtig nach ihm. Und er ist eine Sucht, von der ich nicht glaube, dass ich jemals davon loskomme.

Er packt mich fester, stößt in mich hinein, liebt mich, und ich bin so heiß, so kurz vor dem Orgasmus, dass ich auf der Stelle gehorche, als er »Komm für mich, Kleines« stöhnt.

Er kommt ebenfalls, und gemeinsam erreichen wir den Höhepunkt.

Ich bestehe nur noch aus Gefühlen, während Jake mich innig küsst, seine Zunge meinen Mund erobert und mein Körper ihn umfängt.

Für ein paar lange Sekunden verharren wir eng umschlungen, Jakes Arme halten mich.

Und dann lande ich nach meinem Höhepunkt mit Jake mit einem harten Aufprall auf dem Boden der Realität.

Will.

Was habe ich getan?

Ich schiebe Jake beiseite, rutsche vom Waschbecken runter und komme auf meinen wackligen Beinen zum Stehen. Hastig hebe ich meinen BH und das Top vom Boden auf, ziehe sie rasch an und entdecke meinen zerrissenen Slip auf den Fliesen.

Scheiße!

Wie zum Teufel soll ich Will erklären, dass ich keine Unterwäsche trage?

Wütend hebe ich den Slip auf und schleudere ihn Jake entgegen.

Er fängt ihn, hält ihn in der Hand und starrt mich an.

»Was zum Teufel hast du dir dabei gedacht?«, fauche ich. »Meinen Slip zu zerreißen – Herrgott, Jake! Was um alles in der Welt soll ich Will sagen?«

Er streift sich das Kondom ab, wirft es weg und zieht den Reißverschluss seiner Hose zu. Dann bückt er sich, hebt sein T-Shirt auf und zieht es sich wieder an. Mit verengten Augen starrt er mich an.

»Was ich mir dabei gedacht habe? Ich hab gedacht, dass ich dich will. Mir ist echt scheißegal, was du Will sagst.«

»Herrgott noch mal!«, wiederhole ich, fasse mir an den Kopf und versuche, meine wirren Gedanken zu ordnen.

Nein, ist schon gut, ich sage Will einfach, dass ich heute Abend gar keinen Slip angezogen habe. Nicht, dass ich so was schon jemals getan hätte, aber ich kann so tun, als wäre es etwas Erotisches, das ich mir für ihn ausgedacht habe.

Allein bei der Vorstellung wird mir schlecht.

Wie kann ich an erotische Dinge mit Will denken, wo ich doch gerade erst Sex mit Jake hatte?

Das ist total krank.

Ich starre ihn an und sehe, dass er noch immer meinen Slip in der Hand hält. »Gib ihn mir«, befehle ich und strecke die Hand aus.

Er grinst mich an. »Nein.«

»Gib ihn zurück.« Ich sage es leise, aber bestimmt.

Stattdessen steckt er sich meinen zerrissenen Slip tief in die Hosentasche. »Komm, und hol ihn dir«, fordert er mich mit zur Seite geneigtem Kopf heraus.

Ich habe keine Zeit für so was. Ich muss wieder zurück nach draußen, zu Will. Wahrscheinlich fragt er sich schon, wo ich bleibe.

»Behalt ihn«, antworte ich und wende mich der Tür zu. »Ich hab keine Zeit für deine Spielchen.«

Jake greift von hinten nach meiner Hand. »Wo gehst du hin?« In seiner Stimme schwingt stille Verzweiflung mit.

»Was glaubst du, wohin ich gehe?«

Ich bin wütend auf ihn, weil er hier reingekommen ist, und angewidert von mir, weil ich unfähig war, Nein zu sagen. Und ich bin wütend auf das, was ich hier gerade getan habe, in dieser Damentoilette, mit ihm.

Aber schlimmer noch: Ich bin wütend auf mich selbst, weil ich es wollte. Ich wollte ihn mehr, als ich es jemals in Worte fassen könnte.

Er kommt näher und umfasst mein Gesicht. Ich versuche auszuweichen. Im Moment will ich ihn wirklich nicht ansehen, denn das würde bedeuten, dass ich mich dem stellen muss, was ich getan habe. Doch er zwingt mich dazu.

»Sieh mich an«, verlangt er in bestimmtem Ton.

Ich richte den Blick auf ihn.

»Geh nicht zu ihm, Tru, *bitte*.«

Ich seufze. »Tut mir leid … Ich muss.«

Sanft streichelt er mit dem Daumen über meine Wange. Wieder bin ich seiner Berührung verfallen. Ich schließe die Augen und schwelge in dem Gefühl, seine Finger auf meiner Haut zu spüren.

»Musst du nicht. Geh einfach raus, und sag ihm die Wahrheit, Kleines«, bittet er mit tiefer, leiser Stimme. »Sag ihm, dass du jetzt mit mir zusammen bist … Dann können wir hier abhauen. Nur du und ich. Wir können an jeden Ort der Welt verschwinden, wohin du willst.«

Ich öffne die Augen. »Sei nicht albern! Ich kann ihm nicht einfach hier und jetzt sagen, dass ich dich vögle – dass ich dich gerade eben hier drin gevögelt habe –, und mich dann einfach mit dir verpissen! So funktioniert das nicht, Jake! Nicht alles im Leben ist so einfach, wie du es dir offenbar vorstellst! Das kann ich ihm nicht antun. Er hat was Besseres verdient.«

»Und ich nicht?« Er fährt mir mit einer Hand ins Haar und zieht meinen Kopf nach hinten, sodass ich gezwungen bin, ihm in die Augen zu sehen. »Und das ist es, was wir hier machen, Tru – bloß vögeln? Ich dachte, es wäre sehr viel mehr als das.« Er klingt verletzt, wütend, verbittert.

Dazu hat er jedes Recht.

Aber ich habe getrunken, und gerade kann ich nicht klar denken. Ich bin so verwirrt. In meinem Kopf herrscht ein Riesendurcheinander.

»Momentan ist vögeln offenbar alles, was du im Sinn hast. Hier geht es nicht um mich. Ich glaube nicht, dass es jemals um mich ging … Und das alles hier drin ist nur passiert, weil du dich in deinem Ego gekränkt gefühlt hast, also bist du reingekommen auf der Suche nach einem schnellen Fick, damit du dich besser fühlst. Um Will eins auszuwischen.«

Er sieht aus, als hätte ich ihn gerade geohrfeigt. Er lässt mein Haar los und weicht zurück.

»Ich hab dich nicht Nein sagen hören.«

»Nein, aber das hätte ich tun sollen. Kannst du denn nicht einsehen, dass es falsch war, was wir gerade hier drin gemacht haben – dass es die ganze Zeit über falsch gewesen ist?«

»Du bereust es?« Er wirkt tief getroffen.

Es schmerzt mich, ihn so zu sehen.

»Nein!« Ich reibe mir das Gesicht und atme tief ein. »Nein, ich bereue es nicht, ich denke einfach … Ich weiß es nicht.« Frustriert schüttle ich den Kopf.

»Nun, da du es nicht weißt, warum mache ich es dir dann nicht etwas leichter?« Er wendet sich zum Gehen.

»Nein, Jake, bitte.« Verzweifelt greife ich nach seinem Arm und sehe ihn an. »Ich bin bloß so verwirrt.«

»Ich nicht. Ich weiß, was ich will – dich. Ich will da draußen sein, mit dir an meiner Seite.«

»Mit Juliette als Begleitung scheint es dir aber auch ganz gut zu gehen. Soweit ich sehen konnte, hat sie deinen Schmerz ja schnell gelindert.«

Es ist mir einfach rausgerutscht.

Ich weiß, dass ich in meiner aktuellen ungeklärten Situation kein Recht habe, eifersüchtig zu sein, und ich hasse es, mir von ihm in die Karten schauen zu lassen, aber es ist aus mir herausgebrochen, bevor ich mich bremsen konnte.

»Du bist eifersüchtig? Ernsthaft, Tru?« Ich sehe das Grinsen in seinen Augen, und das facht meine Wut wieder an.

»Verpiss dich einfach, und geh zurück zu deiner Schlampe!«

»Ich will verdammt noch mal nicht zu ihr zurück. Ich will dich.«

Plötzlich will ich ihm einfach nur wehtun.

»Du kannst mich nicht haben. Nicht heute Abend. Nicht in nächster Zeit. Morgen fliege ich nach Hause, weißt du noch?« Ich lasse seinen Arm los.

Ich sehe, wie sich der Schmerz auf seinem schönen Gesicht ausbreitet, und mir wird schlecht. Und alles, was ich tun will, ist, meine Worte zurückzunehmen.

»Entschuldige«, rudere ich zurück. »Das hab ich nicht so gemeint – es ist nur – ich werde es ihm sagen, Jake, bald. Es ist einfach schwierig, und der ständige Druck von deiner Seite macht mich wahnsinnig. Ich fühle mich, als würde ich keine Luft mehr kriegen. Du musst mir einfach Freiraum geben und mich das in meinem eigenen Tempo machen lassen.«

Aber ich spüre, dass ich ihn bereits verloren habe.

»Du willst Freiraum – kannst du haben. Einen ganzen Arschvoll.« Wieder wendet er sich ab und marschiert davon, in Richtung Tür, bleibt direkt davor stehen, dreht sich noch einmal um und kommt zurück, um dicht vor mir stehen zu bleiben, Auge in Auge.

»Ich bin nicht der Zweitmann, Tru. Das passt nicht zu mir – zu dem, der ich bin. Ich bin die Nummer eins. Und wenn du sagst, dass du mir das jetzt nicht geben kannst, dann ...« Er lässt den Satz unvollendet im Raum stehen.

»Dann was?« Meine Stimme zittert.

Er sagt nichts mehr, wendet sich ab und geht.

»Antworte mir!«, rufe ich ihm nach. »Dann was, Jake? Bist du mit mir fertig? Was?«

In mir steigt Panik auf. Ich verliere ihn ganz und gar.

Ein letztes Mal bleibt er stehen und dreht sich leicht zur Seite, seine Lippen sind stur aufeinandergepresst und bilden eine schmale Linie. »Interpretier das, wie du willst. Inzwischen kümmert es mich einen Scheißdreck.«

Er schließt auf, schreitet aus der Damentoilette und knallt die Tür hinter sich zu.

Ich betrachte mich im Spiegel. In diesem Moment hasse ich mich.

Halt suchend klammere ich mich ans Waschbecken und versuche, das Zittern zu kontrollieren, das einfach nicht aufhören will.

Dann muss ich mich übergeben.

KAPITEL 19

»Du warst ja ewig verschwunden«, bemerkt Will.

Ich streiche mir den Rock glatt, als ich mich hinsetze, und bin mir der Tatsache überaus bewusst, dass ich keinen Slip trage.

»Entschuldige. Die Schlange vor der Toilette war echt lang, und als ich drinnen war, ist mir ein bisschen übel geworden.«

»Geht's dir gut?« Besorgt runzelt er die Stirn.

Eine Besorgnis, die ich wirklich nicht verdient habe.

»Ja, alles okay. Mir war nur etwas heiß und ein bisschen schlecht, aber jetzt geht's mir besser.«

Mir geht es überhaupt nicht gut. Ich fühle mich elend, von mir selbst angewidert und völlig verkorkst.

Da schwöre ich mir, ich würde mich Will zuliebe bessern, und dann habe ich auf der Toilette Sex mit Jake. Und jetzt stecke ich noch tiefer im Schlamassel als vorher.

Ich greife nach meiner Margarita.

»Ist es eine gute Idee, das zu trinken, wenn dir schlecht ist, Babe? Ich kann an die Bar gehen und dir Wasser holen, wenn du willst.«

»Nein, mir geht's gut – ehrlich«, füge hinzu, als ich Wills besorgten Gesichtsausdruck sehe.

Was ich jetzt brauche, ist Alkohol, und zwar jede Menge. Ich nehme einen großen Schluck von meiner Margarita.

Stuart wirft mir einen wissenden Blick zu und hebt eine Augenbraue.

Er weiß, dass ich mit Jake schlafe.

Natürlich. Dave weiß es, also ist es logisch, dass auch er es weiß.

Die letzten fünf Tage habe ich heimlich mit Jake verbracht. Und Stuart ist sein PA. Er kennt Jakes Reiseroute, weiß Bescheid über jede seiner Bewegungen. Das ist sein Job.

Ich wette, er hält mich für eine totale Schlampe.

Meine Wangen brennen vor Scham.

Ich blicke zur anderen Seite des Raums, an Stuart vorbei, und sehe, dass Jake wieder bei Schhüliett ist.

Mir krampft sich der Magen zusammen.

Sie sitzt auf seinem Schoß, und sie teilen sich eine Zigarette. Aufreizend steckt sie ihm die Kippe in den Mund, hält sie an seine Lippen, während er einen Zug nimmt. Sie berührt seine Lippen.

Lippen, die noch vor ein paar Minuten auf meine gepresst waren. Die mich geküsst haben, überall.

Dann führt sie die Zigarette an ihre eigenen Lippen und nimmt einen langen, sinnlichen Zug. Sie beugt sich vor und bläst Jake den Rauch in den Mund.

Mich durchströmt eine weißglühende Eifersucht, als ich sehe, dass eine seiner Hände auf ihrem Oberschenkel liegt und die andere auf sehr intime Art und Weise ihren Arm streichelt.

In mir blitzt eine Erinnerung auf, seine Hände auf mir, die mich berühren.

Ich beobachte, wie Jake den Rauch ausstößt, sich vorbeugt und ihr etwas ins Ohr flüstert. Sie wirft den Kopf zurück und lacht.

Wie kann er das tun, wo er doch gerade erst mit mir da drinnen war? Wie kann er so schnell zur Tagesordnung übergehen?

Da sitzt er, mit ihr auf dem Schoß und meinem zerrissenen Slip in seiner Hosentasche.

Mir wird übel.

Unvermittelt sieht er mir in die Augen.

Küss sie nicht. Bitte, küss sie nicht.

Mit deutlichem Trotz im Gesicht umfasst er ihren Hinterkopf und drückt seine Lippen auf ihre.

Ich muss mich beinahe übergeben.

Wie konnte er das tun? Vor nicht mal zehn Minuten hatte er Sex mit mir, und jetzt sitzt er hier draußen und küsst eine andere Frau.

Ich weiß, dass auch ich kein Unschuldslamm bin, aber niemals wäre ich zurück nach draußen gekommen, nachdem ich mit ihm da drinnen war, und hätte Will meine Zunge in den Hals gesteckt.

Heiße Tränen brennen mir in den Augen. Ich verspüre den Impuls, wegzulaufen.

Aber wohin? Und ich kann ohnehin nicht einfach abhauen. Will würde sich fragen, was zum Teufel mit mir los ist.

Ich bin hier gefangen, dazu verdammt, zuzusehen, wie Jake eine andere Frau küsst, ein paar Minuten nachdem er mit mir Sex hatte.

Tief durchatmen, Tru. Ist schon gut. Es wird alles gut.

Ich schließe die Augen, sperre die beiden aus, nehme meine Margarita und leere das Glas.

Aber ich muss wieder hinsehen. Es ist Folter, aber ich kann mir nicht helfen.

Als ich die Augen öffne, sehe ich, dass Jake sie nicht mehr küsst. Er unterhält sich mit Tom, der ebenfalls ein Groupie im Schlepptau hat. Aber Schhüliett sitzt noch immer auf Jakes Schoß. Ihre Hände sind überall auf ihm.

Ich hasse sie, und ich hasse ihn.

Nein, tue ich nicht, ich liebe ihn. Aber ich will ihn hassen. In diesem Augenblick ist das alles, was ich will. Es würde alles so viel leichter machen.

Weil es Jake ist. Das ist es, was er tut. Dafür ist er berühmt.

Die ganze Zeit über hat er sich einen Dreck darum geschert, mit mir zusammen zu sein. Für ihn bin ich nur eine Herausforderung. Etwas, das es zu erobern gilt. In dem Moment, in dem er mich Will ausgespannt hätte, wäre sein Interesse an mir verpufft, und er hätte mich weggeworfen, so wie alle anderen.

Jake kann sich die Frauen aussuchen. Es gibt nicht einen Grund, warum er ausgerechnet mich für immer an seiner Seite haben wollen sollte.

Und den Beweis dafür sehe ich nun klar und deutlich vor mir.

»Noch einen Drink, Schatz?« Will ist bereits auf den Beinen und deutet auf mein leeres Glas.

Er ist so aufmerksam. Ich verdiene ihn nicht.

Ich liebe ihn wirklich.

Aber ich liebe Jake. Mehr. Glaube ich. Ich weiß es nicht.

Mist.

»Tequila!«, platzt es aus mir heraus.

Verwirrt blickt Will mich an.

»Uuh, bei Tequila bin ich dabei«, mischt sich Stuart strahlend ein und trommelt mit den Fingern auf den Tisch.

Ich glaube, gerade habe ich meinen Saufkumpan für heute Abend gefunden, da Simone mich für den umwerfenden, liebenswerten Denny verlassen hat.

Warum kann Jake nicht mehr wie Denny sein?

»Eine Runde Tequila bitte, Schatz ... Oh, und ein Bier zum Nachspülen und noch eine Margarita. Stuart?« Fragend blicke ich ihn an.

Beeindruckt erwidert er meinen Blick.

Wenn ich schon den Abend damit verbringen muss, Jake dabei zuzusehen, wie er einen langbeinigen Rotschopf vernascht, praktisch unmittelbar nachdem er Sex mit mir hatte, dann betrunken.

Stuart blickt zu Will auf und sagt: »Ich nehme das Gleiche wie die reizende Tru. Oh, und denk dran, es auf Jakes Rechnung zu setzen.«

Er zwinkert mir zu.

»Okay. Gut. Bin gleich wieder da«, murmelt Will und wirkt noch immer leicht perplex.

Ich weiß, dass er denkt, ich sei übergeschnappt. Wahrscheinlich glaubt er, ich verbringe zu viel Zeit mit Musikern. Er hat recht, das tue ich. Aber nicht so, wie er denkt. Mein Problem ist, dass ich viel zu viel Zeit mit einem ganz bestimmten Musiker verbracht habe.

Aber momentan ist es mir egal. Jetzt gilt es, sich entweder zu betrinken oder vollkommen durchzudrehen.

Ich entscheide mich fürs Betrinken.

Und irgendwie liebe ich Stuart gerade dafür, dass er mich bei meinem Saufgelage unterstützt und dabei noch Jakes Geld ausgibt.

Ich beobachte Will, wie er zur Bar geht. Alles ist mir recht, um nicht dauernd zu Jake und Schhüliett zu blicken.

Simone sitzt noch immer an der Bar, vertieft in eine Unterhaltung mit Denny, beide völlig voneinander fasziniert.

Ich freue mich für sie. Denny ist ein cooler Typ.

»Alles klar bei dir, Süße?«, fragt Stuart mich und zieht meine Aufmerksamkeit wieder auf sich. »Oder willst du, dass ich ihn verprügle?«

»Wen?« Ich bin verwirrt.

»Jake.« Er hebt die Augenbrauen.

»Oh.« Ich stütze das Kinn auf die Hand und blicke zu ihm rüber. »Bin ich so durchschaubar?«

»Nein. Aber er.« Mit dem Kopf weist er in Jakes Richtung.

»Bitte, sag nichts zu niemandem ... Will.«

Stumm wirft er mir einen »Als ob ich das würde«-Blick zu.

»Danke«, sage ich leise.

»Tru, ich stecke nicht gern meine Nase in die Angelegenheiten anderer Leute ... aber sieh mal, Süße, Jake ist nicht nur mein Boss, er ist auch mein Freund, und ich kenne ihn schon lange – ich wohne mit ihm zusammen. Und im Grunde ist dieser Idiot verrückt nach dir. Noch nie, mit keiner anderen, hab ich ihn so erlebt wie jetzt mit dir.«

Ich starre ihn an, überrascht von seinen Worten.

»Außer wenn er gerade einer langbeinigen Rothaarigen die Zunge in den Hals steckt«, ergänze ich und versuche, mich zu einem Lächeln zu zwingen.

Es funktioniert nicht.

»Lass dich davon nicht ärgern, Süße. Das ist nur Jake, der versucht, dir und sich selbst etwas zu beweisen. Er versucht zu beweisen, dass du ihm nicht so viel bedeutest, wie du es in Wahrheit tust. Besonders gut funktioniert es nicht, wie du siehst. Mit Verletzungen kann er nicht umgehen, also versucht er, dir wehzutun, damit er sich besser fühlt. Bei ihm dreht sich alles um Schmerz.«

Er beugt sich näher zu mir.

»Er ist das nicht gewohnt, Süße. Frauen spielen nicht mit Jake. Er spielt mit ihnen. Er benutzt sie nach Belieben und wirft sie weg, sobald er genug von ihnen hat. Das macht er schon, seit ich für ihn arbeite, und ich kann mir vorstellen, dass er es auch schon vorher getan hat. Das ist alles, womit er sich auskennt. Ich kann dir gar nicht sagen, wie viele Frauen ich nach Hause gefahren und getröstet habe, wie viele Anrufe ich abgefangen, wie viele einstweilige Verfügungen ich veranlasst habe ... Aber ich schweife ab«, unterbricht er sich beim Anblick meiner gequälten Miene. »Kurz gesagt: Er hat sich verändert, seit du wieder ein Teil seines Lebens bist.«

»Hat er nicht.« Ich schüttle den Kopf.

Flüchtig berührt er meinen Arm. »Hat er doch, Chica. Er hat in seiner eigenen Welt gelebt, ist in seiner ganz persönlichen übergroßen Jake-Seifenblase herumgeschwebt, hat jedes heiße Mädchen gevögelt, das er kriegen konnte – und das waren viele –, und dann bist du wieder in sein Leben getreten, und ich habe sofort die Veränderung in ihm bemerkt. Seit diesem Tag im Hotel, als er dich gesehen hat, ist er anders. Kein Rumvögeln mehr. Er ist wie ein verdammter katholischer Priester – nur ohne die kleinen Jungs.« Er schmunzelt.

»Er kann nicht rumvögeln, weil ihm plötzlich bewusst ist, dass er es gar nicht will, weil er dich nicht aus dem Kopf kriegt.

Das ist ihm unbegreiflich, Süße. Er ist total verrückt nach dir, und ich bin mir sicher, dass ihm das bereits klar geworden ist. Hinzu kommt die Tatsache, dass du einen Freund hast, den du seinetwegen nicht verlassen willst ... Und das ist das Ergebnis.« Er weist mit der Hand über die Schulter, in Jakes ungefähre Richtung, und lehnt sich auf seinem Stuhl zurück. »In dir hat er jemanden gefunden, der ihm gewachsen ist, so viel steht fest.«

»Da bin ich mir nicht so sicher. Außerdem ist es ja nicht so, als würde ich Will nicht verlassen«, flüstere ich. »Es ist bloß ...«

»Nie der richtige Zeitpunkt, Süße, ich weiß. Den gibt es nicht, wenn es darum geht, jemandem das Herz zu brechen. Aber einem dieser beiden Jungs wirst du das Herz brechen müssen, und ich würde sagen, lieber früher als später. Aber ich kann mir vorstellen, dass dir das längst klar ist. Und Jake, na ja ... Der wird die Vorstellung bereuen, die er heute Abend gibt, oder morgen. Denk dran, Süße, er ist ein Mann, und Männer musst du einfach wie Kinder behandeln, denn nichts anderes sind sie.«

Ich hebe eine Braue. »Du bist ein Mann.«

»Ja, aber ich bin die beste Art von Mann, meine Schöne. Ich bin Venus *und* Mars.« Er zwinkert mir zu.

Ich kann nicht anders und muss lachen, trotz meiner innerlichen Qualen.

Dann setzt einer meiner liebsten Dance-Songs ein.

»Willst du tanzen?«, frage ich Stuart, springe auf und halte ihm die Hand hin.

Ich weigere mich, noch eine Sekunde länger hier zu sitzen und mich im Selbstmitleid zu suhlen. Ich will vergessen, und das Tanzen wird mir dabei helfen.

»Du fragst einen Schwulen, ob er tanzen will? Lebt der Papst im Zölibat? Warte, nein, beantworte das nicht.« Er steht auf und ergreift meine Hand. »Es ist mir eine Ehre, mit der heißesten Chica heute Abend das Tanzbein zu schwingen.«

»Ach, jetzt bist du definitiv ausschließlich Mars.«

»Verdammt.« Er lächelt.

Mit einem Blick gebe ich Will, der an der Bar steht, zu verstehen, dass Stuart und ich tanzen gehen. Er nickt mir kurz zu.

Stuart führt mich zur Tanzfläche. Augenblicklich entspanne ich mich.

All meine Gedanken an Jake, Will und komplizierte Beziehungen lasse ich am Rand der Tanzfläche zurück und verliere mich in meiner einzig wahren Liebe: der Musik.

Und verdammt, ich dachte ja schon, Jake könnte sich gut bewegen – aber in einem Tanzwettstreit würde Stuart ihn fertigmachen, und im Moment würde es mir große Freude bereiten, zuzusehen, wie Jake fertiggemacht wird.

Stuart bewegt sich wie ein Profi über die Tanzfläche, und dank seines großartigen Talents sehe ich tatsächlich ebenfalls so aus, als wüsste ich, was ich tue. Was nicht heißen soll, dass ich eine schlechte Tänzerin bin, aber Stuart ist wie Dynamit.

Ich frage mich, ob er jemals professionell getanzt hat.

Wir ziehen ziemlich viele Blicke auf uns. Und ich kann sehen, wie auch Jake uns von seinem Tisch aus beobachtet. Schhüliett ist vorerst von seinem Schoß runter, Gott sei Dank. Wahrscheinlich rückt sie sich gerade in der Damentoilette das Dekolleté zurecht.

In der Toilette, in der ich Sex mit Jake hatte.

Ich schaue Jake in die Augen, und in diesem Augenblick hört mein Herz auf zu schlagen.

Er sieht nicht glücklich aus. Sondern wütend.

Hastig sehe ich weg.

Er kann doch bestimmt nicht verärgert sein, weil ich mit Stuart tanze? Erstens – Stuart ist schwul. Und zweitens – Jake hatte gerade erst seine Zunge im Hals einer anderen Frau.

Bei dem Gedanken dreht sich mir fast der Magen um. Ich verdränge das Bild aus meinem Kopf.

Wisst ihr, was? Ich *hoffe*, es macht ihn wütend. In diesem Moment will ich ihn verletzen, und genau das werde ich tun.

Ich lege Stuart die Arme um den Hals, schmiege mich an ihn und tanze eng umschlungen.

Während wir uns über die Tanzfläche bewegen, sehe ich, wie Tom mich mustert, sich dann rüberbeugt und Jake etwas ins Ohr sagt.

Jake nickt, ohne mich aus den Augen zu lassen.

Mir brennen die Wangen. Es ist schrecklich, zu wissen, dass über mich geredet wird, ohne zu ahnen, was gesagt wird.

Weiß Tom von uns? Anscheinend wissen es sonst alle, also warum nicht auch Tom? Schließlich ist er einer von Jakes engsten Freunden, genau wie Denny.

Jake zieht eine Zigarette aus der Packung und zündet sie an. Er leert seinen Whisky auf einen Zug und schenkt sich sofort aus der Flasche nach.

»Ein Mädchen, das tanzen kann – endlich!«, jubelt Stuart, zieht meine Aufmerksamkeit wieder auf sich und packt mich an der Hüfte. »Ich habe meine Ginger gefunden! Tru, ernsthaft, wenn du weniger Titten und mehr Schwanz hättest, würde ich dir auf der Stelle einen Antrag machen!« Er wirbelt mich im Kreis.

»Das lässt sich jederzeit arrangieren«, behaupte ich lachend. »Willst du mich heiraten?« Mit einer dramatischen Geste strecke ich ihm meine Hand entgegen.

Er nimmt sie und zieht mich an seine Brust. »Gleich morgen in Vegas, Süße. Ich bin der in Weiß vor der Elvis-Kapelle.«

»Ich werde da sein.« Ich zwinkere ihm zu.

Gemeinsam lachen wir, während er mich wieder über die Tanzfläche zieht.

Ich mag Stuart. Er ist so witzig, so unkompliziert und tierisch heiß. In der Hinsicht könnte er Jake ernsthaft Konkurrenz machen.

Warum ist er nicht hetero?

Obwohl, lieber nicht, mein Leben ist schon kompliziert genug, ohne dass ich versuche, mir einen weiteren Mann an Land zu ziehen.

»Unser Lieblings-Rockstar ist nicht gerade glücklich darüber, dass ich so eng mit dir tanze«, flüstert er mir ins Ohr.

»Im Moment amüsiere ich mich viel zu sehr, um mir Gedanken darüber zu machen, was Jake empfindet.«

»Braves Mädchen!« Er gibt mir einen Klaps auf den Po, und ich quietsche vor Lachen, als er mich im Kreis wirbelt und sich mit der Brust an meinen Rücken drückt.

Er beugt seine Knie in meine Kniekehlen, zieht mich dabei langsam mit sich hinunter und wieder hinauf.

Er tanzt genau so mit mir, wie Jake es in Kopenhagen getan hat.

In der ersten Nacht, in der wir miteinander geschlafen haben.

»Oh-oh, jetzt gibt's Ärger«, flüstert mir Stuart ins Ohr.

Als ich in Jakes Richtung blicke, sehe ich, dass er auf den Beinen ist und seine Zigarette im Aschenbecher ausdrückt. Der Ausdruck auf seinem Gesicht ist zornig, unnachgiebig fixiert er mich und Stuart, und jetzt kommt er direkt auf uns zu.

Mir wird ganz anders.

Habe ich es womöglich zu weit getrieben? Nein, er hat vorhin erst seinem kleinen Groupie eine Mund-zu-Mund-Beatmung verpasst. Ich habe mir nichts vorzuwerfen.

Aber was, wenn er mir vor Wills Augen eine Szene macht?

»Keine Sorge, Süße, ich kann mit Jake umgehen, das ist mein Job – weißt du noch?«, flüstert Stuart, als er meine besorgte Miene bemerkt. »Er wird keine Szene machen, das verspreche ich dir.«

Das würde ich nur zu gerne glauben, aber Jake ist manchmal irrational.

Als er bei uns ankommt, ist sein Gesicht wie versteinert. Ich bin mir sicher, dass er mich hier und jetzt zusammenstauchen wird, aber er ignoriert mich und wendet sich Stuart zu.

Während ich dastehe wie bestellt und nicht abgeholt, beugt er sich vor und flüstert Stuart etwas ins Ohr.

Stuart legt ihm die Hand auf die Schulter und erwidert etwas. Ich wünschte, ich könnte ihre Unterhaltung hören.

Darauf verhärtet sich Jakes Ausdruck. Was auch immer Stuart gesagt hat, Jake hat es nicht gefallen.

Stuart wendet sich mir zu und schenkt mir ein warmherziges Lächeln. »Ich muss jetzt gehen und für eine Weile arbeiten, Süße. Immer im Dienst.« Er zwinkert mir zu. »Beenden wir diesen Tanz später?«

»Auf jeden Fall.« Ich lächle.

Als Stuart geht, will ich mich in die entgegengesetzte Richtung aufmachen, zurück zu unserem Tisch, doch Jake ergreift meine Hand und zieht mich zu sich. »Wo willst du hin?«

Sofort entreiße ich ihm meine Hand. »Na ja, du hast gerade meinen Tanzpartner verscheucht, also werde ich mich jetzt bis zum Gehtnichtmehr betrinken.«

»Kann ich mitkommen?«

Ich presse die Lippen aufeinander und starre ihn an.

»Tanz mit mir.« Auffordernd hält er mir die Hand hin.

»Klar, weil das letzte Mal auch so hervorragend funktioniert hat für mich. Und wo ist eigentlich dein Rotschopf? Will die nicht mit dir tanzen?«

Er zieht seine Hand zurück und starrt auf mich herab. »Sie ist nicht mein Rotschopf, das hab ich dir schon gesagt. Es gibt nur ein Mädchen, das ich an meiner Seite will.«

Meine Haut spannt sich schmerzhaft, so müde und erschöpft bin ich auf einmal.

»Vorhin sah es so aus, als hättest du ziemlich deutlich Anspruch auf sie erhoben.« Ich versuche, lässig zu klingen, aber die Wahrheit ist, dass es verdammt wehtut.

Am liebsten würde ich ihn zur Rede stellen, weil er sie geküsst hat, nachdem er Sex mit mir hatte, aber dies ist dafür weder der richtige Zeitpunkt noch der richtige Ort.

Der vorherige Song verklingt und »Don't Speak« von No Doubt dröhnt aus den Lautsprechern.

Jake hebt den Kopf, als wäre Gwen Stefani hier und würde gerade mit ihm sprechen. Und wirklich, besser könnte der Song nicht auf ihn und mich passen.

Ich frage mich, ob er gerade dasselbe denkt.

Dann blickt er wieder auf mich herab, und plötzlich verfinstern sich seine strahlenden Augen. »Die Frau, die ich will, ist mit einem anderen hier … Was bleibt mir anderes übrig?«, entgegnet er und spricht die Worte langsam und bewusst aus.

Ganz ehrlich, im Moment habe ich keine Ahnung. Was ich weiß, ist, dass wir uns gerade gegenseitig zerfleischen. Und dieser Song macht mich fertig.

Ich will gehen, aber er lässt mich nicht weg. Stattdessen zieht er mich von hinten in seine Arme und zwingt mir seinen Rhythmus auf.

»Bleib heute Nacht bei mir«, flüstert er mir ins Ohr. »Ich will nicht ohne dich schlafen. Ich brauche dich.«

Es trifft mich ins Herz.

»Nein, tust du nicht.« Ich drehe mich um und streife seine Brust. »Das hast du vorhin ziemlich deutlich gezeigt.«

»Bist du dir sicher?« Er starrt auf mich herab und sieht mir tief in die Augen.

»Hast du immer noch meinen Slip in der Tasche?«

Er grinst.

»Kann ich ihn wiederhaben?«

»Was glaubst du wohl?«

Er wirbelt mich herum und zieht mich wieder zu sich, hart an seine Brust.

Das Herz schlägt mir bis zum Hals.

»Warum hast du Stuart davon abgehalten, mit mir zu tanzen?«

»Weil er arbeiten muss.« Er zieht mich noch näher an sich, seine Hand liegt auf meinem Kreuz.

Skeptisch hebe ich eine Augenbraue.

»Na gut.« Geräuschvoll atmet er aus. »Zu sehen, wie er mit dir tanzt, hat mich wahnsinnig gemacht.«

»Er ist schwul!«, rufe ich.

»Ist mir egal, und wenn er ein verdammter Mönch wäre. Ich konnte es nicht ertragen, seine Hände überall auf dir zu sehen. Wenn er nicht so gut wäre in seinem Job, würde ich ihn feuern«, murmelt er.

»Du würdest Stuart feuern, weil er mit mir getanzt hat?«

»Ja.«

»Ich hatte ja keine Ahnung, dass du so eifersüchtig bist.«

»Ich auch nicht.«

Für einen langen Augenblick starre ich ihn an. »Zu deiner Information: Ich habe Stuart gebeten, mit mir zu tanzen, und er hat nur zugestimmt, um mich von deinen sexuellen Eskapaden mit deinem Groupie abzulenken.«

»Du hast ihm von uns erzählt?« Er wirkt überrascht.

Ich schüttle den Kopf. »Er hat es erraten, er ist ja nicht dumm.«

»Schade, dass dein Freund es ist.«

Ich werfe ihm einen bösen Blick zu. »Lass es«, warne ich ihn. »Ich werde mich nicht noch mal mit dir darüber streiten.«

»Warum nicht? Ich finde, darin sind wir ziemlich gut. Bei der Versöhnung sogar noch besser. Du hast dich fantastisch angefühlt vorhin, Tru«, flüstert er nah bei mir. »Du fühlst dich immer fantastisch an, und ich will den Rest meines Lebens mit dir verbringen, um dir ein so gutes Gefühl zu geben, wie du es mir gibst.«

Meine Haut prickelt.

Er ist so nah. Überall spüre ich die Hitze seines Körpers.

»Du gehörst mir, Tru.«

»Ich dachte, du wärst fertig mit mir?«, erwidere ich und achte darauf, meiner Stimme einen festen Klang zu verleihen, obwohl ich innerlich zittere. »Und nachdem ich dich mit ihr gesehen habe, geht's mir da kaum anders.«

Eigentlich meine ich es nicht so, aber ich bin sehr verletzt.

Für einen langen Moment starrt er auf mich herab. In diesen Sekunden huscht eine solche Vielzahl von Gefühlen über sein Gesicht, dass es schwer ist, ein konkretes auszumachen.

Gerade als er den Mund öffnet, um etwas zu sagen, ertönt hinter ihm Wills Stimme.

»Was dagegen, wenn ich mit meinem Mädchen tanze?«

Ich war so auf Jake fixiert, dass ich Wills Näherkommen überhaupt nicht bemerkt habe.

Unter meinen Händen spüre ich, wie sich Jakes Körper versteift. Er blickt auf mich herab, unzählige Emotionen spiegeln sich in seinen Augen wider. Schließlich lässt er mich los und tritt zurück.

»Sie gehört dir.«

In diesen drei Worten liegt eine tiefere Bedeutung als in allem, was er den gesamten Abend über zu mir gesagt hat.

Panik ergreift mich. Und alles, was ich tun kann, ist, hilflos dabei zuzusehen, wie Jake sich durch die Menge kämpft, alle Blicke auf ihn gerichtet, und direkt auf die Bar zugeht.

Will zieht mich in seine Arme.

Ich bin wie betäubt. Völlig leer.

»Du hast toll ausgesehen, als du mit Stuart und Jake getanzt hast«, raunt Will mir ins Ohr. »Ich bin glatt ein bisschen eifersüchtig geworden.«

»Es ist doch nur Jake«, spiele ich es herunter, obwohl ich mich innerlich fühle, als müsste ich sterben. »Und dir ist schon klar, dass Stuart schwul ist, oder?«

»Ah, richtig.« In seinen Augen sehe ich die Erkenntnis aufflackern.

Als Will mich über die Tanzfläche bewegt, erhasche ich einen Blick auf Jake. Er trinkt Tequila an der Bar und schaut nicht mal annähernd in meine Richtung. Und er hat wieder Gesellschaft.

Schhüliett ist zurück und hängt wie eine Klette an ihm.

Mit einer Mischung aus Ekel und Entsetzen beobachte ich, wie sie einen Finger in Jakes Tequila taucht, eine feuchte Linie über ihren gewaltigen Brustansatz zieht und Salz darüberstreut.

Es ist wie ein Autounfall, von dem ich den Blick nicht abwenden kann, obwohl sich mir beim Zusehen der Magen umdreht.

Unter Toms Anfeuerungsrufen beugt Jake sich hinab und leckt ihr langsam das Salz von der Brust. Dann nimmt er seinen Tequila und kippt ihn runter.

Mich packen brennende Eifersucht und Wut, so heftig, dass ich rübergehen und sie grün und blau schlagen will. Und Jake auch.

Ich wende mich ab, berge das Gesicht an Wills Hals und halte mit aller Kraft meine Tränen zurück.

Er umarmt mich fester. »Du hast mir so gefehlt, Babe«, murmelt er und fährt mit der Hand durch mein langes Haar und über meinen Rücken.

Ich hebe den Kopf und sehe ihn an. »Du mir auch.«

Und in diesem Augenblick wird mir klar, dass ich ihn wirklich vermisst habe. So sehr. Mein lieber, süßer Will.

Er würde mir nie wehtun. Er würde niemals Salz von den Brüsten langbeiniger Rotschöpfe lecken.

Bei Will bin ich sicher. In seiner Gegenwart habe ich mich schon immer sicher gefühlt.

Ich muss Jake einfach loslassen und bei ihm bleiben. Das ist die richtige Entscheidung.

Mit Will wird das Leben immer einfach und unkompliziert sein.

Ich stelle mich auf die Zehenspitzen und küsse ihn fest auf den Mund. Sofort schlingt er die Arme um mich und drückt mich eng an sich.

Er schmeckt nach Bier, und sein Kuss fühlt sich genauso an wie immer.

Nicht die geringste Ähnlichkeit mit Jake. Was gut ist – glaube ich.

Will ist lieb und süß, aber ... Nein, irgendwas fehlt. Und es hat mir gefehlt, seit Jake in mein Leben zurückgekehrt ist, das wird mir nun klar.

Ich umfasse seinen Nacken, grabe meine Finger in sein Haar, presse mich an ihn und erwidere seinen Kuss. Verzweifelt versuche ich, das Feuer zu entfachen, das ich immer spüre, wenn Jake mich küsst. Schon wenn er mich nur ansieht.

Doch es passiert nichts.

Hat es schon immer gefehlt? Oder ist es wegen Jake? Wird es jetzt für den Rest meines Lebens so sein? Werde ich nie wieder bei irgendjemandem das empfinden, was ich fühle, wenn ich mit ihm zusammen bin? Wenn er mich berührt, mich küsst, mit mir schläft?

Bin ich seinetwegen für Will verdorben?

Schwer atmend unterbreche ich den Kuss. Aus Wills Augen leuchtet seine Liebe zu mir.

Doch ich fühle mich einfach nur verloren, verwirrt und einsam.

Genau in diesem Moment begreife ich, dass ich das Einfache nicht will. Ich will Jake in all seiner verrückten Komplexität.

Ich liebe Will durchaus, doch Jake liebe ich mehr.

Schon immer habe ich ihn geliebt, mein ganzes Leben lang. Und ich will ihn nicht verlieren. Er ist mein bester Freund. Mein Ein und Alles.

Ich muss mit ihm reden. Muss ihm sagen, dass mir die Rothaarige egal ist. Dass mir das alles egal ist. All die Fehler, die wir beide gemacht haben. Wir können neu beginnen, von hier an.

Ich werde Will alles sagen, jetzt sofort, wenn es das ist, was er will. Ich werde alles tun, was er von mir verlangt.

Weil ich ihn liebe.

Ihn absolut und von ganzem Herzen liebe. Das habe ich schon immer getan. Und ich kann mir keine weitere Sekunde meines Lebens mehr ohne ihn vorstellen.

Suchend blicke ich dorthin, wo Jake an der Bar gesessen hat, aber er ist nirgends zu sehen.

Wo steckt er?

»Ich bin müde«, sage ich zu Will. »Was dagegen, wenn wir uns hinsetzen?«

Ich muss Jake finden.

»Kein Problem, komm.« Will legt mir den Arm um die Schultern und bringt mich zurück an unseren Tisch. »Wir können auch demnächst gehen, wenn du willst.«

»Ja, das wäre gut.«

Wohin ist Jake verschwunden?

Will lächelt mir zu und drückt mir einen Kuss ins Haar.

Ich weiß, dass ich mich seinetwegen jetzt schrecklich fühlen sollte, aber ich kann keinerlei Schuldgefühle aufbringen.

Alles, was ich will, ist Jake sehen.

Unruhig setze ich mich neben Stuart, die anderen Plätze sind nun von Simone und Denny belegt.

Sie wirkt total hingerissen von ihm. Mir wird warm ums Herz. Ich will auch so mit Jake hier sitzen. Die Welt soll wissen, dass wir zusammengehören.

»Ich geh nur mal schnell zur Toilette«, erklärt Will. »Danach können wir gehen, wenn du möchtest.«

»Klar«, antworte ich geistesabwesend. Ich bin einfach nur erleichtert, dass er geht, damit ich Jake aufspüren kann.

Als Will weg ist, blicke ich mich verstohlen im Raum um, auf der Suche nach Jake.

»Er ist weg, Süße.« Stuart hat sich vorgebeugt und flüstert mir ins Ohr. »Dave hat ihn ins Hotel zurückgebracht.«

Tief in meinem Bauch regt sich eine schreckliche, unerträgliche Übelkeit.

»Ist er … alleine gefahren?«

Langsam schüttelt Stuart den Kopf.

Mein Herz verkrampft sich.

Ich schlucke, mir wird die Kehle eng. »Die Rothaarige?«, muss ich fragen, obwohl ich mir der Antwort ziemlich sicher bin.

»Ja.« Er schenkt mir einen traurigen Blick, tätschelt meinen Oberschenkel, nimmt ein Schnapsglas vom Tisch und reicht es mir.

»Trink das, Süße. In Ordnung wird es davon auch nicht, aber nach ein paar von denen erscheint dir auf jeden Fall alles sehr viel einfacher.«

Mühsam halte ich die Tränen zurück, die mir in der Kehle brennen, und nehme das Schnapsglas. Ich stelle es vor mir ab, greife nach dem Salz, streue es auf meinen Handrücken, lecke es ab und kippe ohne Zögern den Tequila runter.

Scharf spült er meine Tränen fort und hinterlässt dafür das willkommene Brennen des Alkohols.

Die Zitronenscheibe und das Bier ignoriere ich. Stattdessen spüle ich den Schnaps mit meiner Margarita runter. Ich leere sie in einem Zug.

»Geht's dir gut, Süße?«, fragt mich Simone und lächelt mir mitfühlend zu.

Sicher weiß sie auch, dass Jake mit Schhüliett ins Hotel zurückgefahren ist.

Ich zwinge mich zu einem strahlenden Lächeln und nicke. »Na klar.«

Aber ich weiß, dass sie es besser weiß. Sie kennt mich.

Und der Alkohol, nun, der ist bloß eine Betäubung für mein Herz, das gebrochen und in Scherben unter dem Absatz einer langbeinigen Rothaarigen liegt, die höchstwahrscheinlich gerade mit meinem besten Freund und der einzig wahren Liebe meines Lebens im Bett ist.

Und im Grunde habe ich mir das selbst zuzuschreiben.

Ich habe gezögert. Bei einem Mann wie Jake darf man nicht zögern.

KAPITEL 20

O Gott. Ich hab einen solchen Kater. Ich glaube ernsthaft, ich muss sterben.

Nachdem ich herausgefunden hatte, dass Jake mit der rothaarigen Schhüliett gegangen war, habe ich mich darangemacht, dieses Wissen aus meinem Gedächtnis zu tilgen – mit der naheliegenden Hilfe von Alkohol. Mit anderen Worten: Ich wollte mich abschießen, und genau das ist mir gelungen.

Als Will von der Toilette zurückkam, hatte ich schon drei Tequila intus und war wieder mit Stuart auf der Tanzfläche.

Ihm war eindeutig klar, dass mit mir etwas nicht in Ordnung war. Ganz ehrlich glaube ich, dass er wahrscheinlich denkt, ich wäre überarbeitet oder hätte ein Alkoholproblem entwickelt, weil ich zu viel Zeit mit den Jungs verbringe.

Gegen drei Uhr nachts hat Will mich schließlich ins Hotel zurückgebracht, weil ich total fertig war. Ich weiß noch, wie er mich in die Suite getragen hat. Vage glaube ich mich zu erinnern, dass ich aus vollem Hals »Mr Brightside« gesungen habe, und dann habe ich lange Zeit auf der Toilette verbracht und mich übergeben.

Armer Will. Er hat das alles nicht verdient. Er ist so lieb und süß. Und ich bin der Teufel.

Ich strecke meinen steifen Körper, stöhne und blinzle.

Will sitzt auf einem Stuhl neben dem Bett und sieht mich an.

»Ich hab dir einen Kaffee besorgt.« Während ich mich im Bett aufsetze, reicht er mir einen Starbucks-Becher.

»Danke«, erwidere ich aufrichtig. Ich lasse mich gegen das Kopfteil sinken und nehme einen willkommenen Schluck. »Du warst schon unterwegs?«

»Nur beim Starbucks draußen neben dem Hotel. Ich hab frische Luft gebraucht.«

»Oh. Entschuldige, dass ich mich so zugeschüttet hab. Simone? Ist sie heil nach Hause gekommen? Liegt sie auf dem Sofa?«

»Sie hat bei Denny übernachtet.«

»Oh«, entschlüpft es mir.

Gut für Simone. Einen Tag hier, und schon angelt sie sich einen sexy Schlagzeuger.

»Hör mal, Tru.« Will massiert sich die Schläfen und fährt sich mit den Fingern durchs Haar. »Ist irgendwas mit dir? Schon seit ich gestern angekommen bin, wirkst du nicht wie du selbst.«

Es ist so weit. Entweder sage ich ihm jetzt die Wahrheit, oder ich rede mich feige heraus.

Jake und ich werden kein Paar sein. Nicht nach gestern Abend.

Beim Gedanken daran spüre ich echten körperlichen Schmerz.

Und plötzlich weiß ich einfach, was ich tun muss – ich habe meine Antwort. Selbst wenn ich keine Beziehung mit Jake führen werde, kann ich nicht einfach mit Will zusammenbleiben, nur weil es leichter ist.

Ja, ich liebe ihn. Aber offensichtlich nicht genug, sonst hätte ich nie mit Jake geschlafen.

Will verdient es, mit einer Frau zusammen zu sein, die ihn liebt, und nur ihn allein.

Ich stelle den Kaffee auf dem Nachttisch ab, setze mich in den Schneidersitz und sehe ihn an.

»Ich muss dir was sagen.« Mein Körper beginnt zu zittern. Ich hole so tief Luft wie nie zuvor und versuche, meine Ängste angesichts dessen, was ich jetzt tun werde zu zügeln.

»Ich hab mit Jake geschlafen.«

Auf seinen Zügeln spiegelt sich Schock, der sich langsam in Entsetzen und grenzenlosen Schmerz verwandelt.

Dieser Anblick wird mich für sehr lange Zeit verfolgen.

»Was?«, sagt er langsam.

»Es tut mir so leid, Will.«

Verständnislos starrt er mich an. Jetzt wirkt seine Miene völlig emotionslos.

»Was? Verdammt, meinst du das ernst?« Seine Stimme ist leise und herzzerreißend.

»Es tut mir leid. Ich wollte nicht, dass das passiert.«

Er birgt den Kopf in den Händen. »Du wolltest nicht, dass es passiert. Du hattest Sex mit Jake Wethers, und du wolltest nicht, dass es passiert!«

»Ich wollte dir nie wehtun.«

Mühsam versuche ich, mich zusammenzureißen und nicht in Tränen auszubrechen. Es wäre ihm gegenüber nicht fair, wenn ich weine.

»Liebst du ihn?«

Die Luft um uns herum scheint zu gefrieren.

»Ja.«

Er presst sich die Faust an die Lippen und unterdrückt ein Schluchzen.

»Liebst du mich noch?« Seine Stimme klingt gebrochen.

Ich blicke zu ihm auf. Will, mein wundervoller Will, den ich gerade vernichtet habe. Ich kann die Träne nicht zurückhalten, die mir über die Wange läuft. Hastig wische ich sie fort.

»Ja«, antworte ich.

Sein Ausdruck verhärtet sich. Einen Moment lang erkenne ich ihn kaum wieder. Plötzlich springt er auf und läuft auf und ab.

»Dann liebst du also ihn und mich. Wie ist das überhaupt möglich? Wir sind verflucht noch mal völlig gegensätzlich!«

»Ich weiß es nicht. Es tut mir so leid.«

Er hält inne und umfasst die Stuhllehne. »Wann hat das angefangen?«

»Vor fünf Tagen. Vor der Nacht mit dem Zeitungsartikel ist nie was passiert.«

»Also war es die verdammte Wahrheit! Du hast mich am Telefon angelogen, obwohl es die verdammte Wahrheit war! Du hast mir wirklich leidgetan. Ich hab dir geglaubt! Ich hab dir verdammt noch mal vertraut!«

»Es tut mir so leid, Will. Es tut mir so unglaublich leid«, weine ich.

»Jetzt ergibt einfach alles einen Sinn. Die Art und Weise, wie du dich seit meiner Ankunft verhalten hast, und wie er sich dir gegenüber benommen hat, und wie du reagiert hast, als er gestern Abend mit diesem Mädchen zusammen war! Ich bin so beschissen dämlich!«, brüllt er.

Er wendet sich von mir ab und bedeckt das Gesicht mit den Händen.

Er weint.

O Scheiße.

Ich steige aus dem Bett und bleibe hinter ihm stehen. Zögerlich lege ich ihm die Hand auf den Rücken, während mir Tränen über die Wangen laufen, doch er weicht zurück. »Fass mich nicht an«, sagt er leise und abweisend. »Fass mich verdammt noch mal nie wieder an.«

Ich lasse von ihm ab, setze mich auf die Bettkante und bin gefangen in dem Schlamassel, den ich angerichtet habe.

»Willst du mit ihm zusammen sein?«, fragt er plötzlich mit rauer Stimme und wendet sich mir wieder zu.

Ich ringe die Hände in meinem Schoß. »Ich weiß es nicht. Ich weiß nicht, was ich will.« Hilflos schlage ich mir die Hände vors Gesicht.

»Wie konntest du mit einem wie dem schlafen? Das ist eine verdammte Hure! Alles, was er macht, ist, mit Frauen zu schlafen – deshalb verkauft sich seine Scheißmusik! Mein Gott, Tru, er hat den ganzen letzten Abend mit einer anderen Frau rumgemacht! So respektiert er dich – er hat eine andere gevögelt, sobald du ihm nicht geben konntest, was er wollte!«

Ich weiß nicht, ob es mein Gesichtsausdruck ist, der ihn dazu bringt, die nächste Frage zu stellen. Aber was auch immer der Grund dafür ist, mir wird speiübel, denn ich weiß, dass ich ihm die Wahrheit sagen muss, als er fleht: »Bitte sag mir, dass du keinen Sex mit ihm hattest, seit ich hier bin.«

Ich kann ihn nicht anlügen. Ich will es. Aber ich kann es nicht.

Kurz schließe ich die Augen, presse die Lippen zusammen und nicke langsam. »Es tut mir leid.« Noch immer laufen mir Tränen übers Gesicht.

»Das glaub ich verdammt noch mal nicht!«, entfährt es ihm. Eisern umklammert er die Stuhllehne und fixiert mich. »Wann?«

O Gott.

Mit gesenktem Blick wische ich mir die Tränen von den Wangen. »Gestern Abend.«

Ich höre, wie er scharf Luft holt. »Wann gestern Abend?« Ich kann seine Kiefer zornig mahlen sehen.

Ich befeuchte mir die trockenen Lippen und schlucke. »Auf der Party.«

Kurzzeitig wirkt er verwirrt.

»Als ich auf die Toilette gegangen bin.«

»Du hast ihn in einer öffentlichen Toilette gefickt?«, schreit er, wie ich es noch nie gehört habe. Tatsächlich erzittere ich körperlich unter seiner Lautstärke.

»Ich kann einfach ... Ich kann das verflucht noch mal nicht glauben!«

Einen Moment lang schweigt er. Langsam blickt er auf und sieht mir ins Gesicht.

»Wie konntest du mir das antun? Uns?«

Ich wische mir die frischen Tränen aus dem Gesicht. »Es tut mir so leid. Es ist einfach passiert. Ich wollte das alles nicht, aber er ist ... *Jake*.« Ich sage das, als würde es alles erklären. »Schon als kleines Mädchen hab ich ihn geliebt.«

»Du hast ihn seit zehn beschissenen Jahren nicht mehr gesehen!«

Ich versuche nicht einmal, es ihm zu erklären. Er würde nie begreifen, was mich mit Jake verbindet.

»Ich habe dich zwei Jahre meines Lebens geliebt, Tru. Zwei Jahre! Ich hab dir alles gegeben. Dir vertraut. Ich hätte dir alles gegeben, was du dir wünschst. Ich hab dir mein Herz geschenkt, Herrgott noch mal! Ich wollte dich heiraten!«

Seine Worte treffen mich unvorbereitet. Er wollte mich heiraten? Darüber haben wir nie geredet.

»Und das ist alles dahin, weil du irgendeine billige Hure bist, die zu einem verdammten Rockstar nicht Nein sagen kann! Ich hätte dich nie für 'ne Groupieschlampe gehalten.«

In seinem Blick liegen äußerste Abscheu und Verachtung. Und ich verdiene beides.

»Es tut mir leid«, bringe ich schluchzend heraus. »Ich wollte nicht, dass das passiert. Schon als kleines Mädchen hab ich Jake geliebt ...«, wiederhole ich einfallslos.

»Erspar mir die restlichen gottverdammten Details!«

Nervös schaue ich hinab auf meine Hände, und mein Blick fällt auf die Armbänder. Das von Jake und das von Will.

Und dann weiß ich einfach, dass ich Jake will. Er ist alles, was ich jemals wollte.

Ich löse Wills Armband von meinem Handgelenk.

Im Aufstehen strecke ich ihm das Schmuckstück entgegen. »Das solltest du wiederhaben«, sage ich leise.

Er blickt auf meine Hand. Dann greift er nach dem Armband und schleudert es durchs Zimmer.

In seiner Miene steht blinde Wut. So habe ich ihn noch nie gesehen. Zielstrebig und zornig durchquert er das Zimmer.

»Wo gehst du hin?«, frage ich panisch.

»Deinen Scheißfreund vermöbeln!«

Ich will ihn aufhalten, doch Will ist schon zur Tür raus, sprintet praktisch durch den Korridor auf der Suche nach Jakes Zimmer. Er wirkt wie ein Besessener.

Hilflos laufe ich hinter ihm her und schreie dabei, dass er das lassen soll.

Dann sehe ich, wie sich Jakes Tür öffnet, und dort steht er und blickt sich besorgt im Korridor um. Meine Schreie müssen ihn alarmiert haben.

Jake registriert erst Will, danach mich, und dann passiert einfach alles so schnell.

Will stürzt sich auf ihn und schlägt ihm ins Gesicht.

»NEIN!«, kreische ich, als ich das dumpfe Geräusch höre.

Wie angewurzelt bleibe ich stehen und beobachte entsetzt, wie Jake für einen Moment den Halt verliert und leicht taumelt, während seine Hand zu seinem Mund fährt.

»Hast du gedacht, du kannst meine Freundin ficken, und ich find's nicht raus? Dass ich nichts dagegen tun würde?«, brüllt Will ihn an. »Ist mir scheißegal, wer du bist! Ich prügle dir die Scheiße aus dem Leib!«

Jake lässt die Hand sinken, und ich sehe Blut. Mit fast beiläufigem Interesse blickt er auf seine Hand hinab, fährt sich mit der Zunge über die Unterlippe, leckt das Blut ab und grinst.

»Den einen lasse ich dir durchgehen, Arschloch, aber nicht den Nächsten.« Jake klingt beängstigend ruhig.

Dann schlägt er Will hart ins Gesicht. Es passiert so rasch und unerwartet.

»Nein!«, kreische ich wieder. »Hört bitte auf!«

Unter der Wucht des Schlags taumelt Will zurück, und ich versuche, ihm zu helfen, doch er stößt mich grob von sich.

Ich verliere das Gleichgewicht, pralle gegen die Wand, stoße mir die Schulter und falle auf den Hintern.

In Jakes Augen lodert die Wut auf. Blindlings stürzt er sich auf Will und schlägt ihn zu Boden, prügelt auf ihn ein, immer weiter.

Ungeschickt rapple ich mich auf die Knie und finde meine Stimme wieder, um zu schreien: »NEIN! AUFHÖREN!« Ich flehe Jake an, von ihm abzulassen, und dann ist Dave da und zerrt ihn von Will herunter.

Hinter mir im Korridor taucht Denny auf und greift sofort mit ein. Knapp weist er Dave an, Will fortzuschaffen, dann schnappt er sich Jake und drängt ihn zurück, denn der wirkt gerade wie ein Verrückter. Als wollte er Will umbringen.

Noch nie habe ich Jake so außer sich erlebt.

Dann ist Simone bei mir, hilft mir auf, legt ihren Arm um mich und hält mich fest.

Dave zieht Will vom Boden hoch. Mein wundervoller Will ist blutüberströmt, seine Lippe aufgeplatzt, und sein Auge schwillt bereits an.

Ich kann ein Schluchzen nicht unterdrücken. Das ist alles meine Schuld. Er hat das alles nicht verdient.

Will schüttelt Daves Griff ab.

»Du brauchst also deinen beschissenen Bodyguard und deinen schwanzlosen Bandkumpel, damit sie für dich deine Kämpfe austragen?«, schreit Will Jake an.

So habe ich Will noch nie gesehen. Er wirkt wie ein anderer Mensch. Und das habe ich ihm angetan.

Jake verengt die Augen und macht einen Schritt nach vorn, seine Miene ehrlich böse, doch Denny stößt ihn zurück. »Nein, Mann. Lass es.«

Dave zerrt Will weiter zurück durch den Korridor. Schließlich dreht er sich um, lässt ihn los und stößt ihn nach hinten. »Sie müssen gehen. Packen Sie Ihre Sachen und verschwinden Sie«, befiehlt Dave bestimmt. »Wenn nicht, werde ich Sie höchstpersönlich von hier entfernen.«

Simone schiebt mich aus dem Weg, drückt mich gegen die Wand, als Will zurückweicht.

Er wendet sich mir zu.

In seinem Gesicht steht absoluter Hass, der sich allein gegen mich richtet. Tränen strömen mir aus den Augen.

»Ich hab dich geliebt, Tru. Ich hätte alles für dich getan. Aber wie habe ich mich da getäuscht. Du bist bloß eine beschissene, billige Hure, genau wie er. Ihr verdient einander.«

Er wendet sich ab und stürmt davon. Dave läuft an mir vorbei und folgt Will, der in meine Suite zurückkehrt.

Ich zittere am ganzen Leib.

Alle sind gerade Zeugen der Tatsache geworden, dass ich hinter Wills Rücken mit Jake geschlafen habe. Auch wenn sie es wahrscheinlich ohnehin schon wussten, habe ich mich noch nie schäbiger gefühlt als in diesem Moment.

Ich weiß, ich sollte Will folgen, aber was könnte ich zu ihm sagen, um es besser zu machen?

Ich wusste, was ich mit meinem Geständnis anrichten würde. Ja, es war das Richtige. Aber damit habe ich auch meine Entscheidung getroffen. Ich habe Jake gewählt.

Der mich nach alldem vielleicht gar nicht mehr will. Und ich weiß auch nicht recht, was ich davon halten soll, dass er mit Schhüliett geschlafen hat.

Aber ich liebe ihn. Ich werde ihn auf ewig lieben. Es gab immer nur ihn.

Die Tür gegenüber öffnet sich, und Tom wankt heraus. Er wirkt, als sei er noch im Halbschlaf.

»Was zum Teufel ist hier draußen los?«, gähnt er, reckt die Arme über den Kopf und sieht sich um, nimmt die Szene in sich auf.

Ich im Pyjama, weinend in Simones Armen. Jake, der aus dem Mund blutet. Denny in Boxershorts.

»Ah, verstehe«, murmelt er, als er eins und eins zusammenzählt, und lässt die Arme sinken. »Ich schätze, ich lass euch dann mal allein.« Er geht wieder zurück und schließt die Tür.

Jake hat mich nicht aus den Augen gelassen, aber ich kann mich nicht dazu überwinden, seinem Blick zu begegnen.

»Komm schon«, sagt Simone zu mir. »Hier draußen kannst du nicht bleiben.« *Denn gleich könnte Will wieder rauskommen*, verkneift sie sich.

Meine Beine sind schwer wie Blei, als sie mich vorwärtsschiebt, hinein in Jakes Suite. Er weicht zurück und macht uns Platz.

Denny schließt hinter uns allen die Tür, während Simone mich vorsichtig aufs Sofa bugsiert und sich neben mich setzt.

Im Raum herrscht absolute Stille. Das unangenehmste Schweigen, das ich je erlebt habe.

»Komm schon, Alter, bringen wir dich auf Vordermann«, bricht Denny das nervenzermürbende Schweigen und nickt Jake zu, in Richtung Badezimmer.

Jake sieht mich an. Er zögert, doch nach einem langen Moment folgt er Denny wortlos durchs Schlafzimmer ins Bad.

»Ich hol dir Wasser.« Simone steht auf, kommt schnell mit einer Wasserflasche und ein paar Taschentüchern zurück und reicht mir beides.

Mit den Taschentüchern trockne ich mir das Gesicht und lege die Flasche neben mich aufs Sofa.

»Wie hat er es rausgefunden?«, fragt sie leise.

»Ich hab's ihm gesagt.« Als ich sie ansehe, läuft mir eine frische Träne über die Wange. Ich wische sie weg. »Er hat an meinem Verhalten gestern Abend gemerkt, dass irgendwas nicht stimmt, und ich konnte ihn nicht weiter anlügen.«

»Du hast das Richtige getan.«

»Ja, aber zuerst hab ich das Falsche getan. Ich hab alles versaut, Simone.« Ich beuge mich vor und schlage mir die Hände vors Gesicht, während sich neue Tränen in meinen Augen sammeln.

Simone streichelt mir den Rücken. »Du hast ein paar unkluge Entscheidungen getroffen, ja, aber du bist auch nur ein Mensch, Tru. Und du bist eindeutig in Jake verliebt.«

Ich drehe den Kopf und sehe sie an. »Ich weiß, aber trotzdem hätte ich nicht tun sollen, was ich getan habe.«

»Nein, das hättest du nicht, aber daran lässt sich jetzt nichts mehr ändern, fürchte ich.« Sie streicht mir das Haar hinters Ohr. »Also musst du dir darüber klar werden, was du von jetzt an vorhast.« Sie nickt in Richtung Bad.

Damit meint sie, was ich in Sachen Jake unternehmen werde.

»Ich weiß es nicht.«

»Nun, ich nehme an, dass du und Will euch getrennt habt.«

»Aber das heißt nicht, dass ich mich direkt in irgendwas mit Jake stürzen sollte, und … Na ja, Jake hat die Nacht mit einer anderen Frau verbracht.« Meine Mundwinkel biegen sich nach unten.

Um ehrlich zu sein, habe ich fast erwartet, Schhüliett hier in diesem Zimmer anzutreffen.

Sie schüttelt den Kopf. »Nein, hat er nicht.«

Überrascht schaue ich sie an. »Doch. Stuart hat mir erzählt, dass Dave die beiden hergefahren hat.«

»Ich hab die Party letzte Nacht mit Denny verlassen, nicht lange, nachdem ihr gegangen wart, und Tom hat gesagt, er würde mit uns fahren, und dass er gerade erst mit Jake telefoniert hätte. Er hat erzählt, Jake hätte ihn angerufen, er sei richtig mitgenommen und völlig fertig gewesen deinetwegen. Er meinte, er hätte noch nie erlebt, dass Jake wegen eines Mädchens so zusammenbricht, und es hat ihm höllische Angst eingejagt. Ich hab auch gesagt, dass ich dachte, er wäre mit dieser Rothaarigen gegangen, aber Tom meinte, dass definitiv kein Mädchen bei ihm war, denn kein Mädchen hätte sein Geheule deinetwegen ertragen.

Und soweit ich weiß, hat Tom den Großteil der Nacht in Jakes Zimmer verbracht, um ihn zu beruhigen. Ich weiß mit Sicherheit, dass kein Mädchen dabei war, weil Denny sich seinetwegen solche Sorgen gemacht hat, dass er auch noch rübergegangen ist, um nach ihm zu sehen. Als er zurückgekommen ist, hat er gesagt, ich sollte vielleicht mit dir reden, weil Jake wegen der ganzen Sache mit Will wirklich fertig war.«

»Ich hab's wirklich vergeigt«, flüstere ich, und wieder fließen Tränen.

Einerseits bin ich erleichtert, dass Jake nicht mit ihr geschlafen hat, aber zugleich zerreißt es mich wegen Will und weil ich ihn so sehr verletzt habe.

Ich weiß einfach nicht, was ich tun soll.

Im Schlafzimmer öffnet sich die Badezimmertür, und Jake kommt raus, gefolgt von Denny.

Mein ganzer Körper verkrampft sich.

Das Blut ist von seiner Lippe verschwunden, aber sie ist ziemlich geschwollen und läuft bereits blau an.

Er kommt her, setzt sich mir gegenüber auf die Sofakante, stützt die Ellenbogen auf die Knie und faltet die Hände. Vorsichtig blickt er zu mir rüber.

Erneut trockne ich mein tränenüberströmtes Gesicht und lege die feuchten Tücher neben mich aufs Sofa.

»Wir gehen frühstücken«, verkündet Simone und steht auf. »Ich komme später wieder.« Sie streichelt mir über die Schulter.

Gemeinsam mit Denny verschwindet sie, und zurück bleiben nur Jake und ich und jede Menge Schweigen.

»Du hast es ihm erzählt«, stellt er leise fest, als könnte er es kaum glauben.

»Ja.«

»Warum?«

Überrascht sehe ich ihn an. »Er hat gewusst, dass irgendwas mit mir los war, und weil ich ihn nicht weiter anlügen konnte … Und wegen dir, Jake … Weil ich nicht ertragen konnte, wie sehr du unter alldem leidest – gelitten hast.«

Er starrt mich so eindringlich an, dass es für einen Moment fast mehr ist, als ich ertragen kann. Mein Innerstes erbebt.

»Hat er dir wehgetan?«

Verwirrt schaue ich zu ihm auf.

»Als er dich weggestoßen hat und du an die Wand geprallt bist, hat er dir da wehgetan?«

Ich berühre meine Schulter. »Nein. Ist schon gut. Ich sollte dich fragen, ob es dir gut geht.«

Das war gelogen, es hat wehgetan und tut immer noch weh, aber ich will ihn nicht noch wütender machen, als er ohnehin schon ist.

Flüchtig berührt er seine Unterlippe. »Es sieht schlimmer aus, als es ist.«

»Trotzdem, es tut mir leid.«

»Dass er mich geschlagen hat oder dass du es ihm gesagt hast?«

»Dass er dich geschlagen hat. Alles, was ich getan habe. Ich hab alles so gründlich versaut.«

»Mit mir nicht.«

Ich kann nicht anders, als ihm ins Gesicht zu sehen, forschend, in der Hoffnung, dass er es wirklich ernst meint.

»Ich bin froh, dass er mich geschlagen hat, Tru, wenn das bedeutet, dass er es endlich weiß. Es tut mir leid, dass es ihn verletzt hat, aber nicht, dass er von uns weiß.«

»Gibt es denn ein ›uns‹?« Ich halte den Atem an.

»Sag du es mir.«

Zögernd atme ich aus. »Warum hast du nicht mit Juliette geschlafen?«

»Das hatte ich nie vor. Ich bin gegangen, weil ich von dieser Party wegwollte. Ich konnte es nicht ertragen, dich mit Will zu sehen, und ich hab sie mitgenommen, weil ich dich wissen lassen wollte, dass ich mit ihr gegangen bin … Ich wollte, dass du glaubst, ich hätte mit ihr geschlafen – um dir wehzutun. Nicht sehr erwachsen, ich weiß, aber …« Er zuckt die Achseln. »Also hab ich Dave gebeten, sie bei ihrer Wohnung abzusetzen, dann hat er mich hierhergefahren, und ich hab die Nacht mit einer Flasche Whisky verbracht, und später kam Tom.« Er starrt mir direkt in die Augen. »Glaubst du wirklich, dass ich mit ihr hätte Sex haben können, wenn ich gerade erst Sex mit dir hatte?«

»Du hast sie geküsst.«

»Ich hab mich wie ein Volltrottel benommen. Wie gesagt, ich wollte dir wehtun, weil du mir wehgetan hast.« Mit dem Daumen streicht er über die Narbe an seinem Kinn. »Mit Zurückweisung komme ich nicht klar. Aber so weit würde ich niemals gehen. Und du hast Will geküsst, erinnerst du dich?«

Ich falte die Hände in meinem Schoß und nicke beinahe unmerklich.

»Es hat mich verletzt«, flüstere ich, »dich mit ihr zu sehen und zu wissen, dass du mit ihr gegangen bist. Dieser Schmerz war unerträglich. Also hab ich mich betrunken und versucht, ihn zu betäuben. Die restliche Nacht hab ich damit verbracht, mich zu übergeben, bevor ich schließlich eingeschlafen bin.«

Das ist meine subtile Art, ihm mitzuteilen, dass ich mit Will keinen Sex hatte. Ich weiß, dass ihn dieser Gedanke schwer belastet hat, das musste er nicht erwähnen.

Sofort entspannen sich seine Gesichtszüge, und er hebt eine Braue. »Du verträgst aber auch gar nichts.«

»Stimmt.«

»Ich liebe dich«, sagt er.

Ich liebe dich, einfach so.

Mit großen Augen starre ich ihn an. Es ist, als sei um mich herum die Zeit stehen geblieben.

Ohne den Blickkontakt mit mir zu lösen, verlässt er seinen Platz auf dem Sofa und kommt zu mir. Vor meinen Füßen kniet er sich hin und nimmt meine Hände.

»Ich liebe dich«, wiederholt er. »Ich habe immer nur ein Mädchen geliebt, Tru – und das bist du. Du warst es *immer*. Ich habe dich von dem Moment an geliebt, als ich wusste, wie das geht.«

Wieder füllen sich meine Augen mit Tränen, die mir sogleich über die Wangen laufen.

Sanft legt Jake mir die Hände an die Wangen und wischt die Tränen mit den Daumen fort. »Du bedeutest mir alles. Ich will für immer mit dir zusammen sein. Ich will, dass du mir gehörst.«

Ich blicke ihm tief in die Augen. »Ich hab dir schon immer gehört, und das werde ich immer. Ich liebe dich auch ... so sehr.«

Ich glaube nicht, dass ich Jake jemals so glücklich erlebt habe wie in diesem Moment.

Er beugt sich vor und küsst mich zärtlich auf die Lippen. Kurz darauf dränge ich mich an ihn, weil ich mehr von ihm will.

Er zischt auf, und rasch weiche ich zurück. »Mist, entschuldige, Schatz«, murmle ich und streiche mit dem Finger über seine aufgeplatzte, geschwollene Lippe.

»Du bist mir die Schmerzen wert.«

»Du hast ihn geschlagen«, erinnere ich mich reumütig. »Ziemlich heftig.«

»Keiner tut meinem Mädchen weh. Denn das bist du, Tru ... mein Mädchen.«

»Ich weiß ... Und du bist der einzige Mann für mich.« Liebevoll streiche ich mit der Fingerspitze über seine Wange.

»Für immer.« Bei meiner Berührung schließt er die Augen.

»Für immer.«

»Bist du wirklich sicher, dass er dich nicht verletzt hat?« Einen Moment später öffnet er die Augen und streichelt sanft meine Schulter.

»Mir geht's gut, wirklich. Es hat nicht wehgetan.«

»Na komm«, sagt er, steht auf und zieht mich mit sich hoch. Er führt mich ins Schlafzimmer, schlägt die Decke zurück, steigt ins Bett und macht Platz für mich.

Ich zögere.

Gerade erst habe ich mit Will Schluss gemacht. Irgendwie fühlt es sich nicht richtig an, jetzt mit Jake ins Bett zu gehen.

»Bitte«, fleht er leise, als er mein Zögern bemerkt. »Ich will dich einfach nur halten.«

Da lege ich mich neben ihm ins Bett und er schlingt die Arme um mich, drückt mich an sich und zieht die Decke über uns.

Er drückt mir einen Kuss aufs Haar. »Ich liebe dich so sehr«, sagt er leise. »Jetzt ist es so weit. Nur du und ich.«

Ich lege den Kopf in den Nacken und küsse ihn am Hals. »Nur du und ich«, wiederhole ich.

Ich schmiege meine Stirn an seinen Hals, atme seinen Duft ein und spüre auf einmal Erschöpfung, als ich versuche, die widersprüchlichen Gefühle zu verarbeiten, die noch immer in mir wüten.

Als ich aufwache, liege ich in Jakes Armen. Der Himmel, den ich durchs Fenster sehe, ist dämmrig. Wir haben den ganzen Tag verschlafen.

Eigentlich sollte ich auf dem Weg nach Hause sein. Jake auch. Unsere Flüge von Paris sind für den heutigen Abend gebucht.

Plötzlich ist die Vorstellung, ihn zu verlassen, niederschmetternd.

Dann denke ich an Will, und tiefe Traurigkeit umfängt mich. Sofort brennen mir Tränen in den Augen.

Ich frage mich, ob er einen früheren Flug bekommen hat. Hoffentlich ist er gut daheim angekommen.

Will. Der liebe, süße Will. Was habe ich ihm angetan?

Ich hoffe, es geht ihm gut. So, wie es jetzt gekommen ist, sollte es nicht enden. Vielleicht sollte ich ihn anrufen? Versuchen, es ihm zu erklären?

Nein, was würde das bringen? Außerdem hasst er mich sowieso.

Und damit hat er völlig recht.

Ich habe ihn betrogen. Sein Vertrauen verraten und ihm das Herz gebrochen. Ihn tief verwundet. Meinetwegen wird er für lange Zeit keiner Frau mehr vertrauen. Und dabei ist er so sanft und fürsorglich. Er hat nichts von dem verdient, was ich ihm angetan habe.

Aber ich liebe Jake. Ich weiß, das ist ein lahmes Argument, aber ich konnte nicht anders.

Was ich für ihn empfinde, ist unbeschreiblich. Überwältigend. Manchmal so sehr, dass mir förmlich die Luft wegbleibt angesichts der Intensität meiner Gefühle für ihn.

Andererseits, ist das die richtige Art für Jake und mich, unser gemeinsames Leben zu beginnen – auf den Trümmern einer zerstörten Beziehung?

Ich glaube nicht. Aber ich vermute, unsere Beziehung hat bereits vor langer Zeit begonnen. Sie umspannt unser gesamtes Leben.

Ich leide mit Will, weil ich so mit ihm umgesprungen bin, das werde ich immer. Aber Jake ist der Mann, bei dem ich sein möchte.

Er ist mein Zuhause.

Jake regt sich im Schlaf, langsam öffnen sich seine Augen. Und als er mich ansieht, ist alles, was ich darin sehe, seine vollkommene Liebe zu mir.

»Hey.« Seine Stimme ist ganz schläfrig und sexy.

»Hi«, erwidere ich leise.

Ich betrachte den Bluterguss an seiner Lippe. Die Schwellung ist etwas zurückgegangen. Eine Erinnerung an das, was erst heute Morgen passiert ist.

Vorsichtig streiche ich mit der Fingerspitze darüber. Jake ergreift meine Hand und küsst meine Finger. Er berührt mein Gesicht und streicht mir das Haar hinters Ohr.

»Ich liebe es, mit dir aufzuwachen. Ich will jeden Morgen beim Aufwachen in dein Gesicht blicken«, murmelt er.

Ein Schauer durchrieselt mich.

»Ich auch. Aber wir müssen heute Abend nach Hause fliegen.« Meine Mundwinkel senken sich.

»Müssen wir?«

»Ich hab einiges in der Redaktion zu erledigen.« Ich seufze. »Und du musst PR für den US-Abschnitt der Tournee machen.«

»Das ist mir alles egal. Es kann warten. Bleib noch ein paar Tage mit mir in Paris. Ich bin noch nicht bereit, von dir getrennt zu sein, nicht, wenn ich dich gerade erst bekommen habe.«

Zögernd schaue ich ihm ins Gesicht. »Ich schätze, ich könnte Vicky anrufen ...«

»Dann bleibst du also?«

»Ja.«

Er lächelt, ein wunderschönes Lächeln, das bis zu seinen Augen hinaufreicht. Dann kommt er näher und küsst mich sanft auf die Lippen, streicht mit den Fingern über meine Haut und mein Haar. Es fühlt sich liebevoll und zart an.

»Was macht deine Lippe?«, murmle ich.

»Tut nicht mehr weh.« Noch während er mich in seinen Armen hält, rollt er mich auf den Rücken. Sein Kuss vertieft sich, und ich weiß, was er will.

Es ist so weit.

Das ist das erste Mal, dass Jake und ich richtig zusammen sind. Das erste Mal, dass wir offiziell als Paar miteinander schlafen werden.

Der Gedanke berauscht mich. Keine Schuldgefühle, keine Heimlichkeiten mehr. Nur er und ich.

Ich fasse in sein Haar und lasse seine Zunge meinen Mund erforschen, küssend, knabbernd, leckend.

Kurz setze ich mich auf, damit Jake mir das Top ausziehen kann. Sofort küsst er meine Brustspitze.

Bei dem Gefühl hebe ich ihm unwillkürlich die Hüften entgegen, und seine Hand gleitet dorthin, berührt mich durch den Stoff von Pyjama und Slip.

»O Gott, Jake«, stöhne ich.

Ich greife in seine Boxershorts und nehme ihn in die Hand. Ich weiß nicht, ob ich mich jemals an seine Größe gewöhnen werde. Sogar jetzt überrascht sie mich.

Rhythmisch bewege ich meine Hand auf und ab.

Jake atmet scharf zwischen zusammengepressten Zähnen ein und saugt fester an meiner Brustwarze.

»O Gott, Tru, du machst mich verrückt. Ich will einfach nur die ganze Zeit in dir sein.«

»Klingt gut, finde ich«, hauche ich und drücke mich fester gegen seine Hand.

Mit einem Ruck zieht er mir die Pyjamahose und den Slip runter, und ich schleudere sie mit einem Tritt fort.

»Was denn, zerreißt du mir heute gar nicht den Slip?«, necke ich. »Was ist überhaupt dein Problem mit Slips? Was hast du gegen die Dinger?«

Er hebt den Kopf und lächelt mir zu. »Das ist eine Hassliebe, Kleines. Ich liebe es, wie sie an dir aussehen. Ich hasse sie, wenn sie mir im Weg sind.«

Ich kichere.

»Gefällt es dir, wenn ich das mache?« Er streicht mit dem Finger über meinen Bauch.

»Ich liebe es«, murmle ich und küsse ihn auf die Lippen.

»Ich hab noch nie jemandem den Slip vom Leib gerissen, musst du wissen«, gesteht er.

Ich unterbreche den Kuss. »Nicht?« Ich dachte, das wäre einfach Jakes Ding.

Er schüttelt den Kopf.

»Warum zerreißt du sie dann mir?«

Voller Liebe blickt er mit seinen schönen blauen Augen auf mich herab. »Weil du mich so verrückt machst. Noch nie hab ich jemanden so sehr gewollt wie dich, Tru. Ich kann es einfach nicht erwarten, in dir zu sein.«

Seine Worte sind so ernst, so bedeutungsschwer, dass sich die Muskeln in meinem Unterleib anspannen und meine Lust noch verstärken.

Es verblüfft mich, wie leicht mich seine Worte erregen können.

»Ich liebe es, dass das etwas Besonderes ist, nur zwischen uns … Also willst du, dass ich ihn wieder anziehe, damit du ihn zerreißen kannst?« Ich beiße mir auf die Unterlippe.

»Verdammt, nein! Ich zieh dich jetzt ganz sicher nicht wieder an, und überhaupt, ich kann noch mein ganzes Leben damit verbringen, dir die Slips zu zerreißen.«

Sein ganzes Leben. Ich liebe den Klang dieser Worte.

Er gleitet mit dem Finger in mich hinein.

Meine Hüften zucken nach oben, begierig dränge ich mich gegen seine Hand, und alle Gedanken an zerrissene Unterwäsche sind vergessen. Immer schneller massiere ich seine noch immer wachsende Erektion.

Er stöhnt und küsst meine Schulter, beißt sanft in meine Haut.

»Ich will mit dir schlafen«, raunt er und reibt mit dem Daumen meinen Kitzler.

»Ahh«, stöhne ich. »Ja, und zwar sofort, denn wenn du so weitermachst, komme ich jeden Moment.«

Jake zieht sich die Boxershorts aus und legt sich zwischen meine Beine.

»Nimmst du die Pille?«

»Ja, wieso?«

»Weil ich kein Kondom benutzen will. Ich will, dass unser erstes Mal als richtiges Paar etwas Besonderes ist. Ich will dich *spüren*, Tru.«

»Aber …« Ich verstumme. Ich weiß, dass ich daran nicht denken sollte, aber … All die Frauen, mit denen er Sex hatte.

Als würde er meine Gedanken lesen, erwidert er: »Ich hatte noch nie in meinem Leben Sex ohne Kondom.«

»Nie?«

»Nie«, versichert er. »Geschlechtskrankheiten und ungewollte Schwangerschaften fand ich noch nie erstrebenswert, Tru. Und ich gehe regelmäßig zum Arzt. Der letzte Termin war eine Woche, bevor wir uns wieder getroffen haben, und seitdem hatte ich mit niemandem Sex außer mit dir.«

Er will, dass ich seine Erste bin.

»Dann entjungfere ich dich quasi.« Ich grinse zu ihm auf.

»Schätze, in gewisser Weise schon.« Er schmunzelt leise, dann wird sein Blick ernst. »Ich habe noch nie mit irgendjemandem außer dir Liebe gemacht, weil ich immer nur dich geliebt habe.«

Ich hebe die Hüften, presse mich an ihn, während meine Gefühle für ihn mich durchströmen. »Ich will dich spüren, Jake. Ich will, dass du mich liebst.«

Sein Blick wird gierig, schwer vor Lust. Und ohne ihn von mir zu nehmen, dringt er äußerst langsam in mich ein.

»Verdammt«, stöhnt er lang gezogen.

Voller Liebe und Glück betrachte ich ihn, während mein eigenes Verlangen sich immer höher schraubt. Ich berühre sein Gesicht.

»Du hast dich auch vorher schon fantastisch angefühlt, Tru, aber Herr im Himmel. Du fühlst dich verdammt noch mal unfassbar an.«

Er beugt sich zu mir, bedeckt meine Lippen mit seinen, zieht sich langsam aus mir zurück, dringt wieder ein und stöhnt erneut an meinem Mund.

»Ich liebe dich«, flüstere ich.

Ich schlinge die Beine um ihn, halte ihn tief in mir fest und lasse ihn nicht mehr los.

Eindringlich legt er mir die Hände an die Wangen. »Ich liebe dich, und das werde ich immer.« Er küsst mich tief, leidenschaftlich, während er das Tempo erhöht, sich im Augenblick verliert, in mir, in den herrlichen Empfindungen, während er die ganze Breite des Betts ausnutzt, um mich fast schon verzweifelt zu lieben.

Noch nie war ich glücklicher oder habe mich mehr geliebt gefühlt als hier und jetzt mit Jake.

KAPITEL 21

Den Rest des gestrigen Tages haben Jake und ich in seiner Suite verbracht. Wir haben Zimmerservice bestellt, einen Film geschaut und natürlich auch andere Sachen gemacht.

Zwischendurch habe ich Vicky daheim angerufen und berichtet, was sich mit Jake und Will zugetragen hat. Ich hatte befürchtet, es würde eine echt peinliche Unterhaltung werden, aber Vicky ist nicht dumm – sie hat es längst gewusst.

Sie hat mir gesagt, ich soll mir so lange Urlaub nehmen wie nötig, das Hauptaugenmerk läge ohnehin auf der Biografie. Und da ich jetzt ganz nah an unserem Star dran bin, hatte sie nichts einzuwenden.

Ich schon. Ich will mir keine Freiheiten herausnehmen.

Nach dem Telefonat mit Vicky habe ich über die Biografie nachgedacht. Irgendwie ist es komisch, dass Jake und ich ein Paar sind und ich sie trotzdem noch schreibe.

Langsam machte sich in mir der Verdacht breit, ich sollte es vielleicht nicht tun.

Als ich jedoch versucht habe, das Thema Jake gegenüber anzuschneiden, hat er bloß abgewunken. Er hat gesagt, es spielt keine Rolle, da der Großteil der Europa-Tournee schon gelaufen war, bevor wir etwas miteinander hatten, also ist es keine große Sache.

Aber ich bin mir da nicht so sicher. Ein Teil von mir hält es für einen Interessenkonflikt, doch andererseits will ich nicht diese großartige Karrierechance verpassen. Daher versuche ich im Moment, nicht darüber nachzudenken.

Meinen Dad habe ich ebenfalls angerufen. Auch ihn hat das zwischen Jake und mir nicht überrascht. Er hat es wohl gespürt, als sie uns besucht haben.

Und während mein Dad absolut begeistert war über Jake und mich, hat meine Mum sich, wie ich es erwartet hatte, eher bedeckt gehalten deswegen.

Sie weiß, was es bedeutet, mit einem Musiker zusammenzuleben, und sie hat mir noch einmal gesagt, dass sie sich bei einem, der so berühmt ist wie Jake, und aufgrund seines Verhaltens in der Vergangenheit, Sorgen um mich macht.

Für diese Sorge liebe ich sie so sehr, aber ich weiß, dass Jake mir nie das Herz brechen wird. Ich bin nicht einfach irgendein Mädchen für ihn. Wir kennen uns schon ein Leben lang.

Ja, ich weiß, dass mein Leben mit Jake unruhig, verrückt und manchmal etwas schwierig sein wird, aber ich glaube nicht, dass er mir jemals wirklich wehtun würde.

Das weiß ich, weil ich seine Liebe zu mir in seinen Augen leuchten sehe, jedes Mal, wenn er mich anblickt, und ich frage mich, warum ich sie dort früher nie bemerkt habe.

Vielleicht konnte ich sie nicht sehen, weil er Angst hatte, sie mir wirklich zu zeigen. Aber nun stehen all diese Türen offen, und ich könnte nicht glücklicher sein.

»Schatz, kannst du mir die Marmelade reichen?«, frage ich.

Jake und ich frühstücken auf dem Balkon seiner Suite, vor der Kulisse von Paris.

Im Wohnzimmer sitzt Stuart und organisiert Jakes Auftritte in den Vereinigten Staaten neu. Die, die er abgesagt hat, um hier bei mir zu bleiben.

Vermutlich könnte Stuart auch in seiner eigenen Suite arbeiten, aber ab und zu muss er Jake ein paar Dinge fragen, und außerdem glaube ich, dass er in seiner Suite etwas einsam ist. Ich weiß, dass es mir so gehen würde. Und ich denke, er ist einfach daran gewöhnt, bei Jake zu sein. Ich liebe diese Freundschaft der beiden, und ich mag es, Stuart in der Nähe zu haben – er ist so witzig und cool.

Jake reicht mir die Marmelade, und als ich danach greife, umfasst er mein Handgelenk und zieht mich zu sich über den Tisch. Auf halbem Weg begegnet er mir und drückt mir einen langen, köstlichen Kuss auf die Lippen.

»Du schmeckst gut«, murmle ich. Er hat gerade Pain au Chocolat gegessen.

»Du hast auch gut geschmeckt«, erwidert er mit einem Augenzwinkern, und auf der Stelle erröte ich.

Er bezieht sich auf das, was er heute Morgen im Bett als Erstes mit mir gemacht hat.

Bei der Erinnerung daran durchrieselt mich ein Schauer, vom Kopf bis zu den Zehenspitzen, und Hitze steigt in mir auf.

Ich lehne mich auf meinem Stuhl zurück, greife nach einem Messer und verteile Marmelade auf meinem Croissant.

»Also, was willst du heute machen?«, fragt Jake. »Wir könnten uns die Sehenswürdigkeiten anschauen, das ganze Touristending durchziehen, Eiffelturm und so, und etwas zu Mittag essen. Wir könnten auch die Konditorei besuchen, wo sie die kleinen Kuchen herstellen, die du so liebst … Oder ich kann mit dir shoppen gehen und dir jede Menge schöne Sachen kaufen. Ich bin mir sicher, dass Denny auch mitkommen würde, wenn du Simone beim Shoppen dabeihaben willst.«

Auch Simone hat sich entschieden, hierzubleiben. Sie hat sich ein paar Tage freigenommen, um sie mit Denny zu verbringen, denn die beiden verstehen sich *wirklich* gut. Ich freue mich so für sie.

Tom und Smith haben den Privatjet zurück nach L.A. genommen. Also sind nur noch wir vier und Stuart hier, und natürlich sind auch noch Dave und Ben in Paris.

Paris ist wunderschön. Während meiner Zeit hier habe ich noch kaum etwas davon gesehen, und eigentlich würde ich liebend gern heute mit Jake ausgehen, aber ich glaube nicht, dass ich das tun sollte.

Schon beim Gedanken an das, was ich sagen werde, verziehe ich das Gesicht.

»Was ist?« Seufzend fährt er sich mit den Fingern durchs Haar. »Geht es wieder darum, dass ich für dich Geld ausgebe? Im Ernst, Tru, wir sind jetzt zusammen. Ich hab nun mal viel Geld, und will dich nach Strich und Faden verwöhnen.«

»Nein, das ist es nicht. Ich meine, ich will nicht, dass du einen Haufen Geld für mich ausgibst, aber mir ist schon klar, dass du reich bist und die Dinge dann anders laufen, also muss ich mich daran wohl gewöhnen. Es ist nur ...«

»Was?« Er runzelt die Stirn.

»Ich dachte einfach, wir könnten vielleicht im Hotel bleiben.«

»Wir sind gestern schon den ganzen Tag hiergeblieben.«

»Ich weiß, und es war so toll, dass ich das wiederholen möchte.«

Sein Stirnrunzeln vertieft sich, und zwischen seinen Augenbrauen entsteht eine steile Falte, daher weiß ich, dass er es mir nicht abkauft.

»Gestern war super, keine Frage, genau wie letzte Nacht und auch heute Morgen, aber das ist es nicht, Tru. Da ist irgendwas, das du mir nicht erzählst. Warum willst du nicht mit mir ausgehen?«

»Ich will schon ... Es ist nur ...«

»Es ist nur was?« Sein Ton ist so forsch, dass ich ihm einen warnenden Blick zuwerfe.

»Na ja, es ist einfach, ich, äh ...« Nervös fahre ich mir mit den Fingern durchs Haar. »Ich weiß einfach, dass es sehr wahrscheinlich ist, dass wir fotografiert werden, wenn wir zusammen ausgehen, weil du, na ja ... du bist. Deshalb, und weil du mit einer Frau unterwegs bist ... Diese Fotos werden zweifellos in absehbarer Zeit in der Regenbogenpresse landen.«

»Du willst nicht, dass die Leute wissen, dass wir zusammen sind?« Noch immer runzelt er die Stirn. »Schämst du dich meinetwegen oder so?«

Ob ich mich seinetwegen schäme? Wie kommt er denn darauf?

»Nein! Wie kannst du das glauben?«

»Ähm.« Er reibt sich die Stirn und starrt mich unnachgiebig an. »Weil du nicht mit mir in der Öffentlichkeit gesehen werden möchtest.«

»Darum geht es nicht. Ich will mit dir gesehen werden. Es macht mich so glücklich, dass wir zusammen sind. Ich liebe dich. Es ist einfach …« Wie drücke ich es aus, ohne einen Streit vom Zaun zu brechen? »Will und ich haben uns erst gestern getrennt.«

Als ich Will erwähne, verfinstert sich seine Miene, genau, wie ich befürchtet habe.

»Und ich finde einfach, es wäre ziemlich unsensibel von mir, jetzt mit dir in die Öffentlichkeit zu gehen, sodass diese Bilder in der Presse landen und er sie sieht. Damit würde ich noch Salz in seine Wunden streuen, und ich will ihn nicht noch mehr verletzen, als ich es ohnehin schon getan habe.«

»Also geht es um Will. Was für eine verdammte Überraschung!« Er wirft die Hände in die Luft. »Seine Gefühle sind anscheinend alles, woran du denkst. Was ist mit meinen Gefühlen, Tru? Oder sind die immer noch irrelevant für dich?«

Schockiert sehe ich zu ihm auf. »Deine Gefühle waren nie irrelevant für mich. Du bedeutest mir viel, Jake – so unglaublich viel. Die Vorstellung, dass du leidest, wäre mir unerträglich. Ich bin in dich *verliebt* – ich liebe dich.«

»Dann hast du aber eine komische Art, es zu zeigen.« Er verschränkt die Arme vor der Brust.

»Du bist total irrational.«

»Ich?«

»Ja, du!« Jetzt werde ich wirklich sauer. »Wir hatten eine Affäre, hinter Wills Rücken. Erst gestern früh hab ich ihm das

Herz gebrochen! Ich versuche nur, ihm noch mehr Schmerz zu ersparen, als ich ihm ohnehin schon zugefügt habe.«

»Glaubst du, ich hab nicht gelitten? Die ganze Zeit, als du noch mit ihm zusammen warst, hin- und hergerissen zwischen ihm und mir, und dann musste ich dich bei *meinem* Konzert mit ihm sehen, und dazu noch auf der After-Show-Party. In dieser Nacht habe ich hier gesessen und mich verdammt noch mal verrückt gemacht beim Gedanken an dich und ihn in dem Zimmer da drüben! Dass du mit ihm in diesem Bett schläfst! Herrgott noch mal!« Er greift nach der Zigarettenschachtel auf dem Tisch und zieht wütend eine heraus.

»Ich war nicht mit Will im Bett, das hab ich dir schon gesagt, und das habe ich schon nicht mehr getan, seit wir miteinander schlafen.«

»Glaubst du, ich rede hier gerade von Sex, Tru?« Er knallt die Schachtel auf den Tisch. »Ich rede über die Tatsache, dass du neben ihm im Bett gelegen hast, die ganze Nacht über, obwohl ich bei dir hätte sein sollen. Ich hätte derjenige sein sollen, der neben dir aufwacht.«

»Jetzt hast du mich doch!«, rufe ich frustriert. »Und ab sofort für jeden einzelnen Tag! Warum reden wir überhaupt darüber?«

»Weil du nicht mit mir gesehen werden willst!«

»Das will ich doch!« Ich atme durch die Nase ein, um mich zu beruhigen. »Ich will nur etwas warten«, erkläre ich mit ruhigerer Stimme. »Lass die Dinge erst zur Ruhe kommen.«

»Also willst du mir damit sagen, dass du nicht mit mir ausgehst?« Sein Blick ist fest und entschlossen.

Ich schüttle den Kopf.

»Gut.« Abrupt schiebt er den Stuhl zurück, dass die Metallbeine laut über den steinernen Boden kratzen, und steht auf. »Ich geh fragen, ob Denny und Simone was mit mir unternehmen wollen. Vielleicht sollte ich Stuart als mein Date mitnehmen.« Er lässt seine unangezündete Zigarette auf den Tisch fallen.

»Jake, bitte, lass uns damit aufhören.« Ich stehe auf und strecke die Hand nach ihm aus. »Ich will nicht streiten.«

»Ich schon.«

Er stürmt in Richtung Wohnzimmer davon.

Ich folge ihm nach drinnen.

»Du bist unfair«, rufe ich ihm hinterher.

Stuart blickt vom Laptop auf.

»Ich bin unfair?«, fährt Jake mich an.

»Ja. Du benimmst dich wie ein verzogenes Kind, das seinen Willen nicht bekommt.«

Stuart steht auf und verschwindet leise durch die Tür. Daraus kann ich ihm keinen Vorwurf machen. Ich wünschte, ich könnte auch abhauen.

»Tja, und du benimmst dich wie jemand, der immer noch Gefühle für seinen Ex hat! Sind wir wirklich wieder so weit, Tru? Bist du wieder hin- und hergerissen zwischen mir und Will? Willst du zu ihm zurück?«

»Was? Nein! Wie kommst du darauf?« Frustriert greife ich mir an den Kopf. »Ich hab mich für dich entschieden! Und ich würde mich jedes Mal wieder für dich entscheiden. Aber dabei habe ich Will das Herz gebrochen. Das Allermindeste, was ich tun kann, ist, zu versuchen, ihm das Ganze etwas leichter zu machen.«

»Du hast dich nicht für mich entschieden.« Sein Tonfall ist leise und kalt. »Die Entscheidung hat Will für dich getroffen, als du ihm die Wahrheit gesagt hast. Du hast nie zu ihm gesagt: ›Ich mache mit dir Schluss, weil ich mit Jake zusammen sein will.‹ Ich war bloß dein verdammter Trostpreis.«

Es fühlt sich an, als hätte er mich gerade geohrfeigt.

»Leck mich, Jake.«

Ich stürme in sein Schlafzimmer, schnappe mir meine Schlüsselkarte vom Nachttisch und marschiere schnurstracks auf die Tür zu.

Jake steht noch immer da, wo ich ihn zurückgelassen habe.

»Wo willst du hin? Rennst du wieder zurück zu Will?«, knurrt er verbittert.

Einen Moment halte ich an der Tür inne.

»Nein, ich will nur so weit weg wie möglich von dir und deinem verfluchten Selbstzerstörungsknopf!«

Ich schlage die Tür hinter mir zu und renne in mein Zimmer, während mir Tränen über die Wangen strömen.

Seht uns an. Seit zwei Minuten sind wir zusammen, und schon streiten wir uns.

Ich wünschte einfach, er könnte die Dinge aus meiner Perspektive betrachten. Ich will ihm nicht wehtun, aber ich möchte auch Will nicht noch mehr Schmerz zufügen, als ich es bereits getan habe.

Wird es immer so sein zwischen Jake und mir? Wenn es gut läuft, ist es großartig, und wenn es schlecht läuft, ist es echt furchtbar.

Als wir noch klein waren, haben wir uns nie so gestritten.

Aber damals waren Sex und Leidenschaft kein Teil unserer Beziehung, und ich schätze, diese zwei Dinge können sehr leicht Streit aufflammen lassen. Ich weiß nicht, vielleicht ist mit uns alles zu schnell gegangen.

Ich liege in meinem Bett, wo ich die letzten anderthalb Stunden verbracht habe, starre blicklos auf den Fernseher, grüble und weine wegen meines Streits mit Jake.

Ich frage mich, ob er mit Simone und Denny ausgegangen ist.

Ein Teil von mir will zu ihm, ihn sehen und das alles klären. Aber gleichzeitig bin ich noch immer verdammt wütend auf ihn, und mein Stolz erlaubt es mir einfach nicht.

Ich habe mir nichts vorzuwerfen, also werde ich diesen Streit definitiv aussitzen.

Plötzlich ertönt Adele auf meinem Nachttisch. Ich habe seit Tagen nicht mehr aufs Handy geschaut.

Als ich danach greife, sehe ich, dass ich einen Haufen verpasster Anrufe, Mailbox-Nachrichten und SMS habe.

Will vermutlich.

Darum werde ich mich später kümmern, denn jetzt ruft mich gerade Jake an.

»Du rufst mich an?«, fauche ich, immer noch im Wütende-Tru-Modus.

Ich bin noch nicht bereit, ihm zu verzeihen, auch wenn sein Anruf unglaublich süß ist, wo er sich doch nur am anderen Ende des Korridors befindet. Zumindest hoffe ich das.

»Na ja, du warst stocksauer auf mich, und zwar aus gutem Grund«, erwidert er leise. »Und ich dachte, ich versuche erst mal, anzurufen, um zu sehen, wie die Lage ist … und ob du dich schon beruhigt hast. Hast du?«

»Was?«

»Dich beruhigt.«

»Vielleicht.«

»Kann ich rüberkommen und dich sehen?«

Ich grinse. »Nein.«

»Warum?«

»Weil du ein Arschloch bist, Jake Wethers.«

»Ich weiß. Aber ich bin ein Arschloch, das hoffnungslos in dich verliebt ist … Wenn ich sagen würde, dass es mir leidtut, wäre dann alles wieder gut zwischen uns?«

Ich seufze und tue weiter so, als sei ich wütend, obwohl meine Wut in dem Moment verflogen ist, als er »hoffnungslos verliebt« gesagt hat.

»Es wäre ein Anfang.«

»Wie wär's mit Blumen?«

»Wär' nicht verkehrt.«

»Wie wär's, wenn ich mit ein paar Blumen in der Hand vor deiner Tür auf die Knie ginge?«

»Du stehst gerade vor meiner Tür, oder?« Vor Freude läuft ein Kribbeln über meine Haut.

»Vielleicht«, murmelt er. Ich kann sein Lächeln durchs Handy hören, und es berührt mich.

Mit Schmetterlingen im Bauch steige ich aus dem Bett und laufe durch die Suite, durchquere das Wohnzimmer, öffne die Tür und sehe draußen Jake auf Knien mit einem riesigen Blumenstrauß in der Hand.

Mit seinen umwerfend blauen Augen und herzerweichendem Hundeblick sieht er zu mir auf.

»Du siehst wunderhübsch aus«, sagt er.

»Und du siehst aus wie ein Idiot, steh auf«, erwidere ich und unterdrücke ein breites Lächeln.

Er kommt auf die Füße und streckt mir die Blumen entgegen.

Schweigend nehme ich sie, halte sie mir unter die Nase und atme ein. Sie sind wunderschön. Allesamt rosa, violett oder cremefarben. Rosen, Pfingstrosen, Lilien und Gerberas, und ein paar, die ich nicht mal kenne. Sie sehen teuer aus.

»Du hast mir also Blumen gekauft, als eine Art Entschuldigung.« Ich hebe eine Braue.

»Ja.« Er lächelt zaghaft.

»Hast du sie dir liefern lassen?« Noch bin ich nicht bereit, ihm zu verzeihen.

Er runzelt die Stirn. »Nein.«

»Hast du Stuart losgeschickt, um sie zu holen?«

»Nein«, erwidert er sichtlich gekränkt. »Ich bin zum Blumenladen hier in der Straße gegangen und hab sie selbst ausgesucht und gekauft.«

»Ich hab deine Fans gar nicht kreischen hören, als sie dich draußen entdeckt haben.«

Er lächelt. »Ich hab mich verkleidet.«

Mit schmalen Augen mustere ich ihn und lege den Kopf zur Seite.

»Sonnenbrille und Hut.«

»Und niemand hat dich erkannt?«

»Nein.« Er schüttelt den Kopf.

»Danke«, sage ich leise. »Sie sind wunderschön.«

Er ergreift meine Hand. »Tut mir leid, dass ich so ein Trottel war.«

»Du warst kein Trottel, du warst irrational.«

»Stimmt. Das liegt nur daran, dass ich dich so sehr liebe.« Er löst seine Hand aus meiner und streichelt mir über die Wange.

»Ich liebe dich auch«, flüstere ich.

Er starrt mir in die Augen, sein Gesichtsausdruck wird ernst. »Nachdem du weg warst, hab ich über das, was du gesagt hast, nachgedacht, und ich hab mit Stuart gesprochen … und ich verstehe deinen Standpunkt.« Er seufzt. »Ich verstehe, was du meinst, und … es tut mir leid, wie ich mich verhalten und was ich gesagt habe. Ich weiß, dass du dich für mich entschieden hast und mit mir zusammen sein willst. Ich weiß nicht mal, warum ich das alles gesagt habe.« Er fährt sich mit der Hand durchs Haar.

Er wirkt nervös, verwirrt und total überfordert. Und ich vermute, das ist er auch. Nie zuvor musste Jake auf irgendjemanden Rücksicht nehmen außer auf sich selbst.

»Das liegt daran, dass du irrational bist.« Ich schenke ihm ein kleines, neckisches Lächeln.

Ernst nickt er. »Das bin ich, und ich habe jede Strafe verdient, die du für angemessen hältst.«

Ich kralle die Finger in sein T-Shirt, ziehe ihn ins Zimmer, schließe hinter ihm die Tür und lege die Blumen auf dem Tisch daneben ab.

»Ich bin mir sicher, mir fällt eine passende Strafe ein«, murmle ich und neige den Kopf.

Er schenkt mir sein spitzbübisches Lächeln, und mein Magen schlägt Purzelbäume.

Rückwärtslaufend, meine Finger noch immer fest in sein T-Shirt gekrallt, führe ich Jake in Richtung Schlafzimmer.

Als wir am Bett ankommen, umfasst er meine Taille, zieht mich ruckartig an seinen Körper und küsst mich hart.

Er hilft mir, mein Top auszuziehen, und lässt es zu Boden fallen.

Eilig ziehe ich ihm das T-Shirt über den Kopf, streichle seine nackte Brust, berühre seine Tattoos und fahre mit den Fingerspitzen leicht darüber.

Er erschauert unter meiner Berührung, und ich liebe dieses Gefühl.

Jake hebt mich aufs Bett, und ich rutsche zurück, als er sich über mir aufstützt, sich zu mir herabbeugt und meinen Hals küsst.

»Ich mag es nicht, mich mit dir zu streiten«, murmelt er und bedeckt meine Haut mit Küssen.

»Ich auch nicht, aber die Versöhnung ist ziemlich gut.«

Jake hebt den Kopf und sieht mich an. »Ich würde sagen, sie ist großartig.«

Lächelnd setzt er sich auf und zieht mir die Pyjamahose aus, und dann hält er meinen Blick fest, packt meinen Slip und reißt ihn entzwei.

Ich kichere.

Im nächsten Moment setzt er dem ein Ende, indem er den Kopf senkt und mein Gelächter mit seinem Mund in ein Stöhnen verwandelt, während er sich daranmacht, an unserer Versöhnung zu arbeiten.

»Wir sollten doch ausgehen«, verkünde ich und hebe den Kopf von seiner Brust.

Nach einer sehr langen Versöhnung liegen wir im Bett, ich auf Jake, während er meinen Rücken streichelt. Seine Haut fühlt sich rau an auf meiner und kitzelt.

»Das müssen wir nicht, meine Schöne. Wir bleiben einfach hier, und das bedeutet, dass ich den ganzen Tag lang über dich herfallen kann.«

»So verlockend das auch klingt, glaube ich trotzdem, dass wir ausgehen sollten.« Ich setze mich auf. »Wir können uns nicht ewig verstecken«, erkläre ich, während ich darüber nachdenke. »Irgendwann kommt sowieso der Tag, an dem ein Bild von uns in der Zeitung landet, also lass uns dafür einfach den heutigen wählen. Wir befinden uns in einer der schönsten und romantischsten Städte der Welt. Wir sollten das Beste daraus machen.«

»Bist du dir sicher?«, fragt er und wirft mir einen hoffnungsvollen Blick zu.

»Ja.«

»Also kann ich mein Mädchen zu einem richtigen ersten Date ausführen?«

Ah, also darum ging es die ganze Zeit. Er wollte ein erstes Date.

Und auf einmal liebe ich ihn noch mehr, wenn das überhaupt möglich ist.

»Ein erstes Date klingt meiner Meinung nach perfekt.«

»Gott, ich liebe dich, Trudy Bennett«, flüstert er, zieht mich wieder auf sich und drückt mir einen festen Kuss auf die Lippen.

»Und ich liebe dich, mein kleiner Sturm.«

Er verzieht das Gesicht, hebt eine Braue und blickt an sich hinab, auf seine beachtliche Männlichkeit.

»Okay, vielleicht doch nicht so klein.« Ich kichere.

»Schon besser. Jetzt beweg deinen heißen Hintern aus diesem Bett und mach dich fertig. Ich führe dich aus, um der Welt zu zeigen, dass du mir gehörst.« Er gibt mir einen Klaps auf den Po.

»Auu!«, quietsche ich. »Okay, ich geh ja schon!« Rasch schlüpfe ich aus dem Bett und lasse Jake dort in all seiner Pracht zurück, um zu duschen.

KAPITEL 22

Es hat etwas gedauert, bis wir das Hotel verlassen haben, da Jake beschlossen hat, zu mir unter die Dusche zu kommen, und wir … äh … Ihr wisst schon.

Wir haben uns entschieden, den Louvre zu besuchen, weil keiner von uns je da gewesen ist und ich schon immer hinwollte, und ich finde es toll, dass das etwas Brandneues ist, das wir zusammen erleben können.

Nun sitzen wir auf dem Rücksitz des Mercedes, Dave fährt uns, und Ben ist Beifahrer.

Heute werden offenbar zwei Leibwächter gebraucht.

Bei dieser Tatsache beschleicht mich ein komisches Gefühl, aber ich versuche, es zu verdrängen, denn wenn ich mit Jake zusammen bin, muss ich mich an solche Dinge gewöhnen.

Stuart hat auch schon einen Anruf gemacht, um das Personal im Louvre wissen zu lassen, dass Jake heute kommt.

Offenbar läuft es so in der Welt der Promis. Man muss seine Anwesenheit vorher ankündigen.

Gut zu wissen.

Es ist komisch, so zu leben. Wenn ich vor meiner Zeit mit Jake irgendwohin wollte, bin ich einfach gegangen, ohne alles planen oder Leibwächter mitbringen zu müssen.

Im Prinzip haben wir unser erstes Date also zusammen mit Dave und Ben.

Irgendwie ruiniert das die Stimmung, aber das verschweige ich Jake lieber, um ihn nicht vor den Kopf zu stoßen, denn so ist das Leben mit ihm eben. Alles muss strukturiert sein, die ganze Zeit begleiten uns Leibwächter, und die Orte, die wir besuchen, müssen schon im Vorfeld über seine Ankunft informiert werden.

Es ist ziemlich verrückt. Und ich werde eine Weile brauchen, bis ich mich wirklich daran gewöhnt habe.

Jake hält meine Hand und streicht mit dem Daumen über meine Haut. Ich glaube, er weiß, dass unser erster Ausflug als Paar mich nervös macht.

Um ehrlich zu sein, habe ich Flugzeuge im Bauch.

Bald werden die Leute wissen, dass ich seine Freundin bin. Und in den Augen seiner weiblichen Fans werde ich zum Staatsfeind Nummer eins werden.

Innerlich erbebe ich, und zwar nicht im positiven Sinn.

Dave fährt die Avenue du Général-Lemonnier entlang und hinein in die Tiefgarage des Louvre. Neben den Aufzügen ist ein Parkplatz für uns reserviert worden, und ein Aufseher erwartet uns bereits.

Okay, dann mal los.

Dave parkt ein, und er und Ben steigen aus.

Ben öffnet Jakes Tür.

»Bist du bereit?«, fragt Jake mich.

Es hat mir die Sprache verschlagen. Ich bin förmlich an meinem Sitz festgefroren. Die Wahrheit ist, ich habe Angst, erst recht jetzt, da wir hier sind.

Ich habe mit Jake in einer Seifenblase gelebt. Die gesamte letzte Woche über hat sich unsere Beziehung ausschließlich um ihn und mich gedreht, von der ganzen Sache mit Will mal abgesehen. Nun werden wir uns gleich gemeinsam in die Öffentlichkeit begeben, und jeder wird wissen, dass ich die Freundin von Jake Wethers bin, und es wird sich nicht mehr nur um uns drehen. Seine Welt wird zu einem Teil von uns werden.

Und ich habe Angst, dass sie uns erdrücken könnte.

»Gib uns eine Minute«, wendet sich Jake an Ben. Er packt den Griff und schließt die Tür.

»Was ist los?«, fragt er mich mit besorgtem Blick.

»Ich weiß nicht.« Ich zucke die Achseln. Immerhin habe ich meine Stimme wiedergefunden. »Ich schätze, gerade wird alles ein bisschen ernst, und damit meine ich nicht uns«, setze ich hinzu, als seine Miene sich verdüstert. »Ich meine einfach dich, wer du bist, die Welt, in der du lebst. Die, von der ich nun ein Teil sein werde.«

Verwirrt sieht er mich an. »Tru, du hast die ganze Zeit über gewusst, wie mein Leben aussieht.«

Ich hole tief Luft. »Ich weiß, ich vermute ... es liegt einfach daran: Wir haben unser erstes Date und müssen Dave und Ben mitnehmen, und Stuart muss vorher anrufen, um die Leute auf dein Eintreffen vorzubereiten – im Louvre, um Himmels willen! So berühmt bist du also, und es fühlt sich einfach ... ziemlich verrückt an. Und ein bisschen untypisch für ein Date«, ergänze ich leise, während ich im Schoß die Hände ringe.

»Es *ist* verrückt, Kleines.« Er nimmt meine Hände und versucht, meine Anspannung zu lindern. »Und es ist ein Teil meines Lebens, ja – aber nicht ausschließlich. Ich weiß, dass dieser Teil davon nicht toll ist, und es tut mir leid, wenn es dir nicht wie ein Date vorkommt.« Seine Mundwinkel senken sich. »Aber ich hatte noch nie eins, also ist das alles ziemlich neu für mich. Du musst mir bei diesen Dingen helfen, okay?«

»Natürlich helf ich ... Ich hab einfach – ich glaube, ich hab einfach ein bisschen Angst.«

»Wovor?« Wieder wirkt er besorgt.

»Vor der Tatsache, dass sich mein Leben sehr verändern wird, weil ich mit dir zusammen bin, und dass ich deswegen vielleicht nicht mehr in der Lage sein werde, die Dinge zu tun, die ich früher getan habe.«

»Hab keine Angst.« Er streicht mir das Haar hinters Ohr. »Für dich wird sich nichts ändern – das verspreche ich. Ich werde sicherstellen, dass dein Leben genau so bleibt, wie es ist, nur mit mir als Zugabe.« Er lächelt. »Und das hier heute wird ein Kinderspiel. Die Leute, die den Louvre besichtigen, kümmert es nicht, wer ich bin – wenn sie mich überhaupt erkennen.«

»Ja, weil Kunstliebhaber auch nie Musik hören, Jake.« Ich ziehe eine Augenbraue hoch. »*Jeder* weiß, wer du bist.«

»Nicht jeder. Ich wette, es gibt Millionen Leute, die mich nicht kennen. Und ich wette, jeder Einzelne davon ist heute im Louvre.«

»Du bist ein Idiot«, wehre ich lachend ab.

»Nur ein Idiot erkennt den anderen.«

»Stimmt.« Ich berühre seine warme Wange. »Ich liebe dich.«

»Ich dich auch, und wenn sie dich erst mal kennenlernen, werden dich alle lieben.«

»Abgesehen von den Legionen deiner weiblichen Fans.«

»Ja, gut, die vielleicht nicht.« Er grinst.

Ich verdrehe die Augen.

»Aber sie werden dich lieben, sobald sie sehen, wie glücklich du mich machst ... Und das tust du, Tru – mich glücklich machen –, das hast du schon immer getan. Ich weiß nicht, wie ich all die Jahre ohne dich zurechtgekommen bin.«

»Jonny«, erinnere ich ihn sanft.

Er senkt den Blick.

»Hey, ich wollte dich nicht traurig machen.« Ich lege die Finger unter sein Kinn und berühre seine Narbe, als ich seinen Kopf hebe.

»Hast du nicht.« Er begegnet meinem Blick. »Es macht mich nur traurig, dass Jonny nie die Chance haben wird, so für ein Mädchen zu empfinden, wie ich für dich empfinde.«

»Dann müssen wir es ihm zuliebe einfach doppelt genießen.« Ich beuge mich vor und küsse sanft seine Lippen. »Komm schon, Superstar. Lass uns diese Show über die Bühne bringen.«

Jake hält meine Hand fest, während wir zum Aufzug laufen. Angeführt werden wir von dem Aufseher und Dave, hinter uns läuft Ben.

Ich fühle mich, als stünde ich unter bewaffnetem Schutz, weil ich eine wertvolle Fracht in den Louvre bringe.

Es ist so unwirklich.

Schweigend fahren wir mit dem Aufzug nach oben. Das macht mich etwas nervös.

Im ersten Stock steigen wir aus, und vor dem Fahrstuhl steht ein adrett gekleideter Mann, hochgewachsen, mit welligem dunklem Haar, und erwartet uns offensichtlich.

»Mr Wethers«, grüßt er und tritt zu uns, als wir die Kabine verlassen. »Ich bin Alexandre Baudin. Freut mich sehr, Sie kennenzulernen. Wir sind hocherfreut, dass Sie uns heute hier im Louvre besuchen.«

Sein Englisch ist hervorragend, trotz des starken Akzents, und klingt äußerst sexy.

Freundlich schüttelt Jake seine ausgestreckte Hand. »Nennen Sie mich Jake, bitte, und das ist meine Freundin, Trudy Bennett.«

»Entzückt, Sie kennenzulernen, Miss Bennett«, wendet sich Monsieur Baudin an mich und gibt auch mir die Hand.

»Was möchten Sie sich heute ansehen?«, fragt er und geht los. Wir folgen ihm. »Der Flügel des Louvre, in dem wir uns gerade befinden, beherbergt einige unserer zahlreichen Drucke, Zeichnungen und Gemälde. Zum Beispiel ›Der junge Bettler‹ und natürlich unsere Dame des Hauses, die ›Mona Lisa‹.« Er wendet sich um und lächelt uns zu. »Ich würde mich freuen, Sie heute zu begleiten und eine persönliche Führung mit Ihnen zu machen.«

»Danke für das Angebot, aber wir kommen schon zurecht«, antwortet Jake und bleibt stehen. »Ich bin mir sicher, Sie sind ein viel beschäftigter Mann, und ich will Ihnen keine Umstände machen.«

»Das ist kein Problem.« Der Franzose lächelt.

»Ich weiß das Angebot sehr zu schätzen«, erwidert Jake freundlich und beugt sich näher zu ihm. »Aber ich bin hier mit meinem Mädchen verabredet, und wir haben auch so schon genug Begleiter.« Jake neigt den Kopf in Richtung Dave und Ben, die sich im Hintergrund aufhalten.

»Ah, ich verstehe«, antwortet Monsieur Baudin mit gesenkter Stimme und nickt. »Hier ist ein Führer zum Louvre.« Er zieht eine Broschüre aus der Innentasche seines Jacketts und reicht sie Jake.

»Ich hoffe, Sie beide genießen Ihren Tag hier, und wenn Sie irgendetwas brauchen, lassen Sie es mich bitte wissen.«

»Das werden wir, danke«, antwortet Jake.

Mit einem abschließenden Lächeln geht Monsieur Baudin.

»Okay, Kleines, wohin als Erstes?«, fragt Jake und schlägt den Museumsführer auf.

Seit etwas mehr als einer Stunde sind wir im Louvre und betrachten Gemälde. Besonders weit sind wir noch nicht gekommen, weil es so viele gibt und ich immer wieder stehen bleibe. Einige sind wirklich großartig, so wunderschön, und ich bin ganz gerührt davon, sie einfach nur zu bewundern.

Bei dem Anblick wünsche ich mir, ich könnte auch etwas so Wundervolles erschaffen.

Ich glaube allerdings nicht, dass Jake von den Gemälden so begeistert ist wie ich. Wenn die Wände voller Gitarren hingen, wäre er wahrscheinlich interessierter, aber ich liebe es, dass er stattdessen ein lebhaftes Interesse an mir zeigt.

Und er ist so lieb, so aufmerksam, berührt mich ständig, hält meine Hand, und ich amüsiere mich blendend mit ihm.

Ich ignoriere einfach die Tatsache, dass Dave und Ben uns folgen und dass Leute uns anstarren, die Jake entweder sofort erkennen oder denen er bekannt vorkommt, die sich aber nicht sicher sind, woher.

Allzu furchtbar ist es nicht. Komisch, ja, aber erträglich.

Hinter mir ertönt das Klingeln eines Telefons, und als ich mich umdrehe, sehe ich, wie Dave sein Handy aus der Tasche zieht.

Als er den Anruf annimmt, wendet er sich von uns ab.

Ich konzentriere mich wieder auf das Gemälde vor mir: ›Die Frau im Spiegel‹.

»Das ist wunderschön«, sage ich zu Jake. »Ich glaube, das ist bisher mein Lieblingsbild.«

»Es ist nicht so wunderschön wie du«, flüstert er mir von hinten ins Ohr und schlingt seine Arme um meine Taille.

»Du bist so ein Charmeur.« Ich lehne meinen Kopf zurück an seine Brust.

»Jake.« Dave kommt rüber. »Das war Stuart am Telefon. Es gibt ein paar Fotos von dir und Tru hier im Louvre, die in den sozialen Netzwerken aufgetaucht sind, und gerade machen sie die Runde und landen nach und nach auf den Paparazzi-Seiten. Ich wollte dir nur Bescheid geben, dass es etwas turbulent werden könnte, wenn wir gehen.«

»Okay«, erwidert Jake seufzend.

»Was meint er damit – ›turbulent‹?«, wende ich mich an Jake.

»Das heißt, es besteht eine hohe Wahrscheinlichkeit, dass draußen Paparazzi auf uns warten, wenn wir gehen.«

Mein Magen verkrampft sich.

»Wie sind die an Fotos von uns gekommen?«

»Handykameras, Kleines.«

»Technik ist echt was Tolles.« Das war's also mit unserem schönen Date.

Ich beiße mir auf die Unterlippe.

»Sollen wir lieber gleich gehen?«, frage ich.

»Nein.« Jake schüttelt den Kopf. »Vergiss es einfach, ich will weiterhin meinen Tag mit dir genießen.«

»Aber was, wenn wir umlagert werden?« Auf einmal klingt meine Stimme etwas schrill. Wenn ich ehrlich bin, fange ich gerade an, ein bisschen auszuflippen.

»Wir werden schon nicht belagert.« Er schmunzelt und streicht mir das Haar hinters Ohr. »Und selbst wenn, dafür sind Dave und Ben da. Sie sind sehr gut in ihrem Job, Tru. Die Besten der Branche, genau deshalb arbeiten sie für mich. Du bist absolut sicher, mach dir keine Sorgen.«

Aber ich fühle mich nicht sicher. Plötzlich komme ich mir schutzlos und verletzlich vor.

Wird es sich immer so anfühlen? Die Vorstellung ist ein wenig beängstigend.

»Komm schon«, fordert Jake mich auf und nimmt mich an der Hand. »Hier gibt es noch sehr viel mehr für uns zu sehen.«

Ich lasse mich von ihm mitziehen, aber an den Gemälden bin ich nicht länger interessiert. Stattdessen male ich mir angespannt aus, wie Horden schreiender Mädchen und Paparazzi auf uns einstürmen, und ich werde dieses Gefühl einfach nicht los.

Nach einer weiteren Viertelstunde, als wir etwas weiter in den Louvre vorgedrungen sind, fällt mir auf, dass die Anzahl der Menschen in unserer Nähe wächst.

Dave und Ben bemerken es offenbar auch, denn sie sind jetzt näher bei uns.

Wo es vorher geräumig und luftig war, haben wir plötzlich sehr wenig Platz.

Neben mir spüre ich, wie Jake nervös wird.

Ich glaube nicht, dass es daran liegt, dass ihn die zunehmende Aufmerksamkeit stört. Ich denke eher, er ist frustriert, weil er weiß, dass es mir etwas ausmacht, und er wollte einfach, dass wir den heutigen Tag für uns haben.

Unser erstes gemeinsames Date verbringen wir mittlerweile nicht mehr nur mit Dave und Ben, sondern mit ungefähr fünfzig weiteren Leuten.

Jetzt kommt ein Mann vom Sicherheitsdienst des Louvre rüber und spricht leise mit Dave.

Kurz darauf tritt der Wachmann wieder zurück, bleibt jedoch bei uns, und allein das macht mich noch nervöser, als ich es ohnehin schon bin.

Dave tätigt einen kurzen Anruf, kommt dann zu uns und flüstert Jake etwas ins Ohr.

Für einen Moment entfernt Jake sich von mir, um zu hören, was Dave zu sagen hat.

Angestrengt versuche ich, mich auf das Gemälde vor mir zu konzentrieren, aber es geht nicht. Ich weiß nicht einmal, wie es heißt. Ich nehme es kaum wahr.

Ich bemühe mich, die fremden Blicke um mich herum zu ignorieren, aber mein gesamter Körper fühlt sich an, als stünde er in Flammen. Er brennt förmlich unter den prüfenden Blicken.

Ich glaube nicht, dass ich für so etwas geschaffen bin.

Ein paar Schritte entfernt höre ich Jake laut seufzen und sehe, dass er Dave zunickt.

Dann kommt er wieder zu mir. Als er vor mir steht, nimmt er meine Hände und erklärt leise: »Kleines, die Paparazzi sind hier ... Irgendwie haben sie rausgekriegt, welcher Wagen in der Tiefgarage unserer ist, und ... Da draußen wartet eine ganze Horde auf uns.«

»Wie viele?«

»Genug. Und ihr Herumlungern hat offensichtlich einiges an Aufmerksamkeit erregt, und, na ja ... Jetzt ist die Menge noch angewachsen, weil die Leute wissen, dass ich hier drin bin.« Bei diesem Geständnis klingt er zutiefst verlegen und beschämt.

»Oh«, erwidere ich.

»Das Personal hier versucht gerade, die Tiefgarage zu räumen, aber Dave hat Stuart angerufen, und er ist schon hierher unterwegs, um uns mit dem anderen Auto abzuholen.«

»Okay.«

»Es tut mir so leid, Tru.« Er berührt mein Gesicht, doch ich kann nicht einmal das Gefühl von seiner Haut auf meiner genießen, weil ich mir der Tatsache überaus bewusst bin, dass die Leute uns anstarren.

Ich komme mir vor, als wäre ich im Zoo, und zwar auf der falschen Seite der Scheibe.

»Ist schon gut«, wiegle ich ab und versuche, meine Stimme ruhig klingen zu lassen. »Es ist ja nicht deine Schuld. So ist das eben. Ich verstehe schon. Komm, gehen wir.«

Halt suchend greife ich nach Jakes Hand, und wir laufen durch den Louvre, Dave dicht auf den Fersen. Ben ist hinter uns, und das Sicherheitspersonal des Museums begleitet uns ebenfalls.

Leute folgen uns und bleiben stehen, um uns anzustarren, während wir an ihnen vorbeigehen.

Wenn ich ehrlich bin, würde ich bei alldem am liebsten die Flucht ergreifen.

All diese wunderschönen Kunstwerke hier im Louvre, doch das Einzige, was die Leute offenbar wollen, ist, Jake anzustarren.

Mir ist ja klar, dass er gut aussieht. Auch ich würde ihn nur zu gern den ganzen Tag lang anstarren, aber es ist schlicht unhöflich, so ungeniert zu glotzen und ihm … uns … ohne schlechtes Gewissen nachzulaufen, wo wir heute doch eindeutig als Pärchen unterwegs sind.

Ich umfasse Jakes Hand ein wenig fester. Er drückt zurück und schenkt mir ein kleines, verlegenes Lächeln.

Es tut ihm leid, dass wir gehen müssen, und ich weiß, dass er sich darum sorgt, wie es mir bei alldem geht. Ganz besonders, nachdem wir uns noch kurz vor der Ankunft im Auto darüber unterhalten haben.

Also wie geht es mir?

Gestresst, etwas panisch und genervt, dass wir nicht mal an einem ganz gewöhnlichen Tag zusammen ausgehen können, ohne Verrückte anzuziehen.

Wird es immer so sein?

Ich weiß nicht, ob ich dafür geschaffen bin. Der Grad an Aufmerksamkeit, der Jake zuteilwird, ist Furcht einflößend.

Als wir den Haupteingang erreichen und Dave die Tür aufstößt, schlägt uns Blitzlichtgewitter entgegen. Hier draußen sind Paparazzi.

Ich dachte, die wären in der Tiefgarage. Woher zum Teufel haben sie gewusst, dass wir hier rauskommen würden?

»Also seid ihr beiden zusammen? Wirst du endlich sesshaft, Jake? Ist Trudy die Richtige?«

Die Stimmen kommen von links, rechts und von vorne. Mein Gott, das ist Wahnsinn.

Ich halte den Kopf gesenkt. Jake hat jetzt fest den Arm um mich geschlungen und drückt mich an sich. Zu seiner Rechten ist Dave, hält schützend den Arm über ihn und führt uns zu Stuarts wartendem Wagen. Ben ist an meiner Seite und bleibt dicht bei mir.

»Trudy! Sieh her, Süße, zeig uns dein Gesicht!«

Ich muss hier weg. Ich glaube, ich habe mich in meinem gesamten Leben noch nie so unwohl gefühlt wie jetzt gerade.

Ich ziehe den Kopf noch weiter ein und presse quasi mein Kinn auf die Brust.

Endlich sind wir beim Wagen. Dave öffnet die Tür, und Jake schiebt mich hinein. Hastig rutsche ich durch und setze mich hinter den Beifahrersitz, hinter mir steigt Jake rasch ein.

Dave schließt die Tür und schiebt dabei ein paar Paparazzi aus dem Weg. Ben setzt sich auf den Beifahrersitz, und Stuart fährt los, ziemlich schnell.

Das Herz hämmert mir in der Brust.

Ich drehe mich um, blicke aus dem Rückfenster, besorgt, dass die Paparazzi uns vielleicht folgen.

Jede Menge Autos sind in der Nähe, auch wenn ich keine verdächtig aussehenden entdecken kann. Und in diesem Augenblick bin ich dankbar, dass die Fenster dieses Wagens so stark getönt sind.

Jake lenkt meine Aufmerksamkeit auf sich, indem er meine Hand ergreift. Erst jetzt wird mir bewusst, dass sie zittert.

»Hey, alles in Ordnung?« Seine Stimme klingt leise und beruhigend. Er berührt mein Kinn und zwingt mich, ihm in die Augen zu sehen.

»Mir geht's gut.« Mein Mund ist trocken. Ich befeuchte mir die Lippen. »Das war bloß … äh … ein bisschen verrückt.« Ich hole tief Luft. »Ist das immer so, wenn du ausgehst?«

»Nicht immer, nein.« Er schüttelt den Kopf. »Das war etwas hektischer als sonst, aber ich denke, das liegt daran, dass du mich begleitest und die Presse hinter einem Bild von uns beiden her ist.«

»Und die auf Twitter waren nicht genug?«

»Offenbar nicht.«

»Ich verstehe es trotzdem nicht, Jake. Du bist auch früher schon mit Frauen ausgegangen, das ist nicht gerade eine Seltenheit.«

Das hat jetzt schnippischer geklungen, als geplant war.

Er wirft mir einen vorwurfsvollen Blick zu. »Nein, Tru. Ich bin schon mit Frauen aus Clubs gekommen, aber ich habe noch nie eine zu einem Date ausgeführt.«

»Woher haben die überhaupt gewusst, dass wir ein Date hatten?« Wieder klingt meine Stimme schrill.

»Ach, Kleines.« Er streichelt mit dem Handrücken meine Wange, und ich bin erleichtert, seine Berührung zu spüren. »Darauf wäre jeder gekommen, der auch nur einen Blick auf uns geworfen hat – jeder hätte sich zusammenreimen können, dass ich verrückt nach dir bin.«

»Aber wir sind doch erst seit gestern richtig zusammen!«

Okay, jetzt flippe ich ein wenig aus. Sogar ziemlich.

»Die brauchen nicht lange, Tru. Du bist selbst in der Branche, du weißt, wie das funktioniert.«

»Ich mag ja Journalistin sein, aber wie die bin ich ganz sicher nicht!«, entfährt es mir empört.

»So hab ich das nicht gemeint, und das weißt du auch.« Er wirft mir einen vorwurfsvollen Blick zu. »Ich meine nur, du arbeitest für eine Zeitschrift, du siehst, wie es bei den Promis läuft. In meinem Leben gibt es in vielerlei Hinsicht keine Privatsphäre, ganz egal, wie sehr ich versuche, sie zu wahren. Und das ist der Job der Paparazzi. Die verdienen ihren Lebensunterhalt mit dem Mist, der sich in meinem Leben abspielt, und im Leben anderer Promis. So ist das eben. Nicht ständig, aber häufig, und wenn in meinem Leben etwas passiert – wie zum Beispiel, dass ich ein Date habe … und die Möglichkeit besteht, dass ich eine Freundin habe –, nun ja, das weckt das Interesse der Medien … das Interesse an dir.«

»Aber ich bin doch niemand Besonderes.«

»Für mich schon.« Sein Tonfall ist ernst. »Für mich bedeutest du alles«, ergänzt er leiser. »Und es tut mir leid, dass das kein erstes Date war, wie es sich gehört.« Zärtlich legt er mir eine Hand an die Wange. »Ich mache es wieder gut, das verspreche ich.«

Als ich Jake ansehe, hier vor mir, wie er mich aufrichtig anblickt, erfüllt von Liebe zu mir, bin ich plötzlich überwältigt von meinen Gefühlen für ihn und der Tiefe dieser Empfindungen. Und für den Moment vergesse ich, dass Stuart und Ben vorne im Auto sitzen, weniger als einen Meter entfernt, beuge mich vor und küsse ihn leidenschaftlich.

Ich öffne meine Lippen unter seinen, gewähre seiner Zunge Einlass, und dann spüre ich, wie es zwischen uns aufflammt – die Energie, das Verlangen. Ich spüre die Erregung in meinem Körper, die nur er hervorrufen kann.

Ich will ihn, gleich hier und jetzt.

Als er leise in meinen Mund stöhnt, weiß ich, dass auch er es wahrnimmt. Er greift mir fest ins Haar und küsst mich noch härter.

Es dauert eine Weile, doch schließlich wird mir bewusst, dass Stuart und Ben vorne im Auto sitzen, ganz besonders, als Jakes Hand über mein Bein streichelt und sich langsam weiter hinaufbewegt.

Da ich sicher weiß, dass die beiden keinen Jake-und-Tru-Porno sehen wollen, löse ich mich von ihm.

Jake sieht mich enttäuscht an. Ich blicke demonstrativ in Richtung der Vordersitze. Ich bin wirklich froh, dass das Radio ziemlich laut ist, was die Geräusche unserer Knutscherei übertönt haben dürfte. Aber trotzdem, meine Wangen sind vor Scham ganz heiß, weil ich die Kontrolle verloren habe.

Lächelnd beugt er sich wieder zu mir, streicht mit der Nasenspitze über die empfindliche Haut meines Halses. Als er bei meinem Ohr ankommt, flüstert er: »Ich kann's kaum erwarten, ins Hotel zurückzukehren … Ich werde dich ausziehen, ganz langsam … Und ich werde dich küssen, *überall.*«

Bis in meinen Schoß spüre ich seine Worte, und erneut steigt Hitze in meinem Unterleib auf. Ich liebe es, wie er mich erregt.

»*Te quiero*«, erwidere ich flüsternd.

»Mein Gott, Tru«, stöhnt er mir leise ins Ohr. Sein Atem streicht heiß über meine Haut. »Du weißt, was das mit mir macht. Wenn du so weiterredest, dann ist es mir scheißegal, wer noch mit uns im Auto sitzt, und ich nehme dich gleich hier und jetzt, auf dem Rücksitz.«

Seine Worte machen mich verrückt, ich bin erregt und plötzlich leichtsinnig.

Vielleicht ist es, weil ich nach dem, was gerade im Louvre passiert ist, noch immer mit Adrenalin vollgepumpt bin, oder vielleicht, weil ich ihn so sehr liebe, doch plötzlich verspüre ich den Impuls, ihn anzumachen, ihn zu provozieren.

»*Joder*, Jake … Das will ich jetzt mit dir machen«, flüstere ich.

Er weiß genau, was ich zu ihm sage. Dieses spanische Wort kennt er.

Neben mir spüre ich, wie er sich versteift.

Ich werfe einen Blick in Stuarts Richtung und sehe, dass seine Augen auf die Straße gerichtet sind. Ben telefoniert gerade und spricht vermutlich mit Dave.

Während ich also auf meinem Platz nach unten rutsche, nähere ich mich der Tür, drehe mich zu ihm, gleite mit den

Fingern über meinen Oberschenkel und hebe den Rock. Ganz leicht spreize ich die Beine.

Jake atmet scharf ein. Sein glühender Blick verbrennt mich schier.

Ich liebe das Gefühl, in diesem Moment Macht über ihn zu haben. Es ist aufregend.

Verführerisch starre ich ihn an, begegne seinem heißen Blick, und befeuchte meine Lippen mit der Zunge.

Mit einem verführerischen Lächeln ziehe ich meinen Rock wieder runter, drücke meine Beine aneinander, klopfe mir innerlich auf die Schulter für mein kleines laszives Spielchen und denke: *Meine Arbeit ist getan, zumindest bis zum Hotel*, doch Jake schüttelt den Kopf.

Mir zittern die Knie.

Er kommt näher, rutscht neben mich, stellt seinen Fuß auf die Lehne zwischen den Vordersitzen und verdeckt mit seinen Beinen jegliche Sicht auf meine. Er legt seine Hand in meinen Schoß, drückt äußerst sanft meine Knie auseinander, und ich erlaube es ihm.

Mir pocht das Herz, und plötzlich ist mein Mund wieder trocken.

Jakes Hand gleitet unter meinen Rock. Als er meinen Slip erreicht, schlüpft er mit den Fingern hinein, schiebt ihn beiseite, verschafft sich Zugang und berührt mich. Quälend langsam dringt er mit einem Finger in mich ein.

Mein Körper droht zu explodieren. Ich muss mir fest auf die Lippe beißen, um mich davon abzuhalten, laut zu werden.

Ich wende mich ihm zu. Er starrt zurück. Herausfordernd und hitzig.

In meinem ganzen Leben habe ich so etwas noch nicht getan. Und ich weiß, ich sollte daran denken, dass andere Leute mit uns im Auto sitzen, aber das ist gerade ziemlich schwirig. Alles, woran ich denken kann, ist Jake – und die Gefühle, die er in mir weckt.

Er bewegt rhythmisch seinen Finger, streichelt mit dem Daumen meine Klitoris, und mein Herz hämmert, als wollte es mir aus der Brust springen, meine Beine zittern unkontrolliert, und ich weiß, was passieren wird, wenn er nicht aufhört.

»Jake, hör auf, oder ich komme«, sage ich lautlos zu ihm.

Lächelnd reibt er etwas fester mit dem Daumen über meinen Kitzler.

Ein Schauer durchläuft mich.

»Bitte«, hauche ich und presse die Beine über seiner Hand zusammen.

Er lächelt wieder, offenbar zufrieden mit sich und der Wirkung, die er auf mich ausübt, zieht die Hand unter meinem Rock hervor und rückt seine deutlich sichtbare Erektion in der Hose zurecht.

Ich bin erleichtert und enttäuscht zugleich.

Und ich habe größte Lust, mit ihm das Gleiche zu machen – ihn bis zu einem Punkt zu erregen, an dem er beinah die Kontrolle verliert.

Ein paar Minuten später hält Stuart vor dem Hotel, und ich kämpfe noch immer damit, meine benebelten Gedanken zu ordnen.

Ich bin so erregt und begierig darauf, das Verlangen zu stillen, das Jake in mir geweckt hat, dass ich bereit bin, es quasi überall mit ihm zu treiben.

Als wir ausgestiegen sind, nimmt Jake sofort meine Hand, führt mich direkt ins Hotel und zerrt mich praktisch durchs Foyer und in einen wartenden Aufzug hinein.

Sobald die Türen geschlossen sind, drückt er mich an die Wand, und sein Mund ist auf meinem, hart und schnell, und seine Hände sind überall.

Bevor ich zu mir kommen kann, öffnen sich die Aufzugtüren auf unserem Stockwerk, und Jake zieht mich durch den Korridor, schließt die Tür zu seiner Suite auf, und endlich sind wir allein.

Er drängt sich an mich, doch ich weiche zurück.

Zeit, dass ich es dir heimzahle, Freundchen.
Verwirrt neigt er den Kopf und starrt mich an.
»Bleib da stehen«, verlange ich heiser.
Nie zuvor war ich in sexueller Hinsicht so selbstbewusst. Ich bin eher die Art Mädchen, die sich ans Durchschnittsprogramm hält. Und ganz sicher war ich noch nie selbstbewusst, was meinen Körper betrifft.

Deshalb habe ich keine Ahnung, wie ich auf die kleine Vorstellung mit dem gelüfteten Rock im Auto gekommen bin oder warum ich ihm erlaubt habe, mit mir zu machen, was er getan hat, oder auch, warum ich die Show hier fortsetzen will. Aber ich tue es. Ich will es für ihn tun, seinetwegen.

Jake verleiht mir Selbstbewusstsein … und bringt mich dazu, mich extrem sexy zu fühlen.

Gerade bin ich äußerst froh, dass ich meine gute Unterwäsche trage, und ich fange an, meine Bluse aufzuknöpfen, langsam, einen Knopf nach dem anderen.

Ich beobachte, wie Jakes Blick meinen Händen auf dem Weg nach unten folgt.

Langsam streife ich meine Bluse ab, sie gleitet an meinen Armen entlang, und ich lasse sie zu Boden fallen.

Dann entledige ich mich meiner Schuhe und knöpfe meinen Rock hinten auf, um anschließend Zentimeter für Zentimeter den Reißverschluss zu öffnen. Ich schiebe ihn über meine Hüften, lasse ihn zu Boden fallen und trete einen Schritt nach vorn.

Nun stehe ich hier, in nichts als schwarzer Spitzenunterwäsche.

Jakes Augen sind feurig, verschlingen meinen Anblick, und er wirkt, als würde er jeden Moment über mich herfallen.

Ich streiche mit einer Hand über meinen Bauch, schlüpfe mit dem Daumen unter den Bund meines Slips und ziehe ihn mir langsam über die Hüften.

Jake atmet flach. Sein Blick ist starr auf meine Finger gerichtet, beobachtend, erwartungsvoll.

Er legt eine Hand auf die Beule in seiner Jeans, rückt sie zurecht, da es ihm offensichtlich unbequem in der Hose geworden ist.

Im selben Moment überlege ich es mir anders, höre auf, meinen Slip runterzuziehen, und schiebe ihn wieder hinauf, sodass er auf meiner Hüfte sitzt.

Jake neigt den Kopf zur Seite.

Mit wiegenden Schritten gehe ich zu ihm.

Mein Herz schlägt hart in meiner Brust. In meinem Unterleib sammelt sich Hitze, und es fühlt sich an, als müsste ich von Kopf bis Fuß errötet sein.

Sobald ich in seiner Reichweite bin, packt Jake mich an der Hüfte und zieht mich fest an sich.

Ich schüttle den Kopf, schiebe seine Hände weg und weiche etwas zurück.

»Noch nicht«, flüstere ich.

»Ich will dich jetzt.« Sein Tonfall ist drängend und ernst. Er durchdringt mich und trifft mich genau an der richtigen Stelle.

Ich beuge mich dicht an sein Ohr und flüstere: »*Yo voy a chupar.*«

Er stößt scharf den Atem aus. »Verdammt, Tru«, knurrt er. »Wenn du willst, dass ich warte, dann gehst du nicht richtig an die Sache heran.«

Ich weiche zurück, lächle ihm zu und beiße mir auf die Unterlippe.

»Sag mir, was du gerade gesagt hast. Ich muss es wissen.« Seine Stimme klingt belegt und rau.

Ich liebe es, dass ich ihn allein mit Worten so erregen kann.

»Lass es mich dir demonstrieren«, flüstere ich und sinke vor ihm auf die Knie.

Ich öffne seine Jeans und zeige ihm genau, was ich meinte.

KAPITEL 23

»Warum willst du mir nicht verraten, wohin wir fahren?«, frage ich Jake erneut und drehe mich in meinem Sitz, um ihn anzusehen.

Er wirft mir einen kurzen Blick zu. »Weil es eine Überraschung ist.«

»Warum ist bei dir immer alles eine Überraschung?«

An der roten Ampel muss er anhalten.

»Weil ich deinen Gesichtsausdruck mag, sobald du herausfindest, worin die Überraschung besteht.« Er streckt die Hand aus und streichelt mir mit den Fingern über die Wange.

»Diesen Gesichtsausdruck würdest du auch dann sehen, wenn du es mir verraten würdest – ich bin gut darin, überrascht zu wirken.«

»Ja, da bin ich mir sicher«, gibt er lachend zurück. »Trotzdem ist es nicht vergleichbar mit dem Ausdruck, den ich in deinen Augen sehe, wenn du es zum ersten Mal erblickst.«

Hä? Jetzt bin ich einfach nur verwirrt.

»Okay, wie wäre es dann, wenn ich dir sagen würde, dass ich keine Überraschungen mag?« Ich verschränke die Arme vor der Brust.

»Bisher hattest du allem Anschein nach nichts dagegen«, erwidert er zuversichtlich und fährt wieder an, als die Ampel grün wird. »Und du hattest definitiv nichts gegen die Überraschung einzuwenden, die ich dir vorhin beschert habe.«

Sofort spüre ich meine Wangen erröten.

In mir steigen Erinnerungen an Jake auf, wie er sich von hinten angeschlichen hat, als ich im Badezimmer war und mir die Zähne geputzt habe, während ich mich fertig gemacht habe … Und dann war ich plötzlich mit was ganz anderem beschäftigt.

»Na gut, okay, die hat mir gefallen.« Ich lächle ihm zu und lasse die Arme sinken.

»Siehst du? Überraschungen können gut sein.« Liebevoll greift er nach meiner Hand, küsst sie und lässt sie wieder los, um den Blinker zu betätigen.

Das vorhin war großartig, aber ich glaube, es war auch Jakes Art, den Stoß abzufedern – entschuldigt den Kalauer –, denn nachdem wir miteinander geschlafen haben, hat er ein paar dieser fantastischen Kuchen liefern lassen, da wir nicht dazu gekommen sind, in die Konditorei zu gehen. Und während wir im Bett saßen und uns gegenseitig mit Kuchen gefüttert haben, hat er mir gebeichtet, dass die Bilder von mir und ihm beim Verlassen des Louvre in all ihrer leuchtenden Pracht in den Klatschblättern erschienen sind und der Welt verkündet haben, dass wir zusammen sind. Sie wissen auch, dass Jake und ich zusammen aufgewachsen sind. Dass wir Tür an Tür gewohnt haben und von Kindesbeinen an beste Freunde gewesen sind.

Nun weiß also die ganze Welt so ziemlich alles über Jake und mich.

Bis auf die Tatsache, dass wir eine Affäre hatten.

Sie wissen nicht, dass ich noch einen Freund hatte, als wir etwas miteinander angefangen haben. Auf dieses kleine Detail sind sie noch nicht gestoßen – noch nicht –, und ich hoffe, dass sie es nie tun werden. Will und ebenso mir zuliebe.

Es heißt, Jake habe »die Richtige« gefunden. Sein Mädchen von nebenan.

Das ist süß, auf eine zudringliche, seltsame Art und Weise.

Jake war sich nicht sicher, wie ich reagieren würde, weil ich so besorgt um meine Privatsphäre war und Wills Gefühle so gut wie möglich schonen wollte.

Ich habe ihm versichert, dass das alles für mich okay ist. Es musste ja eines Tages in der Presse landen, also lieber früher als später.

Nun, da es raus ist, können Jake und ich einfach damit fortfahren, unsere Beziehung zu genießen.

Ich starre durch das stark getönte Fenster und betrachte Paris um mich herum. An Jakes Seite fühle ich mich wie das glücklichste Mädchen der Welt. Weil er wieder Teil meines Lebens ist und wir endlich zusammen sind.

Und weil er mich nun so liebt, wie ich ihn immer geliebt habe.

Hätten wir einander nur gesagt, was wir füreinander empfinden, als wir jünger waren, hätten wir vielleicht nie den Kontakt verloren. Vielleicht wären wir dann immer zusammen gewesen, und Jake hätte nie das Drogenproblem entwickelt, und ich wäre für ihn da gewesen, als Jonny gestorben ist.

Es ist traurig, daran zu denken, dass wir so viele gemeinsame Jahre verpasst haben, aber jetzt haben wir uns gefunden, und das ist es, worauf es ankommt.

Ich habe also keine Ahnung, wohin es gerade geht, was etwas frustrierend ist, aber das Gute ist, dass Jake und ich den heutigen Abend ganz allein für uns haben. Dave und Ben hat er gesagt, sie sollen im Hotel bleiben.

Ich weiß, ich konnte es auch nicht glauben.

Dave war nicht besonders glücklich darüber, dass Jake allein ausgeht. Aber Jake ist der Boss, und was er sagt, gilt. Wenn er will, kann er ziemlich gebieterisch sein. Und es ist wirklich verdammt sexy, ihn dabei in Aktion zu sehen. Vielleicht lasse ich ihn nachher bei mir im Bett auch mal den Gebieter rausholen.

Ich weiß, warum Jake allein mit mir ausgehen wollte. Nach dem Reinfall heute im Louvre versucht er, mich zu einem normalen Date auszuführen. Er versucht, mir zu beweisen, dass das Leben mit ihm auch normal sein kann.

Es gibt also keinen Dave, der uns folgt. Nur Jake und mich in seinem neuen Mietwagen, einem schwarzen Zweisitzer, einem BMW Z4.

Es ist ein sexy Wagen, genau wie sein Fahrer.

Jake hat ihn vorhin für unseren Ausflug liefern lassen, und Stuart hat auch die Mercedes ausgetauscht, sodass Jake nun für den restlichen Aufenthalt Audis hat.

Wie lang der auch immer dauern mag.

Über die Heimreise haben wir noch nicht gesprochen. Ich weiß, dass ich demnächst nach Hause muss, da ich zurück in die Redaktion und etwas Arbeit erledigen will, bevor der US-Abschnitt der Tournee beginnt. Doch ich scheue davor zurück, das Thema anzuschneiden, denn ich bin noch nicht bereit, ihn zu verlassen, sofern ich das überhaupt jemals sein werde.

Jedes Mal, wenn ich darüber nachdenke, von Jake getrennt zu sein, kriege ich dieses furchtbare, einschnürende, beengte Gefühl im Bauch.

Also denke ich im Moment nicht darüber nach.

An der nächsten Kreuzung biegt Jake ab und fährt die Rue de la Paix entlang.

Direkt vor Tiffany hält er an und schaltet den Motor ab.

»Was machen wir hier?«, frage ich, während in meinem Bauch ein kleiner nervöser Schauer bebt.

Natürlich habe ich eine Ahnung, oder besser gesagt, eine Hoffnung, weshalb wir hier sind, aber ich muss fragen, nur um sicher zu sein.

»Ich muss etwas abholen«, erwidert er.

»Oh, okay.«

Mein kleiner glitzernder Hoffnungsschimmer erlischt.

Sicher, ich will nicht, dass Jake viel Geld für mich ausgibt, aber wenn er je das Bedürfnis verspüren sollte, mir etwas Schönes bei Tiffany zu kaufen, dann würde ich es ihm nicht allzu übel nehmen.

Ich wollte schon immer Schmuck von Tiffany haben.

A: Weil ich Audrey Hepburn liebe und eine Zeit lang, als ich jünger war, sein wollte wie sie. Im Grunde will ich das immer noch.

B: Weil ich das Lied liebe.

Doch hauptsächlich C: Weil der Schmuck einfach so unglaublich hübsch ist, doch leider übersteigt er mein Budget bei Weitem.

Aber gut, er ist hier, um etwas abzuholen, und das ist in Ordnung.

Vielleicht ist es etwas für seine Mum. Vorhin hat er mit ihr telefoniert.

Er hat ihr von mir und ihm erzählt.

Offenbar ist sie wirklich glücklich darüber und freut sich darauf, mich wiederzusehen.

Ehrlich gesagt macht mich der Gedanke nervös. Vielleicht liegt es daran, dass ich Susie nach all den Jahren als die Frau an Jakes Seite und nicht einfach als Jugendfreundin wiedersehen werde.

Ich steige aus dem Wagen aus, und Jake erwartet mich auf der anderen Seite.

Zum Glück ist es heute Abend ziemlich ruhig auf den Straßen. Auf eine weitere Belagerung wie vorhin bin ich nicht unbedingt scharf.

Jake ergreift meine Hand, und wir gehen zu Tiffany.

Natürlich war ich früher schon mal in einem Tiffany-Laden. Ich habe mich umgesehen und bin gegangen, bevor ich entweder meine Visakarte plündern oder in Tränen ausbrechen konnte.

An der Tür hängt ein »Geschlossen«-Schild, aber der Laden ist hell erleuchtet, und durch das Glas sehe ich einen Mann auf uns zukommen.

Sie haben für Jake die Öffnungszeiten verlängert.

Ach ja, die Macht von Geld und Status.

Drinnen werden wir freundlich von dem Mann begrüßt, der sich als Devin vorstellt.

Devin wirkt gepflegt und äußerst attraktiv. In gewisser Weise erinnert er mich an Stuart, sodass ich mich frage, ob er schwul ist.

»Ihr Stück liegt für Sie bereit«, wendet Devin sich an Jake, während wir ihm zu der hell erleuchteten, glitzernden und funkelnden Theke folgen.

Aber ich höre kaum zu. Hier drinnen ist alles so verdammt hübsch. Vor lauter Hin-und-her-Sehen verrenke ich mir beinahe den Hals.

Der Laden sieht sogar noch schicker aus als der daheim in der Bond Street. Wahrscheinlich ist er es gar nicht, und dass ich das glaube, liegt nur daran, dass er hier im wunderschönen Paris ist.

Mehr als alles andere wünsche ich mir, Tiffany & Co. in New York zu besuchen. Das Original, den Besten von allen.

Eines Tages, Tru, eines Tages.

Langsam bin ich abgelenkt, es gibt einfach so viel zu sehen, und es juckt mich in den Fingern. Am liebsten würde ich alles anfassen.

Zu meiner Linken erregt eine Auslage mit Ringen meine Aufmerksamkeit, und ich lasse Jakes Hand los und gehe hin, um einen Blick darauf zu werfen, während ich ihn sein »Stück« abholen lasse.

Bei dem Gedanken muss ich ein Kichern unterdrücken. Manchmal bin ich so kindisch.

Mein Blick schweift über die Juwelen in der Vitrine. Weiße Diamanten, Saphire, gelbe Diamanten, und, o mein Gott, ein rosa Diamant. Ein verdammter rosa Diamant! Ich wusste nicht einmal, dass es so was gibt!

In diesem Moment flippe ich tatsächlich etwas aus. Denn das muss der schönste Ring sein, den ich in meinen sechsundzwanzig Jahren auf diesem Planeten je gesehen habe.

Er ist aus Platin, mit einem birnenförmigen rosa Diamanten, umfasst von einer einzelnen Reihe weißer Brillanten.

Ich glaube, ich bin gerade gestorben und in den Kleinmädchen-Himmel gekommen.

Für diesen Ring würde ich meine Großmutter verkaufen, so umwerfend ist er. Natürlich würde ich ihr das nie sagen, sonst würde sie mir den Hintern versohlen.

Mein Blick sucht nach dem Preisschild des Rings, aber es gibt keins, was heißt, dass er zu teuer ist.

Als ob ich ihn mir je hätte leisten können. Ich kann mir nicht mal die mittelpreisigen Tiffany-Sachen leisten. Nicht mal die billigen, falls es die überhaupt gibt.

Dieser Ring ist wohl mehr wert, als ich in meinem Leben verdienen könnte.

»Hast du irgendwas gesehen, was dir gefällt?«, ertönt hinter mir Jakes heisere Stimme.

Ohne nachzudenken, entschlüpft mir in meinem noch immer traumähnlichen Zustand: »Guck dir bloß mal diesen Ring an, der ist so wunderschön.« Ich deute darauf.

Dann wird mir auf einen Schlag bewusst, wie es für Jake wohl aussieht, dass ich hier stehe und mit verträumten Augen einen rosa Diamantring anstarre – der, wie mir plötzlich auffällt, sehr wie ein Verlobungsring aussieht – und ihn auch noch in versonnenem Tonfall darauf hinweise.

Manchmal bin ich so ein Mädchen.

»Äh ... ich meine, er ist ganz hübsch, so für einen Ring. Und, hast du, weshalb du hergekommen bist?«, wechsle ich abrupt das Thema.

Ich wende mich von dem Traumring ab und sehe ihm ins Gesicht.

»Ja.« Er klopft sich auf die Jackentasche und wirkt sehr zufrieden mit sich.

Jake sieht heute Abend absolut umwerfend aus. Und ziemlich elegant. Er hat eine Jeans an, doch dazu trägt er ein Hemd und ein Anzugjackett. Eigentlich dürfte das nicht zueinander passen, doch bei ihm tut es das, und er sieht total heiß aus.

Ich trage mein ärmelloses Kleid mit Blumendruck. Es ist tailliert und hat einen tief ausgeschnittenen Rücken, hübsch und echt sexy. Dazu habe ich meine cremefarbenen High Heels kombiniert. Mein Haar trage ich offen und lockig, genau so, wie Jake es mag.

Er nimmt meine Hand und öffnet mir die Tür, und so gehe ich als Erste hinaus und verlasse Tiffany.

»Mach's gut, Glitzi«, murmle ich leise in mich hinein.

»Was hast du gesagt?«, fragt Jake.

»Äh ... was? Nichts.« Mein Gesicht beginnt zu glühen, und rasch marschiere ich zum Wagen, während Jake hinter mir leise lacht.

Gerade bin ich ins Auto eingestiegen, habe mir den Gurt angelegt und wende mich Jake zu, weil ich mich frage, warum er den Motor noch nicht angelassen hat, da entdecke ich auf der Armlehne zwischen ihm und mir eine Tiffany-Schachtel.

Mein Herz führt einen kleinen Tanz in meiner Brust auf.

Ich sehe von der Schachtel zu ihm auf.

»Ich hab dir eine Kleinigkeit mitgebracht«, erklärt er und wirkt überraschend nervös.

»Ist es das, was du da drin abgeholt hast?«

»Mhm.« Er nickt.

»Was ist es?« Mein Inneres vollführt gerade Purzelbäume, aber ich wahre mein Pokerface. Ich will nicht wie das idiotische kleine Mädchen rüberkommen, das ich in Wahrheit bin.

Er lächelt. »Mach es auf, und finde es raus.«

Ich strecke die Hand aus und nehme die Schachtel. Als ich sie öffne, finde ich darin die schönste Halskette, die ich jemals gesehen habe. Wirklich.

Der Anhänger ist ein herzförmiges Medaillon aus Platin mit einem ebenfalls herzförmigen Diamanten in der Mitte.

Ich kann nicht glauben, dass er mir das gekauft hat. Ich glaube, ich muss gleich heulen.

»Es ist so wunderschön, Jake«, hauche ich.

»Mach es auf.« Mit dem Kinn weist er auf das Medaillon.

Ich nehme es aus der Schachtel und lege sie wieder auf die Armlehne. Mit den Fingernägeln öffne ich das Medaillon.

Ich schnappe nach Luft. Das Lächeln in meinem Gesicht hat sich aufs Maximum ausgedehnt.

»Das eine Bild hat mir dein Dad zugeschickt«, gesteht er und wirkt schüchtern. Ich liebe den schüchternen Jake. »Das andere ist von der After-Show-Party in Schweden.«

Zwei Bilder von Jake und mir sind ins Innere gefasst. Eines ist aus der Zeit, als wir Kleinkinder waren. Wir können höchstens drei Jahre alt gewesen sein. Das andere ist von der After-Show-Party in Schweden, wie er gesagt hat.

Überwältigt von meinen Gefühlen werfe ich mich ihm an den Hals. Ich küsse ihn leidenschaftlich auf den Mund, fahre ihm durchs Haar und drücke ihn an mich. Jake erwidert den Kuss ebenso intensiv, mit einer Hand hält er meinen Hinterkopf, er drückt mich an sich, während seine Zunge meinen Mund erforscht und sich im Gleichklang mit meiner bewegt.

»Also gefällt es dir?«, flüstert er in meinen Mund, als sich unser Kuss verlangsamt.

»Ich liebe es, und ich liebe dich.«

»Geburtstagsgeschenk Nummer drei«, murmelt er und streicht mir das Haar aus dem Gesicht.

»Ich hab dir noch immer kein einziges gemacht.«

»Ich hab schon all meine zwölf Geschenke bekommen, als du eingewilligt hast, die Meine zu werden.«

»Wer hätte je geahnt, dass du so ein hoffnungsloser Romantiker bist, Jake Wethers?« Lächelnd zeichne ich mit der Fingerspitze seine Lippen nach. Der blaue Fleck von seiner Prügelei mit Will ist noch immer leicht sichtbar.

Verrückt, wenn man überlegt, dass das erst gestern Morgen passiert ist. Es fühlt sich an, als hätten wir seitdem schon so viel miteinander erlebt.

»Das bin ich nur bei dir. Und außerdem bin ich rund um die Uhr scharf auf dich.« Seine Hand gleitet an meinem Schenkel entlang, seine Finger schieben den Saum meines Kleides nach oben.

»Schon wieder?«, entgegne ich.

»Immer.«

»Tja, hier im Auto mitten auf der Straße machen wir es ganz bestimmt nicht, Pervy Perverson.«

»Pervy Perverson?« Jake stößt ein Lachen aus.

»*Friends*. Hast du das nie geschaut?«, frage ich, als ich seine verwirrte Miene bemerke.

»Nein, Dummerchen, ich war zu beschäftigt damit, auf Tournee zu sein und meinen Lebensunterhalt zu verdienen, während du an der Uni rumgegammelt und Soaps geguckt hast.«

»Halt die Klappe, und leg mir die Halskette an, P.P.« Ich lächle ihm zu.

Als Jake die Hand nach der Halskette ausstreckt, lege ich sie ihm in die Handfläche und wende ihm den Rücken zu. Ich greife nach meinem langen Haar und nehme es zur Seite.

Jake legt mir das kühle Metall um den Hals und macht den Verschluss zu. Seine Hände liegen auf meinen Schultern, und im Nacken spüre ich die Berührung seiner warmen Lippen.

Mich durchrieselt ein Schauer.

Ich greife nach hinten, berühre seinen Oberschenkel und lehne mich an ihn.

Er fühlt sich umwerfend an und riecht herrlich. Hitze steigt in meinem Körper auf und sammelt sich in meinem Unterleib. Und jetzt bin ich scharf.

Langsam streiche ich mit den Fingern an seinem Oberschenkel aufwärts.

Jake ergreift meine Hand. »Hier machen wir es nicht, MP.«

»MP?« Ich drehe mich um und sehe ihn verwirrt an.

»Mrs Perverson.« Grinsend lässt er von mir ab und startet den Motor, dann schnallt er sich an und fährt los.

Mrs? Hmm … ich mag es, wie sich das anhört.
Mrs Trudy Wethers.

Klingt ziemlich gut, wenn ihr mich fragt. Natürlich nicht jetzt. Andererseits ist Jake ohnehin nicht gerade der Typ Mann, der heiratet.

Bei dem Gedanken werde ich ein wenig traurig.

»Wohin jetzt?«, frage ich, ignoriere die Hochzeitsglocken in meinem Kopf und versuche stattdessen, ihm ein paar Infos zu entlocken.

»Jetzt wird es Zeit für Geburtstagsgeschenk Nummer vier.«

Jake hält auf der Hauptstraße, ein Stück vom Eiffelturm entfernt. Hier ist natürlich etwas mehr los. Überall sind Touristen.

Durchs Fenster sehe ich einen jungen Mann, der am Straßenrand wartet, und sofort weiß ich, dass er unseretwegen hier ist.

»Komm schon, Kleines«, fordert Jake mich auf und steigt aus.

Als ich draußen bin, nimmt der sichtlich von Jake beeindruckte junge Mann gerade den Autoschlüssel entgegen und geht mit einem breiten Lächeln im Gesicht zur Fahrerseite.

»Du hast doch wohl nicht gerade irgendeinem Fremden das Auto anvertraut, oder?«, frage ich lächelnd.

»Nein«, erwidert er lachend und gibt mir einen leichten Klaps auf den Po. »Der arbeitet für den Laden, zu dem wir jetzt gehen. Er parkt das Auto für uns. Wahrscheinlich macht er damit erst mal eine Spritztour – da kann ich ihm keinen Vorwurf machen, an seiner Stelle würde ich das auch tun. Solange der Wagen wieder da ist, wenn wir ihn brauchen, stört mich das nicht.«

»Ach, du bist ja lieb, Schatz. Erlaubst dem Teenager, mit dem Mietwagen eine Spritztour zu machen.« Ich schubse ihn mit der Hüfte an. »Und außerdem bist du albern, romantisch und siehst heute Abend extrem heiß aus.«

»Ja?« Er wendet sich mir zu, wieder brennt das sinnliche Jake-Feuer in seinen Augen. »Und du bist wunderschön und wahnsinnig sexy, und am liebsten würde ich dir sofort dieses Kleid vom Leib reißen und gleich hier und jetzt auf der Straße schmutzige Dinge mit dir treiben, aber ich glaube, wir könnten festgenommen werden, wenn ich das tue.«

Ich presse die Beine zusammen und versuche, das Zittern zu kontrollieren, das er gerade mit seinen Worten erzeugt hat.

»Später?«

»Oh, ganz bestimmt.« Er nickt. »Jetzt komm, meine Schöne, beeilen wir uns, bevor ich noch um Autogramme gebeten werde.« Spaßeshalber blickt er sich kurz um und streckt mir dann den Arm entgegen.

Ich hake mich bei ihm unter und hebe mir mein plötzliches Verlangen für später auf, und wir laufen wie ein ganz normales Paar durch die Straßen von Paris in Richtung Eiffelturm.

Ich bin entspannt, glücklich und mache mir keinerlei Sorgen, dass wir womöglich von TMS-Fans belagert werden könnten.

Falls Leute uns anstarren, fällt es mir nicht einmal auf, denn ich bin viel zu sehr damit beschäftigt, mich an Jake sattzusehen.

»Was ist?«, fragt er und schaut auf mich herab.

»Nichts. Ich bin bloß glücklich.« Im Gehen lehne ich meinen Kopf an seine Schulter.

»Ich auch«, murmelt er und küsst meinen Scheitel.

Als wir uns dem Eiffelturm nähern, blicke ich auf, und allein von seiner Größe wird mir schon schwindlig.

»Wow, ist das beeindruckend«, hauche ich.

»Ja, ziemlich cool, oder?«, erwidert Jake und folgt meinem Blick in den Himmel.

»Bist du schon jemals hier gewesen?«, frage ich.

»Nein.«

»Aber du warst schon mal in Paris?« Ich nicht. Gerade bin ich zum ersten Mal hier. Ich war schon immer eher ein Ibiza-Fan.

»Ja, schon ein paar Mal«, antwortet er.

»Wo wir gerade dabei sind, warum bist du eigentlich noch nie hier gewesen oder im Louvre?«

»Weil ich mir das für dich aufgehoben habe.«

»Was?« Ich bleibe stehen. Mittlerweile befinden wir uns genau unter dem Turm.

Jake dreht sich zu mir, schlingt mir die Arme um die Taille und zieht mich zu sich.

»Ich wusste, dass ich dich eines Tages endlich wiedersehen würde, und ich wusste, dass ich dich, wenn dieser Tag kommt, um nichts in der Welt wieder gehen lassen würde. Und das sind die Dinge, die ich mit dir unternehmen wollte, sobald ich dich wiederhabe. Mit niemandem sonst, nur mit dir.«

»Also hast du auf mich gewartet?«

»Ja.«

Ach du Scheiße.

»Und was, wenn das Schicksal entschieden hätte, dass aus uns nie etwas wird?«

»Dann hätte es nie eine andere gegeben. Für mich gibt es keine andere. Nur dich.«

Jedes Mal, wenn ich denke, er könnte nicht süßer werden, sagt er etwas, das sein letztes himmlisches Süßholzgeraspel noch übertrifft.

Ich stelle mich auf die Zehenspitzen und hauche ihm einen Kuss auf die Wange.

»Ich lass dich nie wieder gehen«, flüstert er, als meine Lippen seine Haut berühren.

»Ich will nicht, dass du mich gehen lässt. Niemals.«

Über Jakes Schulter hinweg erspähe ich einen Mann, schon etwas älter, der neben einem Eingang am Fuß des Turms herumlungert.

»Ich glaube, da wartet schon einer von deinen Angestellten auf dich.«

Jake blickt sich um und gibt dem Mann zu verstehen, dass er noch zwei Minuten warten soll.

Der Fremde nickt und geht wieder hinein.

»Der gehört nicht zu meinen Leuten, Schlaumeier«, erklärt er und gibt mir noch einen Klaps auf den Po. »Er ist nur für heute Abend engagiert.«

»Ich hoffe, ich bin nicht bloß für heute Abend engagiert.« Ich presse die Lippen zusammen und unterdrücke ein Lächeln.

»Kommt darauf an, was du zu bieten hast.« Er hebt eine Braue und schenkt mir seinen besten Schlafzimmerblick.

»J-Jake Wethers – sind Sie Jake Wethers?«, ertönt eine jugendliche Stimme rechts von uns.

Ach Mist.

Als ich mich umdrehe, erblicke ich einen jungen Burschen, vielleicht dreizehn – höchstens vierzehn –, der mit offenem Mund und großen Augen Jake anstarrt, als fielen alle Weihnachtsfeste seines Lebens auf den heutigen Tag.

Jake nickt dem Jungen zu und legt einen Finger an die Lippen, während er sich umsieht.

Offenbar in einer Art Schockzustand erwidert der Junge das Nicken langsam.

Er wirkt ziemlich drollig, der Kleine.

Jake löst sich von mir, nähert sich dem Jungen und erklärt: »Heute Abend führe ich mein Mädchen aus und will keinen Trubel, weißt du?«

»Mhm.« Sprachlos nickt der Junge.

»Also sag einfach niemandem, dass ich hier bin – okay?«

»O-okay.« Der Junge nickt erneut. Er klingt, als würde er gleich ins Koma fallen.

»Hast du ein Fotohandy, Kleiner?«

»J-Johnny«, sagt er, kommt wieder etwas zu sich und wühlt in seiner Tasche nach dem Handy. »Mein Name ist Johnny.« Ohne nachzudenken, reicht er Jake sein Handy.

»Toller Name.« Jake lächelt.

»Tru, wärst du so nett?« Jake wendet sich mir zu und hält mir das Handy hin.

»Klar, kein Problem.« Ich lächle.

Vorsichtig nehme ich das Handy entgegen und mache die Kamera an. Schnell mache ich ein Foto von Jake und dem jungen Johnny und gebe ihm die Kamera zurück.

»D-danke«, sagt Johnny zu mir.

Schon dreht er sich um und starrt wieder Jake an. Er wirkt, als gäbe es eine Million Dinge, die er ihm sagen will, doch gerade fallen sie ihm nicht ein. Armer Junge.

Dieses Gefühl kenne ich nur allzu gut.

»D-danke für das F-Foto«, stammelt er.

»Jederzeit ... Und denk dran, kein Wort zu niemandem.« Jake zwinkert ihm zu, nimmt meine Hand und führt mich zum Eingang.

»Ich glaube, der arme Junge steht unter Schock«, vermute ich lachend, als wir gemeinsam in den Aufzug steigen.

Der von Jake engagierte Assistent ist hier, um uns auf der Fahrt nach oben zu begleiten.

»Ich glaube, da könntest du recht haben.«

»Das war nett, was du da eben gemacht hast, Schatz.« Ich drücke seine Hand.

»Ich leiste nur meinen Beitrag für die Menschheit.«

Verwirrt sehe ich ihn an.

»Tru, dieses Bild von ihm und mir wird diesem Jungen dabei helfen, flachgelegt zu werden, und selbst wenn nicht, dann kriegt er damit zumindest ein Mädchen dazu, mit seinem Schwanz zu spielen, und das ist alles, was zählt, wenn man ein Teenager ist.«

»Tatsächlich?«

»Ja.« Er beugt sich vor und flüstert mir ins Ohr: »Darauf hab ich vor all den Jahren gehofft, als wir bei den Lumb Falls waren.«

»Oh«, erwidere ich, und mein Puls beschleunigt sich, während mich die Erinnerung überflutet, doch diesmal in einem völlig neuen Licht.

Jake lässt meine Hand los, greift hinter mich und an meinen Po. Er umfasst ihn mit den Fingern. »Eines Tages müssen wir noch mal dahin, und dann kannst du alles mit mir machen, was ich damals verpasst habe.«

Ich schlucke. Sex mit Jake unter einem Wasserfall.

O Gott.

Bevor ich Gelegenheit habe zu antworten, öffnen sich die Aufzugtüren, und auf ernsthaft wackligen Beinen folge ich Jake nach draußen und finde mich im Foyer eines Restaurants wieder.

Sofort ist ein Kellner zur Stelle und begrüßt uns.

»Mr Wethers, Ms Bennett. Mein Name ist Adrien und ich werde heute Abend Ihr Kellner sein. Bitte folgen Sie mir an Ihren Tisch.«

Jake nimmt wieder meine Hand, und wir folgen Adrien in einen großen Essbereich.

Vor Schreck schnappe ich hörbar nach Luft.

Der Raum ist leer. Ich meine wirklich leer. Hier ist nichts außer einem Tisch für zwei neben dem Fenster, und wenn ich Fenster sage, dann meine ich damit, dass dieser Laden rundum aus Glas besteht, sodass ich, wohin auch immer ich blicke, nichts als Paris bei Nacht sehe.

Im ganzen Restaurant sind funkelnde weiße Lichterketten aufgehängt, und im Hintergrund singt Jeff Buckley gerade »Lilac Wine«.

Ich fühle mich, als sei ich im Himmel gelandet, und bleibe bei dem Anblick wie angewurzelt stehen.

Jake bleibt ebenfalls stehen und wendet sich mir zu.

»Du hast den Eiffelturm gemietet?«, hauche ich.

»So viel Einfluss hab ich nicht, Tru – na ja, jedenfalls glaube ich das nicht.« Er schenkt mir ein unverschämtes Lächeln und fährt sich mit der Hand durchs Haar. »Ich hab bloß das Restaurant für heute Abend gemietet.« Er zuckt die Schultern, als sei das etwas ganz Alltägliches, und stellt sein Licht unter den Scheffel, wie immer.

Schwer schlägt mir das Herz in der Brust.

»Jake, das ist …« Ich ringe nach Worten. »Wie hast du das hinbekommen?«, frage ich atemlos.

»Stuart. Er kann ziemlich überzeugend sein, wenn er will. Erst recht, wenn er mein Geld zur Verfügung hat.« Liebevoll legt er mir die Hände auf die Schultern und streicht mir übers Haar. »Gefällt es dir?«

»Mhm, ein bisschen.« Ich unterdrücke ein Lächeln.

»Lilac Wine« ist zu Ende, und leise beginnt »Hallelujah«.

»Willst du dich setzen?« Jake neigt den Kopf in Richtung unseres Tischs, neben dem Adrien wartet.

Ich schüttle den Kopf. »Tanz mit mir.«

Er lächelt, und es erhellt sein ganzes Gesicht. Dann wendet er sich an Adrien. »Geben Sie uns fünf Minuten.«

»Sieben«, werfe ich ein, da ich weiß, dass der Song ziemlich genau so lange dauert.

»Sieben«, korrigiert Jake.

Adrien nickt und verschwindet durch die Tür zu seiner Rechten.

Jake nimmt meine Hand in seine, legt seinen Arm um meine Taille und zieht mich an sich. Als er beginnt, uns im Takt zu bewegen, lege ich ihm eine Hand an die Brust, und wir tanzen.

»Du wirst heute Abend so was von flachgelegt«, verspreche ich mit einem tiefen Blick in seine blauen Augen.

»Ich nehme dich beim Wort.« Da ist diese Eindringlichkeit in seinem Blick, die mich von Kopf bis Fuß erschauern lässt.

»Tu das«, flüstere ich und lehne meinen Kopf an seine Schulter.

Ich kann das Herz in seiner Brust klopfen hören, seine Wärme liebkost mich, sein einzigartiger Jake-Duft hüllt mich tröstlich ein.

Und ich weiß ohne jeden Zweifel, dass das mein bisher glücklichster Moment mit ihm ist, und ich bin mir vollkommen sicher, dass es noch so viele davon geben wird.

»*Te amo*«, murmle ich leise.

»Ich dich auch, Kleines, und das werde ich immer«, flüstert er und küsst mein Haar.

Und hier bleiben wir und tanzen sehr viel länger als unsere sieben Minuten, mit niemandem außer Jeff Buckley und den Lichtern von Paris als Gesellschaft.

KAPITEL 24

Ich schließe die Wohnungstür auf und ziehe den schweren Koffer hinter mir nach drinnen.

Simone ist bei der Arbeit, sie ist ein paar Tage früher als ich nach Hause gekommen. Bei ihrem Arbeitgeber werden die Urlaubstage etwas strenger gehandhabt als bei meinem – ich schätze, das ist das Tolle daran, eine Chefin zu haben, die außerdem eine meiner besten Freundinnen ist.

Ich konnte es einfach nicht über mich bringen, Jake zu verlassen, und er war auch nicht gerade scharf darauf, mich gehen zu lassen.

Jetzt ziehe ich mein Handy aus der Tasche und starre auf seine letzte SMS – die, die ich gekriegt habe, als ich es mir gerade in meinem Erste-Klasse-Sitz im Flugzeug gemütlich gemacht hatte:

> *Bitte, denk einfach darüber nach. Ich liebe dich so sehr. Ich will dich in meinem Leben haben, für immer. Ich will jeden Tag neben dir aufwachen.*

»Geh nicht«, flüsterte Jake und umfing mein Gesicht mit den Händen.

»Ich muss. Ich hab Arbeit in der Redaktion zu erledigen, und du musst PR für die Tournee machen … Und ich bin mir sicher, dass du ins Büro musst, um zu sehen, wie die Geschäfte im Label

laufen ... Schatz, es ist nur für eine Woche, danach sind wir wieder zusammen«, ergänzte ich und blickte ihm in die traurigen Augen.

»*Das sind einhundertachtundsechzig Stunden ohne dich.*« Jake seufzte.

»*Hast du das gerade im Kopf ausgerechnet?*«
Er nickte.
»*Klugscheißer.*«
»*Hör auf, zu versuchen, das Thema zu wechseln.*«

Ich schloss die Finger um den Stoff seines T-Shirts. »*Es ist nicht für lange, und danach sind wir wieder zusammen.*«

Dabei glaubte ich selbst nicht daran. Es wirkte wie eine Ewigkeit, ganz besonders, da er es gerade in Stunden ausgerechnet hatte.

Aber wir hatten in letzter Zeit viel zu sehr aneinandergeklebt, und ich wollte nicht, dass Jake sich mit mir langweilt. Durch den Abstand würde er mich vermissen und noch mehr begehren.

Oder sich einsam fühlen und anderweitig nach Trost suchen.

Rasch verdrängte ich diesen Gedanken, und mit ihm meine dumme Irrationalität.

Die Zeit, in der wir voneinander getrennt wären, würde uns guttun.

Bittend sah Jake mich an, liebkoste mit seinen blauen Augen meine Seele, und ich spürte, wie das meinen Entschluss ins Wanken brachte und ich langsam schwach wurde.

Nein. Sei stark, Tru. Es ist nur eine Woche.

Nein, es sind einhundertachtundsechzig Stunden ...

»*Du wirst mir fehlen, Schatz*«*, setzte ich hinzu und musste dazu all meine Kraft aufbringen.* »*So sehr. Aber wir müssen beide arbeiten.*« *Ich stellte mich auf die Zehenspitzen und küsste seine Lippen.*

»*Zieh bei mir ein.*«
Was?
»*Was?*« *Ich löste mich von ihm, sank zurück auf die Füße, die etwas wackelig in den hochhackigen Schuhen steckten, und blickte ihm forschend ins Gesicht.*

»Ich habe lang genug ohne dich gelebt, Tru, und noch mal werde ich das nicht tun. Komm, und leb mit mir zusammen in L.A. Zieh bei mir ein.«

Ich streiche über das Handy-Display und starre erneut seine SMS an.

»Jake, das ist Wahnsinn. Wir können nicht zusammenziehen.«
 »Nein, Wahnsinn ist, dass ich in einem Flughafen stehe und mich schon wieder von dir verabschiede.«
 »Das ist nicht dasselbe wie damals. Wir sind nicht mehr vierzehn. Diesmal verlieren wir uns nicht aus den Augen. Ich gehöre dir, und du gehörst mir, und das wird sich nie ändern.« Als Beweis hielt ich ihm mein Freundschaftsband hin. *»Ich gehe nur kurz arbeiten, und in einer Woche nehme ich den Flieger, dann werden wir wieder zusammen sein. Du fragst mich nur so spontan, ob ich mit dir zusammenziehen will, weil dich gerade der Abschiedsschmerz einholt.«*
 Er nahm meinen Arm und küsste das Freundschaftsband.
 »Nein, so ist es nicht. Ich will mit dir zusammenleben, weil ich dich liebe. Ich will mein Leben mit dir teilen. Sag mir nur, dass du wenigstens darüber nachdenken wirst.«
 Ich schloss kurz die Augen. »Ich werde darüber nachdenken.«
 Zärtlich legte er mir die Hände in den Nacken und küsste mich leidenschaftlich.
 »Du wirst es nicht bereuen«, murmelte er.
 »Ich hab noch nicht Ja gesagt.« Ich hob eine Augenbraue.
 »Nein. Aber ich setze meine Hoffnungen einfach auf die Tatsache, dass es dir bei mir offenbar schwerfällt, Nein zu sagen.«

Ich bugsiere meinen Koffer bis in mein Schlafzimmer, stelle ihn auf dem Boden ab und setze mich für einen Moment auf die Bettkante.
 Als ich das letzte Mal hier war, war Will bei mir. Seitdem hat sich alles so sehr verändert.

Unerwartet rinnt mir eine Träne über die Wange. Ich habe Will so sehr verletzt, und das werde ich niemals zurücknehmen oder wiedergutmachen können.

Es ist schwer, ein Glück in dem Maße zu empfinden, wie es mir mit Jake zuteilwird, wenn ich gleichzeitig weiß, dass Wills Schmerz der Preis dafür war.

Das alles auszublenden war einfacher, als ich noch mit Jake in Paris war, aber jetzt hier zu sitzen, umgeben von Erinnerungen an Will und unsere gemeinsame Zeit, lässt plötzlich alles so real erscheinen. Und es schmerzt mich, dass ich ihn so furchtbar verletzt habe.

Ich habe Will geliebt. Das tue ich noch immer. Solche Gefühle verschwinden nicht einfach über Nacht.

Ich wünschte einfach, es gäbe irgendeinen Weg, ihm zu sagen, wie sehr es mir leidtut.

Niemals würde ich eine andere Wahl treffen, als mit Jake zusammen zu sein. Ich wünschte nur, ich hätte genug Weitsicht besessen, um es richtig zu machen.

Aber gibt es jemals eine einfache Art, dem Menschen das Herz zu brechen, mit dem man eine Beziehung führt, um ihn für den eigenen Seelenverwandten zu verlassen?

Seufzend beginne ich, meinen Koffer auszupacken, und mache mich daran, die Wäsche zu waschen.

Ich hasse es, Wäsche zu machen, aber es hilft mir, meinen Kopf von traurigen Gedanken an Will und Angst einflößenden Gedanken an Jake und unser Zusammenziehen abzulenken, bis Simone von der Arbeit kommt.

Sie ist spät dran, da es in der Agentur stressig war, aber sie hat Pizza mitgebracht, und zusammen setzen wir uns zum Essen ins Wohnzimmer und trinken Wein.

Simone erzählt mir von Denny und was zwischen ihnen war, seit sie aus Paris zurückgekehrt ist.

Wie es sich anhört, wächst in ihrem Fall die Liebe definitiv mit der Entfernung.

Sie ist total hin und weg. Und ich freue mich so für sie.

Doch bei ihren Schilderungen, wie sehr Denny ihr fehlt, vermisse ich Jake nur noch mehr.

Ich bin gerade etwas mehr als einen halben Tag von Jake getrennt, und schon tut es höllisch weh. Im Moment erscheint es mir körperlich unmöglich, das eine ganze Woche durchzuhalten. Es fühlt sich an, als würde mir eine meiner Gliedmaßen fehlen.

Doch ich werde mir alle Mühe geben, es so lange wie möglich auszuhalten. Es wird uns guttun, Zeit getrennt voneinander zu verbringen.

»Also, wie war der Abschied von Jake?«, fragt Simone, greift nach ihrem Weinglas und nimmt einen Schluck.

»Schrecklich. Schwierig. Tränenreich.«

»Aber du siehst ihn doch in einer Woche wieder?«

»Ja«, bestätige ich nickend. Ich nehme einen Schluck von meinem Wein, stelle das Glas ab und hole tief Luft. »Jake hat mich gebeten, zu ihm zu ziehen.«

Simone verschluckt sich und prustet Wein über den Tisch. »Ernsthaft?«

»Ernsthaft. Er hat mich gebeten, nach L.A. zu ziehen, um mit ihm zusammenzuleben.«

»Wow«, sagt sie. »Und, machst du's?«

»Ich weiß es nicht.« Ich zucke die Achseln. »Da gibt es vieles, worüber ich nachdenken muss. Ich liebe es, mit dir hier zu leben. Ich liebe es, für das Magazin zu arbeiten. Ich liebe Vicky. Meine Familie lebt hier in England. Ich weiß es einfach nicht.«

»Liebst du ihn?«

Ich begegne ihrem Blick. »Wie noch niemanden zuvor. Ich hab ihn schon immer geliebt.«

»Da hast du deine Antwort«, erwidert sie leise.

Ich fahre mir mit den Händen durchs Haar und versuche, einen zusammenhängenden Satz zu bilden, doch mir fällt nichts ein, außer der Tatsache, dass sie recht hat.

Auf dem Couchtisch singt Adele. Ein kurzer Blick aufs Handy verrät mir, dass es Jake ist.

Den ganzen Tag über habe ich noch nichts von ihm gehört, da er zurück nach L.A. geflogen ist. Er muss wohl gerade gelandet sein.

»Ich wollte sowieso Denny anrufen.« Lächelnd erhebt sich Simone. »Sag Jake einen schönen Gruß von mir.«

»Hey, Schatz«, murmle ich, als ich rangehe.

»Komm nach L.A. Sofort. Bitte. Ich lass dich vom Privatjet abholen.«

»Ein einfaches ›Du fehlst mir, Tru‹ hätte es auch getan.« Ich kaue auf meinem Daumennagel.

»Du fehlst mir, Tru. Viel zu sehr. Also, kommst du bitte nach L.A.? Ich drehe hier durch ohne dich.«

»Es waren doch erst, wie viel, dreizehn Stunden?«

Ich werde nicht zugeben, dass auch ich ohne ihn durchdrehe.

»Zwölf. Und du vermisst mich gar nicht?« In seinem Tonfall schwingt Kränkung mit.

»Doch. Du kannst es dir überhaupt nicht vorstellen. Schlimmer als damals, als wir noch jung waren.«

»Warum machen wir das dann überhaupt?«

»Weil es gesund ist, Zeit getrennt voneinander zu verbringen.«

»Das ist doch bloß *Cosmo*-Schwachsinn. Tru … Kleines, bitte, ich vermiss dich so sehr, ich kann es nicht mal in Worte fassen. Ich ertrage es nicht, dass ich jetzt nicht bei dir bin.« Er seufzt. »Okay, es reicht.« Plötzlich klingt er entschlossen. »Ich sag den PR-Kram für die Tour ab. Wenn du nicht zu mir kommen willst, dann komme ich eben zu dir.«

»Das kannst du nicht machen!«, rufe ich. Aber ich finde es toll, dass er es in Betracht zieht.

»Ich bin der Boss. Ich kann machen, was ich will.«

»Jake, die Tour ist wichtig für dich und die Jungs.«

»Die PR können Tom und Denny machen, was bedeutet, dass ich bei meinem Mädchen sein kann, bis die Tournee wieder losgeht.«

»Du redest Schwachsinn.« Ich kichere.

»Das einzig Schwachsinnige, was ich getan habe, war, dich vorhin am Flughafen gehen zu lassen. Ich habe zwölf Jahre getrennt von dir verbracht, Tru. Das reicht. Wenn du nicht nach L.A. ziehst, dann komme ich zu dir.«

Ich fahre mit der Fingerspitze über eine Kerbe im Couchtisch. »Ich hab nie behauptet, dass ich nicht nach L.A. ziehen würde.«

In der Leitung herrscht Stille. Ich kann seinen flachen Atem hören. »Du willst zu mir ziehen?« Ein leiser, zaghafter Ton liegt in seiner Stimme.

Ich hole tief Luft. »Ja.«

»Kleines, du hast keine Ahnung, wie glücklich du mich gerade gemacht hast – oder wie glücklich ich dich machen werde.« In diesem Moment kann ich sein Lächeln praktisch spüren.

»Jake, du hast mich schon glücklich gemacht. Alles, was ich brauche, bist du. Wenn ich dich habe, bin ich das glücklichste Mädchen der Welt.«

»Wann kommst du?«

»Gib mir diese Woche, um hier alles zu regeln, und dann gehöre ich ganz dir, für immer. Ich muss nur bei der Arbeit ein paar Sachen mit Vicky besprechen. Mit Simone muss ich über die Wohnung reden – und es natürlich meiner Familie sagen.«

»Dein Dad wird mich dafür verprügeln, dass ich dich ihm wegnehme, oder?«

»Ich würde sagen, das ist ziemlich wahrscheinlich.« Ich lache.

»Wenn ich dich dafür hier bei mir haben kann, stecke ich gerne Prügel von ihm ein … Also muss ich nur diese Woche ohne dich verbringen, und danach gehörst du mir, für immer?«

»Ja.«

»Okay. Damit kann ich leben … gerade so«, ergänzt er.

Die nächsten paar Stunden verbringen wir am Telefon, schmieden Pläne und reden Unsinn wie immer, und ich liebe es.

Schließlich lege ich auf, nur sehr widerwillig, aber ich muss schlafen, denn mittlerweile spüre ich die Zeitverschiebung.

Als ich ins Bett gehe, denke ich darüber nach, dass ich meinen Job kündigen und nach L.A. ziehen werde, und auch darüber, dass ich einen Job finden muss, sobald ich dort bin. Ich werde Jake nicht auf der Tasche liegen. Ein paar Ersparnisse habe ich, die sollten mich über Wasser halten, bis ich eine Stelle gefunden habe. Ich frage mich, ob Vicky irgendwelche Kontakte zu Zeitschriften da drüben hat. Jake hat ganz sicher welche, doch es kommt nicht infrage, dass ich nur durch seinen Einfluss einen Job kriege. Ich will das allein machen.

Und beim Einschlafen denke ich an Jake und an all die großartigen Dinge, auf die wir uns gemeinsam freuen können.

Das Leben kann nicht besser werden, als es jetzt gerade ist.

Ich wache zum Klang von Adele auf. Es dauert eine Minute, bis ich mich orientiert habe.

Ich bin in meiner Wohnung. In meinem Bett.

Benommen schiele ich auf die Uhr: vier Uhr morgens.

Als ich nach meinem Handy auf dem Nachttisch greife, sehe ich, dass es Jake ist.

»Schatz, du fehlst mir auch, aber es ist vier Uhr nachts.«

»Tru.«

Sofort erkenne ich am gebrochenen Klang seiner Stimme, dass etwas nicht stimmt.

»Jake, was ist los?« Besorgt setze ich mich auf, mein Magen verkrampft sich tausendfach.

»Tru, es ist – es ist mein Dad … Er ist tot.«

Mir bleibt das Herz in der Brust stehen.

»Paul?«, frage ich, um sicherzugehen, dass er nicht seinen Stiefvater Dale meint.

»Ja.«

Soweit ich weiß, hat Jake seinen Dad nicht mehr gesehen, seit er neun war. Und ihre Geschichte ... ist kompliziert, schwierig, und gerade bin ich mir unsicher, wie er auf diese Neuigkeit reagieren wird.

Mit Trauer oder Erleichterung?

»Schatz, es tut mir so leid«, sage ich zögerlich.

»Ist schon gut. Ich meine, er ist tot, und ich hab ihn seit damals nicht mehr gesehen ... Also, du weißt schon ...«

»Ich weiß«, hauche ich. »Ich komme sofort zu dir. Ich nehme den nächsten Flug nach L.A.« Hektisch krieche ich aus dem Bett.

»Nein. Ist schon gut. Mir geht's gut. Ich muss nach England fliegen, zu seiner Beerdigung.«

»Gehst du hin?«

»Er war mein Dad, Tru.« Sein Tonfall klingt schroff.

»Ich weiß. Tut mir leid. Ich wollte nicht ...«

»Nein, mir tut es leid«, rudert er zurück. »In meinem Kopf herrscht nur gerade Chaos.« Er seufzt. »Ich brauche dich einfach, Tru.«

»Ich wünschte, ich wäre bei dir. Tut mir so leid, dass ich nicht da bin.« Ich mache mir Vorwürfe wegen dieser ganzen Geschichte mit dem Getrenntsein.

»Wann kommst du nach England?«, frage ich.

»Ich hab den Jet für einen Flug um Mitternacht gechartert. Am frühen Abend Ortszeit bin ich da.«

»Wo wird die Trauerfeier abgehalten?«

Ich habe keine Ahnung, wo Jakes Dad in den letzten siebzehn Jahren gelebt hat.

»Manchester. In zwei Tagen. Ich organisiere sie. Es gibt sonst niemanden, der es machen würde.«

»Überlass das mir. Du solltest das nicht tun müssen, Schatz.«

»Ist schon gut. Ich meine, Stuart hilft mir.«

»Ich will auch helfen.«

»Okay ... äh ... sprich mit Stuart, um zu hören, was er braucht.«

»Mach ich ... Also treffen wir uns in Manchester?«

»Nein, ich komme erst nach London. Ich muss dich sehen ... und die Beerdigung ist erst Freitag. Wäre es okay, wenn ich bei dir übernachte, in deiner Wohnung? Ich will nur ...«

»Jake, du musst gar nicht erst fragen. Ich will dich hier haben. Und die Beerdigung ... Willst du, dass ich mitkomme?«

Ich möchte nicht einfach voraussetzen, dass er mich dabeihaben möchte. Momentan will ich von gar nichts ausgehen.

»Ohne dich schaff ich das nicht.«

»Dann werde ich da sein. Du und ich, wir gehören jetzt zusammen, Jake. Und was ist mit deiner Mum? Kommt sie auch zur Beerdigung?«

»Nein.« Wieder ist sein Ton schroff.

Es ist verständlich, dass Susie nicht hingehen will, aber ich hätte gedacht, sie würde es Jake zuliebe tun.

»Okay«, erwidere ich, unsicher, was ich jetzt sagen soll.

Zwischen uns entsteht eine Pause, bevor Jake wieder spricht.

»Ich brauche dich, Tru.« Schwer hallt sein Atem durch die Leitung.

»Ich bin hier. Ich bin immer für dich da.«

»Ich weiß, es ist spät bei euch, aber würdest du mit mir am Telefon bleiben?«

»Natürlich. Also, worüber willst du reden?«

»Über dich und mich. Unsere Zukunft. Was wir gemeinsam unternehmen werden.«

»Du meinst, du willst, dass ich über das Haus spreche, das wir auf einer Malediven-Insel bauen werden und das uns ganz allein gehören wird? Wie wir dort als Selbstversorger leben werden wie ein paar Schiffbrüchige?«

»Ich liebe dich, Trudy Bennett.«

»Und ich liebe dich, Jake Wethers.«

»Also, erzählst du mir mehr über diese Insel?«

Und das tue ich. Ich bleibe mit Jake am Telefon, bis die Sonne aufgeht und es für ihn Zeit wird, seinen Flug nach London zu nehmen.

Dann dusche ich, ziehe mich an, zwinge mich, einen Bissen zum Frühstück zu essen, und mache mich mit der U-Bahn auf den Weg zur Arbeit.

Ich bin müde. Die Nacht war äußerst kurz, aber gerade könnte ich selbst dann nicht einschlafen, wenn ich es wollte. Ich mache mir zu sehr Sorgen um Jake.

Vicky lächelt mir strahlend zu, als ich an ihre offene Tür klopfe, dann sehe ich, wie sich Besorgnis über ihre Miene legt, als sie meinen Gesichtsausdruck sieht.

»Was ist los, Liebes?«, fragt sie, steht auf und kommt zu mir.

»Jakes Dad ist gestorben.« Mir zittert die Stimme, und ich weiß, dass ich jeden Moment in Tränen ausbrechen werde.

Ich bin nicht traurig, dass Paul gestorben ist – kein bisschen. Ich bin traurig, weil Jake es ist.

Ich spüre seinen Schmerz, als wäre es mein eigener, obwohl ein Ozean zwischen uns liegt.

Er leidet. Ich leide.

»Oh, du meine Güte.« Mitfühlend legt sie mir die Hände an die Oberarme und sieht mir forschend ins Gesicht. »Wie geht es Jake?«

Ich zucke die Achseln. »Er hatte seinen Dad schon lange Zeit nicht mehr gesehen. Sie hatten eine … schwierige Beziehung … Aber ehrlich gesagt glaube ich, es hat ihn ziemlich schwer getroffen.«

»Komm, setzen wir uns.« Sie führt mich zu dem kleinen Sofa in ihrem Büro.

»Tut mir wirklich leid, dass ich dir das wieder antun muss, Vicky – aber ich brauche Urlaub, um bei Jake sein zu können. Er landet heute hier, und Freitag findet in Manchester die Beerdigung statt. Natürlich werde ich von zu Hause aus arbeiten, und ich hole alles nach, was ich nicht geschafft habe, bevor ich für den Rest der Tournee in die USA fliege.«

»Ist schon gut, Tru.« Sie nimmt meine Hand und tätschelt sie. »Mit deiner Kolumne ist alles geregelt. Im Moment ist Jake das Wichtigste, und dass es ihm gut geht. Um die Biografie und den Rest können wir uns später noch Gedanken machen.«

Mir fällt ein Stein vom Herzen.

»Hab ich dir in letzter Zeit eigentlich mal gesagt, wie wundervoll du bist?« In meinen Augen sammeln sich Tränen.

»Ist eine Weile her.« Sie zwinkert mir zu.

»Nun, das bist du, und ich hab dich unglaublich lieb.« Ich schlinge die Arme um sie und drücke sie an mich.

Die Tränen laufen mir über die Wangen.

Wie soll ich nur ohne sie und Simone zurechtkommen, wenn ich nach L.A. ziehe? Und erst recht ohne meine Eltern?

Im Moment kann ich Vicky nicht einmal von dem Umzug erzählen. Bald werde ich es tun, aber das mit dem Urlaub ist für den Augenblick genug, denke ich.

»Oh, mein armes Mädchen, wein doch nicht«, tröstet sie mich, als sie mein Schniefen hört. Sie umarmt mich fester.

Gott sei Dank habe ich vorhin wasserfeste Mascara aufgetragen. Ich muss geahnt haben, dass ich heute viel weinen würde.

Ich löse mich von ihr, hole ein Taschentuch aus meiner Tasche und tupfe mir die Augen trocken.

»Entschuldige«, murmle ich.

»Das muss dir nicht leidtun. Du hattest in letzter Zeit vieles zu bewältigen, viele Veränderungen in deinem Leben. Ich würde mir Sorgen machen, wenn du nicht weinen würdest. Willst du was trinken?«, fragt sie, steht auf und geht zu ihrem Schreibtisch.

»Kaffee?«

»Ich hatte da an was Stärkeres gedacht.« Ihr Tonfall ist verschwörerisch. Aus ihrer Schreibtischschublade holt sie eine Flasche Jim Beam.

»Perfekt«, sage ich. Auf meine Lippen schleicht sich ein kleines Lächeln, als Vicky zwei Tassen aus ihrem Regal holt.

Etwas weniger als eine Stunde später verlasse ich das Büro. Die Zeit bei Vicky habe ich mit Reden und Whiskeytrinken verbracht.

Nach dem Plausch fühle ich mich etwas erleichtert, umso mehr nach dem Whiskey, und bin nun mehr als bereit dazu, Jake zu sehen.

Noch acht Stunden.

Als ich durch die Glastüren des Bürogebäudes nach draußen trete, schlägt mir kalte Luft entgegen, und die Leichtigkeit, die Jim Beam mir netterweise zur Verfügung gestellt hat, weicht leider von mir.

Ich wende mich nach rechts, in Richtung der U-Bahn-Station, um nach Hause zu fahren.

»Tru?«

Für einen Augenblick erstarre ich, dann drehe ich mich um und sehe Will, der etwa zwanzig Meter von mir entfernt steht.

Er trägt Jeans, ein schlichtes weißes T-Shirt und eine schwarze Lederjacke. Er sieht aus, als hätte er sich seit einer ganzen Weile nicht mehr rasiert, und ich sehe das Veilchen, das noch von seinem Kampf mit Jake stammt. Es ist schrecklich für mich, dass sie sich meinetwegen geprügelt haben.

Er hat sich verändert, sieht aber immer noch gut aus. Einfach Will. Der Will, den ich geliebt habe – immer noch liebe.

Seinetwegen durchfährt mich ein plötzlicher Schmerz. So intensiv, dass es mich kalt erwischt.

»Will? Was – was machst du denn hier?« Mühsam versuche ich, mich von dem Schock zu erholen, ihn hier so unvermittelt auf der Straße zu treffen.

»Entschuldige, ich wollte nur ...« Er macht einen Schritt nach vorn.

»Bist du mir gefolgt?«, frage ich.

Das klang echt eingebildet. Ich wünschte, ich könnte es zurücknehmen.

»Nein«, antwortet er leise. »Ich bin bloß bei der Arbeit vorbeigegangen, um etwas abzugeben, und hab dich ins Gebäude gehen sehen. Ich wollte nur … Ich wollte mit dir reden, also bin ich geblieben und hab auf dich gewartet.« Er steckt die Hände tief in die Taschen. »Ich hab dich angerufen … Nachrichten hinterlassen … aber du hast mich nicht zurückgerufen.«

»Tut mir leid.« Ich klemme mir die Handtasche unter den Arm. »Zu dem Zeitpunkt dachte ich einfach, es wäre keine gute Idee, mit dir zu reden. Du warst so wütend … zu Recht … und ich wollte für dich nicht alles noch schlimmer machen.«

»Wie geht's dir?« Er kommt noch einen Schritt näher.

»Gut.« Nervös streiche ich mir eine Haarsträhne hinters Ohr. »Und dir?«

»Ach, du weißt schon.« Er zuckt die Achseln und fährt sich mit der Hand durch sein herrliches blondes Haar. Es ist total zerzaust. Ziemlich untypisch für Will. Aber es steht ihm.

Unsere Blicke begegnen sich.

Er wirkt nervös und traurig. Es tut mir im Herzen weh, ihn hier so zu sehen.

Das habe ich ihm angetan.

»Hast du Zeit für einen Kaffee?«, fragt er.

»Äh …«

»Ich meine, wenn du zu beschäftigt bist, versteh ich das.«

»Ich bin nicht zu beschäftigt. Natürlich trinke ich einen Kaffee mit dir.« Ich lächle.

Auch er lächelt. Das ist schön zu sehen. Mir hat sein schönes Lächeln gefehlt.

Er hat mir gefehlt. Bis jetzt war mir bloß nicht klar, wie sehr.

»Sollen wir zu Callo's gehen?«, fragt er.

»Ja, lass uns das machen.«

Mehr oder weniger schweigend laufen wir während des fünfminütigen Fußwegs nebeneinanderher.

Als wir ankommen, hält Will mir die Tür auf. Ich betrete das Café, und sofort umfängt mich der Duft von Kaffee, genau wie Erinnerungen, so viele Erinnerungen.

Das war unser Lokal. Hier haben wir immer zusammen zu Mittag gegessen.

Es ist traurig, jetzt mit ihm hier zu sein, auf diese Art, voneinander getrennt. Ich vermute, ich hätte mir nie träumen lassen, dass es einen Tag geben würde, an dem ich nicht mehr mit Will zusammen sein würde.

Da wir früh dran sind, ist es leer im Callo's. Nur Will und ich sind hier, also setzen wir uns an einen kleinen Tisch am Fenster und bestellen zwei Latte macchiato.

»Musst du heute nicht arbeiten?«, starte ich einen sinnlosen Versuch, Small Talk zu führen, während wir auf unsere Getränke warten.

»Nein.« Er schüttelt den Kopf. »Ich hab mir ein paar Tage freigenommen, nachdem ich aus Paris zurückgekommen bin – du weißt schon.«

Ich beiße mir auf die Unterlippe. Wieder sammeln sich Tränen in meinen Augen, doch ich will nicht vor ihm weinen. Ich habe kein Recht zu weinen.

Auf dem Tisch falte ich die Hände. Dann hole ich tief Luft und sage: »Es tut mir so leid, Will. Alles. Das Leid, das ich dir zugefügt habe.«

Er sieht mir in die Augen, und alles, was ich in seinem Blick sehen kann, ist Schmerz. Und ich kann die Träne nicht zurückhalten, die mir über die Wange rinnt.

Rasch wische ich sie fort.

»Tru, an diesem Tag … als ich dich im Korridor weggestoßen hab und du gestürzt bist … Ich hab dir doch nicht wehgetan, oder?« Er klingt gequält.

Nach allem, was ich ihm angetan habe, beschäftigt es ihn ernsthaft, ob er mir wehgetan hat.

Das vergrößert meinen Kummer nur noch.

Eine weitere Träne fällt. »Nein, natürlich nicht.« Ich schüttle den Kopf.

»Ich hab die Zeitungen gesehen«, erzählt er leise. »Dich … und *Jake*.«

Ich schließe kurz die Augen.

»Bist du glücklich?«, fragt er.

»Ja … und nein. Ich bin nicht glücklich über das, was ich dir angetan habe. Es tut mir so leid, Will.« Jetzt strömen die Tränen, und es ist mir egal, wer es sieht.

Auch Wills Augen glänzen, doch er beherrscht sich.

»Ich hasse mich für das, was ich dir angetan habe.« Mit dem Handrücken wische ich mir die Tränen vom Kinn.

»Ich hasse dich nicht, Tru. Ich wollte es, aber ich kann nicht … Ich liebe dich zu sehr.«

Ich beiße mir auf die Unterlippe.

Diesen wundervollen Mann, der vor mir sitzt, hatte ich von Anfang an nicht verdient. Und jetzt verdiene ich ihn erst recht nicht.

Er holt tief Luft. »Wenn ich dir sagen würde, dass das alles nichts bedeutet, was mit Jake passiert ist – dass ich dich ungeachtet dessen immer noch will.« Er macht eine Pause und presst die Lippen aufeinander, bevor er fortfährt. »Würdest du … zu mir zurückkehren?«

In diesem Moment fühle ich mich so hin- und hergerissen. Als ich von Will fort war, ist es mir so leichtgefallen, zu vergessen, wie sehr ich ihn geliebt habe … immer noch liebe.

Ein Teil von mir will Ja sagen, ein recht großer Teil, um sein und mein eigenes Leid zu lindern.

Doch ich kann nicht.

Jake ist mein Seelenverwandter. Mein bester Freund. Und ich würde immer zu ihm zurückkehren, jederzeit.

Langsam schüttle ich den Kopf. »Ich liebe dich, Will. Sehr sogar. Aber … Jake liebe ich mehr. Er ist mein bester Freund. Es tut mir so leid.«

Aus seinem Augenwinkel läuft eine Träne, die er schnell wegwischt. »Ich weiß einfach nicht, wie ich mein Leben ohne dich leben soll, Tru. Im Moment ergibt nichts einen Sinn.«

Ich will ihn berühren. Ihn halten. Ich will es wiedergutmachen, aber ich weiß nicht, wie.

»Du hast was Besseres verdient als mich.« Angestrengt blinzle ich weitere Tränen fort. »Das hast du schon immer. Du warst schon immer zu gut für mich, Will. Du verdienst jemanden, der dir nie und nimmer wehtun würde.«

»Aber ich will dich«, erwidert er. Noch eine Träne rinnt über seine Wange. Dieses Mal wischt er sie nicht weg.

Wieder spüre ich meine Unterlippe beben, während mir die Tränen übers Gesicht laufen. »Und ein Teil von mir will dich auch, aber ich gehöre zu Jake. Das habe ich schon immer. Ich liebe dich sehr, das werde ich immer, aber … Jake liebe ich mehr.« Ich wische mir die laufende Nase am Ärmel ab.

Bei diesem Stichwort kommt der Kellner mit unseren Latte macchiatos. Ich nehme mir ein paar Servietten und trockne rasch meine Tränen.

Der Kellner besitzt genug Anstand, so zu tun, als würde er mich nicht weinen sehen.

Nachdem er gegangen ist, greift Will über den Tisch, nimmt meine Hand und drückt sie.

Wieder breche ich in Tränen aus.

Und so sitzen wir eine ganze Weile hier, sagen nichts und lassen unsere Latte macchiatos kalt werden. Wir halten uns an den Händen, beobachten, wie die Welt draußen vor den Fenstern vorüberzieht, und verbringen einfach die Zeit miteinander.

Ich weiß, es ist das letzte Mal, dass ich Will sehen werde, und im Moment will ich mich einfach so lange an ihm festhalten, wie ich kann.

Nach einer gefühlten Ewigkeit, während deren in Wahrheit nur wenig Zeit vergangen ist, wird mir widerstrebend klar, dass wir nicht den ganzen Tag über hier zusammen sitzen können. Will hat den gleichen Gedanken.

Er bezahlt unsere Getränke und lehnt mein Angebot ab, selbst zu zahlen.

Draußen vor dem Callo's bleiben wir unentschlossen stehen. Ich weiß nicht, wie ich mich von ihm verabschieden soll.

Ich bin so verwirrt. Ich will ihn nicht gehen lassen. Aber ich weiß, dass ich es tun muss.

Ich dachte, Will von Jake und mir zu erzählen sei das Schwierigste, was ich jemals tun würde, aber das war es nicht. Das hier, ihn gehen zu lassen, ist das Schwierigste, was ich jemals tun werde.

»Nimmst du die U-Bahn nach Hause?«, fragt er.

»Ja.«

»Soll ich dich zur Station begleiten?«

Ich schüttle den Kopf. »Danke, aber ich glaube, ich sollte allein gehen.«

Wir müssen uns hier verabschieden. Vor unserem Lokal.

Will blickt zum Callo's-Schild auf. »Ich glaube nicht, dass ich wieder herkommen kann«, gesteht er und seufzt.

»Ich auch nicht.«

Er senkt den Blick und begegnet meinem. Und ich kann nicht anders, als wieder zu weinen.

Ich beiße mir auf die Unterlippe und versuche, die Tränen zum Versiegen zu bringen, doch als ich ihn hier vor mir sehe, in dem Wissen, dass es das letzte Mal ist, dass ich ihm jemals begegnen werde, bricht es mir das Herz.

»Es tut mir so leid.« Meine Unterlippe zittert.

Ohne nachzudenken, schlingt Will die Arme um mich und umfängt mich in einer festen Umarmung.

Er riecht ganz und gar nach Will. Nach Wärme, Trost und Sicherheit. Nach den letzten zwei Jahren meines Lebens. Ich atme seinen Duft ein und versuche, ihn mir zu bewahren – wie die Erinnerung an ihn –, so lange ich kann.

Ich weiß, dass ich diejenige bin, die schuld ist, aber dieses Wissen macht es kein bisschen leichter.

Ich hätte nie gedacht, dass es möglich ist, zwei Männer gleichzeitig zu lieben.

Doch das tue ich. Ich liebe Will und Jake.

Nur, dass ich Jake einfach mehr liebe, und das heißt, ich muss Will gehen lassen.

»Ich werde dich immer lieben, Tru«, flüstert er mir ins Haar. Ich höre seine Stimme brechen. »Jake wird nie gut genug sein für dich. Du verdienst so viel mehr, als er dir jemals geben kann.«

Er lässt mich los und eilt davon, vergräbt die Hände im Gehen tief in den Taschen, und ich stehe hier vor dem Callo's und blicke ihm nach.

Ich sehe zu, wie mich der wichtigste Teil der letzten zwei Jahre meines Lebens verlässt, weil ich es so will.

KAPITEL 25

Ich mache mir wirklich Sorgen um Jake. In den letzten Tagen, kurz vor der Beerdigung seines Dads, ist er so distanziert gewesen, so verschlossen.

Es hat ihn so viel tiefer getroffen, als ich je geahnt hätte.

Ich habe wohl einfach geglaubt, weil er seinen Dad so lange nicht mehr gesehen hat, und wegen dem, was bei ihrer letzten Begegnung passiert ist, nun ... Nicht, dass ich angenommen hätte, er würde froh sein über den Tod des Mannes, aber mir war wohl einfach nicht klar, dass es ihn so tief treffen würde.

Es ist, als wäre er hier, aber gleichzeitig woanders. Und ich sorge mich, dass ihn eine Zeit eingeholt hat, die er unbedingt vergessen wollte.

Es ist ein heißer Augusttag hier in Manchester, und ich bin froh um das ärmellose schwarze Leinenkleid, das ich trage, und um die Klimaanlage in dem BMW X5, in dem Dave uns zu Pauls Beerdigung bringt. Vorne neben ihm sitzt Stuart, und ich sitze hinten bei Jake, der aus dem Fenster starrt, seit wir das Hotel verlassen und uns auf den Weg zum Krematorium gemacht haben. Er trägt einen schwarzen Anzug von Armani und ein blütenweißes Hemd mit schwarzer Krawatte und passenden Schuhen. Es ist komisch, Jake im Anzug zu sehen, und obwohl er absolut umwerfend und atemberaubend aussieht, will ich ihn ohne diese Kleidung und wieder in seinen Jake-Klamotten sehen. Ich will meinen Jake zurück.

Ich hoffe nur, dass die Überraschung – wenn man das an einem Tag wie diesem so bezeichnen kann – dazu beiträgt, seine Stimmung zu heben und ihn mir zurückzubringen.

Ich habe Susie angerufen, Jakes Mum. Ihre Nummer habe ich mir aus Jakes Handy besorgt, als er gestern früh duschen war.

Ursprünglich hatte sie nicht vor, zur Beerdigung zu kommen. Verständlich natürlich, nach dem, was Paul ihr und Jake angetan hat. Aber sie muss kommen, Jake zuliebe.

Ich tue alles für ihn, was ich kann, doch ich glaube, in dieser Sache ist sie der einzige Mensch, der ihm helfen kann.

Sie haben es gemeinsam überlebt, jetzt müssen sie es gemeinsam abschließen.

Es war komisch, nach all den Jahren mit ihr zu reden.

Doch nachdem wir die anfängliche Scheu überwunden hatten, war es eigentlich wirklich schön, Susie zu hören. Sie hat mir gesagt, sie ist wirklich glücklich, dass Jake und ich uns wiedergefunden haben, und umso mehr, dass wir zusammen sind. Sie meinte, sie hätte schon immer gewusst, dass wir füreinander bestimmt sind.

Als ich das gehört habe, war ich wirklich den Tränen nah.

Dann habe ich ihr den Grund meines Anrufs gebeichtet.

Sie hat den ersten Flug von New York nach Manchester genommen. Stuart hat ihr ein Zimmer in unserem Hotel reserviert, aber ihr Flug landet erst mittags, daher fährt sie direkt vom Flughafen zur Beerdigung. Dale konnte sie nicht begleiten, da er gerade geschäftlich in China ist.

Susie und ich werden unser Telefongespräch für uns behalten.

Das war meine Entscheidung.

Ich will nicht, dass Jake erfährt, dass ich sie angerufen habe. Ich will, dass er glaubt, sie sei gekommen, weil sie für ihn da sein möchte.

Was nicht heißen soll, dass sie ihrem Sohn nicht helfen will. Natürlich will sie das. Sie war nur von ihrer eigenen Wut auf Paul geblendet, was verständlich ist, und sie brauchte einen Schubs in die richtige Richtung.

Mittlerweile fährt Dave die lange Straße zum Krematorium entlang. Ich spüre, wie sich Jakes Hand fester um meine schließt.

Ich beuge mich zu ihm und lege meine Wange an seine. »Alles in Ordnung?«, flüstere ich ihm ins Ohr.

Stumm löst er sich von mir und blickt mir in die Augen. Er wirkt so verändert, wie ein verlorener kleiner Junge. Bei diesem Anblick leide ich mit ihm.

Ich bete, dass Susie bereits dort ist und uns erwartet.

Jake hebt die Hand, streicht mir das Haar hinters Ohr, küsst mich sanft auf die Lippen und murmelt: »Du bedeutest mir alles, Tru. Das weißt du, oder?«

Ich nicke und bin verwirrt, da ich nicht weiß, worauf er hinauswill.

Mit Daumen und Zeigefinger berührt er mich am Kinn. »Bitte … verlass mich nie. Ganz egal, was kommt – bitte verlass mich nie.«

Ich schlucke. Mit diesen Worten macht er mir Angst.

»Ich gehe nicht weg. Ich gehöre dir, Jake. Du besitzt mein Herz. Ich gehöre zu dir.«

Nervös und unsicher beuge ich mich vor und gebe ihm einen zarten Kuss. Er greift mir ins Haar, küsst mich härter, verzweifelt, dringt mit seiner Zunge in meinen Mund ein und erhebt Anspruch auf mich. Und das erinnert mich an die Zeit, als das zwischen uns noch eine Affäre war und er mich im Bett geküsst hat. Das erste Mal, als er mit mir über Jonny geredet hat. Die Verzweiflung und Ernsthaftigkeit, die ich damals gespürt habe, spüre ich auch jetzt, und mehr.

Es ist beinah, als versuche er, mir mit diesem Kuss etwas zu sagen. Etwas, das er mit Worten nicht beschreiben kann.

Als Dave vor dem Gebäude hält, hat Jake mich bereits aus seinem Griff entlassen, und ich sehe, dass Susie hier ist und gemeinsam mit meinen Eltern vor dem Krematorium wartet. Ich bin so erleichtert, dass mir fast ein Seufzen entweicht.

Als Jake sie entdeckt, sehe ich es in seinem Gesicht: die Überraschung, die Erleichterung. Es entgeht mir nicht, es bricht mir fast das Herz.

Als Jake aussteigt, kommt Susie zum Wagen, und ich folge ihm.

Sie sieht so anders aus, als ich sie in Erinnerung habe. Ich vermute, das ist es, was Glück und jede Menge Geld mit einem anstellen können.

»Was machst du hier?« Er klingt verwirrt, wütend … glücklich.

Susie blickt zu ihm auf und legt gegen die Sonne schützend die Hand über die Augen. »Ich dachte, du könntest mich brauchen«, erwidert sie leise. Mit der freien Hand ergreift sie die seine.

Leise entferne ich mich, lasse die beiden allein und gehe zu meinen Eltern.

»Hey, Daddy.« Ich lächle zu ihm auf, als er seinen Arm um mich legt und mir einen Kuss auf den Scheitel drückt. »Hey, Mama«, sage ich und beuge mich vor, um sie zu küssen. »Vielen Dank, dass ihr gekommen seid, ich weiß, dass es Jake viel bedeutet.«

»Wir sind nur dir und Jake zuliebe hier, Kleines«, erwidert mein Dad.

Ich drücke ihn fester. Ich habe so großes Glück, einen Dad zu haben, der so wundervoll ist wie meiner.

Kurze Zeit später kommt Jake mit Susie zu uns. Sie sieht aus, als hätte sie geweint, jedenfalls sind ihre Augen ein wenig gerötet.

»Hallo, Trudy«, begrüßt sie mich. »Es ist so wundervoll, dich wiederzusehen.« Sie breitet die Arme aus, und ich löse mich aus der Umarmung meines Vaters und lasse mich von ihr drücken.

Sie küsst mich auf die Wange und flüstert: »Danke.«

Verständnisvoll lächle ich ihr zu, als sie mich wieder loslässt. Sie nimmt Jakes Hand, und gemeinsam machen sie sich auf den Weg ins Krematorium. Zusammen mit meinen Eltern folge ich ihnen.

Da bleibt Jake stehen und zögert. Er dreht sich um, wartet auf mich und streckt mir seine freie Hand entgegen.

Ich ergreife sie, und gemeinsam gehen wir alle zur Trauerfeier.

Nach der Beerdigung nehmen wir in unserem Hotel alle gemeinsam ein frühes Abendessen ein – Jake, ich, Susie, meine Eltern, Stuart und Dave.

Beim Essen wirkt Jake etwas entspannter. Gerade unterhält er sich mit Dad über Gitarren, und er wirkt glücklicher, als ich ihn in den letzten Tagen erlebt habe.

Die Beerdigung war bedrückend und zum Glück schnell vorüber. Wir waren die Einzigen dort. Paul hatte niemanden. Keine Angehörigen, bis auf Jake. Keine richtigen Freunde. Niemanden, der sich das kleinste bisschen um ihn geschert hat.

Ich weiß, dass mich der Gedanke traurig machen müsste, doch das tut er nicht. Für das, was er Jake angetan hat, hasse ich Paul. Und ich hätte nie geglaubt, dass ich über den Tod eines Menschen froh sein könnte, doch das bin ich, denn vielleicht kann Jake ihn jetzt endlich endgültig loslassen. Vielleicht kann er seine Vergangenheit nun für immer ruhen lassen.

Nach der Beerdigung gab es keinen Leichenschmaus, und dieses Abendessen ist ganz gewiss keiner.

Es ist für Jake, um ihn aufzumuntern. Außerdem habe ich für später eine Kleinigkeit geplant, die ihm hoffentlich wieder ein Lächeln ins Gesicht zaubern wird – eines, das lange anhalten wird.

Relativ bald nach dem Abendessen verkündet Susie, die noch müde von ihrem Flug ist, dass sie früh zu Bett gehen wird, was perfekt zu dem passt, was ich mit Jake vorhabe.

Meine Eltern beschließen ebenfalls, nach Hause zu gehen, und Stuart zieht sich mit Dave an die Hotelbar zurück, um einen Drink zu nehmen.

»Willst du dich Stuart und Dave anschließen? Oder einfach nur früh ins Bett gehen?«, fragt Jake, verschränkt seine Finger mit meinen und zieht mich an seine Seite, als wir durch die Lobby gehen, nachdem wir meine Eltern aus dem Hotel begleitet haben.

»Weder noch. Heute Abend haben wir was anderes vor«, enthülle ich.

Ich bleibe stehen und wende mich ihm zu.

»Tatsächlich?« Seine Hände liegen auf meinen Hüften, und er neigt den Kopf zur Seite, während er mein Gesicht betrachtet.

»Mhm.« Ich nicke und lächle.

»Was denn?«

»Das, mein umwerfender Freund, ist eine Überraschung.« Während er noch immer rätselt, führe ich ihn an der Hand zu den Aufzügen, die uns zum Parkhaus und zu dem wartenden Auto bringen. Dort ist alles verstaut, was ich für den heutigen Abend benötige.

Da es meine Überraschung ist und Jake keine Ahnung hat, wo wir hinwollen, fahre ich … Und heute Abend fahre ich James Bonds Auto.

Aston Martins sind Jakes Lieblingsautos, daher hat er für seinen Aufenthalt hier einen gemietet. Und auf der Autobahn gebe ich richtig Gas.

Ich hatte ja keine Ahnung, dass man sich beim Autofahren so sexy fühlen kann. Aber im Moment geht es mir genau so. Ich fühle mich wie ein Model aus der Werbung oder so.

Es ist dermaßen cool. Am liebsten würde ich ständig vor Begeisterung quietschen, aber natürlich mache ich das nicht, weil es merkwürdig wäre – und außerdem ein wenig unangemessen, wenn man bedenkt, dass Jake gerade erst vor ein paar

Stunden seinen Dad beerdigt hat oder ihn hat einäschern lassen oder was auch immer.

»Du willst mir also nicht sagen, wohin wir fahren?«, erkundigt Jake sich, als ich den Wagen auf hundertvierzig beschleunige.

Ich sitze nicht oft hinter dem Steuer, und so ein tolles Auto wie dieses habe ich noch nie gehabt, also mache ich absolut das Beste draus.

»Nein, es ist eine Überraschung.«

»Ich dachte, du magst keine Überraschungen?«

Ich halte den Blick auf die dunkle Straße vor uns gerichtet und erkläre: »Ich mag es nicht, überrascht zu werden. Aber ich habe nie davon gesprochen, was ich davon halte, andere zu überraschen.«

»Touché.« Er lacht.

Eine Überraschung wird es allerdings nur für gewisse Zeit bleiben, bevor er errät, wohin wir fahren, da er ständig auf die verdammten Straßenschilder schaut. Ich hätte die Weitsicht besitzen müssen, eine Augenbinde mitzubringen.

Jake mit verbundenen Augen, vollkommen meiner Gnade ausgeliefert. Hmm, hört sich gut an. Vielleicht später.

Als ich das Schild entdecke, das auf die Ausfahrt zu dem Ort hinweist, zu dem wir wollen, werfe ich ihm einen Blick zu, um seinen Gesichtsausdruck zu sehen, und er wirkt glücklich.

Breit lächelnd dreht er sich zu mir. »Du fährst mit mir nach Lumb Falls?«

»Ja.« Ich werfe ihm einen weiteren kurzen Blick zu und muss selbst lächeln.

Jake streckt die Hand aus und legt sie auf meinen Oberschenkel. »Darf ich schmutzige Dinge mit dir anstellen, wenn wir da sind?«

»Nun, eigentlich wollte ich schmutzige Dinge mit dir anstellen.« Ich beiße mir auf die Unterlippe und blicke wieder kurz zu ihm rüber.

»Hab ich dir eigentlich schon mal gesagt, wie sehr ich dich liebe?« Fast unmerklich gleitet seine Hand etwas weiter hinauf, Stück für Stück schiebt er mit den Fingern meinen Rock hoch.

Hitze staut sich in meinem Unterleib.

»Das hast du.« Lächelnd gebe ich ihm einen Klaps auf die Hand. »Aber benimm dich, Pervy, oder das wird nichts mit schmutzigen Sachen heute Abend. Ich versuche gerade, James Bonds Auto zu fahren, wenn du nichts dagegen hast.« Ich gebe mir alle Mühe, so richtig etepetete zu klingen, um ihn zu triezen.

»Jawohl, werte Dame«, antwortet er, legt seine Hände wieder in den Schoß und erwidert mein Lächeln.

In diesem Augenblick wirkt er so befreit – das macht mich überglücklich.

Heute Abend werden wir einen Heidenspaß haben, ich weiß es einfach. Ich wusste, dass es richtig war, mit ihm herzufahren.

Ich parke den Wagen oben, in der Nähe der Wasserfälle. Nach dem Aussteigen gehe ich direkt zum Kofferraum und öffne ihn.

Vorsichtig hole ich den Picknickkorb und die Kühlbox raus, bei deren Besorgung mir Stuart vorhin geholfen hat.

Die Kühlbox reiche ich Jake, als er um den Wagen kommt und zu mir stößt.

Den Picknickkorb klemme ich mir unter den Arm, nehme die Decke, klappe den Kofferraum zu und schließe den Wagen ab.

Im Dunkeln betrete ich den Pfad zum Ufer der Wasserfälle, und Jake folgt mir und nimmt mir den Picknickkorb aus der Hand, sodass ich nur noch meine Tasche und die Decke zu tragen habe.

Ich breite sie aus, als wir unser Ziel erreichen, und hole die Laterne raus, die ich in den Picknickkorb gepackt hatte.

»Kann ich mir dein Feuerzeug borgen, Schatz?«

Jake kniet sich neben mich und reicht es mir.

Sorgfältig entzünde ich die Kerze in der Laterne und stelle sie neben der Decke ab, dann gebe ich ihm sein Feuerzeug zurück.

Er nimmt es entgegen, zieht mich an sich und küsst mich. Sanft drückt er mich auf die Decke.

Wieder mit ihm hier zu sein, während er mich so im Dunkeln küsst und um uns herum nur der Klang der rauschenden Wasserfälle ist, fühlt sich fantastisch an.

»Danke«, murmelt er.

»Wofür?« Ich wühle meine Finger in sein herrlich dichtes Haar.

»Dafür, dass du mich hergebracht hast ... Dafür, dass du so bist, wie du bist.«

»Gefällt es dir?«

»Ich liebe es. Wir sollten mindestens einmal im Jahr herkommen. Es zu unserem Ritual machen. Immerhin ist es ein ganz besonderer Ort für uns.«

»Abgemacht, einmal im Jahr.«

Er legt mir beide Hände auf die Wangen. »Genau wie jetzt, Tru, spätabends, nur du und ich, ganz allein. Kilometerweit kein anderer Mensch.«

Ich nicke zustimmend. Erneut küsst Jake mich zärtlich auf die Lippen, dann löst er sich von mir und legt sich neben mich, flach auf den Rücken.

Zufrieden blicke ich in den Nachthimmel, übersät von vereinzelten Sternen und einem hell leuchtenden Mond.

Jake seufzt leise.

Sofort weiß ich, dass seine Gedanken und seine Gefühle woanders sind, und ich glaube, ich weiß auch, wo.

Vielleicht war es doch nicht so wirkungsvoll, ihn hierher, nach Lumb Falls, mitzunehmen.

Beinahe spüre ich, wie seine Gedanken wirbeln. Ich will ihn fragen, was los ist, aber ich weiß, dass es bei ihm das Beste ist, zu warten, bis er bereit ist zu reden.

»Du hast meine Mom angerufen und sie gebeten zu kommen, nicht wahr?« Er dreht den Kopf zur Seite und sieht mich an.

Wahrheit oder Leugnen?

Leugnen.

Ich will, dass er glaubt, sie sei aus eigenem Antrieb gekommen.

»Nein.« Ich schüttle den Kopf und blinzle.

»Tru ...« Er wirft mir seinen Ich-weiß-dass-du-es-warst-Blick zu.

Seufzend beiße ich mir auf die Unterlippe. »Woher hast du es gewusst?«, gebe ich nach. »Hat deine Mum es dir gesagt?«

Er schüttelt den Kopf. »Ich kenne dich einfach.«

»Bist du böse auf mich?«, frage ich und verziehe das Gesicht.

»Nein, natürlich nicht.« Er wirkt überrascht.

»Bist du böse auf deine Mum?«

Er presst die Lippen zusammen und schüttelt den Kopf.

Nein, er ist nicht böse, nur enttäuscht, und das ist schlimmer. Sehr viel schlimmer.

»Ihr war nicht klar, wie sehr es dich getroffen hat, Jake. Sobald ich es ihr erzählt habe, hat sie aufgelegt und den nächsten Flug nach Manchester gebucht.«

Er wendet sich von mir ab und blickt hinauf in den Himmel. Ich höre ihn ausatmen.

»In jener Nacht hat er versucht, sie zu vergewaltigen.« So leise dringt seine Stimme durch die Nachtluft.

Ich drehe mich zur Seite und sehe ihn an. »Dein Dad?«

Er nickt.

»Er war betrunken und high. Er hatte gespielt und Scheiße gebaut, wie immer ... wochenlang war er weg gewesen.«

»Ich erinnere mich«, hauche ich.

»Ich war froh, wenn er nicht da war. Zu Hause fand ich es immer am besten, wenn er auf einer seiner Sauftouren war.«

»Ich weiß.« Mitfühlend lege ich ihm die Hand auf seine Brust, über seinem Herzen.

»Und an jenem Abend ist er nach Hause gekommen und wollte Geld von Mom, wie üblich. Es war schon spät, aber ich war noch wach. Wir hatten zusammen einen Film geschaut – ich erinnere mich nicht einmal, welcher es war, aber sobald sie seinen Schlüssel im Schloss hörte, hat sie mich auf mein Zimmer geschickt. Sie hat mir gesagt, ich soll mich einschließen und nicht rauskommen, ganz egal, was passiert. Ich meine – welches Kind braucht denn ein Schloss an seiner Zimmertür?« Er lacht, doch es liegt kein Humor darin.

»Ich wollte sie nicht mit ihm alleine lassen, aber ich habe gehorcht. Ich konnte sie unten streiten hören. Er wollte Geld, aber sie hatte keins, das sie ihm hätte geben können. Dann hat er sie geschlagen, wie so oft zuvor, und ich konnte es hören und wollte einfach nur, dass es aufhört, Tru. Und irgendwie wusste ich, dass es dieses Mal schlimmer war als sonst – ich weiß nicht, wieso, ich hab's einfach gewusst.« Er fährt sich mit den Händen durchs Haar.

»Dann hab ich gehört, wie meine Mom die Treppe hochlief und versuchte, vor ihm zu flüchten. Er hat gebrüllt, und draußen auf dem Flur hab ich ihre Schreie gehört, und ich konnte es einfach nicht mehr ertragen – ich musste ihr helfen. Ihn davon abhalten, ihr wehzutun. Also bin ich aus meinem Zimmer gekommen, und er hatte sie dort auf dem Boden, und … sie war voller Blut – ihr Gesicht war völlig zerschlagen, ich hab sie kaum wiedererkannt, und …« Er macht eine Pause.

Mir tut es im Herzen weh, mit anzusehen, wie er diesen Augenblick im Geiste erneut durchlebt.

Er dreht den Kopf und begegnet meinem Blick. »Ich habe die Furcht in ihren Augen gesehen, Tru. Diesen Anblick werde ich nie vergessen. Sie hatte Angst, sowohl um mich als auch um ihr eigenes Leben. Sie war entsetzt, dass ich das sehen musste – dass ich gesehen habe, was er ihr antun wollte. Ich war erst neun, aber ich wusste genug, um zu begreifen, was da vor sich ging. Dann hab ich ihn bloß noch angeschrien, dass er aufhören sollte. Ich hab versucht, ihn zu packen und von ihr runterzuziehen. Aber ich war erst neun, und er war stärker als ich. Er hat mich einfach gepackt und zur Seite geschleudert, als sei ich ein verdammtes Spielzeug ... als sei ich ihm verflucht noch mal lästig. Wir waren in der Nähe des Treppenabsatzes, und ich bin die gesamte Treppe hinuntergestürzt.«

Kurz schließe ich die Augen und spüre, wie mir eine Träne aus dem Augenwinkel rinnt und an meiner Schläfe im Haaransatz verschwindet.

»Danach erinnere ich mich nicht mehr an viel. Ich weiß nur noch, wie meine Mom um Hilfe geschrien hat. Das Nächste, woran ich mich erinnere, ist, dass dein Dad bei mir war, und ich hörte, wie die Sirenen näher kamen, und dein Dad hat nur immer wieder gesagt: ›Es tut mir so leid, Jake. Es tut mir so leid, dass ich es nicht verhindert habe.‹«

Jetzt strömen mir die Tränen nur so übers Gesicht.

»Hinterher im Krankenhaus hat man mir gesagt, dass ich mir bei meinem Sturz schwer den Kopf angeschlagen hätte. Ich hatte eine Gehirnerschütterung, mein Arm und mein Kiefer waren gebrochen, am Kinn hatte ich eine Platzwunde und musste genäht werden.« Er führt seine Hand zum Kinn und berührt die Narbe.

In diesem Augenblick wirkt er so jung, und ich wünschte, ich wüsste, wie ich das alles für ihn in Ordnung bringen könnte. Irgendwie den Schmerz für immer von ihm nehmen.

Für einen Moment bedeckt Jake mit den Händen die Augen. Ich weiß, dass er versucht, die Emotionen zurückzudrängen, welche auch immer gerade dort lauern mögen.

Ich wische mir das Gesicht trocken.

Das ist das erste Mal, dass Jake mir ausführlich erzählt hat, was in dieser Nacht geschehen ist. Ich kannte Bruchstücke, aber ich wusste nicht, dass Paul versucht hat, Susie zu vergewaltigen. Dieser Teil wurde mir von meinen Eltern aus naheliegenden Gründen verschwiegen.

Paul ist ins Gefängnis gekommen für das, was er Jake und Susie angetan hat. Er hat acht Jahre bekommen. Acht mickrige Jahre. Ich weiß, lächerlich, nicht wahr? Wirf dein Kind die Treppe runter, und bring es dabei fast um, verprügle deine Frau, und vergewaltige sie um ein Haar, und bitte sehr, wir geben dir acht Jahre im besten Gefängnis Ihrer Majestät, mit guten Chancen auf vorzeitige Haftentlassung.

»Woran ist Paul gestorben?«, frage ich leise.

In den letzten Tagen konnte ich nicht den Mut aufbringen, Jake danach zu fragen. Er war so verschlossen, und ich wollte ihn nicht bedrängen.

Woran auch immer er gestorben ist, ich hoffe, er hat gelitten, nach allem, was er Jake und Susie angetan hat.

»Es war ein Herzinfarkt«, antwortet Jake leise. »Er war schon fünf Tage tot, bevor ihn jemand gefunden hat. Es war ein Nachbar, der die Polizei alarmiert hat, nachdem man ihn eine Weile nicht gesehen hatte.«

»Hast du in all den Jahren irgendwas von ihm gehört?«

Seufzend nimmt er meine Hand, führt sie zu seinem Mund und küsst meine Fingerknöchel.

»Nach der Zeit im Gefängnis war er eine Zeit lang clean. Schon vorher hat er mir geschrieben, mich darum gebeten, ihm zu verzeihen, doch ich habe nie geantwortet. Dann sind wir mit Dale in die Staaten gezogen, und ich hab nichts mehr gehört, bis ich zwanzig war und die Band den Durchbruch hatte. Durch Stuart hat er Kontakt mit mir aufgenommen. Ich weiß nicht, wie er an seine Nummer gekommen ist, doch irgendwie hat er es geschafft. Ich habe eine Woche gebraucht, bis ich ihn zurückrufen konnte. Ich hatte all diese Dinge vorbereitet, die ich ihm sagen wollte. Ich wollte ihn fertigmachen – und weißt du, was?« Er schnaubt. »Sobald ich seine Stimme gehört habe, fühlte ich mich wieder wie ein neunjähriges Kind. In dem Moment kam ich mir so verschissen schwach vor, und ich hab's verdammt noch mal versaut.«

Ich stütze mich auf den Ellbogen, sehe ihm in die Augen und streiche ihm das Haar aus der Stirn. »Das macht dich nicht schwach, Schatz, es macht dich menschlich.«

Er schüttelt den Kopf. »Ich war schwach, Tru. Ich hab kein einziges Wort zu ihm gesagt über das, was er mir und Mom angetan hat. Und das Schlimmste war, dass er sich nicht mal bei mir gemeldet hat, weil er sich für seine Taten entschuldigen wollte, oder wenigstens, weil er mich sehen wollte – er hat angerufen, weil er Geld brauchte.«

In diesem Augenblick hasse ich Paul. Ich spüre die Wut in mir hochkochen.

»Hast du es ihm gegeben?«, frage ich und beiße mir auf die Innenseite meiner Wange.

Die Antwort kenne ich bereits, denn ich kenne Jake.

Er seufzt. »Mein Anwalt hat ihm eine Geheimhaltungsvereinbarung geschickt, in der stand, dass er niemals über mich oder meine Vergangenheit reden dürfe, oder über das, was damals passiert war. Dass er niemals gegenüber der Presse oder irgendjemandem sonst behaupten dürfe, er sei mein Dad. Und dass er gegen seine Unterschrift das Geld haben könne.«

»Hat er unterschrieben?«

Er sieht mich an. »Da war ein Scheck über zweihunderttausend Dollar beigefügt, also ja, er hat unterschrieben.«

»Du hast ihm zweihunderttausend Dollar gegeben?« Ich schnappe nach Luft.

»Für mich ist das nichts, Tru. Und wenn ich dadurch ihn und diesen Teil meines Lebens von mir fernhalten konnte, dann war es mir das allemal wert. Aber ich wusste, dass das Geld nicht langen würde. Kohle aus dem Fenster werfen konnte er schon immer. Er stand auf Drogen ... genau wie ich. Ich schätze, es stimmt, was man sagt – der Apfel fällt nicht weit vom Stamm.« Er verdreht die Augen.

Ich lege ihm die Hände an die Wangen und bringe ihn dazu, mich anzusehen. »Du bist nicht im Geringsten wie er, Jake – *nicht ansatzweise*. Und du könntest nie so sein.«

Besonders überzeugt wirkt er nicht.

»Doch, Tru. Ich weiß, dass du es nicht sehen willst – ich weiß, du willst das Gute in mir sehen, und dafür liebe ich dich. Mehr, als du je ahnen wirst … Aber ich bin wie er – sehr sogar. Natürlich würde ich dir niemals wehtun – das könnte ich nie fertigbringen.« Er berührt mein Gesicht. »Aber die Drogen und der Alkohol … und die Frauen.« Er seufzt. »Ich bin genau wie er. Auch meine Mom weiß das.«

»Hat sie das gesagt?« Entsetzt schnappe ich nach Luft.

Er schüttelt den Kopf. »Das muss sie gar nicht. Ich kann es in ihren Augen sehen, jedes Mal, wenn sie mich anschaut – die Enttäuschung, und wie sehr ich sie an ihn erinnere.«

»Nein, das glaube ich nicht. Susie liebt dich. Ja, du hattest Probleme – verständlicherweise, nach allem, was er dir angetan hat. Aber dieser Mensch bist du nicht mehr. Du hast die Kontrolle übernommen, heute bist du stärker.«

Sein Blick wird sanfter. Er streicht mir mit den Fingerknöcheln über die Wange. »Weil ich dich wieder in meinem Leben habe.«

Ich ergreife seine Hand und küsse sie.

»Hast du jemals wieder etwas von ihm gehört?«, frage ich, lege mich neben ihn und halte seine Hand.

»Kurz bevor Jonny gestorben ist. Er hatte das Geld verpulvert, wie ich erwartet hatte. Also hab ich ihm vierhundert Riesen geschickt. Ich dachte, das würde ihn mir doppelt so lange vom Hals halten. Als ich das nächste Mal von ihm gehört habe, waren es die Behörden. Ich war als sein nächster Verwandter eingetragen. Außer mir hatte er niemanden. Also war es an mir, ihn zu beerdigen.«

»Jetzt ist er jedenfalls tot, also können wir das alles in der Vergangenheit ruhen lassen, wo es hingehört, und nach vorn schauen – unser gemeinsames Leben richtig beginnen.«

»In L.A.«

»In L.A.« Ich lächle. »Willst du ein Bier?«, frage ich, setze mich auf und lasse seine Hand los.

»Ich dachte schon, du fragst nie«, zieht er mich auf, und ich spüre, wie ein kleiner Teil meines Jake zu mir zurückkehrt.

Rasch hole ich zwei Bierflaschen aus der Kühlbox, öffne sie und reiche ihm seine, als er sich aufsetzt und sich mir zuwendet.

»Auf die Lumb Falls, heiße Sommer und verschollene Bikini-Oberteile.« Ich hebe meine Flasche und stoße mit ihm an.

»Und auf noch mehr verschollene Bikini-Oberteile in der Zukunft.« Bei seinem Grinsen sehe ich den unanständigen Jake in seinen Augen aufblitzen, bevor er einen Schluck Bier nimmt.

Er stützt die Flasche auf seinen Oberschenkel und blickt einen Moment lang über seine Schulter, in die dunklen Wasserfälle.

Ich frage mich, was ihm durch den Kopf geht.

Gerade will ich fragen, als er das Wort ergreift. »Letztes Jahr bin ich wegen der Drogen beinah gestorben.« Noch immer ist sein Gesicht von mir abgewendet.

Das Herz gefriert mir in der Brust. Ich schätze, der heutige Abend ist für ihn die Gelegenheit, so einiges zu beichten.

»Fast wäre ich ertrunken, aber Stuart hat mich gerettet«, fährt er fort.

»Was? Wann? Warum?« Plötzlich bin ich auf den Knien und stelle die Flasche ab.

Jake dreht sich um und sieht mich an. Sein Blick wirkt finster und zwiegespalten. Der Anblick tut weh.

»Das war nach Japan. Ich weiß, alle Welt denkt, ich hätte den Entzug wegen der Ereignisse dort gemacht, aber das stimmt nicht. Als ich nach L.A. zurückgekehrt bin, ging es mir schlechter als je zuvor … Ich hab mich zugedröhnt – bis zum Gehtnichtmehr. Ein paar Abende nach meiner Rückkehr bin ich ausgegangen, um Party zu machen, und war absolut high. Dave hat mich nach Hause gebracht. Er musste mich aus dem Club und ins Auto tragen, in solch einem Zustand war ich. Zur Sicherheit wollte er bei mir bleiben, aber ich hab ihm gesagt, ich will allein sein – um ehrlich zu sein, hab ich ihm gesagt, er soll sich verpissen. Ich hab ihn so lange angebrüllt, bis er das Haus verlassen hat. An jenem Abend hab ich ihn wie ein Stück Dreck behandelt, ohne dass er es auch nur im Geringsten verdient hätte. Ich kann mich glücklich schätzen, dass er noch für mich arbeitet.«

Auch ich bin froh darüber, weil ich denke, dass Jake es ohne ihn schwer hätte, aber das spreche ich nicht aus.

»Stuart war weg, ich war allein. Für eine Weile lag ich ausgeknockt auf dem Sofa. Als ich aufgewacht bin, war der Rausch abgeklungen, also hab ich mir wieder Koks reingezogen, mich nach draußen an den Pool gesetzt und Tequila getrunken. In meinem benebelten Hirn hab ich schließlich beschlossen, in den Pool zu gehen.« Er seufzt. »Als Nächstes erinnere ich mich daran, wie ich Wasser erbreche und Stuart über mir ist und mich aufrecht hält.

An diesem Tag hat er mir das Leben gerettet, Tru. Er hat den Notarzt gerufen und dafür gesorgt, dass nichts davon in der Presse gelandet ist. Dafür werde ich ihm immer dankbar sein.« Er nimmt einen Schluck Bier. »Anschließend im Krankenhaus ist Stuart allerdings total durchgedreht. So hatte ich ihn noch nie erlebt.«

»Das ist doch verständlich, Schatz«, sage ich leise und versuche verzweifelt, mich zusammenzureißen. »Wenn er nicht rechtzeitig gekommen wäre … dann …« Ich kann es nicht einmal aussprechen. Kann nicht einmal den Gedanken daran ertragen, wie nah er dem Tod gekommen ist. Es jagt mir höllische Angst ein.

Mühsam schlucke ich die drohenden Tränen hinunter. »Und dann hast du den Entzug gemacht?«, frage ich.

Er nickt. »Stuart hat gedroht, zu kündigen, wenn ich mich nicht in den Griff kriege. Er sagte, er hätte schon viel zu lange dabei zugesehen, wie ich mich zugrunde richte … Es sei für uns alle schwer gewesen, Jonny zu verlieren, und er würde nicht bleiben, um auch mich sterben zu sehen.«

»Was hast du gesagt?«

»Er ist der Beste in der Branche, deshalb arbeitet er für mich, und ich konnte es mir nicht leisten, ihn zu verlieren.« Er zuckt die Achseln. »Also hab ich mich einverstanden erklärt, einen Entzug zu machen.«

Er spielt das alles herunter. Er liebt Stuart wie einen Bruder und wusste, dass er mit dem Entzug recht hatte.

»Niemand weiß, was in dieser Nacht geschehen ist, Tru. Weder meine Mom noch Tom, nicht einmal Denny. Nur du, Stuart und die Ärzte im Krankenhaus wissen es.«

In diesem Moment verachte ich Paul. Ich hasse ihn mehr, als ich es bei einem Toten je für möglich gehalten hätte.

Seinetwegen hat Jake diese Probleme.

»Du kannst mir immer vertrauen, Schatz, in allem.« Ich berühre sein Gesicht. »Ich werde nie über dich urteilen und niemals dein Vertrauen brechen, das verspreche ich dir. Aber bitte … mach das nie wieder. Versprich mir, dass du nie wieder Drogen nimmst.«

Er küsst das Freundschaftsband an meinem Handgelenk. »Ich verspreche es dir … Also, zu diesem verschollenen Bikini-Oberteil«, sagt er dann und drückt mich auf die Decke. Er legt sich auf mich und hält meine Hände über meinem Kopf fest.

Es ist ein offensichtlicher Versuch, das Thema zu wechseln, und ich lasse es ihm durchgehen. Manchmal braucht Jake Sex als Mittel, um die Dämonen aus seinem Kopf zu vertreiben. Und wenn es das ist, was er jetzt braucht, dann bin ich mehr als froh, ihm diesen Gefallen zu tun.

»Hmm?«, erwidere ich lächelnd.

»Nun, wenn ich mich recht erinnere, dann schuldest du mir eine Neuauflage unseres letzten Besuchs hier und noch ein paar andere Sachen.«

»Zufälligerweise habe ich einen Bikini dabei, Pervy Perverson.«

»Und dafür liebe ich dich, Mrs P., weil du genauso pervers bist wie ich.« Er grinst. »Jetzt schlüpf schon mit deinem heißen

Hintern in diesen Bikini, damit ich ihn dir langsam wieder ausziehen kann.«

Er rutscht von mir runter, nimmt meine Hände und hilft mir auf die Beine.

Widerwillig löse ich mich von ihm, und mit Schmetterlingen im Bauch gehe ich den Bikini aus der Tasche holen.

Als ich mich wieder umdrehe, steht ein ziemlich nackter Jake vor mir.

»Wow, das ging schnell.« Ich lache, während mein Blick hungrig über seinen heißen Körper wandert.

»Wenn es um Sex und um dich geht, Kleines, dann lösen sich meine Klamotten einfach in Luft auf.« Lächelnd zuckt er die Achseln.

Mir ist ganz heiß.

Gemächlich öffne ich den Reißverschluss meines Kleides und lasse es fallen. Während ich zusehe, wie Jake mich beobachtet, streife ich die Ballerinas ab und ziehe äußerst langsam meine Unterwäsche aus.

Gerade will ich mir den Bikini überstreifen, als Jake mit rauer Stimme bemerkt: »Andererseits, wenn ich mich recht erinnere, hast du an dem Tag kein Oberteil getragen, und du weißt, wie sehr ich Slips an dir hasse …«

Er kommt näher, nimmt mir den Bikini weg und wirft ihn zu Boden. Dann küsst er mich hart auf den Mund. Schließlich, als ich atemlos und voller Verlangen bin, unterbricht er den Kuss, nimmt mich bei der Hand und zieht mich in Richtung Wasser.

»Wir gehen rein?« Vorsichtig gehe ich barfuß über die flachen Felsen.

»Unbedingt.«

»Willst du etwa nackt baden?«

»Oh, auf jeden Fall.« Er wirft mir einen verschmitzten Blick zu.

»O nein, Jake. Auf keinen Fall. Das Wasser ist bestimmt eiskalt.« Das war ganz sicher nicht Teil meines Plans.

»Es ist eine warme Nacht«, redet er mir gut zu. »So kalt wird es schon nicht sein.«

»Doch, wird es«, beharre ich.

Jake bleibt stehen und dreht sich zu mir um. »Das letzte Mal, als wir hier waren, sind wir auch ins Wasser gegangen … Und heute Abend will ich sehen … wie du nass wirst.« Seine Stimme klingt ganz tief und heißblütig, voller Verlangen.

Um ehrlich zu sein, werde ich feucht, wenn ich ihm nur zuhöre, und es fühlt sich an, als wären in meinem Bauch geschmolzene Lavaströme und heizten mich von innen auf.

Doch das bringt mich immer noch nicht dazu, dass ich mich in diesem eiskalten Wasser zu Tode frieren will.

»So verlockend das auch klingt, werde ich um nichts in der Welt in dieses arschkalte Wasser gehen.«

Ich weiche zurück und lasse seine Hand los. »Lass uns einfach auf der schönen warmen Decke Sex haben«, schlage ich vor.

Jake neigt den Kopf zur Seite. Sein Blick ist herausfordernd, und ich weiß ganz genau, was er denkt.

»Auf keinen Fall! Wag es nicht, Jake Wethers!« Warnend richte ich den Finger auf ihn und trete einen Schritt zurück.

»Neiiiin! Aaaaahh!«, schreie ich, als er auf mich zurennt und mich packt.

Er hebt mich hoch, wirft mich über seine Schulter und trägt mich strampelnd und schreiend ins Wasser.

»Lass mich runter!«, kreische ich lachend und winde mich in seinen starken Armen.

Jake lacht. Tief und laut. Und ich liebe diesen Klang. Es ist schon viel zu lange her, dass ich ihn zuletzt habe lachen hören. Also winde ich mich weiter in seinen Armen und wappne mich, für ihn den Schock des kalten Wassers zu ertragen, um ihn zum Lachen zu bringen, um ihn glücklich zu machen.

Jake ist glücklich, also bin ich es auch.

Als er bis zu den Hüften drinsteht, lässt er mich abrupt los, sodass ich ins kalte Wasser plumpse.

»Aahhh! Ist kalt, verdammte Scheiße!«, kreische ich, als meine Haut die Kälte registriert. »Du bist so ein Arschloch!«

»Sei kein Mädchen.« Er lacht tief und kehlig.

»Ich bin ein Mädchen«, betone ich.

»Ach ja? Also mir kommst du wie eine Frau vor«, entgegnet er leise, legt mir die Hände an die Taille und zieht mich an sich.

Ich spüre, dass er bereits hart ist. Wie ist das überhaupt möglich in diesem eisigen Wasser? Ich habe keine Ahnung. Aber ich liebe die Tatsache, dass er es meinetwegen ist. Ich schlinge Arme und Beine um ihn und halte mich an ihm fest, während Jake tiefer ins Wasser watet.

Sobald wir bis zur Brust drin sind, beschließe ich, unterzutauchen. Ich löse mich von Jake, schwimme ein Stück von ihm weg, tauche unter und mache mir das Haar nass.

Jetzt, wo ich daran gewöhnt bin, ist es gar nicht so schlimm.

Als ich wieder auftauche, sehe ich Jake ganz in der Nähe Wasser treten. Durch die monderhellte Dunkelheit sieht er mich an.

Er ist so wunderschön im Schimmer des Mondes. Ein echter Star.

»Woran denkst du gerade?«, frage ich.

»An dich. Damals und heute. Wie schön du damals warst, und dass du jetzt sogar noch schöner bist. Wie sehr ich mir wünsche, dass ich dich all die Jahre über gesehen hätte, und wie verdammt glücklich ich mich schätze, dass mir eine zweite Chance gewährt wurde, dich in mein Leben zu holen ... und dass du verrückt genug bist, die Meine zu sein.«

Mir schwillt das Herz in der Brust, erfüllt von Liebe zu ihm. Ich habe nicht gewusst, dass es möglich ist, jemanden so sehr zu lieben, wie ich Jake liebe.

Ich kann mir mein Leben nicht mehr ohne ihn vorstellen, und das will ich auch gar nicht.

Er ist mein Ein und Alles.

Rasch schwimme ich zu ihm und lege ihm die Arme um den Hals. Warm umfängt er mich und hält mich fest.

»Ich werde immer die Deine sein.« Ich drücke ihm einen Kuss auf die Wange, lecke die kühlen Wassertropfen von seiner Haut und ziehe eine Spur von sanften, saugenden Küssen zu seinem Mund. »Damals, an jenem Tag, wollte ich, dass du mich unter dem Wasserfall liebst«, flüstere ich an seinen Lippen und werfe einen Blick in die entsprechende Richtung.

Und ohne ein weiteres Wort löse ich mich von ihm und schwimme dorthin.

Jake ist dicht hinter mir.

Als wir das rauschende Wasser erreichen, nimmt er mich in die Arme, küsst mich, als wäre es das erste Mal, und liebt mich hier unter dem Wasserfall, so, wie es schon die beiden Teenager vor all den Jahren tun wollten.

KAPITEL 26

»Er nimmt wieder Drogen, oder?«

Traurig blickt Stuart über den Tisch des Cafés, in dem wir uns befinden, und nickt knapp. »Ja, das denke ich auch.«

»Denkst du es, oder bist du dir sicher?«

»Ich bin mir sicher«, erwidert er ohne Zögern.

Stuart sollte es wissen. Er hat schon Erfahrung mit Jake, dem Junkie.

»Ich auch.« Seufzend rühre ich in meinem Kaffee und blicke hinab in meine Tasse.

Wir sind in Boston, seit Beginn der Amerika-Tournee sind zwei Wochen vergangen. Und Jake nimmt wieder Drogen.

In der letzten Woche ist es immer deutlicher geworden.

Bisher habe ich noch nie mit einem Suchtkranken zusammengelebt, doch die Anzeichen sind ziemlich eindeutig.

Er schläft nicht. Seine Stimmung schwankt ständig, beim kleinsten Anlass verliert er die Beherrschung. Er trinkt mehr als gewöhnlich. Ist unruhig. Die Liste ließe sich noch lange fortsetzen.

Nach Lumb Falls sind wir ins Hotel zurückgekehrt, beide glücklich, und als wir am Morgen aufgewacht sind, war alles perfekt.

Jake war wieder Jake. Gemeinsam haben wir Zeit mit seiner Mum und meinen Eltern verbracht. Wir hatten zusammen ein paar wunderschöne Tage in Manchester.

Dann hat sich eines Abends alles verändert. Ein einziges Telefonat hat alles zerstört.

Stuart hat einen Anruf bekommen, eine Vorwarnung der Presse bezüglich einer Story, die am nächsten Morgen veröffentlicht werden sollte. Die Medien hatten Wind von Pauls Tod bekommen. Dann haben sie etwas tiefer gegraben und herausgefunden, dass er im Gefängnis war – und auch, aus welchem Grund.

Es gab keine Möglichkeit, die Veröffentlichung zu verhindern, obwohl Jake und Stuart es versucht haben.

Also haben wir noch am gleichen Abend Manchester verlassen und sind nach L.A. geflogen, zu Jake nach Hause.

Mein erster Aufenthalt dort, in meinem zukünftigen Zuhause, war nicht gerade so, wie ich ihn mir vorgestellt hatte.

Jake war angespannt und gestresst. Die meiste Zeit war ich allein.

Als die Presse anfing, über die Geschichte zu berichten, habe ich ihn verloren. Er zog sich zurück, war in sich gekehrt.

Ich hatte gehofft, es würde besser werden, sobald die Tournee anfinge – sobald er eine Arbeit hätte, auf die er sich konzentrieren könnte.

Es wurde nicht besser, sondern schlimmer.

Ständig verschwindet er allein, manchmal sogar ohne Dave.

Wenn ich ihn frage, wo er gewesen ist, antwortet er nur, er sei einfach mal rausgegangen, um den Kopf frei zu kriegen.

Im Klartext ist er also draußen, um sich Stoff zu beschaffen.

Er hat sich von mir distanziert. Von allen. Wenn er etwas sagt, dann nur noch, um der Tourcrew Befehle zuzubrüllen. Die einzigen Gelegenheiten, bei denen ich ihn annähernd als den Jake erlebe, den ich kenne, sind seine Auftritte. Aber sobald er die Bühne verlässt, ist er wieder wie vorher.

Rundherum stößt er die Leute vor den Kopf, und ich habe keine Ahnung, was ich machen soll. Wie ich ihm helfen soll. Ich fühle mich komplett überfordert. Und absolut hilflos.

Hilflos gegenüber der Tatsache, dass der Mann, den ich liebe, mir vor meinen Augen langsam entgleitet.

Ich habe darüber nachgedacht, seinen Sponsor anzurufen oder sogar seinen Suchttherapeuten, aber irgendwie fühlt es sich an, als würde ich eine Grenze überschreiten, wenn ich das tue.

Ich bin einfach ratlos.

Es ist so schwer, an jemandem festzuhalten, wenn derjenige das nicht will.

Ich habe versucht, mit ihm zu reden. Er stellt sich quer. Stur weist er mich ab und behauptet, es gäbe kein Problem.

Aber es gibt zweifellos eins.

Die Story über das, was sein Dad ihm in jener Nacht angetan hat, war der letzte Nagel zu seinem Sarg.

Pauls Tod und die alten Erinnerungen und Gefühle, die deswegen hochkamen, konnte er gerade noch verarbeiten, aber dass diese Story veröffentlicht wurde, war zu viel.

Ich weiß, dass es sich für ihn anfühlt, als wäre er vor der Welt als der Schwächling bloßgestellt worden, für den er sich hält. Das hat ihn gelähmt, und die einzige Art, wie er mit diesem Gefühl umzugehen weiß, ist, es mit Drogen zu betäuben, damit er es nicht länger spüren muss.

Die Kehrseite davon, die er nicht wahrnimmt, ist, dass er gleichzeitig aufhört zu lieben.

Er hat aufgehört, mich zu lieben, und zwar auf grundlegender Ebene.

Irgendwo tief in ihm verborgen ist die Liebe noch da. Doch der Jake, der hier bei mir ist, liebt mich nicht. Nicht richtig. Und das liegt nicht daran, dass er es nicht will, sondern daran, dass er es nicht kann.

Daher ist es nun an mir, eine Möglichkeit zu finden, ihn zurückzuholen.

Ich glaube, er hat wieder mit den Drogen angefangen, als die Tournee hier in den Vereinigten Staaten begonnen hat.

Unbewusst habe ich es wohl geahnt, ich wollte es nur nicht wahrhaben.

Doch nun ist es nicht mehr zu ignorieren.

Heute Morgen war er duschen, und als er wieder aus dem Bad kam, habe ich ihn angesehen und bemerkt, dass ihm Blut aus der Nase lief.

In dem Moment wusste ich, was er da drin gemacht hat.

Er hat das Nasenbluten heruntergespielt. Hat behauptet, es läge nur daran, dass er müde und gestresst sei.

Nachdem ich die Blutung versorgt hatte, bin ich ins Badezimmer gegangen und habe nach Beweisen für seinen Drogenkonsum gesucht, aber nichts gefunden.

Er ist geschickt darin, seine Sucht zu verbergen. Jetzt muss ich also einen Weg finden, sie zu entlarven.

»Was soll ich tun?«, frage ich Stuart und lege meinen Löffel auf den Tisch.

»Konfrontier ihn damit.«

»Wird er es leugnen?«

»Auf jeden Fall.«

»Und dann?«

»Versuch es weiter. Aber Tru, er wird sich das Problem nicht eingestehen, bis er dazu bereit ist – das muss dir klar sein. Mach dich darauf gefasst, dass er zurückschlagen wird, sobald du ihn damit konfrontierst.«

Ich stütze meinen Kopf in die Hände. »Ich kann einfach nicht glauben, dass er wieder damit angefangen hat.« Ich hebe den Kopf. »Das muss schrecklich für dich sein, zu sehen, wie er sich das antut ... Er hat mir erzählt, was in L.A. passiert ist ... als du ihn gefunden hast.« Den Rest deute ich nur mit meinem Gesichtsausdruck an.

»Ich bin froh, dass er es dir erzählt hat. Das zeigt, wie sehr er dir vertraut.«

»Verlässt du ihn jetzt?«

Überrascht sieht Stuart mich an. »Nein. Wie kommst du darauf?«

Ich lege meine Hände um die Kaffeetasse. »Weil Jake erzählt hat, dass du ihm damals gesagt hast, du würdest gehen, wenn er mit den Drogen weitermacht, und ich dachte einfach, da er wieder angefangen hat … dass du vielleicht tatsächlich verschwinden würdest.«

Ich glaube nicht, dass Jake ohne Stuart klarkommen würde. Wenn ich ehrlich bin, glaube ich auch nicht, dass *ich* ohne ihn klarkommen könnte. In den letzten paar Wochen habe ich mich daran gewöhnt, auf seine Freundschaft zählen zu können.

Er schüttelt den Kopf und lächelt. »Ich würde ihn nie verlassen. Dazu gefallen mir die Vergünstigungen viel zu sehr.« Ironisch verdreht er die Augen. »Jake ist für mich wie ein Familienmitglied, ganz genau wie du, Chica.« Er drückt meine Hand. Mir steigen Tränen in die Augen. »Das war nur eine leere Drohung.«

»Aber sie hat gewirkt«, entgegne ich und tupfe mir die Augen mit einer Serviette trocken.

»Ja, aber an dem Punkt war er auch bereit dafür. Er wusste es genauso gut wie ich.«

»Ist es das, was ich tun sollte? Damit drohen, ihn zu verlassen?«

Er zuckt die Achseln. Dann lehnt er sich zurück und streicht sich das Haar aus der Stirn. »Jedes Mittel ist recht, aber Jake wird nur clean, wenn er es wirklich will … Er liebt dich wie niemanden je zuvor. Ich sehe, was euch verbindet, deshalb glaube ich, deine Drohung, ihn zu verlassen, könnte ihm einen solchen Schock versetzen, dass er die Drogen aufgibt. Ich weiß, dass es ihm alles bedeutet hat, dich wieder in seinem Leben zu haben. Vielleicht könnte ihn der Gedanke daran, dich aufs Neue zu verlieren, in die richtige Richtung stoßen.«

»Aber was, wenn …« Ich unterbreche mich, muss bei meinen eigenen Worten schlucken und senke den Blick, trommle mit den Fingernägeln auf den Tisch. »Was, wenn ich damit drohe, ihn zu verlassen, und er trotzdem nicht aufhört?«

Stuart beugt sich vor, dicht zu mir. »Nun, Süße, bevor du irgendwas unternimmst, musst du dir darüber klar werden, ob du dieses Risiko eingehen willst. Die Möglichkeit, ihn zu verlieren. Ich glaube nicht, dass du Jake jemals für immer verlieren würdest, aber kurzzeitig? Vielleicht, ja, das könnte passieren, wenn er noch nicht bereit ist, sich seinem Problem zu stellen.«

Ich will Jake nicht verlieren. Auf keinen Fall. Nicht einmal für einen Moment. Aber gleichzeitig will ich auch nicht diese Version von ihm.

»Meinen Jake habe ich bereits in dem Moment verloren, als er seine erste Line gezogen hat.« Ich seufze, blicke auf und sehe Stuart in die Augen. »Und wenn ich auch nur den Hauch einer Chance habe, ihn zurückzubekommen, dann muss ich mich dieser Version von ihm stellen und sehen, was passiert – egal, was dabei rauskommt.«

Sobald ich unsere Suite im Ritz betrete, weiß ich, dass etwas nicht stimmt. Jakes Anspannung knistert praktisch in der Luft, als ich die Tür öffne.

»Wo zum Teufel warst du?«, geht er auf mich los, noch bevor ich ganz im Zimmer bin. »Gehst du nicht mehr an dein beschissenes Handy?«

Ich seufze innerlich. Es geht wieder los.

»Ich freu mich auch, dich zu sehen«, presse ich hervor.

»Ich mach keine verdammten Witze, Tru.«

»Ich auch nicht.« Mit einem durchdringenden Blick gehe ich an ihm vorbei.

Als ich mein Handy aus der Tasche hole, sehe ich, dass ich zehn verpasste Anrufe und fünf Nachrichten auf der Mailbox habe.

»Ich war mit Stuart Kaffee trinken«, erkläre ich, stecke mein Handy wieder weg und lege sie auf den Tisch.

»Den hab ich auch angerufen, und er ist nicht rangegangen. Warum nicht?«

»Ich weiß nicht, ich kann keine Gedanken lesen. Vielleicht, weil er mit mir unterwegs war? Vielleicht, weil es sein freier Tag ist? Warum fragst du ihn nicht einfach?«

Als ich mich umdrehe, sehe ich Jake auf und ab laufen. Der Zorn steht ihm ins Gesicht geschrieben.

Ich habe keine Ahnung, was gerade mit ihm los ist, aber anscheinend müssen wir zuerst das aus der Welt schaffen, was auch immer es sein mag, bevor ich mit ihm über die Drogen reden kann.

»Schatz, was ist los?«, frage ich und gehe mit ausgestreckten Armen auf ihn zu.

Ich versuche die sanfte Taktik. Das ist im Moment die einzige Chance.

Manchmal kann Jake unvernünftig sein. Jake unter Drogen ist allerdings *immer* unvernünftig.

»Das ist los.« Er stapft davon, lässt mich stehen und geht zum Schreibtisch. Dort greift er nach einem Umschlag, marschiert zurück und drückt ihn mir in die Hand.

»Was ist das?« Verwirrt betrachte ich das Papier.

»Mach ihn verdammt noch mal auf, dann kannst du mir ebendiese Frage beantworten.«

Ratlos starre ich erst ihn, dann den Umschlag an.

Okay, was immer das auch sein mag, es hat ihn tierisch auf die Palme gebracht.

Ängstlich öffne ich den Umschlag, greife hinein und ertaste etwas, das sich wie Fotos anfühlt.

Ja, es sind Fotos.

Fotos von mir und Will im Callo's, als ich ihn zum letzten Mal gesehen habe.

Eines ist von Will und mir, wie wir uns am Tisch gegenübersitzen, auf dem nächsten hält Will meine Hand, und das letzte ist ein Foto von uns, wie wir uns vor dem Callo's umarmen.

Ich blicke zu Jake auf. »Woher hast du die?«

»Fickst du ihn?«

Ich fühle mich, als hätte er mich gerade geohrfeigt.
»Nein.«
»Das glaub ich dir nicht.«
»Glaub, was du willst, es ist die Wahrheit.« Ich lasse die Fotos mitsamt dem Umschlag auf den Couchtisch fallen. »Hast du mir nachspionieren lassen?«
»Nein. Sollte ich?«
Ich starre ihn böse an.
»Das hat die Presse geschickt«, blafft er mich an. »Sie arbeiten an einer Story, dass du eine Affäre mit ihm hast.«
Ich lache auf, weil das so lächerlich ist.
»Findest du daran irgendwas komisch?« Er mustert mich mit glasigen Augen.
Er ist high. Und er ist stocksauer.
Tja, Jake, weißt du, was? Ich auch.
»Könnte man so sagen, ja.« Ich fahre mir mit den Händen durchs Haar. »Die Presse will mir eine Affäre mit Will andichten – dem Mann, dem das wahre Unrecht geschehen ist, weil ich nämlich mit dir eine Affäre hatte. Das ist mehr als lachhaft! Das dürfen wir nicht zulassen. Wir müssen der Presse die Wahrheit sagen. Und ich muss Will anrufen und ihn warnen.«
Ich hole mein Handy aus der Tasche, bereit für den Anruf, doch Jake macht einen Satz nach vorn und reißt es mir aus der Hand.
»Erst vögelst du mit ihm rum, und jetzt willst du ihn auch noch vor meinen Augen anrufen!«, brüllt er.
»Jake, ich betrüge dich nicht mit Will. Abgesehen davon, dass ich dir das nie antun würde, wann genau hätte ich das denn machen sollen? Ich bin die ganze Zeit bei dir. Außerdem bin ich hier in den USA, und Will ist in England. Ernsthaft, denk doch bitte mal nach – und gib mir mein Handy zurück.« Ich strecke ihm die Hand hin.
»Du rufst ihn nicht an, Tru.«
»Gib … Mir … Mein … Handy … Zurück.«

»Nein!«, brüllt er und schleudert mein Telefon durchs Zimmer, und alles, was ich tun kann, ist, dabei zuzusehen, wie es gegen die Wand prallt und in seine Einzelteile zerspringt.

»Bist du verrückt geworden?«, schreie ich und greife mir an den Kopf. »Mein Gott, Jake! Wer ist diese Version von dir? Ich hab das Gefühl, ich kenne dich überhaupt nicht mehr!«

Ich marschiere hinüber zu meinem kaputten Handy und gehe in die Hocke. Ratlos hebe ich die Bruchstücke auf und halte sie aneinander, als könnte ich es irgendwie wieder zusammensetzen.

Für ein paar Sekunden verharre ich so und atme mehrmals tief durch, bevor ich wieder etwas sage.

»Welches Problem du auch mit Will hast«, stelle ich ruhig fest, richte mich auf und lege die Überreste meines zerstörten Telefons auf den Tisch. Arme Adele. »Er hat nichts Falsches getan, und es ist nur fair, ihn zu warnen, wenn er in der Presse in den Dreck gezogen werden soll. Er muss an seine Karriere denken. Sicher kannst du das verstehen.«

Für einen langen Moment starrt Jake mich an, schwer hebt und senkt sich seine Brust. »Ich setze meine Anwälte darauf an, die Geschichte im Keim zu ersticken.«

»Kannst du das?« Große Erleichterung breitet sich in mir aus. Ich will nicht, dass Will noch mehr verletzt wird, als er es ohnehin schon ist, und wenn Jake das verhindern kann, umso besser.

»Ich kann alles, was ich will.«

Ich hasse es, wenn er so arrogant ist.

Ich liebe den sexy arroganten Jake. Nicht den Ich-bin-der-Herrscher-der-Welt-und-nehme-Drogen arroganten Jake.

»Warum dann das ganze ... Warte mal – war das etwa ein verdammter Test? Die Story ist längst begraben, oder?« Ich balle die Hände zu Fäusten.

Er erwidert nichts, starrt einfach nur zurück.

»Warum konntest du nicht einfach vernünftig mit mir darüber reden, statt so ein Theater zu machen?«

Wieder steigt ihm die Wutröte ins Gesicht. »Was zum Teufel glaubst du, wie ich mich gefühlt hab, als ich diese Fotos gesehen hab, Tru?« Er deutet darauf. »Und dann stellst du dich auch noch auf seine Seite, genau wie ich's mir gedacht hab!«

»Auf seine Seite? Wir sind hier nicht in der Schule!« Ich halte inne, sammle mich und erkenne, dass uns Rumgebrülle nicht weiterbringt.

»Jake, ich stelle mich nicht auf Wills Seite«, beharre ich in ruhigerem Ton. »Ich weiß, dass es ein Schock für dich gewesen sein muss, mit diesen Fotos so konfrontiert zu werden. Aber bitte, versuch doch, vernünftig zu sein. Sie sind nicht das, wofür du sie gehalten hast. Und ich verstehe das Problem, das du mit Will hast, wirklich. Aber du musst das jetzt ruhen lassen und mir vertrauen. Er ist hier derjenige, dem Unrecht getan wurde, nicht wir.«

Ich gehe einen Schritt auf ihn zu. »Ich bin mit dir zusammen. Das werde ich immer sein. Ich bin niemand, der fremdgeht, so ironisch das auch klingt. Will habe ich das nur angetan, weil *du* es warst, Jake. Wegen meiner Gefühle für dich. Weil ich immer so für dich empfunden habe. Ich liebe dich schon mein ganzes Leben lang. Das muss dir doch klar sein. Ja, ich bin verdammt schlecht mit der Situation umgegangen, aber ich verspreche dir, dass ich dich niemals so verletzen werde, wie ich Will verletzt habe.«

Forschend sieht er mir ins Gesicht. »Ich muss einfach nur wissen, ob irgendwas zwischen euch passiert ist, als ihr euch gesehen habt.«

Führe ich hier eigentlich Selbstgespräche?

»Nein.« Ich versuche, ruhig zu bleiben, ich gebe mir wirklich alle Mühe, aber gerade fällt es mir ausgesprochen schwer.

»Allein die Vorstellung von dir und ihm.« Mit gequälter Miene fährt er sich mit der Hand durchs Haar. »Wann wolltest du mir sagen, dass du wieder mit ihm schläfst? Wolltest du's mir überhaupt jemals sagen?«

Offenbar führe ich wirklich Selbstgespräche.

»Aaahh! Wollte ich nicht!«, schreie ich, als mir schließlich der Geduldsfaden reißt. »Weil es nichts zu sagen gibt! Ich hab Will an dem Tag gesehen, an dem du nach London geflogen bist, nachdem dein Dad gestorben war. An dem Morgen bin ich zur Arbeit gegangen, um vor deiner Ankunft mit Vicky zu reden. Als ich das Gebäude verlassen habe, bin ich draußen Will über den Weg gelaufen. Er hatte gesehen, wie ich zur Arbeit gegangen bin, und darauf gewartet, dass ich rauskomme. Er wollte nur mit mir reden. Ich dachte, das sei das Mindeste, was ich ihm schuldig war, nach dem, was ich ihm angetan habe. Wir sind auf einen Kaffee ins Callo's gegangen. Wir haben uns unterhalten. Ich habe geweint. Er hat meine Hand gehalten, weil ich traurig war, dass ich ihn verletzt habe. Das war nett von ihm, nach allem, was ich angerichtet hatte. Wir haben das Callo's wieder verlassen. Draußen hat er mich zum Abschied umarmt. Und dann sind wir getrennte Wege gegangen, und seitdem hab ich ihn nicht mehr gesehen und nichts von ihm gehört.«

Jake starrt mich an, doch es ist, als würde er durch mich hindurchsehen. Seine Pupillen sind geweitet, und ich frage mich, ob er auch nur ein einziges Wort von dem, was ich gesagt habe, mitbekommen hat.

»Warum hast du mir nicht einfach gesagt, dass du ihn an dem Tag gesehen hast?« Seine Stimme klingt etwas ruhiger.

Ich seufze fast vor Erleichterung, dass meine Worte endlich ihre Wirkung entfalten und diese Unterhaltung anscheinend bald überstanden ist. Der Nachteil dabei ist, dass ich als Nächstes das Thema seines deutlich sichtbaren Drogenkonsums anschneiden muss.

»Weil dein Dad gerade gestorben war und ich wusste, dass es dich aufwühlen und stressen würde. Wenn es um Will geht, kannst du nicht klar denken, Schatz. Ich wollte es dir sagen, sobald die Dinge etwas zur Ruhe gekommen sind, aber dann ist die Story über deinen Dad rausgekommen … Über das, was in jener Nacht passiert ist. Und seitdem war einfach nie der richtige Zeitpunkt.«

Weil du wieder Drogen nimmst.

Sein Gesicht verfinstert sich. »Also dachtest du einfach, du lügst mich weiter an?«

Und schon geht es wieder los. Es ist ein Auf und Ab wie bei einem verdammten Jo-Jo mit ihm, und ich habe wirklich die Schnauze voll von diesem Scheiß.

»Willst du mich verdammt noch mal verarschen? Wag es nicht, Jake, wag es bloß nicht!« Wütend richte ich einen Finger auf ihn.

»Was? Ich hab dich nie belogen.«

»Ach, nein? Entschuldigung, wann genau hast du mir gesagt, dass du wieder Drogen nimmst?«

Ungerührt erwidert er meinen Blick. »Ich nehme keine.« Er runzelt die Stirn. Dann reibt er sich die Nase.

»Natürlich nicht. Also, nur damit ich es richtig verstehe.« Ich presse mir die Fingerspitzen an die Schläfen. »Es ist nicht in Ordnung, wenn ich etwas verschweige – wie zum Beispiel, dass ich mit Will einen Kaffee getrunken habe –, um zu einem schlimmen Zeitpunkt in deinem Leben deine Gefühle zu schonen. Völlig in Ordnung ist es dagegen, wenn du deine Versprechen brichst und mich bezüglich deines Drogenkonsums anlügst. Gut zu wissen, wie es zwischen uns läuft, Jake«, ergänze ich sarkastisch.

»Ich nehme keine Drogen.« Erneut runzelt er die Stirn, und zwischen seinen Brauen bildet sich eine kleine Falte.

Ich lehne mich an den Tisch und verschränke die Arme vor der Brust. »Bitte beleidige mich nicht. Ich weiß es.«

»Du weißt gar nichts, weil ich nichts nehme.«

»Lüg mich nicht an!«, drohe ich, straffe die Schultern und starre ihn nieder. »Ich will wissen, wann es angefangen hat und was genau du nimmst.«

»Ich nehme ni…«

»Lüg mich verdammt noch mal nicht an!«, schreie ich. »Ich bin nicht blöd!«

»Ja, und ich bin auch nicht blöd, wenn es darum geht, was sich hinter meinem Rücken zwischen dir und Will abgespielt hat.«

Ich lache. Über diese Dreistigkeit muss ich tatsächlich lachen. »Versuch jetzt nicht, vom Thema abzulenken, das wird nicht funktionieren. Sag mir, was du nimmst. Wenn nicht, gehe ich durch diese Tür und komme nie wieder.« Ich achte darauf, meiner Stimme einen festen Klang zu verleihen, um ihm zu zeigen, dass ich es ernst meine.

Leise seufzt er auf. Er weicht zurück, lehnt sich an die Wand und fährt sich mit den Händen durchs Haar.

»Nur ein bisschen Koks«, antwortet er ruhig und zuckt die Achseln.

Auch wenn ich es wusste, tut es trotzdem weh, es zu hören. Und ich spüre, wie mein Herz einen Riss bekommt.

»Oh, nein, Jake.« Verzweifelt schüttle ich den Kopf. »Was hast du dir dabei gedacht?«

»Ich hab's unter Kontrolle.«

»Dafür, dass du so ein intelligenter, erfolgreicher Mann bist, bist du manchmal ein ziemlicher Vollidiot!«

»Tru …«

»Nein, Jake, ernsthaft, das geht nicht. Wo ist es?« Mein Blick schweift suchend durch den Raum.

»Was?«

»Das Kokain, Jake! Wo ist es?«

»Hier ist nichts.«

»Lüg mich nicht an!«

Ich laufe durchs Zimmer, werfe Kissen beiseite, ziehe Schubladen auf und durchwühle alles wie eine Besessene.

Wo würde ein Abhängiger seine Drogen verstecken? Denk nach, Tru, denk nach.

Mir fällt wieder ein, dass er heute Morgen im Bad war, und das passt zu etwas, das ich mal in einem Film gesehen habe.

Ich eile ins Schlafzimmer und marschiere direkt ins angeschlossene Bad. Jake ist mir dicht auf den Fersen, und daran merke ich, dass ich auf der richtigen Spur bin.

Bevor er mich aufhalten kann, öffne ich den Deckel des Spülkastens. Und da liegt sie, auf einem Rohr.

Eine kleine Tüte mit weißem Pulver.

Kokain, nehme ich an.

Ich hebe sie auf, halte sie zwischen zwei Fingern und wende mich ihm zu.

Sein Gesicht ist kreidebleich.

Vor Wut und Angst bebe ich am ganzen Leib. Größtenteils Angst.

Demonstrativ halte ich das Kokain in die Höhe. »Seit wann?«

Er blickt zu Boden, von mir weg.

»Seit wann nimmst du das wieder? Hast du überhaupt jemals aufgehört? Hast du diesen Scheiß schon die ganze Zeit über genommen, seit wir uns wieder begegnet sind?«

Sein Blick begegnet meinem. »Nein. Als ich erzählt hab, dass ich clean bin, hab ich die Wahrheit gesagt.«

»Also seit wann?«

»Das erste Mal hab ich in Chicago was genommen.«

Ich schnappe nach Luft. »Beim ersten Konzert der Tournee?« In meinen Ohren klingen meine Worte blechern und leise.

Obwohl ich es vermutet hatte, ist es trotzdem hart, es zu hören.

»Warum?« Meine Stimme zittert. Tränen brennen mir in der Kehle.

Er schüttelt den Kopf. »Ich war einfach nervös und ... Ich hab was gebraucht, das mich beruhigt, damit ich das Konzert durchstehe. Das ist keine große Sache, Tru.«

»Keine große Sache? Ist das verdammt noch mal dein Ernst?«

»Ich bin nicht süchtig.« Er schüttelt den Kopf.

»Wie oft hast du seit Chicago gekokst?«

Unbehaglich verlagert er sein Gewicht. Ohne mich anzusehen, murmelt er: »Einmal – höchstens zweimal.«

Er lügt. Furcht legt sich über mich wie ein Spinnennetz. »Wie oft?«

Seufzend lehnt er sich an die gekachelte Wand. »Ist das wichtig?«

»Also gehe ich davon aus, dass du es jeden Tag getan hast.«

Er widerspricht nicht, und da habe ich meine Antwort. Und mir gefriert das Blut in den Adern.

Die letzten zwei Wochen über war er durchgängig high. Wenn wir gemeinsam zu Abend gegessen haben. Ferngesehen haben. Jedes Mal, wenn er mich geküsst hat. Mich geliebt hat. Jedes Mal hatte er diesen Mist im Körper.

Das verleiht allem im Nachhinein einen bitteren Beigeschmack.

Ich fühle mich belogen und betrogen und bin so unglaublich wütend, und plötzlich bricht alles aus mir heraus.

»Ich glaub's nicht, Jake! Du hast mir versprochen, du würdest nie wieder mit diesem Scheiß anfangen! Damals bei den Lumb Falls hast du es versprochen!«

»Die Dinge ändern sich nun mal.« Seine Stimme ist tief und kalt, und er klingt nicht wie der Jake, den ich kenne.

Der Jake, den ich liebe.

Tränen quellen mir aus den Augen. Plötzlich fühle ich mich verloren und hilflos und lasse die Hand sinken, die noch immer die kleine Tüte Kokain festhält.

Ich sehe, wie Jakes Blick daran klebt, als hinge sein Leben davon ab.

Enttäuschung und ein roher Schmerz durchströmen mich, und ich habe Angst, dass es mich entzweireißt.

In diesen Minuten verliere ich den Mann, den ich liebe, an diesen Dreck in meinen Händen, und ich habe keine Ahnung, wie ich es verhindern soll.

»Hör mal, es ist keine große Sache«, wiederholt er. Seine Stimme hat sich wieder verändert. Nun ist sie so sanft wie sein Gesichtsausdruck. »Ich nehme nur ein bisschen, um den Tag durchzustehen, das ist alles. Nichts, worüber du dir Sorgen machen müsstest, Kleines.«

»Du solltest diesen Scheiß überhaupt nicht brauchen, um den Tag durchzustehen«, flüstere ich, und bei diesen Worten bricht meine Stimme. »Es ist nicht richtig, Jake. Das weißt du. Du hast es schon mal erlebt.«

»Ich bin nicht süchtig. Dieses Mal habe ich es unter Kontrolle.«

»Und das ist genau das, was ein Suchtkranker sagen würde.« Ich beiße mir auf die Innenseite meiner Wange, damit ich nicht in Tränen ausbreche. »Genau wie der Suchtkranke, der vor den Augen Tausender Menschen auf die Bühne gepinkelt hat … Wie der Suchtkranke, der fast ertrunken wäre.«

Er verengt die Augen und beißt die Zähne aufeinander. Ich sehe seinen Kiefer mahlen.

Ich weiß, dass er versucht, seine Wut zu unterdrücken. Für den Moment.

»Das war was anderes.« Sein Ton ist gemessen, ruhig. »Damals hatte ich keine Kontrolle darüber. Jetzt schon. Außerdem hatte ich dich damals nicht, Kleines.« Er versucht, näher zu kommen, doch ich hebe die Hand und halte ihn auf.

»Jetzt hast du mich und nimmst diesen Scheiß trotzdem. Das ergibt keinen Sinn, Jake. Das ist kein glaubwürdiges Argument, was du da bringst. Ich denke nicht, dass es anders ist als letztes Mal. Ich glaube, wenn du so weitermachst, wirst du wieder genau da enden, wo du letztes Mal aufgehört hast: mit dem Gesicht nach unten in einem gottverdammten Swimmingpool treibend!«

Sein Blick durchbohrt mich praktisch. Ich weiß, dass das harsch war, aber ich muss ihn schockieren, damit er zur Vernunft kommt.

»Ich weiß, dass du gerade eine harte Zeit durchmachst. Ich weiß, dass du zu kämpfen hast, seit dein Dad gestorben und die Story über jene Nacht rausgekommen ist – über das, was er dir angetan hat. Und ich weiß, dass du wegen der Tournee unter Druck stehst und …«

»*Ach ja?*«, brüllt er mich an. Das Ausmaß seiner Wut jagt mir einen kalter Schauer über den Rücken. »Denn ehrlich gesagt glaube ich nicht, dass du auch nur die geringste verfluchte Ahnung hast! Was machst du denn, Tru? Du schreibst eine dämliche kleine Kolumne für eine beschissene Zeitschrift! Und ich? Ich bin Geschäftsführer eines verdammten Musiklabels und einer Band, muss mich um alles kümmern, während ich gleichzeitig auf Tournee bin. Also weißt du, was? Ich glaube, du hast keine verschissene Ahnung von dem Druck, unter dem ich stehe!«

Plötzlich fühle ich mich leer. Ich weiß, dass nicht er es ist, der da spricht, aber deshalb tut es nicht weniger weh.

»Danke, Jake. Gut zu wissen, was du von mir hältst.«

Ich drängle mich an ihm vorbei und gehe zurück ins Wohnzimmer.

Er folgt mir.

Abrupt bleibe ich stehen und fahre herum. Jetzt muss ich alles auf eine Karte setzen.

»Ich weiß, dass du Probleme hast, das ist offensichtlich, und ich weiß, dass du gerade unter Druck stehst, aber deinen Drogenkonsum kann ich nicht hinnehmen.« Ein letztes Mal halte ich die Tüte mit dem Scheiß hoch. »Entweder das oder ich.«

»Was?« Seine Augen weiten sich ungläubig.

»Du hast richtig gehört. Entweder machst du wieder einen Entzug und wirst clean, oder ich bin weg. Ich werde nicht dabei zusehen, wie du dir aufs Neue dein Leben versaust.« Unter dem Gewicht meiner Worte bebt mein ganzer Leib.

Aus seiner Miene weicht jegliche Emotion, und er atmet tief durch die Nase ein. »Aufs Neue? Entschuldige, warst du etwa letztes Mal dabei?«

Für eine Sekunde schließe ich fest die Augen und hole selbst tief Luft. Dann öffne ich sie wieder. »Nein. Und warum nicht, Jake?« Gnadenlos starre ich ihn an. »Entweder das oder ich«, wiederhole ich und halte die Tüte höher.

Er beißt die Zähne aufeinander, kurz geht sein Blick ins Leere, dann fixiert er mich mit neuer Entschlossenheit. »Ich akzeptiere kein Ultimatum.«

Hart schlägt der Schmerz in meiner Brust ein. Er hat seine Entscheidung getroffen. Er steckt schon viel tiefer drin, als mir bewusst war.

Ich blinzle, und eine Träne entwischt mir aus dem Augenwinkel. Ich wische sie mit dem Ärmel weg. Die Tüte werfe ich ihm zu.

Sie prallt gegen seine Brust und fällt zu Boden.

»Hab ein wundervolles Leben mit deinen Drogen, Jake.«

Ich drehe mich auf dem Absatz um, spüre weitere Tränen drohen und mache mich auf den Weg zur Tür.

Jake packt mich von hinten und zieht mich an sich. »Tru, nein, ich will nicht, dass du gehst.«

»Du kannst nicht beides haben!«, schreie ich ihm ins Gesicht.

»Hör auf, dich wie ein Kind aufzuführen!« Unvermittelt schwingt kalter Zorn in seinem Tonfall mit, und er bringt sein Gesicht ganz dicht an meins, während seine Finger meinen Arm so fest umschließen, dass es fast wehtut.

»Ich? Ich bin hier nicht diejenige, die sich wie ein Kind aufführt!«, protestiere ich. »Ich glaube, du solltest mal ausgiebig in den Spiegel schauen!«

Seine Miene verzerrt sich, und für einen Moment erkenne ich ihn nicht wieder.

Abrupt lässt er mich los, schubst mich weg. »Fick dich. Ich kann verdammt noch mal machen, was ich will, und wenn ich mir den ganzen Tag Koks durch die Nase ziehen will, dann mach ich das auch – weil es *mein* Leben ist. Ich bin gut zurechtgekommen, bevor du wieder aufgetaucht bist und dich mit deinem Gutmenschengetue eingemischt hast. Ich hab dich damals nicht gebraucht, und jetzt brauche ich dich erst recht nicht.«

Ich atme scharf ein. Bei seinen Worten friere ich bis ins Mark.

Und in diesem Moment will ich ihm einfach nur wehtun, genauso, wie er mir wehtut.

»Weißt du, was, Jake? Du hattest recht. Du bist ganz genau wie dein Dad.«

Er sieht aus, als hätte ich ihm einen Schlag mit dem Vorschlaghammer verpasst.

Schnell wird sein Ausdruck wieder gleichgültig, und seine Augen fixieren mich. »Wenn das so ist – du weißt, wo die Tür ist.« Seine Stimme ist kalt, emotionslos und auf furchterregende Weise ruhig.

Das ist sein Ultimatum.

Und ich bin so verletzt und wütend, dass ich nicht klar denken kann.

»Genau so ist es. Ich kann so nicht weitermachen. Ich bin fertig mit dir.« Ich recke das Kinn, drehe mich auf dem Absatz um, nehme meine Tasche und knalle die Tür der Suite hinter mir zu.

KAPITEL 27

Es zerreißt mich innerlich, tief drinnen in meiner Brust. Ich bin verwirrt. Meine Gedanken sind das reinste Chaos.

Und alles, was ich sehe, jedes Mal, wenn ich die Augen schließe, ist Jakes Gesichtsausdruck, als ich zu ihm gesagt habe, er sei genau wie sein Dad.

Ich habe es nicht so gemeint.

Natürlich nicht. Im selben Moment, als ich die Worte ausgesprochen hatte, habe ich sie auch schon bereut. Aber mein Stolz hat mir nicht erlaubt, sie zurückzunehmen.

Jake könnte nie wie Paul sein. Er ist warmherzig und liebevoll, sanft und so überaus gütig.

Im Augenblick ist er einfach nur verloren und braucht Hilfe.

Aber ich bin mir nicht sicher, wie ich ihm helfen soll oder ob ich überhaupt diejenige bin, die das kann.

Trotzdem bin ich gegangen und habe ihn zu dem Zeitpunkt verlassen, an dem er mich am meisten braucht. Was für ein Mensch tut so was?

Ich weiß, er hat ein paar beschissene Sachen gesagt, aber ich doch auch.

Wenn ich ehrlich bin, hat mein Verhalten in letzter Zeit so einige Zweifel an mir selbst und meinen Moralvorstellungen geweckt.

Vor nicht allzu langer Zeit habe ich zu Jake gesagt, ich würde ihn nie verlassen, ganz egal, was passiert.

Gestern Abend habe ich genau das getan. Ich habe ihm gegenüber mein Versprechen gebrochen.

Erst mache ich ihm wegen seines gebrochenen Versprechens Vorwürfe, und dann tue ich genau das Gleiche.

Ich drehe mich zur Seite und blicke zum hundertsten Mal innerhalb einer Stunde auf die Uhr.

Es ist halb sechs am Morgen, und ich liege in einem kalten, leeren Bett in einem Best Western Hotel hier in Boston.

Die ganze Nacht über konnte ich nicht schlafen. Ich habe bloß hier im Dunkeln gewartet, bis es hell wurde. Immer wieder ist mir alles durch den Kopf gegangen, während ich versucht habe, herauszufinden, was ich machen soll.

Nachdem ich das Ritz verlassen hatte, bin ich stundenlang durch die Stadt gelaufen.

Da ich wusste, dass ich nicht in unser Hotel zurückkehren konnte, keine Ahnung hatte, wohin ich sonst gehen sollte, und kein Handy dabeihatte, um jemanden anzurufen, habe ich ins erste Hotel in meiner Preisklasse eingecheckt, auf das ich gestoßen bin.

Im Zimmer habe ich als Erstes geduscht und mir mit dem Hotelshampoo die Haare gewaschen. Mit dem bereitgestellten Föhn habe ich es getrocknet. Das Ding war klein, hat nach versengten Haaren gerochen, und es hat ewig gedauert, aber ich habe es getan, weil ich etwas brauchte, worauf ich mich konzentrieren konnte. Etwas, das mich beschäftigt.

Danach habe ich stundenlang hirnloses Zeug im Fernsehen geschaut, bis ich es nicht länger ertragen konnte.

Und jetzt, die letzten paar Stunden über, hatte ich nichts, um mich abzulenken, also war ich gezwungen, über meinen Streit mit Jake nachzudenken.

Was soll ich tun?

Gestern Abend war ich so wütend auf ihn. Wütend, weil er zugelassen hat, dass es noch einmal so weit kommt. Wütend, weil er mich bezüglich seines Drogenkonsums angelogen und es mir verschwiegen hat.

Aber ich bin nicht länger wütend. Nun bin ich besorgt und habe große Angst. Um ihn. Um uns.

Sofern es noch immer ein »Uns« gibt.

Ich weiß einfach nicht, was ich tun soll und was für ihn das Beste wäre.

Ich wünschte, ich könnte mit meinem Dad darüber reden und mir Rat von ihm holen. Aber ich will nicht, dass er erfährt, in welchem Zustand Jake ist. Und Gott, wenn ich es meiner Mum sagen würde, wäre sie mit dem nächsten Flieger hier und würde mich gegen meinen Willen nach Hause zerren, da bin ich mir sicher.

Stuart kann ich auch nicht anrufen, ich habe seine Nummer nicht. Sie war auf meinem Handy gespeichert – dem Handy, das Jake bei seinem kleinen Wutanfall zerschmettert hat.

Und auf keinen Fall will ich Simone anrufen und sie mit alldem belasten. Nicht, wo sie gerade mit Denny im siebten Himmel schwebt. Außerdem will ich sie nicht in die Lage bringen, dass sie Denny wegen Jakes Drogenkonsum anlügen muss, wenn er es nicht ohnehin schon weiß.

In dieser Sache bin ich auf mich gestellt und werde das Problem allein lösen müssen.

Jedenfalls weiß ich, dass ich nicht ewig hier bleiben und mich vor Jake und seinem – unserem – Problem verstecken kann.

All meine Sachen sind im Ritz, und im Moment trage ich noch immer die Klamotten und den Slip von gestern. Vor allem brauche ich saubere Unterwäsche.

Ich weiß, dass ich zurückmuss, nur … mein Stolz stellt sich gerade auf die hübschen kleinen Hinterbeine.

Nein, komm schon, Tru. Du warst die ganze Nacht über weg. Du hast ihn lang genug schmoren lassen, dein Standpunkt ist deutlich geworden.

Heute Abend muss er das Konzert im TD Garden spielen. Na los, geh, und rede mit ihm. Nutz den heutigen Tag, um das zu klären. Jake ist zu wichtig, um ihn noch länger warten zu lassen.

Ich steige aus dem Bett. Angezogen bin ich bereits, daher gehe ich nur kurz auf die Toilette, nehme anschließend meine Tasche und verlasse das Zimmer.

Meine Schlüsselkarte gebe ich an der Rezeption ab und trete hinaus auf die Bostoner Straße, früh am Morgen.

Nirgends ist ein Taxi zu sehen.

Frustriert laufe ich in die Richtung los, in der ich das Ritz vermute.

Im Gehen sehe ich Plakate für Jakes Konzert heute Abend. Komisch, dass sie mir gestern nicht aufgefallen sind, als ich noch stinkwütend auf ihn war.

Ich bleibe stehen und blicke zu einer riesigen Werbetafel hoch, auf der Jake, Tom und Denny zu sehen sind, die von oben zurückstarren.

Ich kann es in Jakes Augen sehen. Den Ausdruck der Verlorenheit, den sonst niemand sieht und den nur ich ihm nehmen kann.

Plötzlich verspüre ich eine so überwältigende Liebe zu ihm, dass es mich völlig aus der Bahn wirft.

Er ist kaputt, aber er gehört mir. Und ich kann nicht ohne ihn sein, egal, was passiert.

In diesem Moment will ich ihn unbedingt sehen. Ich muss einfach zu ihm gehen und die Dinge zwischen uns richtigstellen.

Gemeinsam können wir dieses Problem bewältigen. Ich kann stark genug für uns beide sein.

Als ich endlich ein Taxi entdecke, das mit eingeschaltetem Licht in meine Richtung kommt, renne ich auf die Straße und halte es an.

Ich springe auf den Rücksitz und sage atemlos: »Zum Ritz-Carlton.«

Das Taxi fährt los, und ich lasse mich gegen die Rückenlehne sinken, erfüllt von Nervosität und Angst, weil ich Jake wiedersehen werde.

Als das Taxi vor dem Ritz hält, zahle ich den Fahrpreis und steige mit ernsthaft wackligen Beinen aus.

Ich bin so nervös, ihm gegenüberzutreten, nach allem, was wir zueinander gesagt haben.

Nein, es ist Jake. Ich schaffe das.

Mit zittrigen Knien setze ich mich in Bewegung, gehe durch die am frühen Morgen leere Lobby und betrete rasch den wartenden Aufzug, damit er mich zu Jake hinaufbringt.

Wahrscheinlich schläft er noch, also werde ich ihn wecken müssen, denn ich will es nicht länger hinauszögern, mit ihm über alles zu reden.

Ich stecke die Schlüsselkarte in den Schlitz und drücke den Knopf für das zwölfte Stockwerk, die Präsidentensuite, in der wir wohnen.

Der Aufzug fährt los, und hier stehe ich, die Hände ineinander verschlungen, und mir ist ganz flau im Magen, während ich angespannt mit dem Fuß wippe. Ich fühle mich an damals erinnert, als ich vor dem Interview mit ihm den Aufzug genommen habe, erst vor gut zwei Monaten.

So vieles ist seitdem passiert.

Der Aufzug hält, und die Türen öffnen sich.

Sobald ich den Korridor betrete, weiß ich, dass etwas nicht stimmt.

Überall auf dem Boden liegen Flaschen herum, Zigarettenstummel sind auf dem Teppich ausgetreten worden, und dazwischen liegt etwas, das wie das Top einer Frau aussieht.

Im Vorbeigehen bücke ich mich und hebe es auf. Es ist rot, und vorne ist in schwarzen Buchstaben das Wort »Flittchen« aufgedruckt.

Mir verkrampft sich der Magen.

Ich will da nicht reingehen. Ich will nicht sehen, was hinter der Tür ist.

Aber ich muss es tun, das weiß ich.

Ich atme tief durch die Nase ein und stecke vorsichtig meine Schlüsselkarte in den Schlitz. Ich höre das dezente Piepen und das Klicken des Schlosses und drücke äußerst leise die Tür auf.

In der Suite herrscht Chaos, sie ist übersät mit leeren Flaschen und schlafenden Körpern, manche davon bekleidet, manche aber auch nicht.

Der ganze Raum stinkt nach Schweiß, Alkohol und Zigaretten.

Jake hat eine Party geschmissen.

Wir haben uns gestritten. Die ganze Nacht über habe ich mir Sorgen um ihn gemacht. Und er hat eine Party geschmissen.

Dieses Wissen bereitet mir Übelkeit.

Offenbar hatte es keinerlei Bedeutung für ihn, dass ich ihn verlassen habe.

Vielleicht hat er schon die ganze Zeit darauf gewartet, dass ich gehe. Vielleicht wünscht er sich das schon seit einer ganzen Weile.

Ich vermute, das hier war die Totenwache vor der Beerdigung unserer Beziehung. Oder die Feier, je nachdem, wie man es betrachtet.

Das ist Jake. Der Inbegriff des Rockstars, der Party macht, Drogen nimmt und mit Groupies schläft.

Er ist nicht der Typ für eine Beziehung. Ich war bloß dumm genug, mir das eine Zeit lang einzureden, weil ich ihn so sehr wollte.

Dessen ungeachtet muss ich trotzdem noch mit ihm reden. Wenn auch nur, um meine Sachen zu holen und so schnell wie möglich von hier zu verschwinden.

Mein Herz pocht heftig. Geräuschlos schleiche ich zwischen den männlichen und weiblichen Gestalten hindurch – bisher ist niemand dabei, den ich kenne –, auf der Suche nach Jake.

Doch nirgends in diesem gewaltigen Raum, den sie hier als Wohnzimmer bezeichnen, ist er zu sehen.

Ich wusste, dass ich ihn hier nicht finden würde. Ich habe bloß das Unvermeidliche aufgeschoben.

Er wird im Schlafzimmer sein. Nur habe ich Angst vor dem, was ich darin vorfinden werde, wenn ich reingehe.

Als ich am marmornen Couchtisch vorbeikomme, erblicke ich darauf Reste von weißem Pulver und zusammengerollte Geldscheine.

Wut durchströmt mich. Das ist ein sicherer Beweis dafür – als ob die Party nicht schon genug gewesen wäre –, dass Jake sich einen Scheißdreck um mich schert.

Ich dachte, seine Liebe zu mir sei bloß verschüttet. Doch jetzt denke ich, dass sie vielleicht nie existiert hat.

Mit schleppenden Schritten gehe ich zum Schlafzimmer, in meiner Brust pocht ein monotoner, schmerzhafter Rhythmus.

Die Tür ist zu.

Zitternd strecke ich die Hand aus, schließe meine Finger um die Klinke und atme tief ein.

Bitte lass ihn da drin allein sein. Bitte. Die Party und die Drogen kann ich ihm gerade noch verzeihen. Aber nichts darüber hinaus.

Ich drücke die Klinke hinunter und öffne langsam die Tür.

Mein Herz schlägt einmal heftig gegen meine Rippen und sackt anschließend hinab in meine Magengrube.

Fassungslos schaue ich hin, während meine Welt um mich herum zusammenbricht. Vor mir liegt Jake im Bett mit einer anderen Frau.

Sein Gesicht ist von mir abgewandt, aber ich weiß, dass er es ist. Diesen tätowierten Körper würde ich überall wiedererkennen.

Einen Moment lang weiß ich wirklich nicht, was ich tun soll.

Ich bin wie gelähmt.

Vor meinem geistigen Auge blitzt das Leben auf, das ich mir mit Jake vorgestellt hatte, und gleitet schließlich äußerst langsam und schmerzlich aus meinem Blickfeld.

Die Tasche rutscht mir von der Schulter und fällt mit einem dumpfen Geräusch zu Boden.

Das Mädchen regt sich, öffnet die stark geschminkten Augen, reibt sie, bis sie völlig verschmiert sind, und starrt mich an, wie ich hier in der Tür stehe.

Sie trägt nur einen BH und, wie ich hoffe, einen Slip unter der Decke.

Mir ist richtig schlecht. Schlimmer als je zuvor in meinem Leben.

Sie runzelt die Stirn, und ich komme mir wie ein Eindringling vor.

Dann sehe ich etwas in ihren Augen, das wie ein Funke des Erkennens aussieht, fast so, als wüsste sie, wer ich bin.

Aber ich bin mir todsicher, dass wir uns noch nie begegnet sind.

»Was willst du hier?«, fragt sie in nicht besonders freundlichem Tonfall.

Ich öffne den Mund, bereit, ihr genau dieselbe Frage zu stellen, doch nichts passiert. Ich muss aussehen wie ein gottverdammter Goldfisch. Ein Mal soll mein Mund funktionieren, und genau dann lässt er mich im Stich.

Sie wirft mir einen finsteren Blick zu, streckt die Hand aus und rüttelt Jake an der Schulter.

Er stöhnt. Als er sich auf den Rücken dreht, streckt er die Hand aus und murmelt: »Tru.«

Wieder öffne ich den Mund, doch er funktioniert immer noch nicht.

Ich weiß, dass ich brüllen, schreien, irgendwas tun sollte, aber ich kann weder mein Hirn noch meinen Körper zum Funktionieren bringen. Ich blinzle noch nicht mal.

Langsam öffnen sich Jakes Augen und fokussieren sich allmählich.

Zuerst erblickt er das Mädchen. Ich sehe, wie sich Verwirrung in seinem Gesicht abzeichnet, dann wendet er den Kopf, fast in Zeitlupe, und sieht mich in der Tür stehen.

Seine Miene erstarrt. Er springt aus dem Bett.

Ich weiß nicht, wieso, doch ich bin erleichtert, dass er immerhin Boxershorts trägt. Als ob es das irgendwie besser machen würde, wo ich ihn doch gerade im Bett mit einer anderen Frau erwischt habe.

»O nein! Neinneinnein!« Er hebt die Hände, läuft ums Bett herum und kommt auf mich zu.

Das ist das Bett, in dem wir uns vor zwei Nächten noch geliebt haben. Das Bett, in dem er mir gesagt hat, dass er mich liebt. Das Bett, in dem er gerade mit ihr geschlafen und … was auch immer sonst noch mit ihr angestellt hat.

»Nein, Tru! Es ist nicht das, was du denkst!« Einen Meter vor mir bleibt er stehen.

Wie betäubt starre ich ihn an. Ich bin zu nichts anderem in der Lage.

Und genau hier und jetzt weiß ich, wie Will sich gefühlt hat, als ich ihm von Jake und mir erzählt habe. Wenigstens habe ich ihm das tatsächliche Bild erspart, so wie dieses hier, das nun in mein Gedächtnis eingebrannt ist.

»Was zum Teufel hast du hier zu suchen?«, brüllt Jake in Richtung des Mädchens.

Sie zuckt sichtlich zusammen. Hastig kriecht sie aus dem Bett, hebt ihr Kleid vom Boden auf, zieht es sich rasch über und schlüpft in ihre billigen schwarzen High Heels.

»Tru …« Jake macht einen Schritt nach vorn, auf mich zu.

Ich weiche zurück und stoße mit dem Rücken gegen die offene Tür.

»Ich hatte keinen Sex mit ihr. Ich schwöre es. Sag's ihr!«, wendet er sich wieder dem Mädchen zu. »Sag ihr, dass ich keinen Sex mit dir hatte!«

Trotzig sieht sie mich an. Und in diesem Moment sehe ich, wie jung sie ist. Neunzehn, höchstens zwanzig.

Sie kommt auf uns zu, stolziert zwischen Jake und mir durch, lächelt mich bloß zuckersüß an, zuckt die Achseln und geht durch die offene Tür.

»*Nein!*«, brüllt Jake. »Tru, sie lügt! Ich hatte keinen Sex mit ihr! Sag verdammt noch mal die Wahrheit. Sag ihr, dass ich dich nie angefasst hab!«

Doch das Mädchen hat das Schlafzimmer bereits verlassen und flüchtet rasch aus der Suite, um Jakes Zorn zu entgehen.

Von Jakes Ausbruch erwacht die ganze Suite, und der Raum leert sich zügig, bis nur er und ich zurückbleiben.

Aber die anderen sind mir egal. Das Mädchen ist mir egal. Nichts spielt jetzt noch eine Rolle. Denn ich habe das Einzige verloren, was mir jemals etwas bedeutet hat.

Nun ist alles bedeutungslos.

Jake fährt sich mit beiden Händen durch die Haare, läuft erregt hin und her. Er wirkt, als hätte er körperliche Schmerzen.

»Ich wusste nicht mal, dass sie hier drin war. Ich schwöre es.« Ich bin mir nicht sicher, ob er gerade mit mir oder mit sich selbst redet.

Anscheinend kann ich noch immer nichts fühlen. Es ist, als sei die Qual, ihn mit ihr im Bett zu sehen, so heftig, dass mein Körper instinktiv in dem Moment abgeschaltet hat, als mich dieser Anblick getroffen hat.

»Ich habe nicht mit ihr geschlafen, Tru.« Er steht wieder vor mir. »Ich schwör's dir. Bei allem, was ich liebe, schwöre ich, dass ich nicht mit ihr geschlafen habe. Du musst mir glauben.« In seiner Stimme liegt Verzweiflung.

Ich richte die Augen auf ihn, mein Verstand ist noch immer wie erstarrt und hängt in dieser furchtbaren Endlosschleife fest.

»Sag was, *bitte*«, fleht er mich an.

Mein Blick geht von ihm zu den zerwühlten Laken.

Ich spüre, wie mir eine Träne aus dem Augenwinkel rinnt.

»Nein, Tru, nein! Du musst mir zuhören. Ich hatte keinen Sex mit ihr. Ich schwör's dir. Nachdem wir uns gestritten hatten und du gegangen bist, war ich so wütend, aber ich hab mich beruhigt und dich so sehr vermisst und wollte dir sagen, wie leid es mir tut … Und dass ich dich liebe. Dass ich alles tun würde, was du willst … Ich würde in eine Entzugsklinik gehen, wenn das bedeutet, dass ich dich weiterhin in meinem Leben haben kann. Aber ich wusste nicht, wo du warst – niemand wusste es, und ich konnte dich nicht auf dem Handy anrufen, weil ich Idiot es kaputt gemacht hab. Also bin ich ins Auto gestiegen und stundenlang durch die Stadt gefahren, hab alles abgesucht und versucht, dich zu finden – aber du warst nirgends. Ich hab mir solche Sorgen gemacht, also bin ich ins Hotel zurückgefahren, hab mich in die Bar gegenüber der Lobby gesetzt und drauf gewartet, dass du wiederkommst.

Aber du bist nicht gekommen. Und ich hab stundenlang dagesessen und getrunken, den Eingang beobachtet, gewartet und bin deinetwegen fast verrückt geworden, und dann war ich auf einmal betrunken, und all diese Leute hatten sich an der Bar um mich geschart. Und ich war verletzt, weil du gegangen warst, also hab ich mehr und mehr getrunken, und dann hab ich gekokst, und als Nächstes weiß ich noch, dass plötzlich alle hier oben getrunken und Party gemacht haben, und du warst noch immer nicht zurück, Tru … Und ich hab noch mehr Koks genommen … und …«, er reibt sich die geschwollenen, glasigen Augen, »ich erinnere mich nur noch, wie ich hier reingekommen bin, und dann muss ich eingeschlafen sein. Aber ich hatte kein Mädchen dabei – das verspreche ich dir. Das würde ich dir nie antun. Sie … sie muss reingekommen sein, nachdem ich eingeschlafen war, und …«

»Warum?« Mir bricht die Stimme, also versuche ich es noch mal. »Warum hätte sie hier reinkommen sollen?«

»Ich weiß es nicht!« Er fasst sich an den Kopf. »Das alles ist mir völlig schleierhaft, aber ich sage dir, ich hatte keinen Sex mit ihr.«

Ich höre seine Worte, doch ich glaube sie nicht. Ich glaube *ihm* nicht.

Es ist vorbei.

Alles, was ich mir mit ihm zusammen ausgemalt habe, unser gemeinsames Leben, ist vorbei.

Eine nach der anderen rinnen mir die Tränen über die Wangen, es hört gar nicht mehr auf. Ich kann nicht atmen, es ist, als würde mir jemand die Brust zusammendrücken und mir jegliche Lebenskraft entziehen.

Jake packt mich, zieht mich an sich, presst mich an seine Brust, die Arme fest um mich gelegt, das Gesicht in meinem Haar vergraben.

»Es tut mir so leid, Kleines. Es tut mir so schrecklich leid«, wiederholt er mit brechender Stimme, während ich an seiner Brust lautlos schluchze. Meine Tränen benetzen seine Haut. »Ich liebe dich so sehr. Ich mach's wieder gut, das verspreche ich dir. Es tut mir so leid.«

Seine Hitze umfängt mich. Ich atme durch die Nase ein. Er riecht nach Jake, nach allem, was typisch für ihn ist.

Allem, was ich liebe.

Ihm haftet weder eine Spur von Parfum an noch von irgendeinem weiblichen Duft. Aber andererseits, was hat das schon zu sagen? Ich habe es deutlich mit meinen eigenen Augen gesehen.

Jake im Bett mit ihr.

Und plötzlich ist das alles, was ich sehen kann: seine Hände auf ihr, genau wie auf der Rothaarigen in Paris. Er berührt sie, küsst sie, ist ihr so nah wie mir. Sagt zu ihr die Dinge, die einst allein mir vorbehalten waren.

Und in diesem Augenblick trifft mich der Schmerz in all seiner unerträglichen Heftigkeit.

Ich wusste nicht, dass eine solche Qual überhaupt existiert. Sie verschlingt und zerreißt mich.

Er soll aufhören, mich anzufassen. Er soll aufhören zu reden. Ich will ihn einfach nur von mir weghaben. Weit, weit weg von mir. Ich kann seinen Körper nicht in meiner Nähe ertragen.

Er hat alles für immer zerstört.

Angewidert wehre ich mich in seinen Armen, versuche, mich aus seinem Griff zu winden, doch er hält mich weiterhin fest.

»Nein!« Mit einem Ruck befreie ich mich und taumle rückwärts.

Er wirkt gequält und ängstlich.

»Tru … bitte …« Flehend streckt er die Hand nach mir aus.

Und wie ich hier stehe und ihn ansehe, angewidert bin von ihm und von dem, was er mir – uns – angetan hat, weiß ich, was ich zu tun habe.

Dieses Leben kann ich nicht mit ihm führen, ganz egal, was ich früher geglaubt habe.

Mit den Drogen wäre ich klargekommen. Ich hätte alles getan, um ihm zu helfen, das durchzustehen.

Aber nicht das Fremdgehen. Damit komme ich nicht klar.

Mag sein, dass mich das zu einer Heuchlerin macht. Aber das ist mir ziemlich egal. Ich weiß einfach, dass ich kein Leben führen kann, das besudelt ist von seiner Untreue und der immerwährenden Angst, dass er mir das bald wieder antun wird.

Ohne ein weiteres Wort wende ich mich von ihm ab und gehe, um meinen Koffer aus dem Ankleidezimmer zu holen.

Ich lege ihn offen auf den Boden.

»Was machst du da?«, ertönt hinter mir seine Stimme.

»Wonach sieht es denn aus?«, erwidere ich verbittert, während ich meine Kleider von den Bügeln nehme und sie in den Koffer werfe.

»Du verlässt mich? Du willst nicht mal mit mir darüber reden – du gehst einfach? Wirfst unsere Beziehung weg?«

Mit einem Rock in der Hand gehe ich auf ihn los. »Ich bin nicht die, die unsere Beziehung weggeworfen hat! Wir hatten Streit – wegen deiner verdammten Drogen! Ich gehe raus, um den Kopf frei zu kriegen, übernachte in einem beschissenen Hotel, denke über alles nach … Was für dich das Beste wäre

– für uns –, und dann komme ich zurück, um alles mit dir zu bereden, und finde dich im Bett mit einem … verdammten Mädchen! Also ja, Jake … ich verlasse dich!«

»Ich hab sie nicht angefasst, Tru. Ich schwöre es!«

»Das glaube ich dir nicht!«, schreie ich.

Jäh weicht er zurück und sieht aus, als hätte ich ihn gerade geohrfeigt.

Ich wünschte, ich hätte es getan.

»Du musst mir glauben«, fleht er leiser, und seine Stimme bricht. »Bitte, Tru. Du musst.«

Mein Atem geht so hektisch, dass ich mir vorkomme, als müssten meine Lungen gleich explodieren. Mit einer Hand, in der ich noch immer den Rock halte, drücke ich mir auf die Brust und versuche, meine Atmung zu beruhigen.

»Ich muss gar nichts«, erwidere ich leise und wische mir die noch immer laufenden Tränen aus dem Gesicht.

»Ich kann dich nicht verlieren, Tru. *Bitte.*«

Wieder greift er nach mir, doch ich weiche zurück.

»Geh weg von mir!«, fahre ich ihn an. »Ich will dich nie wieder in meiner Nähe haben! Du willst mich nicht verlieren? Darüber hättest du nachdenken sollen, bevor du mit deiner Schlampe auf Sauftour gegangen bist!«

Ich pfeffere den Rock in den Koffer. Dann hole ich meine Unterwäsche aus den Schubladen.

»Aber du hast gesagt, dass du nach L.A. ziehst. Wir wollten zusammenleben. Du hast mir versprochen, mich nie zu verlassen.«

Verbittert lache ich auf und bringe es endlich fertig, ihn anzusehen. Als mein Blick dem seinen begegnet, ist alles, was ich empfinde, Wut und Schmerz, die mich durchbohren.

»Nun, die Dinge ändern sich«, erwidere ich ruhig und verwende seine eigenen Worte von gestern Abend gegen ihn. »Du hast alles für immer verändert, in dem Moment, als du sie in unser Bett geholt hast.« Es tut so unglaublich weh, diese Worte laut auszusprechen.

»Ich hab nicht …«

»Das glaube ich nicht!«, schreie ich ihn erneut an.

Einen Augenblick halte ich inne, lege meine Hände auf die Kanten der Schublade und klammere mich daran fest.

Nach ein paar Sekunden des Schweigens fahre ich fort, meine Sachen in den Koffer zu packen.

Jake steht da, die Hände in den Haaren, und folgt mit den Augen jeder meiner Bewegungen.

Ich wünschte bloß, er würde endlich verschwinden. Ich will ihn nicht länger in meiner Nähe.

Als ich den Großteil meiner Sachen gepackt habe und es nicht länger ertragen kann, wie er mich beobachtet, ziehe ich meinen Koffer an ihm vorbei und ins Schlafzimmer.

Jake folgt mir.

Ich lasse den Koffer auf dem Boden liegen und gehe ins Bad. Rasch sammle ich meine Sachen ein, kehre ins Schlafzimmer zurück und finde Jake neben meinem Koffer stehend vor.

Stur ignoriere ich ihn, stopfe meine Sachen hinein und schließe den Reißverschluss. Ich glaube nicht, dass ich in meinem Leben schon je so schnell gepackt habe.

Schließlich stelle ich den Koffer auf, bereit zu gehen.

Jake stellt sich vor mich. Ich richte die tränennassen Augen auf ihn.

Auch er weint.

Ich beobachte, wie er sich grob die Tränen wegwischt. Noch nie zuvor habe ich ihn weinen sehen. Es tut mir im Herzen weh.

»Bitte geh nicht. Bleib doch, rede mit mir, wir können das klären. Ich weiß, dass wir das können. Ich würde dich *niemals* betrügen. Das schwöre ich dir. Bitte glaub mir doch. Ich liebe dich so sehr. Und ich weiß, dass ich mit den Drogen Mist gebaut hab, aber ich würde dich nie betrügen. Du bist meine beste Freundin. Du bedeutest mir alles.« Seine Stimme ist gebrochen, genau wie mein Herz.

Für einen kurzen Moment schwanke ich.

Ich könnte bleiben, wir könnten das klären. Vielleicht wird dieser Schmerz versiegen, wenn ich bei ihm bleibe. Vielleicht kann er es wiedergutmachen.

Nein. Er hatte Sex mit einer anderen Frau. Es ist zu spät.

Wortlos entferne ich mich von ihm und gehe wieder ins Ankleidezimmer, um meinen Reisepass aus dem Safe zu holen.

Als ich zurückkomme, steht Jake vor meinem Koffer und versperrt mir den Weg.

Er sieht den Pass in meiner Hand, und aus seiner Miene spricht Entsetzen.

»Bitte verlass mich nicht«, fleht er.

»Aus dem Weg, Jake.«

»Nein.«

»Aus dem Weg!« Ich versuche, ihn beiseitezustoßen, aber er rührt sich nicht vom Fleck. Es ist, als wollte man eine Wand verschieben.

Er packt mich bei den Armen, versucht, mich aufzuhalten, mich bei sich zu halten.

Ich wehre mich, stoße ihn von mir und schlage ihm dabei gegen die Brust.

»Na schön. Ich brauch meine Sachen nicht. Behalt sie.« Ich marschiere zur Schlafzimmertür. Eilig hebe ich meine Tasche auf und stopfe meinen Pass hinein.

»Tru, bitte!« Jake folgt mir, fasst mich am Arm und zieht mich wieder zu sich.

»Geh nicht. Ich kann das in Ordnung bringen – gib mir nur eine Chance, es richtigzustellen.« Seine Stimme ist ebenso verzweifelt wie sein Gesichtsausdruck.

Alles, was ich tun kann, ist, ihn anzustarren. Mir gehen so viele Worte durch den Kopf, aber nichts davon kann ich fassen, um es ihm zu sagen.

Er fällt vor mir auf die Knie und hält meine Hände fest, als hinge sein Leben davon ab.

»Ich flehe dich an.« Wieder beginnt er zu weinen. »Bitte verlass mich nicht. Ich kann ohne dich nicht leben.«

Erneut werde ich schwach, dann blicke ich auf und sehe das Bett, die zerwühlten Laken.

Jake hat das Mädchen gebeten, mir die Wahrheit zu sagen – mir zu sagen, dass sie keinen Sex hatten.

Sie hätte nichts zu verlieren gehabt, wenn sie mir gesagt hätte, dass nichts gelaufen ist, aber sie hat nichts gesagt, sondern nur eine Menge angedeutet.

Ungeachtet dessen glaube ich ihm ohnehin nicht. Ich weiß, wer und was Jake ist. Ich habe es schon immer gewusst und wollte es bloß eine Zeit lang nicht wahrhaben.

Jetzt glaube ich, was ich mit eigenen Augen gesehen habe.

Mein Vertrauen in ihn ist zerstört – für immer –, und ohne das haben wir nichts.

Für einen langen Moment blicke ich ihm in das schöne Gesicht und präge mir seine Züge fest ein.

Dann lasse ich ihn los.

»Das zwischen uns hat mit einem Fehler angefangen, Jake, also ist es nur allzu passend, dass es auch mit einem aufhört.«

Ich entreiße ihm meine Hände und lasse ihn auf dem Boden kniend zurück. Stumm wende ich mich ab und verlasse die Suite.

Und sein Leben.

KAPITEL 28

»Ich will nicht, dass du dich zu irgendetwas gezwungen fühlst, Darling … Es ist nur so, dass der Verlag fest darauf besteht, dass auch das letzte Konzert in der Biografie behandelt wird. Sie sagen, dass sie das Buch sonst nicht veröffentlichen.«

Vickys sanfte Stimme klingt unnachgiebig durchs Telefon.

Ich lehne mich auf dem Sofa meiner Eltern zurück, ziehe die Beine an, setze mich auf meine Fersen und starre hinauf an die Decke.

Da ist ein Riss in der Ecke. Ich frage mich, ob Dad davon weiß. Ich sollte es ihm sagen, damit er ihn reparieren kann.

»… und ich weiß, dass das für dich furchtbar schwer sein muss, und versprochen, ich richte mich in jedem Fall ganz nach dir.«

Es entsteht eine lange Pause.

Oh, sie hat aufgehört zu reden. Das bedeutet, dass ich an der Reihe bin.

»Ist in Ordnung, Vicky.« Ich atme aus. »Als ich dir gesagt hab, dass ich es machen würde, hab ich es auch so gemeint. Du musst dir um mich keine Sorgen machen.«

»Aber das tue ich, Darling.«

»Ich weiß, und dafür liebe ich dich. Und dafür, dass du mich diese Woche von zu Hause aus hast arbeiten lassen – besser gesagt, vom Haus meiner Eltern aus.«

»Du hättest überhaupt nicht arbeiten müssen.«

»Doch. Du hast mir ohnehin schon viel zu viel Urlaub gegeben.«

»Tru, dir ist gerade erst dein wunderbares Herz auf die schlimmste Art und Weise gebrochen worden. Du brauchst Zeit, um wieder mit dir ins Reine zu kommen.«

Mit der schlimmsten Art und Weise meint sie öffentlich.

Es ist schon schrecklich genug, wenn dir von der Liebe deines Lebens das Herz gebrochen wird, aber wenn sich dann noch der Rest der Welt an diesem gebrochenen Herzen weidet, macht es den Schmerz umso schlimmer.

Ich kneife die Augen zu und unterdrücke die drohenden Tränen. »Danke, aber eigentlich brauche ich einfach nur Ablenkung. Die Arbeit hilft mir dabei.«

»Das verstehe ich. Aber die Arbeit, über die wir gerade reden, die du machen sollst – die Biografie –, beinhaltet … *Jake.*« Sie spricht seinen Namen aus, als sei er ein Schimpfwort.

Was er in meinen Augen momentan in gewisser Weise auch ist. Ich winde mich schon, wenn ich ihn nur ausgesprochen höre.

»Das bedeutet, dass du ihn wiedersehen musst. Mit ihm Zeit verbringen musst.«

Ich stoße ein leises Seufzen aus. »Ich weiß.«

Und deshalb vermischt man nie das Geschäftliche mit dem Privaten, wie ich gerade lerne.

Ich wusste, dass es riskant war, mich mit Jake einzulassen, während ich für ihn arbeite, aber ich habe diese leise Stimme in meinem Kopf ignoriert, weil ich mir dachte, es ist schließlich Jake.

Jake, den ich schon ewig kenne und liebe.

Nie hätte ich damit gerechnet, dass so etwas passieren würde. Dass ich ihn je wieder verlieren würde. Zu jenem Zeitpunkt war das egal.

Jetzt nicht mehr.

Weil ich nicht nur wieder mit ihm Zeit verbringen, sondern auch noch dieses verdammte Buch über ihn schreiben muss.

Ich habe echt keine Ahnung, wie ich das hinkriegen soll, nach allem, was zwischen uns vorgefallen ist.

Ich versuche, es aus einer anderen Perspektive zu betrachten: Über Jake zu schreiben wird eine therapeutische Maßnahme sein. Eine Möglichkeit, ihn mir von der Seele zu schreiben und ihn endgültig loszulassen.

Zumindest ist es das, was ich mir einzureden versuche.

Der Verlag drängt auf die Biografie, weil ich diejenige bin, die von Jake betrogen wurde, und ihnen gefällt der Gedanke an ein Buch über Jake Wethers, das von der Frau verfasst wurde, die er hintergangen hat.

Daher der Druck, zum Konzert zu fahren und ihn wiederzusehen.

Aber ich bin nicht dumm. Ich weiß, dass letztlich Jake dahintersteckt. Das ist seine Art, mich zu zwingen, mit ihm zu reden, ihn wiederzusehen.

Der Verlag liegt Vicky damit in den Ohren, dass das letzte Konzert der Tournee, das in zwei Tagen in New York stattfinden wird, im Buch behandelt werden muss. Und wenn ich nicht teilnehme und darüber schreibe, entziehen sie dem Magazin die Exklusivrechte, und das Buch wird eingestampft.

Hinter alldem steckt Jake.

Er lässt den Verlag die Drecksarbeit für ihn erledigen, während er im Hintergrund die Fäden zieht und es so aussehen lässt, als würde der Verlag dahinterstecken und nicht er. Aber ich weiß, dass er es ist.

Jake ist sehr geschickt darin, die Leute dazu zu bringen, zu tun, was er will. Das weiß ich nur allzu gut.

Und anscheinend wird er auch mich wieder einmal dazu bringen, zu tun, was er will.

Ich hasse es, dass ich ihm in dieser Sache nichts entgegensetzen kann. Ich will es. Mehr, als ich in Worte fassen kann.

Ich will auf stur schalten und verkünden, dass ich es nicht tun werde, aber Vicky zuliebe darf ich das nicht riskieren. Das Magazin bedeutet ihr alles. Und sie bedeutet mir so viel. Sie ist eine meiner engsten Freundinnen, und ich werde sie nicht enttäuschen.

Seit ich vor fünf Tagen gegangen bin, habe ich Jake weder gesehen noch mit ihm gesprochen.

Nachdem ich sowohl das Hotelzimmer als auch ihn verlassen hatte, habe ich den nächsten Flug nach Manchester genommen und bin direkt zu meinen Eltern statt nach London gefahren. Ich wollte mich einfach nur verstecken.

Jake hat mich trotzdem gefunden.

Ich war dumm. Natürlich würde Jake wissen, dass es, wenn ich nicht in London bin, nur einen einzigen Ort gibt, den ich stattdessen aufsuchen würde.

Rückblickend hätte ich in ein Hotel einchecken sollen, aber ich war verletzt und wollte einfach nur zu meinem Daddy und meiner Mum.

Am ersten Tag hat Jake beinahe stündlich bei meinen Eltern angerufen, und das den ganzen Tag. Dad hat mit ihm gesprochen. Ich habe mich geweigert. Ich weiß nicht, worüber sie geredet haben.

Ich will es auch gar nicht wissen.

Okay, eigentlich ist das gelogen, denn eines weiß ich. Ich habe mitbekommen, wie Dad zu Mum gesagt hat, dass Jake die Tournee absagen wollte. Dass er herfliegen wollte, um mich zu sehen. Als würde er glauben, er könnte einfach hier auftauchen und ich würde ihn sehen wollen – ganz sicher nicht! –, aber Dad hat es ihm ausgeredet.

Allerdings hat er auch gesagt, dass er versuchen würde, mich dazu zu bringen, mit Jake zu sprechen.

Bisher hat er damit kein Glück gehabt.

Jake schickt jeden Tag Blumen. Ich werfe sie weg. Er schickt Briefe. Ich zerreiße sie ungeöffnet.

Ich will nichts mehr von ihm oder über ihn wissen.

Andererseits ist das ziemlich schwierig, wenn man bedenkt, wer Jake ist und dass unsere Beziehung, oder einstige Beziehung, im Moment dank seiner kleinen Schlampe ein gefundenes Fressen für die Klatschpresse ist.

Nun kann ich also nicht einmal mehr ins Internet gehen oder den Fernseher anmachen, aus lauter Angst, etwas Neues über uns in den Promi-News zu sehen.

Das Mädchen, das ich in Jakes Bett gefunden habe, Kaitlyn Poole – ich hasse sie, nur um das klarzustellen –, hat ihre Story an eine amerikanische Klatschzeitung verkauft, und jetzt kursiert sie weltweit.

Sie behauptet, sie hätte die ganze Zeit über, während er mit mir zusammen war, eine Affäre mit Jake gehabt, und die Presse greift es begierig auf.

Glaube ich das?

Momentan fällt es mir schwer, über die Situation als Ganzes nachzudenken, weil ich nicht das Bild von ihm im Bett mit ihr aus dem Kopf kriege.

»Schlampe Kaitlyn«, wie ich sie nenne, hat an jenem Abend Bilder von Jake im Bett gemacht. Keine besonders scharfen Bilder, ziemlich dunkel, vermutlich mit einer Handykamera aufgenommen. Und darauf wirkt er so, als schliefe er. Zumindest waren seine Augen geschlossen. Aber das bedeutet gar nichts. Meine Augen sind auch auf jeder Menge Fotos geschlossen, weil ich immer blinzle, wenn das Blitzlicht kommt.

Der springende Punkt ist, dass sie neben ihm im Bett lag. Ihr Gesicht neben seinem – im Bett.

Sie im Bett mit Jake. Das ist alles, was ich wissen muss, das bestätigt mir alles, was ich ohnehin schon wusste.

Außerdem gibt es ein Foto von ihr, wie sie auf Jakes Schoß sitzt, offensichtlich in der Hotelbar. Dort, wo er gesessen und sich nach mir verzehrt hat, wo er nach unserem Streit auf mich gewartet hat – ja, genau diese Bar.

Details meines Lebens – des Lebens, das ich mit Jake geteilt habe – und seiner Untreue gehen nun also vor den Augen der Welt durch die Medien.

Mein Schmerz wird öffentlich ausgeschlachtet. Und das ist die schlimmste Art von Folter.

Ich bin keine Person des öffentlichen Lebens. Natürlich habe ich gewusst, was eine Beziehung mit Jake mit sich bringen würde, aber mit so etwas habe ich nicht gerechnet. Und jetzt weiß ich mit absoluter Sicherheit, dass ich nicht für ein Leben, wie er es führt, geschaffen bin. Er gehört der ganzen Welt. Ich selbst will das nicht.

Vielleicht hat mir Schlampe Kaitlyn sogar einen Gefallen getan. Denn nun weiß ich wenigstens, worin das Leben mit Jake wirklich besteht. Lieber steige ich jetzt aus, früh genug, bevor ich zu tief drinstecke.

Jedenfalls rede ich mir das ein. Mein Herz hingegen sagt mir, dass ich ohnehin schon viel zu tief dringesteckt habe.

Seit fünf Tagen verstecke ich mich also bei meinen Eltern, lasse Dad an der Tür und am Telefon die Presse abwimmeln, und draußen hängen die Paparazzi rum und warten darauf, Fotos von mir zu ergattern.

Ich hasse es, dass ich meinen Eltern diesen Trubel ins Haus geschleppt habe, aber ich konnte einfach nicht in meine Wohnung zurückkehren. Das hätte bedeutet, mich alldem allein stellen zu müssen. Ich weiß, dort habe ich Simone, aber es wäre nicht fair gewesen, sie in all das mit reinzuziehen, erst recht nicht, seit sie mit Denny zusammen ist. Dadurch ist sie auch so schon genug in die Sache involviert.

Also lasse ich Dad die Paparazzi vom Grundstück jagen, während ich mich im Haus verstecke und an meiner Kolumne arbeite, um mich zu beschäftigen.

Meine Eltern waren großartig in den letzten Tagen. Ohne sie wäre ich nicht klargekommen, was nicht heißen soll, dass ich überhaupt irgendwie klarkomme … Ich vegetiere eher vor mich hin.

Mum hat es sogar tatsächlich geschafft, von einem »Ich hab's dir doch gesagt« über Jake abzusehen, und Dad … Nun, er hat es nicht direkt gesagt, aber ich denke, er glaubt Jakes Behauptungen über Schlampe Kaitlyn. Und wenn Dad glaubt, dass Jake die Wahrheit sagt, bringt mich das etwas ins Wanken, wenn ich ganz ehrlich bin.

Doch was mich sogar noch mehr ins Grübeln bringt, ist die ganze Story mit der Affäre. Denn das halte ich tatsächlich für nichts weiter als eine Erfindung.

Ein paarmal hat sie ganz sicher gelogen, als sie behauptet hat, zu gewissen Zeiten mit Jake zusammen gewesen zu sein. Das ist schlicht unmöglich, weil er da bei mir war.

Eine dieser Gelegenheiten war, als alle glaubten, Jake sei noch immer in L.A., doch das war er nicht, er war bei mir in London. Das war, direkt nachdem sein Dad gestorben war und er den Privatjet genommen hat, um hier bei mir zu sein. Weil er mich gebraucht hat.

Schlampe Kaitlyn behauptet gegenüber der Presse, sie hätten die Nacht gemeinsam in einem Hotel in L.A. verbracht, dass er sie hätte einfliegen lassen. Sogar eine Freundin von ihr bestätigt das, die behauptet, sie sei bei Schlampe Kaitlyn gewesen, als er angerufen hat.

Ich könnte das öffentlich als Lüge entlarven, aber ich will nicht noch weiter in der Presse ausgeschlachtet werden, als es ohnehin schon geschieht, und mal ehrlich, welchen Sinn hätte das? Letztendlich ändert es nichts an der Tatsache, dass ich ihn mit ihr im Bett erwischt habe. Ob sie also eine richtige Affäre oder bloß einen One-Night-Stand hatten, den sie nun für die Presse ausschmückt, spielt keine Rolle.

Er hat mich betrogen.

Anscheinend verklagt Jake die Zeitung, die die Story veröffentlicht und die Rechte gekauft hat.

Das hat mir Simone erzählt. Sie weiß es von Denny.

Mir ist wirklich egal, was Jake macht.

Ich bin mit allem fertig. Ich bin mit *ihm* fertig.

Ich will nur dieses Spielchen namens New York hinter mich bringen, damit ich mein Leben weiterleben kann.

»Ich schaffe das, Vicky«, beruhige ich sie und bin mir nicht ganz sicher, wen ich hier zu überzeugen versuche – sie oder mich selbst. »Ich komm schon klar. Mit Jake bin ich fertig. Ich werde nach New York fliegen, über das Konzert schreiben, danach direkt zurückkommen, und dann werde ich endlich von allem frei sein.«

Frei von ihm. Das heißt, sobald die Biografie zu Ende geschrieben ist.

»Willst du, dass ich dich begleite? Ich biete dir meine moralische Unterstützung an, außerdem kann ich ihn für dich verhauen, wenn du willst.«

Bei der Vorstellung lächle ich. »Danke für das Angebot, aber wenn irgendjemand Jake verhaut, dann ich. Du hast momentan genug in der Redaktion zu tun. Ich komm schon zurecht. Ich bin nur kurz zum Konzert da. Meine Flüge werde ich so buchen, dass ich höchstens einen Tag lang dort bin. Ich mache meine Arbeit, und anschließend fliege ich direkt nach Hause.«

Ich höre, wie sie am anderen Ende der Leitung ausatmet. »Ich glaube nicht, dass es so einfach sein wird, Darling. Immerhin reden wir hier von Jake.«

»Ich weiß. Aber ich hatte genug Abstand von ihm, und mittlerweile fühle ich mich stärker. Ich gehe nicht zu ihm zurück, egal, welche Spielchen er spielt. Ich mache meine Arbeit, und danach ist er für immer raus aus meinem Leben.«

»Solange du weißt, was du tust.«

»Das tue ich.«

»Tru ... Hör mal, als deine Freundin spiele ich hier nur mal des Teufels Advokaten ... Aber hast du über die Möglichkeit nachgedacht, dass Jake vielleicht die Wahrheit sagt? Ich weiß, du hast ihn mit dieser kleinen Schlampe im Bett erwischt, aber er ist so hartnäckig in dieser Sache, und dass sie der Presse diese Story über eine heiße Affäre verkauft hat und er alle verklagt und so schwere Geschütze auffährt ... Das macht einen schon etwas nachdenklich, verstehst du?«

»Ich hab drüber nachgedacht«, gestehe ich ein.

Tatsächlich erst vor ein paar Minuten. Und gestern in jeder einzelnen Minute.

»Aber ich weiß einfach ...« Ich seufze und reibe mir übers Gesicht. »Ich weiß einfach gar nichts mehr, Vicky, bis auf die Tatsache, dass ich ihn mit ihr im Bett erwischt habe.«

Ich kann nicht die Augen schließen, ohne Angst davor zu haben, das alles wieder vor mir zu sehen.

»Aber manchmal zeigt ein Bild einfach nicht die Wahrheit, musst du wissen.« Im Geiste spüre ich, wie sie mich in eine gewisse Richtung stupst. »Vielleicht solltest du mit ihm reden. Hören, was er zu sagen hat. Er versucht offensichtlich verzweifelt, dich zu sehen, und er quält sich, das sieht jeder.«

Jake wollte das Konzert im TD Garden nicht spielen, nachdem ich ihn verlassen habe, aber irgendwie haben die Jungs ihn auf die Bühne gekriegt.

Ich habe die Show nicht gesehen, sondern alles nur am Telefon von Simone gehört – was nicht heißen soll, dass ich nach Einzelheiten gefragt hätte, aber sie wollte es loswerden, und da sie alles direkt von Denny erfährt, denke ich, dass es stimmt.

Nach dem, was Simone erzählt hat, ist Jake auf die Bühne gegangen und hat alles der Reihe nach heruntergesungen, eine Nummer nach der anderen, ohne das für ihn typische Geplänkel oder sonst irgendwas. Er hat das Programm abgespult, die Bühne verlassen, keine Zugabe gegeben und sich von Dave direkt ins Hotel fahren lassen. So ungefähr sind auch die folgenden Konzerte seitdem abgelaufen.

Das Schlimmste daran ist, dass ein paar seiner Fans mir die Schuld für sein Verhalten geben, weil ich ihn verlassen habe. Ist das verdammt noch mal zu fassen! Ein paar werfen es auch der Schlampe vor, die ich in seinem Bett erwischt habe. Aber dennoch, das Ganze ist nur ein weiteres mieses Detail in dieser gesamten beschissenen Katastrophe. Ein weiterer Stich, der mich daran erinnert, warum ich nie wieder mit Jake zusammen sein könnte.

Außerdem hat Simone mir erzählt, Jake sei clean.

Sie sagte, seit ich gegangen bin, hätte er nichts mehr genommen. Offenbar hat er seinen Sponsor kontaktiert. Er geht nicht wieder in die Entzugsklinik, sondern macht mithilfe seines Sponsors und seiner Suchttherapeuten einen Entzug, also hat dieser nicht enden wollende Albtraum zumindest etwas Gutes gebracht.

Ich bin froh, dass er clean ist. Mehr als froh, ich bin erleichtert. Ich mag wütend auf Jake sein, aber ich will nicht, dass er sich mit diesem Zeug schadet.

»Ganz ehrlich: Mit Jake über das alles zu sprechen ist das Letzte, was ich jetzt tun will«, sage ich zu Vicky. »Die Auswahl meiner Gesprächsthemen mit ihm wird sich um die Tournee drehen und sonst nichts. Ich will bloß nach New York fliegen, über das Konzert schreiben, anschließend nach London zurückkehren und mich direkt wieder an die Arbeit machen. Ich brauche einfach wieder Normalität, verstehst du?«

»Ja, und ich werde dich unterstützen, wo ich nur kann.«

»Danke.«

»Okay, bringen wir diesen New-York-Stein ins Rollen. Je eher das erledigt ist, desto eher hast du es hinter dir, richtig? Also, willst du, dass ich Stuart anrufe und ihn wissen lasse, dass du fliegst, oder willst du das selbst tun?«

»Ich werde ihn anrufen«, antworte ich, ohne zu zögern.

Seit ich gegangen bin, habe ich nicht mehr mit Stuart gesprochen. Ich vermisse ihn sehr.

»Hast du seine Nummer da, Vicky?« Ich habe von niemandem die Telefonnummer. Die waren alle in meinem Handy gespeichert. Dem Handy, das Jake zerschmettert hat.

Noch habe ich keinen Ersatz. Es gab keine Gelegenheit dazu, und momentan wäre es für mich ohnehin nicht besonders sinnvoll, eins zu besitzen. Ich würde nur Anrufe kriegen, die ich nicht will. Allerdings vermisse ich den Klang von Adeles Stimme.

Vicky gibt mir Stuarts Nummer durch, und ich beende unser Gespräch.

Beim Gedanken daran, mit Stuart zu telefonieren, werde ich nervös. Ihn anzurufen kommt einem Anruf bei Jake am nächsten.

»Stuart Benson.« Seine angenehme, warme Stimme erklingt in der Leitung, und sofort spüre ich meine Unterlippe zittern.

»Stuart, hi, hier ist Tru.«

»Oh ... äh ... Hi.«

Okay, das ist nicht die Reaktion, die ich mir erhofft hatte. Ich schätze, er hat mich nicht in dem Maße vermisst wie ich ihn. Und ich habe geglaubt, wir wären gute Freunde. Als Menschenkennerin bin ich so was von unfähig.

»Ich wollte nur anrufen, um, äh ... dich wissen zu lassen, dass ich komme, um über das Konzert in New York zu schreiben.«

Stille.

Ist er böse auf mich oder so?

»Das ist toll«, sagt er schließlich.

Er klingt nicht so, als würde er das wirklich denken.

»Stuart, ist alles okay? Bist du wütend auf mich oder so?«

»Nein, natürlich nicht, Süße.« Das war bisher der einzige Satz im ganzen Gespräch, der nach Stuart klang.

»Da ist bloß ... *was*«, ergänzt er und betont das »was«, und bei mir fällt der Groschen.

»Jake ist bei dir, nicht wahr?«

»Ja, ich sitze im Auto, mit ... was ... und ich dachte, du würdest nicht wollen, dass ... du weißt schon.«

»Mit wem zum Teufel sprichst du da so rätselhaft?« Klar und deutlich höre ich im Hintergrund Jakes Stimme.

Schon von ihrem Klang tut mir das Herz weh.

O Gott. Ich vermisse ihn so sehr.

Nein, tue ich nicht. Ich hasse ihn.

Glaube ich.

Ich weiß es nicht.

Mist.

Seht mich an. Ich höre seine Stimme, und mein Verstand setzt aus. Wie zum Teufel soll ich es schaffen, nach New York zu fliegen und einen ganzen Tag mit ihm zu verbringen?

Nein, ich komme schon klar. Ich kann es schaffen, Vicky und dem Magazin zuliebe. Das ist alles, was zählt.

»Ich telefoniere gerade mit meinem Freund«, behauptet Stuart an ihn gerichtet. »Steck deine Nase gefälligst nicht in fremde Angelegenheiten.«

»Seit wann hast du denn einen Freund?« Es entsteht ein kurzes Schweigen, beinahe kann ich Jakes Verstand arbeiten hören, und ich weiß einfach, was als Nächstes kommt. »Ist das Tru am Telefon?«

Mir bleibt fast das Herz stehen.

»Nein«, erwidert Stuart. »Ich muss jetzt Schluss machen, Schatz«, wendet er sich wieder an mich. »Mein Arsch von Boss lässt mich nicht ... Herrgott, Jake! Was zum Teufel fällt dir ein?« Ich höre ein Handgemenge, und Stuarts leiser werdende Stimme, als Jake ihm das Handy entreißt.

Jeden Moment werde ich jetzt seine Stimme hören.

Ich will auflegen. Nein, will ich nicht.

Meine Hand umklammert das Telefon und ist plötzlich glitschig vor Schweiß.

»Tru, bist du das?« Rauchig erklingt Jakes tiefe Stimme in der Leitung.

Meine Brust verkrampft sich. Ich kann nicht sprechen.

»Du bist es, nicht wahr? Deshalb sagst du nichts.«

Ich atme tief durch. »Ja.«

»Tru, o Gott, Kleines, du fehlst mir so sehr.« Vor lauter Aufregung sprudeln die Worte nur so aus ihm heraus, und ich höre die Erleichterung in seinem Tonfall. »Bitte, lass mich dich sehen. Ich muss mit dir reden. Mir tut das alles so leid. Bitte lass mich dich einfach sehen.« Seine Stimme bricht.

Tränen steigen mir in die Augen.

Ich zwinkere, um sie zu unterdrücken, und sammle mich, um herauszubekommen, was ich sagen will. »Ich komme in ein paar Tagen nach New York, um über das Konzert zu schreiben.«

»Wirklich? Oh, Gott sei Dank. Danke, Kleines. Du wirst es nicht bereuen, wir können reden und das alles klären und …«

»Nein, Jake. Wir werden gar nichts klären, weil es nichts zu klären gibt. Ich komme, um über das Konzert zu berichten, weil du mich dazu zwingst. Mit allem anderen sind wir fertig, du und ich. Für immer. Es gibt nichts zu diskutieren.«

»Tru, nein, bitte.«

Das Herz liegt mir bleischwer in der Brust.

Ich zwinge mich zu einer Stärke, die ich im Moment nicht besitze und vielleicht auch nie wieder besitzen werde, hole tief Luft und erkläre: »Du denkst wohl, ich weiß nicht, was du vorhast, wenn du mich auf diese Weise zwingst, nach New York zu kommen, damit du versuchen kannst, mir deine beschissenen Lügen aufzutischen? Vicky und das Magazin zu benutzen, um an mich ranzukommen. Das ist erbärmlich, Jake, sogar für dich. Und wenn du auch nur für einen Moment geglaubt hast, dass du so die Chance erhältst, alles wiedergutzumachen, dann hast du dich leider getäuscht. Das Einzige, was du damit erreichst, ist, dass ich dich noch mehr hasse als ohnehin schon.« Ein weiterer tiefer Atemzug. »Bitte sag Stuart, dass er mir die Flug- und Hotelunterlagen per Mail schicken soll. Leb wohl, Jake.«

»Tru, nein! Warte! Du hast das völlig falsch verstanden! Rede einfach mit mir, hör mich an, *bitte*.«

Ich zögere kurz.

Wieder schwanke ich. Ich schließe die Augen und sehe das Bild von ihm mit ihr im Bett.

»Nein.«

Ich lege auf.

Ich lasse das Telefon auf den Boden fallen und schluchze in meine Hände.

Wir landen abends um zehn in New York. Simone ist bei mir. Eigentlich wollte ich allein kommen, da ich nur kurz hier sein werde. Aber Simone hat mich nicht allein reisen lassen. Sie war hartnäckig. Und sie hat gesagt, dass sie ohnehin vorhatte, bald herzufliegen, um Denny zu sehen, also schlägt sie zwei Fliegen mit einer Klappe.

In der Ankunftshalle erwartet uns Dave.

»Hey, Tru.« Er lächelt mir zu.

»Hi, Dave.« Ich stelle mich auf die Zehenspitzen und küsse ihn auf die Wange.

Überrascht sieht er mich an, und ich sehe, wie sich seine Wangen leicht röten.

»Ich hab dich vermisst«, sage ich zu ihm. Es ist wahr. Ich habe alle vermisst.

»Nun, du hast hier auch allen sehr gefehlt.« Mich beschleicht der Eindruck, dass er mit dieser Aussage vor allem auf Jake abzielt.

»Hi, Simone«, begrüßt er sie und nimmt unsere Koffer. »Das Auto steht gleich da vorne.«

Ich hake mich bei Simone unter, und wir folgen Dave hinaus zum Wagen.

Denny sitzt im Auto und wartet auf uns. Nun, auf Simone, nicht auf mich natürlich. Und sie ist mehr als glücklich, ihn zu sehen.

Das macht mich traurig.

Natürlich freue ich mich für sie, aber es erinnert mich so sehr an das eine Mal, als ich in Stockholm gelandet bin und Jake im Auto auf mich gewartet hat. An den Tag, an dem wir unsere Freundschaftsbänder getauscht haben.

Verstohlen berühre ich das Band an meinem Handgelenk. Noch war ich nicht fähig dazu, es abzunehmen. Ich trage auch noch immer die Tiffany-Halskette.

Bald werde ich beides abnehmen, ich bin nur noch nicht bereit dafür.

Ein kleiner Teil von mir hat sich gefragt, ob Jake im Auto auf mich warten würde, und ich hasse es, dass ich so große Enttäuschung verspüre, dass er nicht hier ist.

In den letzten Tagen hat er keinerlei Kontaktversuche mehr unternommen. Keine Blumen. Keine Briefe. Absolute Funkstille.

Vielleicht ist die Botschaft endlich bei ihm angekommen, nachdem ich es ihm am Telefon gesagt habe.

Gut, ich bin froh darüber.

Glaube ich zumindest.

Mist.

Während der Fahrt zum Hotel sitze ich vorne bei Dave, um den Turteltauben hinten etwas Zeit für sich zu geben, und ich plaudere mit ihm über alles Mögliche, vom Wetter bis zum Sport, wobei ich darauf achte, alle Gesprächsthemen zu vermeiden, die uns auf Jake bringen könnten.

Wir übernachten im Mandarin Oriental. Dave stellt den Wagen im Parkhaus ab und besteht darauf, meinen Koffer für mich in die Suite zu bringen. Um den von Simone kümmert sich Denny. Er ist so lieb zu ihr.

Denny und Simone wohnen im zweiundfünfzigsten Stockwerk, also steigen sie zuerst aus dem Aufzug. Ich bin im dreiundfünfzigsten untergebracht.

Simone umarmt mich zum Abschied, als sie aussteigt. »Kommst du zurecht?«, flüstert sie mir ins Ohr. »Ich kann bei dir bleiben, wenn du willst.«

»Sei nicht albern, ich komm schon klar«, erwidere ich und löse mich aus ihrer Umarmung. »Geh, und amüsier dich mit Denny. Wir sehen uns dann morgen früh.«

»Bist du dir sicher?«

»Ich bin mir sicher.«

Sichtlich schweren Herzens verlässt sie den Aufzug. »Du weißt, wo du mich findest, falls du mich brauchst.«

»Ich weiß, jetzt geh schon ... Nacht, Denny.« Ich lächle ihm zu.

»Bis dann, Tru.«

Dave lässt den Halteknopf los, und als sich die Türen schließen, winke ich Simone noch einmal zu.

Wir fahren eins höher, und dann sind wir auf meinem Stockwerk.

Dave zieht den Koffer für mich durch den Korridor.

»Hier wohnst du«, erklärt er und bleibt vor der Flügeltür stehen, die als Präsidentensuite markiert ist.

Was zum Teufel …?

Er steckt die Schlüsselkarte in den Schlitz und hält mir eine der Türen auf.

»Hier übernachte ich?« Ich werfe ihm einen verwirrten Blick zu.

Dave nickt und reicht mir die Schlüsselkarte.

»Allein?«

»Ja, Tru.« Er schmunzelt.

Ich weiß, ich habe schon vorher in solchen Suiten gewohnt, aber die Präsidentensuite ist normalerweise die beste, die das Hotel zu bieten hat. Es ist immer die, in der Jake wohnt.

»Aber … das ist zu viel für mich allein«, murmle ich und stecke den Kopf durch die Tür.

Ich schnappe nach Luft.

Die Suite ist gigantisch. Größer als alle, in denen ich bisher mit Jake übernachtet habe.

Mit großen Augen sehe ich Dave an.

Er zuckt die Achseln und lächelt. »Stuart bucht die Zimmer.«

Auf Jakes Anweisung hin.

»Da muss ich mich aber noch mal ordentlich bei ihm bedanken«, murmle ich und nehme Dave den Koffer ab. »Danke fürs Abholen vom Flughafen.« Ich lächle ihm zu.

»War mir ein Vergnügen.«

»Ich schätze, wir sehen uns morgen.«

»Das werden wir.« Er lächelt. »Gute Nacht, Tru.«

»Nacht«, erwidere ich.

Dave tritt nach draußen und läuft den Korridor entlang, bleibt jedoch wenige Meter entfernt noch einmal stehen und dreht sich zu mir um.

»Ich weiß, dass es mir nicht zusteht, und ich möchte mich nicht in Dinge einmischen, die mich nichts angehen, aber wenn du mich fragst, dann glaube ich nicht, was dieses Mädchen behauptet. Ich arbeite schon lange für Jake und habe viel gesehen, und ich habe einen Riecher dafür, wenn Menschen lügen. Das ist etwas, das ich in meinen Jahren beim Marine Corps gelernt habe. Und meiner Meinung nach sagt Jake die Wahrheit.« Er presst die Lippen zusammen, schenkt mir ein letztes kurzes Lächeln, wendet sich ab und geht.

Stumm schließe ich die Tür hinter mir und lehne mich dagegen.

Alle glauben Jake. Um ganz ehrlich zu sein, glaube ich, sogar Simone geht es so, aber sie hat es nicht gesagt. Anscheinend bin ich die Einzige, die ihm nicht glaubt. Andererseits war ich diejenige, die ihn mit ihr im Bett erwischt hat.

Und Dave ist ein Ex-Marine? Wie konnte ich das nicht wissen?

Trotzdem, bleib standhaft, Tru. Vertrau auf dein Urteilsvermögen. Du weißt, was du gesehen hast.

Jake ist ein Frauenheld. Jeder weiß das. So ist er nun mal, warum um Himmels willen sollte er sich also deinetwegen ändern?

Ich ziehe meinen Koffer durch die Suite und stelle ihn im riesigen Schlafzimmer ab, und im selben Moment entdecke ich eine hellblaue Geschenkschachtel, die auf dem ebenso riesigen Bett liegt.

Jake.

Ich gehe hin und setze mich daneben auf die Bettkante. Zögerlich hebe ich den Deckel der Schachtel ab.

Darunter liegt ein brandneues iPhone. Außerdem ist eine kleine Karte in der Schachtel. Ich öffne sie und lese:

Als Ersatz für das, das ich kaputt gemacht habe. Es ist auf deine alte Nummer registriert. Ich habe auch deinen alten Klingelton für dich eingestellt.
J. x

Mit zitternden Fingern nehme ich das Handy und lasse die Karte zurück in die Schachtel fallen.

Ich fasse es nicht, dass er mir ein brandneues iPhone gekauft hat. Doch, eigentlich schon, schließlich ist es Jake, von dem wir reden.

Tja, aber ich werde es nicht behalten. Er kann mich nicht mit schicken Spielzeugen zurückkaufen.

Allerdings ist es durchaus hübsch.

Vielleicht mache ich es einfach mal an, um zu sehen, wie es ist, falls ich beschließe, mir selbst eins zu kaufen, nachdem ich ihm dieses zurückgegeben habe.

Ich schalte es ein, und das Display leuchtet auf. Gespannt warte ich, während es hochfährt.

Unter den Icons wird der Bildschirmhintergrund sichtbar. Ein Foto von Lumb Falls.

Sofort füllen meine Augen sich mit Tränen unter den Erinnerungen, die bei diesem Bild im Stakkato auf mich einprasseln.

Versucht er etwa, mir wehzutun?

Ich tippe auf das Musik-Icon, sodass das Foto vom Display verschwindet, und sehe einen einzigen Song dort aufgelistet. Adele. Meinen Klingelton.

Ich tippe auf Play, bleibe sitzen und höre zu, wie Adele zu singen anfängt, a cappella, auf meinem Handy.

Diese Version habe ich noch nie gehört. Ich frage mich, wo er sie herhat?

Durch Adeles Gesang hindurch höre ich ein leises Klopfen an der Eingangstür.

Wahrscheinlich ist es Simone, die gekommen ist, um nach mir zu sehen. Sie macht sich immer so viele Sorgen.

Mit dem Handy in der Hand, auf dem Adele noch immer singt, gehe ich aus dem Schlafzimmer, durchs Wohnzimmer und öffne schwungvoll die Tür.

Jake.

Mir bleibt das Herz stehen.

Er ist schön, so wunderschön. Unrasiert ist er, seine Augen wirken dunkel und müde, und trotzdem ist er so absolut und atemberaubend schön.

Bei seinem Anblick spüre ich einen quälenden Stich in der Brust.

Sein Duft hängt in der Luft. Sein ganz besonderer Jake-Duft. Mein Inneres schmerzt, und ich brenne darauf, ihn zu berühren.

All meine Wut auf ihn geht in Rauch auf. All die Dinge, die ich sagen wollte, von denen ich geglaubt habe, dass ich sie zu ihm sagen würde – verschwunden.

In seiner Anwesenheit werde ich schwach.

Unbewusst umklammere ich das noch immer singende Handy.

»Du hast es gefunden.« Er blickt auf das Gerät in meiner Hand hinab.

Mein Blick folgt seinem. »J-ja. Ja, danke. Du hättest mir das aber nicht kaufen müssen.«

»Doch, das musste ich.« Er blickt auf, direkt in meine Augen.

Mir zittern die Knie.

»Gefällt dir der Song?«, fragt er, blinzelt und löst damit den Bann seines Blicks.

»Ja, danke. Diese Version ist großartig. Ich liebe sie.«

»Sie wird sich freuen, das zu hören.«

Ich bin verwirrt und etwas misstrauisch. »Wo hast du sie her?«

Er fährt sich mit der Hand durchs Haar und streicht es sich in den Nacken. In seinen Armen spannen sich die Muskeln an. Nun sehne ich mich noch mehr danach, ihn zu berühren.

»Die ist nur für dich. Sie hat mir einen Gefallen getan und ihn aufs Handy gesungen.«

»Wirklich?«

»Ja.«

»Oh.«

Ach du Scheiße. Er hat mir einen persönlichen Klingelton besorgt, a cappella eingesungen. Ich bin der einzige Mensch auf der Welt, der diese Version besitzt.

Seinetwegen besitze ich einen eigenen, ganz besonderen Klingelton.

Was von meinem Herzen noch übrig war, ist gerade in tausend Splitter zersprungen. Schon schnüren die Tränen mir den Hals zu.

Er macht es mir so schwer, ihn zu hassen, wenn er so lächerlich süße Dinge wie das hier für mich tut.

Nein, werd jetzt nicht schwach. Das ist alles nur Teil seines Plans, sich wieder einen Weg in mein Leben zu erschleichen.

Er hatte Sex mit einer anderen Frau.

Glaube ich.

Ich weiß es nicht.

Scheiße.

»Danke«, murmle ich.

Wir starren einander lange an. Adele hört auf zu singen, und der Moment endet.

»Wolltest du irgendwas, oder …?« Nervös ziehe ich am Saum meines T-Shirts und weiche seinem intensiven Blick aus.

»Oh, ja, ich, äh … Ich hab dir deine Sachen mitgebracht.« Hinter der Ecke zieht er einen Koffer hervor.

Meinen Koffer. Den, den ich in Boston gelassen habe. Er hat ihn die ganze Tour über mitgeschleppt.

Um ehrlich zu sein, hatte ich nicht groß darüber nachgedacht, was er damit angestellt hat.

»Danke«, sage ich und nehme ihn entgegen. Dabei streifen meine Finger seine.

Hitze versengt meinen Arm, durchströmt meinen Körper und rast direkt auf mein Herz zu.

Ich rolle den Koffer in die Suite, stelle ihn neben der Tür ab und versuche verzweifelt, meine Gefühle unter Kontrolle zu bringen.

»Also ... äh.« Wieder fährt er sich mit der Hand durchs Haar. »Brauchst du irgendwas, oder ...?«

»Nein, ich brauche nichts. Danke.«

Das Ganze hier ist so schwer. Keine Spur von seinem witzigen Jake-Geplänkel. Die Unbeschwertheit, die immer zwischen uns geherrscht hat, ist weg. Es ist fast so, als wären wir Fremde. Er ist nicht mehr mein Jake, und das schmerzt mich mehr, als ich in Worte fassen kann.

»Okay.« Er weicht zurück. »Also ... Ich schätze, wir sehen uns dann ... morgen.«

Er geht. Mir wird bang ums Herz. Ich will nicht, dass er geht.

Doch, das will ich.

Ich reiße mich zusammen und sage: »Gute Nacht, Jake.«

»Gute Nacht, Trudy Bennett.« Reumütig lächelt er mir zu.

Als ich gerade die Tür schließen will, ergreift er noch einmal das Wort. »Tru?«

Ich öffne sie wieder.

»Es ist wirklich schön, dich wiederzusehen. Du siehst ... gut aus.«

»Danke.« Ich ringe mir ein schmerzhaftes Lächeln ab. »Du auch.«

Ich schließe die Tür und sperre ihn aus.

Ausgelaugt lehne mich gegen das Holz und schnappe nach Luft, obwohl ich mir nicht bewusst bin, sie angehalten zu haben. Ich rutsche hinunter und sinke unter dem Gewicht des Kummers, der auf mir lastet, zu Boden.

Das ist so viel schwerer, als ich je gedacht hätte.

Ich hole tief Luft und versuche, meine Gefühle unter Kontrolle zu bringen.

Es ist nur ein Tag, Tru, das ist alles. Steh den morgigen Tag und das Konzert durch, dein Flug ist direkt im Anschluss gebucht, und du bist wieder zu Hause und frei.

Wirklich? Werde ich jemals wirklich frei von Jake sein, wo er sich doch bereits so tief in mein Herz gegraben hat?

In meiner Hand singt Adele. Ich hebe das Handy und sehe, dass ich eine SMS bekommen habe.

Jake:

> ALS ICH GESAGT HABE, DASS DU GUT AUSSIEHST, WOLLTE ICH EIGENTLICH SAGEN, DASS DU WUN-DERSCHÖN BIST. X

Und da ist wieder mein Jake.

Unaufhaltsam strömen mir Tränen über die Wangen, während ich in Erinnerungen an ihn ertrinke. Das Gefühl seiner Haut auf meiner, seine Küsse, die Art, wie er mich geliebt hat.

Ich glaube nicht, dass ich das schaffe. Es ist zu schwer, in seiner Nähe zu sein.

Doch, ich kann das, es sind bloß vierundzwanzig Stunden. Vierundzwanzig lächerliche Stunden, die ich durchstehen muss.

Aber noch während ich darüber nachdenke und einen inneren Kampf ausfechte, bin ich mir da schon nicht mehr so sicher. In meine Tränen mischt sich heftiges Schluchzen, und ich weine so lange, bis alles, was bleibt, ein trockenes Würgen ist, das einfach nicht aufhören will.

KAPITEL 29

Nachdem Jake gestern Abend gegangen war und ich mich ausgeheult hatte, habe ich mich mit rot verquollenen Augen in die riesige Badewanne gelegt und bin darin liegen geblieben, bis das Wasser kalt wurde, habe über Jake nachgedacht und darüber, was ich tun werde.

Da ich zu keinem Ergebnis gekommen bin und genauso schlau war wie zuvor, habe ich anschließend die Minibar geplündert. In der Hoffnung, dass es mir beim Einschlafen helfen würde, habe ich zwei Gläser Wein getrunken und bin in das gewaltige Bett gekrochen.

Der Wein hat jedoch nichts gebracht, denn es hat sich einfach falsch angefühlt, ohne Jake in einem solchen Bett zu schlafen – leer und so unglaublich einsam.

Dadurch habe ich ihn nur noch mehr vermisst, als ich es ohnehin schon tue.

Alles, woran ich denken konnte, war, dass er irgendwo hier im Hotel war. Irgendwo in der Nähe. Und zu wissen, dass ich nach meinem Handy greifen, ihn anrufen und in ein paar Minuten in seinen Armen liegen könnte, hat es nur noch schwerer gemacht.

Die Wut, an die ich mich so verzweifelt geklammert hatte, hat mich im Stich gelassen, sodass nur verletzte Gefühle übrig geblieben sind.

Ich wusste, dass es schwer sein würde, Jake wiederzusehen, aber wie schwer, habe ich unterschätzt.

Die Begegnung mit ihm hat mich schlagartig mit den Gefühlen konfrontiert, vor denen ich mich die letzte Woche über so verzweifelt zu verstecken versucht habe. Ich war gezwungen, sie in ihrer ganzen unerträglichen Intensität zu spüren, und es macht mich total fertig.

Nachdem ich also die Nacht damit verbracht habe, auf meinem neuen iPhone Cyndi Laupers »Time After Time« auf Dauerschleife zu hören und über den Songtext zu weinen, bin ich für ein paar Stunden doch noch eingeschlafen. Und nun finde ich mich morgens um sechs an einem Tisch im Hotelrestaurant wieder und trinke Kaffee, nur um mich zu beschäftigen.

Mit meinen verquollenen Augen sehe ich aus wie ein völlig übermüdetes Wrack, aber das ist mir egal.

Da es so früh ist, wird das Frühstück gerade erst serviert, also bin ich allein hier, und nur die Kellner leisten mir Gesellschaft. Genau so, wie ich es will.

Auf dem Weg hierher habe ich mir eine Zeitung geschnappt, um meinen Verstand zu beschäftigen. Es ist die *New York Times*. Ich lese den Wirtschaftsteil und meide alles, was auch nur im Entferntesten mit Unterhaltung zu tun hat, für den Fall, dass etwas über Jake hier drinsteht.

Als ich einen Artikel über die stetig steigenden Benzinpreise überfliege, spüre ich jemanden neben mir. Ich blicke auf und rechne damit, den Kellner zu sehen, doch es ist Jake.

Mein Herz setzt aus, schlägt mir dann bis zum Hals.

»Hi«, begrüßt er mich. Seine Stimme klingt rau und sanft zugleich, wie nur seine es kann. »Was dagegen, wenn ich mich zu dir setze?«

Er riecht stark nach Zigaretten. Er muss gerade eine geraucht haben.

»Äh, nein, natürlich nicht«, bringe ich heraus.

Jake setzt sich mir gegenüber, und ich muss mich anstrengen, ihn nicht anzustarren.

Er wirkt, als hätte er nicht viel Schlaf bekommen. Seine sonst leuchtenden Augen sind dunkel, und sein Haar sieht zerzaust aus, wie immer, wenn er wegen etwas besorgt ist und sich ständig mit den Fingern hindurchfährt.

Bei dem Anblick erwacht in mir der Wunsch, die Hand auszustrecken, es glatt zu streichen und ihn zu beruhigen.

Ich drücke meine Handflächen flach auf den Tisch.

»Hast du schon bestellt?« Er deutet auf meinen halb ausgetrunkenen Kaffee.

»Nur Kaffee.«

»Isst du was?«

Ich schüttle den Kopf und richte meine Augen wieder auf die Zeitung.

»Du siehst aus, als hättest du abgenommen.«

Mein Blick ruckt zu ihm hinauf. »Willst du damit sagen, dass ich fett war?«

Da ist sie, die Tru, die einen Streit mit Jake vom Zaun brechen will. Ich habe mich schon gefragt, wann sie auftauchen würde. Offenbar um sechs Uhr morgens in einem Hotelrestaurant.

»Nein, natürlich nicht.« Rasch schüttelt er den Kopf und wirkt hilflos. »Ich hab nur versucht … Konversation zu machen. Schätze …« Er verstummt.

»Tja, ich nicht.«

»Du willst nicht reden?«

»Nein.«

Erneut richte ich den Blick auf die Zeitung. Verzweifelt versuche ich, mich auf den Text zu konzentrieren, doch alles, was ich jetzt empfinde, ist eine unglaubliche Wut, die mein Blut erhitzt und es zum Kochen bringt. Ich möchte ihn einfach nur anschreien.

»Willst du, dass ich gehe?«, fragt er leise und fährt mit der Fingerspitze über die Tischdecke.

Und das ist alles, was er sagen muss, um das Fass zum Überlaufen zu bringen.

»Ist es von Bedeutung, was ich will?«, schleudere ich ihm entgegen.

Er runzelt die Stirn. »Natürlich.«

»Nein, eben nicht! Sonst wäre ich jetzt nicht hier und würde diese Unterhaltung mit dir führen. Ich wäre zu Hause und würde mein Leben weiterleben.«

»Tru …« Er streckt die Hand über den Tisch und versucht, meine zu nehmen, doch ich reiße sie weg, bevor er sie ergreifen kann.

»Warum bist du hier?« Ich werfe ihm den eisigsten Blick zu, den ich fertigbringe. »Bist du nur runtergekommen, um mich noch mehr zu quälen – mehr, als du es ohnehin schon getan hast?«

»Dich quälen?« Er wirkt ernsthaft böse über diese Aussage.

»Ja!« Ich knalle die Hände auf den Tisch. »Du quälst mich, indem du mich zwingst, in deiner Nähe zu sein, nach dem, was du getan hast!«

»Ich habe nicht …«

»Ich will es nicht hören!«, schreie ich und springe auf.

Mein Herz schlägt so schnell und heftig, dass mir das Blut in den Ohren rauscht. Hastig entferne ich mich vom Tisch und von ihm.

»Würdest du wohl stehen bleiben und mir verdammt noch mal zuhören?«, brüllt er und springt so abrupt auf, dass der Stuhl hinter ihm umkippt und auf den Boden knallt.

Ich werde blass.

Seine Stimme ist so durchdringend, dass alles im Raum erstarrt.

Ich. Die Zeit. Die Luft. Alles.

Jakes Brust hebt und senkt sich zornig mit jedem Atemzug.

Ich glaube nicht, dass ich ihn schon jemals so wütend erlebt habe.

Kurzzeitig überrumpelt gerate ich ins Wanken, doch ziemlich schnell komme ich wieder zu mir.

Ich drehe mich auf dem Absatz um und erwidere: »Nein, ich werde verdammt noch mal nicht stehen bleiben und dir zuhören, weil ich verdammt noch mal nicht daran interessiert bin, was du zu sagen hast!« Ich verfluche meine Stimme, die mich mit ihrem leichten Zittern verrät.

»Herrgott noch mal!«, knurrt er. »Du bist dermaßen dickköpfig! Du wirst mir jetzt zuhören, und wenn ich dich erst an diesen beschissenen Stuhl fesseln muss!« Er deutet auf den Stuhl, den kurz zuvor noch mein Hintern beehrt hat. »Ich werde es so lange wiederholen, bis du mich hörst: Ich *hatte keinen Sex* mit diesem Mädchen, und erst recht hatte ich keine Affäre mit ihr! Ich liebe dich, verdammt noch mal, Tru! Mehr als das Leben selbst! Das würde ich dir niemals antun! Also, kommt jetzt mal irgendwas von dem bei dir an, was ich sage?« Frustriert fasst er sich an den Kopf. »Dringt irgendwas hiervon durch in dein stures Hirn?«

Er wirkt so wütend, frustriert und verloren.

Andererseits bin ich das auch.

Ich verschränke die Arme vor der Brust. »Leeres Gerede, Jake. Mehr ist das alles nicht. Ich glaube an Tatsachen, Statistiken und Logik.« Unbarmherzig werfe ich ihm die Worte an den Kopf, versuche, ihn zu verwirren – oder mich selbst, da bin ich mir nicht sicher. Alles, was ich weiß, ist, dass ich mich gerade wie Vicky anhöre.

»Was?«, schäumt er mit zusammengebissenen Zähnen und runzelt die Stirn.

»Ich glaube an das, was ich gesehen habe!«

»Nein, du glaubst an das, von dem du denkst, dass du es gesehen hast!«

»Willst du mir damit sagen, dass ich dich nicht mit ihr im Bett erwischt habe?«

»Nein, ich will nur …«

»Also hab ich richtig gesehen.«

»Nein!«

»Doch!« Unwillkürlich schlinge ich mir meinen Pferdeschwanz um die Hand und ziehe fest daran, als ob mir der Schmerz alle Wut und sämtlichen Frust nehmen könnte.

»Nichts, was du sagst oder tust, wird mich umstimmen«, fahre ich in leisem, bestimmtem Tonfall fort. »Ich glaube an das, was ich gesehen habe. Also, wenn du jetzt fertig bist, gehe ich zurück in mein Zimmer.«

Ich weiche zurück, doch sofort bringt er mich mit seinen Worten zum Stehen.

»Ich bin nicht fertig.« Er klingt so gebieterisch, so wütend, dass ich mich nicht rühren kann.

Beherrschten Schrittes kommt er um den Tisch herum und nähert sich mir. Beinahe körperlich spürbar strahlt seine Wut von ihm aus und weckt in mir den Wunsch, zurückzuweichen, doch ich kämpfe dagegen an.

»Ich werde nicht aufgeben, bis du mir glaubst, Tru«, schwört er leise und nähert sich meinem Gesicht. »Ich werde nicht aufhören, um uns – um dich – zu kämpfen. Ich will dich zurückhaben und werde es weiterhin versuchen, mit allen Mitteln, die mir zur Verfügung stehen, bis du endlich glaubst, dass ich die Wahrheit sage. Bis du mir vergibst, dass ich dich mit den Drogen enttäuscht habe, und ich dich wieder in meinem Leben habe.«

Er wirft mir einen letzten entschlossenen Blick zu, dreht sich abrupt um und marschiert aus dem Restaurant, während ich am ganzen Körper zittere und allein bin mit den Blicken der Kellner, die gerade Zeugen unseres Streits geworden sind.

Mit brennenden Wangen schlinge ich mir die Arme um die Brust, unterdrücke die Tränen, verlasse auf unsicheren Füßen eilig das Restaurant und mache mich schnurstracks auf den Weg in mein Zimmer.

Ich bin mit Simone bei Macy's shoppen. Das heißt, Simone shoppt, und ich laufe ihr hinterher.

Sie hat von meinem Streit mit Jake erfahren und angeordnet, dass wir an diesem Nachmittag einkaufen gehen.

Obwohl ich nicht in Stimmung war und damit zufrieden gewesen wäre, mich in meiner Suite zu verstecken, bis ich mich beim Konzert heute Abend hätte blicken lassen müssen, wusste ich, dass Simone es ernst meinte. Durch meinen Streit mit Jake vorhin habe ich so ziemlich jegliche Kraft verloren, die noch übrig war, also habe ich nachgegeben.

Um ehrlich zu sein, bin ich immer noch zutiefst erschüttert.

Er wird mich nicht gehen lassen. Er wird uns niemals aufgeben.

Tja, viel Glück damit, Kumpel, denn je mehr du mich bedrängst, desto weiter werde ich mich von dir entfernen.

Glaube ich.

Ich weiß es nicht.

Mist.

Jake hat dieses angeborene Talent, mich zu manipulieren wie kein anderer, und wenn ich in seiner Nähe bin, verliere ich völlig den Verstand und den Blick fürs Wesentliche. Und möglicherweise will ein klitzekleiner Teil von mir zu ihm zurück. Doch der größere Teil – der erniedrigte und betrogene – will das nicht.

Und momentan hat die erniedrigte Tru die Kontrolle.

Simone ist beladen mit Klamotten, die sie eventuell kaufen will. Ich bin so in meine eigenen Grübeleien vertieft, dass ich nicht einmal ansatzweise die hübschen Dinge bewundern kann, die mich umgeben.

»Ich probier die Sachen jetzt mal an. Kommst du mit?«, fragt Simone.

»Klar.« Schließlich habe ich nichts Besseres zu tun.

Ich folge Simone in die leere Umkleide und setze mich, während sie in eine der Kabinen geht, um die Sachen anzuprobieren.

»Was denkst du?«, fragt sie und kommt ein paar Minuten später in einem wunderschönen fuchsiafarbenen Miss-Sixty-Kleid aus der Kabine.

Nun macht sich mein sechster Sinn für schöne Kleider doch noch bemerkbar, und ich bin sofort verliebt.

Es ist ärmellos, hat einen hoch sitzenden Nietengürtel, einen langen Rock und einen U-Ausschnitt mit grob eingefassten Details über der Brust.

»Es ist umwerfend«, murmle ich und wünschte, ich hätte etwas besser aufgepasst, denn dann hätte ich es mir selbst ausgesucht. Zumindest weiß ich, dass Simone es mir leihen wird, wenn ich es tragen will. Was nicht heißen soll, dass ich momentan große Lust zum Ausgehen hätte.

»Ich würde es mit diesen blauen High Heels da kombinieren.« Ich nicke in Richtung der hübschen hochhackigen Schuhe auf dem Boden.

»Glaubst du wirklich?« Sie runzelt die Stirn. »Die hab ich mitgenommen, um sie mit dem schwarzen Kleid zusammen anzuprobieren.«

»Vertrau mir«, beharre ich. »Zieh sie an, und du wirst schon sehen.«

Sie zuckt die Achseln, schlüpft in die wahnsinnig hohen Schuhe und betrachtet sich im Spiegel.

»Wow! Du hast recht.« Sie lächelt. »Die passen wirklich zusammen. Das einzige Problem ist, dass das falsche Mädchen dieses Outfit trägt. Ich kann auf keinen Fall so rumlaufen, dafür bin ich zu blass. Aber für dich ist es wie geschaffen.«

»Ach was, es steht dir blendend.«

»Probier es an«, ermutigt sie mich.

Obwohl ich das Outfit liebe, bin ich einfach nicht in der Stimmung, mich chic zu machen. Ich kann den Streit mit Jake nicht vergessen.

»Ich hab keine Lust, Sachen anzuprobieren.« Ich kaue auf meinem Daumennagel.

»Dann probier es eben nicht an, sondern kauf es einfach. Wir haben schließlich so ziemlich die gleiche Größe«, erinnert sie mich und betrachtet sich wieder im Spiegel.

Ich schnaube. Nicht gerade ein attraktives Geräusch.

»Haben wir wirklich!« Sie klingt verteidigend.

»Ja, bis auf die Tatsache, dass mein Hintern ungefähr zehnmal größer ist als deiner.«

»Nein, ist er nicht.« Sie wirft mir einen missbilligenden Blick zu. »Ich garantiere dir, dass dir dieses Kleid passen wird, also sage ich dir, dass du dieses Kleid und diese Schuhe kriegst, und wenn ich sie selbst bezahlen muss. Und außerdem wirst du sie heute Abend zum Konzert anziehen.«

»Den Teufel werd ich tun!«, widerspreche ich und hebe ruckartig den Kopf. »Ich gehe in Jeans und T-Shirt zum Konzert, in bequemer Reisekleidung. Direkt im Anschluss geht mein Flug, schon vergessen?«

»Umziehen kannst du dich auch noch am Flughafen. Aber bei diesem Konzert musst du blendend aussehen, Tru.«

»Ich gehe da nicht zum Feiern hin, sondern zum Arbeiten.«

»Und ziehen sich die Leute normalerweise nicht zur Arbeit chic an?«

»Müllmänner nicht.«

»Lass den Scheiß, Tru.« Sie kommt her und setzt sich neben mich, in dem Outfit, das bald meins sein wird.

»Im Augenblick bist du verletzt.« Ihre Stimme klingt sanft und vorsichtig. »Wie zu erwarten war. Und die beste Art, diesen Schmerz loszuwerden, ist, zu versuchen, sich in der eigenen Haut wohlzufühlen. Zieh dir ein schönes Kleid und ein paar tolle High Heels an, und ja, mag sein, dass du dich dann innerlich immer noch beschissen fühlst, aber äußerlich wirst du umwerfend sein, und das allein wird dir für diesen Abend ein Lächeln ins Gesicht zaubern.« Mit der Schulter versetzt sie mir einen leichten Stoß und lächelt.

»Na schön«, schnaube ich. »Dann ziehe ich das blöde Kleid eben an.«

»Gut. Und wenn ich schon dabei bin, Ratschläge zu erteilen, kann ich dir noch einen geben?«

Ich drehe den Kopf und sehe sie direkt an. »Wenn es um Jake geht, dann nicht.«

Sie wirft mir einen ernsten Blick zu. »Sprich mit ihm, Tru. Ich habe meine Meinung in dieser Sache für mich behalten und meinen Teil als beste Freundin, die dich voll unterstützt, geleistet, aber jetzt sage ich dir, was Sache ist: Jake so zu ignorieren tut euch beiden nicht gut.«

Sie legt mir liebevoll die Hand auf den Unterarm. »Und du kannst mich dafür fertigmachen, so viel du willst, aber ... ich glaube ihm. Ich bin überzeugt, dass er die Wahrheit sagt. Ich glaube nicht, dass er mit dieser Schlampe Sex hatte. Das ist bloß eine verhurte, opportunistische kleine Goldgräberin. Ehrlich, ich kann mir nicht mal ansatzweise vorstellen, wie furchtbar es gewesen sein muss, da reinzukommen und ihn so mit ihr im Bett zu sehen ... Und ja, er hat dich absolut enttäuscht, was die Drogen betrifft«, ergänzt sie rasch, als ich den Mund öffne. »Aber du kannst so nicht weitermachen. Du musst mit ihm reden. Und ehrlich gesagt«, sie seufzt, »glaube ich, dass du das alles auch weißt, aber aus irgendeinem Grund, den ich nicht begreife, lässt du ihn nicht an dich ran, damit er alles klarstellen kann. Und es sieht dir einfach nicht ähnlich, so nachtragend zu sein, Tru.«

Ich zeichne mit der Stiefelspitze Muster auf den Teppich. Sie kommt der Wahrheit gerade ziemlich nah. Näher, als ich will.

»Jake liebt dich. Das ist mehr als deutlich zu sehen«, fährt sie fort, »und ich weiß, dass du ihn auch liebst. Also rede einfach mit ihm, findet für euch beide eine Lösung.«

Weil sie so dicht an der Wahrheit ist, werde ich wütend.

Mehr als gereizt springe ich auf. »Du solltest eigentlich auf meiner Seite stehen, Simone.«

»Ich bin auf deiner Seite.« Auch sie erhebt sich und sieht mich an. »Und genau deshalb sage ich das. Ich ertrage es nicht, dich so leiden zu sehen, wenn es sich doch so leicht beheben ließe. Wenn du einfach nur mit ihm reden und zuhören würdest, was er zu sagen hat …«

Sie legt mir die Hände auf die Oberarme. »Ehrlich, Süße, wenn ich auch nur eine Minute lang glauben würde, dass er es mit dieser kleinen Schlampe getrieben hat, dann wäre ich direkt neben dir und würde ihn verprügeln, dass ihm Hören und Sehen vergeht. Aber ich glaube wirklich nicht, dass er es getan hat.« Sie schüttelt den Kopf. »Er hat Fehler gemacht, ein paar ziemlich große, aber diesen nicht.«

Tränen sammeln sich in meinen Augen.

»Ich wollte dir nicht wehtun, Süße.« Sie nimmt mich in die Arme. »Das musste nur wirklich mal gesagt werden.«

Ich presse die Lider zusammen und kämpfe gegen die Tränen an. »Ich krieg einfach dieses Bild von ihm im Bett mit ihr nicht mehr aus dem Kopf.« Verbittert schlage ich mir mit der Hand an die Stirn. »Und im Grunde …« Ich beiße mir auf die Unterlippe und verfluche mich dafür, dass ich es nun doch ausspreche. »Ich glaube einfach … Also, ich glaube einfach nicht, dass ich für das alles geschaffen bin. Ich komme mit seinem Lebensstil nicht klar – mit allem, was dazugehört.«

Sie weicht zurück und betrachtet mein Gesicht. »Das ist der wahre Grund, stimmt's? Deswegen hast du ihm gegenüber komplett dicht gemacht.«

Ich wische eine verirrte Träne fort. »Zuerst hab ich wirklich geglaubt, dass er mit ihr fremdgegangen ist, nachdem ich die beiden so erwischt hatte. Aber mit der Zeit …« Ich seufze. »Nein, ich glaube nicht, dass er mich betrogen hat, aber dass sie ihre Story verkauft und damit so viel Aufmerksamkeit auf mich gelenkt hat … Nun, da habe ich einfach begriffen, wovor ich mich in der Beziehung mit Jake die ganze Zeit über gefürchtet hatte.«

Unterschwellig ist mir das schon eine Weile bewusst, aber ich habe einfach die ganze Geschichte um das Fremdgehen vorgeschoben. Sobald die Presse vor der Türschwelle meiner Eltern ein Feldlager errichtet hatte, war Schlampe Kaitlyn das kleinere Problem.

»Und das wäre?«, bohrt Simone nach.

»Wer er ist. Alles, was zu ihm gehört. Es gibt einfach keine Privatsphäre, Simone. Wir können nicht mal zusammen ausgehen, ohne dass jemand kommt, der ihn fotografieren will, ein Autogramm, ein Stück von ihm haben will. Mir kommt es nicht so vor, als gäbe es jemals nur ihn und mich – dass er mir jemals ganz gehören wird. Und ja, ich weiß, wie egoistisch das klingt. Aber ich will einfach nur ein normales Leben. Ein Privatleben. Ich will kein Leben, in dem jedes Mal, wenn ich mich mit meinem Freund streite oder wir zusammen ausgehen, es am nächsten Tag als Frühstückslektüre für die Leute im gesamten Internet breitgetreten wird.«

In Wahrheit hatte ich nur ein einziges Mal das Gefühl, dass unsere Beziehung wirklich mir und Jake gehört, und das war in unserer Nacht bei den Lumb Falls.

»Dann sprich mit ihm, sag es ihm«, drängt Simone sanft.

Ich schüttle den Kopf.

»Du bist so ein sturer Esel, Trudy Bennett. Gib dem Mann eine Chance, ernsthaft, denn momentan ist er völlig am Boden und leidet für etwas, das er nicht getan hat. Er versucht verzweifelt, dich zu erreichen, aber im Moment weiß er noch nicht mal, was das wahre Problem ist. Das ist ihm gegenüber nicht fair, Tru, und das weißt du.«

Stundenlang habe ich über dem gebrütet, was Simone gesagt hat.

Sie hat natürlich recht. Ich sollte Jake sagen, dass ich ihm glaube, was das Mädchen betrifft, und ihm beichten, wovor ich mich in unserer Beziehung wirklich fürchte.

Aber ich kann nicht.

Denn wenn ich das tue, wird er mich wieder in sein Leben holen, und im Moment ist das einfach nicht das, was ich will.

Nun, jedenfalls glaube ich das.

Gemeinsam mit Simone stehe ich backstage im Madison Square Garden. Gerade spielt die Vorgruppe. Sie sind ziemlich gut. Wirklich gut sogar.

Es ist eine lokale Band, die bei einem Wettbewerb eines Radiosenders gewonnen hat, um als Vorgruppe zu TMS hier beim Konzert in New York aufzutreten.

Diesen Wettbewerb zu veranstalten war Jakes Idee. Niemand sonst außer Stuart und mir weiß das. Jake hat es als eine Idee der Band ausgegeben.

Er hat so ein gutes Herz. Ich wünschte, er würde es mehr Leuten zeigen und nicht nur mir.

Ben hat Simone und mich vom Hotel hierhergefahren. Mein Gepäck ist im Auto. Nach dem Konzert bringt Ben mich direkt zum Flughafen. Alles, was ich tun muss, ist ihn wissen lassen, wann ich bereit zum Aufbruch bin. Simone bleibt in New York, um ein paar Tage mit Denny zu verbringen.

Seit heute Morgen habe ich Jake weder gesehen noch mit ihm geredet, was gut ist. Glaube ich.

Ich weiß es nicht.

Ich weiß überhaupt nichts mehr.

Als er uns entdeckt, kommt Denny zu uns, den Blick fest auf Simone gerichtet. Ich bin so froh, dass sie einander gefunden haben. Wenigstens eine gute Sache, die sich aus der Geschichte zwischen mir und Jake ergeben hat, schätze ich.

Unauffällig weiche ich seitlich zurück und gebe ihnen etwas Raum. Schon unter normalen Umständen hasse ich es, das fünfte Rad am Wagen zu sein. Im Augenblick umso mehr.

Allein das Wissen, dass Jake hier irgendwo in der Nähe ist, macht mich wahnsinnig. Ich bin extrem wachsam, was irgendwelche Anzeichen für seine Anwesenheit angeht.

Bisher ist noch nichts zu sehen. Ich frage mich, ob er mir nach unserem Streit heute Morgen aus dem Weg geht.

Ich trage das pinke Kleid und die unglaublich schönen blauen High Heels, die ich unter Simones Zwang vorhin kaufen musste, und schon bereue ich die Schuhe – meine Füße bringen mich verdammt noch mal um. Warum lerne ich einfach nicht, dass hübsch nicht gleich bequem bedeutet?

Ich lehne mich mit dem Po an die Wand und beuge mich vor. Vorsichtig ziehe ich mir den Schuh aus und massiere meine malträtierten Zehen.

Aus meiner aktuellen Perspektive sehe ich, wie sich mir ein Paar schwarzer Chucks nähert.

Mein Blick gleitet weiter hinauf zu den schwarzen Jeans, dem ärmellosen original 94er Nine-Inch-Nails-T-Shirt zu »Downward Spiral«, über das sich quer ein Gitarrengurt spannt, über die entblößten, sofort identifizierbaren Tattoos, und schließlich zu Jakes Gesicht.

Er sieht umwerfend aus. Wunderschön. Einfach wie der Rockstar, der er ist. Und der er schon immer sein sollte.

Ich stecke den Fuß wieder in den Schuh. Augenblicklich umfängt mich Nervosität, verschlingt mich.

»Du solltest lernen, vernünftige Schuhe zu tragen.« Er weist mit dem Kinn auf meine Füße.

»Stimmt.«

»Andererseits, wenn du das gelernt hättest, wäre mir die Gelegenheit verwehrt geblieben, dich an jenem einen Abend ins Hotel zu tragen.« Sein Tonfall ist tief und intim, und eindringlich hält sein Blick den meinen fest.

Alle Nervenenden in meinem Körper sprühen Funken, und ein heißes Verlangen nach ihm lodert in mir auf.

Ich sehe nach unten und unterbreche den Blickkontakt.

»Also ... äh ... Denny hat gesagt, du würdest direkt nach dem Konzert abfliegen.« Er kommt noch einen Schritt näher.

Jetzt sind wir nur noch eine halbe Armeslänge voneinander entfernt. Mehr als alles andere will ich die Hand ausstrecken und ihn berühren. Aber ich kann nicht.

»Ja.« Ich streiche mir das Haar hinters Ohr. »Tut mir leid, dass ich nicht zur After-Show-Party kommen kann. Ich muss zurück nach Hause – die Arbeit ruft, du weißt schon –, und mein Flug ist gebucht, daher …«

»Ja, klar, natürlich, ich verstehe.« Er fährt sich mit der Hand durchs Haar.

Ich sehe ihm in die Augen und erblicke die Zerrissenheit darin.

»Also sehen wir uns nach dem Konzert? Bevor du aufbrichst?«, fragt er.

»Ja.«

Das ist gelogen. Wenn er von der Bühne kommt, werde ich nicht mehr hier sein. Ich werde während der Zugabe aufbrechen. Zu dem Zeitpunkt ist die allgemeine Euphorie am größten, also werde ich mich unbemerkt davonschleichen können.

Ich habe mich schon einmal von Jake verabschiedet. Noch einmal wäre einfach zu viel.

»Okay, dann sehen wir uns also nach dem Konzert.« Er lächelt. Seine Laune scheint sich zu bessern.

»Ja … Sieht aus, als wärt ihr dran.« Ich nicke zu dem Roadie, der darauf wartet, Jakes Gitarre anzuschließen.

Bedauernd lächelt Jake mir zu. Es bricht mir beinahe das Herz.

Widerwillig wendet er sich zum Gehen.

»Jake?«

Er bleibt stehen, dreht sich um und zieht sich die Gitarre vor die Brust.

»Viel Spaß beim Konzert.« Ich lächle.

»Werde ich haben. Und Tru …« Er kommt einen Schritt auf mich zu. »Du siehst wunderschön aus in diesen Schuhen … und in diesem Kleid. Aber schließlich siehst du in allem wunderschön aus.«

Dann ist er fort und macht sich bereit, vor seinen hingebungsvollen Fans in New York aufzutreten. Ohne es zu ahnen, nimmt er mein Herz mit.

KAPITEL 30

Jakes Auftritt läuft besser als bei seinen letzten Konzerten. Mag sein, dass es an meiner Anwesenheit liegt, vielleicht aber auch daran, dass er eine Zeit lang in New York gelebt hat. Ich bin mir nicht sicher. Aber weil er besser ist, sind die Jungs es auch, die Band als Ganzes gibt ihr Bestes – und ich bin mir sicher, dass das Publikum es spürt.

Ich freue mich für ihn, für alle, dass diese Tournee mit einem Feuerwerk enden wird, und ich bin so froh, dass ich hier bin, um es zu sehen.

Das Konzert dauert schon fast zwei Stunden, und ich weiß, dass es bald zu Ende sein wird. Das bedeutet, für mich wird es bald Zeit zu gehen.

Ein Teil von mir hadert mit der Entscheidung. Ein ziemlich großer Teil.

Simone und ich stehen links in den Kulissen, sodass wir einen ungestörten Blick auf die Jungs haben, aber alles, was ich sehe, ist Jake.

Ihn anzusehen ist alles, was ich während des gesamten Konzerts gemacht habe. Es ist unmöglich, es nicht zu tun.

Doch er hat nicht ein einziges Mal in meine Richtung geschaut, nicht einmal flüchtig.

Ob er das absichtlich tut oder nur, weil er so ins Konzert vertieft ist, weiß ich nicht mit Sicherheit.

Neben mir steckt Stuart die Hand in seine Jackentasche und sucht nach seinem Handy. Er holt es raus, und nach einem kurzen Blick aufs Display nimmt er den Anruf an, hält sich das andere Ohr zu und verschwindet nach draußen.

Da Stuart weg ist, stelle ich mich näher zu Simone, hake mich bei ihr unter und verfolge das Konzert weiter.

Kurz werfe ich einen Blick auf ihr Gesicht. Mit strahlenden Augen beobachtet sie Denny auf der Bühne.

Mich trifft ein Stich von purem Neid. Ich wünschte, Jake und ich wären noch immer so wie die beiden.

Kurze Zeit später klopft mir eine Hand auf die Schulter. Als ich mich umdrehe, sehe ich Stuart vor mir. Er neigt den Kopf zur Seite und gibt mir zu verstehen, dass ich ihm folgen soll.

Ich löse mich von Simone und gehe hinter ihm nach draußen und die Treppe runter.

Stuart führt mich in einen ruhigen Korridor. Rasch sieht er sich um, ob wir allein sind. »Ich habe gerade einen Anruf bekommen, dass das Mädchen, Kaitlyn, ihre Story über Jake offiziell widerruft.«

»Was?« Ich bin überrascht. Okay, ich bin sprachlos.

»Sie gibt zu, dass ihre Behauptung, mit Jake geschlafen zu haben, gelogen war.«

»Und warum sollte sie das plötzlich tun?« Misstrauisch sehe ich ihn an.

Stuart zuckt die Achseln.

Plötzlich meldet sich mein sechster Sinn. »Stuart, hast du was damit zu tun?«

Er schürzt die Lippen. Ich sehe in seinen Augen, wie er überlegt, was mir sofort sagt, dass er dahintersteckt.

»Vielleicht«, erwidert er.

Ich lächle ihm zu und schüttle den Kopf, während Erleichterung mich durchströmt. Obwohl ich mir schon gedacht hatte, dass Jake die Wahrheit sagt, fällt mir jetzt, wo ich es von Stuart höre, direkt aus erster Hand, ein riesiger Stein vom Herzen. Nun weiß ich, dass Jake die ganze Zeit über die Wahrheit gesagt hat.

»Wie hast du sie dazu gebracht, es zuzugeben?«, frage ich.

Er lächelt. »Sagen wir einfach, dass ich ziemlich überzeugend sein kann, wenn ich will.«

»Stuart ...?«, beharre ich.

Er seufzt und erklärt: »Ich habe Kaitlyn zu Hause besucht. Jake weiß nichts davon, also erzähl es ihm bitte nicht.«

»Und sie hat zugestimmt, dich zu treffen?«

»Na ja, ich hab mich an ihrer Wohnungstür als Reporter ausgegeben. Sobald ich drin war, habe ich ihr gesagt, wer ich wirklich bin, und da konnte sie mich dann auch nicht mehr rauswerfen. Glücklich war sie nicht gerade, aber ich hab mich nicht abwimmeln lassen, bis sie sich angehört hat, was ich zu sagen hatte. Sie musste einfach erfahren, was diese ganze Geschichte Jake angetan hat ... euch beiden.«

Bei der Erinnerung an letzte Woche und daran, wie sehr Jake gelitten hat, schnürt es mir die Brust zusammen.

»Und sie hat auf dich gehört?«

»Ja. Sie mag geldgierig sein, Tru, aber sie ist kein schlechter Mensch. Und das war es, worum es ihr ging: Geld. Sie braucht es dringend. Der Grund dafür ... Nun, sie hat mich gebeten, es für mich zu behalten, und dieses Versprechen kann ich nicht brechen. Aber in jener Nacht mit Jake hat sie eine günstige Gelegenheit erkannt und sie beim Schopf gepackt. Da ich nun weiß, was ich weiß, glaube ich, dass ich wohl dasselbe getan hätte. Also habe ich ihr so viel angeboten, wie sie braucht, im Gegenzug dafür, dass sie die Wahrheit sagt. Die Abmachung war, dass sie ihre Story zurückzieht und Jake öffentlich von allen Anschuldigungen reinwäscht. Sie hat gesagt, sie bräuchte Zeit, um über alles nachzudenken. Deshalb hab ich ihr meine Nummer gegeben und gesagt, sie soll mich anrufen, sobald sie sich dazu entschlossen hat, das Richtige zu tun. Das gerade eben am Telefon war sie. Morgen wird sie eine Stellungnahme veröffentlichen, in der sie die Wahrheit bekannt gibt.«

»Das ist mutig von ihr, wenn man bedenkt, wie schlecht sie danach öffentlich dastehen wird.«

»Es ist erstaunlich, wozu Leute ihren Kindern zuliebe bereit sind.« Sobald er das ausgesprochen hat, sehe ich ihm an, dass es ein Ausrutscher war.

Ich hebe die Brauen. »Sie hat ein Kind? Sie wirkt doch selbst fast noch wie ein Kind.«

Er seufzt leise. »Sie ist zwanzig. In diesen zwanzig Jahren hat sie allerdings schon einiges mitgemacht. Ihr Kind ist schwer krank, der Vater ist nicht da. Sie hat keine Familie und braucht Geld, um die Krankenhausrechnungen zu bezahlen.« Er sieht sich um. »Das sage ich dir nur, weil ich weiß, dass ich dir vertrauen kann.«

Beruhigend berühre ich ihn am Arm. »Das kannst du.«

Und plötzlich ist es sehr schwer, sie zu hassen, jetzt, da ich weiß, dass sie das alles nur für ihr krankes Kind getan hat.

»Kann ich irgendwas tun, um ihr zu helfen?«

Er wirft mir einen überraschten Blick zu. »Die gesamte letzte Woche hat sie dir das Leben zur Hölle gemacht, und du fragst, ob du ihr helfen kannst? Du überraschst mich immer wieder, Chica.«

Ich zucke die Achseln. »Meine Eltern haben mich dazu erzogen, mich um Leute, die Hilfe brauchen zu kümmern, koste es, was es wolle.«

»Das sind gute Menschen. Und da wir gerade dabei sind, es gibt da jemanden, der dein fürsorgliches Wesen im Augenblick gut gebrauchen könnte.« Er neigt den Kopf in Richtung der entfernten Bühne.

»Ich weiß«, seufze ich.

Ich will Jake helfen, wirklich. Ich will, dass es ihm besser geht, aber auf die Art, wie er es sich wünscht, kann ich ihm nicht helfen. Diesen Lebensstil kann ich nicht mit ihm teilen.

Ich schlucke die drohenden Tränen hinunter und sage: »Ich glaube, Jake sollte wissen, was du getan hast, um das für ihn zu klären.«

Stuart schüttelt den Kopf. »Momentan muss Jake an das Gute im Menschen glauben können, und wenn er herausfindet, dass ich es war, der diesen Schlamassel für ihn geregelt hat, funktioniert das nicht. Lass ihn einfach glauben, dass sie von sich aus ihre Meinung geändert und die Wahrheit gesagt hat.«

Ich verstehe seinen Gedankengang und nicke.

»Aber wie willst du Kaitlyn bezahlen? Ich schätze, sie braucht eine Menge Geld ... Ich kann auch ein bisschen was dazugeben, wenn es hilft.«

Er schmunzelt. »Keine Sorge, meine Schöne. Ich mag es ja vor Jake geheim halten, aber das heißt nicht, dass es nicht er ist, der bezahlt. Trotz allem hat er mit den Drogen großen Mist gebaut, und dadurch hat er sich das alles überhaupt erst eingebrockt. Das Geld kommt von ihm. Ich gebe es einfach als wohltätige Spende aus.«

»Kannst du das denn?« Ich lache.

»Na klar ... genau genommen ist es ja eine wohltätige Spende«, erklärt er augenzwinkernd.

»Tja, Jake kann dir vielleicht nicht für das danken, was du getan hast, aber ich schon.« Ich schlinge ihm die Arme um den Hals und drücke ihm einen Kuss auf die Wange. »Ich hab keinen Schimmer, was Jake – und ich übrigens auch – ohne dich tun würde.« Dann lehne ich mich zurück und schaue ihm ins Gesicht. »Wir bleiben immer Freunde, oder?«

»Natürlich, Chica.« Er runzelt die Stirn und seufzt leise. »Du kehrst nicht zu ihm zurück, oder?«

Da löse ich mich von ihm. Ich brauche eine Atempause. Mit zu Boden gerichtetem Blick schüttle ich den Kopf.

Zu wissen, dass Jake nicht fremdgegangen ist, ändert nichts an den grundlegenden Bedenken, die ich gegenüber einer Beziehung mit ihm hege.

»Welchen Grund du auch immer dafür hast, du sollst einfach wissen, dass Jake dich liebt – sehr sogar. Also, was es auch ist – was auch immer das wahre Problem ist –, sprich mit ihm darüber, und schau, ob ihr eine Lösung finden könnt. Meiner Meinung nach seid ihr füreinander bestimmt, und bei einer Liebe wie der euren sollte es nichts geben, was ihr nicht lösen könnt.«

Ich blicke auf und sehe ihm in die Augen. »Okay.« Ich nicke matt. »Komm, lass uns zurückgehen, damit wir noch was vom Schluss mitbekommen.«

Stuart starrt mich lange an, presst die Lippen zusammen und mustert mich.

Er weiß, dass ich ihn abwimmeln will, aber zum Glück belässt er es dabei und hält mir den Arm hin.

Gehorsam hake ich mich bei ihm unter und kehre mit ihm zur Bühne zurück.

Eigentlich sollte mir jetzt, da ich die Wahrheit weiß, ein Stein vom Herzen fallen, aber so ist es nicht. Wenn überhaupt, wird mir das Herz nur noch schwerer.

Wir kehren in die Kulissen zurück und stellen uns wieder zu Simone, gerade als die Jungs den letzten Song spielen. Ich sehe Jake an und fühle mich völlig hin- und hergerissen.

Als der Song endet, wird es in der Halle mit einem Mal dunkel.

In ein paar Minuten beginnt die Zugabe. Ich hatte mir vorgenommen, an diesem Punkt zu gehen.

Hinter mir bemerke ich eine Bewegung. Als ich mich umdrehe, sehe ich einen Roadie, der ein riesiges Keyboard samt Ständer trägt und der mir einen ungeduldigen Blick zuwirft, damit ich Platz mache. Rasch stupse ich Stuart und Simone an, und wir weichen alle zurück und lassen ihn durch.

Von der Bühne kommen Denny und Smith zu uns gestürmt. Sie sind aufgedreht und verschwitzt.

Ich nehme an, Jake hat zusammen mit Tom die Bühne nach rechts verlassen.

Neben mir sehe ich, wie Simone Denny anstrahlt, während er mit ihr redet. Ich wünschte, ich wäre jetzt bei Jake.

Nein, tue ich nicht.

Das Publikum spendet Beifall, und die Begeisterung der Jungs ist ansteckend, als ich ihrer kurzen Unterhaltung lausche, aber mein Herz stirbt einen langsamen Tod in meiner Brust, denn obwohl ich zu Stuart gesagt habe, ich würde bleiben und mit Jake sprechen, weiß ich, dass ich das nicht kann.

Wenn ich das tue, wird er mich nur wieder rumkriegen, und ich weiß, dass ich für all das nicht geschaffen bin.

Gleich geht die Zugabe los, und die Sprechchöre werden lauter und lauter. Die Halle vibriert praktisch unter meinen Füßen, als die Fans nach TMS auf der Bühne verlangen.

Es herrscht eine irre Stimmung, aufgeladen.

Die Energie des Publikums ist förmlich spürbar. Sie ist wie eine körperliche Präsenz, die über meine Haut streicht.

Denny und Smith werden gerufen, und sie verschwinden wieder auf die Bühne, um ihre Plätze einzunehmen.

Ein Scheinwerfer blitzt auf und erleuchtet Jake.

Er sitzt auf einem Hocker, vor dem Keyboard, das der Roadie gerade gebracht hat, der linken Bühnenseite zugewandt, und blickt direkt in meine Richtung.

Das Publikum dreht durch, klatscht und jubelt.

Jake spielt nie Keyboard auf der Bühne. Er kann es zwar, ist aber eher ein Mann der Gitarren. Von uns beiden war ich immer diejenige, die Klavier gespielt hat.

Plötzlich erfasst mich Nervosität, vom Kopf bis zu den Zehen.

Über das Mikro wendet Jake sich an die Fans. »Diese Tournee war in jeglicher Hinsicht großartig für uns. Sie wäre uns in jedem Fall schwergefallen, aber ihr – unsere Fans – habt uns geholfen, daraus eine richtige Hommage an Jonny zu machen. Also, vielen Dank dafür.«

Die Menge jubelt wieder.

»Ebenso großartig an dieser Tournee war die Tatsache«, spricht Jake in die Jubelrufe hinein, »dass sie mir jemanden zurückgebracht hat, den ich vor vielen Jahren habe gehen lassen, was ein Fehler war – jemanden, der mir sehr wichtig ist.«

Im schwachen Lichtschein sieht er mich direkt an. Unter der Wucht seines Blicks erbebe ich am ganzen Leib.

Als er wieder zu sprechen beginnt, senkt er langsam die Augen. »Sie hat mich mal gefragt, wenn ich einen Song aus all jenen auswählen müsste, die jemals geschrieben wurden, der mich am besten beschreibt, welcher das wäre. Meine Antwort: der Song, den ich jetzt singen werde.«

Meine Haut prickelt, als ich mich an unsere Unterhaltung an diesem einen Abend im Bett erinnere …

»Wenn du, Jake Wethers, einen Song als das Titellied auswählen müsstest, das dich beschreibt, welcher wäre das?«

»›Hurt‹.«

»Warum?«

»Manche Leute behaupten, Reznor hätte damit einen lyrischen Abschiedsbrief verfasst. Andere hingegen meinen, er hat darüber geschrieben, einen Sinn im Leben zu finden. Ich denke, es ist beides … Kommt einfach darauf an, von welcher Seite man es betrachtet.«

»Und von welcher Seite betrachtest du es?«

»Momentan? Ein Sinn im Leben.«

»Reznors Version oder die von Johnny Cash?«

»Johnny Cash … Weil ich ein paar Dinge mit ihm gemeinsam habe.«

»Zum Beispiel?«

»*Die Drogen … die Frauen … dass ich auf das Mädchen meiner Träume gewartet habe … Du bist meine June, Tru.*«

Ich höre ihn tief Luft holen, es hallt im Stadion wider, bevor er sagt: »Deshalb singe ich ihn heute Abend für sie: für meine June.«

Für alle anderen hat es damit nichts Besonderes auf sich, doch für mich bedeutet es alles.

Jake blickt zu mir rüber, während seine Finger über den Tasten schweben. Er wirkt verloren, ängstlich und verzweifelt.

Ich kann mich nicht regen. Ich bin wie erstarrt.

Dann schließt er die Augen, verbirgt seinen Schmerz, schlägt die Tasten an und beginnt zu spielen. »Hurt«.

Er bringt seinen Mund dicht ans Mikro und singt, und mir fährt ein stechender Schmerz in die Brust, so stark, dass ich kaum atmen kann.

Jakes Stimme ist tief und leidenschaftlich und hallt rau im Stadion wider.

Und in diesem Augenblick weiß ich, was er da tut.

Er spielt nicht Cashs Version, sondern die von Reznor. Er will mir sagen, dass es wieder so weit ist. Dass er seinen Sinn im Leben verloren hat.

Mich.

Ich sehe es in seinen Augen, als er sie wieder öffnet, mich direkt ansieht und so ergreifend singt.

Und ich bin wehrlos gegen die Tränen, dir mir über die Wangen laufen.

Mir bricht das Herz, als wir einander anstarren. Jake singt sich für mich die Seele aus dem Leib, und für einen Moment sind nur er und ich in diesem vollen Stadion, auf der ganzen Welt, im gesamten Universum.

Ich kann nicht glauben, dass er sich vor aller Welt so entblößt.

Uns bloßstellt.

Das ist nicht Jake. Über sein Privatleben hält er sich bedeckt. Und ich will das hier nicht. Das ist genau das, was ich nicht will.

Mit einem Mal wird mir alles zu viel, und bevor ich es realisiere, bin ich in Bewegung. Ich drehe mich um, drängle mich an Stuart und Simone vorbei und laufe nach draußen.

Ich habe keine Ahnung, wo ich hinlaufe, ich muss einfach nur weg hier.

Weg von seinem und meinem Schmerz. Einfach weit weg von dieser Qual, die er mir zufügt.

Hinter mir höre ich jemand meinen Namen rufen, aber ich kann nicht stehen bleiben.

Blindlings renne ich an Leuten vorbei, Gott weiß, wie ich das mit diesen High Heels schaffe, während Tränen mir den Blick verschleiern.

Plötzlich packt Jake mich von hinten und wirbelt mich herum, damit ich ihn ansehe.

»Tut mir leid. Tut mir so schrecklich leid«, bringt er atemlos hervor. In seinen Augen schimmern Tränen. Meine eigenen tropfen mir vom Kinn auf das hübsche Kleid.

Überall sind Leute und beobachten uns.

»Das hättest du nicht tun dürfen.« Ich reiße mich von ihm los und weiche in einen Korridor zurück, um den Blicken der Leute zu entgehen.

Jake folgt mir.

Hektisch wische ich mir das Gesicht trocken. »Du hättest diesen Song nicht spielen dürfen.«

»Was soll ich denn machen? Du willst nicht mit mir reden. Du willst nicht zuhören. Du hast mich einfach gnadenlos abserviert.« Er verzieht das Gesicht. »Ich wusste, dass ich dich nur mit Musik dazu bringen kann, mir endlich Gehör zu schenken. Und dieser Song und worüber wir in jener Nacht gesprochen haben ...« Er kommt näher und berührt meine Wange.

Unter dem Gefühl von seiner Haut auf meiner breche ich beinahe zusammen, nachdem ich so lange von ihm getrennt war, so leer war ohne ihn.

»Du bist mein Leben, Tru. Mein Ein und Alles. Und das wirst du immer sein. Ich will, dass du das weißt, und du musst mir glauben, wenn ich dir sage, dass ich mit diesem Mädchen keinen Sex hatte.«

Mühsam schlucke ich meine salzigen Tränen hinunter. »Ich weiß, Jake. Stuart hat gerade einen Anruf bekommen, dass das Mädchen die Story zurückzieht. Sie hat zugegeben, dass alles eine Lüge war.«

»Wirklich?«, flüstert er. Auf seiner Miene leuchten unzählige Emotionen auf – Schock, aber größtenteils Erleichterung.

Totale und absolute Erleichterung. »Dann weißt du also, dass es die Wahrheit ist.«

Bei den Worten, die ich jetzt sagen muss, schlucke ich schwer.

»Jake, ich war mir schon seit einer ganzen Weile ziemlich sicher, dass du die Wahrheit sagst. Anfangs nicht … Dich dort mit ihr zu sehen war so schrecklich …« Bei dieser Erinnerung krümme ich mich. »Aber jetzt schon. Ich hab dir schon geglaubt, lange bevor sie beschlossen hat, die Wahrheit zu sagen. Zu hören, dass sie es zugibt, ist natürlich eine Erleichterung, aber das ändert nichts. Wir können trotzdem nicht zusammen sein.«

Dutzende Gefühle spiegeln sich in seinem Gesicht wider.

»Warum nicht?«, fragt er verletzt.

»Weil ich für dieses Leben mit dir nicht geschaffen bin. Ich bin nicht stark genug, mit dem umzugehen, was es mit sich bringt – mit dir. Tief drinnen wusste ich es längst, aber die letzte Woche und all ihre Geschehnisse, die ständige Aufmerksamkeit der Presse und dass Details unseres Privatlebens zur Unterhaltungslektüre für die Leute geworden sind, hat es mir einfach bewiesen. Ich hab geglaubt, ich könnte damit leben – ich könnte mein Leben in der Öffentlichkeit führen, wenn das bedeuten würde, dass ich dafür dich bekomme, aber … ich kann es nicht.«

Ich unterbreche den Blickkontakt, sehe nach unten, sein schmerzlicher Ausdruck ist kaum zu ertragen. Frische Tränen laufen mir über die Wangen.

»Ich gebe alles auf.« Plötzlich ist sein Tonfall entschlossen und ernst.

Erst einmal habe ich ihn so reden hören – als er die PR für die Tournee absagen und zu mir nach London kommen wollte.

»Ich lasse alles hinter mir – die Band, das Label, alles«, ergänzt er resolut.

Mein Blick sucht wieder seinen. »Nein, Jake, das kannst du meinetwegen nicht tun.«

»Ich kann es, und ich werde es tun«, entgegnet er entschlossen. »Ich gebe alles auf, ohne das geringste Zögern, wenn das nur heißt, dass ich dafür mit dir zusammen sein kann. Wir können weit von allen anderen wegziehen, genau, wie wir es uns ausgemalt haben. Erinnerst du dich, damals am Telefon? Als wir darüber geredet haben, ein Haus auf einer Insel zu bauen. Das muss kein Wunschtraum bleiben, wir können das wirklich machen. Nur du und ich. Wir können ein Haus bauen, wo auch immer du willst, weit weg von alldem.«

»Jake ...« Ich schüttle den Kopf. »Das würde nicht funktionieren, denn so bist du nicht. Das hier ist es, wofür du lebst – die Musik, die Konzerte. Das ist es, was dich ausmacht, und wenn du das meinetwegen aufgeben würdest, würdest du es mir mit der Zeit übel nehmen.«

»Würde ich nicht.«

»Doch, würdest du. Und selbst wenn du es aus irgendeinem wundersamen Grund nicht tätest, würde es trotzdem keinen Unterschied machen ... weil sie nicht bereit sind, dich gehen zu lassen.« Ich zeige in Richtung des skandierenden Publikums draußen im Stadion, das seinen Namen ruft. »Die Welt, deine Fans, auch die lieben dich. Und sie sind nicht bereit, Jake Wethers gehen zu lassen – noch nicht ... vielleicht niemals.«

Er runzelt die Stirn. »Und ich bin nicht bereit, dich gehen zu lassen, und das werde ich niemals sein.«

Kurz schließe ich die Augen und erkläre: »Ich bin nicht genug für dich, Jake. Deswegen hast du dich wieder den Drogen zugewendet, als die Geschichte über deinen Dad rauskam. Ich weiß nicht, was gut genug für dich ist, aber ich bin es nicht. Ich alleine reiche nicht aus, um dich in der Spur zu halten, so, wie du es mal behauptet hast.«

»Das kannst du doch nicht ernsthaft glauben. Herrgott, Tru!« Sein Tonfall ist so forsch, dass mein Blick wieder zu ihm geht.

In seinen Augen liegt eine ebenso wilde Entschlossenheit wie in seiner Stimme.

»Ich war bloß ein verdammter rückgratloser Idiot! Es lag an mir und ihm – an meinen Dämonen, die ich nie ausgetrieben habe, aber *nie* an dir oder uns. Ich verspreche dir, dass ich es nie wieder so weit kommen lasse. Dich zu verlieren, wegen dem, was ich getan habe – wegen der Drogen –, war das Allerschlimmste, was mir je passiert ist. Wenn ich jemals Drogen gebraucht hätte, dann letzte Woche, als ich dich verloren habe. Aber ich hab aufgehört, Tru. Seit jenem Abend hab ich nichts mehr angerührt, und ich werde es nie wieder tun.

Als ich in dieser einen Nacht in L.A. fast ertrunken wäre, beinah auf diese Art gestorben wäre, dachte ich, das wäre genug, um ich zum Aufhören zu bewegen, aber das war es nicht ... weil ich die Bedeutung des Wortes ›sterben‹ nicht kannte, bis du mich verlassen hast. Diese letzte Woche ohne dich ...« Er atmet scharf ein und schließt kurz die Augen. »Ohne dich bin ich nichts, Tru, *nichts*.«

Seine Worte treffen mich tief, berühren mich, weil ich ganz genau weiß, wie er sich fühlt. Ich war so verloren, so hilflos ... so innerlich tot ohne ihn.

Aber wie können wir zusammen sein, bei all den Problemen, die zwischen uns stehen? Ich weiß, dass ich mit dem Leben, das er mit sich bringt, nicht klarkomme.

Beharrlich schüttle ich den Kopf. »Ich weiß nicht, Jake.«

»Ich schon.« Noch immer liegt seine Hand an meiner Wange, und jetzt verstärkt er seinen Griff, hält verzweifelt mein Gesicht und wühlt die Finger in mein Haar.

Meine Gefühle schwellen auf epische Ausmaße an, aber ich beiße die Zähne zusammen und verbiete mir weitere Tränen.

»Jake, wenn es gut läuft zwischen uns, ist es großartig. Aber wenn es schlecht läuft, ist es einfach nur furchtbar. Von dem Moment an, als wir wieder Kontakt hatten, war alles, was wir geschafft haben, uns gegenseitig zu verletzen, und zwar tief – und zu oft, als dass man es zählen könnte.« Ich atme aus. »Ich hab mal geglaubt, wir wären füreinander bestimmt, aber jetzt ... jetzt bin ich mir nicht mehr so sicher. Vielleicht haben wir uns als Jugendliche so sehr danach gesehnt, zusammen zu sein, dass wir jetzt verzweifelt versucht haben, es zu erzwingen. Vielleicht ist der richtige Zeitpunkt für uns schon längst vorbei.«

»Nein.« Er schüttelt vehement den Kopf. »Wir sind füreinander bestimmt.«

Er legt mir auch die andere Hand an die Wange und zwingt mich, ihn anzusehen.

»Ich werde niemals gut genug für dich sein, das weiß ich. Aber ohne dich bin ich gar nichts wert, und wenn es mich zu einem egoistischen Mistkerl macht, dass ich dich so sehr will … von mir aus. Ein Leben ohne dich ertrage ich nicht.«

Schwer atmend starrt er mir tief in die Augen. Auf meiner Haut spüre ich seine Hände zittern.

»Heirate mich«, bittet er unvermittelt.

Jedes bisschen Luft in meinen Lungen entweicht auf der Stelle, während mir tausend Gedanken durch den Kopf wirbeln.

Jake greift in seine Jeanstasche und zieht einen Ring heraus. Den Ring.

Mit großen Augen starre ich ihn an.

»Ich hab ihn besorgt, bevor wir Paris verlassen haben.«

Es ist der rosafarbene Diamantring, den ich bei Tiffany bewundert habe, an dem Abend, als er mir die Halskette geschenkt hat.

»Ich … ich kann nicht glauben, dass du ihn gekauft hast.« Fassungslos schnappe ich nach Luft.

Er hält den Ring zwischen uns. »Ich hab gewusst, dass ich dich fragen würde, ob du meine Frau werden willst – von dem Moment an, als du in dieses Hotelzimmer und zurück in mein Leben gekommen bist. Und als ich an jenem Abend dein Gesicht gesehen hab, während du diesen Ring angeschaut hast, da wusste ich es einfach. Ich wusste, dass er auf deinen Finger gehört, und seitdem hab ich auf den richtigen Moment gewartet, um dich zu fragen. Ich weiß, dass das jetzt nicht der romantischste oder passendste Augenblick ist, dir einen Antrag zu machen.« Er sieht sich in der schummrigen Umgebung um und mustert die Betonwände. »Aber jetzt ist der einzige Zeitpunkt, der mir bleibt, bevor ich dich für immer verliere. Also frage ich dich nochmals …« Er atmet tief durch. »Trudy Bennett, ich liebe dich mehr, als ich es je mit einem Songtext oder irgendwelchen Worten ausdrücken könnte. Das habe ich schon immer getan und werde es immer tun. Willst du mich heiraten?«

Sprachlos starre ich ihn an.

Mein bester Freund. Mein Geliebter. Mein Leben.

Und er ist mein Leben. Das war er immer, obwohl wir jahrelang getrennt waren.

Jake ist alles, woran ich denke, alles, was ich sehe, wenn ich in meine Zukunft blicke. Und sosehr ich auch versuche, mich gegen diese Beziehung zu wehren, weil ich mich vor seinem Lebensstil und den daraus resultierenden Verletzungen fürchte, tut es einfach noch mehr weh, nicht mit ihm zusammen zu sein. Das ist mir jetzt klar.

Letztlich wäre ich meinem Herzen gefolgt und zu ihm zurückgekehrt, denn er bedeutet mir alles.

Jake hat einmal gesagt, Jonny sei das Mächtige in ihrem Sturm gewesen, und jetzt sehe ich ein, dass Jake *mein* mächtiger Sturm ist. Er hat seine Probleme und ist komplex, und niemand kennt ihn so wie ich oder wird ihn jemals so kennen. Er braucht mich.

Er ist mein Sturm, den ich besänftigen muss. Und ich werde den Rest meines Lebens damit verbringen, genau das zu tun.

»Sag was, Tru, bitte, du machst mich echt fertig.« Aus seiner Stimme spricht Nervosität, seine Brust hebt und senkt sich schwer. »Sag einfach alles außer Nein – sag nicht Nein. Sag mir einfach nur, was ich tun muss, damit du Ja sagst, und ich tu's. Weil ich keine Sekunde mehr ohne dich sein kann.«

Ich hebe die Hand, berühre sein Gesicht, streiche über seine Haut und versuche, seine Ängste fortzuwischen, den verlorenen Ausdruck in seinen Augen, den nur ich sehen kann.

Dann lächle ich.

»Du musst gar nichts tun. Ja, ich werde dich heiraten.«

Auf seinem Gesicht erstrahlt das breiteste Lächeln, das ich je gesehen habe, und es spiegelt mein eigenes wider. Grenzenlose Liebe liegt in seinen Augen, nur für mich bestimmt.

»Wirklich?«

»Ja.«

Ich halte ihm meine linke Hand hin, und mit angehaltenem Atem sehe ich zu, wie er sie ergreift und mir den Ring über den Finger streift.

An meiner Hand sieht der Diamant riesig aus.

Jake hält meine Hand in seiner, hebt sie an seinen Mund und küsst den Ring an meinem Finger. Plötzlich kann ich mein überschäumendes Glück nicht länger für mich behalten, live und in Farbe bricht es aus mir heraus, und ich lege ihm die Hände an die Wangen, küsse ihn fest und überflute ihn förmlich mit der absoluten, reinen Liebe, die ich für ihn empfinde.

»Ich liebe dich so sehr«, murmelt er an meinen Lippen. »Ich enttäusche dich nie wieder, Süße. Ich schwöre es. Ich werde dich so unfassbar glücklich machen.«

»Ich weiß«, hauche ich. »Ich weiß.«

»Äh …?«, ertönt in diesem Moment hinter Jake eine Stimme, und als ich meinen Mund von seinem nehme, entdecke ich Tom, der über uns beide grinst.

Jake dreht sich um und zieht mich mit sich, spürbar noch nicht bereit, mich loszulassen.

»Was ist?«, fährt er Tom gereizt an.

»Na ja, Romeo, wir haben uns bloß gefragt, ob die Chance besteht, dass du irgendwann heute Abend noch mal auf der Bühne auftauchst. Da draußen sind nämlich zwanzigtausend ernsthaft angepisste Fans«, er zeigt mit dem Daumen über die Schulter, »die nicht kapieren, warum zum Teufel du gerade

mitten im Song wie ein Irrer von der Bühne gestürmt bist …
und offenbar bringt mein Gesang es nicht, also befürchte ich, es
gibt jeden Moment einen verdammten Aufstand, wenn du deinen erbärmlichen Arsch nicht zurück auf die Bühne bewegst.«

Ich lache über Tom und schiebe meine Hände in Jakes hintere Hosentaschen. »Du solltest besser gehen und dein Konzert beenden.« Ich lächle zu ihm auf.

Unwillig blickt er auf mich herab.

»Die haben viel Geld bezahlt, um dich singen zu hören, Schatz. Diese Zugabe bist du ihnen schuldig. Ich warte hier auf dich, bis du fertig bist. Ich geh nicht weg. Denk dran, ich hab's dir versprochen. Ich gehöre jetzt dir, für immer.« Ich ziehe die Hand mit dem Ring aus der Tasche und halte sie ihm hin.

»Für immer«, erwidert er. Zärtlich streicht er mir das Haar aus dem Gesicht und küsst mich noch einmal auf die Lippen. »Also komm, geben wir den Leuten, wofür sie bezahlt haben.«

Gerade als er sich auf den Weg machen will, frage ich: »Willst du trotzdem noch ›Hurt‹ singen?«

Ich möchte das nicht. Ich will, dass er diesen Song jetzt hinter sich lässt, damit wir gemeinsam einen Neuanfang machen können.

Jake legt mir die Hände auf die Schultern. Mit den Daumen berührt er mein Gesicht und neigt den Kopf zur Seite. In seinen Augen sehe ich Erinnerungen und Belustigung aufflackern, und er schüttelt den Kopf. »Ich dachte, ich könnte einen neuen Titelsong gebrauchen, und ich hab mir überlegt … Weiß nicht.« Nachdenklich presst er die Lippen aufeinander und runzelt die Stirn. »Wie wär's mit … ›I Can't Get No Satisfaction‹?«

Lächelnd spüre ich das vertraute Ziehen und die Hitze in meinem Unterleib, während ich mich genau an das erinnere, was wir in jener Nacht getan haben, nachdem unsere Unterhaltung beendet war.

»Hmm.« Ich mache ein nachdenkliches Gesicht. »Also, da muss ich wohl mal sehen, was sich da machen lässt.«

Ich erspähe einen Raum, der aussieht wie eine Umkleide, nehme Jake an der Hand und ziehe ihn dorthin.

In Toms Richtung rufe ich: »Sag ihnen, in fünf Minuten kommt er wieder auf die Bühne.«

»Zehn«, ergänzt Jake hinter mir.

Ich bleibe stehen, drehe mich um und sehe ihm in die strahlenden Augen.

»Genau genommen ist der Song etwas kürzer als vier Minuten«, stelle ich lächelnd fest.

»Oh, das ist die unveröffentlichte Extended Version, Mrs Wethers.«

»Die zukünftige Mrs Wethers«, korrigiere ich ihn.

»Reine Formsache.« Er lächelt. »Und eine, die ich sehr bald korrigieren werde.«

Er hebt mich von den Füßen, und vor Lachen quietschend lasse ich mich von ihm in die Umkleide tragen, schließe die Tür hinter uns ab und lasse Tom und den Rest der Welt draußen warten.

BONUSSZENE: JAKES UND TRUS ERSTE BEGEGNUNG AUS JAKES PERSPEKTIVE

Im Hotel

Ich kann verdammt noch mal nicht still sitzen.

Seit Stuart mir den Namen der Journalistin verraten hat, die heute Morgen herkommt, laufe ich wie ein Vollidiot hin und her. In meinem Kopf herrscht totales Chaos.

Was, wenn sie es ist?

Was soll ich sagen?

Vielleicht ist sie sauer auf mich. Ich war derjenige, der den Kontakt abgebrochen hat, als ich in die Vereinigten Staaten gezogen bin. Und als ich mit der Band groß rausgekommen bin, hat sie nicht versucht, sich wieder bei mir zu melden.

Das würde Tru so was von ähnlich sehen, zwölf Jahre lang einen Groll gegen mich zu hegen. Sie war schon immer temperamentvoll.

Tru Bennett.

Womöglich ist sie es gar nicht.

Aber wie viele Trudy Bennetts kann es in England geben, die Musikjournalistinnen sind?

An erster Stelle stand bei ihr die Musik, an zweiter Stelle das Schreiben. Sie muss es sein.

Wie spät ist es?

Ich treibe mich gerade selbst in den Wahnsinn. Ich wünschte nur, sie würde sich verdammt noch mal beeilen und herkommen, um mich von meinen Qualen zu erlösen.

Mir ist klar, dass ich mich gerade wie der letzte Irre aufführe, aber es ist Tru.

Für mich gab es immer nur sie, und das hat sich in all der Zeit, die ich von ihr getrennt war, nicht geändert.

Sie war damals die Einzige, die mich wirklich kannte, und nur sie kann mich so durcheinanderbringen.

Sie war meine beste Freundin, das einzige Mädchen, das ich je geliebt habe, und Scheiße noch mal, hat sie mir gefehlt.

In Augenblicken wie diesem wünschte ich, ich wäre nicht clean. Gerade könnte ich wirklich Stoff gebrauchen.

Scheiße. Ich brauche eine Zigarette.

Ich hole die Schachtel aus meiner Tasche und zünde mir eine an.

»Willst du was trinken?«, fragt Stuart, als er ins Wohnzimmer kommt. »Vielleicht einen Whisky?«

»Nein. Doch. Nein.« Ich ziehe an meiner Zigarette und stoße den Rauch aus.

»Hast du schon eine Entscheidung getroffen bezüglich des Drinks?«, hakt Stuart nach und hält den Kopf schief.

»Ja.«

»Ja, du willst einen? Oder ja, du willst keinen?«

»Keinen.«

»Es könnte dich beruhigen.« Er durchquert das Zimmer in Richtung Minibar.

»Ja, aber wenn ich einen trinke, bleibt es vielleicht nicht dabei.«

Er holt sich eine dieser kleinen Cola-light-Dosen raus und öffnet sie mit einem Zischen.

Coke ist es, was ich jetzt brauche, aber nicht die flüssige Variante.

»Dieses Mädchen treibt dich ja echt in den Wahnsinn.« Mit einem weiteren Schluck leert Stuart die Dose und wirft sie in den Müll.

Ich wende mich ihm zu und nehme einen tiefen Zug von meiner Zigarette. »Weil sie nicht einfach irgendein Mädchen ist.«

»Nein?« Stuart hebt eine Braue.

»Nein.« Noch einmal ziehe ich tief und drücke dann die Zigarette im Aschenbecher aus. »Sie ist das einzige Mädchen, das ich je geliebt habe.«

»Ich dachte, mit der Liebe hast du's nicht?«

»Nur das eine Mal.«

Lächelnd kommt Stuart rüber und nimmt den Aschenbecher.

Ich weiß, dass er ihn sauber machen wird. Es geht ihm gegen den Strich, dass ich rauche. Ich glaube, er macht sich Sorgen, dass es ihn vorzeitig altern lässt oder so.

Schwule. Ich werde sie nie verstehen. Aber Stuart ist cool, er ist schon von Anfang an dabei und macht seinen Job großartig. Außerdem hat er mir schon öfter den Arsch gerettet, als ich zählen kann.

Frauen sind mein Ding. Eine Freundin hatte ich nie. Ich ficke einfach gern. Hart. Und oft. Danach hole ich mir die Nächste.

Es hat nur ein einziges Mädchen gegeben, das ich geliebt habe, ein Mädchen, das ich haben wollte, und vielleicht kommt sie jeden Moment durch diese Tür.

Was, wenn sie völlig anders aussieht?

Sie war mal wirklich hübsch. Sie hatte diesen großartigen Arsch und einen heißen Körper, sogar schon als Teenager. Und sie hatte die besten Titten, die ich je gesehen habe, was nicht heißen soll, dass ich damals schon viele gesehen hätte, na ja, um ehrlich zu sein, nur ihre, und das nur durch Zufall, weil sie einmal ihren Bikini verloren hat, als wir schwimmen waren.

Sogar mit dreizehn hatte sie schon ein ansehnliches Paar. Tru war frühreif, zu meinem Glück.

Scheiße. Was, wenn sie inzwischen verheiratet ist oder Kinder hat oder so?

Egal. So oder so, es ist Tru, und ich muss sie sehen.

»Was, wenn sie es nicht ist?«, fragt Stuart und kommt zurück mit meinem, ja, genau, sauberen Aschenbecher.

»Dann lautet deine nächste Aufgabe, sie für mich ausfindig zu machen.«

Bei seinem Gesichtsausdruck werfe ich ihm einen »Nein, ich mache verdammt noch mal keine Witze«-Blick zu.

»Hast du eine Zwangsstörung oder so? Du weißt, dass man so was behandeln lassen kann, oder?« Ich grinse ihm zu.

»Lieber eine Zwangsstörung als eine Geschlechtskrankheit, Jake.« Er hebt eine Braue.

Ich hatte noch nie in meinem Leben eine Geschlechtskrankheit, unverschämter Mistkerl. Kondom drüber und fertig. Ich gehe nie ohne aus dem Haus. Schließlich weiß ich nie, ob ich vielleicht eins brauche. Vertraut mir, ich hatte Sex zu den unpassendsten Zeiten, und mit den absolut falschen Frauen.

Neben der Musik ist Ficken das Einzige, worin ich gut bin.

Mein Gott, wie spät ist es? Inzwischen sollte sie hier sein.

Sie muss es sein, sie ist spät dran. Tru ist immer zu allem zu spät gekommen.

Ich frage mich, ob sie noch Klavier spielt. Das muss ich sie fragen. Zumindest, wenn sie es wirklich ist.

Scheiße, wann kommt sie denn endlich!

Das Telefon in der Suite klingelt, und sofort verkrampfe ich mich.

Stuart geht ran. »Schicken Sie sie direkt rauf, jemand wird sie empfangen.«

»Sie ist hier«, verkündet er und wendet sich mir zu. »Ich schicke Dave, damit er sie am Aufzug abholt.«

Rastlos setze ich mich aufs Sofa.

Okay, ich muss damit aufhören, ich benehme mich schon wie eine verdammte Tussi.

Es ist bloß Tru. Und wenn nicht, dann ist es bloß ein weiteres stinklangweiliges Interview, das ich durchstehen muss. Und hinterher kann ich endlich aufhören, mich wie ein Feigling zu benehmen, und sie aufspüren.

Ich greife nach einem der Pfefferminzbonbons vom Hotel auf dem Couchtisch, wickle es aus und stecke es mir in den Mund. Wenn sie es ist, dann will ich nicht nach Zigaretten stinken.

Weitere fünf Minuten vergehen, bevor ich an der Eingangstür ein Klopfen höre.

Das muss sie definitiv sein, denn von der Rezeption bis hierher braucht man exakt zwei Minuten, und Tru war schon immer gut darin, sich Zeit zu lassen.

Ich stehe auf. Nervosität durchströmt mich.

Vorne redet Stuart. Ich bemühe mich, die andere Stimme zu verstehen, aber ich höre rein gar nichts.

Würde ich ihre Stimme denn wiedererkennen? Es ist so lange her.

Es kommt mir ewig vor, bis Stuart ins Wohnzimmer kommt, und da ist sie, gleich hinter ihm.

Tru.

Sie ist es.

Und Scheiße noch mal, sie ist wunderschön, atemberaubend, und in diesem Augenblick weiß ich, dass ich sie nie wieder gehen lasse.

Zögernd kommt sie etwas weiter ins Zimmer.

Ich kann meinen Blick nicht von ihr wenden. Sie sieht umwerfend aus.

Zu ihrem weiten grauen T-Shirt trägt sie einen Gürtel, der ihre schmale Taille betont, und ihre Titten sehen darin umwerfend aus, perfekt. Und sie hat einen süßen kleinen Rock an. Er ist kurz und zeigt jede Menge Bein. Scheiße, sind diese

Beine lang geworden, und sie trägt ein Paar Fick-mich-Stiefel, die um meine Taille geschlungen toll aussehen würden.

»Tru?« Meine Stimme klingt etwas heiser. Ich hole tief Luft. »Trudy Bennett? Meine Trudy Bennett?«, wiederhole ich wie ein verfluchter Schwachkopf.

Natürlich ist sie es, du Idiot.

Ich mache einen Schritt nach vorn. »Scheiße, du bist es wirklich.«

Was zum Teufel ist los mit mir? Warum kann ich nicht aufhören, wie ein Volltrottel zu reden?

»Ja. Ich bin es wirklich«, erwidert sie.

Sie klingt wie ein verdammter Engel. Mein Schwanz zuckt und wird hart.

Ach, Scheiße nein! Krieg jetzt keinen Ständer, Wethers, verfickt noch mal. Wie alt bist du, fünfzehn?

Schnell eine Ablenkung.

Ich denke an das eine Mal, als ich Stuart dabei erwischt habe, wie er einen Typen geküsst hat.

Ja, das sollte helfen.

Runter mit dir, Junge.

Okay, jetzt das Pokerface aufsetzen, Wethers.

»Ach du Scheiße«, sage ich, lächle sie an und komme ihr etwas näher. »Als Stuart gesagt hat, der Name der Journalistin sei Trudy Bennett, da habe ich bloß gedacht – so viele Trudy Bennetts kann es hier in England nicht geben, oder? Ich meine, wahrscheinlich schon, aber ...« Ich lache. »Aber dann habe ich mir gedacht, dass es ein viel zu großer Zufall wäre, wenn du es wärst ... und Scheiße ... da bist du.«

Was zum Teufel war das denn, du Schwachkopf? Wenn du das dieser Tage als dein Pokerface bezeichnest, dann bist du total am Arsch.

Einer Frau gegenüber habe ich mich nicht mehr so unzulänglich gefühlt, seit ich sie zum letzten Mal gesehen habe, und damals hatte ich zumindest die Ausrede, dass ich noch ein Teenager war. Was kann ich jetzt vorbringen?

Daran, dass ich clean bin, kann es nicht liegen, denn ich habe jede heiße Tussi gefickt, die es in der Entzugsklinik gab, auch die scharfe verheiratete Psychologin, und dazu noch ein paar andere Bräute, seit ich wieder draußen bin.

Es liegt an ihr.

»Da bin ich«, antwortet sie.

Sie klingt nervös. Das gefällt mir. Das gibt mir Oberwasser.

Ich gehe zu ihr, weil ich ihr einfach näher sein will.

Und je näher ich komme, desto deutlicher sehe ich, wie ihre Wangen sich röten.

Sie sieht einfach so verdammt hübsch aus.

Tru ist der schönste und perfekteste Mensch, den ich je in meinem Leben gesehen habe.

Mehr als alles andere will ich sie einfach berühren, aber ich fürchte mich fast davor.

Und verdammt, sie duftet umwerfend.

Es ist nicht bloß das Parfum, sondern sie. Dieser Duft versetzt mich um Jahre zurück. Und plötzlich empfinde ich überwältigende Liebe für sie und will sie beschützen.

Noch nie habe ich eine Frau so begehrt wie sie in diesem Moment. Ich will sie nicht einfach nur vögeln, ich will sie in meinen Armen halten.

»Das ist jetzt, wie lange, elf Jahre her?«, frage ich sie und versuche, einen klaren Kopf zu bekommen.

»Zwölf«, korrigiert sie mich.

»Zwölf. Mein Gott, ja, richtig.« Ich fahre mir mit der Hand durchs Haar. »Du siehst anders aus ... aber immer noch genau wie damals ... Du weißt schon.« Ich zucke die Achseln.

»Ich weiß.« Sie lächelt. »Du siehst auch anders aus.« Sie deutet auf die Tattoos an meinen Armen.

Kurz betrachte ich sie und grinse.

»Aber immer noch genauso«, fährt sie fort und zeigt mit ihrem hübschen Finger auf meine Nase.

Sie meint meine Sommersprossen. Ich hasse die verfluchten Dinger.

Ich reibe mir die Nase. »Ja, die werde ich einfach nicht los.«
»Ich hab sie immer gemocht.«
Wirklich?
»Ja, aber du hast auch die Glücksbärchis gemocht, Tru«, necke ich sie.

Wieder errötet sie.

»Das weißt du noch, was?«, murmelt sie und senkt den Blick.

Ich verspüre den Impuls, die Hand auszustrecken und ihre rosigen Wangen zu streicheln.

Eigentlich verspüre ich gerade den Impuls, noch sehr viel mehr mit ihr anzustellen.

Sie zu küssen, sie aus ihrer Kleidung zu schälen …

»Ich weiß noch vieles.« Ich schenke ihr mein gekonntestes Lächeln, bei dem die Frauen reihenweise den Slip für mich fallen lassen.

»Komm schon, setzen wir uns.« Ich nehme ihre linke Hand, aus zweierlei Gründen.

Erstens – ich taste nach einem Ehering. Zweitens – ich muss sie einfach anfassen.

Kein Ring. Gott sei Dank. Aber bei der Berührung wird meine Haut heiß, und wieder zuckt mein Schwanz in der Hose.

Scheiße! Nicht schon wieder!

Stuart und ein Mann. Stuart und ein Mann.

Während ich mich darauf konzentriere, meinen Schwanz verdammt noch mal unter Kontrolle zu bringen, führe ich sie zum Sofa und setze mich.

Sie setzt sich neben mich, lässt dabei aber eine große Lücke, wie mir auffällt.

Ich wende mich ihr zu und lege meinen Fuß auf meinen Oberschenkel. Als sie ihre Tasche auf den Boden stellt, betrachte ich ihre Beine.

Ihr süßer kleiner Rock ist hochgerutscht und enthüllt einiges. Sexy.

Ich unterdrücke ein Stöhnen, als mir ein Bild durch den Kopf geht, wie ich ihr Bein berühre und mit der Hand über ihre glatte, olivfarbene Haut streiche, hinauf und unter diesen knappen, sexy Rock.

»Möchtest du was trinken?«, frage ich und vertreibe dieses Bild aus meiner Vorstellung.

Sie wendet mir ihre Beine zu.

Scheiße! Will sie mich anheizen oder so? Mich juckt es in den Fingern, sie zu berühren, um herauszufinden, ob ihre Haut so weich ist, wie sie aussieht. Wäre sie irgendeine andere Frau, hätte ich das längst getan, und mehr noch.

Sie wäre splitternackt, und ich wäre gerade dabei, sie nach allen Regeln der Kunst zu vögeln, wenn sie irgendeine andere wäre.

Aber sie ist nicht einfach irgendjemand.

Sie ist Tru.

Sie war meine beste Freundin und ist es immer noch, und sie wird immer sehr viel mehr sein als ein schneller Fick, ganz egal, was mein Schwanz gerade behauptet.

Das ist verdammt noch mal das verwirrendste Gefühl, das ich je in meinem Leben hatte. Und normalerweise bin ich nicht verwirrt. Wenn ich etwas will, dann nehme ich es mir, oder sorge dafür, dass es geschieht.

Aber mit ihr kann ich das nicht so einfach machen.

Ich fixiere ihr Gesicht, widerstehe der Versuchung, wieder ihre Beine oder ihre Titten anzusehen, und bringe ihr den Respekt entgegen, den sie verdient.

»Wasser wäre großartig, danke«, antwortet sie. Wieder röten sich ihre Wangen.

Ist sie auch so oft rot geworden, als wir noch Kinder waren?

»Wasser?«, frage ich nach. »Bist du sicher, dass du keinen Orangensaft willst oder so?«

Sie schüttelt den Kopf. »Wasser ist okay.«

»Stuart!«, rufe ich.

Ein paar Sekunden später taucht er auf. Das ging schnell. Ich wette, der neugierige Mistkerl hat hinter der Tür gestanden und gelauscht.

»Kannst du Tru ein Glas Wasser bringen? Für mich bitte Orangensaft.«

Stuart nickt, lächelt ihr zu und macht sich auf den Weg, unsere Getränke zu holen.

Der neugierige Mistkerl hat wirklich gelauscht.

Ich bin rastlos. Ich brauche eine Zigarette, aber aus irgendeinem unerfindlichen Grund will ich mir vor ihren Augen keine anzünden.

»Also, ein bisschen verrückt ist das schon, was?«, murmle ich.

»Hmm. Ein bisschen.« Sie wirft mir einen kurzen Blick zu und presst die süßen vollen Lippen aufeinander.

Die will ich küssen, sehen, wie sie meinen Schwanz umschließen ...

»Also, wie geht es dir?«, frage ich sie.

»Gut. Großartig. Ich bin jetzt Musikjournalistin, wie man sieht ...«, murmelt sie.

Anscheinend fühlt sie sich in meiner Nähe wirklich unwohl. Vielleicht ist sie nicht so froh über unser Wiedersehen wie ich.

»Du konntest schon immer gut schreiben«, ermuntere ich sie.

»Wirklich?« Sie wirkt überrascht.

»Ja, diese Geschichten, die du dir immer ausgedacht hast, als wir klein waren, und dann musste ich mich hinsetzen und zuhören, während du sie mir vorgelesen hast.« Ich schmunzle.

Sie war so ein süßes Ding, als sie noch klein war.

Ihr Gesicht wird puterrot. »O Gott«, stöhnt sie. »Ich war so peinlich.«

Ich lache. »Du warst fünf, Tru. Ich denke, diese Peinlichkeit kann man verzeihen.« Ich fahre mir mit den Fingern durchs Haar. »Und natürlich hast du Musik schon immer geliebt, also ergibt es Sinn, dass du diese beiden Dinge kombiniert hast. Spielst du immer noch Klavier?«, frage ich sie.

Sie war großartig. Als wir noch jünger waren, konnte ich stundenlang dasitzen und ihr beim Spielen zuhören.

»Nein. Ich habe aufgehört ...« Sie verstummt. Das macht mich neugierig. »Ich hab einfach, äh, schon lange nicht mehr gespielt. Ich bin aus der Übung, du weißt schon«, ergänzt sie und klingt, als sei es ihr ziemlich unangenehm. »Obwohl, natürlich weißt du es nicht.« Sie zeigt auf meine Gitarre.

Ich lächle sie an, obwohl mir nicht danach ist.

Warum fühlt sie sich in meiner Nähe so unwohl? Ich dachte, sie wäre vielleicht wütend auf mich, weil ich den Kontakt abgebrochen habe, aber nicht, dass sie sich unwohl fühlen würde.

Es liegt doch wohl nicht an dem ganzen Berühmtheits-Scheiß, oder? Sie ist die Einzige, von der ich das nie erwartet hätte.

Innerlich seufze ich.

Stuart taucht wieder auf und bringt uns die Getränke.

Artig bedankt Tru sich bei ihm.

»Noch einen Wunsch?«, fragt Stuart mich.

Abgesehen von ihr?

Fragend sehe ich Tru an. Sie schüttelt den Kopf.

»Nein, wir möchten nichts, danke«, schicke ich ihn weg.

Ich nehme einen Schluck von meinem Saft.

»Also, ich würde ja gerne fragen, wie es dir geht, aber ...« Mit einer Geste weist sie auf unsere Umgebung.

»Tja. Mir geht es fantastisch.« Ich zwinge mich zu lachen, und reibe mir das Kinn. Ich beuge mich vor, stelle mein Glas auf dem Tisch ab und stütze die Unterarme auf meine Oberschenkel.

Das Mädchen, das ich geliebt habe und noch immer liebe, hat mich anscheinend nicht so sehr vermisst wie ich sie. Das einzige Mädchen, das mir so lange so viel bedeutet hat – die, die ich gehen lassen musste, aber nie vergessen habe und bei der ich zu große Angst davor hatte, sie wiederzufinden –, wirkt, als wäre sie lieber sonst wo als hier bei mir.

Also ja, mir geht es absolut verflucht fantastisch.

Ich frage mich, warum sie überhaupt gekommen ist. Wahrscheinlich ist sie von ihrer Chefredakteurin dazu gezwungen worden.

Ich komme mir wie ein Trottel vor. Ihretwegen bin ich ausgerastet wie der letzte Idiot, und sie ist mir gegenüber schlicht gleichgültig.

»Ich habe deine Musikkarriere verfolgt«, erzählt sie aus heiterem Himmel.

»Wirklich?«

Jetzt bin ich überrascht. Ich hätte nicht gedacht, dass sie sich die Mühe gemacht hat.

»Natürlich. Musik ist mein Beruf.«

Natürlich ist er das. Also hat sie es nicht meinetwegen getan, sondern weil ich berühmt bin.

»Aber das ist nicht der einzige Grund«, ergänzt sie. »Ich wollte sehen, wie es dir geht. Und du hast einfach so viel erreicht. Ich war wirklich stolz, als ich dich im Fernsehen gesehen und die Artikel über deine Musik gelesen habe, und als du dein eigenes Label gegründet hast, dachte ich nur: ›Wow!‹ ... Und ich hab natürlich all deine Alben, und sie sind wirklich brillant.«

Was?

Ich verstehe sie nicht. Im ersten Moment benimmt sie sich, als wäre es ihr scheißegal, mich zu sehen. Im nächsten stolpert sie über ihre eigenen Worte und versucht, Eindruck auf mich zu machen.

Die leichteste Art, es herauszufinden: fragen. Ich war schon immer der Ansicht, dass man sagen sollte, was man denkt. Was bringt es, sich über irgendeinen Scheiß den Kopf zu zerbrechen und zu versuchen, von selbst darauf zu kommen, wenn die Antwort auf deine Frage direkt vor dir sitzt?

»Warum hast du dich nicht bei mir gemeldet, Tru?«

Lange starrt sie mich an. Ich sehe etwas, das ich als Verwirrung interpretiere, über ihr Gesicht huschen.

»Äh … Es ist nicht gerade leicht, mit dir in Kontakt zu treten, Mister Berühmter Rockstar.«

Deutlich höre ich die Schärfe in ihrer Stimme.

Ja, sie ist sauer, dass ich den Kontakt zu ihr abgebrochen habe. Damit kann ich umgehen.

Mit Gleichgültigkeit nicht. Aber mit Wut schon.

Und dass sie wütend ist, macht sie gerade so dermaßen heiß. Sogar noch heißer, wenn das überhaupt möglich ist.

»Ja, so bin ich. Einer der zugänglichsten unzugänglichen Menschen der Welt«, entgegne ich und starre sie an.

Bewusst erwidere ich ihre Schärfe, denn im Moment lege ich es allein darauf an, sie noch mehr zu verärgern.

Ich will, dass sie sich ihr Problem von der Seele redet, damit wir zu den guten Sachen kommen können. Und ich kann mir vorstellen, dass eine wütende Tru eine ziemlich heiße Tru ist.

Unnachgiebig halte ich den Blick auf sie gerichtet, aber sie sagt nichts. Was zum Teufel! Warum faltet sie mich nicht zusammen?

Die Tru, die ich kenne, hätte mich zur Schnecke gemacht.

Vielleicht ist sie nicht mehr das Mädchen, das sie einmal war.

Sie wirkt, als sei sie dieselbe, aber vielleicht ist sie es nicht.

Ich brauche eine Zigarette. Scheiß auf das Warten.

Lässig hole ich die Schachtel aus der Tasche und stecke mir eine zwischen die Lippen. »Rauchst du?«, frage ich.

»Nein.«

»Gut.« *Es gibt nichts Schlimmeres als eine Frau, die raucht, wenn ihr mich fragt.* »Stört es dich, wenn ich rauche?« Normalerweise frage ich das nie jemanden. Wenn ich rauchen will, dann rauche ich, aber in ihrer Gegenwart erscheint es mir einfach angemessen zu fragen.

»Nein«, antwortet sie bestimmt.

Also stört es sie doch.

Aber ich brauche eine, also nutze ich ihre angeborene Höflichkeit aus und rauche trotzdem.

Ich zünde die Zigarette an, nehme einen langen Zug, atme tief ein und genieße die kurzfristige Erleichterung, die mir das Nikotin verschafft.

Dann lege ich die Schachtel und das Feuerzeug auf den Tisch und höre plötzlich Musik.

Ist das Adele? Wo zum Teufel kommt das her? Hoffentlich ist es nicht Stuart, der wieder seine beschissene Musik hört.

Tru wühlt in ihrer Tasche.

Das kommt von ihrem Handy. Ich bin überrascht, dass sie Adele als Klingelton hat. Das passt nicht zu der Tru, an die ich mich erinnere. Andererseits passt gerade eine Menge nicht zu ihr.

»Entschuldige«, murmelt sie, holt das Handy raus und stellt es auf lautlos. »Ist vielleicht meine Chefin.«

Ich beobachte ihr Gesicht, während sie rasch die SMS liest. Um ihre Lippen spielt ein kleines Lächeln.

Ihr Freund vielleicht? Verdammt, ich hoffe nicht. Aber seht sie euch an. Nein, sie hat sicher einen Freund. So, wie sie aussieht, ist sie auf keinen Fall Single.

Wetten, dass er ein eingebildetes Arschloch ist?

Ich werde aus ihr rauskitzeln, wer er ist, und nachher Stuart darauf ansetzen, über ihn zu recherchieren.

Ich muss wissen, wie meine Konkurrenz aussieht.

Jede andere könnte ich mühelos erobern, aber nicht sie.

Wenn noch irgendwas von der Tru in ihr steckt, an die ich mich erinnere, und dessen bin ich mir ziemlich sicher, dann kann ich davon ausgehen, dass ein ganzes Stück Arbeit vor mir liegt, bis sie mir gehört.

»Adele?« Lächelnd spiele ich auf ihr Handy an. Ich mag es, sie zu ärgern. Das war schon immer so.

»Ich mag sie.« Sie klingt so defensiv.

»Oh, ich auch.« Ich nicke und unterdrücke das Lächeln, das ich innerlich verspüre. »Sie ist ein nettes Mädchen. Ich dachte nur, nach allem, was ich von dir in Erinnerung habe, hätte ich eher damit gerechnet, die Stones auf deinem Handy zu hören.«

»Tja, ich hab mich ziemlich verändert, seit du mich gekannt hast.«

Ich nehme das mal so, wie es gemeint war: als Stichelei. Wow, sie hegt wirklich einen Groll gegen mich.

Was heißt, dass ich ihr noch immer etwas bedeute. Also habe ich Chancen.

Interessiert beobachte ich, wie sie ihr Handy wegsteckt. Oh, sie holt ihr Notizbuch heraus. Sie will mit dem Interview beginnen.

Seit zwölf verdammten Jahren haben wir uns nicht gesehen, und sie will mich interviewen. Das trifft mich härter, als ich erwartet hätte.

»Also, ich sollte wohl mit dem Interview beginnen. Ich bin sicher, du bist sehr beschäftigt, deshalb will ich dich nicht länger als nötig aufhalten.«

Gerade bin ich wirklich in Stimmung für ein Spiel.

»Du hältst mich nicht auf.« Ich nehme einen langen Zug von meiner Zigarette. »Und ich habe heute nichts anderes vor. Mein Terminplan ist leer.«

»Oh. Du hast keine anderen Interviews nach meinem?« Sie wirkt überrascht.

Phase eins ihrer Eroberung beginnt ... jetzt. Schmeichelei.

»Nun, ich hatte welche ... aber ich werde sie absagen.«

»Nein! Tu das nicht meinetwegen.« Sie kreischt fast.

Okay. Schmeichelei führt bei ihr also nicht zum Ziel.

Scheiße, das ist jetzt schon anstrengend. Bin ich mir sicher, dass ich dafür geschaffen bin?

Für sie, Wethers? Ja.

»Das soll nicht heißen, dass ich mich nicht freue, dich zu sehen. Natürlich freue ich mich, und ich würde liebend gern mit dir über alte Zeiten plaudern, aber ich will nicht, dass andere meinetwegen eine so großartige Gelegenheit verpassen.«

Sie ist wieder nervös. Ein gutes Zeichen.

»Eine großartige Gelegenheit?« Erneut schenke ich ihr ein Lächeln, das Frauen dazu bringt, ihre Slips fallen zu lassen.

Sie zuckt die Achseln und wirkt verlegen. Ihre Wangen erröten. »Ach, du weißt schon, was ich meine«, murmelt sie leise.

Okay, Wethers, jetzt wird es Zeit, den Sensiblen raushängen zu lassen. Berühr sie mit unserer Vergangenheit. Bring sie dazu, sich an die guten alten Zeiten zu erinnern. Du hast dreißig Minuten, sie für dich zu gewinnen, bevor sie durch diese Tür geht und du sie wieder verlierst. Versau es nicht wie letztes Mal.

»Hör mal, Tru.« Ich lehne mich vor und schenke ihr meine gesamte Aufmerksamkeit. Frauen lieben das. »Ich habe dich seit zwölf Jahren nicht gesehen. Das Letzte, worauf ich jetzt Lust habe, ist, mit dir oder irgendjemand anderem über Geschäftliches zu reden. Ich will alles über dich wissen. Was du gemacht hast, seit ich dich zuletzt gesehen habe.«

Sie zuckt die Achseln und senkt den Blick. »Nicht viel.«

»Ich bin mir sicher, dass du sehr viel mehr als ›nicht viel‹ gemacht hast«, beharre ich. Ich muss sie zum Reden bringen. Komm schon, Tru.

Mit ihren wunderschönen braunen Augen blickt sie zu mir auf. Kurz sehe ich darin ein schmerzliches Flackern.

Zu wissen, dass ich sie damals so sehr verletzt habe, dass sie jetzt noch darunter leidet, ist ein beschissenes Gefühl.

»Was ich gemacht habe, nachdem du Manchester verlassen hast?« Wieder zuckt sie mit den Schultern. »Ich hab mein Leben gelebt, die Schule abgeschlossen.« Sie klingt verbittert.

Scheiße.

»Wie war es?« Ich halte ihren Blick fest. Sie entkommt mir nicht.

»Die Schule? Einfach nur Schule. Ein bisschen einsam, nachdem du weg warst, aber ich hab's überstanden.«

»Triffst du dich noch mit Leuten aus der Schule?«

Sie streicht sich das Haar hinters Ohr. Ich verspüre den Drang, das auch bei ihr zu tun.

»Nein, mit ein paar bin ich auf Facebook befreundet, aber das war es auch schon. Was ist mit dir?«, fragt sie.

Ich lache. Ganz bestimmt nicht. Der einzige Mensch, mit dem ich je Kontakt halten wollte, war sie, aber ich konnte es einfach nicht.

»Nein«, erwidere ich. »Was hast du nach der Schule gemacht?«

»Bin hergezogen, um zur Uni zu gehen. Ich hab meinen Abschluss in Journalismus gemacht. Anschließend hab ich bei *Etiquette* angefangen, dem Magazin, für das ich arbeite, und seitdem bin ich dort.«

»Cool.« Ich nehme einen weiteren Zug von meiner Zigarette.

Machen wir also weiter.

Ich brenne darauf, zu erfahren, ob sie einen Freund hat oder nicht. Ich weiß, dass sie nicht verheiratet ist, aber ich will auch nicht, dass sie merkt, dass ich das schon überprüft habe.

Mach einen auf cool.

»Du bist nicht verheiratet?« Ich sehe auf ihre linke Hand und erwecke so den Eindruck, als wäre es das erste Mal, dass ich nach einem Ring suche.

»Nein«, bestätigt sie.

»Fester Freund?« Ich ziehe ein letztes Mal an meiner Zigarette und drücke sie aus.

Es entsteht eine lange Pause. Ich bin mir nicht sicher, ob das ein gutes oder ein schlechtes Zeichen ist.

»Ja«, erwidert sie schließlich.

Ein schlechtes Zeichen.

Obwohl ich mir schon gedacht hatte, dass sie einen haben muss, verspüre ich eine derartig brennende Eifersucht, wie ich sie nie für möglich gehalten hätte.

Beherrscht frage ich: »Wohnt ihr zusammen?«

»Nein. Ich lebe mit meiner Mitbewohnerin Simone in Camden.«

Sie klingt etwas verärgert darüber, dass ich gefragt habe. Ich frage mich, wieso. Vielleicht will sie mit ihm zusammenziehen, er aber nicht.

Welcher verdammte Idiot würde nicht jeden Tag neben diesem wunderhübschen Gesicht aufwachen wollen?

Wenn sie nicht zusammen wohnen, würde ich mal vermuten, dass das zwischen ihnen nichts Ernstes sein kann. Andererseits kommt es auch darauf an, wie lange sie schon zusammen sind.

»Wie lange bist du schon mit deinem Freund zusammen?«

»Sein Name ist Will, und wir sind seit zwei Jahren ein Paar.«

Zwei Jahre, aber sie wohnen nicht zusammen. Ein ziemlich gutes Zeichen.

»Und was macht er beruflich?«

»Er ist Investmentbanker.«

Alles klar. Er ist ein Arschloch. »Intelligenter Typ.«

»Das ist er. Er ist sehr intelligent – der Jahrgangsbeste an der Uni, und er steigt ziemlich schnell auf der Karriereleiter nach oben.« Sie klingt, als würde sie ihn in Schutz nehmen, und das nervt mich.

Ich greife nach der Zigarettenschachtel und zünde mir noch eine an.

Tru löst den Stift von ihrem Notizblock und blättert ein paar Seiten weiter. »Es war echt nett, mit dir zu plaudern, Jake, aber ich sollte jetzt wirklich zum Interview kommen – erst recht, wenn ich meinen Job behalten will.«

Oh, jetzt fängt sie damit wieder an. Zum Teufel aber auch. Was muss ich denn anstellen, um ihre Aufmerksamkeit auf mich zu lenken, weg von diesem beschissenen Interview?

Im besten Fall hasse ich Interviews. Erst recht, wenn ich eigentlich nur herausfinden will, wie ich sie zurück in mein Leben und in mein Bett holen kann.

»Du wirst nicht gefeuert«, stelle ich fest.

Ich würde dieses verdammte Magazin ruinieren, wenn sie es auch nur in Betracht zögen, sie zu feuern.

»Du klingst ja ziemlich überzeugt.« Sie lacht, und es klingt gezwungen.

Glaubt sie etwa nicht, dass ich genug Einfluss besitze? Ich werde ihr ganz genau zeigen, welche Art von Einfluss ich ausüben kann, und auch, was ich ihr zu bieten habe.

»Das bin ich.« Ich starre sie an und ziehe erneut an meiner Zigarette.

Nervös rutscht sie hin und her. Es gefällt mir, dass ich sie nervös mache. Und jetzt werde ich das voll ausnutzen.

»Alles in Ordnung?«, bohre ich nach. »Du wirkst, als ob du dich ein bisschen unwohl fühlst.«

»Natürlich fühle ich mich nicht unwohl«, erwidert sie bissig.

Tut sie doch, und zwar so was von. Und sie wirkt dabei so tierisch heiß.

»Ich muss einfach nur …«

»Deine Arbeit machen«, beende ich den Satz für sie. »Okay, mach weiter, frag mich irgendwas. Ich gehöre ganz allein dir, Tru, für die nächsten dreißig Minuten.«

Wenn sie mich interviewen will, bitte, nur zu. Aber während sie es tut, werde ich mich ein wenig amüsieren.

Als ich gesagt habe, ich sei in zwei Dingen gut, Musikmachen und Ficken, war das gelogen. Ich bin noch in etwas anderem gut – sehr gut sogar –, und das ist Reden.

Kurz schaue ich auf meine Armbanduhr, strahle Gleichgültigkeit und Selbstvertrauen aus, fläze mich ins Sofa und lege einen Arm auf die Rückenlehne. Ich schenke ihr ein weiteres meiner patentierten Lächeln.

Wieder entwaffnet es sie. Deutlich sehe ich es in ihren Augen. Gut, denn das war meine Absicht.

Sie steckt sich das Ende ihres Stifts in den Mund, und ich verliere jegliche Konzentration.

Schon wieder wird mein Schwanz hart, als ich den Stift in ihrem Mund beobachte und sehe, wie sie darauf herumkaut.

Scheiße.

Ich habe mich allen Ernstes in einen notgeilen Teenager zurückverwandelt. Ich kann nicht damit aufhören, in ihrer Nähe steif zu werden, genau wie damals, als ich jung war.

Und weil mein Schwanz so groß ist, sieht man es deutlich, wenn er hart wird, und nein, ich bin nicht bloß ein prahlerischer Mistkerl, er ist wirklich groß. Sogar riesig.

Heimlich rücke ich ihn in meiner Hose zurecht, als sie nicht hinsieht, weil sie einen Schluck von ihrem Wasser nimmt, und flehe den gierigen Dreckskerl an, wieder zu schrumpfen.

Wenigstens sitze ich, also sollte es nicht allzu auffällig sein, bis er sich wieder einkriegt.

»Man sagt, dass du ein Perfektionist bist, was deine Arbeit angeht«, legt sie aus heiterem Himmel los, »– deine Musik –, und dass die Zusammenarbeit mit dir deswegen ... manchmal ... schwierig ist. Stimmst du dem zu? Hältst du dich für einen Perfektionisten?«

Das weckt meine Aufmerksamkeit. Ich unterdrücke den Drang zu lachen.

Das ist die Tru, die ich kenne.

Lasst die Spiele beginnen.

»Die Leute arbeiten nicht mit mir *zusammen*, Tru, sie arbeiten *für* mich. Und die Jungs in meiner Band, die, auf die es ankommt, haben anscheinend kein Problem damit, wie ich die Dinge regle. Aber um deine Frage zu beantworten: Ich will, dass meine Musik und mein Label so gut sind wie nur irgend möglich. Momentan sind sie das, und ich habe vor, sie auf diesem Niveau zu halten. Wenn ich also ein paar Leuten auf den Schlips treten und mich als ein totales Arschloch bezeichnen lassen muss, oder als einen ›Perfektionisten‹, um mich, meine Band und mein Label in Bestform zu halten, dann ja, nenn mich ruhig so. Mir ist schon Schlimmeres an den Kopf geworfen worden.«

Mit weit geöffnetem Mund starrt sie mich an.

Gut.

Ich beobachte, wie sie meine Antwort ins Notizbuch kritzelt, und bin ziemlich zufrieden mit mir.

»Nach dem zu urteilen, was die meisten Leute denken und sagen, ist ›Creed‹ euer bisher chartfreundlichstes Album. Teilst du diese Meinung?«

»Und du?«

»Ich?«

»Ja. Ich nehme an, dass du dir das Album angehört hast.«

Ich stelle sie auf die Probe.

»Natürlich …«, stammelt sie.

Sie ist so sexy, wenn sie nervös ist.

»… und … ja, ich stimme der allgemeinen Meinung zu. Ich denke, dass viele der Songs eingängiger klingen als die auf euren vorherigen Alben. Ganz besonders ›Damned‹ und ›Sooner‹.«

Sie gewinnt ihre Konzentration zurück. Entwaffne sie wieder.

»Gut. Dann ist die Botschaft des Albums angekommen.«

Erneut schenke ich ihr ein Lächeln und genieße das Gefühl, als ich ihre verwirrte Miene beobachte.

»Okay, dann erzähl doch mal, was würdest du jetzt normalerweise machen, wenn du dich nicht mit mir unterhalten würdest?«

»Ich würde mich mit einer alten Freundin treffen.«

»Äh …« Wieder gerät sie ins Straucheln.

Ich genieße es, sie aus dem Konzept zu bringen. Das macht Spaß. Und es ist wirklich ein heißer Anblick.

»Okay … Es ist eine Weile her, dass ihr auf Tour wart. Freust du dich darauf, wieder unterwegs zu sein und live zu spielen?«

Ich beuge mich vor, näher zu ihr.

Direkt vor mir schlägt sie die Beine übereinander.

Ich kann nicht anders, als hinzusehen. Verdammt, ihre Haut sieht so weich aus. Ich wette, sie schmeckt fantastisch.

Konzentrier dich, Wethers. Augen nach oben. Du magst ja spielen und ein wenig Spaß mit ihr haben, aber respektier sie, denk dran. Behandle sie wie die ernst zu nehmende Journalistin und Autorin, die sie ist.

Ich sehe ihr ins Gesicht, und mir kommt eine Idee.

»Live zu spielen ist das, was ich liebe, das, wofür ich lebe ... und ich habe das Gefühl, dass diese Tournee sehr interessant wird – vielleicht meine bisher interessanteste«, ergänze ich, während mein plötzlicher Geistesblitz konkrete Formen annimmt.

O ja, das ist eine gute Idee. Eine sehr gute sogar. Auf jeden Fall macht sie mich ruhiger.

Tru Bennett wird nirgendwohin gehen. Jedenfalls nicht ohne mich, nicht bei dem, was ich mit ihr im Sinn habe.

»Ach ja, und warum?«, fragt sie interessiert.

Ich genieße meine neu gewonnene Entspannung und fahre mir mit der Hand durchs Haar. »Ich hatte gerade einen Neuzugang in mein Team, und ich weiß mit Sicherheit, dass durch sie alles anders wird, interessanter ... besser.«

In ihren Augen sehe ich etwas, das ich für eine Spur von Eifersucht halte.

Nichts, weswegen du eifersüchtig sein musst, Tru. Aber es gefällt mir, dass du so denkst.

»Dieser Neuzugang«, setzt sie an, »ist kein neues Bandmitglied, nehme ich an?«

Mit zusammengepressten Lippen schüttle ich den Kopf.

»Also ist sie Teil des Teams, das die Tournee organisiert?«

Ja, sie ist definitiv eifersüchtig. »Ich organisiere die Tournee«, stelle ich klar.

»Richtig. Also ist sie ...?«

»Sagen wir mal, sie macht die ... PR.« Ich unterdrücke ein selbstzufriedenes Lächeln.

»Erzähl mir von deinen persönlichen Lieblingssongs auf dem Album und woher die Inspiration dazu gekommen ist.«

Ah, schon besser. Mit Tru über Musik reden – damit kann ich mich anfreunden.

Die nächste halbe Stunde verbringen wir damit, genau das zu tun. Es fühlt sich an wie in alten Zeiten und ist viel zu schnell vorbei.

Mir gefällt die Tatsache, dass sie mir keine einzige Frage über Jonny stellt, da ich sicher weiß, dass die nächsten dämlichen Interviewer versuchen werden, genau das zu tun.

Und darum liebe ich sie. Weil sie Mitgefühl hat und die Menschen ihr etwas bedeuten.

Einst habe ich ihr etwas bedeutet. Ich will, dass es wieder so wird.

Aufmerksam beobachte ich, wie sie die Antwort auf ihre letzte Frage auf den Notizblock kritzelt.

Sie klappt ihn zu und steckt ihn in die Tasche.

Scheiße, sie ist fertig. Die Zeit ist um.

Ich will nicht, dass sie geht.

Obwohl ich mir sicher bin, dass mein kleiner Plan funktionieren wird, packt mich eine eigenartige Verlustangst.

Ich muss wissen, wann ich sie wiedertreffe.

»Danke«, sagt sie.

»Es war wirklich schön, dich zu sehen, Tru.«

»Dich auch.« Sie lächelt mir zu, und es bricht mir beinahe das Herz.

Sie nimmt ihre Tasche und steht auf. Ich erhebe mich ebenfalls.

»Hast du eine Jacke dabei?«, frage ich.

»Ist in meiner Tasche.« Sie wendet sich mir zu, blickt mit ihren wunderschönen braunen Augen zu mir auf, und mir tut verdammt noch mal das Herz weh. »Danke nochmals für das Interview«, sagt sie. »Es war toll.«

»Du brauchst mir nicht zu danken. Ich stehe dir jederzeit wieder für ein Interview zur Verfügung.« *Ich lege dir meine gesamte Welt zu Füßen, wenn du mich lässt.*

»Vielleicht nehme ich dich beim Wort.« Sie lacht.

»Gerne.«

»Vielen Dank noch mal, dass du dir die Zeit genommen hast.« Sie macht sich auf den Weg zur Tür.

»Und du gehst jetzt zurück zur Arbeit?«, frage ich und folge ihr wie ein verdammtes verwaistes Hundebaby.

Ich will, dass sie bleibt. Mehr als alles andere wünsche ich mir das, aber mir fällt keine einzige Möglichkeit ein, das zu bewerkstelligen.

»Ja«, erwidert sie.

»Wie kommst du da hin? Ich kann Stuart bitten, dich zu fahren«, biete ich an.

Über ihr Gesicht flackert Enttäuschung.

Blödes Arschloch, warum hast du ihr nicht angeboten, sie selbst zu fahren? So hättest du dir mehr Zeit mit ihr verschafft, du Schwachkopf.

»Ist schon gut, danke«, antwortet sie leise. »Ich laufe. Es ist nicht weit.«

Vielleicht könnte ich ihr jetzt anbieten, sie zu fahren? Nein, das würde zu einfallslos und einfach bloß verzweifelt klingen. Trottel.

»Bist du sicher?«, frage ich, nur um irgendwas zu sagen. Alles ist mir recht, damit sie nur eine Sekunde länger hierbleibt.

»Bin ich.« Sie lächelt und blickt zur Tür.

Sie will gehen. Scheiße.

Ich umfasse die Türklinke und zögere.

Abendessen. Lad sie zum Abendessen ein.

»Hast du heute Abend schon was vor? Ich hab mich nämlich gefragt, ob du mit mir zu Abend essen würdest.«

Sie wirkt etwas verblüfft. Ist das ein gutes oder ein schlechtes Zeichen?

Eine Ewigkeit scheint zu verstreichen, bevor sie antwortet. »Nein, ich hab nichts vor, ich hab Zeit. Jede Menge Zeit.«

Ein gutes Zeichen.

Vor Erleichterung seufze ich beinahe auf.

»Großartig. Cool. Dann können wir uns richtig unterhalten, ohne dass ein Interview drohend über unseren Köpfen hängt.« Verschmitzt lächle ich ihr zu.

»Ja«, erwidert sie. Ihre Stimme klingt total piepsig. Sie räuspert sich und ergänzt: »Klingt gut.«

»Ist acht Uhr okay?«, frage ich und lächle wieder. Es ist schwer, in ihrer Gegenwart nicht zu lächeln.

»Acht Uhr ist super.«

»Gib mir deine Adresse, und ich komme vorbei, um dich abzuholen.«

Sie holt ihren Notizblock raus und schreibt sie für mich auf.

Als sie mir den Zettel reicht, berühren sich unsere Finger. Wieder erfüllt Hitze meinen Körper und strömt mir direkt in den Schritt.

Ich merke, dass ihre Hand leicht zittert und ihre Haut errötet.

Habe ich dieselbe Wirkung auf sie wie sie auf mich? Vielleicht, nur vielleicht.

Mühsam unterdrücke ich ein breites Lächeln.

Ich werfe einen kurzen Blick auf ihre Adresse, falte das wertvolle Stück Papier zusammen und stecke es mir in die Hosentasche.

Dann öffne ich ihr die Tür und lasse ihr den Vortritt. So ein Gentleman bin ich für niemanden, nur für sie.

Als wir die Eingangstür erreichen, bleibe ich stehen und sehe sie an.

Letzte Chance. Jetzt oder nie. Ich muss dafür sorgen, dass sie weiter an mich denkt, auch nachdem sie gegangen ist.

Ich wage es, berühre ihr Gesicht, streichle ihre weiche Haut. Sorgfältig stecke ich ihr das herrliche dichte Haar hinters Ohr – liebend gern würde ich darin wühlen.

Dann beuge ich mich hinab, drücke ihr meine Lippen auf die Wange und küsse sie.

Sie fühlt sich fantastisch an.

Ihr stockt der Atem.

Gutes Zeichen, Wethers.

Ich muss mich buchstäblich davon abhalten, die Faust in die Luft zu recken wie der Trottel, der ich bin.

Ich lasse den Kuss so lange andauern, wie es nur irgend geht, ohne dass es komisch wird, unterdrücke den Impuls, einen weiteren Annäherungsversuch zu machen, der alles versauen würde, und löse mich wieder von ihr.

Wenn ich Tru erobern will, muss ich es langsam angehen lassen.

Ich will sie, aber auf die richtige Weise.

Zum Abschied schenke ich ihr ein Lächeln. »Dann sehe ich dich also heute Abend.« Höflich halte ich ihr die Tür auf.

»Ja, heute Abend. Um acht.«

Leicht stolpernd geht sie durch die Tür.

Ich muss ein Lachen unterdrücken. Sie ist so verdammt süß.

»Mach's gut, Jake.«

Sie zögert den Abschied hinaus. Ein tolles Zeichen.

»Mach's gut, Trudy Bennett.«

Sie wendet sich ab und läuft den Korridor entlang. Ja, sie hat immer noch einen fantastischen Hintern.

Genießerisch blicke ich ihr nach.

In der Suite klingelt das Telefon, und widerwillig schließe ich die Tür.

Ich höre Stuart reden und nehme an, dass der nächste Interviewer hier ist. Innerlich stöhne ich.

Das Letzte, worauf ich jetzt Lust habe, ist, hier rumzusitzen und mich mit irgendeinem Arschloch zu unterhalten.

Viel lieber würde ich mir einen runterholen und diesen Tru-Ständer loswerden, damit ich nicht über sie herfalle, wenn ich sie heute Abend sehe.

Allerdings bräuchte es wohl ein paar mehr Verabredungen mit meiner Hand, um das zu verhindern.

Mit einem Seufzen kehre ich ins Wohnzimmer zurück, steuere auf meine Zigaretten zu, verfluche die Tatsache, dass sie nicht mehr hier ist, und frage mich, was zum Teufel ich aus dem Ärmel zaubern kann, um sie heute Abend zu beeindrucken.

Mit Romantik habe ich nichts am Hut. Bei mir geht es ums Ficken.

Stuart taucht im Wohnzimmer auf.

Schwule kennen sich mit Romantik aus. Die sind das, was Frauen am nächsten kommt.

Stuart wird wissen, mit welcher Art von romantischem Scheiß ich ihre Aufmerksamkeit auf mich lenken kann und weg von diesem Arsch, den sie als ihren Freund bezeichnet.

»Stuart …«, sage ich und hebe eine Braue. »Ich brauche deinen schwulen Sachverstand.«